CAROLA LOVERING
Was uns zusammenhält

CAROLA LOVERING

ROMAN

WAS UNS ZUSAMMEN HÄLT

Übersetzung aus dem amerikanischen Englisch von
Silke Jellinghaus und Katharina Naumann

pola

Die Bastei Lübbe AG verfolgt eine nachhaltige
Buchproduktion. Wir verwenden Papiere aus nachhaltiger
Forstwirtschaft und verzichten darauf, Bücher einzeln
in Folie zu verpacken. Wir stellen unsere Bücher in
Deutschland und Europa (EU) her und arbeiten mit den
Druckereien kontinuierlich an einer positiven Ökobilanz.

NACHHALTIG
PRODUZIERT

MIX
Papier | Fördert
gute Waldnutzung
FSC® C014496

pola-Verlag

Das Zitat auf S. 164 stammt aus:
William Shakespeare: Sämtliche Werke in vier Bänden.
Band 1, Berlin: Aufbau, 1975, S. 409. Übersetzt von August Wilhelm Schlegel.

Titel der englischen Originalausgabe:
»Bye, Baby«

Für die Originalausgabe:
Copyright © 2024 by Carola Lovering
Published by arrangement with St. Martin's Publishing Group. All rights reserved.

Dieses Werk wurde im Auftrag von St. Martin´s Publishing Group durch die
Literarische Agentur Thomas Schlück GmbH, 30161 Hannover, vermittelt.

Für die deutschsprachige Ausgabe:
Copyright © 2024 by
Bastei Lübbe AG, Schanzenstraße 6 – 20, 51063 Köln

Vervielfältigungen dieses Werkes für das Text- und
Data-Mining bleiben vorbehalten.

Textredaktion: Frauke Meier, Hannover
Umschlaggestaltung: Barbara Thoben, Köln
Einband-/Umschlagmotiv: © Maria Yakimova/Trevillion Images
Satz: hanseatenSatz-bremen, Bremen
Gesetzt aus der Warnock Pro
Druck und Verarbeitung: GGP Media GmbH, Pößneck

Printed in Germany
ISBN 978-3-7596-0012-7

5   4   3   2   1

Sie finden uns im Internet unter luebbe.de
Bitte beachten Sie auch: lesejury.de

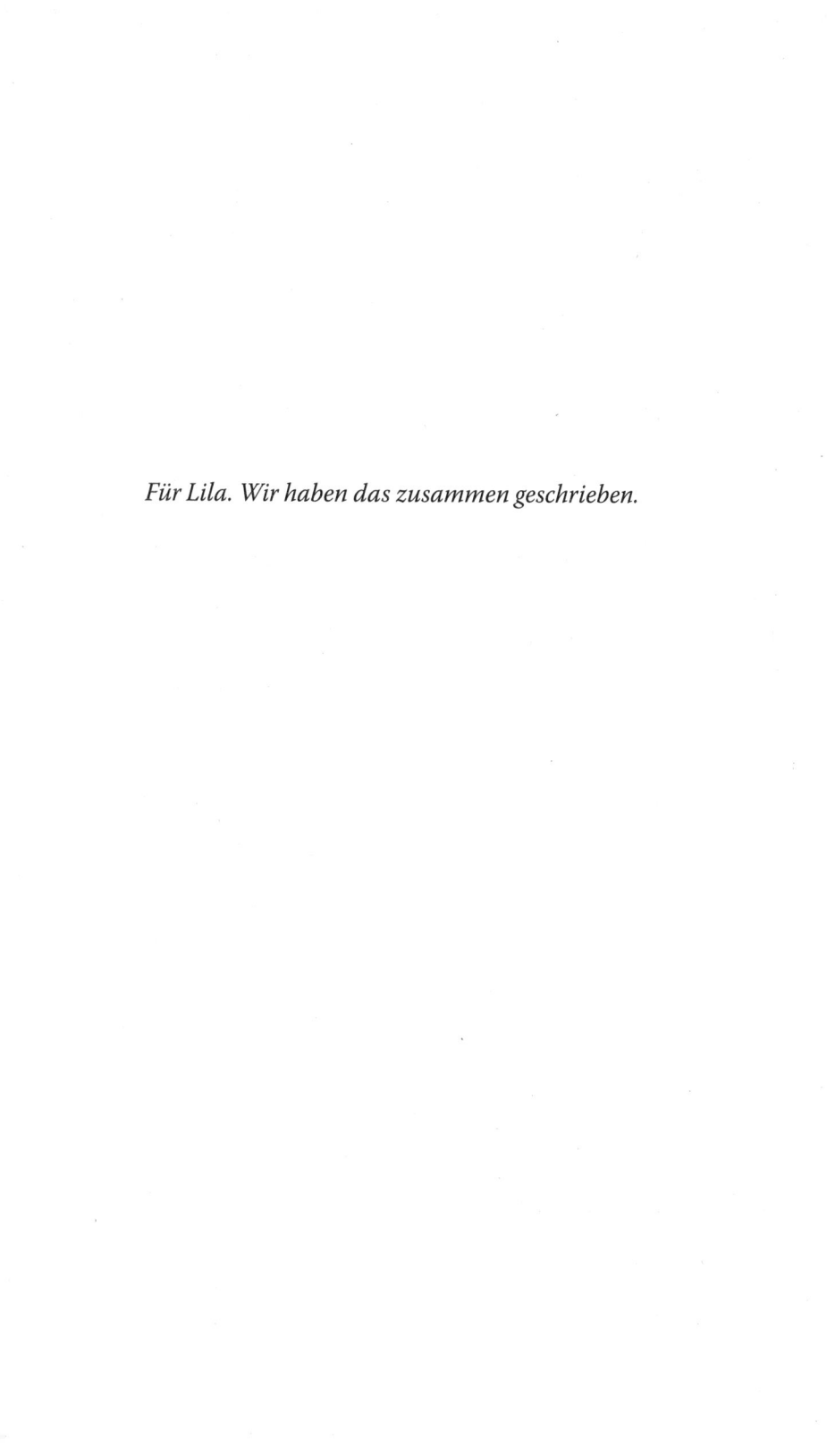

Für Lila. Wir haben das zusammen geschrieben.

Die Dunkelheit hat einen Hunger, der unersättlich ist,
und der Ruf der Helligkeit ist schwer zu hören.

Indigo Girls

Prolog

13. Oktober 2023

Das Baby hört auf zu zappeln und schmiegt sich in meine Armbeuge wie ein schläfriger Welpe. Diese weiche Schwere. Seine Lippen spitzen und entspannen sich wieder, sein kleiner Brustkorb hebt und senkt sich fast im Rhythmus meines eigenen. Es ist wieder eingeschlafen, sein Gesicht so friedlich wie das einer Porzellanpuppe. Das war nicht schwierig.

Das Wohnzimmerfenster steht offen, von der Terrasse der Wohnung über mir dringen hektische Stimmen herein. Tumult. Raserei. Das sollte mich nicht überraschen.

Ich erkenne Cassies Schreie natürlich wieder – ich habe sie schon Dutzende Male schreien gehört. Bei Horrorfilmen (die sie gleichermaßen liebt und hasst), an dem Nachmittag, an dem wir in Upstate New York gepicknickt haben und sie von einem ganzen Schwarm Bienen gestochen wurde, dieses eine Mal in unserer Highschoolzeit, als sie ihren Ex Freund Kyle und die so halb mit uns befreundete Ashton bei einer Party manisch fickend im Keller erwischte. *Manisch fickend,* das waren die Worte, mit denen sie es mir hinterher beschrieb, und so erinnere ich mich daran.

Jedenfalls schreit Cassie jetzt genauso wie damals – nur, dass es diesmal noch psychotischer klingt, und wer könnte ihr das verdenken? Ihr Baby ist weg.

9

Ich stelle sie mir vor, eine Etage über mir, die blauen Augen von Tränen verschleiert und schon verquollen, obwohl es erst fünfzehn Minuten her ist, dass Ella verschwunden ist. Fünf, seit es jemandem aufgefallen ist.

Inmitten von Cassies Wehklagen höre ich, wie ihre Freunde sich beratschlagen. Ich erkenne Avas Stimme, McKays auch. Die anderen Stimmen sind mir nicht so vertraut, aber einige von ihnen kommen mir bekannt vor, wahrscheinlich aus Cassies Instagram-Storys. Evelyn, vielleicht Blake? Das ist die, deren Intonation sich am Ende der Sätze hebt.

»Ich habe gerade die Polizei gerufen«, sagt jemand.

»Moment mal, wo ist Grant?« Das ist McKay, sie klingt panisch. »Jemand muss ihn holen gehen. Jemand muss Grant holen!«

»Nein«, sagt Cassie, und ich höre sie schniefen. Acht Stockwerke unter uns ertönt ein lautstarkes Hupkonzert. Eine Sirene heult, ein hohes Jaulen, das an den Fenstern emporsteigt und von den Fassaden abprallt. Das gehört zum Soundtrack der Stadt.

»Billie«, sagt sie, und ich erstarre. »Ich brauche Billie.«

»*Billie? Wieso?*« Es ist McKay, die diese Aussage in Zweifel zieht. Natürlich. Blöde Schlampe.

In diesem Moment beginnt mein Telefon auf dem Sofa zu vibrieren. Vorsichtig befreie ich den Arm, mit dem ich das Baby gestützt habe, greife nach dem Handy und stelle die Vibration aus, wobei ich den Anblick ihres Namens auf dem Display auskoste. *Cassie Barnwell.* Sie ist jetzt seit über einem Jahr verheiratet, und ich bin immer noch nicht dazu gekommen, ihren neuen Nachnamen einzutragen.

Einen Moment lang aale ich mich in dem Bewusstsein, dass sie mich anruft. *Sie* ruft *mich* an. Wie viele Monate ist es her, seit das zuletzt vorgekommen ist? Ich betrachte das Bild des Mädchens auf meinem Display – Cassies Kontaktfoto, solange ich denken kann. Glattes braunes Haar, große blaue Augen; sie zieht eine ihrer dunklen Augenbrauen hoch, während sie mit albern gespitzten Lippen in die Kamera blinzelt. Ein dummes Selfie aus einem anderen Leben.

Ich lasse es klingeln. Nehme den Anruf nicht an. Was soll ich sonst tun? Doch das warme Gefühl in meiner Brust hält an. Ich höre ihre Worte. *Billie. Ich brauche Billie.*

Cassie braucht mich. Sie wollte *mich*. Sogar noch vor Grant. Ich bin in Hochstimmung, voller Triumph.

Ich trete etwas näher ans Fenster.

»Sie geht nicht ran.« Cassie beginnt wieder zu weinen, ihre Schluchzer wechseln sich mit leisem Stöhnen ab. »Mein Baby, mein *Baby!*« Sie wird jetzt immer hysterischer, ihre Schreie durchdringen die kühle Luft, die gleichgültige Nacht über der Stadt.

»Die Polizei ist unterwegs«, versichert ihr jemand. Die Stimme klingt tröstend, mütterlich.

»Aber wer würde sie mitnehmen? Wer würde Ella mitnehmen? WER?«

Ich sehe auf das schlafende Bündel in meinem Arm, die dunklen Schwünge ihrer winzigen Wimpern. Lang und dicht, genau wie die von Cassie.

»Wer hat sie entführt?«, hallt die Stimme meiner besten Freundin herunter.

Als würde mir die Erinnerung an die vergangenen fünfzehn Minuten jetzt erst wieder zu Bewusstsein kommen, geht mir abrupt auf, dass ich das war.

TEIL EINS

Billie

24. August 2023
50 Tage zuvor

Ich bin nicht wild auf Babys. Ich dachte immer, dass ich das vielleicht einmal werde, so wie die meisten mir bekannten Mädchen, die zu Frauen geworden sind, deren Stimmfrequenz sich beim Anblick eines runden Babyärmchens oder der Speckröllchen an einem winzigen Handgelenk erhöht. Ich habe immer darauf gewartet, dass es passieren würde. Aber es ist nicht passiert. Ich bin jetzt fünfunddreißig Jahre alt, und ich habe diesen Impuls noch nie verspürt.

Alex fragt nicht, ob ich Kinder will, Gott sei Dank. Es ist erst unser drittes Date, aber Sie wären überrascht, wie viele Gespräche auf dieses Thema zusteuern, wenn man Mitte dreißig ist.

Alex kaut seine gegrillten Calamari und kommentiert meine bevorstehende Reise auf die Azoren. Ich werde zum zweiten Mal auf diese Inselgruppe vor der Küste Portugals reisen, zum ersten Mal zu den hoch im Kurs stehenden Formigas-Inseln.

»Du hast wirklich einen Traumjob«, sagt er und schluckt seinen Bissen hinunter. »In den Tophotels an den schönsten Orten der Welt unterkommen und das auch noch umsonst? Das klingt, als hätte ich auch Berater für Luxusreisen werden sollen und kein langweiliger Polizist.«

Er lächelt, und etwas in seinem Gesicht erinnert mich an James Franco. Einen objektiv weniger heißen James Franco, aber immerhin. Ich verspüre den plötzlichen Drang, Cassie eine Nachricht zu schreiben und ihr davon zu erzählen – seit wir im College *Pineapple Express* gesehen haben, ist sie förmlich besessen von Franco –, aber wir haben schon den ganzen Sommer nicht mehr miteinander gesprochen. Ich habe immer wieder versucht, sie zu erreichen, aber sie antwortet nie. Ungefähr einmal im Monat schreibt sie so was wie: War mit dem Baby so irre beschäftigt, ich rufe bald zurück. Aber das tut sie nie. Während ich verzweifelt versuche, mit meiner besten Freundin Kontakt aufzunehmen, komme ich mir allmählich vor wie ein Verehrer, dessen Liebe nicht erwidert wird.

Ich werfe Alex einen wohlwollenden Blick zu. Sein Job ist nicht langweilig, und das weiß er auch, dennoch schätze ich es, wenn ein Mensch bescheiden ist. Das ist eine seltene Eigenschaft.

»Wieso bist du Polizist geworden?«, frage ich.

»Liegt in der Familie.« Er trommelt mit den Fingern auf die hölzerne Tischplatte. »Mein Dad, mein Bruder. Mein Großvater war Detective, das ist mein eigentliches Ziel.« Er unterbricht sich. »Ich weiß, es wirkt vielleicht nicht gerade originell, in ihre Fußstapfen zu treten, aber ich liebe diese Arbeit. Ich kann mir wirklich nicht vorstellen, etwas anderes zu machen.«

Unsere Kellnerin bringt die Rechnung. Sie hat lange, schlanke Beine und einen Schmollmund, und Alex hat sie den ganzen Abend lang nicht einmal verstohlen gemustert, was ich ihm hoch anrechne. Aber er legt keinen Protest ein, als ich meine Visa-Karte auf seine lege, was ich als potenzielle Red Flag einschätze. Ja, er hat bei unseren ersten beiden Dates unsere Happy-Hour-Drinks bezahlt. Doch jetzt geht es nicht um ein Acht-Dollar-Glas Pino Grigio, sondern um ein Abendessen, unser erstes gemeinsames Essen. Ich stelle mir vor, wie Cassie bei diesem Szenario die Augen verdrehen würde. *Du machst dir gerne vor, dass du die Traditionen hochhältst, Billie,* würde sie verständnisinnig sagen. *Du willst, dass ein Mann dich einlädt, aber sobald es um Ehe und Kinder geht, wirst du ganz komisch. Das ist eine echt verdrehte Art von Feminismus.*

Ich gebe zwanzig Prozent Trinkgeld und kritzle meine Unterschrift auf die Quittung. Es passt mir gar nicht, dass ich ständig an Cassie denke, zumal ich weiß, dass sie nicht an mich denkt. Ohne zu merken, was ich tue, seufze ich hörbar auf, was Alex veranlasst, seine Augenbrauen zu heben.

»Alles gut?«

Einer seiner Mundwinkel kräuselt sich und lässt ein Grübchen entstehen, das meinen ganzen Körper zum Summen bringt. Ich nicke und verdränge die geteilte Rechnung aus meinem Bewusstsein. Im Grunde bin ich gar keine Verfechterin der Etikette – das ist Cassie. Ich mache mir nur selbst etwas vor, wenn ich so tue, als wäre mir das wichtig.

»Das war köstlich«, sage ich zu ihm, als wir auf die Straße treten. Es ist eine schwüle Nacht Ende August. Die Seventh Avenue ist belebt, und der Verkehr rauscht wie ein endloser Strom vorüber.

»Sehr köstlich.«

Ich trete auf ihn zu, ein Träger meines Sommerkleides rutscht mir von der Schulter auf den Ellbogen. Alex berührt meinen Arm und schiebt ihn wieder an seinen Platz. Seine Fingerspitzen verweilen auf meiner Schulter, zeichnen die Konstellation der Sommersprossen nach, von der Remy immer sagte, sie würde ihn an den Orion erinnern. Dann wandert seine Hand tiefer und bleibt mitten auf meinem Rücken liegen, was aus dem summenden Gefühl ein aufgewühltes

Vibrieren macht. Eine magnetische Anziehungskraft. Meine Knie schmelzen.

»Billie.« Alex' Stimme ist eine Spur rau. Wir sind beide ein bisschen betrunken. »Kommt der Name in deiner Familie öfter vor?«

»Auf gewisse Weise.« Ich hebe das Kinn, um ihn anzusehen. Alex ist nicht so groß wie Remy, überragt mich aber dennoch um mindestens zehn Zentimeter. »Der Vater meiner Mutter hieß William. Und meine Mutter war überzeugt, dass ich ein Junge werden würde, deswegen hatte sie vor, mich nach ihm zu benennen.«

»Wirklich?« Er lächelt, in seinen grünbraunen Augen liegt ein Schimmern. »Wieso war sich deine Mutter so sicher, dass du ein Junge bist?«

Ich zucke mit den Schultern und schlucke schwer. Ich will nicht über Mom reden.

»Kann ich dich zu einem weiteren Drink überreden?«, fragt er.

Ich beiße mir von innen auf die Lippe. Mehr als irgendetwas anderes möchte ich die Arme um ihn schlingen. Ich will meine Hände auf seinen Nacken legen, durch sein feines braunes Haar fahren und meinen Körper an seinen schmiegen, als wären wir zwei Pringles. Gott, es ist schon so lange her, dass mich jemand gehalten hat.

Aber es ist unser drittes Date, womit wir schon recht weit gekommen sind, und in seinen Augen, in der Art, wie sie hoffnungsvoll die meinen studieren, steht eine altbekannte Frage. Und da ist sie wieder, die Stimme, die in solchen Momenten weit hinten in meinem Bewusstsein auftaucht. *Lass den Kerl in Ruhe, Billie. Er ist nett. Er ist ein Guter. Du musst dich jetzt abwenden, bevor es zu spät ist.*

»Ich muss früh raus«, sage ich und hoffe halb, er spürt, dass es gelogen ist. »Ich habe noch jede Menge Arbeit, bevor ich Samstag abreise.« Und dann füge ich hinzu, obwohl ich es nicht so meine, vielleicht auch, weil ich mir wünsche, es zu meinen: »Verschieben wir es auf ein andermal?«

»Klar.« Der Schimmer in seinem Blick wird ein wenig schwächer, aber er drängt mich nicht. »Wann bist du aus Portugal zurück?«

»In der Woche nach dem Labor Day.«

»Cool. Ich hoffe, du hast eine tolle Zeit.« Sein Satz fühlt sich jetzt oberflächlich an, plötzlich ist die Luft raus. Meine Schuld, ohne Zweifel.

»Und was machst du über das lange Wochenende?«, frage ich, denn ich habe immer noch keine Ahnung, wie dieser Mann seine Freizeit verbringt. Alex ist anders als alle anderen Typen, mit denen ich bisher ausgegangen bin, bei ihm kann ich nicht einfach dazudenken, was ich nicht weiß.

»Ich fahre zu meinen Eltern nach Long Island.«

»Du kommst aus Port Washington, hast du gesagt, stimmt's?«

Er nickt. »Meine Mom veranstaltet am Ende des Sommers immer eine große Grillparty. Sie macht mir und meinen Geschwistern die Hölle heiß, wenn wir dafür nicht nach Hause kommen.« Er lacht leise. »Meine Familie kann ziemlich rabiat werden.«

Als ich Alex dabei zusehe, wie er ein Taxi ruft, kommt es mir unwahrscheinlich vor, dass er mich noch einmal anrufen wird. Ich werde fast zwei Wochen lang fort sein, was lange genug ist, um die Sache im Sande verlaufen zu lassen, falls einer von uns beiden das will. Ich weiß, es wäre das Beste, aber es versetzt mir einen Stich. Auf dem Weg nach Hause denke ich an sein James-Franco-Blinzeln, seine sympathische Stimme.

Meine Wohnung liegt nur vier Blocks entfernt, eine Zweizimmerwohnung in der Christopher Street, die ich mir in meinen Zwanzigern nie hätte leisten können. Ich denke an all die Dreckslöcher, die ich in dieser Stadt schon bewohnt habe – das Souterrain in Greenpoint, die Craigslist-Wanzen-WGs in Chinatown, die 35-Quadratmeter-Butze, die Cassie und ich uns in den ersten Jahren nach dem College in Alphabet City geteilt haben – und weiß, dass ich diese Wohnung niemals für selbstverständlich nehmen werde.

Ich brauche eigentlich nicht noch mehr Alkohol, hole aber trotzdem die kalte Flasche Rosé aus dem Kühlschrank und schenke mir ein Glas ein. Ich lasse mich auf mein plüschiges Sofa von West Elm fallen – das mit Abstand schönste Möbelstück in meiner Wohnung. Es hat mich einen ganzen Gehaltsscheck gekostet, aber ein gutes Sofa ist wichtig, und mir stand ein Upgrade zu. Es ist weiß, ganz einfach, weil es geht, weil ich mir keine Sorgen machen muss, dass außer mir jemand etwas darauf verkleckern könnte. Ich ziehe die weiche, beigefarbene Decke von der Rückenlehne und kuschele mich mit meinem Wein hinein. Die Klimaanlage läuft auf Hochtouren, so, wie ich es mag. Ich hole mein Handy heraus.

Ich habe seit Stunden Instagram nicht mehr geöffnet, was bedeutet, dass es eine Flut von neuem Cassie-Content geben muss. Tolle Sache.

Und tatsächlich leuchtet um ihren Avatar oben in meinem Feed ein rosa Ring, darunter in kleinen Buchstaben ihr Benutzername: @cassidyadler.

Wie erbärmlich, dass ich das hier tatsächlich genieße: alleine Wein zu trinken und meiner weltbesten Freundin – die so gut wie nicht mehr mit mir spricht – dabei zuzuschauen, wie sie auf Instagram ihr Leben ausbreitet.

Ich klicke auf ihren Avatar, den Kreis, der mir – und achtundvierzigtausend anderen – Zugang zu ihrem alltäglichen Leben gewährt. Cassies Gesicht erscheint auf dem Bildschirm, es ist makellos, ihre Poren hat ein Filter weggesaugt.

Sie trägt ein weißes Leinennachthemd mit Flügelärmeln und kleinen Ösen.

»Okay, ich bin so eine Oma, es ist noch nicht mal halb neun, und ich gehe schon ins Bett! *Aber* ich musste einfach noch schnell hier reinschauen und euch dieses Nachthemd zeigen, von dem ich buchstäblich besessen bin. Es ist von dieser *fantastischen* Marke Celestine, und *jawohl*, wir führen sie im Laden, sowohl online als auch in dem gemauerten, und ich bin einfach … Leute, ich bin besessen. Es ist so weich, so zart, so gemütlich, so feminin. Ella wird es wahrscheinlich jeden Moment vollspucken, aber es muss nicht wie viele meiner Lieblingsnachthemden von Hand gewaschen werden, es hat also den großen Vorteil, dass man es in die Wachmaschine stecken kann. Allerdings würde ich es zum Trocknen lieber aufhängen. Wie auch immer, ich habe es hier verlinkt. Süße Träume.«

Vor der Kamera strahlt Cassies Stimme Freundlichkeit aus und hat eine höhere Tonlage, als ich sie im echten Leben je von ihr gehört habe. Ich nehme einen großen Schluck Wein, süchtig, gebannt. Dieser Tage ist dies mein einziger Zugang zu ihr, und ich bin noch nicht bereit dafür, dass es zu Ende ist. Zum Glück gibt es mehr.

In der nächsten Story liegt sie im Bett und kuschelt sich an ihre gerüschten Dekokissen, die an ihrem cremefarbenen, gepolsterten Kopfteil lehnen. Ich weiß von allem in ihrer Wohnung, wo sie es gekauft hat, sie hat es uns erzählt, allen achtundvierzigtausend. Sie hat zu jedem Möbelstück, zu jedem Handtuch mit Monogramm einen Link gepostet.

Cassie hat sich das Make-up von den Augen geschrubbt und ihre glänzenden kastanienbraunen Locken fließen ihr in zwei gleichmäßigen Bahnen über die Schultern. Ich denke daran, wie ihre Haare in der Highschool und auf dem College ausgesehen haben, an diesen Schopf von Locken, den sie jetzt mit religiöser Regelmäßigkeit bürstet und glättet. Sie sieht so anders aus. Sie war schon immer schön, aber früher hatte ihre Schönheit etwas Schroffes, Wildes. Jetzt sieht sie perfekt aus, wie eine brünette Barbiepuppe. Wie kann ein Mensch, wenn er abends ins Bett geht, so makellos aussehen? Wie ist das möglich?

»Hallo, Leute, tut mir leid, dass ich flüstere – Grant schläft –, aber es sind ein paar Fragen zu Nachthemd-Größen eingetrudelt, also wollte ich mich hier noch mal ganz schnell zurückmelden. Ich trage Größe XS ... diese Marke ist ziemlich weit geschnitten, da ist viel Stoff dran. Außerdem muss ich ganz ohne Zusammenhang sagen, dass sich meine Haut im Augenblick buchstäblich anfühlt wie Seide. Die Leute von Tatcha haben mir ihre neue Feuchtigkeitscreme geschickt, und sie ist *himmlisch*. Ich habe gerade ein totales Matschhirn vom Stillen, und mir fällt nicht ein, wie genau sie heißt. Sie kommt in einem mintgrünen Tiegel. Aber ich verspreche, ich verlinke sie euch morgen früh und gebe euch meinen Rabattcode. Ich weiß einfach, dass dies meine neue Lieblingsfeuchtigkeitspflege wird, sie ist absolut unbedenklich, sogar wenn man stillt, was, wie ihr wisst, derzeit mein Job ist. Und da wir gerade davon sprechen, Ella wird schon in ein paar Stunden wach, deswegen melde ich mich jetzt ab. Muaah.«

Cassies Story ist zu Ende, und Instagram springt zur nächsten, sie stammt von einem Mädchen, mit dem ich auf dem College war, ihr Baby schwingt in einer Schaukel wie ein Bumerang immer wieder zu ihr zurück. Es kommt mir vor, als hätte ich nur einmal geblinzelt, und plötzlich haben alle Babys.

Ich klicke wieder auf Cassies Profil, um mir ihre Storys noch einmal anzusehen, aber diesmal beginne ich am Anfang der letzten vierundzwanzig Stunden. Ihr Profil-Avatar trägt ein weißes, trägerloses Maxikleid, hat die dünnen Arme verschränkt, lächelt einladend. Sie steht neben dem Schaufenster von Cassidy Adler, der Boutique, die sie vor zwei Sommern in SoHo eröffnet hat. Unter dem Foto ist ihre Bio zu lesen:

Cassie Adler
Mama, Ehefrau, Gründerin von Cassidy Adler
Wir sind eine exklusive Bekleidungsboutique in NYC und
kommen bald auch nach East Hampton!
Online Shopping: cassidyadler.com

Ursprünglich hieß ihr Laden »Cassidy's Closet«, bis eine Publicity-Managerin den Namen zu schrullig fand und behauptete, er wecke Assoziationen an den mittleren Westen, was fast schon zweitklassig wirke. Und das Gegenteil dessen war, was Cassie mit ihrer sorgfältigen Auswahl an Kaschmir-Sets und überteuerten Cocktailkleidern erreichen wollte. Vielleicht um von dem Verdacht abzulenken, dass es Cassies eigener Vision an Geschmack mangeln könnte, riet ihr die Publicity-Managerin dazu, »Cassidy Adler« zu verwenden – sowohl für das Geschäft als auch für ihren Insta-Account – und ihr »ganzes Ich« in die Marke zu stecken. Damals war Cassie bereits mit Grant verlobt. Dass sie seinen Nachnamen annehmen und in ihre neue Identität einbauen würde, war für mich keine Überraschung.

Ich klicke auf den Avatar und schaue zu, wie ihre Storys abgespielt werden. Ich sehe einen Clip vom Vorabend, ein Video von Cassie und Grant, wie sie zusammen mit einem anderen Paar essen gehen, Leuten, die ich nicht kenne. Es sind eine elegante Frau mit mehreren Goldketten und ein Mann mit schlaffem Kinn in einem teuren Anzug. Cassie scheint immer mehr neue Freunde zu haben.

»Ein freier Abend für die Eltern!«, singt sie in ihr Telefon und umklammert mit der freien Hand einen Martini. Neben ihr lächelt Grant verlegen, und ich kenne ihn gut genug, um zu wissen, wie es ihn nervt, dass sie pausenlos die sozialen Medien benutzt und ihr Leben ständig vor der Kamera zur Schau stellt.

Es folgt eine Fotoserie von ihrem Sushi. Glänzende Platten mit Gelbschwanz-Sashimi und Tempura im Teigmantel. Sie hat das Restaurant getaggt – ein trendiges neues Lokal in Nolita. Da ist ein Screenshot der Babyphone-App, ein körniges Schwarz-Weiß-Bild von einer friedlich schlafenden Ella, und darüber hat Cassie geschrieben: *Die Eltern haben einen freien Abend = nach zwei Martinis starre ich beim Essen mein Baby an! Bringt mich nach Hause zu ihr.* 😊

Es folgt eine achtstündige Phase ohne neuen Content – selbst Mikro-Influencerinnen schlafen. Früh um 7:00 Uhr ist sie wieder da. Ich sehe mir ihren Morgen an, den Smoothie, den sie sich macht, während Ella in einem roséfarbenen Tragetuch an ihrer Brust schläft. Ella verschläft sogar den Krach des Vitamix, und Cassie lacht darüber, was für ein liebes, einfaches Baby sie doch hat. Cassie verlinkt das Proteinpulver in ihrem Smoothie. Sie verlinkt den Vitamix. Sie verlinkt das Tragetuch. Sie filmt sich beim Stillen und gibt, während Ella an ihrer Brust nuckelt, die geänderten Öffnungszeiten des Ladens am Labor-Day-Wochenende durch.

Später am Tag macht sie mit uns eine Führung durch ihre Gästetoilette, die Grant und sie gerade renovieren lassen. Sie zeigt uns die Tapete, die sie ausgesucht hat. Die Lampen. Den Waschtisch. Sie verlinkt alles. Teure Gegenstände in ihrer schönen Wohnung, die nichts mit ihrer Bekleidungsboutique zu tun haben.

Roségeschwängerte Gedanken schwirren mir durch den Kopf.

Ich hasse sie.

Ich vermisse sie.

Wer zum Teufel ist diese Internet-Karikatur, und was hat sie mit meiner besten Freundin gemacht?

Ich schließe Instagram und scrolle durch meine Textnachrichten. Da ist nichts Neues. Ich bin nicht mit vielen Menschen täglich im Kontakt. Heute waren es nur Alex, meine Chefin Jane, die sich zu meiner Seelenverwandten entwickelt hat, und ein Austausch im Gruppenchat mit Becca und Esme, meinen beiden engsten Freundinnen aus dem College.

Ich scrolle weiter nach unten. Es ist einen Monat her, dass ich mich bei Cassie gemeldet habe. Ich erschaudere, als ich die Nachricht lese, die ich ihr geschickt habe.

> Wie läuft's denn so?! Du und Ella fehlt mir, sie ist ein Schnuckelchen. Ich schaue mir so gern die Bilder und Videos auf Insta an. Mittagessen nächste Woche? Ich kann was vom Takeaway mitbringen, wenn das am einfachsten ist! Ich habe jeden Tag Zeit!

Cassie hat nie darauf geantwortet, was mich nicht allzu sehr schockiert hat. Inzwischen stehen die Chancen etwa eins zu vier, dass sie auf meine Nachrichten antwortet. Ich rede mir gerne ein, dass es an ihrem Neugeborenen liegt, aber in Nächten wie dieser – wenn genügend Alkohol in meinem Blut zirkuliert – erkenne ich die Wahrheit. Es geht nicht um Ella. Becca hat zwei Kinder, und sie antwortet mir immer.

Ich bin Ella nur einmal persönlich begegnet, damals im Mai, kurz nach ihrer Geburt. Ich hatte Cassie eine Nachricht geschickt, dass ich ein Geschenk vorbeibringen wolle und ob ich es bei ihrem Pförtner abgeben könne. Erstaunlicherweise bat sie mich zu sich hoch.

Ich erinnere mich genau an Cassies Anblick. Sie hatte sich in der Sofaecke zusammengekauert, das Haar war zu einem unordentlichen, schiefen Dutt hochgesteckt, wie sie ihn nicht im Traum auf Instagram zeigen würde. Sie trug eine Pyjamahose und ein altes Harvard-T-Shirt, und die kleine Ella lag wie ein Burrito auf ihrem Schoß.

»Es war so schwer, Bill«, sagte sie, und ihre Augen füllten sich mit ehrlichen, brennenden Tränen. Die echte Cassie.

Ich dachte daran, wie viel Angst wir beide in der Highschool vor Geburten gehabt hatten.

»Billie und ich werden uns *hundertprozentig* Leihmütter nehmen«, hatte Cassie ihrer Mutter gegenüber erklärt, meist nachdem wir *Nine Months* gesehen hatten, einen Film, der in den frühen Achtzigern ständig im Fernsehen gelaufen war. Ich nickte empathisch.

»Seid doch nicht so dramatisch, Mädels«, sagte Mrs Barnwell und zog amüsiert eine Augenbraue hoch. »Es ist nicht so schlimm, wie Hollywood es darstellt.«

An jenem Nachmittag im Mai setzte ich mich neben Cassie aufs Sofa. Ich blickte auf Ella hinab, deren glatter Kopf so groß war wie eine Cantaloupe-Melone. »Ich kann nicht glauben, dass du sie geboren hast.«

»Ich weiß.«

»War es so verrückt, wie es in *Nine Months* ausgesehen hat?«

Cassie runzelte die Stirn. Ich schien in ihrer Gegenwart nicht mehr die richtigen Worte zu finden.

Das war das letzte Mal, dass wir uns gesehen haben. Vor drei ganzen Monaten. Ich seufze und denke daran, wie viel sich verändert hat. Nicht erst in den drei Monaten, sondern in den letzten paar Jahren.

Ich starre auf mein Telefon. Ich vermisse sie. Ich möchte ihr so gerne eine Nachricht schicken.

Ich denke daran, was Jane sagen würde, was Jane gesagt *hat*, als ich ihr gegenüber offen war. *Hör auf, dich mit ihr abzugeben, Billie. Warum reißt du dir für dieses Mädchen ein Bein aus, wo sie dich eindeutig nicht in ihrem Leben haben will und dich nicht braucht?*

Aber sie braucht mich doch, sage ich mir. Sie braucht mich. Das hat sie immer getan. Genau, wie ich sie brauche.

Ich beginne zu tippen. Die Chance, dass sie antwortet, liegt bei eins zu vier. Warum sollte ich es nicht noch einmal versuchen?

2 Cassie

Grant steckt mir seinen Finger in den Mund. Das soll mich antörnen, tut es aber nicht. Nur knochiges Fleisch, die glatte Härte seines Nagels. Schlimmer noch, es lässt mich an Ella denken, wie sie ihre Finger an der Innenseite meiner Lippen ruhen lässt, wenn ich sie stille. Seit ich ein Baby habe, fühlt sich so vieles, was früher eine sexuelle Aufladung hatte, nur noch wie eine biologische Funktion an. Ich schiebe Grant weg.

»Ehrlich gesagt, Babe, ich bin müde.«

Er seufzt. »Du bist immer müde.«

»Es ist noch nicht mal sieben. Ich brauche einen Kaffee.«

»Es ist fast vier Monate her, Cass. Ich werde noch verrückt.«

Ich unterdrücke ein Stöhnen, schließe die Augen und lasse mich in die Kissen zurücksinken. Meine Gynäkologin hat uns sechs Wochen nach Ellas Geburt die Freigabe für Sex erteilt, aber da war ich noch nicht bereit. Seitdem habe ich mich noch nie »bereit« gefühlt, aber trotzdem. Ich kann Grant nicht ewig warten lassen.

»Okay«, stimme ich zu.

Seine Augenbrauen schießen vor Überraschung in die Höhe. »Echt? Bist du dir sicher?«

»Ich sagte okay.« Ich greife nach ihm und ziehe ihn auf mich. Wenn er es so sehr will, kann er auch die Arbeit machen.

Grant will. Unbedingt. Er reißt mir das Nachthemd praktisch über den Kopf – das Leinenhemdchen von Celestine, das ich gestern Abend auf Instagram gezeigt habe –, und seine Boxershorts hängen bereits auf Knöchelhöhe. Ich bin noch gar nicht warm – befinde mich noch im Halbschlaf –, aber er drückt meine Schenkel mit den Knien auseinander, und dann spüre ich, wie mich ganz plötzlich ein Schmerzschock auseinanderreißt und mich direkt in den Kreißsaal zurückversetzt, zurück zu der schmerzhaften Erinnerung an all die Fäden, die mich nach Ellas Geburt wochenlang zusammenhielten. Ich musste fast einen Monat lang auf einem verdammten Fahrradschlauch sitzen.

»*Gott*, Grant!«

Er hört auf, in mich zu stoßen. Ich bin seine Frau, er kennt meine Lustschreie, und das war keiner.

»Scheiße. Cassie. Ist alles okay?« Seine Augen sind vor Sorge geweitet, sein dunkler Pony fällt ihm in die Stirn.

Ich spüre, wie mir die Tränen in die Augen schießen. Ich blinzle sie zurück. »Verdammt.«

»Was ist, Baby? Tut es weh?«

Ich nicke. »Ja. Ich will nur …« Jetzt weine ich wirklich. Die verdammten Hormone. »Ich will, dass alles wieder normal ist, aber das ist es nicht.«

»Babe. Das wird wieder.« In Grants Stimme schwingt Besorgnis und Mitgefühl mit, aber auch etwas anderes. Frustration.

Ich betupfe mir mit den Fingerkuppen die Augenwinkel. Ich mustere Grant, die scharfe Kontur seines Kieferknochens, die schwache Furche auf seiner Stirn. Er sieht gut aus, aber nicht sehr gut. Sein Gesicht hat gewisse Makel, wie beispielsweise sein Kinn. Die etwas fleischige Nase. Mit der Zeit stechen sie mir mehr und mehr ins Auge. Trotzdem, er ist Grant Adler. Er hätte jede Frau haben können, und er hat mich ausgesucht.

»Aber unser Sexleben ...« Ich schniefe und blinzle zu ihm auf. »Du hast deine Bedürfnisse. Was, wenn du ... Ich meine, ist das der Grund, warum Männer fremdgehen?« Ich habe nicht unbedingt die Absicht, manipulativ zu sein, doch manchmal kann ich nicht anders. Manchmal fühlt es sich an wie meine Pflicht als Frau, das andere Geschlecht zu beeinflussen, nur ein bisschen.

»Cassie.« Grants Züge verziehen sich. Er streicht mir ein paar Haarsträhnen aus dem Gesicht und sieht mir tief in die Augen. »Ich würde dich *nie* betrügen. Wie kommst du überhaupt auf diesen Gedanken?«

Sagte ich doch.

Grant küsst mich, dann verschwindet er ins Bad, und bald kann ich die Dusche laufen hören. Er holt sich da drin ganz sicher einen runter, wer könnte es ihm verdenken? Ich bin bei Ellas Geburt übel gerissen. Es wird noch mindestens einen Monat dauern, bis für diesen Mann im Bett wieder etwas läuft, insbesondere dann, wenn er weiterhin das Vorspiel überspringt.

Ein Stück den Flur hinunter wird Ella unruhig. Bei ihren süßen kleinen Geräuschen breitet sich beginnend in meinem Bauch ein zartes, berauschendes Gefühl bis hinauf in meinen Brustkorb aus. Ich bin vielleicht immer müde, wegen meiner Narben werde ich vielleicht nie wieder Sex mit meinem Mann haben, aber für Ella lohnt sich das. Trillionen Mal.

Ich hole sie aus ihrem Bettchen, drücke ihren warmen, anschmiegsamen Körper an mich und vergrabe meine Nase in der weichen Speckfalte an ihrem Hals. Ich gehe mit ihr zurück ins Schlafzimmer und steige ins Bett. Ich schiebe das Oberteil meines Nachthemds hinunter und spüre, wie sie instinktiv andockt, wie uns beide ein Rhythmus verbindet, der ursprünglicher und intimer ist als alles, was ich je erlebt habe. *So* möchte ich meinen Morgen beginnen.

Während Ella trinkt, schaue ich auf mein Handy. Wie üblich habe ich Dutzende von Instagram-Nachrichten von Followern, die mir Komplimente für mein Nachthemd machen und um meinen Tatcha-Rabattcode betteln. In meinem Mütter-Chat geht es hoch her: Allegra hat einen verstopften Milchgang, und alle steuern augenblicklich ihre bevorzugten Hausmittelchen bei. Ein kochend heißer Waschlappen, Kokosnussöl, dünn geschnittene Bio-Kartoffeln, die auf die betroffene Brust gelegt werden müssen.

Ich habe eine Nachricht von Mara, die versucht, für unsere Eltern ein Essen zu ihrem Hochzeitstag im September zu organisieren. Und schließlich ist da noch eine Nachricht von Billie.

> Hey, Fremde, ich vermisse dich. Wollen wir mal was zusammen machen? Mittagessen, Abendessen, Kaffee ... Ich weiß, dein Leben spielt im Moment verrückt, also machen wir, was am einfachsten ist. x

Schuldgefühle überkommen mich, als ich Ella an die andere Brust lege. Aber es sind nicht nur Schuldgefühle. Mit Billie ist es deutlich komplizierter. Es ist Beklemmung. Ein leichter Widerwille. Eine unbehagliche, in die Jahre gekommene Art von Liebe und noch etwas anderes, das an mir zerrt. Billie versteht mein Leben einfach nicht. Im Laufe der Jahre ist die Kluft zwischen uns immer größer geworden. Jetzt existieren wir auf voneinander getrennten Inseln.

31

Ich scrolle durch die älteren Chatnachrichten von Billie und mir und stelle fest, dass ich auf ihre letzten Kontaktversuche nie geantwortet habe. Ich weiß nicht mehr, ob ich sie bewusst ignoriert habe, aber es ist möglich. Ich war nicht gerade erpicht darauf, mit Billie zu sprechen.

Mein Vorwand lautet, dass ich überfordert bin. Ich habe ein Baby und dazu noch einen chaotischen Job als Unternehmerin. Sie darf es nicht persönlich nehmen.

Grant kommt frisch rasiert aus dem Bad, ein dickes weißes Handtuch um die Hüften geschlungen. Er fährt sich mit den Fingern durch das feuchte Haar.

»War es nett unter der Dusche?« Ich ziehe eine Augenbraue hoch. Ich kann nicht anders.

Grant lächelt spröde. Wenn er sich die Stoppeln frisch abrasiert hat, sieht er am besten aus. Er tritt ans Bett und streicht mir über das Haar, dann beugt er sich hinunter und küsst Ellas winzige Wange.

»Meine schönen Mädchen.«

»Eine Frage.«

»Ja?« Er kramt in seiner Kommode nach Boxershorts. Ich beobachte, wie das Handtuch von seiner Hüfte gleitet und als Häuflein auf dem Boden landet, wo es den ganzen Tag über liegen bleiben wird, wenn *ich* es nicht aufhebe. Ich öffne den Mund und klappe ihn wieder zu. Ich widerstehe dem Drang, an ihm herumzunörgeln, bevor wir beide unseren Kaffee getrunken haben.

»Also, Billie hat mir eine Nachricht geschickt.«

»Billie? Die hast du schon lange nicht mehr getroffen.«

»Ich weiß.« Ich stöhne auf. »Deswegen denke ich, ich sollte einfach heute Abend etwas mit ihr trinken gehen. Es hinter mich bringen.«

Grant gluckst. »Du weißt, dass sie nicht gerade einer meiner Lieblingsmenschen ist, aber so schlimm ist sie auch wieder nicht. Wenn du wissen willst, ob ich nachher auf Ella aufpassen kann, lautet die Antwort ja. Ich komme nach Hause, bevor Lourdes geht.«

»Nur eine Stunde oder so.« Ich knibbele an dem blassrosa Lack auf meinem Daumennagel. Ohne nachzudenken, ziehe ich einen ganzen Streifen davon ab. Es ist eine schlechte Angewohnheit. Die Maniküre ist ruiniert.

Grant schlüpft in blaue Boxershorts mit kleinen Segelbooten darauf. »Klar. Bleib ruhig länger weg, wenn du willst. Gibt es einen Anlass?«

Ich schüttle den Kopf. »Nur den, dass ich sie nicht mehr gesehen habe, seit Ella etwa eine Woche alt war, und sie nicht ewig ignorieren kann.«

»Also, man sollte seine beste Freundin überhaupt nicht ignorieren.«

»Billie ist nicht meine beste Freundin.« Ich winkle die Beine an und lege Ella auf meine Oberschenkel. Sie lächelt, ganz Zahnfleisch, und Milch rinnt ihr Kinn hinunter.

»Als wir uns kennengelernt haben, war sie es jedenfalls. Und das ist erst drei Jahre her.«

Ich sehe Grant dabei zu, wie er sein Anzughemd zuknöpft, und kann nicht glauben, dass es erst drei Jahre her ist. Ein Jahr, in dem wir zusammen waren, bevor er mir den Antrag gemacht hat, ein Jahr, in dem wir unsere Hochzeit geplant haben, ein Jahr, in dem wir schwanger waren und ein Baby bekommen haben. Im Rückblick waren wir mit allem sehr schnell. Aber ich war fast zweiunddreißig, als wir uns begegnet sind. Ich wusste, was ich wollte. Ich hatte keine Zeit zu verlieren.

Grant stellt sich vor mich und liest meine Gedanken. »Fühlt sich länger an, oder?«

»Ich kann einfach nicht glauben, dass ich bald fünfunddreißig bin.« Ich verziehe das Gesicht.

»Fünfunddreißig ist jung, Cassie.« Er zwinkert mir in dem bodentiefen Spiegel zu, vor dem er sich die Krawatte knotet. »Außerdem siehst du heißer aus als je zuvor.« Er schnappt sich sein Jackett von der Sessellehne. »Ich setze Kaffee auf, bevor ich gehe.«

»Danke.«

Grant bemerkt die Angst in meinem Gesicht. »Mach dir keinen Stress wegen Billie. Ich weiß, dass ihr euch auseinandergelebt habt, aber sie ist harmlos.«

Ich kaue auf meiner Unterlippe und tippe eine Antwort, bevor ich meine Meinung ändern kann.

Tut mir leid, dass ich untergetaucht bin! Ich vermisse dich auch. Wir sind dieses Wochenende hier, fahren nicht in die Hamptons, dort sind gerade die Maler. Hast du heute Abend Zeit für ein Glas Wein? 18:30?

Ihre Antwort kommt dreißig Sekunden später. JA!

Als Grant zum Büro aufgebrochen ist, setze ich Ella in ihre Wippe auf den Küchenboden und schenke mir eine Tasse Kaffee ein. Sobald der erste Schluck in meine Blutbahn gelangt, fühle ich mich besser. Die Müdigkeit verschwindet und wird durch das Gefühl einer Zündung ersetzt, durch einen Funken. Eines der Dinge, die ich an Grant schätze, ist, dass er meine Begeisterung für guten Kaffee teilt – mein *Verlangen* danach. Nicht nach diesen miesen, vorgemahlenen Bleistiftspänen, die man im Supermarkt bekommt. Das echte Zeug. Ganze Bohnen, selbst gemahlen, in der Stempelkanne gepresst. Er bereitet ihn uns jeden Morgen zu – das gehört zu unserem

Tagesablauf. Aus irgendeinem Grund ist er nie genauso gut, wenn ich ihn mir selbst koche.

Ich mache ein Selfie für meine Follower und halte mir dabei den dampfenden Becher vors Gesicht. Dazu schreibe ich: *Mein Mann macht den besten Kaffee der Welt. Und ohne Koffein bin ich nichts.*

Ich habe mehrere neue DMs von Leuten, die nach dem Tatcha-Rabattcode fragen. Ich schaukele mit einem Fuß Ellas Wippe, während ich durch meine E-Mails scrolle und die Nachricht des Tatcha-Vertreters ausgrabe. Als ich den Code gefunden habe, gehe ich zurück auf Instagram. Ich mustere mich im Bild der Kamera. Ich habe mir noch nicht das Gesicht gewaschen, aber ich sehe nicht schlecht aus. Meine Haut ist taufrisch vom Schlaf und sonnengebräunt, weil ich den größten Teil des Sommers draußen in East Hampton verbracht habe. Zarte Linien ziehen sich über meine Stirn und um die Augenwinkel, aber das ist nichts, was ein Filter nicht beheben könnte. Ich drücke auf den weißen Kreis am unteren Rand des Bildschirms, um eine Story aufzunehmen.

»Guten Morgen, Leute, ich trinke hier gerade Kaffee mit meiner kleinen besten Freundin«, ich drehe kurz die Kamera und zeige Ella, die in ihrer Wippe zufrieden an ihrem Schnuller nuckelt. »Wie auch immer, entschuldigt bitte die Verzögerung, aber hier ist der Code, mit dem ihr bei Tatcha zwanzig Prozent Rabatt auf alles bekommt, er lautet CASSIE20, alles in Großbuchstaben. Die Feuchtigkeitscreme, die ich gestern Abend ausprobiert habe, heißt Water Cream; sie ist *super*leicht, wenn es euch also so geht wie mir und ihr bei warmem Wetter fettige Haut bekommt, ist diese Creme genau das Richtige für euch.«

Ich lade den Beitrag hoch und trinke noch einen Schluck Kaffee. Die Leute gehen oft davon aus, dass die ständige Aufmerksamkeit, die diese App von mir verlangt, anstrengend ist.

Fast fünfzigtausend Follower, die hungrig nach meinen Inhalten an meinen Lippen hängen. Grant macht sich über mich lustig, vor allem wegen meiner ausgeuferten Bildschirmzeit. Meine Mom ruft an und fragt verwirrt, warum ich Einzelheiten von Ellas Geburtsgeschichte in den sozialen Medien teile. Inwieweit nutzt das den Umsätzen von Cassidy Adler, will sie wissen. In den letzten Monaten ist mir aufgefallen, dass mir eine Handvoll ehemaliger Freunde aus der Highschool und dem College nicht mehr folgen. Ich weiß, was sie denken: *Die ist bloß noch so ein dummes, oberflächliches Mädchen auf Instagram, das sich einbildet, dass sich jeder für seinen Alltag interessiert.*

Aber die Sache ist die: Die Leute interessieren sich *wirklich* für meinen Alltag. Vielen Leuten ist das nicht egal. Und deshalb ignoriere ich Grants Sticheleien darüber, wie oft ich vor dem Handy hänge. Ich ignoriere die Tatsache, dass die Generation meiner Mom nicht begreifen kann, dass ich nicht nur die Sachen im Laden verkaufe, sondern auch mich selbst. Ich verbanne die Hater aus der Highschool aus meinem Kopf. Denn je mehr ich poste, desto mehr Follower bekomme ich. Und wenn ich ehrlich bin, löst der Anblick meiner Tag für Tag steigenden Followerzahl einen Rausch aus, eine Dosis Dopamin, die ich nicht mehr missen möchte. Die Tatsache, dass sich all diese Menschen wirklich für mein Leben interessieren, ist nicht anstrengend, sondern belebend. Und der eigentliche Gewinn ist, dass ich Cassidy Adler umso mehr Bekanntheit verschaffe, je mehr Follower ich habe. Für den Laden ist es gut – nein, es ist fantastisch. Bald werden es *Läden* sein, Plural. Was mich an etwas erinnert. Ich drücke erneut auf den Aufnahme-Button.

»Noch etwas ganz anderes, hier kommt ein kurzes Update zu Cassidy Adler East Hampton, denn einige von euch haben mich danach gefragt. Also, wir haben einen fantastischen Raum in der Stadt gefunden – der, um völlig transparent zu sein, früher ein FedEx-Lager war – und sind gerade dabei, kräftig zu renovieren. Ich *hoffe*, dass wir damit diesen Herbst fertig sein werden, aber ihr wisst ja, wie es ist. Es wird allerdings ganz großartig werden. Ich versuche, geduldig zu sein, aber ich kann es wirklich kaum erwarten, es euch allen zu zeigen. Wenn alles nach Plan läuft, können wir hoffentlich nächstes Frühjahr eröffnen. Ich verspreche, euch auf dem Laufenden zu halten, und in der Zwischenzeit könnt ihr uns in SoHo einen Besuch abstatten, wir haben nämlich tonnenweise süße Sachen für den Herbst im Angebot. Okay, mein Magen knurrt, Mama braucht jetzt ihren Morgensmoothie, aber ich schaue hier später wieder vorbei und zeige euch ein paar meiner neuen Lieblingsstücke für den Herbst. Bis dahin!«

Ich lächle und wackle mit den Fingern vor der Kamera. Dann schaue ich mir die Story noch einmal an, bevor ich sie hochlade. Sie gehört nicht zu meinen besten, ich bin abgeschweift. Aber mein Magen frisst sich gerade selbst auf – das Stillen hat meinen Metabolismus auf Hochtouren gebracht –, und ich habe nicht die Geduld, das alles noch einmal neu zu filmen.

Weniger als eine Minute, nachdem ich es gepostet habe, flattern die DMs ins Haus, Nachrichten von Fremden, die mich erfüllen, mich nähren.

WIE KANNST DU NUR SO
SCHÖN SEIN?

Ich bin buchstäblich besessen
von Cassidy Adler SoHo und
freue mich schon riesig auf das
Geschäft in den Hamptons.
Meine Familie hat ein Haus in
Quogue!

Das Nachthemd von Celestine
steht dir sooo gut, du hast mich
überzeugt, werde es mir gleich
kaufen

Und dann ein bekannter Name in meinem Posteingang. Sie.

billie_west: Ich kann es kaum
erwarten, dich heute Abend zu
sehen!

Ich zucke zusammen, und mir wird ganz beklommen zumute, ohne dass ich den Grund genau benennen könnte. Früher war es nicht so. Aber in letzter Zeit kommt es mir unmöglich vor, in Billies Nähe zu sein, ohne in die Vergangenheit zurückgesogen zu werden, ohne die Schwere all dessen zu spüren, was in diesem vergangenen Leben geschehen ist.

Und ich kann nie wieder zurück. Nicht mehr jetzt, wo ich schon so weit gekommen bin.

Billie

Sommer 2000

Die Sonne brennt vom Himmel. Das städtische Schwimmbad ist die einzige Abkühlung, auch wenn es dermaßen gechlort ist, dass meine Haut vor Trockenheit anfängt rissig zu werden.

Meine Freundin Ashton sagt, man müsse so viel Chlor ins Becken kippen, weil die kleinen Kinder hineinpinkeln. Auf der flachen Seite dümpelt sogar hin und wieder ein an einen Ast im Fluss gemahnendes Häufchen auf der leuchtend türkisen Wasseroberfläche, bis einer der Bademeister kommt und es mit einem Netz herausfischt. Dieses Schwimmbad ist ein Drecksloch, aber für Anwohner ist es billig. Das eine halbe Stunde südlich gelegene Schwimmbad im Country Club ist viel schöner, aber ich habe Mom sagen hören, dass es Tausende von Dollar kostet, dort Mitglied zu werden, und mit so viel Geld können wir nicht um uns werfen.

Ashton reicht mir das Bräunungsöl von Hawaiian Tropic. Ich reibe mir den Bauch damit ein, und im Nabel bildet sich eine ölige Pfütze. Mom schimpft mit mir, weil ich Bräunungsöl ohne Sonnenschutz benutze, und warnt mich davor, dass ich in ihrem Alter aussehen werde wie eine faltige Lederhandtasche. Aber mit zwölf liegt das weit genug in der Zukunft, um irrelevant zu sein, und außerdem geht es nur darum, so braun wie möglich zu werden.

Ashton verkündet, sie gehe jetzt zum Kiosk und hole sich etwas zum Mittagessen. Ich lehne mich auf der Liege zurück und schließe die Augen, atme den Bananen-Kokosnuss-Duft des Öls ein und genieße die Sonnenwärme auf meiner Haut. Ich drehe den Kopf, und als ich die Augen aufschlage, sitzt dort ein Mädchen, das nicht Ashton ist. Sie trägt einen magentaroten Bikini, ihre dunkelbraunen Haare sind zu zwei langen Zöpfen geflochten, die ihr über die Schultern fallen und auf Höhe der Körpermitte enden. Als ich sie dabei ertappe, wie sie mich anschaut, wendet sie hastig den Blick ab und lässt ihn auf die Zeitschrift auf ihrem Schoß sinken.

Ich hebe die Flasche Hawaiian Tropic aus dem trockenen Gras unter meiner Liege auf und halte sie ihr hin. »Willst du auch?«

Sie dreht sich zu mir um, ihr breiter Mund verzieht sich zu einem Lächeln. »Danke.«

Sie ist auffallend hübsch, aber auf eine Art und Weise, dass es einem erst mit einer Minute Verzögerung bewusst wird. Sie hat eine elegante Nase, lang und an der Spitze nach oben gebogen, und ihre Wangenknochen sind scharf gezeichnet und treten wie Höcker unter ihren weit auseinanderstehenden Augen hervor. Ihre olivfarbene Haut ist glatt und lässt keine Poren erkennen.

Ich sehe zu, wie sie das Bräunungsöl in ihre langen Beine einmassiert und beneide sie um ihre spindeldürre Figur. Mein eigener Körper ist kürzlich von neuen Fettpolstern gekapert worden: kurvigen Hüften und Brüsten, die aus meinen Sport-BHs von Gap herausquellen.

»Ich habe genau dieses Zeug in der Drogerie gekauft, aber meine Mom ist ausgeflippt und meinte, davon würde ich Hautkrebs bekommen.« Das Mädchen reicht mir die Flasche Hawaiian Tropic zurück. »Sie hat es direkt in den Müll geworfen. Sie ist so eine blöde Kuh.«

»Meine Mom sagt das auch.«

»Aber sie nimmt es dir nicht weg, als ob du ein Baby wärst.« Das Mädchen zieht ihre Nase kraus. Mir fällt auf, dass sich ihr Haar oberhalb der Zöpfe lockt, überall da, wo lose Strähnen sind. »Ich bin übrigens Cassie. Wir sind erst letzte Woche hergezogen.«

»Ich bin Billie.«

»Billy? Ist das nicht ein Name für Jungs?«

Ich verspüre einen Anflug von Unsicherheit. »Es wird am Ende mit i-e geschrieben.«

»Wie in dem Michael-Jackson-Song?« Cassie grinst. »›Billie Jean‹?«

»Igitt. Der widerliche Freund meiner Mom nennt mich so.«

Sie zieht eine Augenbraue hoch. »Zur Kenntnis genommen.«

Ich lächle. »Ich mag deinen Bikini.«

»Ja? Der gehört meiner Schwester Mara. Aber ich hasse sie und würde ihn dir auf alle Fälle leihen.«

»Warum hasst du sie?«

»Keine Ahnung. Vor allem, weil sie sich für etwas Besseres hält und auf mich herabschaut, obwohl sie nur anderthalb Jahre älter ist.«

Ashton kommt vom Kiosk zurück und balanciert einen Teller mit panierten Hähnchenstreifen und eine Dose Mott's Apfelsaft.

»Hey.« Sie blickt von Cassie zu mir und dann wieder zu Cassie. »Äh, das war mein Platz. Meine Tasche steht genau da.«

Cassie bedenkt sie mit einem schiefen Lächeln, schwingt dann ihre langen Beine über die Kante der Liege und steht auf. »Er gehört ganz dir.«

Ashton beugt sich vor und schwenkt ein labberiges Pommesstäbchen vor meiner Nase. »Willst du eins, Billie?« Sie

zieht es wieder zurück und stopft es sich selbst in den Mund.
»War nur Spaß«, sagt sie mit vollem Mund. »Frittiertes Essen
ist das Letzte, was du brauchst.«

Ich spüre, wie mein Gesicht heiß wird, rot wie eine Tomate.
Ich beiße mir von innen auf die Lippe, um meine Scham zu
bezähmen.

Ashton verdreht die Augen. »Ach, komm. Du hast mir doch
gerade gesagt, dass dir deine Jeans nicht mehr passen.«

Cassie schlüpft in eine kurze Hose mit Kordelzug und streift
sich ein weißes Tanktop über den Kopf. Sie sieht mich an. »Ich
bin fertig und gehe jetzt in die Stadt, willst du noch mitkom-
men?«

Ich starre sie an. Etwas Warmes blüht unvermittelt in mei-
ner Brust auf und verdrängt die Demütigung und die Wut.
»Okay. Ja.« Cassies strahlend blaue Augen heften sich an
meine, und es ist, als hätten wir ein gemeinsames Geheimnis.
Ich drehe mich zu Ashton um, ohne sie wirklich anzusehen.
»Ich habe Cassie angeboten, ihr die Stadt zu zeigen. Sie ist neu
hier. Bis später.«

»Jetzt sofort? Aber ich – äh, okay. Meinetwegen.« Ashton
zuckt mit den Schultern, sieht aber gekränkt aus.

Als wir aus dem Schwimmbadtor treten, hakt sich Cassie
bei mir unter, als hätten wir das schon tausendmal getan.

»Dieses Mädchen ist widerlich«, sagt sie. »Wer trinkt bitte
Apfelsaft aus der Dose?«

Billie

Wir treffen uns in einer Weinbar in der Nähe ihrer Wohnung in Gramercy. Ich bin ernstlich schockiert, dass Cassie an demselben Tag verfügbar ist, an dem ich ihr eine Nachricht geschrieben habe. Vor ein paar Jahren noch haben wir uns immer spontan getroffen. Aber das waren andere Zeiten. Das war, bevor sie anfing, mir auszuweichen. Bevor es so gottverdammt schwer wurde, sie zu fassen zu bekommen.

Heute Abend fühlt es sich an wie ein Geschenk, dass sie Zeit hat. Wie etwas Kostbares und Seltenes.

Ich wünschte, es wäre dunkler in der Bar. Ich will nicht, dass Cassie meine geröteten Wangen sieht, meinen fettigen Haaransatz, den zu waschen ich keine Zeit mehr hatte. Schweiß kribbelt in meinem Nacken, als ich mich zwischen den Tischen nach ganz hinten hindurchschiebe, wo ich sie sitzen sehe. Ich hasse es, wie aufgeregt ich bin, wie jämmerlich ich wirken muss. Ich bin eine selbständige Frau mit einem ausgefüllten Leben und anderen Freunden. In Cassies Nähe werde ich zu Knetmasse.

Sie wirft mir ihr breites Lächeln zu, die weißen Zähne leuchten wie eine Lichterkette von einer Gesichtshälfte zur anderen. »Hey, Bill.« Sie steht auf und hakt die Arme um meine Schultern. Es ist eine dürftige Umarmung. Sie trägt ein langes, hauchzartes Kleid, das wahrscheinlich 800 Dollar kostet und genauso aussieht wie alles andere in ihrem Laden. Ihr durchdringendes, blumiges Parfüm steigt mir in die Nase – Flowerbomb von Viktor & Rolf, der Duft, den sie seit Jahren trägt.

»Hey, Cass.« Ich gleite auf den Stuhl ihr gegenüber. »Wir haben uns ja ewig nicht mehr gesehen.«

»Ja, oder?«

Die Wahrheit hockt schwer zwischen uns, der Elefant im Raum. All die Nachrichten, die ich ihr geschickt habe, von denen die meisten unbeantwortet geblieben sind. Die Sprachnachrichten, die ich ihr hinterlassen habe. Mein unverhohlenes Bemühen. Ihre eklatante Geringschätzung. Oder vielleicht auch ihre Gleichgültigkeit. Ich bin mir nicht sicher, was schlimmer ist.

»Der Sommer rinnt mir jedes Mal regelrecht durch die Finger. Und mit Ella war es einfach ...« Cassie seufzt und wickelt sich eine Haarsträhne um den Zeigefinger. Mehr braucht sie nicht zu sagen. Das Baby ist die Ausrede.

»Also, es sah jedenfalls nach einem tollen Sommer aus«, entgegne ich und schiebe damit eine weitere unausgesprochene Wahrheit in den Raum zwischen uns. Die Tatsache, dass sie ihr gesamtes Leben in den sozialen Medien postet und alle es sehen können. Die Tatsache, dass jeder, der wissen möchte, wie Cassie Adlers Sommer war, nur einen Blick auf sein Handy werfen muss. Auf den dreizehn Quadratzoll meines Bildschirms habe ich jede Ecke des noblen Zweitwohnsitzes gesehen, den sie und Grant kürzlich in East Hampton gekauft und in dem sie seit dem Memorial Day fast jedes Wochenende verbracht haben. Ich bin Zeugin jedes Bummels über den Bauernmarkt, jeder Dinnerparty, jedes Strandspaziergangs und jeder Melissa-Wood-Gymnastikstunde geworden. Jedes Detail ihres Lebens ist dokumentiert – zumindest die hellen und glänzenden Teile davon.

Wenn Cassie sich eine Spur unbehaglich fühlt oder irgendetwas in ihrem Leben nicht perfekt ist, zeigt sie es nicht.

»Grant und ich kommen manchmal hierher«, sagt sie, um das Thema zu wechseln, und deutet auf die Flasche Wein im Kühler zwischen uns. »Ich habe unseren Lieblings-Weißburgunder bestellt.« Ihr Ärmel rutscht bis zum Ellbogen hoch, und zwei glänzende Armreifen klimpern gegeneinander – golden, zueinanderpassend. Wenn es um Mode geht, lebe ich vielleicht hinter dem Mond, aber sogar ich weiß, wie ein Love Bracelet von Cartier aussieht. Als ich Cassie das letzte Mal gesehen habe, trug sie nur eines davon.

Unsere Gläser sind bereits eingeschenkt; ich greife nach meinem und nehme einen Schluck. Der Wein ist trocken und herb, eiskalt. Ich habe seit dem Mittagessen nichts mehr gegessen, und der Wein steigt mir direkt in den Kopf, weicht die harten Kanten meiner Gedanken auf und macht meinen Bauch angenehm warm.

»Der ist gut«, sage ich, denn er ist gut. Es ist wahrscheinlich ein teurer Wein.

»Du siehst dünn aus.« Sie hebt eine ihrer dicken, dunklen Augenbrauen auf eine Weise, die mir sagt, dass dies ein Kompliment ist.

»Ja?« Ich weiß, es stimmt ein bisschen. Bei der Arbeit ist es drunter und drüber gegangen, und wenn ich viel zu tun habe, bin ich nicht gut darin, mich zu versorgen. Ich vergesse tagsüber stundenlang zu essen und haue mich dann abends mit einer Tüte Popcorn aufs Sofa, weil ich zu geschafft bin, um mir noch eine richtige Mahlzeit zuzubereiten. Es ist eine ungute Angewohnheit.

Cassie dreht ihr Weinglas zwischen den Fingern. Mir fällt ihre blassrosa glänzende Maniküre auf, vom Daumen ist ein einzelner Streifen Lack abgezogen worden. Cassies ungute Angewohnheit ist, an ihren Nägeln herumzuknibbeln.

45

Auf ihrem Fingerknöchel glitzert ein Diamant von der Größe eines Zahns. Er schreit: *Ich bin vergeben. Ich bin mit einem phänomenalen Mann verheiratet, der sich diese vier gigantischen Karat problemlos leisten kann.*

Ohne Scheiß, Grant ist reich. Er ist ein Hedgefonds-Manager, dessen Familie obendrein ein beträchtliches Vermögen mitbringt. Er schwimmt in mehr Geld, als irgendjemand jemals wirklich brauchen wird, und das ist genau, was Cassie haben wollte. Ich muss mir ständig in Erinnerung rufen, dass ich von dem Leben, das sie jetzt führt, nicht überrascht sein sollte.

Cassie hat sich von dem Mädchen weit entfernt, das sie war, als wir uns kennengelernt haben – als sie noch krisselige Haare hatte und wie alle anderen in unserem kleinen Mittelschichtsort dazu gezwungen war, bei Old Navy und Marshalls einzukaufen. Und nicht zum ersten Mal frage ich mich, wie es jetzt für sie ist. So stinkreich zu sein, dass Dollarbeträge keine Rolle mehr spielen. Ich werfe einen Blick auf die Speisekarte. Es gibt nur einen Weißburgunder auf der Weinkarte, und der kostet pro Flasche 165 Dollar.

»Du siehst hübsch aus, Billie.« Cassie lächelt. »Erzähl mir, wie es dir geht. Was gibt es Neues?«

Was sie wirklich wissen will, ist, ob es einen Mann gibt. Also berichte ich ihr von Alex und lasse dabei die Tatsache weg, dass ich ihn höchstwahrscheinlich nie wiedersehen werde. Ich erläutere, dass wir uns über eine Dating-App kennengelernt haben und er Polizist ist und in Chelsea wohnt.

»Ein Bulle?« Cassie rümpft die Nase – nur ganz leicht, aber ich merke es. »Interessant.«

»Er möchte Detective werden«, sage ich, als könnte das ihre Meinung über ihn ändern. Ich kenne Cassie gut genug, um zu wissen, dass in ihren Augen jede Art von Job im Gesetzesvollzug durch und durch proletarisch ist.

»Er ist supersüß«, füge ich hinzu. »Ehrlich. Ein richtig anständiger Kerl.« Ich spüre diese sanfte Wärme in meinem Brustkorb und frage mich, ob es an Alex liegt oder ob ich einfach nur froh bin, vor Cassie zu sitzen und mit ihr zu reden, nachdem ich mir das so viele Wochen und Monate lang gewünscht habe.

Sie lacht. »Also ist der Sex gut?«

Das liebe ich an Cassie, wie sie alle Barrieren einreißt, die einzuhalten ich mir vorgenommen habe, und damit beweist, dass alle Zeit der Welt vergehen kann und wir dennoch wir sind. Wir setzen unser Gespräch genau an dem Punkt fort, an dem wir aufgehört haben. Die Distanz zwischen uns – die räumliche ebenso wie die, die der Tatsache geschuldet ist, dass wir beide unsere eigenen Leben führen – schrumpft rapide.

»Na ja.« Ich lache ebenfalls. Mein Kopf fühlt sich schwummrig und benebelt an.

Sie verdreht neckisch die Augen. »Lass mich raten. Ihr hattet noch gar keinen Sex.«

»Es waren doch erst drei Dates.« Ich erzähle ihr nicht von unserem letzten Treffen, davon, wie sehr ich mit ihm schlafen wollte. Dass ich mich dazu gezwungen habe, nach Hause zu gehen. Die Erinnerung an sein Gesicht – hoffnungsvoll, respektvoll – berührt etwas in mir.

»Angemessen.«

»Und inwiefern ist das amüsant?«

»Ich weiß nicht.« Cassie seufzt, greift nach der Flasche und schenkt uns nach. »Ich vermisse dich, Bill.«

Ich verspüre einen erschrockenen Stich in der Brust, gefolgt von aufkeimender Erleichterung, die sogleich meinen Körper durchflutet wie eine Droge. Seit meinem dreizehnten Lebensjahr ist Cassie meine beste Freundin – das sind dreiundzwanzig Jahre. Der Großteil meines Lebens. Ob gut oder schlecht, ohne sie habe ich mich nie vollständig gefühlt.

»Ich vermisse dich so sehr, Cassie.«

»Ich weiß, ich bin überall gleichzeitig und nirgendwo.« Sie schüttelt ein wenig den Kopf und sieht aus, als wollte sie in Tränen ausbrechen.

»Na ja, du hast ja auch Ella. Du hast den Laden.«

»Ich weiß. Das Leben mit einem Baby ist der reine Wahnsinn. Ich meine, ich bin überglücklich, aber ... manchmal ist es ein echter Albtraum. Ich bin einfach so verdammt müde ...« Sie presst sich die Zeigefinger auf die Augenwinkel.

»Hey.« Ich greife über den Tisch hinweg nach ihrer Hand, und mir steigt selbst ein Schluchzen in den Hals. »Ich habe dich lieb.«

»Ich dich auch.« Sie schnieft. »Meine Güte, was zum Teufel ist bloß los mit mir? Ich weiß nicht, warum ich so emotional werde. Ich bin so ein Baby.«

»Das ist okay, Cass. Ich bin's nur.«

Sie blinzelt und nickt leicht. »Hey, was machst du am Wochenende nach dem Labor Day? An dem Samstag kommen McKay und Tom zum Abendessen.«

Ein Bild von McKay taucht vor meinem inneren Auge auf, und ich schlucke schwer. Dieser glänzende, platinblonde Vorhang aus Haaren. Die vorwitzige Stupsnase. Das zuckersüße Lächeln. Grants Cousine. Das Mädchen, das meine beste Freundin immer fester um ihren kleinen Finger gewickelt hat, bis ich eines Tages aufgewacht bin und Cassie McKay und nicht mich zu ihrer Trauzeugin gemacht hatte.

»Willst du nicht auch kommen, Bill?«

»Hm?«

»Zum Abendessen. Am Neunten bei uns zu Hause.« Cassie starrt mich mit großen, erwartungsvollen Augen an. »Bring Alex mit.«

Instinktiv heben sich meine Mundwinkel. Ich habe keinerlei Interesse daran, mich mit der stutenbissigen McKay und ihrem Ehemann Tom zu verbrüdern, der langweiliger ist als ein Stück Pappe, aber es ist schon fast ein Jahr her, dass Cassie mich zu sich eingeladen hat.

»Ich bin mir nicht sicher, ob ich Alex mitbringen sollte.«

»Du hast mir doch gerade erzählt, wie toll er ist.« Cassie verdreht die Augen. »Billie. Irgendwann musst du jemanden an dich ranlassen.«

Warum?, will ich widersprechen. *Weil du das getan hast?*

Ich zupfe an der Ecke meiner Cocktailserviette. In diesem verletzlichen, weinseligen Moment möchte ich es ihr gestehen. Ich möchte den aufgestauten Strom in mir wie eine Sturzflut hervorbrechen lassen. *Alex ist wie Remy*, will ich ihr sagen. *Das weiß ich einfach. Enges Verhältnis zu seinen Eltern und Geschwistern, du kennst den Typ Mann. Und ich darf nicht zulassen, dass sich die Geschichte wiederholt. Ich kann das nicht riskieren.*

Ich stelle mir vor, welche Erleichterung es wäre, Cassie das zu sagen, und für einen Moment ist das fast schon genug.

Aber Cassie sieht mich erwartungsvoll an, mit so viel Optimismus im Blick. Das ist der beste – na ja, der einzige – Abend seit Monaten, den wir miteinander verbringen, und ich kann ihn nicht mit einem Geständnis vermasseln, das sie nicht verstehen wird. Wenn ich nur so sein könnte, wie sie mich gerne hätte. Wenn ich doch nur einfach so wäre.

»An dem Donnerstag komme ich aus Portugal zurück, also ja, Samstag klingt gut.« Ich zögere. »Und ich frage Alex, ob er Zeit hat.«

»*Portugal.* Du kleine Globetrotterin. Gott, ich bin so neidisch.« Sie zieht die Nase auf eine Art und Weise kraus, die mich an die jugendliche, aufmüpfige, rebellische Cassie erinnert. Sie war damals so viel ungeschliffener, als sie es jetzt ist.

»Wir sehen uns neue Immobilien auf den Azoren an. Ich freue mich schon.«

»Du hast wirklich den coolsten Job. Ich bin so stolz auf dich, Billie. Du hast eine Karriere, von der die meisten Leute träumen.«

Ich beobachte das auf Cassies Gesicht festgeschraubte Lächeln, ihre vertrauten meerblauen Augen. Ihre Schmeichelei fühlt sich aufrichtig an, und das löst in mir den Impuls aus, sie zu erwidern.

»Und ich bin stolz auf dich. Dieses unglaubliche Geschäft, das du aufgebaut hast, und alles, obwohl du Mutter bist! Du ziehst wirklich krass durch.« Ich nehme den Wein aus dem Kühler und neige ihn in ihre Richtung. »Mit dieser Flasche haben wir noch ganz schön was vor uns.«

Cassie presst die Lippen aufeinander, zieht sie nach innen. Sie sieht auf ihr Handy, das auf dem Tisch liegt, dann blickt sie auf. Ich weiß schon, was sie sagen wird. »Ich sollte wirklich langsam nach Hause. Ella wacht in aller Herrgottsfrühe auf, und ich muss früh ins Bett.« Ihre Stimme wird leiser und verstummt.

Ich hasse es – die Tatsache, dass Frauen mit Kindern immerzu eine unanfechtbare Ausrede haben, um sich aus dem Staub zu machen. Cassie und ich sind noch nicht einmal seit einer Stunde in der Bar.

»Okay.« Ich schlucke meine Verärgerung hinunter und halte über ihre Schulter hinweg Ausschau nach unserer Kellnerin, der ich winke, damit sie die Rechnung bringt. »Wenn du gleich losmusst, kann ich mir das Geld über Venmo von dir holen.«

»Wäre das in Ordnung für dich?« Cassie steht auf, nimmt ihr Telefon und die schwarze Hermès-Tasche, auf der winzige Punkte im Leder das begehrte *H* bilden. »Tut mir leid, dass ich Hals über Kopf wegrenne. Ich habe Sorge, Grant so lang mit ihr allein zu lassen.«

Ich möchte sie deswegen am liebsten zur Rede stellen – sie

dazu zwingen klarzustellen, worum genau es ihr geht: darum, pünktlich ins Bett zu kommen, oder um Grant? Ich möchte sie gern darauf hinweisen, dass Grant Ellas Vater ist und dass er sich durchaus eine verdammte Stunde lang um sein Kind kümmern könnte – aber das kann ich nicht. Ich habe auf diesem Gebiet null Autorität.

»Es war schön, dich zu sehen«, sage ich stattdessen.

»Bill.« Sie beugt sich herunter und umarmt mich fest. Ich atme die scharfen Jasmin- und Rosennoten ihres Parfüms ein. »Es war so herrlich. Ich hoffe, du kommst am Neunten zum Abendessen. Wir müssen uns mehr sehen. Wir müssen es besser hinkriegen.«

Dass sie die Umarmung ein paar Takte zu lange ausdehnt, verrät mir, dass ihr etwas leidtut, was sie nie benennen wird. Als sie sich von mir löst, ist ihr die Zerknirschung ins Gesicht, in die Augen geschrieben. Das ist erquickend. Es ist die alte Cassie.

Ich nicke, mein Herz pocht voller alter, loyaler Liebe. »Komm gut nach Hause. Drück Ella von mir.«

Kaum ist sie verschwunden, legt die Kellnerin die Rechnung neben mein Glas. Über zweihundert Dollar für den Wein inklusive Steuern und Trinkgeld. Ich drücke den Korken auf die halbvolle, überteuerte Flasche und stecke sie in die alte Stofftasche des *New Yorker*, die ich als Handtasche benutze.

Den Rest trinke ich zu Hause, die Beine auf dem Sofa unter mich gezogen. Eine dunkle Nostalgie zirkuliert in meinem Körper, aber ich bin nicht wirklich traurig. Ich weiß nicht, was ich bin. Ich möchte Cassie schreiben, sie anrufen, ihr sagen, dass sie rüberkommen und den Wein mit mir austrinken soll. Dass nach drei ganzen Monaten eine gemeinsame Stunde nicht ausreicht. Aber das ist ein lächerlicher Gedanke, und ich verdränge ihn aus meinem Kopf.

Ich nehme mein Handy vom Couchtisch und google »Cartier Love Bracelet«. Die Suchergebnisse verraten mir, dass das Schmuckstück für 6.900 Dollar zu haben ist. Ich öffne die RealReal-App und finde ein gebrauchtes Exemplar mit minimalen Kratzern auf der Außenseite für 6.000 Dollar. Ich überlege, ob ich jemals zu der Sorte Mensch gehören könnte, die es gerechtfertigt findet, so viel Geld für ein Armband auszugeben. Zwei Monatsmieten. Sieben Hin- und Rückflugtickets nach Bali, meinem Lieblingsort auf Erden. Vierhundertdreiundsechzig Caesar Salads mit Grünkohl von Sweetgreen.

Ich schließe die App und scrolle durch meine Nachrichten von Alex. Seit ich unser Date gestern Abend vorzeitig abgebrochen habe, hat er sich nicht mehr gemeldet, und zum ersten Mal an diesem Tag erlaube ich mir zu fühlen, was ich wirklich fühle: Enttäuschung. Ein zehrendes, zermürbendes Gefühl in der Magengegend, das nicht schwächer werden will. Ich denke an Cassies Worte: *Billie. Irgendwann wirst du jemanden an dich ranlassen müssen.*

Und mein nächster, unfreiwilliger Gedanke lautet: *Was wäre, wenn?*

Vielleicht liegt es am Wein, aber ich tippe eine Nachricht und drücke auf Senden, bevor ich Zeit habe, es mir wieder auszureden.

Hey! Ich weiß, es ist noch ein
bisschen hin, aber meine beste
Freundin gibt am Samstag,
dem 9.9., gleich nachdem ich
aus Portugal zurück bin, eine
kleine Dinnerparty in ihrer
Wohnung. Es könnte sein,
dass eher langweilige Leute
da sind (hauptsächlich junge

Eltern), aber bist du vielleicht
unverplant und hättest Lust, mit
mir hinzugehen?

Ich lasse mich aufs Sofa zurücksinken und öffne die Kreuz-
worträtsel-App der *New York Times*. Genau wie Mom früher bin ich süchtig nach dem Rätsel und löse es fast jeden
Tag, sogar an den Wochenenden. *Das macht mich glücklich*,
denke ich bei mir, während ich überlege, welche japanische
Nudel vier Buchstaben hat. Meine Gewohnheiten, meine Arbeit, meine Zeit. Der turmhohe Stapel Romane auf meinem
Nachttisch, von denen ich weiß, dass ich sie alle lesen werde.
Die Freiheit, für niemand anderen als mich selbst zu leben,
nach meinen eigenen Vorstellungen.

Soba. Der Gedanke durchzuckt mich mit einem befriedi-
genden Stromstoß, und im selben Moment vibriert mein Telefon. Alex' Antwort bringt die Stelle hinter meinem Schlüsselbein zum Glühen, und was da glüht, ist mehr als nur Trost.

Wenn du da bist, wird es nicht
langweilig. Ich bin dabei.

5 Cassie

26. August 2023
48 Tage vorher

McKay wartet an der Ecke Twenty-first und Lexington auf mich. Ihr Anblick wärmt buchstäblich mein Herz – langes, butterweiches Haar, Leinenblazer, Hände um den Griff des Kinderwagens gelegt. Ich bin so froh, dass sie meine beste Freundin ist. Meine erste Bezugsperson. Ellas Patentante.

Sie reicht mir einen Starbucks-Becher und grinst, und ich denke an unsere erste Begegnung vor der Annenberg Hall am Einzugstag im ersten Semester. Sie trug Sportshorts und ein T-Shirt mit dem Aufdruck HOTCHKISS in marineblauen Blockbuchstaben, ihr Gesicht war vor Anstrengung rosa angelaufen, aus ihrem Pferdeschwanz hatten sich blonde Strähnen gelöst. Es war eindeutig, dass sie gerade laufen gewesen war.

Ich brachte den Mut auf, sie zu fragen, woher sie käme, denn mir war – trotz der verschwitzten Trainingsklamotten – klar, *sie* gehörte zu der Sorte Mädchen, die zu kennen vorteilhaft sein würde.

»Marblehead.« Sie trank aus ihrer Nalgene-Trinkflasche. »Und du?«

»Greenwich«, antwortete ich schnell und ohne nachzudenken. Im Großen und Ganzen stimmte das ja auch.

Da betrachtete sie mich, ein Lächeln umspielte ihre Lippen, und ich konnte die Schlussfolgerung, die ihr durch den Kopf ging, beinahe mitlesen. *Eine hübsche Blondine aus Marblehead und eine hübsche Brünette aus Greenwich. Es macht Sinn, dass wir Freundinnen werden.* Aber ihre nächste Frage erwischte mich kalt.

»Warst du auf der Greenwich Academy?«

»Ich – nein.« Plötzlich ängstlich schloss ich den Mund. Ich konnte dieses Mädchen ja nicht einfach anlügen. »Genau genommen bin ich in Red Hook im Hudson Valley auf die Highschool gegangen?« Ich hasste die Unsicherheit in meiner Stimme, hasste, dass sie sich am Ende des Satzes hob und eine eindeutige Aussage in eine Frage verwandelte. »Meine Familie ist nach Upstate New York gezogen. Ich komme ursprünglich aus Greenwich, das hätte ich deutlicher sagen sollen.«

»Oh.« McKay verschränkte die Arme, die Nalgene-Flasche baumelte an ihrem Zeigefinger. Ich weiß noch, wie sie die Nase ein klein wenig rümpfte, aber daran denke ich nicht gerne. »Ich gehe besser mal nach oben«, sagte sie und blickte in Richtung Studentenwohnheim. »Ich muss noch jede Menge auspacken.«

Die Freundschaft mit McKay entstand nicht über Nacht. Es dauerte eine Weile, bis sich zwischen uns diese mittlerweile geradezu schwesterliche Nähe entwickelt hatte, aber die besten Dinge im Leben muss man sich immer erst verdienen. Siebzehn Jahre später sind wir nun an diesem Punkt: Beste Freundinnen – durch Heirat Cousinen –, die im selben Viertel von Manhattan wohnen, die Liebe ihres Lebens geheiratet und im Abstand von nur sechs Wochen Babys bekommen haben. Finn ist McKays zweites Kind. Ihre Ältere, Juliette, ist fast drei. Wenn ich mir erlaube, darüber nachzudenken, macht mir die Tatsache, dass McKay bereits Mutter von zwei Kindern ist, zu schaffen. Ich bin fast fünfunddreißig, und Ella ist mein erstes Baby. Wenn ich nur nicht so lange gebraucht hätte, um Grant zu finden.

»*El!*« McKay greift in meinen Kinderwagen und berührt Ellas runde Wange. »Sie ist wirklich jedes Mal, wenn ich sie sehe, schöner.«

Ich nehme den Hafermilch-Latte dankbar entgegen, und wir umarmen uns kurz, obwohl wir uns mehrmals pro Woche und an den meisten Wochenenden sehen. McKay und Tom haben ebenfalls ein Haus draußen im Osten. Dies ist für uns beide im gesamten Sommer der erste Samstag, an dem wir in der Stadt sind.

»Du bist mit diesem Kaffee meine Rettung. Der eine von heute Morgen hat nicht gereicht.« Ich schaue in die Babyschale von McKays Kinderwagen. »Hiii, Finny, du süßer Kerl.« McKay und ich werden es nie müde, das Baby der anderen anzuhimmeln.

Wir gleichen unsere Schritte einander an und schieben Seite an Seite unsere zueinander passenden Bugaboos die Twenty-third Street hinunter in Richtung Madison Square Park. Es ist noch nicht einmal zehn, aber die Sonne strahlt sengend auf uns herab. McKay zieht sich den Blazer aus und wirft ihn in den Korb des Kinderwagens.

»Es ist *heiß*«, jammert sie. »Erinnere mich bitte daran, nie wieder ein Augustwochenende in der Stadt zu verbringen.«

»Ja, ich bin fassungslos, dass ihr hiergeblieben seid.«

McKay stöhnt. »Toms Zimmergenosse aus dem College heiratet heute Abend im Carlyle.«

»*Oh.* Hatte ich vergessen. Ups.«

»Ich hasse es so sehr, wenn die Leute mitten im verdammten Sommer in der Stadt heiraten. Wieso zum Teufel?« McKay seufzt und berichtet dann über die planerischen Hürden des diesjährigen Young Fellows Ball im Frick, bei dem sie zum Planungskomitee gehört. McKay sitzt in mehreren Komitees, ihren Job bei Sotheby's hat sie nach Juliettes Geburt aufgegeben.

»Ich habe das Gefühl, dass ich nach dem Ball dieses Jahr meinen Platz im Komitee räumen muss«, sagt sie. »Es ist zu viel. Ich möchte mich auf die Renovierung der Wohnung konzentrieren, weißt du? Seit Monaten will ich die Tapete in Juliettes Zimmer austauschen. Und es ist einfach … ich hatte keine Sekunde Zeit dafür. Obwohl Mariana dreißig Stunden die Woche da ist. Wer hätte gedacht, dass Charity-Arbeit so ein Zeitfresser ist?« Sie lacht, dann stutzt sie und berührt mich am Arm. »Warte, entschuldige. Da beschwere ich mich über Zeitmangel, und du bist voll im Unternehmerinnenmodus.«

»Du musst dich nicht entschuldigen. Du darfst das loswerden.« Ich unterdrücke ein Gähnen und nehme einen weiteren Schluck von meinem Latte.

»Müde?« McKay mustert mich. »Was hast du gestern Abend gemacht?«

»Du wirst es nicht glauben.« Ich stöhne auf. »Ich war mit Billie etwas trinken.«

McKay zieht eine Augenbraue hoch. »Wie ist *das denn* passiert?«

Ich zucke mit den Schultern. »Du weißt doch, dass sie mir ständig auf die Nerven geht, wir sollten uns treffen. Ich wollte es einfach abhaken.«

»Verstehe ich.« McKay wirft einen Blick nach links, wo ein Mann auf einer Bank sitzt und einen bekannten Sinatra-Song auf dem Akkordeon spielt, den Instrumentenkoffer hat er als offene Trinkgeldschatulle vor seine Füße gelegt. Dann huscht ihr Blick zurück zu mir. »Aber du kannst nicht *alles* für *alle* machen. Du bist jetzt Mutter. Dein Leben ist der reine Wahnsinn.«

Ich nicke. »Das sage ich Billie auch immer. Sie hat nur einfach so eine Art, mir ein schlechtes Gewissen zu machen.«

»Das ist mies. Sie kapiert es eben nicht. Sie hat keine Kinder.«

»Ja, oder?« Mit McKay zu plaudern ist wie ein Stärkungselixier.

Wir lassen uns ein paar Bänke von dem Akkordeonspieler entfernt nieder. Während ich meinen Kaffee trinke, schaukele ich mit dem Fuß den Kinderwagen. Der Kaffee lässt mein Sichtfeld klarer werden und lindert die Kopfschmerzen hinter meinen Augen.

»Manchmal wächst man aus Leuten hinaus«, sagt McKay.

»Wie aus Jeans.«

»Wie aus *Jeans.* Du hast ja so recht. Ich glaube nicht, dass ich nach dem Baby jemals wieder in meine Lieblings-Agoldes passen werde. Es kommt mir so vor, als hätten sich meine Hüftknochen verschoben.«

»Das haben sie wahrscheinlich auch.«

»Ich habe sie aus Versehen zu der Dinnerparty am Neunten eingeladen.«

»Billie? *Warum?*«

»Ich weiß es nicht.« Ich fahre mir mit der Zunge über die Zähne. »Ehrlich gesagt war ich beschwipst und bin so eigenartig sentimental geworden, und da ist es mir herausgeschlüpft. Sie bandelt gerade mit einem neuen Typen an, den wird sie mitbringen.«

»Na großartig.«

»Es liegt ja auf der Hand, dass ich bereue, sie eingeladen zu haben.« Eine leichte Unsicherheit befällt mich. »Aber sie ist harmlos«, füge ich hinzu, womit ich Grants Worte von gestern wiederhole.

McKay zupft die Socke an Finns winzigem Fuß zurecht. »Ich bin nur nicht gerade begeistert davon, von Leuten umgeben zu sein, die mich ausdrücklich ablehnen.«

»Sie lehnt dich nicht ab«, sage ich, obwohl wir beide wissen, dass das eine Lüge ist. Billie zeigt McKay die kalte Schulter, seit ich sie gebeten habe, meine Trauzeugin zu werden. Sie würde es niemals zugeben, aber sie kann nicht ertragen, dass es McKay war und nicht sie.

»Sie lehnt mich absolut ab.« McKay lacht trocken auf und schlägt die Beine übereinander. »Aber ganz ehrlich, was soll's?«

Ich fummle an meiner Kette herum, der zarten Goldkette mit dem Buchstaben *E* als Anhänger, die Grant mir nach Ellas Geburt geschenkt hat. Ich kann nicht umhin an all das zu denken, was ich McKay nicht über Billie erzählt habe. All das, was ich McKay *niemals* über Billie erzählen werde.

»Ich habe einfach das Gefühl, dass sie so eine moralische Überlegenheit ausstrahlt«, redet McKay weiter. »Als würde sie uns insgeheim für die Lebensentscheidung verurteilen, Kinder bekommen zu haben. Als wäre das etwas total Banales oder so.«

»Genau.« Ich popele den restlichen Lack von meinem Daumennagel. »Gestern Abend hat sie die Augen verdreht, als ich sagte, dass ich jetzt gehen sollte, weil ich früh ins Bett muss – Ella wacht ja in aller Herrgottsfrühe auf. Als würde ich mein Baby als Vorwand benutzen, um zu schwächeln.«

»Gott, ist das unsensibel.«

»Es kommt mir so vor, als wäre nichts, was ich tue, jemals gut genug für sie.«

»Weil es ihr nicht gut genug *ist*.« McKay schiebt sich ihre Sonnenbrille – die schwarze von Celine, die wir beide haben – über die Augen. »Weil außer ihrer Arbeit in ihrem Leben nichts los ist. Es ist traurig. Ist sie immer noch in diesem Reisebüro?«

»Ja. Ehrlich gesagt ist es schon toll, was für Reisen sie machen kann. Sie ist heute nach Portugal geflogen. Und im Herbst fliegt sie nach Kuba. Ich schwöre, sie ist jeden Monat in einem anderen Land.«

»Ich bin sicher, das hat man auch irgendwann über, Cassie. Es *klingt* glamourös, aber wenn sie so weitermacht, wird sie nie ein richtiges Leben haben. Heirat? *Kinder?* Kannst du vergessen.«

»Ich weiß.« Ich schiebe Ella den herausgefallenen Schnuller wieder in den Mund. »Ich mache mir Sorgen um Billie. Ich möchte, dass sie Stabilität erlangt. Ich möchte, dass sie glücklich ist.«

»Natürlich möchtest du das.« McKay lächelt mich verständnisvoll an. »Weil du ein guter Mensch bist.«

»Nur gibt mir Billie das Gefühl – dass ich das nicht bin. Sie gibt mir das Gefühl ... selbstverliebt zu sein. Und oberflächlich. Das nervt mich dermaßen.« Eine glühende Mischung aus Frust und Entschlossenheit ballt sich hinter meinen Rippen.

»Also ganz ehrlich, im Grunde ist sie wahrscheinlich neidisch auf dich.«

Ich schüttle den Kopf. »Billie ist nicht der Typ, der andere Frauen beneidet.«

»Es tut mir leid, aber du hast *alles, was* sich eine Frau nur wünschen kann. Wahnsinns-Ehemann, wunderschönes Baby, eine blühende Karriere als supersexy und geistreiche Influencerin und Inhaberin eines kleinen Unternehmens.«

Ich werfe ihr einen skeptischen Blick zu, auch wenn mir von dem Lob ganz warm ums Herz wird. McKay weiß, wie man mich pampert. Wie niemand sonst ist sie in der Lage, mir das Gefühl zu geben, dass ich die übermenschliche Version meiner selbst bin, und dafür liebe ich sie. »Ist *Influencerin* nicht etwas übertrieben, Mick?«

»Inzwischen nicht mehr, Babe. Du bist im Grunde genommen berühmt. Tausende von Menschen sind besessen von dir, von dem Laden, von deinem Leben.« Einer ihrer Mundwinkel kräuselt sich. »Und wer ist besessen von Billie? *Niemand.*«

Ich trinke meinen Kaffee aus und möchte jetzt das Thema wechseln. Das Billie-Bashing hat sich langsam totgelaufen, aber das ist die eine schwierige Sache an McKay. Wenn man nicht auf ihrer Seite steht, kann sie ein bisschen fies werden.

Ich ziehe mein Handy heraus und öffne Instagram. »Lass uns ein Foto machen.«

McKay schiebt sich die Sonnenbrille auf den Kopf. »*Ja. Aber nur, wenn du mich taggst. Meine berühmte beste Freundin.*«

Ich mache ein Selfie von uns beiden, die Wangen aneinander gelehnt, das Lächeln entspannt – ohne Zähne zu zeigen. Ich drehe den Bildschirm zu McKay, damit sie das Foto absegnen kann, bevor ich es poste.

Sie grinst. »Das ist süß.«

Ich drehe die Kamera um und filme ein kurzes Video von den Babys, die nebeneinander in ihren Kinderwagen liegen: Ella nuckelt am Schnuller, Finn liegt friedlich da, seine herzförmigen Lippen sind leicht geöffnet. *Wenn diese beiden nicht miteinander verwandt wären, dann wären sie zu 100 % verlobt*, schreibe ich mit einem Zwinker-Emoji. Das ist nicht mein bester Spruch – vielleicht ist er sogar eigenartig –, aber ich bin zu fertig, um mir etwas wirklich Geistreiches einfallen zu lassen.

Während ich die Story hochlade, kann ich nicht anders, als mir Billies Reaktion darauf vorzustellen. Trotz ihrer Komplimente gestern Abend weiß ich, dass sie sie unweigerlich peinlich finden wird. Seit in den Nullerjahren Facebook aufkam, hat Billie den sozialen Medien kaum Beachtung geschenkt. Sie besitzt zwar einen Instagram-Account, postet aber so gut wie nie etwas.

Ella beginnt im Kinderwagen unruhig zu werden, ihr kleines Gesicht verzieht sich. Ich spüre eine Aufwallung von Liebe für sie, und meine Brustwarzen beginnen instinktiv zu kribbeln – meine Milch schießt ein. Es ist schon verrückt, wie viel Biologie in der Mutterschaft steckt. Letztlich sind wir alle nur Tiere.

Ich drehe mich zu McKay um und fasse mir an die Brust. »Ich gehe besser nach Hause und stille sie, bevor ich mir mein Shirt versaue.«

Sie nickt – sie hat Verständnis. Keine von uns geht davon aus, dass unsere morgendlichen Kaffee-Verabredungen lange dauern werden –, und ich danke dem Himmel für Mütterfreundinnen wie McKay. Wir verlassen den Park auf demselben Weg, auf dem wir gekommen sind, schieben den gepflasterten Weg entlang und kommen auf der Twenty-third heraus.

»Ihr seid doch am Labor Day draußen im Osten, oder?« McKay bindet sich das Haar zu einem tiefen Pferdeschwanz. Auf der Straße neben uns herrscht Stau. Ein Taxifahrer hupt, lehnt sich aus dem Fenster und beschimpft ein Paar, das bei Rot über die Straße geht.

Ich nicke. »Zum Glück werden die Maler am Dienstag fertig. Ich schätze also, dass wir Donnerstag rausfahren. Es kommt jemand, der uns einen Kostenvoranschlag für einen Pool machen will – ich bin immer noch dabei, Grant zu überreden. Und ich muss dringend nach dem Laden sehen.«

»*Macht* das mit dem Pool. Ihr werdet es nicht bereuen.« McKay klappt das blassblaue Verdeck ihres Kinderwagens hoch, damit Finn im Schatten liegt. »Ich bringe Tom dazu, Grant zu überzeugen. Unser Pool in Amagansett hat sein Leben verändert. Man glaubt vielleicht, man würde in den Hamptons keinen brauchen, aber ich sage dir, mit Kindern am Strand zu sein – das ist die reine Hölle, sobald sie mobil sind.«

Ich lache. »Oh, daran habe ich keinen Zweifel.«

Ella hat jetzt richtig zu schreien begonnen, sie strampelt

heftig mit den Beinen, und das ist unser Signal. Ich winke McKay zum Abschied zu. »Wollen wir am Montag wieder zusammen schieben?«

»Ja! Lass uns Blake dazuholen, und dann gehen wir in den Gramercy Park. Ich bin so schrecklich neidisch darauf, dass sie mit ihrer neuen Wohnung einen Schlüssel dazu bekommen hat.«

»Ach, stimmt. Okay, ich schicke dir eine Nachricht. Viel Spaß auf der Hochzeit, Mick.«

Die Wohnung ist ruhig und leer, und ich stille Ella auf dem Wohnzimmersofa. Sie schmiegt sich an mich und beruhigt sich sofort, als sie an meiner Brust andockt. Das Stillen ist für uns beide eine Erleichterung, und ein Gefühl tiefer Zufriedenheit durchströmt mich, mildert die harten Kanten der Beklommenheit, die ich seit meinem Treffen mit Billie verspüre.

Bevor Ella kam, hatte ich wegen des Stillens meine Bedenken. Ich hatte Horrorgeschichten gehört – über die Schmerzen, über Mütter mit blutigen Brustwarzen, die ihnen von Säuglingen mit verkürztem Zungenbändchen zerfetzt worden waren. Aber Ella und ich fielen beinahe sofort in einen angenehmen Rhythmus; anfänglich war es etwas unbehaglich, ungewohnt, aber nie schmerzhaft.

Ich blicke auf ihr Profil hinab, den dunklen Schwung der Wimpern, ihren saugenden, milchverschmierten Mund, und ich bin beeindruckt von unserer säugetierhaften Verbindung, die intimer ist als alles, was ich je erlebt habe. Ich bin ihre Mutter, ihr leibliches Wohl im wörtlichen Sinn, und sie ist mein Junges. Es ist eine wilde, vorsprachliche Art von Liebe – ursprünglich und grenzenlos.

Tief im Inneren weiß ich eines genau: Wenn eine andere Kreatur jemals versuchen sollte, ihr etwas anzutun, werde ich alles in meiner Macht Stehende tun, um sie zu vernichten.

Billie

Herbst 2001

An einem Freitag nach der Schule fährt Mom mit Cassie und mir ins Einkaufszentrum. Bei Limited Too ist gerade Ausverkauf. Mir sind Klamotten nicht so wichtig wie Cassie, aber als Mom anbot, mit uns hinzugehen, wusste ich, dass es Cassie glücklich machen würde.

»Deine Mom ist so nett.« Cassies Stimme ist durchtränkt von Sehnsucht. »Meine weigert sich, auch nur einen Fuß ins Einkaufszentrum zu setzen.«

Wir sind in der Umkleidekabine und probieren Jeans an. Cassie zieht eine dunkle mit Schlag und Strasssteinen auf den Taschen an und betrachtet sich in dem bodentiefen Spiegel. Sie möchte ein neues Outfit für den Homecoming-Ball der Highschool am Samstag. Wir sind zwar erst in der Achten – und damit noch in der langweiligen Mittelstufe –, aber Kyle Briggs aus der Neunten hat Cassie über Instant Messenger eingeladen.

Du und deine Freundin sind süß, *hat er letzte Woche geschrieben.* Kommt doch am Wochenende zum Homecoming. Jon steht an der Tür, der lässt euch 2 rein.

Cassie dreht sich um. »Was meinst du?« Über die Schulter wirft sie einen Blick in den Spiegel und begutachtet ihren Hintern.

»Ich weiß nicht.« Ich verschränke die Arme. »Der Strass ist ein bisschen übertrieben.«

Cassie schürzt die Lippen. »Du hast recht.«

»Ich meine, du siehst natürlich gut aus«, füge ich hinzu, denn das tut sie. Die dunklen Locken fallen ihr fast bis zum Bauchnabel, ihre Haut ist vom Sommer noch golden gebräunt.

Sie seufzt. »Hier sieht alles billig aus. Wir sollten zu Ralph Lauren rüber.«

»Dem Polo-Laden? Der ist so teuer. Sie verlangen den dreifachen Preis, nur weil dieses kleine Pferdelogo drauf ist.«

Cassie runzelt die Stirn. »Die Klamotten sind toll, Billie. Ich habe tonnenweise Shirts von Polo.« Ein kurzes Schweigen senkt sich über uns. »Ich glaube, ich klaue für den Ball einfach Maras Rock von Solow.«

»Sie bringt dich um, wenn sie es herausfindet.«

»Was willst du anziehen?«

»Ich weiß nicht. Ich muss mal meinen Kleiderschrank durchforsten.«

»Komm, wir gehen zu dir nach Hause.«

»Wie läuft's dadrin, Mädels?«

Cassie zieht den Vorhang der Umkleidekabine zurück. Mom lehnt an der Wand und liest die New York Times. Seitdem im September die Zwillingstürme eingestürzt sind, sind wir von Nachrichten umgeben, und zu Hause schaltet Mom immer CNN ein. Der Gedanke an das, was passiert ist, liegt mir wie ein Stein im Magen. Ein Mädchen aus unserer Klasse hat ihren Onkel verloren, er war einer der Feuerwehrmänner.

»Diese Jeans sieht doch billig aus, oder, Mrs West?« Cassie spricht zu laut, die Verkäuferin blickt zu uns herüber und runzelt die Stirn.

»Zum millionsten Mal, Cassie, meine Ex-Schwiegermutter heißt Mrs West. Nenn mich Lorraine.« Mom blickt auf und rümpft die Nase. »Aber ich bin kein Fan von diesen aufgeklebten Glitzerdingern.«

»Strasssteine.« Ich verdrehe die Augen. »Können wir gehen, Mom?«

Sie schlägt die Zeitung zu. »Ich dachte schon, du würdest nie fragen.«

Auf dem Heimweg halten wir an, um uns Burger zu holen. Cassie bestellt einen Schoko-Vanille-Milchshake und schlürft ihn im Auto.

»Ich werde dich um deinen Metabolismus immer beneiden«, sage ich.

»Ich beneide dich um deine Haare«, entgegnet sie, zerrt an einer ihrer Locken und verzieht den Mund.

»Sei stolz auf deine Kurven, Billie«, mahnt Mama. »Wir sind eine Familie von starken, üppigen Frauen.«

Cassie kichert auf dem Rücksitz und spannt ihren Bizeps an. Ich verziehe das Gesicht, klaue ihren Milchshake und trinke ihn aus.

Zu Hause sitzt Moms Freund Wade wie üblich im Ledersessel und schaut Football. Er ist ein großer Klotz von einem Mann und zu faul, um irgendetwas anderes zu machen, als Bier zu trinken und Ruffles direkt aus der Tüte zu essen. In seinem Bart hängen immer Essensreste. Mom hat ihn vor anderthalb Jahren in der Zahnarztpraxis kennengelernt, in der sie als Dentalhygienikerin arbeitet. Er war zur Zahnreinigung da, was mir ironisch vorkommt, weil er sich sonst nicht allzu sehr um Körperpflege zu kümmern scheint. Ich weiß nicht, was Mom in ihm sieht. Cassie glaubt, dass Mom vielleicht nur einsam war, was stimmen könnte. Wade ist der erste Mann, auf den sie sich ernsthaft eingelassen hat, seit mein Vater uns wegen einer Südstaatlerin namens Melody verlassen hat. Damals war ich vier. Ich habe eine frühkindliche Erinnerung daran, wie Mom im Bad geweint hat, und als ich sie fragte, was los sei, sagte sie, ihr Herz wäre gebrochen.

Wade blickt vom Fernseher auf und mustert Cassie und mich. »Hey, Billie Jean, Freundin von Billie Jean.«

»Sie heißt Cassie«, sage ich, obwohl ich weiß, dass er ihren Namen kennt.

»Habt ihr Mädels euch ein paar schöne neue Klamotten gekauft?« Wade grinst uns schmierig an.

Als wir nicht reagieren, setzt er sich auf. »Huhu? Jemand zu Hause?«

Cassie zuckt mit den Schultern. »Ich hätte fast eine Jeans gekauft, aber dann doch nicht.«

»Das ist schade.« Wades Augen verweilen auf Cassies langem, schlankem Körper. »Du würdest in einer neuen Jeans gut aussehen.«

Ich spüre, wie sich Cassie neben mir versteift. Die Tür zur Küche schwingt auf, und wir werden von Mom erlöst, die ein Plastiktablett mit Wades aufgewärmtem Cheeseburger hereinträgt.

»Bitte schön, Baby.« Sie reicht Wade das Tablett und beugt sich hinunter, um ihn auf die fettigen Lippen zu küssen. »Mit extra viel Speck.«

»Womit habe ich eine Frau wie dich verdient, Lorraine?« Wade versetzt ihr einen kleinen Klaps auf den Hintern und grapscht dann nach einer Handvoll Pommes.

Später, nachdem Cassie gegangen ist, kommt Mom in mein Zimmer, um mir gute Nacht zu sagen. Ich liege im Bett und lese ein Buch von Judy Blume, und sie setzt sich auf den Rand meiner Matratze und zieht mir die Decke bis zur Brust hoch. Ich fühle mich wie ein Baby, weil sie mich immer noch zudeckt, aber insgeheim liebe ich es. Mom ist mein Lieblingsmensch auf der Welt, gleichauf mit Cassie.

Ich atme den vertrauten, frischen Duft ihrer Gurken-Gesichtscreme ein und klappe meine zerlesene Taschenbuchausgabe von Deenie *zu.*

»Mom. Ich weiß, du liebst Wade, aber er ist irgendwie pervers.«

Sie zieht die Augenbrauen hoch. »Pervers?«

Schuldgefühle wabern durch meinen Magen. »Ich meine nur … er sagt seltsame Sachen zu Cassie. Er hat zum Beispiel zu ihr gesagt, dass sie in neuen Jeans gut aussehen würde, und sie abgecheckt.« Die Tatsache, dass er mich manchmal ebenfalls abcheckt, erwähne ich nicht. Das wäre zu viel des Guten.

»Bill.« Mom seufzt und streicht mir die Haare aus der Stirn. »Wade ist ein wirklich freundlicher Mann. Ich bin sicher, du interpretierst falsch, was er gesagt hat. Ich weiß, es ist schwer, dass ich mit jemand anderem als Dad zusammen bin …«

»Was? Nein, das ist es nicht. Ich habe zu Dad doch so gut wie keine Beziehung.«

»Billie.« Sie sieht traurig aus, aber dann tritt Härte in ihre karamellbraunen Augen. »Ich möchte, dass du Wade eine Chance gibst.«

Ich kratze an dem Schorf über einem spätsommerlichen Mückenstich auf meinem Arm, der sich weigert zu heilen. Ich blicke zu meiner Mutter auf. Sie ist zweiundvierzig, sieht aber jünger aus. Ihre Gesichtshaut ist geschmeidig und glatt. Ihr honigbraunes, gewelltes Haar ist von ein paar silbrigen Fäden durchzogen, doch man sieht sie nur, wenn man ihr ganz nahe kommt. Es ist für mich das Schönste auf der Welt, wenn man mir sagt, dass ich aussehe wie sie.

»Ich möchte, dass du ihm eine Chance gibst«, sagt sie erneut.

Ein Kloß aus purem Zorn verstopft mir den Hals – ein roher Klumpen –, aber ich schlucke ihn hinunter. »Na gut.«

Sie zieht sanft an meinem Handgelenk. »Nicht an dem Schorf kratzen.«

»Darf Cassie morgen bei uns übernachten? Nach dem Homecoming-Ball?«

»Natürlich. Wade und ich gehen ins Kino. Diese neue Komödie mit Ben Stiller.«

»Wir können uns nach Hause fahren lassen.«

»Steig nur nicht zu jemandem ins Auto, der getrunken hat. Das weißt du ja.«

»Mache ich nicht.«

Mom streicht mir eine Haarsträhne aus der Stirn. »Mag Cassie diesen Jungen von der Highschool? Den, der euch zum Homecoming-Ball eingeladen hat?«

»Kyle Briggs?« *Ich zucke mit den Schultern.* »Vielleicht. Jedenfalls mag er sie.«

»Woher weißt du das?«

»Weil jeder Cassie mag, Mom.«

Meine Mutter steht auf. Sie greift nach links neben mein Bett und zieht die weiße Plisseejalousie herunter. Sie klackert gegen das Fenster.

»Cassie ist ein wunderschönes Mädchen, aber verkaufe dich nicht unter Wert.« *Mom beugt sich herunter und drückt mir einen Kuss auf die Schläfe.* »Du siehst aus wie ich.«

Billie

26. August 2023
48 Tage zuvor

Jane und ich fliegen in der Businessclass nach Lissabon. In Flugzeugen fühle ich mich lebendiger als irgendwo sonst. Es ist befreiend zu wissen, dass ich während des Fluges keinerlei Kontrolle über meine Umgebung habe. Jane geht es genauso, weswegen wir nicht nur Kolleginnen sind, sondern auch Seelenverwandte.

Streng betrachtet ist Jane meine Chefin. The Path ist Janes Unternehmen, eine Luxusreisen-Boutique, die sie gegründet hat, nachdem sie bei mehreren größeren Firmen in der Branche gearbeitet hatte. Als The Path vor drei Jahren eröffnete, war ich die erste Mitarbeiterin, die sie eingestellt hat, und seitdem sind wir zu einem kleinen, aber schlagkräftigen fünfzehnköpfigen Team angewachsen. Meine Stellenbezeichnung hat sich seit den Anfängen nicht geändert – ich bin immer noch Beraterin für Luxusreisen –, aber Jane gehört nicht zu der Sorte von Unternehmerinnen, die sich an Businessjargon hält. Was zählt, sagt sie mir immer wieder, ist die Tatsache, dass ich ihre rechte Hand bin. Alle in der Firma dürfen reisen, aber nicht so viel wie Jane und ich. Wir jetten gemeinsam um die ganze Welt und erkunden die angesagtesten neuen Hotels und Restaurants und Aktivitäten, und alles ist gratis. Cassie lag nicht falsch – mein Job ist wirklich cool. Ich habe Glück.

Die meisten Menschen träumen davon, die schönsten und exotischsten Winkel der Welt zu sehen, und ich werde dafür tatsächlich bezahlt.

Es ist früh am Morgen – kaum 6:00 Uhr New Yorker Zeit –, und Jane und ich tippen beide auf unseren Laptops, während wir über den Atlantik düsen. Ich stelle gerade einen Reiseplan für einen Kunden fertig, der einen Urlaub auf Bora Bora gebucht hat – er möchte seine Frau zum Hochzeitstag überraschen, und ich schließe mich mit dem Four Seasons kurz, damit bei ihrer Ankunft ein Krug mit Kokosnuss-Mojitos in ihrer Suite bereitsteht. Solche besonderen Aufmerksamkeiten sind bei The Path unser Stolz. Wir stellen nicht lediglich die perfekte Reiseroute zusammen, sondern gehen noch einen Schritt weiter. Mein Kunde hat die Kokosnuss-Mojitos nicht direkt *bestellt*, aber er hat erwähnt, dass er und seine Frau bei ihrer ersten Verabredung diesen Cocktail getrunken haben, und so habe ich die Idee aufgegriffen.

Eine Flugbegleiterin teilt uns mit, dass wir in einer Stunde landen werden, und schenkt uns mit einem höflichen Lächeln Kaffee nach. Ich rühre zwei Portionen Kaffeesahne und ein Päckchen Zucker hinein, Jane trinkt ihren schwarz. Sie nimmt einen Schluck und verzieht das Gesicht.

»Ich schwöre, jeder Kaffee im Flugzeug ist insgeheim entkoffeiniert. Ich trinke unendlich viele Tassen von diesem Gesöff, und es hat überhaupt keine Wirkung.«

»Pst.« Ich verdrehe die Augen. Jane ist kein Morgenmensch, vor zehn Uhr ist sie notorisch schlecht gelaunt. »Sobald wir landen, spendiere ich dir eine große Tasse mit starkem portugiesischem Kaffee.«

»Wir landen mittags. Bis wir im Hotel sind, ist bei mir ein Martini fällig und dann ein Nickerchen.« Sie dreht ihren Computerbildschirm in meine Richtung. »Was hältst du davon?«

Es ist wie erwartet eine StreetEasy-Anzeige. Jane und ihre Frau Sasha sind bereits seit Monaten auf Wohnungssuche. Sie haben schon ein halbes Dutzend Wohnungen besichtigt, aber jede, die ihnen gefallen hat, ist zu einem deutlich höheren als dem geforderten Preis verkauft worden. In Manhattan könnte der Markt für Käufer im Moment nicht schlechter sein.

Ich schiele auf den Bildschirm. »Zwei Komma zwei Millionen und nur *eine* Toilette? Das ist Abzocke.«

Jane stöhnt auf. »Als wenn ich das nicht wüsste. Wir sind dazu verdammt, in unserer Wohnung im East Village alt zu werden.«

»Das East Village ist gar nicht so schlimm.«

»Ja, wenn du dreiundzwanzig bist und durchgehend feiern willst. Aber ich meine es ernst. Ich glaube allmählich, wir finden nie eine Wohnung. Die guten sind alle weg, bevor man schnipsen kann.« Sie schnippt mit den Fingern.

Ich lächle sie mitfühlend an. »Tja, die gute Nachricht ist, was dir bestimmt ist, kannst du nicht vermasseln.«

Ihre Mundwinkel zucken. »Wow. Das gefällt mir.«

Ich greife nach meinem Handy, das neben meinem Laptop auf dem Klapptisch liegt. Mir ist nicht einmal langweilig, aber mittlerweile ist es eine beinahe so instinktive Handlung, Instagram zu öffnen, wie sich bei Juckreiz zu kratzen.

Um Cassies Avatar leuchtet ein rosa Ring – keine Überraschung. Ich berühre ihn und sehe, dass sie bereits wach ist und auf dem Herd Haferflocken anrührt, während Ella in einem neumodischen Babysitz auf der Arbeitsplatte herumhampelt und an ihrem Schnuller nuckelt.

»Dieses kleine Mädchen ist seit fünf Uhr wach«, berichtet Cassie schwungvoll. »Sie kann von Glück reden, dass sie süß ist, das ist alles, was ich dazu zu sagen habe!«

»Hallo, Lautstärke bitte?«

Ich schrecke auf und sehe, dass Jane mich genervt beobachtet.

»Tut mir leid.« Ich lege mein Handy weg und wende mich wieder meinem Computer zu.

Jane trinkt von ihrem Kaffee. »Es ist entschieden zu früh für mich, um den Klang von Cassie Adlers Stimme zu ertragen.«

Ich lächle. Jane weiß alles über Cassie. Sie sind sich erst zweimal begegnet, aber Jane hört sich ständig an, wie ich mich über Cassie auslasse. Manchmal schauen wir uns zusammen ihre Instagram-Storys an und schämen uns fremd. Damit geht es mir dann ein bisschen besser.

»Sie hat mich für das übernächste Wochenende eingeladen«, sage ich. »Sie gibt eine Dinnerparty.«

»Oooh.« Janes Stimme trieft vor Sarkasmus. »Das klingt vornehm. Du Glückliche.«

»Ich habe zugesagt.«

»Natürlich hast du das. Sie meldet sich monatelang nicht bei dir, ignoriert deine Anrufe und Nachrichten, aber sobald sie dir einen Brotkrumen hinwirft, stürzt du dich darauf.«

»Seltsames Bild.«

Jane zuckt mit den Schultern, ihre Miene verrät ihre Frustration. »Wir wissen beide, dass ich recht habe.«

Über uns leuchtet das Anschnallzeichen auf, gefolgt von einem *Pling.* Die Stimme des Flugzeugkapitäns ertönt leise und klar aus dem Lautsprecher, und er fordert uns auf, unsere Handgepäckstücke zu verstauen, während das Flugzeug seinen Sinkflug in den Großraum von Lissabon beginnt.

»Gott sei Dank, verdammt noch mal.« Jane klappt ihren Laptop zu, und er schließt sich geräuschlos wie ein Augenlid. »Ich kann jetzt einen Wodka und Bettwäsche aus ägyptischer Baumwolle vertragen.«

»Darf ich dich was fragen?«

»Alles, mein Lehrling.« Jane scherzt immer, ich wäre ihr »Lehrling«, weil sie meine Chefin ist, obwohl sie zwei Jahre jünger ist.

»Willst du Kinder?«

Janes Augen weiten sich vor echter Überraschung. Es kommt nicht oft vor, dass ich sie überrumpele. Sie presst die Lippen aufeinander und denkt über die Frage nach. »Ja.« Sie hält wieder inne. »Für Sasha und mich ist das natürlich ein bisschen komplizierter. Aber wenn wir so weit sind, finden wir eine Lösung.«

Ich nicke. Jane ist seit fast einem Jahr mit Sasha verheiratet. Sie haben ihre Hochzeit letzten Herbst an einem wunderschönen See in den Adirondacks gefeiert. Ich habe bei der Zeremonie ein Gedicht von Mary Oliver vorgelesen, direkt vor dem Eheversprechen.

»Tut mir leid, ich wollte nur ...«

»Worum geht es hier, Billie? Um Cassie?«

»Ich weiß es nicht.« Ich seufze und lasse den hellbraunen Rest Kaffee am Boden meines Pappbechers kreisen. »Ich habe sie einfach dauernd im Kopf.«

»Ich *weiß*, dass du sie im Kopf hast. Das ist nicht gesund.«

»Als wir kürzlich abends etwas trinken waren, hat sie einfach ... Ich kann es nicht beschreiben. Sie spricht es nicht laut aus, aber ich weiß, dass sie mich insgeheim dafür verurteilt, dass ich ... nicht so lebe, wie sie es tut.«

Jane schnaubt. »Du meinst dafür, dass du nicht mit einem fiesen Treuhandfonds-Kindskopf verheiratet bist und seine Babys zur Welt bringst und der ganzen Welt vor der Kamera davon erzählst? *Ich bitte dich.* Sie kann zwar behaupten, ihr Laden wäre erfolgreich – und vielleicht ist er das auch –, aber ohne Grant gäbe es Cassidy Adler nicht, und jeder, der sie kennt, weiß das auch.«

»Stimmt.« Ich schlucke, und meine Ohren knacken, weil

das Flugzeug sinkt. »Ich habe einfach das Gefühl, dass sie ein völlig anderer Mensch geworden ist. Und wenn ich keinen Weg finde, mich so in ihr Leben einzufügen, wie es ihr gefällt, wird sie mich endgültig fallen lassen.«

»Wen interessiert's? Du brauchst sie nicht, Billie.«

Aber ich brauche sie eben doch, denke ich, und die Überzeugung liegt mir schwer wie ein Stein im Herzen. Ich schließe die Augen und bin wieder siebzehn. Ich sitze in Cassies Zimmer auf dem Boden, die Knie an die Brust gezogen, und mir laufen die Tränen übers Gesicht wie Regentropfen; aus der Anlage dringt leise Alanis Morissette.

I'm sad, but I'm laughing
I'm brave, but I'm chickenshit

Cassie sitzt neben mir, ihre Hand liegt auf meinem Rücken, ihre Stimme ist wie eine heilende Salbe. *Ich bin da, Billie. Ich bin bei dir. Ich werde immer da sein.*

Die Erinnerung hüllt mich ein wie Pilzgeflecht. Ich schüttle sie ab, plötzlich ist mir kalt.

»Cassie hat gesagt, ich solle Alex zu dem Essen mitbringen«, berichte ich Jane nach kurzem Zögern. »Also habe ich ihn eingeladen.«

»Na ja, das ist doch gut, oder? Du magst Alex.« Jane mustert mein Gesicht. Als ich nichts darauf sage, seufzt sie. »Bill. Nicht jede Geschichte endet so wie die von dir und Remy. Du hast ein Happy End verdient. Das weißt du doch, oder?«

Ich nicke, aber bloß, damit Jane aufhört, mich so anzuschauen. »Ich brauche nur ... ich brauche einen Schutzschild, wenn es um Cassie geht. Ich wünschte, ich könnte *dich* zu dem Essen mitnehmen.«

Jane lacht freudlos auf und streicht sich eine rotblonde Haarsträhne hinters Ohr. »So *aufregend* das auch klingt ...«

Ihr Lächeln erlischt, ihr Blick wird ernst. »Du weißt, dass ich mich Grant Adler nie wieder auf unter drei Meter Abstand nähern werde.«

Schreck fährt mir in den Magen. Manchmal vergesse ich, was zwischen Jane und Grant vorgefallen ist. Ich verdränge es sonst gern, damit ich nicht daran denken muss, damit ich mich nicht an den Grund erinnern muss, warum meine Freundschaft mit Cassie nun noch belasteter ist, als sie es ohnehin schon war.

Die Räder des Flugzeugs setzen in Lissabon auf, und mein Körper wird ruckartig nach vorn geworfen. Ich liebe das Abenteuer, an einem fremden Ort zu sein – es ist meine wahre Leidenschaft –, aber die Landung ist immer auch mit einem Anflug von Bedauern verbunden. Schon jetzt vermisse ich das Gefühl, in der Luft zu sein, auf eine Weise zwischen Zeitzonen und Städten gefangen zu sein, die die Realität aufhebt und mich vorübergehend von der Last meiner eigenen Existenz befreit.

Jane hingegen ist immer erleichtert, wieder festen Boden unter den Füßen zu haben. Sie dreht sich zu mir um und lächelt, ihre Augen leuchten. »Da wären wir.«

Cassie

31. August 2023
43 Tage zuvor

Am Donnerstag fahren wir gleich nach dem Mittagessen los nach East Hampton, um dem Rushhour-Verkehr zu entgehen. Als wir auf dem Long Island Expressway sind, gibt Grant in seinem geliebten BMW Gas. Wir sind mit fast hundertfünfzig Sachen unterwegs.

»Fahr *langsamer!*«, schreie ich vom Rücksitz, wo ich neben Ella und ihrem Kindersitz hocke. »Baby an Bord. Meine Güte.«

Grant nimmt den Fuß vom Gas, aber nur ein bisschen. »Entspann dich, Schatz. Dieses Auto fährt doch so geschmeidig. Warum setzt du dich nicht nach vorne, damit du die Fahrt auch wirklich genießen kannst?«

»Weil ich gerne hier hinten bei Ella sitze«, entgegne ich genervt. »Im Ernst, fahr *langsamer*, Grant. Du machst mich nervös.«

Er seufzt. »Du bist immer nervös, Cassie. Du musst dich verdammt noch mal entspannen.«

»Fluch nicht vor dem Baby.«

»Das musst du gerade sagen. Du fluchst immer vor dem Baby.«

Auf diese Weise nörgeln wir auf der zweieinhalbstündigen Fahrt immer wieder aneinander herum. Wenn Grant und ich einmal in den Rhythmus gefallen sind, in dem wir uns streiten wie zwei Katzen, ist es manchmal schwer, wieder herauszufinden. Als wir vor dem Haus in East Hampton ankommen, bin ich so wütend, dass ich Ella aus dem Autositz reiße und davonstürme. Ich halte sie eng an meine Brust gedrückt, während ich zum Wasser hinunterlaufe. Soll Grant sich um das Gepäck kümmern.

Grant fährt schon seit seiner Kindheit hier heraus in den Osten, seinen Eltern gehört das Haus nebenan. Manchmal ist es zu viel Nähe, um angenehm zu sein, aber zum Glück verbringen meine Schwiegereltern nur die Sommermonate hier. Als das Haus neben ihrem auf den Markt kam, schnappten sie es sich und schenkten es Grant und seinem Bruder Reed als Teil ihres Treuhandfonds. Aber Reed ist Surflehrer in Santa Barbara, deswegen hat Grant ihn letztes Jahr ausbezahlt, und nun gehört das Haus ganz uns. Ein mit Schindeln verkleidetes, lichtdurchflutetes Kolonialhaus mit fünf Schlafzimmern am Ufer des Hook Pond mit Blick aufs Meer. Es erinnert mich ein wenig an das Haus meiner Großmutter auf Cape Cod. Grandma Catherine ist gestorben, als ich auf dem College war, aber ich glaube, sie wäre stolz, dass ich einen Mann wie Grant geheiratet habe. Dass ich diese Art von Leben führe.

Ich setze mich ins Gras und lege mir Ella zwischen die Oberschenkel. Ich mache ein Selfie von uns, auf dem mein Kinn den Scheitel ihres vollkommen runden Kopfes berührt. *Am Labor-Day-Wochenende mit meinem Mädchen in den Hamptons,* schreibe ich. *Und ich schaue nach dem Laden! Bleibt dran, ich halte euch auf dem Laufenden!*

Die DMs folgen auf dem Fuß.

OMG SIE IST SO SÜSS

Yayyy! Ich kann die Updates aus dem Laden nicht erwarten

Ella ist ein wunderschönes
Engelsbaby und ihre Mama
auch :)

Der Ansturm von Lobeshymnen hebt zuverlässig meine Laune, wenn ich niedergeschlagen bin, wie der erste Schluck von einem starken Cocktail nach einem miesen Tag. In Wahrheit kann ich mich nicht einmal mehr daran erinnern, worüber Grant und ich uns in der Wolle haben. Das passiert mir oft, wenn wir uns streiten, im Nachhinein entgleiten mir mit surrealer Geschwindigkeit die Einzelheiten. Was bleibt, ist das übermächtige Bewusstsein, sauer zu sein, die chemischen Rückstände der Wut in meinem Körper.

Ich wünschte, er würde nach draußen kommen und mich suchen – *uns* suchen –, aber das tut er nicht. Schließlich wird Ella unruhig, und der Geruch ihrer Windel steigt mir in die Nase, also bleibt mir nichts anderes übrig, als meinen eigenen Willen zurückzustellen und ins Haus zu gehen.

Grant sitzt an der Kücheninsel, trinkt ein Glas Scotch und schaut auf sein Handy. Er hat sich nicht die Mühe gemacht, die Kühlbox auszupacken.

»Hier.« Ich halte ihm Ella vor die Nase. »Geh du doch einmal in deinem Leben eine vollgekackte Windel wechseln.«

»Mein Gott, Cassie«, blafft er. »Warum hast du mich dermaßen auf dem Kieker? Ich dachte, wir wollten hier draußen ein nettes, entspanntes Wochenende als Familie verbringen, aber du musst aus allem ein verdammtes Problem machen.« Sein Fehler fällt ihm selbst auf, und er hebt die Hand. »Sorry, sorry, ich habe vor einem drei Monate alten Baby ohne Sprachverständnis geflucht. Geh mit mir in den Garten und erschieß mich.«

Grant und Ella verschwinden nach oben. Ich nehme eine Flasche meines Lieblings-Rieslings aus dem Weinkühlschrank, schenke mir ein großzügiges Glas ein und kämpfe mit den Tränen. Am liebsten würde ich nach oben rennen und Grant noch mal eins reinwürgen dafür, dass er so über unsere Tochter spricht, als wäre sie gänzlich hirnlos, nur weil sie ein Säugling ist, aber wozu? Damit wir die ganze Nacht streiten und den Rest des Wochenendes unglücklich sind? Für immer unglücklich sind?

Die Sonne steht tief über dem Hook Pond und ist kurz davor, den Horizont in Flammen aufgehen zu lassen. Ich öffne die Flügeltüren des Arbeitszimmers und fotografiere mein Weinglas vor dem pastellfarbenen Himmel.

Die perfekte Art, das lange Wochenende zu beginnen, betexte ich es. Niemand muss wissen, dass es das genaue Gegenteil von perfekt ist.

Als Grant und Ella fünfzehn Minuten später herunterkommen, bin ich bereits bei meinem zweiten Glas Riesling.

»Frisch gewickelt, *und* ich habe ihr den Schlafanzug angezogen.« Grant wirft mir ein kleines Lächeln zu, sein Versuch, mir ein Friedensangebot zu machen.

Ich habe Lust zu fragen: *Willst du eine Medaille dafür haben?*

»Sie muss heute Abend gebadet werden«, sage ich stattdessen. Ich sollte es lassen, aber ich kann nicht anders. Ich habe Grants Ignoranz satt, bin es leid, der einzige Elternteil zu sein, der weiß, was ansteht. »Weißt du nicht mehr, dass sie, kurz bevor wir die Wohnung verlassen haben, die Windel bis zum Überlaufen vollgemacht hat? Sie ist dreckig.«

Grant presst die Lippen zusammen und bläst die Backen auf, um mir zu zeigen, dass er die Nase voll hat. »Na dann, okay. Ich bade sie.«

Er dreht sich wieder zur Treppe um, aber ich versperre ihm den Weg und schnappe sie mir. »Vergiss es einfach. Ich mache das.«

»Warum bist du so stur?«, ruft er mir hinterher.

»Warum bist du so stur?«, ahme ich ihn aufgebracht nach und werfe ihm über die Schulter einen bösen Blick zu.

Ich bade Ella in ihrer blauen, walförmigen Wanne, und sie strampelt glücklich mit ihren pummeligen Beinchen. Sie liebt das warme Wasser. Ich schäume das wenige Haar, das sie auf dem Kopf hat, mit Shampoo ein – es ist braunblond wie Grants Haare, als er noch klein war. Dabei laufen mir die Tränen über das Gesicht. Ich lächle durch sie hindurch und blicke auf mein wunderschönes kleines Mädchen hinab, dankbar, dass sie sich an diesen Moment nicht erinnern wird. Wie ihre aufgelöste Mutter sie gebadet hat, die Augen gerötet vom Weinen.

Am nächsten Morgen fühlt sich alles eine Spur besser an. Grant steht mit Ella auf und lässt mich schlafen, und als ich kurz vor neun die Treppe herunterkomme, reicht er mir eine Tasse Kaffee. Sein Haar ist verstrubbelt, die Falten um seine Augen tief. Er sieht älter aus als der Mann, in den ich mich drei Jahre zuvor verliebt habe.

»Hoffentlich ist jemand heute mit dem richtigen Fuß aufgestanden.« Er bedenkt mich mit einem angestrengten Lächeln. Er sagt das Falsche, aber er bemüht sich. Wir sind beide zu müde, um weiterzustreiten.

»Danke, dass du mich hast ausschlafen lassen.« Ich setze mich an den Rand von Ellas Spielmatte, trinke meinen Kaffee und sehe ihr zu, wie sie die bunten Gegenstände beobachtet, die über ihr baumeln, und dabei fröhlich gurrt. Durch die Küchenfenster strömt klares, zitronengelbes Licht herein. Es ist ein schöner Tag.

»Ich bin um zwölf mit meinem Vater und Tom zum Abschlag in Maidstone verabredet«, sagt Grant. Er schlägt am Rand der gusseisernen Pfanne ein Ei auf. Mit einem Zischen gleitet es in die heiße Butter.

Ich runzle die Stirn. »Ich wusste nicht, dass du heute Golf spielst. Ich muss …«

»Du musst nach dem Laden sehen, ich weiß. Warum gehst du nicht heute Morgen? Ich bleibe bei Ella.«

Ich denke darüber nach. »In Ordnung.« Ich nicke. »Dann stille ich sie zuerst.«

Es ist über zwölf Stunden her, seit ich zuletzt etwas auf Instagram gepostet habe, deswegen mache ich, nachdem Ella getrunken hat, ein paar Fotos von unserem Haus und füge sie zu meiner Story hinzu. Ich achte darauf, vor allem die zuletzt renovierten Räume hervorzuheben – unsere neue Lee-Jofa-Tapete im Eingangsbereich, das frisch gestrichene Wohn- und Esszimmer, die Terrassenmöbel von Restoration Hardware, die endlich angekommen sind, nachdem sie den ganzen Sommer über im Lieferrückstand waren.

»Es hat solchen Spaß gemacht, unser Haus in den Hamptons auf Vordermann zu bringen«, erzähle ich. »Ich hoffe, einige dieser Ecken und Winkel werfen ein paar Sonnenstrahlen in euren Freitag.«

Ich tagge die relevanten Designer und Unternehmen, auch den Namen des Innenarchitekturbüros, das wir mit dem Projekt beauftragt hatten.

Eine Followerin schreibt mir fast umgehend eine DM.

Ecken und Winkel??? Ähm, du
wohnst in einem verdammten
Palast. Komm zurück auf den
Boden zu uns anderen.

Scham ballt sich tief in meinem Bauch zu einem festen Knoten. Ich überlege, ob ich den Beitrag lösche und meine Formulierung überarbeiten soll, aber er ist schon seit ein paar Minuten online. Hunderte von Menschen haben sich das Video bereits angesehen. Und ich denke an das, was McKay mir sagen würde: *Wenn die Hater kommen, weißt du, dass du es geschafft hast.* Ich weiß, dass sie recht hat. Also nehme ich die Scham auf mich, schwer und übelkeiterregend wie sie ist, und fahre durch die von Bäumen gesäumten Straßen in die Stadt. Die Ränder der grünen Blätter sind trocken und färben sich golden. Das Ende des Sommers. Im Radio läuft ein alter Alanis-Morissette-Song, und obwohl er mich an Billie erinnert, drehe ich ihn laut, spüre, wie sich meine Gliedmaßen lockern und mir der Wind durch die offenen Fenster ins Gesicht bläst.

Die Ladenfront von Cassidy Adler befindet sich in Bestlage direkt an der Hauptgeschäftsstraße von East Hampton, eingezwängt zwischen SoulCycle und einem beliebten französischen Restaurant. Ich habe bereits eine Filialleiterin eingestellt, Wendy, eine geschiedene Frau in den Vierzigern, die das gesamte Jahr über in Sag Harbor lebt und die Renovierungsarbeiten beaufsichtigt. Als ich hereinkomme, ist sie in aller Frische bereits da; unsere Gemütszustände könnten nicht unterschiedlicher sein. Aber die Fortschritte im Laden zu sehen hebt meine Stimmung sofort. Ich atme den Geruch von Sägemehl und Grundierung ein und bewundere die hellen Holzbalken, die auf beiden Seiten der schrägen Decke zu sehen sind. Sie sind neu hinzugekommen – rein dekorativ, aber sie werten den Raum wirklich auf.

»Die Königin höchstselbst!«, tönt Wendy. Sie streicht sich das kinnlange, platinblonde Haar glatt. »Du siehst bezaubernd aus, Cassie. So adrett.«

»Ja?« Das ist eine rhetorische Frage. Ich weiß, dass ich tipptopp aussehe. Da mich immer mehr Leute auf der Straße ansprechen, kann ich es mir nicht mehr leisten, das Haus in einem weniger als perfekten Zustand zu verlassen. Ich lächle

Wendy an und streiche mir mit den Händen über die Hüften. Diese Jeans von Theory war vor Ellas Geburt meine Lieblingshose; jetzt kann ich mich so gerade eben wieder in sie hineinzwängen. Aber es ist äußerst unbequem, der Knopf drückt gegen meinen immer noch teigigen Bauch. Ich hätte Lululemons oder ein luftiges Sommerkleid anziehen und mir den Schmerz ersparen sollen.

Wendy und ich blättern eine Broschüre mit Wandfarben von Farrow & Ball durch – was den Innenraum angeht, tendieren wir zu einem hellen Blau namens Borrowed Light –, da vibriert das Telefon in meiner Gesäßtasche. Als ich es heraushole, vermeldet der Bildschirm in leuchtender Schrift *Mara*. Es ist das dritte Mal, dass sie diese Woche anruft. Mist.

Ich sage Wendy, dass ich den Anruf annehmen muss, gehe in den vorderen Bereich des Ladens und halte mir das Telefon ans Ohr. Ich habe meine AirPods zu Hause vergessen.

»Was willst du?« Ich spreche mit leiser Stimme.

»So begrüßt du deine einzige Schwester? Mit der du seit verdammten sechs Monaten nicht mehr gesprochen hast?« Mara lacht süffisant.

»Ich bin gerade irgendwie am Arbeiten, okay?«

»Ich würde gerne wissen, was *irgendwie am Arbeiten* bedeutet. Ist das etwas, das reiche weiße Frauen tun?«

»Meine Güte, Mara. Tu nicht so, als wärst du keine weiße Frau.« Ich spüre Wendys Blicke von hinter dem Tresen. Ich öffne die Eingangstür und trete auf den Gehweg hinaus.

»Aber keine reiche«, sagt Mara.

Ich lehne mich gegen die weiße Backsteinfassade des Ladens. »Wieso rufst du an?«

»Ich versuche schon länger, dich zu erreichen. Hast du meine Nachricht bekommen? Nächstes Wochenende ist Moms und Dads vierzigster Hochzeitstag.«

»Okay.« Ich blinzle in den hellen Himmel und wünschte, ich hätte an meine Sonnenbrille gedacht.

»Es ist also eine große Sache.«

»Echt? Können sie einander überhaupt leiden?«

»Cassie.« Mara atmet tief aus. »Ich wollte dich gar nicht anrufen, aber es würde ihnen sehr viel bedeuten, wenn du am Samstag zum Essen kämst. Mom hat endlich Instagram, also sind sie jetzt über dein Leben im Bilde, aber trotzdem. Soziale Medien sind kein Ersatz für alles andere.«

Ich stelle mir meine Eltern vor, wie sie auf ihrem zwanzig Jahre alten, karierten Sofa kauern und sich meine Storys ansehen, das Fenster in mein Leben ohne sie. Die Cassidy-Adler-Läden und Ella und meine stylischen Freunde und Grant und dazu mehrere noble Häuser. Innerlich winde ich mich bei dem Gedanken.

»Sie würden auch gerne ihre Enkelin ein zweites Mal sehen«, fährt Mara fort. »Und Jack ist seiner Cousine noch nie begegnet.«

Ich schließe die Augen, die vor Müdigkeit brennen. Ich stelle mir Mara am anderen Ende der Leitung vor und sehe mein eigenes Gesicht, die exakt gleichen Augen im Gesicht einer anderen Person. Dieselbe feurige Boshaftigkeit. Obwohl wir seit Jahren keine Beziehung mehr zueinander haben, weiß Mara immer noch, wie sie mir unter die Haut kriechen und sich dort festkrallen kann.

Ich presse meine hinteren Backenzähne so fest zusammen, dass mir ein Schmerz durch den Kiefer schießt. »Nächsten Samstag sind wir schon verplant«, sage ich und denke an die Dinnerparty, die Grant und ich geben. Ich zögere. »Aber wir könnten am Sonntag zum Abendessen kommen.«

»Wunderbar.« Das Wort trieft vor Sarkasmus. »Du bist so ein Engel, dass du uns unterbringst.«

»Mara, du musst nicht …«

»Noch eine Sache«, unterbricht sie mich. »Fall einfach nicht so sehr auf, wenn du hier bist, okay?«

»Hä?«

»Lass zum Beispiel die Hermès-Tasche im Auto. Versuch Mom nicht einzureden, dass ein Achthundert-Dollar-Kleid aus deinem Laden ein paar Sonnenstrahlen in ihren Freitag werfen wird.«

Bei dem Verweis auf meine Insta-Story von vorhin verknoten sich meine Eingeweide. Die Scham erwacht wieder und strömt wie Gift durch meine Adern.

»Fick dich, Mara.« Aufsteigende Tränen schnüren mir die Kehle ab.

»Fick dich, Cassie.« Ich höre das abfällige Lächeln in ihrer Stimme, die pulsierende Verachtung. »Wir sehen uns nächstes Wochenende.«

Die Leitung ist tot.

Ich wische mir gerade das Gesicht ab, als die Tür aufschwingt und Wendy neben mir auftaucht.

»Geht es dir gut?« Die Sorge in ihrer Frage klingt echt, mütterlich. Wendys Mann hat das Loft in SoHo bekommen, aber sie hat das alleinige Sorgerecht für ihre vierzehnjährigen Zwillinge.

Ich schaue auf mein Handy hinunter, auf Ellas rundes, perfektes kleines Gesicht auf dem Sperrbildschirm. Ihren üppigen rosa Mund. Ihre Augen, die blau sind und weit auseinanderstehen, genau wie meine. Und die von Mara.

»Cassie? Geht's dir gut?«, wiederholt Wendy ihre Frage.

Ich sehe zu ihr auf und nicke, schlucke den Kloß in meinem Hals hinunter. »Ja«, sage ich, denn es stimmt. Solange ich Ella habe, wird es mir gut gehen.

Billie

Herbst 2002

Im Herbst unseres neunten Schuljahres passiert eine Menge: Wade zieht ein. Ich verliere meinen Babyspeck. Cassie verliert ihre Jungfräulichkeit.

Cassie und Kyle sind seit einem Jahr ein Paar, seit dem Homecoming-Ball. Als sie anfingen, miteinander auszugehen, fragte ich mich insgeheim, ob sie ihn wirklich gerne mochte oder ob ihr bloß die Vorstellung gefiel, einen Freund zu haben. Aber jetzt bin ich vom Gegenteil überzeugt. Immer, wenn Kyle den Raum betritt, erhellt sich Cassies ganzes Gesicht, ihre Augen werden noch blauer. Und jetzt, wo sie Sex haben, sind sie mehr denn je aufeinander fixiert. Ich mag Kyle. Von seinen Freunden sind viele bekloppt, aber er ist aufrichtig. Wenn wir uns auf dem Flur begegnen, bleibt er immer stehen und legt Wert darauf, mich zu fragen, wie es mir geht.

Im Oktober fahren wir drei anderthalb Stunden nach Greenwich, um mit Cassies Großmutter in deren vornehmem Yachtclub zu Mittag zu essen. Cassie geht alle paar Monate mit ihr mittagessen, aber normalerweise schickt ihr ihre Großmutter einen Wagen. Doch da Kyle und ich heute ebenfalls eingela-

den sind, fährt er uns im Subaru seines Vaters. Als wir zum Tanken anhalten, geht Kyle in den Mini-Markt, um sich ein Gatorade zu holen. Cassie verfolgt, wie er über den Parkplatz schlendert, die breiten Umrisse seiner Schultern, seine langen, gleichmäßigen Schritte.

Sie dreht sich auf dem Beifahrersitz zu mir um. »Ist es peinlich, dass ich mit jemandem zusammen bin, der sich so anzieht?«

Ich sehe zu, wie Kyle die Schwingtür aufreißt und im Gebäude verschwindet. Er trägt Khakihosen und ein rot kariertes Hemd. Die immer gleiche altbackene Yankees-Kappe scheint auf seinem Kopf mit dem glatten braunen Haar festgeschraubt zu sein. Kyle ist der bestaussehende Junge des zehnten Jahrgangs.

Ich ziehe die Augenbrauen zusammen. »Was stimmt nicht mit seinen Klamotten?«

»Billie.« Cassie seufzt tief und theatralisch auf. »Ich habe ihm gesagt, er soll sich heute schick machen, und weißt du, wo er dieses Hemd gekauft hat? Costco.« Sie verzieht das Gesicht, legt die Nase in Falten. »Und das sind nicht mal richtige Khakis, die sind aus Polyester. Und lass mich von seinen komischen Slippern gar nicht erst anfangen. Die sind aus den Achtzigern von seinem Dad. Was soll Grandma Catherine denken?« Sie tippt mit den Fingern auf die Mittelkonsole und macht einen untypisch nervösen Eindruck.

»Bist du aufgeregt, weil wir deine Großmutter treffen?«, frage ich sanft.

»Nein, natürlich nicht.« Cassie rückt den Kragen ihres Kleides zurecht, ein marineblaues Etuikleid mit Faltenrock, der mich an Pollyanna erinnert. Ihr lockiges Haar ist geglättet, was es noch länger macht. »Grandma Catherine und ich haben uns schon immer super verstanden«, fügt sie hinzu. »Sie hat mich jeden Freitag von der Schule abgeholt, um dann Besorgungen auf der Ave zu machen. Seit wir umgezogen sind, sehe ich sie nur nicht mehr so oft. Aber sobald ich meinen Führerschein habe, wird sich das ändern. Dann fahre ich öfter nach Greenwich runter. Ich werde sie im August auf Cape Cod besuchen, so wie wir es früher getan haben.«

»Kommt sie denn nie nach Red Hook?«

Cassie schnaubt. »Sie ist mit meinen Eltern zerstritten. Außerdem, was sollte sie auch an einem Ort wie Red Hook?«

Zwischen uns senkt sich ein langer Augenblick des Schweigens.

»Wenigstens hat sich Kyle Mühe gegeben«, sage ich schließlich. »Ich finde, seine Klamotten sehen gut aus.«

Greenwich ist genauso beeindruckend, wie Cassie es beschrieben hat: Die Häuser sind riesige, makellose Bauten mit unberührten Rollrasenflächen, leuchtend grün und gepflegt. Die Einfahrten sind mit belgischen Pflastersteinen gepflastert, die Hecken exakt gestutzt. Ich kann mir nicht vorstellen, wie reich man sein muss, um hier ein Haus zu besitzen. Cassie blickt sehnsüchtig aus dem Fenster und lehnt die Stirn an die Scheibe.

»Verrückt, dass du früher hier gewohnt hast, Babe.« Kyle hat eine Hand auf ihren Nacken gelegt, die andere umfasst das Lenkrad.

»Es war einmal vor langer Zeit, bevor Eric jeden Dollar verjubelt hat, den er besaß.«

Eric ist Cassies Vater. Ich weiß nicht, wie genau er ihr gesamtes Geld verloren hat, aber die Begriffe riskante Investitionen und Optionshandel sind mir im Hause Barnwell zu Ohren gekommen. Was ich weiß, ist Folgendes: Grandma Catherines verstorbener Mann Harold hat mit Öl ein Vermögen gemacht. Als Harold starb, hinterließ er ein Viertel seines Vermögens Catherine und je ein Viertel ihren drei Söhnen. Eric hatte in der Vergangenheit immer wieder schlechte Investitionsentscheidungen getroffen – er war süchtig nach dem Rausch des Risikos –, und nachdem seine Mutter und seine Brüder ihm einmal zu oft aus der Patsche geholfen hatten, schloss die Familie einen Pakt: Eric sollte nicht mehr geholfen werden.

Deswegen war es also nur eine Frage der Zeit, bis sich die Bank das Haus von Cassies Eltern in Greenwich unter den Nagel riss. Cassies Mutter war in Dutchess County aufgewachsen, und als sie in Red Hook ein kleines Ärztehaus fand, das zum Verkauf stand, überzeugte sie Eric, Catherine ein letztes Mal zu bitten, ihnen beim Kauf zu helfen. Catherine willigte ein und leistete auch die Anzahlung für das neue Haus, aber sie schwor, dies wäre das letzte Mal, dass Eric von den Barnwells auch nur einen Penny sehen würde. Jetzt ist Eric Eigentümer des Ärztehauses und kassiert Mieteinnahmen, und Cassies Mutter scheint froh zu sein, in der Gegend zu leben, aus der sie stammt.

»Es ist fast zu traurig, hierher zurückzukommen.« Cassie kurbelt das Fenster hinunter, streckt den Kopf hinaus und lässt sich den Wind ins Gesicht wehen.

»Sind deine Eltern jemals mit dir mitgekommen?«, fragt Kyle.

»Nö. Meiner Mom war Greenwich immer zu anstrengend.«

»Und dein Dad?«

»Er wird Grandma Catherine nie verzeihen, dass sie ihm den Geldhahn zugedreht hat, was lächerlich ist, denn sie hatte ja ganz offensichtlich keine andere Wahl.«

»Du bist also gar nicht sauer auf deine Grandma?«

»Mein Vater ist ein rücksichtsloser, egoistischer Kindskopf, Kyle.« Cassie dreht das Radio auf, als ein Song von Pearl Jam läuft, den wir alle super finden. »In meiner Familie scheine ich die Einzige zu sein, die das sieht.«

»Und Mara?«

»Mara wird von meinen Eltern einer Gehirnwäsche unterzogen. Grandma Catherine hat damit aufgehört, sie nach Greenwich einzuladen. Da ...« Cassie winkt, um Kyle zu bedeuten, dass er langsamer fahren soll. »Da müssen wir links abbiegen.«

Das Clubhaus ist nach Osten ausgerichtet und bietet einen weiten Blick auf den Long Island Sound. Boote mit weißen Segeln liegen an ihren Liegeplätzen vertäut und betupfen wie Sterne den tintenblauen Hafen. Eine amerikanische Flagge aus festem Stoff flattert in der Mittagsbrise. Drinnen im Speisesaal dominieren weiße Tischtücher und Glas, der Holzboden ist dunkel poliert. Die Decken sind hoch und ruhen auf hellen Kiefernbalken, die, wie Grandma Catherine erläutert, tragend sind und nicht nur zur Zierde dienen. Sie trinkt Weißwein und erzählt uns eine gefühlte Stunde lang von der Geschichte des Clubs. Mir ist so langweilig, dass ich schreien könnte. Ich beobachte, wie Kyle an seiner Serviette herumzupft und Papierfetzen wie Schnee auf seinen Schoß rieseln. Grandma Catherine hat an uns beide kaum das Wort gerichtet. Als Kyle aufsteht, um zur Toilette zu gehen, wendet sie sich mit hochgezogener Augenbraue Cassie zu.

»Seine Fingernägel sind sehr schmutzig. Wäscht er sich, Cassidy?« Grandma Catherine ist der erste Mensch, der Cassie in meiner Gegenwart jemals bei ihrem richtigen Namen genannt hat. Sie ist achtzig Jahre alt, sieht aber jünger aus. Ihr kurzes, flaumiges Haar ist schokobraun gefärbt, am Ansatz ist ein halber Zentimeter silbergrau zu sehen. »Nur ein Scherz.« Grandma Catherine grinst schief, ihr Mund ist verkniffen wie eine Dörrpflaume. »Ich bin sicher, er duscht gelegentlich. Das eigentliche Problem ist seine Aufmachung. Doch das weißt du ja sicher.«

Cassies Lächeln gerät ins Wanken, ihre Augenwinkel glitzern. Wir sind jetzt seit zwei Jahren beste Freundinnen – unzertrennlich, die eine der Schatten der anderen –, aber das ist das erste Mal, dass ich sie weinen sehe. Ich widerstehe dem Drang, ein Päckchen Salz aufzureißen und es in Grandma Catherines Chardonnay zu kippen.

»Du musst mit ihm zu Brooks Brothers gehen, Schätzchen«, rät die alte Dame und tätschelt Cassies Arm. Plötzlich wendet sie sich zum ersten Mal an diesem Nachmittag mir zu, und ich fahre zusammen.

»Du hast schönes Haar, Billie.« Sie streckt die Hand aus, nimmt ein Büschel in ihre Faust und zieht ein wenig daran. Schmerz zuckt über meine Kopfhaut. Ich betrachte ihr Gesicht, die Falten um ihre Augen, die sich wie Baumwurzeln verzweigen.

Cassie scheint ihre Fassung wiedererlangt zu haben. Sie blickt zwischen mir und Grandma Catherine hin und her, ein schmales Lächeln umspielt ihre Lippen. »Billie hat wirklich die besten Haare, oder?«

Auf der Fahrt zurück nach Red Hook ist Cassie still. Sie tut so, als würde sie ein Nickerchen machen, den Kopf in den Winkel zwischen Sitz und Fenster gelehnt. Aber ich kann erkennen, dass sie nicht wirklich schläft, weil sie ständig herumrutscht. Wenn Cassie wirklich weg ist, bewegt sie keinen einzigen Muskel. Sie schläft wie eine Tote.

Kyle schaltet Z100 ein und unterhält sich mit mir. Er hat eine sanfte Stimme und eine nette, unkomplizierte Art. Der Subaru riecht ein bisschen nach nassem Hund, aber da ich auf der Rückbank sitze, kurbele ich einfach das hintere Fenster ein Stückchen hinunter und beschwere mich nicht. Wir plaudern über verschiedene Leute aus unserem Jahrgang und wälzen Schulklatsch. Er sagt mir, dass sein Freund Travis mich süß findet.

»Vielleicht gehen wir mal zu viert aus«, schlägt er vor. Ein Bild von Travis taucht vor meinem inneren Auge auf. Stämmig, *haarig, große Hakennase. Ashton hat letzten Sommer im Kino mit ihm geknutscht und behauptet, sein Speichel würde nach Zwiebeln schmecken.*

»Vielleicht«, sage ich zu Kyle.

Es ist fast vier, als Kyle Cassie und mich bei mir zu Hause absetzt. Ich sehe zu, wie sie sich über die Mittelkonsole beugt, um ihn zum Abschied zu küssen. Ihre Lippen öffnen sich leicht, seine Zunge gleitet hinein und berührt ihre. Küssen ist mir immer noch so fremd. Ich habe erst ein einziges Mal mit einem Jungen geknutscht. Todd Clemmons, auf einer von Kyles Kellerpartys. Ich war so betrunken von Jelly Shots, dass ich mich kaum daran erinnern kann.

»Wie war euer Mittagessen?«, fragt Mom, als wir durch die Küchentür kommen. Sie sitzt am Tisch und widmet sich mit einer Schachtel Triscuits neben sich dem Sonntagskreuzworträtsel – und einer dampfenden Tasse Constant Comment, ihrem Lieblingstee.

»Hat Spaß gemacht«, sage ich, auch wenn es nicht stimmt.

»Es war okay.« Cassie zuckt mit den Schultern.

»Es war sicher schön, deine Großmutter zu sehen.«

»Joh.« Cassies Mund ist ein schmaler Strich. In ihren Augen liegt eine Schwere, die ich noch nie gesehen habe.

»Das Essen war köstlich«, steuere ich bei. »Wir hatten alle pochierten Lachs.«

»Lecker.« Mom lächelt und nippt an ihrem Tee. »Cass, bleibst du noch ein bisschen, oder soll ich dich nach Hause fahren?«

Cassie schüttelt den Kopf. »Mara kann mich nach ihrer Schicht im Restaurant abholen.«

»Ach so.« Mom wendet sich wieder der Zeitung zu und nimmt ihren Bleistift in die Hand. »Ich weiß, ihr habt gerade

gegessen, Mädels, aber falls ihr Hunger habt, auf dem Herd steht ein vegetarisches Chili.«

»Vegetarisches Chili«, plappert Wade ihr nach. Ich habe gar nicht bemerkt, dass er dort auf dem Sofa in der Nische neben der Küche liegt. »Deine Mutter will mich auf Diät setzen, ich schwöre es.« Er setzt sich auf, gähnt und streckt seine fleischigen Arme über den Kopf aus. Ich hasse es, dass er hier wohnt. Ich hasse es, dass die Küche nach Bier stinkt und er seine Pisse nie runterspült, und auch dass ich, wenn Mom mich bittet, die Wäsche zusammenzulegen, jetzt Wades widerliche, viel zu enge weiße Unterhosen anfassen muss. Am meisten jedoch hasse ich das dauernde Gefühl, von ihm beobachtet zu werden. Aber Mom ist glücklich, und das ist das Wichtigste. Also halte ich den Mund.

»Es würde uns allen nicht schaden, gesünder zu essen.« Mom lächelt und füllt ein Kästchen aus. Sie ist süchtig nach diesem Kreuzworträtsel.

Wade mustert Cassie und mich auf diese schmierige Art, seine dunklen Augen tasten unsere Körper der Länge nach ab. Unverhohlen und versteckt zugleich, obwohl sich Mom im selben Raum befindet. Sein Blick verweilt einen Moment auf meiner Brust, dann wandern seine Augen zu meinen. Als er mir zuzwinkert, versetzt mir die unwillkürliche Beklommenheit einen Stich in der Magengrube.

»Cassie«, ruft Mom, deren Augen immer noch auf die Zeitung geheftet sind. »Soll ich dich nach Hause fahren?«

Cassie und ich wechseln einen verwirrten Blick.

Sie schluckt. »Äh, nein, danke, Lorraine. Mara kommt mich abholen. In einer Stunde oder so.«

»Ach so.« Mom nickt. »Gut.«

*In meinem Zimmer setzen Cassie und ich uns im Schneider-
sitz auf den Boden und blättern Ausgaben der* Cosmopolitan
*durch. Ich kaufe sie von meinem Babysitter-Geld und verste-
cke sie unter meiner Matratze – Mom soll nicht wissen, dass
ich mich für Stellungen beim Sex interessiere. Sie würde auf
falsche Gedanken kommen.*

*»Wie ist es, jemandem einen zu blasen?«, frage ich Cassie.
Ich frage sie so was dauernd, praktisch jeden Tag, und sie lacht.*

*»Warum findest du es nicht selber raus? Kyle sagt, Travis
findet dich gut.«*

»Iih. Ich fange nichts mit Travis an.«

*»Kann ich dir nicht verdenken. Er ist ein bisschen ein Mons-
ter. Auch wenn er Captain vom Lacrosse-Team ist.«*

*»Auf unserer Schule gibt es keine attraktiven Jungs.« Ich
ziehe meine Knie an die Brust. »Kyle ist wirklich der einzige.«*

*Cassies Gesicht ist ausdruckslos. Sie sagt ein paar Augen-
blicke lang nichts. Dann seufzt sie. »Ich bin mir nicht sicher,
was ich für Kyle empfinde.«*

»Was?« Ich lache kurz auf. »Das ist ein Scherz, oder?«

*»Eigentlich nicht.« Cassies Stimme ist leise, fast ein Flüstern.
Sie starrt auf die Zeitschrift. »Er fängt an mich zu nerven.«*

*Ich betrachte sie eingehend. »Bitte sag mir, dass es nichts
mit dem zu tun hat, was deine Grandma beim Mittagessen
gesagt hat.«*

*Cassie blickt zu mir auf. Ihre Augen sind hart. »Du kennst
meine Großmutter nicht, Billie.«*

*Ich bin sprachlos, schlucke, aber der Moment wird durch
ein leises Klopfen an meiner Zimmertür unterbrochen. Sekunden später schiebt Mom den Kopf durch den Spalt.*

*»Hey, Mädels.« Sie grinst. Mom ist ständig gut gelaunt,
ihre ruhige, fröhliche Art verdüstert sich nur selten. Sie ist das
Gegenteil von Cassies Mutter, die immer in heller Aufregung
zu sein scheint.*

»Hi.« *Ich schiebe die* Cosmo *unters Bett.* »Was ist?«

»Ich wollte nur mal nachfragen. Cassie, bleibst du noch ein bisschen, oder soll ich dich nach Hause fahren?«

»Mom!«, *rufe ich plötzlich verärgert.* »Das hast du sie schon dreimal gefragt. Meine Güte.«

Das Lächeln meiner Mutter schwindet, sie sieht verwundet, fast ängstlich aus. Das Blut weicht ihr aus dem Gesicht, und ihre weichen Wangen erblassen. »Habe ich das?«

In diesem Augenblick erkenne ich meine Mutter nicht wieder. Sie sieht aus wie ein Kind, das gescholten wurde, reumütig und furchtsam. Wenn ich zurückspulen und meine Reaktion ändern könnte, würde ich es tun. Aber das kann ich nicht. Und es spielt ohnehin keine Rolle. Es hätte nichts geändert. An dem, was als Nächstes geschah, konnte niemand von uns etwas ändern.

Billie

9. September 2023
34 Tage zuvor

An dem Samstag, an dem Cassies Dinnerparty stattfindet, herrschen draußen siebenundzwanzig Grad, obwohl es Anfang September ist.

»Ich mag dieses Wetter«, sagt Alex, als wir Irving Place in Richtung von Cassies und Grants Wohnung hinaufschlendern. »Ich bin noch nicht bereit dafür, dass der Sommer endet.«

Die Knöchel seiner Hand streifen meine Finger, und einen Augenblick lang denke ich, er will meine Hand nehmen. Unten an meiner Wirbelsäule verspüre ich ein Kribbeln.

»Ich bin ein Herbstmädchen«, sage ich. »War ich schon immer.«

»Echt? Der Herbst stimmt mich immer ein bisschen traurig mit all den fallenden Blättern und so weiter.«

Ich lächle. »Du klingst genau wie Cassie.«

»Cassie … also die Freundin, die diese Dinnerparty gibt?«

»Genau.« Ich unterbreche mich, da ich unsicher bin, wie ich Alex meine Beziehung zu Cassie erklären soll. »Sie ist meine älteste Freundin. Meine beste – na ja, jedenfalls war sie sehr lange meine beste Freundin.« Mein Hals fühlt sich geschwollen an, meine Stimme bricht ein wenig. Meine Güte, Billie, denke ich. Reiß dich zusammen. »Jedenfalls ist jetzt alles anders. Sie ist verheiratet. Und sie hat ein Baby.«

Alex verzieht das Gesicht. »Ihr seid keine Freundinnen mehr, weil sie verheiratet ist und ein Kind hat?« Er klingt ernsthaft verwirrt.

»Nicht deswegen. Ich meine, es ist komplizierter.«

Bis zum Ende des Blocks gehen wir schweigend weiter. Das mag ich an Alex, dass er nicht wie die meisten Männer das Gefühl hat, jede Minute unserer gemeinsamen Zeit mit Geplapper und Geräuschen füllen zu müssen, obwohl wir uns kaum kennen. In seiner Gegenwart kann ich frei atmen. Kann ich denken.

Wir erreichen den Eingang von Cassies Wohnhaus in Gramercy. Es ist älter als die meisten anderen Gebäude, die in dieser Gegend aus dem Boden gestampft worden sind – ein neunstöckiger, hochzeitstortenartig verzierter Augenschmaus, der seit mindestens einem Jahrhundert dort steht. Seitdem Cassie und Grant zusammengezogen sind, wohnen sie hier. Und obwohl Cassie sich beklagt – darüber, dass der Hausmeister immer verzögert auf sie reagiert, über die uralten Rohre, den klapprigen Aufzug –, ist ihre Wohnung eine der schönsten in New York, die ich je betreten habe. Ich habe auf StreetEasy nachgesehen, sie haben für ihr Penthouse sieben Millionen bezahlt.

Alex dreht sich auf dem Bürgersteig zu mir um, und ich nehme seinen Anblick in mich auf. Er trägt ein kurzärmeliges, durchgeknöpftes Hemd, das an seinen breiten Schultern straff sitzt und dessen helles Grün gut zu den Sprenkeln in seinen haselnussbraunen Augen passt. Dunkelblonde Stoppeln ziehen sich bis zum weichen Teil seines Halses hinunter.

»Billie«, sagt er, und der Klang meines Namens auf seinen Lippen lässt meine Wirbelsäule weich werden, als würde sie in der Hitze schmelzen. »Ich habe an dich gedacht, als du in Portugal warst.« Er blinzelt, lacht leise. »Ach du lieber Gott, ich habe mich bei unserem Familiengrillen sogar betrunken und meiner Schwester erzählt, dass ich in dich verschossen bin.«

Etwas an diesem Mann ist so aufrichtig, seine Worte wirken so wahrhaftig. Ich fühle mich gleichzeitig aufgedreht und schwer, verwurzelt im Gewicht meines eigenen Körpers.

»Wie auch immer«, fährt er fort. »Ich habe mich … auf das hier gefreut. Darauf, dich wiederzusehen.«

Ein ungezwungenes Lächeln breitet sich auf meinem Gesicht aus. »Ich mich auch, Alex.«

Er erwidert das Lächeln, und diesmal nimmt er meine Hand, und wir betreten das Gebäude. Seine Finger fühlen sich fest und warm an, während wir mit dem Aufzug in den neunten Stock fahren. Die Tür zu Cassies und Grants Wohnung ist angelehnt, und als ich sie aufstoße, dringt Stimmengewirr an mein Trommelfell.

Es sind nicht nur McKay und Tom hier, mindestens drei weitere Paare haben sich im makellosen Wohnzimmer der Adlers versammelt und halten Cocktails in den Händen. Die einzigen Frauen, die ich wirklich kenne, sind McKay und Ava aus unserer Collegezeit in Boston, aber ich erkenne auch Blake, eine Brünette, der ich in den letzten Jahren zweimal bei Cassie begegnet bin.

»*Billie.*« Cassie erscheint im Foyer und schlingt die Arme um meine Schultern – es ist dieselbe schlaffe Umarmung, mit der sie mich in der Weinbar begrüßt hat. »Und das muss der *berühmte* Alex sein.«

Ich werfe ihr einen scharfen Blick zu. Ich habe ihr kaum etwas von Alex erzählt, sie weiß, dass wir uns erst ein paarmal getroffen haben – aber sie zuckt nur mit den Schultern und lächelt unschuldig, bevor sie Alex mit ihren langen Wimpern anklimpert. »Ich bin Cassie Adler. Wie schön, dich kennenzulernen.«

»Alex Jensen. Freut mich auch. Eure Wohnung ist spektakulär.« Er deutet durch das Foyer und das Wohnzimmer auf die beiden großen Fenster, die auf den Park hinausgehen und einen weiten Ausblick bieten. Zwischen den Fenstern führt eine bodentiefe zweiflügelige Glastür hinaus auf die große Terrasse, die sich um die Ecke des Gebäudes herum erstreckt. Von hier aus geht der Blick hinab auf das Gramercy Park Hotel, von der Westseite auf die Lexington Avenue. Was Immobilien in Manhattan angeht, ist die Wohnung der Adlers vom Feinsten.

»Entschuldigt bitte, dass ich so schlimm pingelig bin, aber macht es euch was aus, eure Schuhe auszuziehen, falls ihr in der U-Bahn wart oder sonst irgendwo, wo es eklig ist? Ich bin inzwischen Keimphobikerin.« Cassie verzieht entschuldigend das Gesicht, mir ist trotzdem klar, dass sie die Rolle der vorsichtigen, beinahe schon obsessiven jungen Mutter auskostet.

Alex nickt bereitwillig und zieht seine Allbirds aus, und ich schlüpfe aus meinen Ledersandalen von Banana Republic, die ich diesen Sommer jeden Tag getragen habe.

»Bevor ich es vergesse.« Alex überreicht Cassie eine Flasche Wein. »Es ist ein roter Bordeaux.«

Cassie nimmt den Wein entgegen und bewundert die Flasche, als handelte es sich um flauschige Socken. Aufmerksam, aber nebensächlich und völlig unnötig. »Das ist toll. Danke.«

Wir folgen ihr zur Bar. Auf dem Weg dorthin werfe ich einen Blick in die neue, renovierte Profi-Küche. Eine zierliche hispanische Frau, die ich noch nie gesehen habe, beugt sich über die Arbeitsfläche und stellt eine Platte mit Räucherlachs zusammen.

»Das ist Lourdes«, sagt Cassie, die meinem Blick gefolgt ist. »Sie ist eine echte Lebensretterin.«

»Ich wusste gar nicht, dass du eine Haushälterin hast.«

»Kindermädchen ... Haushälterin ... Sie arbeitet Teilzeit,

aber im Grunde macht Lourdes wirklich alles.« Cassie lächelt und drückt ihre Handflächen aneinander.

Ich bin überrumpelt. Cassie hält nichts zurück, wenn sie in den sozialen Medien ihre Tage dokumentiert, und Lourdes ist nicht ein einziges Mal erwähnt oder gezeigt worden. Ich bin nicht überrascht zu erfahren, dass sie eine Haushaltshilfe hat, aber trotzdem. Ich kann die Irritation nicht abschütteln, die unter meinem Schlüsselbein köchelt.

»Was kann ich euch beiden zu trinken bringen?«

Ich bin zu abgelenkt, um mich für etwas zu entscheiden, und als ich höre, dass Alex einen Gin Tonic bestellt, murmle ich, dass ich das Gleiche nehme. Ich beobachte Cassie dabei, wie sie die Cocktails mixt, und studiere sie eingehend. Sie trägt weiße Jeans, die ihre Beine schmal und trainiert aussehen lassen, und ein kornblumenblaues Top mit übergroßen Puffärmeln – ein Trend, der mir nicht einleuchtet. Cassie hat sich schon immer gut angezogen, aber seit sie Cassidy Adler gegründet hat, verfolgt sie einen ehrgeizigeren Stil, balanciert auf der Grenze zwischen klassisch und ausgeklügelt. Dank Grant kann sie sich jetzt alles leisten, was sie will, und das sieht man. Ich werfe einen verstohlenen Blick auf ihre Espadrilles von Chanel, auf denen über den Zehen die ineinander verschlungenen Cs zu sehen sind. Die Schuhe sind auffällig, aber das sollen sie wohl auch sein, oder?

Cassie drückt uns die Drinks in die Hand. »Ich wusste gar nicht, dass du jetzt eine Gin-Trinkerin bist, Bill.« Ihr langes Haar ist zu einem eleganten Pferdeschwanz zurückgebunden, und goldglänzende Creolen baumeln an ihren Ohren. Ich kann spüren, wie auch Alex sie mustert. Es fühlt sich plötzlich wie ein großer Fehler an, ihn hierher mitgebracht zu haben.

»Manchmal.« Ich nehme einen großen Schluck. Der Alkohol brennt in meiner Kehle, bevor er sich warm in meinem

Magen niederlässt. »Mir war nicht klar, dass so viele Leute kommen. Ich dachte, es wären nur McKay und Tom da.«

»Du weißt doch, wie das ist.« Cassie pustet in die Luft, dann nimmt sie ihren eigenen Drink in die Hand. »Es fing mit McKay und Tom an, dann hat McKay Ava und ihren Mann Ned eingeladen, und dann dachte ich mir, warum nicht noch ein paar mehr? Lass uns eine richtig wilde Nacht daraus machen.« Sie gestikuliert in Richtung der Terrasse, wo sich die meisten Gäste versammelt haben. »Du hast Blake auf der Hochzeit kennengelernt, glaube ich, aber für den Fall, dass du es nicht mehr so genau weißt, das sind sie und ihr Mann Preston. Das da sind Evelyn und ihr Mann Harvey – sie sind gerade nach einem kurzen Abstecher nach Palm Beach zurück in die Stadt gezogen. Preston ist Toms bester Freund aus dem Masterstudium, daher kennen wir die Lawrences. Und Blake hat früher mit Evelyn bei der *Vogue* zusammengearbeitet. Jetzt wohnen wir alle in Gramercy und haben Babys, deswegen ja, wir bilden eine kleine Einheit.«

Ich betrachte verloren die Gruppe von Menschen. Drei der Männer tragen Samt-Slipper. Ich erkenne die elegante Frau aus Cassies Instagram-Story aus dem Sushi-Restaurant – das muss Evelyn sein. Sie trägt ein orangefarbenes Kleid mit perlenbestickten Ärmeln und eine Brille mit Drahtgestell, die das Outfit irgendwie perfekt ergänzt. Sie sieht so aus, als würde sie immer noch bei der *Vogue* arbeiten.

»Ich schwöre, Kinder sind so eine großartige Gelegenheit, neue Leute kennenzulernen. Das wirst du schon sehen, eines Tages.«

Mein Atem stockt. Ich nehme noch einen Schluck von meinem Gin Tonic – ich schütte ihn praktisch in mich hinein –, und es hilft ein wenig. Ich zwinge mich zu einem Lächeln. »Wo ist Ella?«

Cassie lacht kurz auf. »Sie schläft zum Glück.«

»Wirklich? Verflixt. Ich habe sie nicht mehr gesehen, seit sie gerade auf der Welt war.«

»Tja, sie ist ein Baby, Billie. Sie geht um sieben schlafen.« Cassie nippt an ihrem Cocktail. Zweifellos ein Tequila Soda. Die trinkt sie schon seit dem College und behauptet, Tequila wäre der Schnaps mit den wenigsten Kalorien. »Obwohl wir darüber nachdenken, sie erst ein paar Stunden später hinzulegen, damit sie morgens länger schläft. Wie auch immer, du siehst sie ja beim nächsten Mal.«

Beim nächsten Mal. *Und wann wird das sein?*, möchte ich fragen. Aber das tue ich natürlich nicht. Die Tatsache, dass Cassie und ich innerhalb von zwei Wochen zweimal aufeinandergetroffen sind, kommt mir bereits vor wie ein Wunder. Vielleicht ist dies ein neuer Anfang für uns. Ich muss nur cool bleiben und nicht so bedürftig rüberkommen.

»Du bist herzlich zum Babysitten eingeladen, Billie.« Aus dem Nichts taucht Grant auf, legt den Arm um Cassies Nacken und zwinkert mir zu. Er hält ein Wasserglas voller Scotch in der Hand, das Einzige, was er trinkt. Scotch und neuerdings anscheinend auch Weißburgunder.

»Hey, Grant.« Ich bemühe mich, gefällig zu klingen, aber sein Anblick erfüllt mich mit Furcht.

Ich mustere Grant in seinen gebügelten Khakihosen und dem Hemd, dessen obere drei Knöpfe geöffnet sind und dunkles Brusthaar enthüllen. Sein Gesicht ist frisch rasiert, die Augen sind heute eher grau als blau. Er ist nicht auf herkömmliche Weise gutaussehend, zumindest finde ich das nicht. Seine Nase ist etwas knollig, seinem Kiefer fehlt es an Kontur – aber für einen Mann wie Grant spielt das keine Rolle. Er hat Geld; er ist betörend. Und er ist aalglatt. Ich habe ihm nie über den Weg getraut. Trotzdem, er ist Cassies Ehemann, und ich muss so tun, als würde ich ihn für einen anständigen Kerl halten. Besonders nach dem, was vor drei Jahren geschehen ist.

Cassie greift nach meiner Hand. »Ich entführe Billie mal kurz«, sagt sie zu Alex. »Fühl dich wie zu Hause.«

Sie zieht mich durch das Wohnzimmer zum anderen Ende der Wohnung. Obwohl es sich um ältere Architektur handelt, sieht die Ausstattung zeitgenössisch aus – überall glatte Holzböden und weiße Möbel, zwischen denen sorgsam platzierte Details bunte Akzente setzen wie Zierkissen und Bücher auf dem Couchtisch, der Rothko über dem Kamin. Bei ihrem Einzug hat Cassie eine Innenarchitektin engagiert – eine äußerst gefragte Frau, die regelmäßig im Architectural Digest auftauchte – und das sieht man. Die Wohnung ist beeindruckend, was durch die hohen Decken und übergroßen Fenster noch hervorgehoben wird. Dagegen sieht meine Bleibe im Village wie ein Zimmer im Studentenwohnheim aus.

Vor einer der Schlafzimmertüren bleibt Cassie stehen. »Das ist Ellas Zimmer«, flüstert sie, und mir fällt auf, wie seltsam und traurig es ist, dass ich das Zimmer von Cassies Baby gerade zum ersten Mal sehe. Ein weiterer Indikator dafür, wie weit wir uns auseinandergelebt haben.

Cassie muss meine Gedanken gelesen haben. Etwas wie Bedauern blitzt in ihrem Gesicht auf, und für einen kurzen Augenblick sieht sie wieder fast so aus wie früher. »Es tut mir leid, dass es so lange gedauert hat«, sagt sie. »Es war … komisch. Dich nicht um uns zu haben. Und irgendwie ist Ella schon fast vier Monate alt.«

Sie stößt die Tür auf, bevor ich Gelegenheit habe zu antworten. Ellas Zimmer liegt im Dunkeln und ist erfüllt von statischem Rauschen. Aber durch die Rollos fällt genügend Licht herein, um das Gitterbettchen in der Ecke und Ellas friedlich auf dem Rücken liegende Gestalt auszumachen.

»Sie ist wunderschön«, flüstere ich.

Cassies Augen schimmern im Halbdunkel. »Das ist sie wirklich, oder?«

Wir schweigen ein paar Augenblicke lang.

»Eines Tages wirst du auch eins haben.« Cassie sieht mich an. »Ich wette, früher als du denkst.«

Ich halte immer noch mein fast leeres Getränk in der Hand. Jetzt umklammere ich es fest, meine Fingerkuppen pressen sich an das kalte Glas. »Ich weiß nicht«, sage ich und fühle mich benebelt von dem Gin auf leeren Magen. »Ich weiß nicht, ob ich Kinder will.« Es ist nicht das erste Mal, dass ich ihr das sage.

Halb erwarte ich, dass Cassie beleidigt reagiert, aber sie wirft mir nur ein wissendes Lächeln zu, ihre Miene verrät Mitleid. »Das sagst du nur wegen alldem Mist mit deinen eigenen Eltern. Außerdem hast du noch nicht den Richtigen getroffen. Aber Alex ... macht einen tollen Eindruck.«

Du hast kaum zwei Worte mit ihm gewechselt, möchte ich ihre Aussage in Zweifel ziehen. Aber ich tue es nicht. In Cassies Gegenwart scheine ich nicht mehr fähig zu sein zu sagen, was ich meine. Im Gegenteil, dass ich *nicht* sage, was ich meine, scheint das Einzige zu sein, was unsere Freundschaft noch zusammenhält.

»Ich glaube, ich habe im echten Leben noch nie einen Polizisten kennengelernt«, fügt sie hinzu. »Der gerade nicht im Dienst ist, du weißt schon.« Cassie zieht die Zimmertür hinter uns zu. »Oh Gott, weißt du noch, wie ich während der Highschool einmal in Maras Auto angehalten worden bin, weil ich zu schnell gefahren bin, und wir später festgestellt haben, dass auf dem Rücksitz ein riesiger Plastikbeutel voll mit ihrem Gras lag?« Sie lacht und lässt die Eiswürfel in ihrem Glas klackern. »Ich brauche Nachschub. Du anscheinend auch.«

Das Abendessen wird im Esszimmer serviert, noch ein geschmackvoll eingerichteter Raum – Naturtapete, verblichener Perserteppich. Auf dem Tisch liegt ein Tuch, das ich von Cassies Instagram kenne – etwas Florales mit veilchenblauem Blockdruck, das mich an die Stoffe erinnert, die Jane und ich letztes Jahr während einer Indienreise auf einem Markt in Jaipur gesehen haben. Die Teller, Servietten und Wassergläser sind perfekt darauf abgestimmt und ergänzen das Tischtuch in verschiedenen Blautönen. Zwischen zwei bauchigen Windlichten aus Glas steht eine Porzellanvase mit weißen Dahlien, deren fette Blütenblätter glänzen.

»Was für ein *Anblick!*«, säuselt McKay, die leider rechts von mir sitzt.

»Wie aus der *House Beautiful.*« Ava betrachtet den geschmückten Tisch mit sehnsüchtigem Blick. Sie berührt ihre Serviette so vorsichtig, als würde sie ein kleines Tier streicheln.

Blake nimmt eines der türkisfarbenen Wassergläser in die Hand und wendet sich an Cassie. »Diese Gläser sind *betörend.*«

»Bitte einmal lächeln, alle!« Cassie steht auf ihrem Stuhl am Kopfende des Tisches und hält ihr Telefon nach unten geneigt. »Aus der Vogelperspektive wird es am besten!«

Ich lehne mich ins Bild und zwinge mich zu einem Grinsen, wobei ich die Augen so weit wie möglich aufreiße, um sie nicht versehentlich zu schließen. Ich bin furchtbar unfotogen. Cassie hat mir immer gesagt, dass ich in echt viel besser aussehe als auf Fotos, was wahrscheinlich stimmt.

Sie hält mir das Handy hin. »Süß, oder?«

Es ist eine vertikale Aufnahme des Tisches, auf der jeder von Cassies Gästen den Hals in Richtung Mitte reckt. Mein angestrengtes Lächeln ist ein bisschen schief, aber wenigstens habe ich es geschafft, die Augen offen zu halten. Alex hat mir die Hand auf den Rücken gelegt, sein Lächeln sieht natürlich und entspannt aus.

»Es ist gut geworden.«

Cassie steigt wieder herunter und lässt sich auf ihren Stuhl sinken. »Ich werde es später posten.«

Wir machen uns über das Essen her – Wildreis, Teriyaki-Hühnchen, ein grüner Salat mit Zitronenvinaigrette. Alles ist köstlich. Abgesehen von dem Essen in Portugal ist es die beste Mahlzeit, die ich seit Wochen verspeist habe. Ich will Cassie gerade fragen, ob sie das alles selbst zubereitet hat, da schallt Avas Stimme über den Tisch.

»Lourdes ist verdammt noch mal die beste Köchin überhaupt. Kann sie vorbeikommen und unserem Kindermädchen Nachhilfe geben?«

»Ja, bitte.« Ned schaufelt sich einen Bissen Reis in den Mund und redet mampfend. »Die Frau bringt kaum ein Rührei zustande.«

»Mariana macht *buchstäblich* nur Makkaroni mit Käse«, jammert Blake. »Solche, die man fertig kauft. Olivia bekommt davon noch Skorbut.«

»Ach, da fällt mir etwas ein.« McKay fährt zu Blake herum. »Können wir Marianas Tage nächste Woche tauschen? Ich brauche sie am Donnerstag für das Familien-Fotoshooting.«

»Klar.« Blake wirft ihr glänzendes kastanienbraunes Haar zurück, das auf ihren Schultern federt. »Erinnere mich einfach per Textnachricht daran, ich kann mir in letzter Zeit nichts mehr merken. Warte mal, wo lasst ihr das Fotoshooting machen? Ich muss für uns eins für die Weihnachtskarte buchen. Bäh. Wie kann es sein, dass es schon September ist?«

»Central Park, wo sonst?« McKay gackert. »Unser Fotograf ist ein echter Zauberer. Letztes Jahr hatte Juliette einen fetten Riss in ihrem Pullover, weil sie *direkt* vor den Fotos an einem Ast hängen geblieben ist, aber der Typ hat das ganze Ding mit Photoshop rausretuschiert.«

»*Echt?*« Cassies Augen weiten sich vor Neugierde. »So was können die?«

»Oh, er ist ein Zauberer. Ich war *so* gestresst – und natürlich meinte Tom: ›Zieh doch Juliette einfach den Pullover aus, McKay.‹ Und ich sage: ›Tom, ist dir *klar,* wie viel Zeit und Energie ich in die Auswahl unserer Outfits für die Weihnachtskarte gesteckt habe? Die Farben stimmen sich nicht von allein aufeinander ab.‹«

»Okay, du hast gerade wortwörtlich ein Gespräch zwischen Harvey und mir wiedergegeben.« Evelyn rückt sich die Brille auf dem Nasenrücken zurecht. »Tut mir leid, Jungs, aber was das angeht, seid ihr wirklich komplett ahnungslos.« Die fünf Frauen brechen in schallendes Gelächter aus.

Preston verdreht die Augen. Er fährt sich mit der Hand durch sein schütteres braunes Haar, das mit grauen Strähnen durchsetzt ist. »Ja, Blake bestellt für mich einen ganzen Monat vor unserem Fototermin sieben neue Hemden, alle in *leicht* unterschiedlichen Blautönen.«

Grant kippt den Rest seines Scotchs hinunter. Er schüttelt den Kopf, sieht aber amüsiert aus.

»*Weil* dein Hemd zu den Paspeln an Olivias Kleid passen musste, Pres!« Blake lacht, aber es liegt ein gewisser Ernst in ihrer Stimme. »Das sind Fotos, die wir für immer haben werden. Der richtige Blauton ist *wichtig.*«

In meinem Glas ist noch ein Schluck Wein übrig, und ich schütte ihn mir in den Hals. Es fühlt sich an wie ein außerkörperliches Erlebnis, Cassies Freundinnen dabei zuzuhören, wie sie die Bedeutung koordinierter Outfits auf Weihnachtskartenfotos beschwören. Alex neben mir ist still. Wie konnte ich nur einwilligen, ihn hierher mitzubringen?

Auf der anderen Seite des Tisches fängt Blake meinen

Blick auf. Ihr scheint aufzufallen, dass weder Alex noch ich ein Wort gesagt haben, seit wir angefangen haben zu essen. »Woher kennt ihr Cassie noch mal?«, fragt sie.

Wie die anderen Frauen am Tisch ist auch Blake sorgsam zurechtgemacht und gepflegt. Ihr Make-up ist tadellos, ihre Stirn wächsern und unbeweglich. Der Diamant an ihrem Ringfinger ist sogar noch größer als der von Cassie. In ihm bricht sich ein Lichtstrahl und blendet mich kurzzeitig.

»Wir, äh, wir sind zusammen aufgewachsen.« Meine Stimme hört sich erstickt an, weil ich einen Kloß im Hals habe.

»Du hast Billie wahrscheinlich auf Cassies Hochzeit kennengelernt, Blake«, sagt McKay.

»Ach ja, wahrscheinlich. Es ist alles nur noch verschwommen.«

Ich bin versucht, Blake daran zu erinnern, dass wir uns auch letztes Jahr bei Cassies Geburtstagsessen begegnet sind, aber meine Stimmbänder haben sich verknotet.

Blake legt den Kopf zur Seite und versucht immer noch, mich einzuordnen. »Warst du Brautjungfer bei der Hochzeit?«

»Cassie hatte keine Brautjungfern«, ruft McKay allen in Erinnerung.

»*Richtig.* Du warst die Trauzeugin, oder, McKay?«

Sie nickt, und ihre Apfelbäckchen werden vor Stolz ganz feucht.

»Erinnert ihr euch noch an McKays Rede?« Ava blickt sich am Tisch um. »Ich habe hässliche Tränen geweint.«

Der Kloß in meinem Hals rutscht hinunter in meinen Magen, verwandelt sich dort in ein Loch, und mir vergeht jeglicher Appetit. Ich zwinge mich, Cassie anzuschauen. Sie starrt an ihrem Teller vorbei und schiebt mit einem auf den Lippen festgeklebten, schiefen Lächeln mit der Gabel ihren Reis hin und her.

Die Erinnerung stürzt auf mich ein. Dieser faule Samstag, als wir vierundzwanzig, vielleicht fünfundzwanzig waren. Es war Frühling, und der Freund eines Freundes hatte uns zu einer Wohltätigkeitsveranstaltung auf dem East River eingeladen – auf einem Kreuzfahrtschiff, offene Bar, DJ an Deck. Die Party begann mittags, und ich weiß noch, wie betrunken wir waren, wie unmöglich es war, sich *nicht zu* betrinken, da doch die Getränke umsonst waren. Wir endeten um vier Uhr nachmittags auf dem Fußboden unserer winzigen Wohnung und verschlangen Pizza von Artichoke.

»Du wirst meine Trauzeugin, ja?« Cassies Frage kam so aus dem Nichts, dass ich hysterisch zu lachen begann.

»Ich meine es ernst, Billie.« Sie hatte aufgehört, ihre Pizza zu essen, und starrte mich eindringlich an. Mit Öl am Kinn, die Augen verschmiert von Wimperntusche.

»Äh, willst du *heiraten?*«

»Ich meinte *eines Tages.*« Sie breitete die Arme aus, als wären es Flügel, und warf betrunken den Kopf in den Nacken. »Wann immer ich auf dieser verrückten Welt jemanden finde, der mich haben will.« Sie hob den Kopf wieder, und ihre blauen Augen begegneten meinen. »Du machst es, ja?«

Ich lächelte, und mein Herz füllte sich mit Wärme. »Pff.«

»Und ich werde deine?«

»Wer sonst sollte meine werden?«

Sie grinste zufrieden, und wir verputzten den Rest der Pizza. Betrunken, selbstvergessen, glücklich.

Alex berührt meinen Arm und reißt mich aus meiner Erinnerung. Sie könnte genauso gut aus einem anderen Leben stammen. »Hey.« Seine Stimme ist leise. »Geht's dir gut?«

Am Tischende blickt Cassie auf, ihr Lächeln wird breiter.

Sie greift nach ihrem Wein. »Mein Gott, schwer zu glauben, dass unsere Hochzeit erst anderthalb Jahre her ist.«

»Und jetzt habt ihr ein *Baby*«, quiekt Blake.

»Ein perfektes Baby.« Evelyn erhebt ihr Glas.

McKay dreht sich zu mir um. »Du kennst Ella schon, oder?«

Das Loch in meinem Bauch wird immer tiefer und frisst sich in meine Magenschleimhaut. »Ich habe sie einmal gesehen. Kurz nach ihrer Geburt.«

»Zweimal.« Cassie verschluckt sich an ihrem Wein. »Mit heute Abend.«

Ich beiße die Zähne zusammen. Es ist fast eine Erleichterung, die Wut in mir aufsteigen zu spüren. »Ich glaube, heute Abend zählt nicht. Da hat sie geschlafen.«

Cassie blinzelt. Grant neben ihr sieht gelangweilt aus und blickt zum anderen Tischende, wo die übrigen Männer in ein Gespräch vertieft sind.

Ava räuspert sich. »Also, Billie, dann musst du zusehen, dass du die kleine Miss Ella bald zwischen die Finger bekommst. Sie ist nämlich einfach *Zucker*.«

»Würde ich sehr gerne«, sage ich mit Nachdruck. »Jederzeit. Vielleicht Ende des Monats?«

Ich blicke zu Cassie, aber sie lächelt Ava an.

»Aww, Aves.« Cassie strahlt. »Charlie-Boy ist auch Zucker.«

Ava schüttelt den Kopf. »Nicht so wie Ella. Ich *lebe* für deine Instagram-Fotos von diesen Oberschenkelröllchen. Egal, wie oft ich Charlie füttere, er ist immer noch so verdammt dünn.«

Evelyn nickt wissend. »Ich weiß, wie du dich fühlst. Als Leo so alt war wie Charlie, war er auch so ein langes Bohnenstangenbaby. Was ich immer gemacht habe, damit er zunimmt, war nachts abzupumpen und ihm dann am nächsten Tag die zusätzliche Milch ...«

Evelyns unaufgeforderter Ratschlag führt zu einer begeisterten Diskussion über Muttermilch und Milchpulver und Abpumpen und Clusterfeeding, und ich bin so dermaßen planlos, dass ich irgendwann gar nicht mehr zuhöre. Ich starre auf meinen Teller, auf die nicht aufgegessene Hälfte meines köstlichen Abendessens, für das Lourdes den ganzen Tag gekocht hat.

»Billie.« Alex berührt wieder meinen Unterarm und senkt seine Stimme zu einem Flüstern. »Willst du hier weg?«

Cassie scheint es nichts auszumachen, dass Alex und ich uns noch vor dem Nachtisch davonmachen. Sie begleitet uns zur Haustür und wirft mir auf dem Weg dorthin einen vielsagenden Blick zu. *Er ist süß,* formt sie mit den Lippen, und ich versuche, nicht daran zu denken, dass sie Alex den ganzen Abend über keine einzige Frage gestellt hat.

»Entschuldigt all das Baby-Gerede.« Cassie grinst mich vertrauensselig an.

»Du musst dich nicht entschuldigen. Es gefällt mir irgendwie.«

Sie lächelt und schwebt zu weit über dem Boden, um zu merken, dass ich lüge.

Draußen auf der Straße ist es dunkel und schwül, nur ein paar Grad kühler als vor dem Abendessen. Alex und ich gehen schweigend einen halben Häuserblock weit.

An der Ecke dreht er sich zu mir um. »Was war das?« Die Art, wie er mich ansieht, treibt mir die Tränen in die Augen und lässt meine Nase brennen.

Ich schüttle den Kopf. Ich bin so wütend, dass ich anfange zu zittern. »Das sind nicht meine Freunde, Alex. Mit solchen Leuten bin ich nicht befreundet.«

»Okay.«

»Ich bin nicht so.«

»Ich weiß, dass du nicht so bist.«

»Es ist nur, Cassie ...« Meine Stimme versagt, und er legt die Arme um mich. Sie fühlen sich stark, sicher und allumfassend an. *Wie ein Zuhause,* denke ich, obwohl ich nicht weiß, was dieses Wort bedeutet. Ich drücke meinen Kopf an seine Brust, höre sein Herz durch die Baumwolle seines Hemdes hindurch klopfen. »Sie war für mich meine Familie.«

Alex hält mich fest. Er riecht nach Seife und warmem Wind. »Die Menschen verändern sich.«

»Das hat man mir schon mal gesagt.«

»Diese Wohnung war ein Hammer. So was habe ich noch nie gesehen.«

»Ja.«

»Cassie scheint ein ziemlicher Snob zu sein, Billie.« Ein Augenblick verstreicht. »Sorry. So etwas sollte ich nicht sagen. Ich kenne sie ja kaum.«

»Nein. Du liegst da nicht falsch.« Ich stocke. »Sie ist ein Snob. Früher war sie es nicht.« Ich schlucke und überlege, ob der letzte Teil dieser Aussage wahr ist.

»Aber du hast sie gern?«

»Ich wünschte, es wäre nicht so.«

Alex lehnt sich ein Stück zurück und wischt mir mit den Daumen die Tränen aus den Augen. »Was hältst du von noch einem Drink?«

Ich blicke zu ihm auf, bin berauscht von der Anziehungskraft, mein ganzer Körper sprudelt über vor Verlangen, eine Begierde, die mich ins Schwanken bringt, die all die Wut und die Traurigkeit und jeglichen Pragmatismus verdrängt. Ich will nicht denken.

»Ich habe eine bessere Idee«, sage ich.

Cassie

Die Temperatur fällt über Nacht, und trotz des Sonnenscheins liegt eine spürbare Kühle in der Luft. Als Grant und ich weiter nach Norden in Richtung Red Hook fahren, färben sich die Spitzen der Blätter braunorange, als wären sie in Feuer getaucht worden. Früher habe ich es gehasst, wenn es Herbst wurde – neue Spiralblöcke von Staples, Zeit, wieder in die Realität zurückzukehren –, aber jetzt stört es mich nicht mehr. Jetzt kann ich die farbenfrohe, idyllische Schönheit des Herbstes wirklich wertschätzen.

Die Fahrt war die Hölle. Eine Stunde lang sind wir Stoßstange an Stoßstange gefahren, nur um aus der Stadt zu kommen, und nun motzt Grant mich an, weil ich trotz Sonntagsverkehr eine Einladung zum Abendessen im Norden des Landes angenommen habe. Es hilft auch nicht, dass wir beide noch von gestern Abend verkatert sind. McKay und Tom sind lange geblieben. Tom und Grant haben sich einen leidenschaftlichen Wettstreit darüber geliefert, wer die besseren Manhattans mixen kann, und als sie um zwei Uhr gegangen sind, haben wir alle doppelt gesehen.

Ich ignoriere Grants Gemecker und zwinge ihn an einer roten Ampel zu einem Selfie. Zwischen uns im Hintergrund ist Ellas Kindersitz zu sehen.

Sonntagsabenteuer mit der family ♥ , schreibe ich.

Während Grant fährt und Ella ein Nickerchen macht, schlucke ich noch zwei Advil und nutze die Gelegenheit, mich bei meinen Followern zu melden. Ich poste zu meiner Story einen »Stell mir eine Frage«-Button und nehme ein kurzes Video auf: »Der Mann sitzt am Steuer, das Baby schläft auf dem Rücksitz, und ich habe hier im Auto ein bisschen Zeit, also ... ihr könnt mich alles fragen!«

»Mein Gott, Cassie«, murmelt Grant auf dem Fahrersitz. »Kannst du das Ding nicht mal weglegen und uns eine Minute Ruhe gönnen?«

Ich gebe ihm darauf nicht einmal eine Antwort. Seit unserem Streit in den Hamptons am letzten Wochenende sind wir immer wieder aneinandergeraten, und ich weiß, dass er nur versucht, mich auf die Palme zu bringen. Stattdessen scrolle ich durch die Fragen, die mit Lichtgeschwindigkeit hereinprasseln.

Isst du Kohlenhydrate?

Wann wollen dein Mann und du
Baby Nummer zwei?

Deine Haut ist unglaublich, du
benutzt doch bestimmt Botox?

Wie lange willst du stillen?

Woher ist Ellas rosa Pulli? Der
von gestern aus dem Park mit
dem Monogramm.

Was macht dein Mann
beruflich? Anscheinend
schwimmt ihr im Geld!

Wie lange wart ihr zusammen,
bevor dein Mann dir den Antrag
gemacht hat? Ich mache mir
Sorgen, dass mein Kerl sich nie
dazu durchringen wird …

Ich lache auf, den Blick auf den Bildschirm geheftet. »Ehrlich gesagt, Grant, mache ich gerade eine Runde ›Stellt mir eine Frage‹, und bei einigen davon geht es um dich.«

»Um mich?«

»Ja.«

»Wieso geht es um mich, wenn du mit Instagram den Laden promoten willst?«

Ich runzle die Stirn und scrolle weiter durch die Fragen. Bis jetzt betrifft keine von ihnen den Laden. Da sind nur Fremde, die wissen wollen, welche Jeansgröße ich jetzt, nach der Geburt, trage.

Als wir über die Kingston-Rhinecliff-Brücke fahren, sehe ich aus dem Fenster. Die Wasserfläche des Hudson River schimmert im frühen Abendlicht. Ich mache schnell einen Schnappschuss davon, und er ist zu hübsch, um ihn nicht meiner Instagram-Story hinzuzufügen. *So schön, aus der Stadt rauszukommen*, schreibe ich dazu.

»Kannst du das Handy weglegen und mir helfen, den Weg zu finden?« Grant betätigt den Blinker. »Wir sind fast da.«

Die einstöckige Ranch meiner Eltern in Red Hook ist ein Artefakt der Mittelklasse, eingefroren in der Zeit. Das ist einer der Gründe, warum ich es vermeide, hierher zurückzukehren. Die hellgraue Farbe an der Fassade blättert zwar ab, ist aber noch weitgehend intakt, und die Inneneinrichtung besteht aus einer Ansammlung fragwürdiger Entscheidungen aus den Neunzigern: Linoleumböden, braune Sperrholzschränke, geblümte Baumarkt-Vorhänge rechts und links der Fenster, die wie Duschvorhänge aussehen. Erstaunlicherweise hat nichts davon meine Mutter je gestört. Sie hat die Tristesse des Hauses immer ignoriert – oder war damit vielleicht auch einfach zufrieden –, genau wie mein Vater. Seitdem sie vor dreiundzwanzig Jahren von Greenwich nach Red Hook gezogen sind, hat keiner von ihnen je angedeutet, dieses alte Leben zu vermissen. Manchmal kann ich nicht glauben, dass ich ihre Tochter bin.

Wir betreten den Eingangsbereich, und der vertraute Geruch des Hauses strömt auf mich ein – nach Zitrone riechendes Bohnerwachs und Mottenkugeln. Grant ist nicht zum ersten Mal hier, trotzdem spüre ich, wie er körperlich zurückschreckt.

Das Erste, was meine Mutter tut, ist, mir das Baby zu entreißen.

»Sie ist *wunderschön*.« Meine Mutter hält Ella waagerecht im Arm, als wäre sie ein Neugeborenes. Ich beobachte, wie sie blinzelnd die runden Augen öffnet, schlaftrunken, und ihr Mund sich kräuselt. Ich rechne damit, dass sich ihr Gesicht beim Anblick der fremden Frau verzieht und rot anläuft, aber sie ist ruhig in den Armen meiner Mutter. Sie streckt die Hand aus und schlägt nach ihrer Nase.

»Awww.« Meine Mom gluckst leise. »Sie ist schon so ein großes Mädchen. Als ich sie das letzte Mal gesehen habe, war sie erst ein paar Tage alt.« Sie sieht zu mir auf, der Blick verschleiert von Tränen, die mir ein schlechtes Gewissen machen sollen. Darauf falle ich nicht herein. »Cassie, Grant, ich würde euch ja beide umarmen, aber dafür werde ich meine kostbare Enkelin niemals loslassen.« Sie lacht wieder, als wären ihre Witze tatsächlich witzig. »Danke, dass ihr die Fahrt auf euch genommen habt.«

»Es hat lang gedauert«, murre ich. »Über drei Stunden. Schlimmer Verkehr.«

»Alles Gute zum Hochzeitstag.« Grant lächelt steif und überreicht meinem Vater eine Flasche Dom Pérignon. Grant hält nicht viel von meinen Eltern – warum sollte er? –, aber er vergisst nie seine guten Manieren. Grandma Catherine hätte ihn vergöttert.

»Wow.« Mein Vater starrt den Champagner an, als könnten ihm Flügel wachsen und er könnte davonfliegen. »Das ist sehr nett.«

»Nur ein kleiner, in die Jahre gekommener Dom.« Mara erscheint im Eingangsbereich, ein höhnisches Lächeln im Gesicht. Sie trägt ein schwarzes Rippkleid mit langen Ärmeln, und ihr Haar ist kürzer, als ich es in Erinnerung habe, es berührt gerade noch ihre Schultern. Um eines ihrer Beine schlingen sich die Arme eines kleinen Jungen. Mein Neffe Jack. »Nichts, was man für fünfhundert Dollar nicht kaufen könnte, Dad.«

»Mara.« Meine Mutter seufzt, betrachtet aber immer noch verträumt Ella. »Sei nett. Wenigstens für heute.«

Weil wir so spät gekommen sind, setzen wir uns fast augenblicklich zum Essen. Wenn mein Vater später als halb sieben isst, bekommt er Sodbrennen.

Das Abendessen wird im Esszimmer serviert, einem kleinen Raum mit Schwingtür zur Küche. Hier an dem ovalen Kiefernholztisch mit den blau karierten Servietten zu sitzen und von dem alten Hochzeitsservice meiner Eltern zu essen fühlt sich an wie eine Zeitreise. Nur der Anblick von Ella, die in ihrer Reisewippe zu meinen Füßen brabbelt, erinnert mich daran, dass ich nicht mehr dreizehn bin. Dass sich mein Leben so weit von diesem Ort fortentwickelt hat, dass ich ihn kaum noch im Rückspiegel sehen kann. Er bedeutet mir nichts mehr.

Ich sitze neben Jack, der mir vom Kindergarten erzählt und dass er jetzt lesen lernt. Er hat Maras helle Augen, ihr feines Haar und die gleichen Sommersprossen auf der Nase.

»Am Freitag holt mich mein Dad von der Schule ab«, sagt Jack unbekümmert. Ich nicke, nehme einen Schluck Champagner – den meine Mutter in ein Set von alten, verstaubten Flöten eingeschenkt hat – und widerstehe dem Drang, irgendwelche Fragen zu stellen. Jacks Vater Brandon ist immer wieder in der Reha gewesen, seit Jack zwei Jahre alt war. Er ist bei Bauarbeiten von einer Leiter gefallen, und ein Arzt hat ihm wegen seiner Rückenverletzung Opioide verschrieben. Brandon wurde abhängig davon und ist seitdem nicht mehr derselbe. Ich bin mir nicht einmal sicher, ob er und Mara noch verheiratet sind, möchte aber nicht fragen.

Über den Tisch hinweg begegne ich ihrem Blick. Sie hat meine Augen. Ellas Augen. Jacks Augen. Die eindringliche Realität der Genetik.

»Wir sind nicht zusammen, falls es das ist, was du dich fragst«, sagt sie gleichmütig.

Jack schaut zwischen mir und Mara hin und her. »Aber wenn es Daddy besser geht, zieht er wieder ein. Stimmt's, Mom?«

Ihr Lächeln wird schwächer, Schmerz gräbt sich in ihre Züge. »Wir werden sehen, Baby.«

»Wie läuft das Geschäft, Cassie?«, fragt meine Mutter und nimmt sich ein weiteres buttriges Stück Knoblauchbrot. Mit ihren vierundsechzig Jahren ist sie immer noch so grazil wie zu Collegezeiten. Mara und ich haben beide ihren guten Metabolismus geerbt, und wenn es etwas gibt, wofür ich ihr dankbar bin, dann ist es das.

»Es läuft super«, sage ich. »Bei Cassidy Adler ist jede Menge los. Sowohl online als auch im Laden.«

»Das ist wunderbar.« Meine Mutter lächelt. »Ich war auf deiner Website, aber es ist alles so teuer. Vierhundert Dollar für eine Bluse, meine Güte. So viel verlangen die teuren Läden heutzutage? Wie auch immer, du bist bestimmt stolz auf sie, Grant.«

»Natürlich.« Grant legt seine Hand auf meine, schiebt die Fingerkuppen zwischen meine Knöchel. »Es ist unterhaltsam, was sie macht.«

»Unterhaltsam?« Mara zieht eine dunkle Augenbraue hoch, und in diesem Moment fliegt ihr etwas aus meinem Herzen zu.

Grant schluckt einen Bissen Steak und nickt lässig. »Die meisten Frauen in Cassies Situation lassen die Arbeit ruhen, sobald sie Mütter werden. Deswegen finde ich es süß zu sehen, dass sie sich auch noch für etwas anderes als das Baby begeistern kann.«

»Süß?« Mara blinzelt, ihr breiter Mund ist ausdruckslos. Meine Schwester ist dämonisch, aber umwerfend. Das war sie schon immer, obwohl sie diesen grauenvollen Stil hat. »Also, ich bin Mutter, und mir ist nie in den Sinn gekommen, die Arbeit ruhen zu lassen. Aber ich schätze, ich bin nicht in Cassies *Situation*.«

Grant presst die Lippen zusammen und zieht sie nach innen, was mir verrät, dass er sich äußerst unwohl fühlt. »Sag, wo arbeitest du noch mal?«

Mara antwortet nicht, ihre Augen sind kalt. Dann steht sie auf und streicht sich das Kleid glatt. »Ich schiebe den Kuchen in den Ofen.«

»Kuchen!« Jack quiekt vor Freude auf. »Gibt es auch Eis, Mama?«

»Es gibt auch Eis, Baby.«

Ich entschuldige mich, um zur Toilette zu gehen, aber tatsächlich folge ich Mara in die Küche. Sie lehnt an der Spüle vor dem offenen Fenster, durch das ein kühler Luftzug hereinströmt. Durch das obere Glas kann ich die Mondsichel sehen, eine Fingernagelspitze, die tief am indigoblauen Himmel klebt.

»Du brauchst nicht so streng mit ihm zu sein«, sage ich.

Mara dreht sich langsam um und stützt sich mit den Ellbogen auf die weiße Laminatarbeitsfläche. Es vergeht ein langer Augenblick, bevor sie spricht.

»Ich frage mich, wie du mit so einem Mann zusammen sein kannst.« Sie schüttelt leicht den Kopf, ihre Zähne sind zusammengebissen. »Ein Mann, der dich kleinmacht, der objektiv sexistisch ist. Andererseits denke ich, das ist nicht mein Problem.«

Ich schlucke den Klumpen hinunter, der sich in meinem Hals gebildet hat. »Nein, ist es nicht.«

Sie greift in den Schrank über der Spüle und holt zwei Gläser heraus. Saftgläser aus unserer Kindheit. Auf der Arbeitsfläche steht eine offene Weinflasche, aus der sie etwas in die Gläser schenkt, um mir dann eines davon zu reichen.

»Ich meine, *ich* kann dir sagen, dass das, was du da machst, lächerlich ist«, fährt sie fort. »Deine teuren Hautpflegeprodukte mit einem Haufen Fremder im Internet zu teilen. Sie dazu aufzufordern, dich alles zu fragen, was sie über dein Privatleben wissen wollen. Und warum das alles, nur weil du eine Kleiderboutique hast?«

»Du kannst mein Geschäft geringschätzen, soviel du willst, Mara. Das trifft mich nicht.« Ich nippe an dem Wein, der süß schmeckt und meine Kopfschmerzen sofort wieder entfacht. Es ist der billige Sauvignon blanc, den meine Mutter en gros kauft.

»Ich versuche nicht, dich zu treffen. Ich versuche, zu dir

durchzudringen.« Mara blickt über meine Schulter hinweg und deutet mit dem Kinn in Richtung Esszimmer. »Ich darf dir gegenüber vielleicht schnippisch und abschätzig sein. Aber dein Mann – *der* sollte dich verteidigen.«

Ich schließe die Augen, meine Lider brennen. Ich werde nicht zulassen, dass Mara mich zum Weinen bringt.

»Du kennst ihn doch gar nicht.« Es kommt als Flüstern heraus, rau und schwach.

»Ich will nur, dass du glücklich bist, Cassie.«

»Willst du das?«

»Darf ich dich was fragen?« Sie stellt ihren Wein auf dem Tresen ab. »Was hält Billie von ihm?«

»*Billie?*«, schnaube ich. »Wieso?«

Mara zuckt mit den Schultern. »Ich frage, was deine beste Freundin von deinem Mann hält.«

»Billie ist nicht meine beste Freundin.«

Mara verschränkt die Arme, zieht die Augenbrauen zusammen. »Das ist mir neu.«

»Wir sind seit Jahren nicht mehr so eng, Mara.«

»Was ist passiert?«

»Nichts.« Ich fahre mit dem Finger über den abgestoßenen Rand meines Glases. »Es ist alles bestens. Ich habe sie sogar gestern Abend gesehen.« Ich halte inne und denke daran, wie seltsam es sich angefühlt hat, dass Billie in meiner Wohnung war, dass ihre Anwesenheit mir die Räume und die sonst so heitere Stimmung irgendwie vermiest hat. Ich war froh, als sie und der Polizist früher gegangen sind. Ich seufze.

»Menschen ändern sich, Mara. Manchmal entfernen sie sich voneinander.«

»Okay.«

»Wenn du mir nicht glaubst, ist es mir auch egal.«

»Ach, ich glaube dir. Es macht mich nur traurig, mehr nicht.«

»Es macht *dich* traurig, dass Billie und ich nicht mehr beste Freundinnen sind?« Ich lache gekünstelt. »Seit wann liegt dir etwas an Billie? Du hast sie doch immer links liegen lassen.«

Mara schweigt ein paar Takte lang. Dann seufzt sie, und ich spüre, wie der Zynismus aus ihrem Verhalten weicht. Sie sieht mir direkt in die Augen. »Irgendetwas sagt mir, dass Billie der einzige Mensch in deinem Leben ist, der dich so liebt, wie du bist.«

Mein Hals fühlt sich wund und eng an, wie von einem unsichtbaren Seil gewürgt. »Du hast keine Ahnung von meinem Leben«, zische ich. »Nur weil *du* unglücklich bist über deine eigene beschissene Lage, über Brandon, was auch immer, hast du nicht das Recht ...« Ich unterbreche mich, der Wein schwappt über den Rand meines Glases auf den Boden. »Mein Gott, Mara. Wir sehen uns seit Monaten zum ersten Mal wieder. Es ist das erste Mal, dass du meiner Tochter begegnest.«

»Und das ist *meine* Schuld? Du hast sehr deutlich gemacht, dass du nichts mit uns zu tun haben willst.«

»Das habe ich nie gesagt.«

»Taten sagen mehr als Worte, oder?« Maras schmale Schultern sacken herab. Sie kaut auf ihrer Unterlippe und wendet den Blick ab. Als sie sich wieder zu mir umdreht, sind ihre Augen klar. »Du hast keine Ahnung, wie viel es Mom und Dad bedeutet, dass ihr heute Abend gekommen seid. Mom hat eine ganze Woche lang von nichts anderem gesprochen.«

Ich schüttle den Kopf. »Du musst gar nicht erst versuchen, mir Schuldgefühle einzureden. Es wird nicht klappen.«

Durch die Schwingtür hindurch höre ich, dass Ella unruhig wird. Ich höre, wie Grant sie aus ihrer Wippe nimmt und beruhigt.

Meine Süße, gurrt er, und ich male mir aus, wie er sie an seine Brust drückt. *Psst, ist ja gut. Wir gehen gleich, Baby.*

Unser Stichwort. Gott sei Dank, verdammt noch mal.

Ich stelle mein Glas auf dem Tresen ab, als die Tür zur Küche auffliegt und Grant mit Ella auf der Hüfte hereinkommt. Ihr Gesicht ist tiefrosa, die kleinen Fäuste sind geballt, und ich kann sehen, dass sie jeden Moment richtig losbrüllen wird. Ich nehme sie ihm ab und drücke sie an mich, atme die süße, milchige Wärme ihrer Haut ein. Sie schmiegt sich an mich, und mein Herz fühlt sich wieder erfüllt an.

Grant berührt meinen Arm. »Ich glaube, sie hat Hunger.«

Über Ellas Schulter hinweg betrachte ich Mara – ihre verschmierte Wimperntusche, ihr billiges Polyesterkleid, das peinliche Unendlichkeitstattoo unter ihrem Schlüsselbein. Ihre unverhohlene Verachtung für mich, weil ich schlau genug war, mir ein besseres Leben auszusuchen, als sie es getan hat, bevor es zu spät war.

Mein Blick wandert zu Grant. Eleganter, wunderbarer, höflicher, großzügiger Grant. Wie konnte ich nur so viel Glück haben? Ich drücke meine Nase an Ellas samtweichen Kopf.

»Ich stille sie im Auto«, sage ich zu ihm. »Es wird Zeit, dass wir gehen.«

Vierzig Minuten später fahren wir auf der I-87 nach Süden, und Ella schläft in ihrem Autositz. Ich scrolle auf meinem Handy und wünsche mir, dass irgendetwas auf dem Bildschirm die restliche Wut auf Mara verdrängt, die in mir brodelt. Da sind mehrere DMs zu meinen Instagram-Storys von vorhin. Ich sehe sie mir gerade durch, als mir die Nachricht eines Accounts ins Auge sticht, der mir noch nie zuvor aufgefallen ist.

birchballer6: *Kehren wir an den Ort des Verbrechens zurück?*

Ich erstarre. Es ist eine Antwort auf das Flussfoto, das ich gepostet habe, als wir über die Brücke nach Red Hook gefahren sind.

Der Post enthält kein Geo-Tag – ich habe keins hinzugefügt. Gänsehaut kribbelt auf meinen Armen. Ich schließe die Augen, und obwohl es das letzte Bild ist, das ich heraufbeschwören möchte, erscheint sein Gesicht vor mir. Seine Augen, der Spott darin, die Herausforderung, ihm zu beweisen, dass ich etwas wert bin.

Der Ort des Verbrechens.

Ich habe offenbar ein Geräusch von mir gegeben, denn Grant schaut vom Fahrersitz herüber.

»Alles okay, Cass?«

Nein, denke ich. Nichts ist okay. Wenn es irgendetwas gibt, woran ich mich nie mehr erinnern will, dann ist es das.

»Mir geht's gut«, lüge ich. »Bin nur müde.«

Ich lege mein Handy auf die Mittelkonsole und starre auf den dunklen Highway vor uns. Grauen strömt durch meine Adern, als mir klar wird, dass jemand mich beobachten könnte. Jemand, der davon weiß.

Billie

Herbst 2004

In der Elften bin ich immer noch Jungfrau. Kyle geht jetzt mit Ashton, über die Cassie bei jeder Gelegenheit hinter ihrem Rücken lästert. Es spielt keine Rolle, dass Ashton – bei Licht betrachtet – in unserer Freundesgruppe ist oder dass Cassie selbst mit Kyle Schluss gemacht hat, bevor die beiden zusammenkamen. Wir haben den Fehler begangen, auf eine von Kyles Partys zu gehen, und als Cassie im Keller Bier holen wollte, erwischte sie ihn splitternackt beim Sex mit Ashton.

»Ich habe sie nie gemocht«, verkündet Cassie beim Mittagessen und stopft sich Doritos in den Mund. Wir sitzen an unserem üblichen Tisch in der Ecke und beobachten Ashton und Kyle auf der anderen Seite der Mensa. Sie zerzaust ihm das Haar, er bietet ihr einen Schluck von seiner Cola an. Ich sehe, wie sie den Kopf schüttelt, ihre vorwitzige kleine Nase rümpft. Ashton trinkt nur Diet Coke.

Cassie lässt nicht locker. »Vom ersten Tag an, als ich ihr mit dir zusammen im Schwimmbad begegnet bin und sie zu dir gesagt hat, du solltest nichts Frittiertes essen ...« Cassie kneift empört die Augen zusammen. »Und weißt du, was? Ashton ist diejenige, die nichts Frittiertes essen sollte. Hast du ihre Oberschenkel gesehen? Cellulite City.«

»Cass.« Ich drehe mich zu ihr um. Sie macht mich wahn-

126

sinnig, und das weiß sie. »Du hast mit Kyle Schluss gemacht hat, weißt du noch?«

Sie seufzt. Natürlich weiß sie das. Wir haben jeden verdammten Tag dieselbe Unterhaltung dazu.

»Aber Kyle sieht in letzter Zeit scheiße aus, oder?« Sie streicht sich ihr dunkles Haar hinter die Ohren. Es ist nun richtig lang. Wenn sie es glättet, fällt es ihr bis auf den Hintern.

»Total«, sage ich, obwohl ich überhaupt nicht finde, dass Kyle scheiße aussieht.

Sie isst den letzten Dorito, dann zerknüllt sie die Tüte und wirft sie im hohen Bogen in den nächsten Mülleimer.

»Dreipunktewurf!«, ruft Shane Baxter und reckt Cassie beide Daumen entgegen. Shane ist wie jeder andere Junge an der Schule massiv verknallt in Cassie, vor allem jetzt, wo sie Single ist. Heiße Ware.

Sie ignoriert ihn und stupst mich mit der Schulter an. »Komm, wir schwänzen die Siebte und schauen bei dir Dirty Dancing.«

In letzter Zeit sind wir besessen von Dirty Dancing, vor allem, weil Patrick Swayze so sexy ist. Wir sehen uns den Film mindestens einmal pro Woche an und haben angefangen, uns gegenseitig Baby zu nennen, nach Jennifer Greys Figur – ein Insider, der wirklich keinen Sinn ergibt. Aber das ist das Schöne an Freundschaften.

Ich zögere. »Ich sollte Abendländische Kultur echt nicht ausfallen lassen. Mr Ennis schreibt diesen Freitag einen Test, und den letzten habe ich verhauen.«

»Verhauen im Sinne von Eins minus?« Ein Mundwinkel von Cassies vollen Lippen zieht sich nach oben, und sie springt von dem orangefarbenen Plastikstuhl auf. »Ich hatte heute Morgen bei Ennis Abendländische Kultur. Du kannst meine Mitschrift haben. Komm schon, Baby.« Sie streckt die Arme über den Kopf aus, ihr Kurzpullover wandert nach oben und

gibt einen breiten Streifen von ihrem makellosen Bauch frei.
Ich spüre, wie jeder Typ in der Mensa sie sabbernd anstarrt. Es
ist nicht leicht, Cassies beste Freundin zu sein. Aber ich würde
um nichts in der Welt etwas daran ändern wollen.

Als wir bei mir zu Hause ankommen, steht Wades Truck in
der Einfahrt. Er müsste eigentlich bei RadioShack in Kingston
sein, wo er stellvertretender Filialleiter ist.

»Bäh.« Mir wird flau im Magen. »Wieso ist er nicht bei der
Arbeit?«

»Der einzige Mensch, den ich noch mehr verachte als Ash-
ton« – Cassie tritt gegen den Vorderreifen seines rostigen Che-
vys – »ist Wade.«

Schon als wir durch die Tür treten, weiß ich, dass etwas
seltsam ist. Auf dem Tisch im Eingangsbereich stehen Tee-
lichte, ein Dutzend kleine Flammen flackern im schummrigen
Licht. Eine einzelne rote Rose liegt auf dem elfenbeinfarbenen
Flauschteppich. Aus den Lautsprechern hallt die Stimme von
Etta James, die singt, dass sie die Liebe gefunden hat.

My lonely days are over
And life is like a song

»Hallo? Mom?«

Ich treffe sie im Arbeitszimmer an, wo sie sich in ihrem Fla-
nell-Nachthemd mit Wade im Engtanz wiegt. Als sie Cassie
und mich dort stehen sieht, erschrickt sie so, dass ihre Schul-
tern zucken. Ihr Gesicht ist gerötet, ihr braunblondes Haar
wirr und ungebürstet. Zerzaust, aber schön wie immer. Meine
schöne Mutter.

Es ist fast zwei Jahre her, dass bei ihr im unvorstellbar
jungen Alter von dreiundvierzig Jahren Alzheimer im Früh-
stadium diagnostiziert wurde. Zwei Jahre, in denen ihr Kurz-
zeitgedächtnis anfing sich aufzulösen wie Morgennebel, aufge-

saugt von einer mächtigen, unausweichlichen Kraft, gegen die sie keine Chance hat.

Manche Tage sind besser als andere. An guten Tagen ist es einfach, so zu tun, als wäre alles normal. An schlechten Tagen gebe ich vor, nicht zu bemerken, dass Mom mir innerhalb von zehn Minuten fünfmal dieselbe Frage stellt. So oder so, ich tue immer so als ob.

Und aus irgendeinem Grund ist Wade immer noch da. Der widerliche Wade mit seinem fischigen, bierigen Geruch und dem unheimlichen Blick hat sich von Moms Diagnose nicht abschrecken lassen. Nicht einmal, als sie ihren Job in der Zahnarztpraxis aufgeben musste, in der sie als Dentalhygienikerin gearbeitet hatte. Nicht einmal, als uns der Arzt mit ernster Miene eröffnete, sie habe vielleicht noch fünf gute Jahre.

Ein aufgedrehtes Lächeln erstrahlt auf Moms Gesicht, ihre Augen leuchten. Sie schwankt ein wenig auf nackten Füßen. Falls ihr aufgefallen ist, dass wir die Schule schwänzen, scheint es sie nicht zu stören.

»Mom, was ist los?« Ich schlucke schwer. Das ist jetzt mein Leben – ein andauernder Zustand quälender Sorge, in dem ich auf die nächste Hiobsbotschaft warte. »Wieso hast du noch dein Nachthemd an?«

Cassie lässt neben mir ihre Hand in meine gleiten und drückt sie. Sie sieht es, bevor ich es sehe. Aber ich schüttle sie ab. Das Herz hämmert in meiner Brust.

»Oh, Bill. Ich bin so froh, dass du nach Hause kommst.« Mom legt sich die Hand auf ihr Schlüsselbein, und da sehe ich es auch. An ihrem Ringfinger glitzert ein Diamant. Kleiner als der, den Dad ihr in den Achtzigern geschenkt hat, aber er ist da und zwinkert mir zu wie ein grausamer Scherz. Wade senkt den Blick auf mich, seine Lippen heben sich über die Zähne – ein triumphierendes Zahnfleischgrinsen.

Eine schmerzhafte Mischung aus Entsetzen und Schock

breitet sich in meinen Eingeweiden aus, als Mom ihre Arme um mich schlingt – eine kräftige, vertraute Umarmung. Ich habe das Gefühl, mich aufzulösen. Als bestünde mein Körper aus Sand und wäre kurz davor, zu etwas Formlosem zu zerfallen.

»Mäuschen.« Sie lehnt sich mit den Händen auf meinen Schultern ein Stück zurück, und ihr Gesicht drückt reine Freude aus. »Wade hatte heute Morgen eine Überraschung für mich. Frühstück im Bett, Cocktails, das ganze Programm. Er hat mir einen Antrag gemacht, Billie.« Ihre Augen glitzern, in den Augenwinkeln bilden sich Tränen. »Wir werden heiraten.«

»Mom.« Meine Stimme ist erstickt, heiser. »Wow.« Ein Kopfschmerz bemächtigt sich meiner Frontallappen, kriecht in meine Nebenhöhlen und zieht sie zusammen. Das Blut pocht mir in den Ohren, ein lautes Klopfen, das sämtliche Geräusche im Raum verzerrt. Mom sagt etwas über Sekt, von wegen wir wären alt genug für einen kleinen Tropfen, und verschwindet in der Küche.

Ich begegne Wades Blick, das Herz schlägt mir bis zum Hals, doch allmählich legt sich meine Wut. »Wie kannst du sie nur heiraten?« Ich schüttle den Kopf. »Morgen weiß sie vielleicht nicht einmal mehr, dass du sie gefragt hast.«

»Dann werde ich sie noch einmal fragen.« Er grinst. »Komm schon, Billie Jean. Das Mindeste, was du deinem zukünftigen Stiefvater schuldest, ist doch eine herzliche Umarmung.« Er kommt schwerfällig auf mich zu, seine dicken, schweren Arme umschließen meine Schultern. Ich fühle mich erdrückt; er riecht nach saurem Schweiß und Sardinen. Ich versuche mich zu lösen, aber ich sitze in der Falle – er lässt mich nicht los. Ich spüre, wie er mit der Hand langsam meinen Rücken hinunterfährt und mit den Fingern jeden Knubbel meiner Wirbelsäule abtastet.

»Lass mich los«, fauche ich zitternd.

Aber er hört nicht auf. Selbst als er mein Steißbein erreicht,
macht er weiter. Eiskalte Furcht durchfährt mich, als er mei-
nen Hintern umfasst und durch die dünne Baumwolle meiner
Leggings hindurch knetet.

»Du hast den gleichen saftigen Arsch wie deine Mutter.«
Sein Flüstern ist eher ein Knurren, heiß und feucht an meinem
Ohr. »Weißt du, ich freue mich wirklich darauf, eine Tochter
zu bekommen.« Er drückt erneut zu.

»Nimm verdammt noch mal die Pfoten weg.« Cassies
Stimme ist hart, zornig. Sie zerrt an Wades Arm, aber sie hat
nicht genug Kraft.

»Hör nicht auf deine Freundin.« Wade kichert höhnisch.
»Ich wette, alle Jungs in der Schule finden sie heiß, aber wenn
ich die Wahl hätte, würde ich mir Billie Jean schnappen.« Er
stößt ein gackerndes Lachen aus. »Verdammt, vielleicht ma-
che ich das.«

Ich bin wie betäubt vor Entsetzen, zu erstarrt, um zu re-
agieren. Ich höre die Küchentür quietschen, und Wades Hand
schnellt nach oben und landet auf dem Rücken meines Roll-
kragenpullovers. Eine normale Umarmung.

»Was für ein süßer Anblick.« Ich höre das Lächeln in Moms
Stimme. »Ich hätte schwören können, dass ich noch eine Fla-
sche Sekt hatte, aber ich kann sie nirgends finden ...«

Wade lässt mich los. Ich starre zu Boden auf die abgetrete-
nen Fasern des Orientteppichs, der schon so lange in unserem
Haus liegt, wie ich denken kann. Früher, als meine Eltern noch
verheiratet waren, lag er im großen Schlafzimmer.

»Schon okay, Lor.« Wade küsst sie auf die Wange. »Ich
laufe los und hole welchen. Wir brauchen sowieso noch mehr
Budweiser.«

»Danke, Baby. Meine Kreditkarte liegt auf dem Konsolen-
tisch.«

Ich öffne den Mund. Ich will Mom fragen, warum Wade

nicht seine eigene Kreditkarte benutzen kann, aber da ist ein schmerzhafter Knoten in meinem Hals.

Mom mustert mich. »Geht es dir gut, Schätzchen? Du siehst blass aus.«

»Wir haben vorhin eklige Cafeteria-Tacos gegessen«, rettet mich Cassie. »Seitdem ist uns beiden übel. Komm, Bill, lass uns frische Luft schnappen.« Sie wendet sich an Mom und lächelt sie unschuldig an. »Wir sind gleich wieder da, Lorraine.«

Wir flüchten auf den Witwensteig auf dem Dach des Hauses, den wir schon vor Jahren zu unserem persönlichen Plätzchen erkoren haben, obwohl Mom es nicht gerne sieht, dass wir hier heraufsteigen. Sie sagt, es sei gefährlich, weil auf einer Seite des Geländers ein paar der Pfosten morsch sind. Seit Wade eingezogen ist, nervt sie ihn damit, dass er sie reparieren soll.

»Scheiße, Billie.« Cassie presst sich die Handflächen an die Stirn. »Scheiße.«

Ich liege waagerecht auf den Holzplanken, mein Blick verliert sich im bedeckten Himmel, dem dichten Wolkenknäuel, das die Sonne verdeckt.

Sie legt sich neben mich. »Wenn er dich anrührt, bringe ich ihn um.«

»Das hat er gerade getan.«

»Du weißt, was ich meine.« Sie zögert. »Du musst es deiner Mom sagen.«

Mein Hals fühlt sich heiß an, voller Tränen. »Ich kann nicht.«

»Du musst.«

»Es ist sinnlos, Cassie. Sie wird es vergessen. Ihr Kurzzeitgedächtnis ist so gut wie weg.«

»Ich weiß, aber es ist ernst.«

Ich schüttle den Kopf. »Ich weigere mich, sie ständig da-

ran zu erinnern, sie immer wieder von neuem unglücklich zu machen. Sie ist buchstäblich dabei, den Verstand zu verlieren, und Wade ist anscheinend das Einzige, was sie davon ablenken kann. Hast du gesehen, wie glücklich sie eben war? Mein Gott ... So habe ich sie seit Monaten nicht mehr erlebt.«

»Na gut. Dann sag es deinem Dad.«

Ich denke an meinen Dad, der in einem Vorort von Dallas lebt – mit Melody, die glaubt, ich hieße Millie. Sie haben drei Kinder, die ich nie kennengelernt habe. An meinem Geburtstag ruft er nicht an.

»Nie im Leben. Er weiß nicht mal von Moms Krankheit.« Ich drehe mich zu Cassie, meine Augen tränen. »Du weißt, wie es laufen wird, oder? Wade wird sie heiraten, und wenn es dann so schlimm geworden ist, dass sie ins Heim muss – der Arzt hat nämlich gesagt hat, das ist nur noch eine Frage der Zeit –, dann sind nur noch Wade und ich übrig. Und er hat dann ihr ganzes Geld und kann machen, was er will.«

»Das wird nicht passieren. Was ist mit der Familie deiner Mom? Können die nicht helfen?«

Ich schüttle den Kopf und denke an Moms Mutter und ihre Schwester Christine, die beide Tausende von Meilen entfernt in Vancouver leben, Moms Heimatstadt. Mom telefoniert nur ein paarmal im Jahr mit ihnen, und keine der beiden hat Geld. Sie wohnen zusammen mit Christines Mann Ron und ihrem erwachsenen Sohn, meinem Cousin Dylan, der sich noch keine eigene Wohnung leisten kann, in einem winzigen Wohnwagen. Das sage ich auch Cassie.

Sie greift wieder nach meiner Hand und verschränkt ihre Finger mit meinen. »Dann wohnst du bei mir.«

»Cass ...«

»Ich meine es ernst. Ich kaufe ein Stockbett, oder wir nehmen Maras Zimmer, wenn sie auf dem College ist.«

Die Wolken verdichten sich, unheilvolle dunkelgraue Wirbel. Ein kalter Regentropfen landet auf meiner Wange und vermischt sich mit meinen Tränen.

»Billie.« Cassie blinzelt, auch sie hat Tränen in den Augen. »Ich habe dich so lieb. Du bist meine beste Freundin.« Donnerhall zieht krachend über den Himmel, es klingt wie eine Warnung. »Ich schwöre bei meinem Leben, alles wird gut.«

Billie

10. September 2023
33 Tage zuvor

Alex hat magische Hände, stelle ich fest, als er sich an mich drängt und mit den Fingern an der Innenseite meines Oberschenkels entlangfährt. Flüssiges Licht dringt durch die Lamellen der Jalousien und beträufelt unsere Haut.

Vor letzter Nacht habe ich seit zehn Monaten mit niemandem mehr geschlafen. Seit Dean nicht mehr, einem Buchhalter, mit dem ich letzten Herbst vier langweilige, oberflächliche Dates hatte. Beim vierten hatten wir Sex, aber nur, weil ich mich dazu verpflichtet fühlte. Seit Ewigkeiten hatte ich mich in niemanden mehr verliebt, und ich dachte, Sex würde mich vielleicht etwas fühlen lassen. Danach schmiegte sich Dean dreißig Sekunden lang von hinten an mich, bevor er aus meiner Wohnung stürzte mit der Behauptung, er müsse nach Hause, weil er den siebten Tag einer zweiwöchigen Zahnbleaching-Behandlung nicht verpassen dürfe. Ich glaube, wir wussten beide, dass wir uns niemals wiedersehen würden.

Während Alex mit dem Saum des weiten T-Shirts spielt, in dem ich geschlafen habe, fällt mir auf, wie viel besser sich seine Berührung anfühlt als die von Dean, als die von irgendjemand anderem seit sehr langer Zeit. Vielleicht sogar besser als die von Remy. Ich schließe die Augen und verspüre einen mächtigen Druck im Magen bei dem Gedanken an Remy und meine letzte und einzig ernsthafte Beziehung. Vor meinem inneren Auge entsteht ein verschwommenes Bild von ihm – haselnussbraune Locken, hellgraue Augen, größer als Alex, aber schlaksig, nicht so stark wie er.

Ich verdränge das Bild von Remy und umfasse Alex fester, während seine Hände an meinen Oberschenkeln weiter emporwandern.

Ich habe nicht in Unterwäsche geschlafen, es ist also ganz einfach. Er lässt zwei Finger in mich gleiten, zunächst ganz langsam. Ich stöhne leise auf und lasse mich in die Kissen zurückfallen, wobei ich ihn mit mir ziehe.

Jetzt am Morgen, ohne dass uns der Alkohol die Sinne vernebelt, ist der Sex so viel besser. Danach küsst mich Alex, seine Lippen fühlen sich zugleich weich und fest an. Mein Mund verzieht sich an seinem zu einem Lächeln.

»Solchen Sex hatte ich schon lange nicht mehr.« Das sind die Worte, die mir durch den Kopf gehen, und ich merke nicht, dass ich sie laut ausspreche, bis es zu spät ist. Jetzt hängen sie zwischen uns.

Aber Alex grinst nur und lässt sich neben mich auf den Rücken fallen. »Ich mag dich, Billie.« Er zupft an meinem schlabberigen Ärmel. »Und du gefällst mir in meinem Shirt.«

Mein gesamter Körper fühlt sich fest und kribbelig an. Ich stütze mich auf einen Ellbogen, blinzle und nehme den Anblick von Alex' Wohnung in mich auf.

»Hier lebst du also.«

Es ist genau genommen eine Einzimmerwohnung, aber sie ist groß – geräumiger, als ich erwartet hatte. Ich bewundere die charmanten Details: hohe Decken mit Stuckleisten, große Fenster mit Blick auf die von Bäumen gesäumte Twenty-third Street, breite Kieferndielen, an einer Wand eingebaute Bücherregale. Ich überfliege die Reihen gebundener Bücher, da sind eine Menge Gladwells, Grishams, Baldaccis, Bill Brysons, außerdem ein paar Surfbücher. Ich muss lächeln. Alex ist so ein Junge.

Er folgt meinem Blick. »Mein Bruder und ich surfen in den Rockaways, wann immer wir Gelegenheit dazu haben.«

»Cool. Wohnt er auch in der City?«

»In Brooklyn.« Alex nimmt eine Brille mit Horngestell von seinem Nachttisch und schiebt sie sich auf die Nase. »Er und seine Frau haben gerade ein Haus in Prospect Heights gekauft.«

Ich nicke und schaue mich um. »Also, deine Wohnung ist großartig. Kein gewöhnliches Studio.«

Sein Blick wandert zur Küche auf der anderen Seite der Wohnung – alles Edelstahl und saubere weiße Arbeitsflächen. »Ja, sie ist süß. Ich wohne schon seit sechs Jahren hier, und die Miete ist gedeckelt, ich habe also wirklich Glück gehabt.«

Ich lächle und berühre die Ränder seiner Brille, die ihn eher wie einen sexy Professor als wie einen Polizisten aussehen lässt. »Auf die hier stehe ich.«

Er beugt sich vor und küsst mich erneut, diesmal leidenschaftlicher. »Ich könnte dich das ganze Wochenende küssen«, sagt er.

Ich bleibe bis zum nächsten Morgen bei Alex, eingewickelt in seine seidigen Laken und seine starken, warmen Glieder. Wir verlassen das Bett nur, um Kaffee zu trinken und Amstel Lights aus dem Kühlschrank zu holen und um die Tür zu öffnen, wenn der Lieferservice mit dem chinesischen Essen kommt. Wir tunken Dumplings in Sojasoße und sehen uns *Ted Lasso* an und lachen an denselben Stellen. Und nach sechsunddreißig Stunden in seiner Wohnung fühle ich mich wie die Sinnlichkeit auf Beinen.

»Geh nicht«, sagt er, als ich mich am Montagmorgen aus

seiner Umarmung befreie. Ich habe geduscht und mir mit Alex' winzigem Männerkamm die Haare gekämmt. Ich habe Glück mit meinem Haar – wenn ich es lufttrocknen lasse, fällt es dick und glänzend und in gerade genügend natürliche Wellen, um Volumen zu haben, aber es wird niemals krisselig. Ich besitze einen alten Revlon-Fön, den ich vielleicht zweimal benutzt habe.

Ich winde mich aus meinem Handtuch und ziehe dasselbe Kleid an, das ich auf Cassies Dinnerparty getragen habe. Nach zwei Nächten als Knäuel auf Alex' Sofa ist es jetzt zerknittert.

Ich grinse bei dem Anblick, wie er in Boxershorts auf dem Bett liegt und die Hände auf seinem Oberkörper verschränkt hat. Ein äußerst befriedigter Ausdruck scheint auf seinem Gesicht festgeschraubt, so als könnten sich seine Lippen jeden Moment zu einem leichten Lächeln verziehen.

»Einige von uns müssen arbeiten«, sage ich zu ihm. »Du übrigens eingeschlossen.«

»Nicht vor drei. Montags habe ich Abendschicht.«

Ich stecke die Arme in meine Jeansjacke – ein altes Exemplar von J.Crew, das ich seit dem College habe. »Tja. Danke, dass du mich hier aufgenommen hast.«

Er gähnt. »Danke, dass du mich am Samstag zu dieser schrecklichen Dinnerparty eingeladen hast.«

Unbehagen durchzuckt mich. Ich war zu sehr mit Alex beschäftigt, um viel über das Essen bei Cassie nachzudenken, aber jetzt holt mich die Erinnerung ein.

»Nur ein Scherz.« Alex steigt aus dem Bett und schlingt die Arme um mich. »Du riechst nach meinem Shampoo. Mag ich.«

»Ich mag, dass du es magst.«

»Kommst du heute Abend wieder? Ich habe erst um elf Feierabend, das klingt vielleicht zu sehr nach sexuellen Hintergedanken.«

Ich lache. »Das klingt definitiv nach sexuellen Hintergedanken.«

»Dann eben morgen. Wir gehen aus. Ein richtiges Date.«
Er streicht mein Haar glatt, das von der Dusche noch feucht
ist. »Lass mich nicht betteln, Billie.« Ich liebe es, wie er meinen Namen ausspricht.

Ich drücke mein Kinn an seine Brust. »Vielleicht sind wir
über das Stadium von richtigen Dates schon hinaus. Außerdem glaube ich nicht, dass ich bis morgen warten kann.«

»Ich auch nicht.«

»Dann komme ich heute Abend wieder«, sage ich zu ihm
und weiß, dass ich mit diesem Versprechen durch den Tag
schweben werde wie auf einer Wolke.

Auf der Seventh Avenue gehe ich in einen Starbucks und
bestelle einen Venti Latte und einen Frühstücks-Wrap. Die
Morgenluft ist von einer Frische, in der mir der heiße Milch-
kaffee doppelt gut schmeckt. Ich gehe mit meinen AirPods,
über die ich Taylor Swifts Album *Lover* höre, zurück zum
Greenwich Village und bin im siebten Himmel.

Ein eingehender Anruf reißt mich aus meiner Trance.

»Jane.«

»Wo zum Teufel hast du gesteckt? Schon mal davon gehört, dass man Textnachrichten beantworten sollte?«

»Hmm. Hast du mir eine Nachricht geschickt?«

»Was ist los? Warum klingst du so leicht und unbeschwert? Hat Cassie dich am Samstag vergiftet?«

Ich lache. »Nein.«

Jane schweigt für einen Moment. »Warte. Du hattest Sex.«

»Meine Güte, Jane.«

»Du hattest *guten* Sex. Mit Alex.«

»*Jane.*« Ich überquere die Bleecker Street und dränge

mich durch einen Schwarm von Pendlern, die in Richtung Subway eilen. Ich bin beinahe zu Hause.

»Ja?«

»Woher weißt du das alles?«

Ich spüre durch das Telefon, wie Jane grinst. »Ruf mich später an, wenn du deine E-Mails gecheckt hast. Diese *verflixte* Kundin Yvette – du weißt schon, die verrückte Frau, die für sich und ihren senilen Mann eine einmonatige Safari buchen will …«

»Yvette die Goldgräberin?«

»Genau die. Sie macht Stress wegen des Vertrags. Sie findet, zwölf Prozent sind ein bisschen viel.«

»Du lieber Gott. Leute, die Geld haben …«

»Haben panische Angst, es zu verlieren. Ich weiß.«

Ich kann mir ein Lächeln nicht verkneifen. Jane und ich beenden wirklich unsere Sätze füreinander. Vorsichtig, um meinen Kaffee nicht zu verschütten, ziehe ich die schwere Tür zu meinem Gebäude auf. »Ich komme gerade nach Hause. Lass mich ihre E-Mail lesen, dann rufe ich dich zurück.«

Meine Wohnung oben liegt ruhig und sauber da, so, wie ich sie am Samstag verlassen habe. Ich lege meine Handtasche auf der lackierten Kommode im Eingangsbereich ab und gehe in mein »Büro«, im Grunde nur eine kleine Nische neben dem Wohnzimmer, in der ein Schreibtisch steht und ein Herman-Miller-Stuhl, der jeden Cent wert war. Alle fünfzehn Mitarbeiter von The Path arbeiten von verschiedenen Städten im ganzen Land aus im Homeoffice. Für mich ist das eine ideale Situation – ich schätze die Freiheit und Flexibilität, nicht an ein Büro gekettet zu sein. Wenn wir nicht auf Reisen sind, treffen Jane und ich uns mehrmals pro Woche, hauptsächlich, weil wir es wollen. Wären wir nicht so eng befreundet, würden wir unsere Beziehung wahrscheinlich auf Zoom beschränken wie alle anderen in der Firma.

Ich lasse mich in meinen Drehstuhl sinken und schalte meinen Laptop ein. Während er zum Leben erwacht, werfe ich einen Blick auf mein Handy. Ich habe bereits eine Nachricht von Alex: Meine Wohnung fühlt sich ohne dich seltsam leer an … Sie lässt mein Herz hüpfen.

Ich öffne Instagram. Ich habe das ganze Wochenende nicht auf die App zugegriffen, was sich wie ein persönlicher Rekord anfühlt. Cassie hat eine ganze Reihe von Storys gepostet, die ich noch nicht gesehen habe, also klicke ich, während mein Computer weiter hochfährt, auf ihren Avatar. Da ist sie gestern Morgen zu sehen, wie sie mit McKay und Ava durch den Madison Square Park spaziert. Die drei trinken geeisten Kaffee und schieben Kinderwagen. Sie haben alle das Gleiche an: schwarze Leggings, die ihre spindeldürren Beine betonen, leichte Sweatshirts und Cateye-Sonnenbrillen.

Ich verfolge, wie Cassie zurück in ihre Wohnung geht und Ella schlafen legt. Ich sehe zu, wie sie sich in der Küche einen Smoothie macht: gefrorene Banane, Spinat, Chiasamen, Mandelbutter, Hafermilch. Ich beobachte, wie sie ein neues Kleid anprobiert, das ab Oktober im Laden zu haben sein wird. Es ist taupefarben, gesmokt, mit Puffärmeln – und sieht aus wie jedes andere Kleid in jedem anderen Laden. Sechshundert Dollar.

Cassie wandert in ihren begehbaren Kleiderschrank und hält sich die Kamera dicht vors Gesicht, während sie einen Vortrag über die Bedeutung von Stücken hält, die eine Investition darstellen.

»Ein paar gute Blazer, Slingpumps von Chanel, Diamantohrstecker, ihr versteht schon.« Die Art, wie sie ins Telefon lächelt, erinnert mich an einen Rübengeist, so sehr leuchten ihre Zähne. »Zeitlose Stücke, die ihr wieder und wieder tragen werdet.«

Mein Computer ist hochgefahren. Dutzende ungelesene

Mails warten in meinem Posteingang, aber ich kann den Blick nicht von Cassie abwenden.

Sie schnappt sich eine Avocado aus der weißen Keramikschale auf ihrem Küchentresen.

»Ich glaube, ich mache heute Abend Guacamole«, kündigt sie der Welt an. »Ella *liebt* ihre Guac.«

»Ja, klar«, murmle ich laut vor mich hin. »Lourdes macht die Guac, während du dich beim Kacken filmst.«

Jetzt hält sich Cassie eine Flasche Rotwein ans Gesicht. Auf dem Etikett hält eine Katze im Smoking eine Rispe Weintrauben in der Hand.

»Ich wollte euch noch von diesem Wein berichten, den habe ich gerade für eine Dinnerparty gekauft, die ich am Samstag ausgerichtet habe, und er ist *so* lecker. Bedeutet, wir werden ihn zukünftig in großen Mengen in der Residenz Adler vorrätig halten.« Sie lacht wie eine Hyäne. »Und er kostet bloß sechzig, also sehr preiswert für einen roten Hauswein.«

Bloß sechzig. Als wäre das für den Durchschnittsbürger ein für eine alltägliche Flasche Wein erschwinglicher Preis. Mir fällt der Sauvignon blanc ein, den Cassies Mutter immer getrunken hat, als wir Kinder waren – pissgelbe Magnumflaschen von Barefoot Cellars für unter zehn Dollar. Wenn sie es nicht sah, tranken wir aus dem Kühlschrank davon, direkt aus der Flasche, und kosteten jeden sauren, essigartigen Schluck aus.

»Ach, und hier ist noch ein Foto von meiner Dinnerparty, das ich vorhin schon zeigen wollte. Es ist das einzige Foto, das ich gemacht habe, ob ihr es glaubt oder nicht. Ich schätze, das deutet auf eine gute Party hin.«

Die nächste Story zeigt das Foto, das Cassie gemacht hat, als sie auf ihrem Stuhl stand – aus der Vogelperspektive auf den Tisch. Sie hat das Foto beschnitten, damit es besser in den Rahmen passt, aber als ich nach meinem Gesicht suche, ist es nicht da. Hinter meinem Schlüsselbein bildet sich ein harter Knoten, der wie ein Stein hinunter in meinen Magen wandert. Alle, die bei dem Essen dabei waren, sind auf dem Foto zu sehen – Grant, McKay, Tom, Ava, Blake, Evelyn, die Ehemänner in ihren Samtschuhen – nur ich nicht. Und Alex auch nicht. Sie hat uns herausgeschnitten.

Der beste Abend mit den besten Freunden, hat Cassie es betitelt. Darunter sind alle außer mir getaggt.

Ich kämpfe gegen die Tränen an, die sofort wie von selbst in mir aufsteigen, weil ich weiß, dass meine Reaktion übertrieben ist. Wenn Jane hier wäre, würde sie mir sagen, ich solle mich zusammenreißen. *Das ist nur ein verdammtes Foto auf Instagram, Billie. Du darfst da nicht zu viel hineindenken. Du machst dich noch verrückt. Außerdem ist Cassie eine narzisstische Teufelin. Was hast du denn erwartet?*

Ich starre das Foto zu lange an, und ein verheddertes Netz von Gefühlen nagt an meinem Inneren. Ich wünschte, ich könnte Cassie für ihre einzigartige Fähigkeit hassen, mir das Gefühl zu geben, dass ich objektiv unerwünscht bin, mir körperlich das Gefühl zu geben zu schrumpfen, unsichtbar zu sein. Aber ich kann nicht. Da ist diese alte, hartnäckige Loyalität, gegen die ich nicht ankomme, eine Liebe, die sich in meiner Seele festkrallt, die in das Gewebe meines Lebensrhythmus eingewoben ist. So, wie ich weiß, wie man schluckt, wie man weint, wie man atmet. Wie kann man so etwas vergessen? Wie verdrängt man eine solche Liebe aus Körper und Seele?

Ich wünschte, ich könnte Cassie fragen.

Cassie

18. September 2023
25 Tage zuvor

McKay, Ava und ich nehmen am Montagmorgen um 6:00 Uhr am Yoga Sculpt bei CorePower teil. Die Uhrzeit ist brutal, aber wir sind uns einig: Wenn wir es nicht in aller Herrgottsfrühe schaffen, wird es nicht passieren. Unser Leben ist im Augenblick einfach zu verrückt.

Ich brauche auch wirklich dringend ein Workout. Ich will unbedingt hinaus aus meinem Kopf und hinein in meinen Körper. Ich kann das ängstliche, unheilvolle Gefühl nicht abschütteln, das mich beschlichen hat, seit ich letzten Sonntag diese gruselige DM gelesen habe.

Kehren wir an den Ort des
Verbrechens zurück?

Neun Worte, die in meinem Kopf nachhallen. Ich habe mir den Usernamen genauer angesehen, aber birchballer6 ist ein privates Konto mit nur zweihundert Followern, und es gibt weder eine Bio noch ein Profilfoto. Ich versuche mir immer wieder einzureden, dass die Paranoia nicht gerechtfertigt ist. Dass das, was damals passiert ist, so weit in der Vergangenheit liegt, dass es nur noch ein toter, vergessener Albtraum ist. Es gibt keinen Weg, auf dem es mich jetzt einholen kann.

Madison, die Yoga-Sculpt-Trainerin, bringt uns heute Morgen richtig ins Schwitzen. Wir absolvieren doppelte Sätze von Mountain Climbers und Burpees, und am Ende der Stunde sind meine Leggings und mein Crop Top komplett durchgeschwitzt.

»Du lieber Gott«, sagt Ava und wischt sich auf dem Weg aus dem aufgeheizten Studio das Gesicht ab. »Ich kann morgen nicht mehr laufen.«

»Als ob du nicht täglich trainieren würdest, Aves.« McKay reicht ihr ein frisches Handtuch von einem Stapel neben den Schließfächern.

»Nicht mehr. Ich kann mich *immer noch* nicht aufs Peloton setzen, weil da unten alles so kaputt ist.«

Ich verziehe gepeinigt das Gesicht. Ava hat ihren Sohn im Juli zur Welt gebracht und sich einen Riss vierten Grades zugezogen. Das war vor zehn Wochen, und ihre Nähte sind immer noch nicht verheilt. Niemand spricht darüber, wie mies die Zeit nach der Geburt sein kann – meine Freundinnen und ich mussten es selbst herausfinden.

Ein paar Spinde weiter starrt ein Mädchen zu uns herüber, das aussieht, als ginge es noch aufs College, die Haut straff und faltenfrei, taufrisch von Jugend und Schweiß. Ich erkenne sie aus dem Kurs wieder, sie hatte die Matte links von McKay.

Ava bemerkt, dass das Mädchen sie anstarrt, und runzelt die Stirn. »Tut mir leid, wenn du dieses bildliche Detail mitbekommen hast. Sag deinen Freundinnen, sie sollen verhüten, wenn sie kein Vagploch haben wollen.«

Ich lache – Ava hat einen unbarmherzigen Humor –, gleichzeitig hebt das Mädchen verwirrt die Augenbrauen. »Äh, tut mir leid«, sagt sie, und ich registriere, dass ihr Blick auf mich gerichtet ist. »Ich wollte nur sagen, dass ich ein großer Fan bin.«

»*Oh*. Es geht also gar nicht um meinen geschändeten Unterleib. Es geht um meine berühmte Freundin Cassie Adler.« Ava stößt mich sanft in die Rippen. »Hätte ich mir denken können.«

Ich mustere das Mädchen. Ihr Körper ist zierlich und durchtrainiert, ihr rabenschwarzes Haar zu einem Knoten aufgesteckt. »Danke«, sage ich und schenke ihr ein so breites Lächeln, dass mir der Mund wehtut.

»Ich *liebe* es, dir zu folgen«, schwärmt sie mit leuchtenden Augen. »Ella ist *so* süß, und meine Freundinnen und ich sind ganz besessen von Cassidy Adler. Ich wohne in der Mercer Street, deswegen schaue ich ständig vorbei.«

»Das bedeutet mir viel«, sage ich und bin aufrichtig dankbar, dass sie auch den Laden und nicht nur meinen Instagram-Auftritt erwähnt hat. Mit einem Anflug von Neid betrachte ich ihre blasse, porenfreie Haut. Billie und ich haben als Teenager zu viel Zeit in der Sonne verbracht.

»Es ist so schön, Follower persönlich zu treffen«, füge ich hinzu, denn es ist wahr. Das Gefühl, Menschen zu begegnen, die sich aufrichtig für mein Leben und mein Geschäft interessieren, wird nie alt. Ich bin beileibe keine Berühmtheit, aber ich tauche im Spektrum von Menschen auf, die man *kennt*.

»Können wir ein Foto zusammen machen?« Das Mädchen blinzelt hoffnungsvoll zu mir auf.

Ab und zu werde ich um Fotos gebeten – vielleicht ein- oder zweimal im Monat –, aber nicht so oft, dass ich es rechtfertigen könnte abzulehnen, nicht einmal, wenn ich schweißgebadet bin.

Ich ziehe mir das Gummiband vom Pferdeschwanz und schüttle das Haar. »Klar.«

Das Mädchen strahlt. Frech reicht sie McKay ihr Telefon, worauf die zu mir blickt und eine Augenbraue hebt. Ich zucke mit den Schultern, als wollte ich sagen: *Mach einfach das ver-dammte Foto, damit wir einen Kaffee trinken gehen können.*

»Ich bin übrigens Sam«, ergänzt das Mädchen, als würde ich mich daran erinnern oder dafür interessieren.

Sie stellt sich neben mich, und ich posiere für die Kamera. Die Lippen zu einem leichten Schmunzeln verzogen, aber so, dass sie sich berühren, ohne Zähne zu zeigen, als würde ich an einem Pfefferminzbonbon lutschen. Mein Crop Top lässt meine Bauchmuskeln erkennen, und ich achte darauf, sie an-zuspannen, indem ich meinen Unterbauch einziehe, der von der Schwangerschaft noch etwas speckig ist.

»Danke«, sagt Sam und nimmt ihr Telefon von McKay wieder entgegen. »Meine Freundinnen werden *ausflippen*, wenn ich ihnen erzähle, dass ich dich getroffen habe. Wir sind ernsthaft deine größten Fans.« Ihr Blick wandert an mei-nem Körper hinunter. »Du siehst übrigens *heiß* aus. Ich kann nicht glauben, dass du gerade erst ein Baby bekommen hast.«

Zehn Minuten später schlürfen McKay, Ava und ich an einem Tisch draußen vor Ralph's, unserem Lieblingsfrühstückscafé nach einem CorePower-Kurs, je einen Latte mit Hafermilch.

»Es ist schon verrückt, wie berühmt du geworden bist«, sagt Ava. Sie stochert in ihrer Joghurt-Bowl herum. Ava hatte schon immer Angst vor Essen, selbst vor den gesündesten Nahrungsmitteln. »Womit ich nicht sagen will, dass es mir keinen Spaß macht, dabei zuzuschauen, wie College-Mäd-chen deine Bauchmuskeln nach dem Baby anschmachten, das tut es definitiv. Wir brauchen mehr davon.«

Ich lächle und schlucke einen Bissen von meinem Avo-cado-Toast hinunter. Dann halte ich mein Handy über den Tisch und mache ein kunstvolles Foto von unserem Essen.

Nichts geht über einen Morgen beim @corepoweryoga und

bei @ralphscoffee zusammen mit @mckayadlermorris und @ avab_nyc, titele ich.

McKays und Avas Handys vermelden beide mit einem Summen, dass ich sie auf Instagram getaggt habe.

McKay wirft einen Blick auf ihren Bildschirm. »Schlicht, aber schön.«

Ich stoße meinen Becher an ihren. »Genau meine Stimmung.«

Eine Wolke schiebt sich vor die Sonne und wirft ihren Schatten über unseren Tisch. Ich greife nach unten und ziehe einen grauen Kapuzenpulli von Alo aus meiner Yogatasche. Ich schlüpfe mit den Armen in die weichen Ärmel, ziehe mir das Sweatshirt über den Kopf und zupfe über dem Kragen mein Haar zurecht, da sehe ich sie. Dichte braunblonde Locken, ein vertrauter Gang, den ich nie verwechseln könnte. Sie kommt direkt auf uns zu.

McKay kneift die Augen zusammen. »Ist das nicht Billie?«

Ava zieht den Reißverschluss ihrer Lululemon-Jacke bis zum Kinn hoch und blickt die Straße hinunter. »Sie *ist* es.«

Ich beiße mir auf die Unterlippe und wende den Blick ab. Ich habe mit Billie nicht mehr gesprochen, seit sie zum Dinner bei uns in der Wohnung war. Sie hat mir eine Nachricht geschrieben und sich für die Einladung für Alex und sie bedankt, aber ich habe vergessen zu antworten. Das war vor einer Woche.

McKay runzelt die Stirn, senkt die Stimme. »Sie war so komisch bei deiner Dinnerparty. Hat kaum ein Wort gesagt.«

»Na ja, wir haben wahrscheinlich auch die ganze Zeit über Babykram geredet«, wendet Ava ein. »Und sie hat keine Kinder.«

»Nein, sie war total komisch.« Ich sehe McKay an und nicke. »Ich bereue es ehrlich gesagt, sie eingeladen zu haben. Und ihren Freund, den *Polizisten*. Ich kann nicht glauben, dass Billie auf einen Typ Mann steht, der auf unsere High-school hätte gehen können.«

Ava kichert und zieht eine Augenbraue hoch. »Du bist gemein, Cass.«

»Pst.« Ich schüttle in Avas Richtung den Kopf, eine stumme Anordnung, das Gespräch zu beenden. Billie hat mehr als den halben Straßenblock zurückgelegt und ist nur noch wenige Meter von uns entfernt.

»Cassie.« Sie sagt meinen Namen zuerst und bleibt stehen, als sie uns sieht, winkt McKay und Ava zu. Sie trägt eine lockere Leinenhose und dieselbe Jeansjacke, die sie schon immer hatte. Schmuddelige weiße Vans, kein Make-up, von ihrer Schulter hängt eine Stofftasche des *New Yorker*.

»Billie!« Ich verziehe das Gesicht zu einem Lächeln. »Was machst du denn in dieser Gegend? Und so früh?«

Billie schaut auf ihre Uhr. »Es ist Viertel vor acht. Also gar nicht so früh.« Sie blickt auf, ihre haselnussbraunen Augen begegnen meinen. »Auch kinderlose Frauen müssen morgens aufstehen.«

Ein typischer Billie-Spruch. Unter dem Tisch tritt mir McKay gegen das Schienbein.

»Alex wohnt in Chelsea, und ich muss am Union Square etwas erledigen«, fügt sie hinzu. »Darum ist das heute mein Heimweg.«

»Ah.« Ein peinliches Schweigen füllt den Raum zwischen uns aus. Wäre ich ein netterer Mensch, würde ich sie einladen, mit uns einen Kaffee zu trinken. Aber ich bin kein netterer Mensch. Auf einer grundlegenden Ebene, unterbewusst, weiß ich das. Und ich habe kein Problem damit. Denn je mehr Jahre vergehen, desto besser erkenne ich meine eigenen Grenzen. Und wie ich diese Grenzen effektiv *wahren* kann. Nur weil ich Billie begegne, muss ich sie noch lange nicht in meinen Tag lassen. Ich bin nicht verpflichtet, sie so sehr zu lieben, wie sie mich liebt. Ich bin nicht verpflichtet, sie überhaupt zu lieben.

»Was hast du an deinem Geburtstag vor, Cass?«

Die Frage trifft mich unvorbereitet. »Das ist noch einen Monat hin.«

Billie zuckt mit den Schultern. »Ja, aber dein Geburtstag ist für dich doch eine große Sache.«

»Eine große Sache? Nicht wirklich.« Ärger steigt in meinem Brustkorb auf. »Ich habe mit Mitte zwanzig aufgehört, meinen Geburtstag zu lieben. So wie die meisten.«

»Kann doch gar nicht sein«, widerspricht sie, und die Aussage ist eher eine Frage. »Du planst doch jedes Jahr etwas. Weißt du noch, dein Dreißigster? Da haben wir auf dem Dach des Delancey Party gemacht, und danach sind alle auf das St.-Lucia-Konzert im Bowery Electric gegangen, und wir haben der Band gesagt, dass du Geburtstag hast, und da haben sie dich auf die Bühne geholt. Weißt du noch, wie besessen du von St. Lucia warst?«

Ich spüre, wie McKay und Ava unangenehm berührt zwischen uns hin- und herschauen und diese Unbeholfenheit aus zweiter Hand verdauen. Keine der beiden war auf meinem dreißigsten Geburtstag. Das war eine andere Zeit. Ein anderes *Ich*. In diesem Augenblick kann ich Billie nicht ausstehen. Ich will nur, dass sie geht und mich verdammt noch mal in Ruhe lässt.

Ich stoße ein halbherziges Lachen aus. »Mein Gott, Bill, gibt es irgendetwas, das du *nicht mehr* weißt?«

Ich beobachte, wie die Luft aus ihr zu weichen scheint. Aber dann verändert sich etwas in ihrem Gesicht. Ich kann beinahe zusehen, wie ihr Trotz erwacht.

»Du wirst fünfunddreißig, Cass. Ich dachte nur, du würdest etwas machen. Das ist ein besonderer Geburtstag.«

»Erinnere mich nicht daran.« Ich runzle die Stirn und

klappere mit den Fingernägeln auf der Holzoberfläche des Tisches. Dann sehe ich auf, begegne ihrem Blick. »Ich denke, ich werde es dieses Jahr ruhig angehen, aber falls ich meine Meinung noch ändere, werde ich es dich selbstverständlich wissen lassen.«

Billie rückt die Tasche auf ihrer Schulter zurecht. »Tja, wenn du mal in Ruhe zu Abend essen willst oder so, ich bin da?« Ihr Satz verwandelt sich in eine Frage, und ihr Blick sucht meinen. »Vielleicht im Balthazar, wie in alten Zeiten?«

Ich möchte ihr ins Gesicht lachen. Ich spüre eine Art von Boshaftigkeit in mir aufsteigen, ganz ohne Scham. Das Balthazar war vor Jahren unser Stammlokal, bevor alles anders wurde. Wir saßen an der Bar, bestellten Weinbergschnecken und Champagner und schwelgten in Erinnerungen an unsere Paris-Reise mit Grandma Catherine, als wir in der Highschool waren. Dabei unterhielten wir uns mit schrecklichem französischem Akzent. Zwei überdrehte Fünfundzwanzigjährige. Ein anderes Leben. Macht sie Witze?

Ich bin in Versuchung, ihr in Erinnerung zu rufen, dass wir seit einem halben Jahrzehnt nicht mehr im Balthazar waren, dass es zwischen uns nicht mehr so ist, dass ich einen Mann und ein Baby habe und beste Freundinnen wie McKay und Ava und dass ich mich, wenn ich meinen Geburtstag mit irgendjemandem verbringen würde, für sie entscheiden würde.

Aber ich sage nichts dergleichen. Stattdessen zwinge ich mich dazu, weiterhin nett und harmlos zu sein. Ich erinnere mich daran, dass Billie mir nichts anhaben kann, wenn ich diesen Kurs halte.

»Das Balthazar. Was für ein Zeitsprung.« Ich ringe mir ein wehmütiges Lächeln ab und zupfe an meinen manikürten Fingern herum, wobei mir kleine Fetzen des kirschroten Lacks in den Schoß rieseln.

Billie verschränkt die Arme, sagt nichts und verlagert ihr

Gewicht von einem Fuß auf den anderen. Einen kurzen Moment lang tut sie mir beinahe leid.

McKay versetzt mir einen weiteren Tritt unter dem Tisch, dann tippt sie auf ihr Handy-Display. »Es ist schon nach acht.« Sie seufzt. »Ich muss nach Hause. Tom hat in zwanzig Minuten einen Call, das heißt, ich habe Kinderdienst.«

Ich weiß, dass McKay flunkert – montags hat *sie* Mariana –, aber in diesem Moment bin ich ihr unendlich dankbar für ihre geschmeidige Notlüge.

Billie hebt die Hand. »Ich muss auch weiter. Schön, euch getroffen zu haben, Ladys.«

Wir wackeln alle drei mit den Fingern. »Mach's gut, Bill«, rufe ich. »Lass uns *bitte* bald mal treffen.«

Als Billie die Straße überquert hat, dreht sich McKay zu mir um. »Du bist *so* gut darin, so zu tun, als wärst du nett zu ihr.«

Ich verdrehe die Augen. »Das ist einfacher. Mein Gott, das war brutal. Danke, dass du mich gerettet hast. Ich weiß, du hast heute Mariana.«

»Das stimmt, ich muss trotzdem nach Hause. Ich habe einen Telefontermin mit einem Caterer wegen dieser verdammten Frick-Veranstaltung.« McKay entdeckt unsere Kellnerin und bedeutet ihr, dass wir zahlen wollen. »Aber lass uns zuerst eine Sache klären. Du *wirst* zu deinem Fünfunddreißigsten eine Party feiern.«

Ich lache. »Ach ja?«

»Du musst!« Ava klatscht in die Hände. »McKay und ich sprechen mit Grant. Du wirst keinen Finger rühren müssen.«

Ich schlage die Beine übereinander und denke kurz nach. »*Falls* ich eine Party mache ...«

»Was du tun *wirst* ...«

»... ist es einfacher, wenn Billie nicht kommt. Ist das okay? Es stresst mich nur, wenn sie da ist.«

»Nach der extrem unangenehmen Situation, die wir gerade alle miterlebt haben: Botschaft angekommen.« Ava leckt einen Klecks Joghurt von ihrer Löffelspitze. »Kinderfreundschaften sind eine verdammt seltsame Sache. Ganz ehrlich, Billie tut mir leid. Mitte dreißig, Single, keine Kinder. Das ist hart.«

Ich ziehe meine Kreditkarte aus dem Portemonnaie. »Sie scheint keine Kinder zu wollen.«

McKay schnaubt. »Das ist doch Quatsch mit Soße. Jeder will Kinder.«

Wir drei bezahlen unsere Rechnung und machen uns dann auf den Weg nach Osten in Richtung Gramercy. In der Twentieth Street, wo McKay und Ava wohnen, trennen sich unsere Wege, und wir versprechen uns, irgendwann diese Woche zusammen zu Mittag zu essen oder einen Spaziergang zu machen. Ich gehe weiter nach Norden und beschleunige mein Tempo, denn jetzt, wo ich allein bin, macht sich wieder Furcht in mir breit. Vielleicht liegt es daran, dass ich Billie getroffen habe, aber ich kann an nichts anderes denken als an die Fahrt nach Red Hook und die Nachricht von birchballer6. *Wie* sollte jemand davon wissen? Und wenn es wirklich jemand weiß, was könnte das bedeuten?

In diesem Moment will ich nichts anderes, als bei Grant und Ella zu sein. Während die Sorgen über mich hereinbrechen – mich dunkel, gefräßig durchdringen wie ein Parasit –, renne ich, ohne es zu merken, die Lexington Avenue hinauf, wobei meine Yogamatte in ihrer Baumwolltasche auf meinem Rücken auf und ab hüpft.

Als ich in der Wohnung ankomme, klopft mein Herz wie wild, Schweißperlen laufen mir über die Schläfen. Grant sitzt am Küchentresen, den Babylöffel in der Hand, Ella neben ihm in ihrem Tischsitz. Er füttert sie mit pürierten Süßkartoffeln – die Lourdes selbst zubereitet hat, jetzt, wo wir mit fester Nahrung angefangen haben. Orange Tröpfchen laufen Ella übers Kinn und verschmieren ihre Hamsterbäckchen. Als sie mich sieht, lächelt sie, und ich werde von solch einer Erleichterung überwältigt, dass mir die Tränen in die Augen steigen. Ich lasse meine Tasche fallen und drücke mein Gesicht an ihres.

»Hoppla, Babe.« Mit der freien Hand berührt Grant meinen Arm. »Du bist ja ganz außer Atem. Geht's dir gut?«

Ich nicke und übersäe Ella mit Küssen, so vielen, dass sie anfängt zu quengeln. Ich weiß, dass ich mich mit Süßkartoffeln beschmiert habe, aber das ist mir völlig egal.

»Mir geht's gut.« Ich richte mich auf, mein Blick klebt immer noch an Ella, mein Herz schlägt immer noch schnell. Ich möchte ihm sagen: *Ich habe Angst.*

Aber das tue ich nicht. Ich kann nicht.

Stattdessen schlinge ich meine Arme um seinen Hals und beuge mich hinunter, um ihn zu küssen, und ihm ist es auch egal, dass ich mit Süßkartoffeln beschmiert bin. »Mir geht's gut«, sage ich wieder. »Ich habe sie nur richtig vermisst. Ich habe euch beide vermisst.«

Billie

2005 – 2006

In meinem letzten Schuljahr heiraten Wade und Mom in einer kleinen standesamtlichen Zeremonie, obwohl inzwischen auch ihr Langzeitgedächtnis zu schwinden beginnt. Sie geht spazieren und landet auf der anderen Seite der Stadt, ohne in der Lage zu sein, den Weg nach Hause zu finden. Schluchzend und verängstigt ruft sie mich von ihrem Mobiltelefon aus an.

Sie ruft mich an, nicht Wade, das ist wenigstens etwas. Trotzdem ist er jetzt mein Stiefvater. Ein widerlicher Perverser von einem Stiefvater, der mir bei jeder Gelegenheit an den Hintern fasst – wenn ich einen Auflauf aus dem Ofen hole, in der Spüle das Geschirr wasche oder mich im Flurspiegel betrachte. Ich spüre seine große, fleischige Hand auf der Rückseite meiner Jeans, den übelkeiterregenden Druck seiner Finger, dem ich nicht entrinnen kann.

Eines Abends, als Mom schon schläft, betritt er das Bad, als ich gerade aus der Dusche komme. Ich drücke mir das Handtuch fester gegen die Brust, es überläuft mich kalt. Er lächelt listig und greift nach mir.

»Hau ab.« Meine Stimme schmilzt in meiner Luftröhre und ist über das Surren des Ventilators hinweg kaum zu hören.

Er fährt mit dem Finger meinen Kiefer entlang und lässt ihn auf meinem Kinn liegen.

»Du bist so schön, Billie Jean. Eine jugendliche Ausgabe von Lorraine.« Seine Hand bewegt sich abwärts, streift meine Rippen bis zur Hüfte hinunter. Ich schließe entsetzt die Augen, als er sich an mich drückt, prall und pochend. Uns trennen nur noch mein fadenscheiniges Baumwollhandtuch und seine Boxershorts. Mir schießt Galle in den Mund, und als ich mich abwende, um ins Waschbecken zu würgen, lacht er und geht gemächlich davon.

Als ich Cassie davon erzähle, sagt sie, es sei nur noch eine Frage der Zeit, bis er etwas Schlimmeres anstelle. Sie sagt, ich müsse es den Behörden melden. Aber das kann ich Mom nicht antun in ihrem fragilen Zustand. Ich war dabei, als uns der Arzt sagte, wir sollten das Ende für sie unbeschwert und angenehm und friedlich gestalten. Bevor sie uns für immer entgleitet. Zusätzlicher Stress könnte sie noch früher den Abhang hinunterstürzen in eine gestaltlose Leere, aus der sie nie wieder zurückkehren wird.

Doch als ich Cassie das alles auseinandersetze, sieht sie mich mit müden Augen an. »Aber Billie«, sagt sie, ohne mit der Wimper zu zucken. »Sie ist doch schon weg.«

In diesem Moment hasse ich sie. Aus tiefster Seele. Ich renne von der Schule nach Hause, in meinem Körper tobt die Panik, Mom zu verlieren. Was unvermeidlich ist, das stimmt.

Sie ist doch schon weg.

Ich treffe Mom im Bett an, wo sie sich ausruht. Sie verbringt die meisten Tage dort. Ich schleudere meine Converse von den Füßen und krieche wie ein kleines Mädchen zu ihr ins Bett, spüre ihre Wärme, ihr pochendes Leben. Ich dränge mich seitlich an sie und schluchze leise, wobei ich ihr Nachthemd mit meinen Tränen tränke.

Im Dezember wird Cassie als eine der Ersten in Harvard ange-
nommen. Sie tritt dort ein doppeltes Vermächtnis an – sowohl
ihr Großvater als auch ihr Vater haben dort studiert – und
Grandma Catherine zahlt ihre Studiengebühren.

»Warum zahlt Grandma Catherine Maras Studium
nicht?«, frage ich. Mara geht auf ein staatliches College eine
Stunde weiter nördlich. Sie hat einen Freund namens Ace, der
mit Gras dealt.

Cassie schnaubt. Es ist Samstag, und wir sitzen auf ihrem
Bett und lackieren uns die Nägel. Sie begutachtet ihre – lila
metallic – und greift dann nach der durchsichtigen Flasche
mit dem Überlack. »Mara hat seit Jahren nicht mehr mit
Grandma Catherine gesprochen. Das weißt du doch.«

»Trotzdem. Ihr seid beide ihre Enkelinnen.«

»Aber ich bin die Einzige, die sich um sie bemüht. Ich rufe
sie an. Ich schicke ihr Geburtstagskarten. Ich besuche sie in
Greenwich. Mara macht das nicht.« Cassie zuckt mit den
Schultern. »Mara ist es egal, ob sie auf irgendein schäbiges
staatliches College geht. Harvard ist ihr egal.«

»Meinst du, sie hätte es nach Harvard schaffen können?«

»Sie hat es nach Harvard geschafft. Mein Großvater hat im
Grunde die Bibliothek dort bezahlt.«

»Echt?« Ich mustere Cassie. Ich kann mir nicht vorstellen,
ein Ivy-League-College abzulehnen und mich für ein staatli-
ches zu entscheiden.

»Jep. Mein Dad hat das erste Mal seit Jahren Grandma Ca-
therine angerufen und sie gebeten, Maras Studiengebühren zu
bezahlen. Aber sie hat sich geweigert.« Cassies Miene ist bei-
nahe selbstgefällig. »Sie hat meinem Vater gesagt, dass ich die
einzige Person in unserer Familie bin, der sie sich verbunden
fühlt.«

»Wow.«

»Deswegen hat sie mir auch zum Geburtstag das Herzarm-

band von Tiffany geschenkt. Und das ist echt – im Gegensatz zu der Fälschung, die Ashton in Chinatown gekauft hat.«

Ich unterdrücke den Impuls, die Augen zu verdrehen. Cassie kann sich immer noch keine Stichelei gegen Ashton verkneifen. »Ja.«

»Es ist wirklich so dämlich von meinen Eltern und Mara, dass sie die Beziehung zu ihr abgebrochen haben.« Cassie pustet leicht auf ihre Nägel. »So viel im Leben hängt davon ab, dass man sich mit den richtigen Leuten umgibt, weißt du?«

Ich weiß es nicht, nicke aber trotzdem.

»Ich bin sicher, du wirst an der Northeastern angenommen.« Cassie reicht mir aufgeregt den Überlack. »Dann sind wir nur zehn Minuten voneinander entfernt.«

Ich antworte für einen Moment nicht und male mir diese mögliche Realität aus. Es ist alles andere als fair, dass Cassie die beste Universität des Landes besuchen wird, wohingegen das beste College, an dem ich mich beworben habe, lediglich im Mittelfeld liegt. Ich habe bessere Noten als sie – wesentlich bessere. Wenn ich ihr nicht fast das gesamte letzte Jahr Nachhilfe gegeben hätte, wäre Cassie in Algebra II durchgefallen.

Aber ich habe keine reiche Großmutter. Mein Name steht auf keinem Gebäude.

Ich spüre, dass Cassies Blick auf mir ruht. »Woran denkst du?« Ihre Stimme klingt sanft.

Ich seufze. »Selbst wenn ich an der Northeastern angenommen werde ... heißt das noch lange nicht, dass ich hingehen kann.«

»Das hängt davon ab, wie viel finanzielle Unterstützung du bekommst. Ich weiß.«

»Das hängt davon ab, was Wade entscheidet. Er ist jetzt mein Vormund.« Ein mulmiges Gefühl schwappt durch meinen Bauch.

Cassie runzelt die Stirn. »Aber es ist nicht sein Geld. Es ist das Geld deiner Mutter. Ich dachte, du hättest gesagt, sie hätte einen College-Fonds angespart.«

»Das spielt keine Rolle.«

»Billie, deine Mom ist immer noch ...«

»Sie ist schon weg. Du hast es selbst gesagt.«

»Ich habe nicht gemeint ...«

»Cassie.« Meine Stimme ist tränenerstickt. Tränen quellen mir aus den Augenwinkeln und laufen mir über die Wangen. »Können wir nicht einfach ... können wir jetzt einfach nicht darüber reden? Können wir eine Runde um den Block fahren oder so?«

Cassie nimmt, ohne zu fragen, den Saab ihres Vaters. Obwohl es bitterkalt ist, halten wir bei Holy Cow, um uns ein Eis zu holen. Wir essen unsere Waffeln mit Mint-Chip-Eis, während wir auf der Route 9 nach Süden fahren. Es ist Samstagnachmittag, und es herrscht kaum Verkehr. Die Bäume sind kahl, und um halb fünf geht die Sonne unter, wobei sich der Himmel von Kobaltblau zu Marineblau und dann zu Schwarz verfärbt, ein neonoranger Streifen versengt auf Höhe der skelettartigen Wälder den Horizont. Vom Eis wird uns kalt, also dreht Cassie die Heizung auf. Aus den Lautsprechern dröhnt eine CD – hauptsächlich Alanis Morissette und Third Eye Blind, ein Mix, den ich in der Elften zusammengestellt habe. Ich weiß nicht, wie lange wir fahren, aber irgendwann dreht Cassie die Musik leiser, und ich weiß, dass sie das Schweigen gleich brechen wird.

»Ich hab dich lieb, Bill«, sagt sie. »Egal, wo wir nächstes Jahr landen, du wirst immer meine beste Freundin sein.« Sie hält den Blick auf die Straße gerichtet, aber ihr Profil zeigt mir den äußeren Rand ihres Lächelns. »Und niemand stellt Baby in die Ecke, stimmt's?«

Draußen bricht düster der Winter an, die Landschaft ist trostlos, es ist dunkel, wenn es hell sein sollte, aber ich werde *förmlich überwältigt von Dankbarkeit. Für Cassie, dafür, dass sie in mein Leben getreten ist, dafür, dass sie aus irgendeinem rätselhaften Grund, der mir nicht einleuchtet, mich erwählt hat. Oder vielleicht funktionieren Freundschaften einfach so, wenn man jung ist. Vielleicht ist die Entscheidung, sich aneinanderzubinden, gar keine Entscheidung, sondern Ergebnis einer unbewussten Anziehungskraft, die keiner Erklärung bedarf, eine Reaktion auf geteilte Lebensumstände, die mit etwas im Herzen zusammentrifft, das sich gut und richtig anfühlt. Die Loyalität, die daraus folgt, fühlt sich ureigen, beständig und unangreifbar an.*

»Niemand stellt Baby in die Ecke«, wiederhole ich und blinzle die Tränen weg. »Und ich habe dich auch lieb.«

Der leise Beat von »Hand in My Pocket« trommelt aus den Lautsprechern, und Cassie dreht die Lautstärke auf.

I'm sad, but I'm laughing,
I'm brave, but I'm chickenshit.

Ich bin traurig, aber ich lache. Ich bin mutig, aber feige. Cassie kennt jedes Wort von jedem Alanis-Song und singt aus voller Kehle mit, als wären wir in einer Karaoke-Bar. Ich lache. Ich liebe sie so sehr.

An der nächsten Kreuzung drehen wir um und fahren die Strecke wieder zurück, die wir gekommen sind.

»Willst du bei mir schlafen?«, fragt sie. »Ich habe unter Maras Bett einen Sixpack gefunden.«

»Klar. Lassen uns deine Eltern auf Owens Party gehen?«

Cassie verzieht das Gesicht. »Da willst du hin?«

Ich zucke mit den Schultern. Owen ist Captain des Basketballteams, und ich bin ein bisschen in ihn verknallt, aber Cassie findet, Basketballer sind Loser. Cassie zufolge sind die einzigen »coolen« Sportarten Hockey und Lacrosse. Und Squash, aber ich weiß nicht, was das ist. Sie sagt, in Greenwich sei das eine angesagte Sache. Doch es liegt nicht nur an den Basketballern. Seit unser letztes Schuljahr angefangen hat, will Cassie nicht mehr auf Partys gehen.

»Irgendwie schon.« Ich lege die Füße auf das Armaturenbrett und dehne meine Oberschenkelrückseite. »Ich habe seit Todd Clemmons in der Neunten niemanden mehr geküsst. Das ist erbärmlich.«

Cassie seufzt. »Das liegt bloß daran, dass es an unserer Schule nur Nieten gibt. Lass uns einfach bei mir zu Hause was trinken, Dirty Dancing schauen und uns darauf konzentrieren, dass wir nächstes Jahr um diese Zeit an viel aufregenderen Orten sein werden. An Orten, an denen die Männer aussehen wie Patrick Swayze.«

Am letzten Samstag im März liegt ein dicker brauner DIN-A4-Umschlag in der Post. Es ist das Päckchen mit der Zusage der Northeastern, aber es enthält trotzdem keine guten Nachrichten. Sie geben mir nur die Hälfte der beantragten finanziellen Unterstützung. Und die Hälfte der Studiengebühren ist immer noch fast viermal so viel wie an einem staatlichen College. Außerdem hat die SUNY New Paltz mir bereits ein Vollstipendium zugesagt, ausgenommen der Kosten für das Studentenwohnheim. Wade ist darüber sehr erfreut. New Paltz ist nur dreißig Minuten von Red Hook entfernt. Ich könnte zu Hause wohnen, dann wäre es völlig umsonst.

Als ich ihm das Päckchen von der Northeastern zeige, lacht mir Wade ins Gesicht.

»Ich zahle doch nicht zwanzig Riesen im Jahr, damit du aufs College gehst.« Er starrt auf den Fernseher und kratzt sich in seiner Jogginghose die Eier.

»Es ist nicht dein Geld. Es gehört Mom.«

Er lacht wieder. »Kind, hast du deinen verdammten Verstand verloren? Deine Mutter wird bald eine Pflegerin brauchen, die Vollzeit hier einzieht. Hast du eine Ahnung, wie teuer das ist?«

»Fick dich.«

Einer seiner Mundwinkel verzieht sich, seine Stimme wird leiser. »Außer, ich ficke dich zuerst.«

Ich rufe meinen Vater in Dallas an. Melody nimmt ab und teilt mir mit, dass mein Vater gerade Besorgungen macht.

»Er soll mich bitte so schnell wie möglich zurückrufen.« Ich zittere. Ich hasse Melody, aber ich bemühe mich, höflich zu klingen, damit sie tut, was ich will. »Es geht ums College, und es ist ein Notfall.«

Melody wirkt missmutig. »Hoffentlich ist es nicht irgendein Mist von wegen, du brauchst Geld. Denn er hat in den letzten fünfzehn Jahren keine einzige Unterhaltszahlung ausgelassen, Millie.«

Ich mache den Mund auf, um zu erwidern, dass das nicht stimmt und ich so nicht heiße, aber sie keift weiter.

»Sag deiner Mom, dass ihr von ihm keinen Cent mehr sehen werdet. Er hat ihr schon Tausende bezahlt. Tausende! Ruf nicht mehr hier an.« Die Leitung an meinem Ohr ist tot.

Mom ist mit ihrer Freundin Lois beim Mittagessen. Als Lois sie zu Hause absetzt, mache ich uns eine Kanne Constant Comment, den wir am Küchentisch trinken. Wade ist draußen, sät Gras nach und macht sich zur Abwechslung mal nützlich.

Mom beobachtet ihn mit hingerissenem Lächeln vom Erkerfenster aus, das zum Garten hinausgeht.

»Wade ist uns hier eine große Hilfe, oder nicht?« Mom nippt an ihrem Tee. »Der ist gut. Danke, Bill.«

»Mom.« Ich lege ihr den Zulassungsbescheid vor die Nase.

»Ich bin an der Northeastern angenommen worden.« Ich kämpfe darum, meine Tränen zurückzuhalten, aber es nützt nichts, denn ich weiß, dass sie sich morgen nicht mehr daran erinnern wird. Die Tränen kommen unerbittlich und ziehen salzige Spuren über meine Wangen.

»Billie!« Moms Gesicht verzieht sich zu einem Ausdruck purer Freude, echten Stolzes. »Das ist unglaublich! Oh, ich wusste, dass du angenommen wirst. Ich wusste es einfach.« Sie legt mir die Hand auf den Nacken und drückt ihn sanft. »Hey. Warum weinst du denn?«

Ich wische mir über die Augen. »Ich ... Also die finanzielle Unterstützung ist nicht riesig.« Eine Lüge, die gleichzeitig die Wahrheit ist.

Mom senkt den Blick auf den Brief und liest ihn aufmerksam durch. »Das ist nicht wahr, Schatz.« Sie hebt den Kopf, ihre Augen leuchten. »Sie erlassen dir die Hälfte«, sagt sie, als wüsste ich das nicht schon. »Die Hälfte können wir uns leisten.«

»Bist du sicher, Mom?«

Sie nickt entschieden. »Natürlich bin ich mir sicher. Das ist der Grund, warum ich gespart habe, Billie. Du weißt doch, dass mir deine Ausbildung wichtiger ist als alles andere. Dafür habe ich Geld zurückgelegt.«

»Ich weiß, aber Mom ...« Ich presse die Lippen zusammen, mir schlägt das Herz bis zum Hals. Ich kann es nicht aussprechen.

Sie sieht mich an, als wüsste sie Bescheid. »Billie. Wade wird das ebenfalls unterstützen. Er ist ein guter Mann.«

Ich betrachte Mom, ihr vorgerecktes Kinn, die Überzeugung in ihren Augen, die mir verrät, dass sie daran wirklich glaubt. Panik, Wut und noch etwas anderes – vielleicht die unvermeidliche Trauer – schießen durch meine Adern. Es ist eine Qual zu spüren, wie sie mir entgleitet, und zu wissen, dass es

nichts gibt, womit ich das verhindern kann. Und dennoch, wie
kann sie mich mit ihm *allein lassen? Wie kann sie nicht sehen,*
wer er ist?

Ich denke an den Kaufmann von Venedig, *den wir im*
Herbst im Leistungskurs Englisch gelesen haben. Daran, wie
Jessica über Lorenzo sagt: Denn ich bin sehr beschämt von
meinem Tausch; Doch Lieb' ist blind, Verliebte sehen nicht.
Mrs *Vaughn sagte, Shakespeare habe in drei verschiedenen*
Stücken die Blindheit der Liebe thematisiert. Ich begreife sie
jetzt, die Transzendenz dieser Botschaft.

»Wade sagt, du brauchst eine Pflegerin, die hier einzieht,
Mom. Er sagt, das wäre teuer.«

»Nein.« Sie schüttelt den Kopf, aber ich sehe, wie sich ihre
Augen mit Tränen füllen. »Das ist lächerlich. Mir geht's gut.
Mir geht's gut.«

»Das habe ich ihm auch gesagt«, antworte ich ihr, obwohl
wir beide wissen, dass es nicht stimmt.

Mom stellt ihre Tasse so heftig auf dem Tisch ab, dass der
Tee über den Rand schwappt und in das Kiefernholz sickert.
»Sieh mich an.« Ihre Stimme klingt plötzlich hart, beinahe
zornig. Sie wird so gut wie nie wütend, deswegen weiß ich, dass
es ihr ernst ist. »Ich habe dieses Geld für deine College-Ausbil-
dung gespart. Ich spare es seit siebzehn Jahren an. Das ist Geld,
das für nichts anderes ausgegeben wird. Hast du das verstan-
den?«

Ich nicke.

Sie schluckt. »Ich sorge dafür, dass Wade das auch weiß.«

Später kommt Cassie vorbei, und wir kochen zum Abend-
essen Hähnchen Milanese. Sie ist nur Souschef, denn ich habe
Mom mein ganzes Leben lang dabei zugesehen, wie sie dieses
Rezept zubereitet hat. Ich klopfe die Fleischstücke, bis sie zart
sind, dann bestäubt Cassie sie mit Mehl und Semmelbröseln,
während ich ein paar Zitronen aufschneide. Wie üblich liegt

Wade als fetter Klumpen auf dem Sofa, hat ein halbes Dutzend leere Bierflaschen um sich verteilt und schaut sich seit vier Stunden die March-Madness-Meisterschaften an. Das hat er sich schließlich verdient, nachdem er zehn Minuten lang Grassamen im Garten verstreut hat.

»Das duftet köstlich, Mädels.« Mom schwebt in die Küche. Sie kommt frisch aus der Badewanne, hat sich in ihren rosa Kimono gewickelt und das feuchte Haar glatt ausgekämmt. Sie küsst erst mich, dann Cassie auf die Wange und schaut uns über die Schultern. »Ehrlich, riecht irgendetwas auf der Welt besser als gebratener Knoblauch?«

Sie schlendert hinüber zu dem runden Tisch und geht den Poststapel durch. Plötzlich stößt sie einen Schrei aus. Ich lasse das Messer fallen. Zitronensaft brennt auf der abgenagten Nagelhaut an meinem Daumen.

»Was ist passiert?« Ich fahre herum und sehe, dass Mom mit offenem Mund meinen Zulassungsbescheid von der Northeastern in der Hand hält.

»Billie!« Sie sucht Blickkontakt mit Augen, die vor Freude blitzen, und ich weiß bereits, was als Nächstes kommt. »Ich bin so, so stolz auf dich.« Ihre Arme schlingen sich fest um mich, von ihren Haarspitzen tropft Wasser auf mein Shirt, und ich versinke im Duft ihrer Gurken-Gesichtscreme. »Du hast es auf die Northeastern geschafft. Ich wusste es, Baby.« Sie umfasst meinen Hinterkopf, ihre Stimme platzt vor Stolz.

Ich lege mein Kinn auf ihrer knochigen Schulter ab, mir ist zu elend zumute, um zu weinen. Wade beobachtet mich vom Sofa aus, ein Grinsen breitet sich langsam über sein furchterregendes Gesicht aus. Er zwinkert.

Billie

2. Oktober 2023
11 Tage zuvor

Ich ringe gierig nach Luft, stütze die Hände auf die Oberschenkel, beuge mich nach vorn und versuche, zu Atem zu kommen. Zwischen den Stäben des Geländers schimmert der Hudson River wie flüssiges Gold im frühen Morgenlicht. Alex reicht mir eine Flasche Poland Spring. Seine Stirn ist schweißnass, aber er ist kaum außer Atem. Er ist viel fitter als ich.

»Vier Meilen heute.« Er grinst.

Ich nehme einen Schluck Wasser. »Ich werde solchen Muskelkater haben.«

Wir haben es uns in den letzten Wochen angewöhnt, vor der Arbeit die Strecke entlang des West Side Highway zu laufen. Das gefällt mir an ihm – dass er aktiv ist, dass er diese Seite von mir zum Vorschein bringt. Es hat mich nicht überrascht zu erfahren, dass er Läufer ist – fit zu sein gehört zum Job eines Streifenpolizisten. Trotzdem ist es eine Dynamik, mit der ich in Liebesbeziehungen nicht vertraut bin. Ich kenne nur das, was ich mit Remy hatte.

Als Remy und ich ein Paar waren, haben wir nie Sport getrieben. Wir holten uns jeden Morgen Eier mit Speck und Käse aus dem Deli und schaufelten sie uns im Bett in den Mund. Jahrelang roch ich nach Bratfett und Remys geliebten Acrylfarben.

Alex umfasst seinen Knöchel, um seinen Quadrizeps zu dehnen, und stöhnt ein wenig. Ich bewundere seinen Körper, die wohlgeformten Muskeln an seinen gebräunten Beinen, dass sein New-York-Rangers-T-Shirt zwischen seinen breiten Schultern spannt. Etwas rührt sich tief in mir, ein unstillbares Kribbeln. Ich mache einen Schritt auf Alex zu, schlinge die Arme um seine Mitte und atme seinen Duft ein, salzigen Schweiß und Old Spice.

Er küsst mich auf die Stirn. »Vielleicht sollten wir auf einen Halbmarathon trainieren.«

Ich lache. »Mal schön langsam. Ich bin gerade mal mit Mühe vier Meilen gelaufen.«

Wenn er lächelt, bildet sich auf seiner Wange ein kleines Grübchen. »Ein kleiner Schritt nach dem anderen.«

Wir schlendern Hand in Hand zurück ins Village und kaufen unterwegs an einem mobilen Stand Kaffee. Meiner ist heiß und milchig und enthält exakt die richtige Menge Zucker – genau das, was ich jetzt brauche. Der Koffeinschub in Kombination mit den Endorphinen nach dem Sport ist eine herrliche, mächtige Mischung. Der Tag liegt vor mir, damit ich ihn ergreife.

Wir befinden uns südlich von Chelsea, deswegen begleitet Alex mich noch zu meiner Tür, bevor er in seine Wohnung zurückkehrt. In der Christopher Street machen gerade die Läden auf, Eisengitter werden vor den Schaufensterfronten hochgefahren. Alex wirft seinen leeren Becher in den nächstgelegenen Mülleimer und legt mir dann die Arme um den Hals.

»Du siehst heiß aus, wenn du verschwitzt bist. Wenn ich nicht um neun mit einem Typen von der Kripo zum Telefonieren verabredet wäre ... würde ich auf jeden Fall mit die Treppe hochkommen.«

Ich beiße mir auf die Unterlippe, während das Pochen

zwischen meinen Hüften wieder aufflammt, stärker diesmal. »Hör auf mich zu necken.«

»Also.« Er hält inne. »Ich habe nachgedacht.«

»Du hast nachgedacht.«

»Mein bester Kumpel Mark ist dieses Wochenende mit seiner Frau in der Stadt. Hast du am Freitag Zeit für ein gemeinsames Essen? Ich glaube, mein Bruder Dave und meine Schwägerin kommen auch. Wir waren in der Highschool alle miteinander befreundet.«

Ich will nicht zögern, aber Alex sieht mir die Unschlüssigkeit sofort an.

»Ich verspreche dir, es wird nicht total langweilig«, fügt er hinzu. »Dave und Hailey sind ein Knaller, das sind die beiden, die in Brooklyn wohnen. Und Fiona, Marks Frau, ist wirklich cool. Ihr gehört in Seattle eine Galerie, da leben sie inzwischen. Ich glaube, ihr beide würdet euch gut verstehen.«

»Das ist es nicht.« Ich lächle angestrengt und durchforste mein Hirn nach einer guten Idee, wie ich ihm sagen kann, was genau *es* ist. Ein Augenblick verstreicht. »Das fühlt sich ernst an, oder? Deinen besten Freund kennenzulernen? Und deinen Bruder?«

Ich sehe die Enttäuschung in Alex' Gesicht und weiß, dass ich das Falsche gesagt habe.

»Das ist nicht … ich wollte nicht sagen, dass es nicht das ist, was ich will.« Ich seufze, meine Nerven liegen blank. »Es tut mir leid. Ich bin so schlecht in so was.«

Alex lehnt sich an das steinerne Geländer der Eingangstreppe und lässt mich nicht aus den Augen. »Billie, wenn es zu früh ist …«

»Warst du jemals verliebt?«

Ich sehe sofort, dass ich ihn überrumpelt habe. Wir haben bislang nicht über frühere Beziehungen gesprochen. Das Thema haben wir nie auch nur gestreift.

»Einmal«, sagt er ruhig. »Wir waren sieben Jahre zusammen.« Eine Pause. »Sie hat mich betrogen.«

»Oh Gott. Das tut mir leid.«

»Und du?«

Ein Bild von Remy entsteht in meinem Kopf. Der schöne Remy, schlanke Nase, ein Gewuschel aus Botticelli-Locken. Die sanften grauen Augen, die sich wie zu Hause anfühlten, meine Seele festhielten. Der erste und einzige Mann, bei dem ich mich nach allem, was passiert war, sicher fühlte. Er hat mich nicht gerettet – das hat Cassie getan –, aber er hat mir das Herz wieder geöffnet.

»Einmal.« Ich nicke. »Auch für eine lange Zeit. Ich ... habe es vermasselt.«

Alex zieht die Augenbrauen zusammen, legt die Haut dazwischen in Falten. »Bist du fremdgegangen?«

»Nein.« Ich schüttle den Kopf. »Letztlich konnte ich nicht das sein, was er haben wollte. Das hat uns beiden so viel Schmerz zugefügt.«

Alex' Miene wird weicher. »Du hast also Angst.«

»Ich ...«, meine Stimme stockt. »Ich glaube nicht, dass ich es ertragen kann, noch einmal einen Menschen so zu verletzen. Das ist der Grund, warum ich schon so lange alleine bin.«

»Billie.« Alex fasst nach einer Haarsträhne, die sich aus meinem Pferdeschwanz gelöst hat, und streicht sie mir zurück hinters Ohr. Gänsehaut kribbelt auf meinem Wangenknochen, auf der Spur, die er mit seinen Fingern darauf gezogen hat. Ich darf ihn nicht verlieren.

Er zieht die Hand zurück und zuckt mit den Schultern. »Nebenbei bemerkt: Ich will nicht, dass du anders bist, als du bist.« Er sucht meinen Blick, ich kann seine Enttäuschung sehen, neu und schwer. »Du kannst ja wegen des Abendessens noch nachdenken. Sag mir Bescheid. Kein Druck.«

Alex drückt mir kurz die Hand, aber er gibt mir keinen Abschiedskuss, bevor er geht. Ich bin am Boden zerstört, als ich die drei Stockwerke zu meiner Wohnung hinaufsteige, als ich die Dusche so heiß wie möglich aufdrehe. Ich stelle mich unter das heiße Wasser und lasse mir den getrockneten Schweiß von der Haut brühen.

Danach wickle ich mich in ein Handtuch und setze mich auf die Bettkante. Aus meinen Haarspitzen tropft Wasser auf die Bettdecke. Ich rufe Jane an.

»Was, wenn ich meine Beziehung zu Alex sabotiere?«

Jane stöhnt. Ich höre, wie sie nach etwas greift, dann das Quietschen einer Matratze.

Ich verkneife mir ein Lachen. »Habe ich dich geweckt?«

»Wart ihr wieder im Morgengrauen laufen?« Ihre Stimme klingt rau und heiser.

»Vielleicht.«

»Psychopathin.«

»Es ist Viertel vor neun, Jane.«

»Ich weiß.« Ich höre durch das Telefon, wie sie Wasser trinkt. »Sasha und ich haben einen draufgemacht. Zwei Flaschen Wein zum Abendessen und ich weiß nicht wie viele Negronis im Marlton. Wir sind erst um drei in die Federn gekommen.«

»Wow. Ich habe schon vor zehn geschlafen.«

»Ich hasse dich.« Das Geräusch eines Wasserhahns, der sich dreht, Wasser, das in ein Glas läuft. »Wie auch immer. Sprich weiter. Was ist mit Alex?«

»Er hat mich am Samstag zum Abendessen mit seinem besten Freund eingeladen. Und mit der Frau seines besten Freundes. Und mit seinem Bruder und seiner Schwägerin.«

»Sag mir, dass mehr hinter dieser Geschichte steckt.«

»Es fühlt sich einfach so ... *ernst* an.«

»Vielleicht geht es in diese Richtung. Fühlt es sich falsch an?«

»Nein.« Ich schalte auf Lautsprecher und werfe das Telefon aufs Bett, damit ich mich beim Reden anziehen kann. »Aber vielleicht sollte ich ihm gleich jetzt sagen, dass ich nicht sicher bin, ob ich Kinder will. Bevor sich die Dinge noch weiter in diese Richtung entwickeln. Oder?«

»Falsch. Du bist nur traumatisiert von dem, was vor einer Million Jahren mit Remy passiert ist – und das verstehe ich. Aber du und Alex, ihr seid doch erst, wie lange, einen Monat zusammen?«

»Ein bisschen länger.«

»Versuch einfach, Druck rauszunehmen. Geh zu dem Abendessen. Lerne seine Freunde und Familie kennen. Hab Spaß. Wenn es der richtige Mensch ist, passt er in *dein* Leben, Billie. Nicht andersherum.«

»Was willst du damit sagen?« Ich ziehe mir die Jeans hoch und knöpfe sie zu.

Jane seufzt. »Ich weiß nicht, wann du dir endlich verzeihen wirst, dass du dein Leben nicht so umgestaltet hast, wie Remy es gern haben wollte.« Sie unterbricht sich. »Du bist von Natur aus so selbstlos, hast du jemals darüber nachgedacht, dass das auf Gegenseitigkeit beruhte? Dass Remy sich genauso geweigert hat, sich *deinen* Wünschen anzupassen?«

Ich schließe meinen BH und ziehe mir die Träger über die Schultern. »Ehrlich gesagt, nein. Ich war diejenige, die sich nicht dazu entschließen konnte, Kinder zu bekommen.«

»Und in unserer Kultur ist man ein schlechter Mensch, wenn man freiwillig auf Kinder verzichtet.«

»Eine Aussätzige, im Grunde. Eine Frau ohne wirklichen Platz in der Gesellschaft.«

Jane seufzt erneut auf. »Wenn diese Gesellschaft lesbischen Müttern einen Platz zugesteht, muss es auch einen für heterosexuelle Nicht-Mütter geben.«

»Sollte man meinen.«

»Und man weiß nie. Vielleicht änderst du deine Meinung noch.«

»Vielleicht.«

»Scheiße.« Sie ächzt. »Ich brauche einen Kaffee, der so dick ist wie mein Kopf. Und zehn Advil.«

»Arme Jane. Gab es einen Grund für die vielen Negronis im Marlton?«

»Ich war nur in der Laune, der funktionalen Alkoholikerin eine Reverenz zu erweisen, die aus mir hätte werden können.«

Ich lache und durchstöbere meinen Kleiderschrank nach einer anständigen Bluse.

»*Genau genommen* gab es einen Anlass.« Janes Stimme wird lebendig. »Ich wollte dir eigentlich gestern Abend eine Nachricht schicken. Sasha und ich haben die Wohnung bekommen.«

»*Was?* Die, die du mir neulich auf StreetEasy gezeigt hast?«

»Nein, nein. Die ging viel teurer über den Tisch als annonciert. Aber *diese* Wohnung ist der Wahnsinn – warte mal, ich schicke dir ein paar Fotos. Aus der Vorkriegszeit, super Lage in Gramercy, abartige Terrasse. Unser Makler hat uns davon erzählt, bevor sie auf den Markt kam, und wir haben sofort ein Angebot abgegeben. Das ist der einzige Grund, warum wir sie bekommen haben, keine Frage. Die Eigentümer sind bereits umgezogen, und ich glaube, sie wollten einfach so schnell wie möglich verkaufen.«

»Ich wusste nicht, dass ihr auch in Gramercy sucht.«

»Wollten wir ursprünglich auch nicht. Okay, schau mal in deine Nachrichten.«

Ich nehme das Handy vom Bett und scrolle durch die Bilder, die Jane mir geschickt hat. Die Wohnung hat zwei Schlafzimmer und zwei Bäder, hohe Decken, Eichenböden mit Intarsien, Schnitzereien an Bodenleisten und Türen. Die Küche ist riesig und frisch renoviert, inklusive Weinkühlschrank und einer begehbaren Speisekammer.

»Heiliger Strohsack, Jane. Die ist atemberaubend. Es tut mir leid, aber ... wie kannst du dir so eine Wohnung leisten?«

»Unserem kleinen Unternehmen geht es ganz gut, falls du das noch nicht bemerkt hast.« Ich spüre durchs Telefon, dass Jane grinst. »Und es hilft auch, mit einer Dermatologin verheiratet zu sein in einer Stadt, die ganz wild auf Injektionsspritzen ist.«

Ich ziehe eine blau-weiß gestreifte Bluse vom Bügel. Die Ärmel haben Knitterfalten, aber es muss gehen. »Ich freue mich so für euch. Ihr sucht schon länger nach einer Wohnung, als irgendjemand suchen sollte.«

»Das ist mir mehr als bewusst. *Gott* sei Dank ist dieser Albtraum endlich vorbei. Und wir unterschreiben in zwei Wochen.«

»Das kommt mir schnell vor.«

»Das habe ich auch gesagt, aber es liegt daran, dass die Wohnung schon leer steht. Und unser aktueller Mietvertrag läuft im Dezember aus, also kündigen wir vorzeitig. Sayonara, Avenue A. Wir sehen uns nie wieder.«

»Ich kann nicht glauben, dass du in Cassies Nachbarschaft wohnen wirst.«

»Ich habe ganz vergessen, dass sie in Gramercy wohnt. Igitt.« Jane hält inne. »Hast du seit der Dinnerparty aus der Hölle mit ihr gesprochen?«

Ich krame in der Schmuckschatulle auf meiner Kommode herum und finde ein Paar kleine, dicke silberne Creolen. Eigentlich mag ich Gold lieber, aber diese hier gehören immer noch zu meinen Lieblingsstücken. Sie waren ein Geschenk von Mom – das letzte Weihnachtsgeschenk, das sie mir gemacht hat.

»Ich bin ihr vor ein paar Wochen auf der Straße begegnet«, sage ich und stecke die Ohrringe fest. »Es war komisch. Ich fürchte irgendwie, dass sie zu ihrem fünfunddreißigsten Geburtstag eine große Party plant und mich nicht einlädt.«

»Wie kommst du darauf?«

»Weil ich ein paranoider Freak bin und mental noch in der Mittelstufe feststecke? Ich weiß es nicht.«

Jane seufzt. »Du bist kein paranoider Freak.« In der Leitung ist es einen längeren Augenblick lang still. »Aber ich werde nie verstehen, wieso du dieses Mädchen nicht ziehen lassen kannst.«

Ich schließe die Augen, und Erinnerungen, die ich nie werde auslöschen können, drängen sich in die schlammige Schwärze hinter meinen Lidern. Natürlich kann Jane das nicht verstehen. Jane gehört zu der Sorte Mensch, die nicht zurückblickt, die niemals zulassen würde, dass die Vergangenheit ihre Klauen in sie schlägt. Aber ich bin so nicht veranlagt. Deswegen lebt alles, was damals geschehen ist, bis heute in mir weiter – bestimmend, eiternd, quälend. Mom. Wade. Cassie. Die Geheimnisse, die ich niemandem verraten kann. Wenn ich es könnte, würde ich Jane sagen, dass sie so vieles nicht weiß.

»Bill, ich muss auflegen.« Janes Stimme holt mich in den Moment zurück. »Wir haben um zehn Uhr diesen Gesprächstermin mit Le Sirenuse, und ich muss mich in Form bringen.«

»Alles klar.« Ich gähne und werde von einer Welle der Erschöpfung überrollt, meine Muskeln schmerzen vom Laufen. Der Rausch des Koffeins lässt bereits nach – ich brauche mehr Kaffee.

»Apropos Le Sirenuse: Was würde ich dafür geben, wieder

nach Positano zu fahren. Und sei es auch nur auf einen Espresso. Und wegen der Tomaten.«

»Hoffen wir, dass das Gespräch positiv verläuft, dann laden sie uns vielleicht für Mai oder Juni ein.«

»Hoffen wir's.«

»Ach, und Billie? Schreib Alex eine Nachricht. Sag ihm,
dass du zu dem Essen kommst. Mach dir diese Sache nicht
kaputt.«

Ich lege auf und weiß, dass Jane recht hat. Langsam gehe
ich in meine winzige Küche und stecke zwei Scheiben Sau-
erteigbrot in den Toaster, setze Wasser für die Cafetiere auf.
Ich schaue aus dem kleinen Fenster links neben der Spüle
und bin wie immer dankbar für den Ausblick. Die bezau-
bernde, von Bäumen gesäumte Christopher Street, auf der
die Blätter gelb und rot leuchten. Der Herbst ist in vollem
Gange.

Ich denke wieder an meine erste New Yorker Wohnung,
das winzige Studio in der East Eleventh Street, das Cassie
und ich uns *geteilt haben*. Im Nachhinein erscheint das kaum
denkbar. In der ganzen Wohnung gab es nur zwei Fenster, die
beide auf die Backsteinfassade des Nachbargebäudes hinaus-
gingen. Es war, als würde man in einem Tunnel leben, aber
wir waren überglücklich, dort zu sein. Wir waren high vom
Leben, von seinen Möglichkeiten, von den endlosen hypo-
thetischen Weggabelungen, die alle das legitime Potenzial
besaßen, Wirklichkeit zu werden. Und von der Freiheit, jung
genug zu sein, um sich noch eine Weile nicht entscheiden zu
müssen.

Der Toaster plingt, und zwei gebräunte Scheiben Sauer-
teigbrot springen aus den Schlitzen. Ich greife nach meinem
Handy und schreibe Alex, bevor ich die Gelegenheit habe, es
mir anders zu überlegen.

Vergiss, was ich vorhin gesagt
habe. Abendessen am Freitag
klingt toll. Ich kann es kaum
erwarten, alle kennenzulernen.

Ich denke an Janes Worte: *Der richtige Mensch passt in* dein
Leben, Billie. Nicht andersherum.
Für einen kurzen Moment gestatte ich mir den Gedanken,
dass sie da vielleicht nicht falschliegt.

Cassie

3. Oktober 2023
10 Tage zuvor

Grant ertappt mich mitten am Tag im Bett. Lourdes ist mit Ella spazieren, und ich bin zu kaputt, um mich zu bewegen. In der Ecke des Schlafzimmers steht eine überquellende Einkaufstüte von Zara – die gestrige Beute. Ich hatte vor, für meine Follower eine Anprobe zu machen – die Leute freuen sich immer, wenn sie die Sachen sehen, die ich bei Zara finde –, aber ich habe null Energie. Ich kann mich nicht einmal dazu aufraffen, wie ein normaler Mensch an meinem Schreibtisch zu arbeiten. Stattdessen liege ich mit meinem Laptop auf einem Haufen Zierkissen, trinke Minztee, von dem ich wünschte, es wäre Latte, und zermartere mir den Kopf über die Identität von birchballer6.

Ich habe gerade »*birchballer*« bei Google eingegeben, bin aber nur auf einen Online-Shop gestoßen, der Kugeln aus weißem Birkenholz verkauft. *Bestens geeignet für den Modellbau und Bastelarbeiten,* heißt es in der Beschreibung.

»Schatz? Arbeitest du?« Grant streckt den Kopf zur Tür herein. Er trägt einen grauen Blazer, sein Haar ist mit Gel, das er übermäßig benutzt, zurückgeklatscht.

Ich schließe das Fenster mit den Suchergebnissen. »Ja«, lüge ich, denn eigentlich sollte ich mir die Resort-Kollektion von Johanna Ortiz ansehen. Es ist schon zu spät, die Früh-

177

jahrs-/Sommerkollektion zu bestellen, und Violet, meine Filialleiterin in SoHo, hat mir heute Morgen eine E-Mail geschickt und mir mitgeteilt, dass wir im Rückstand sind.

»Geht's dir gut? Du siehst ein bisschen blass aus.«

»Ich bin müde, Grant.« Ich klappe meinen Laptop zu. »Ella war letzte Nacht dreimal wach.«

»Ich weiß.« Er seufzt und betritt mit den Händen in den Hosentaschen den Raum. »Diese Schlafregression mit vier Monaten ist der Killer. Ich bin auch völlig fertig.«

Ich sehe ihn finster an und denke daran, wie Ellas Gebrüll auf dem Monitor erschien. An die Überwindung, mich aus dem Bett zu quälen, während Grant selbstvergessen schnarchte und das Gesicht im Kissen vergrub. Die Müdigkeit macht meine Angst nicht besser.

»Du bist nicht mal aufgewacht«, sage ich.

»Doch, bin ich. Vielleicht nicht jedes Mal, aber ich bin aufgewacht. Du bist nicht die einzige Person in diesem Raum, die müde sein darf, Cassie. Wir sind beide Eltern.«

In diesem Moment hasse ich den Mann. Ich beiße die Zähne zusammen, weil ich weiß, dass wir kurz vor einem Riesenkrach stehen. Aber meine Augen fühlen sich an wie Briefbeschwerer. Ich habe nicht die Energie dafür.

Ich schlucke meine Wut hinunter und wechsele das Thema. »Was machst du hier zu Hause?«

»Ich habe bei Eataly eine Verabredung zum Mittagessen. Da dachte ich mir, ich schaue mal vorbei und sehe nach meinen Mädels.«

»Ella ist jeden Tag außer freitags bis halb sechs bei Lourdes. Das weißt du doch.«

Grant reibt sich über den Kiefer. Ich sehe die Genervtheit in seinem Blick. »Ich dachte, dass sie vielleicht zu Hause sind, Cassie.« Er setzt sich auf die Bettkante. Ich betrachte sein Gesicht – die Tränensäcke unter seinen Augen, die raue, glanzlose, blasse Haut. In diesem Moment fühlt es sich so an, als wäre die Liebe zu ihm gar nicht mehr da, und ich frage mich kurz, ob der Funke zwischen uns einfach erloschen ist, ob es da draußen jemanden gibt, den ich mehr hätte lieben können. Oder vielleicht ist es auch einfach nur so anstrengend, mit einem Säugling eine Schlafregression durchzumachen, dass ich für Gefühle zu ausgelaugt bin.

Sein Mundwinkel verzieht sich zu einem neckischen Grinsen. »Das letzte Mal, als ich dich mitten am Tag im Bett vorgefunden habe, warst du schwanger.«

Ich runzle die Stirn. »Ich bin ganz bestimmt nicht schwanger, falls du das damit andeuten willst. Seit Ellas Geburt hatten wir kaum Sex.«

»Tja, das lässt sich leicht ändern …« Er greift nach meiner Hand. Mit den Fingern fährt er meinen Arm hinauf, in den Ärmel meines T-Shirts und zupft an meinem BH-Träger herum.

Ich stoße ihn weg. »Hör auf damit, Grant. Ich bin so müde, dass mir schlecht ist.«

»Cassie.« Er seufzt. »Du musst diesen Trübsinn abschütteln. Ich gebe deiner Familie die Schuld daran. Seit wir zum Abendessen dort oben waren, bist du schlecht gelaunt.«

Ich schließe meine Augen, lasse die Schulterblätter in die Kissen zurücksinken. Wenn es einen winzig kleinen Grund gibt, aus dem ich Grant in diesem Moment liebe – sodass ich meine Liebe zu ihm durch diesen Dunst aus Groll, Sorgen und Schlafmangel hindurch spüren kann –, dann ist es der, dass mir Folgendes bewusst ist: Er ist die Rettungsleine, an der ich mich von Mara und meinen Eltern fortziehen kann. Er ist meine ewig gültige Fahrkarte ins Glück, auch wenn ich das manchmal vergesse.

Grant räuspert sich. »Ich weiß, dass du Überraschungen hasst, also sage ich es dir jetzt, und ich treffe eine führungsstarke Entscheidung. Es wird für dich eine Geburtstagsparty hier in der Wohnung stattfinden. Alles wird organisiert. Du musst bloß auftauchen.«

Ich unterdrücke ein Lächeln. »Haben McKay und Ava dich angerufen?«

»Kein Kommentar.«

»Wenn du meine Schwester einlädst, bringe ich dich um.«

»Ich habe den strikten Befehl, Mara nicht auf die Gästeliste zu setzen. Billie auch nicht. Es ist deine Party. Ich stelle keine Fragen.«

»Danke.«

Er zwinkert mir zu, und ich spüre, wie das winzige Körnchen in meinem Herzen austreibt und anschwillt. Eine Erleichterung: Ich vergöttere meinen Mann. Ich habe ein unermessliches, unvorstellbares Glück mit ihm.

»Was machst du gerade?« Grant holt sein Handy aus der Jackentasche und beginnt, durch seine E-Mails zu scrollen.

»Ich kaufe die Frühjahrs- und Sommerkollektionen ein. Ich bin damit im Rückstand. Violet tritt mir deswegen schon auf die Zehen.«

»Ah.« Grant schürzt die Lippen, ohne den Blick von seinem Telefon zu wenden. Schließlich sieht er auf und blinzelt. »Wie läuft es eigentlich im Laden? Bevor du fürs Frühjahr bestellst, würde ich gern die Zahlen vom letzten Quartal sehen.«

»Die Zahlen waren in Ordnung.«

»Kann ich sie sehen?«

»Warum? Bitte kontrolliere mich nicht wie ein Korinthenkacker, Grant. Das ist meine Angelegenheit.«

»Cassie.« Er atmet aus. »Dieses Geschäft ist für mich eine große Investition. Ich möchte sichergehen, dass wir auf dem richtigen Weg sind.«

Ein Kopfschmerz schleicht sich hinter meine Augen und

lenkt mich von der Wut ab, die sich in meinem Brustkorb an-
staut. Nicht einmal jetzt, da wir verheiratet sind, hört Grant
damit auf – damit, mich unterschwellig daran zu erinnern,
dass es sein Geld ist, nicht unseres. Er ist der reiche Ehemann,
der mein Geschäft finanziert. Ich bin die Frau aus der Arbei-
terklasse, die einen Ehevertrag unterschrieben hat.

Er bemerkt seinen Fehler. »Ich wollte nicht …«

»Ich versuche, hier etwas aufzubauen, verstehst du? Für
uns. Und ich habe wirklich eine große Fangemeinde.«

»Auf Instagram schon. Aber bedeutet das auch, dass wir
Gewinn machen?«

»Je mehr Follower ich habe, desto mehr Marken werden
mich für gesponserte Inhalte bezahlen.«

»Komm schon, Cassie. Wie viel verdienst du mit einem
gesponserten Post hier und da, ein paar hundert Dollar? Außerdem wollte ich wissen, ob es dafür sorgt, dass der *Laden*
Gewinn macht.«

»Worauf willst du hinaus, Grant?«

»Ich will darauf hinaus …« Er unterbricht sich, zögert.
»Ich will darauf hinaus, dass offenbar viele junge Frauen gern
einer schönen, stilvollen Mutter mit einem süßen Baby und
einem glamourösen Leben folgen. Sie sehen dir dabei zu, wie
du Mandelbutter in deine Smoothies rührst und Ella durch
den Park schiebst, während du Hautpflegeprodukte emp-
fiehlst und ihnen von deinem Tag erzählst. Sind das auch dieselben jungen Frauen, die Tausende von Dollar bei Cassidy
Adler lassen, so wie wir es brauchen? Irgendwie bezweifle ich
das. Aber du lässt mich ja die Zahlen nicht sehen.«

Mein Hals schnürt sich zu, Tränen drücken mir auf die
Luftröhre. Schlimmer als der beunruhigende Verdacht, dass
Grant recht hat, ist der Schock darüber, dass er mir nach-
spioniert hat – der Verrat. Grant hat kein Instagram. Als er
Mitte zwanzig war, hat er sich ein Konto eingerichtet, aber als

ich das letzte Mal nachgeschaut habe, hatte er die App nicht einmal auf seinem Handy. Er findet, die sozialen Medien sind bloß ein Zeitfresser der Generation Z.

Ich schließe die Augen. Ich denke an den Abend, an dem ich Grant zum ersten Mal begegnet bin, das ist jetzt drei Jahre her. McKay und ich saßen an einem Tisch im Dorrian's, hatten uns mit Dirty Shirleys betrunken und stocherten auf einem Teller mit fettigen Pommes herum. Irgendwie waren von dem Geburtstagsumtrunk für Adair, ein Mädchen aus dem College, das mehr mit McKay als mit mir befreundet war, nur noch wir beide übrig geblieben.

McKay lächelte auf ihr Handy hinab. *Mein Cousin wohnt hier in der Gegend; ich habe ihm gesagt, er soll vorbeikommen. Er ist gerade auf dem Heimweg von einer beruflichen Veranstaltung.* Sie hob die Augen, flüssiges Türkis. Hübsch wie ein Model war McKay Morris, geborene Adler. Das It-Girl aus meinem Abschlussjahrgang in Harvard. Eine Freundin eher vom Rande meines Freundeskreises, deren Aufmerksamkeit ich nie ganz erlangen konnte. *Er arbeitet zu viel, aber er ist niedlich.* Sie kicherte und kippte den Rest ihres Drinks hinunter. Plötzlich griffen ihre Finger in die Spitzen meiner Fönfrisur. Zum ersten Mal an diesem Abend schien sie mich wirklich zu betrachten. *Deine Haare sehen gut aus. Meine würden nie so lang werden.* Ihre Mundwinkel zuckten. *Ich will es nicht beschreien, aber ich könnte mir vorstellen, dass ihr beide euch gut versteht, Cassie. Du und mein Cousin. Er hat sich früher ein bisschen die Hörner abgestoßen, aber inzwischen ist er erwachsen. Du bist genau sein Typ.*

Und dann: unser Moment. Grant kam in seinem marineblauen Anzug durch die Schwingtür, das dunkle Haar zerzaust, die Krawatte gelockert, die Wangen leicht gerötet. Ein Lächeln breitete sich über sein Gesicht aus, langsam, wie eine Welle, die auf das Ufer zurollt, sein Blick blieb an mei-

182

nem hängen. Gute, gerade Zähne. Ein Grübchen am Kinn. McKays Cousin ersten Grades. Erstklassiger Stammbaum, unschlagbar. Ich spürte ein Kribbeln im Bauch, ein warmer Schauer lief mir über den Rücken.

Und hier sind wir nun und haben für unsere drei gemeinsamen Jahre so viel vorzuweisen. Die Hochzeitsbilder, die Penthouse-Wohnung, das Strandhaus, das Baby. Das Leben meiner Träume.

Blinzelnd schlage ich die Augen auf und lasse die Erinnerung hinter mir; an den Spitzen meiner Wimpern hängen Tränen. Ich sehe mich im Schlafzimmer nach Grant um, aber er ist nicht da. Ich werfe die Decke zurück und steige aus dem Bett. Mir ist schwindelig von dem Unbehagen, das ich nicht abschütteln kann. Ich rufe nach ihm, aber meine Stimme hallt durch die Wohnung und zu mir zurück. Der Widerhall klingt wie Gelächter.

Billie

2006

In den Aprilferien nimmt Grandma Catherine Cassie mit auf eine Reise nach Paris. In letzter Minute sagt Catherine, sie dürfe eine Freundin mitnehmen, und so fragt Cassie mich, ob ich mitkommen möchte. Mir fällt die Kinnlade herunter. Ich war erst einmal im Ausland, da war ich in der siebten Klasse, und Mom und ich sind zur Beerdigung meines Großvaters nach Vancouver geflogen.

Eigentlich wollte ich in den Aprilferien mit ein paar anderen aus unserer Stufe in das Haus von Ashtons Familie in den Catskills fahren. Als ich Ashton sage, dass sich meine Pläne geändert haben, sieht sie aus, als hätte ich ihr gerade eine Ohrfeige verpasst.

»Deine Prioritäten sind aus dem Lot, Billie.«

»Ash.« Ich fummle an meinen Haaren herum, ziehe eine gesplisste Spitze auseinander, sodass aus einem Haar zwei werden. »Es ist Paris.«

»Du und Cassie trefft euch nur noch zu zweit.«

Ich zucke mit den Schultern. Das kann ich nicht bestreiten.

»Ihr denkt, ihr wärt allen überlegen.«

»Ich denke das nicht, Ashton.«

»Tja, aber Cassie.«

Ich sage nichts. Das kann ich auch nicht bestreiten.

*Wir fliegen an einem Freitagabend nach Paris. Wir flie-
gen erster Klasse, das heißt, die Flugbegleiterinnen bringen
uns zusätzliche Snacks, und als es Zeit ist zu schlafen, lassen
sich unsere Sitze ganz nach unten klappen. Ich beobachte, wie
Grandma Catherine eine kleine blaue Pille mit Chardonnay
hinunterspült und dann augenblicklich in einen ohnmachts-
ähnlichen Schlaf fällt. Ihr Mund steht offen, sie schnarcht leise.*

*Von der Minute an, in der wir in Paris aufsetzen, fühlt sich
alles magisch an. Etwas Leichtes und Schwirrendes sprudelt
in meiner Brust, und es ist nicht nur die Erleichterung, Tausende von Meilen von Wade und der furchtbaren Realität meines Lebens in Red Hook entfernt zu sein. Es ist mehr als das.
Es kommt tief aus meinen Eingeweiden und ist schwindelerre-
gend. Der helle Rausch, an einem neuen Ort zu sein, der meinen Geist und alle meine Sinne weit öffnet. Ich habe mich noch
nie so lebendig gefühlt wie beim Flanieren auf den Straßen von
Paris.*

*Wir wohnen im Ritz im ersten Arrondissement. Cassie und
ich haben unser eigenes Zimmer mit Kingsize-Bett, Marmor-
kamin und einem Balkon mit Blick auf den Place Vendôme. Es
ist ein Traum. Ich kann nicht aufhören zu lachen. Cassie und
ich hüllen uns in die zueinander passenden Hotelbademäntel
und trinken auf dem Balkon Champagner. Wir sprechen mit
übertrieben französischem Akzent und werfen unsere Sekt-
flöten hoch, sodass kleine Tröpfchen goldenen Schaums vom
Himmel fallen.*

*Zum Frühstück essen wir frisch gebackene Croissants mit
Marmelade und machen dann endlose Spaziergänge durch
die Stadt. Grandma Catherine verbringt viel Zeit damit, zu
ruhen, also sind Cassie und ich meistens unter uns. Wir be-
sichtigen den Louvre und das Musée d'Orsay, wir schauen uns
Notre-Dame und den Arc de Triomphe an, wir schlendern
durch das Marais und Saint-Germain. Ein paar Franzosen*

bleiben stehen, um uns zu sagen, wir seien magnifique, *und obwohl ich geneigt bin zu glauben, dass sie damit Cassie meinen, sehen sie uns beide an, während sie ihre Hände in gespieltem, melodramatischem Herzschmerz auf die Brust pressen.*

Grandma Catherine verlässt das Hotel kaum, macht aber eine Ausnahme, damit sie mit uns einkaufen gehen kann. Sie hat Cassie eine besondere französische Tasche als vorgezogenes Geschenk zum Schulabschluss versprochen. Die Marke heißt Goyard, was ich nur weiß, weil Cassie nicht aufhört, davon zu reden. Als ich hinter ihnen das Kaufhaus betrete, in dem schicke Ledertaschen wie Museumsstücke hinter Glas ausgestellt sind, komme ich mir vor wie ein verirrtes Hündchen. Cassie sucht sich eine aus, die braun und beige ist und aussieht wie eine Küchenfliese. Verstohlen werfe ich einen Blick auf das Preisschild. Mir ist unbegreiflich, wie sie tausend Euro kosten kann, aber ich habe Cassie noch nie aufgedrehter erlebt als beim Verlassen des Ladens mit der brandneuen Tasche über der Schulter.

An unserem letzten Abend kraxeln Cassie und ich in der Abenddämmerung auf den Eiffelturm, überholen die langsameren Touristen und bleiben erst um Luft ringend stehen, als wir oben angekommen sind. Der Blick auf Paris und darüber hinaus ist majestätisch, glitzernd, weit; er macht mich sprachlos. Wir schweigen mehrere Minuten lang, während wir zusehen, wie die Sonne den Horizont in Brand steckt und die Stadt in ein weiches orangerotes Licht taucht.

Ich drehe mich zu Cassie um. »Liebst du Kyle noch?« *Ich bin mir nicht sicher, warum ich das jetzt frage, es ist zwei Jahre her, dass sie sich getrennt haben. Aber wir sind in der Stadt der Liebe – vielleicht will ich wissen, ob sie mich anlügen wird.*

Sie lacht, doch ich spüre, wie sie sich auf ein metaphorisches hohe Ross schwingt. »Meine Güte, Billie. Nein. Kyle ist ein verdammter Verlierer.«

Ich blinzle und schlucke meine Enttäuschung hinunter.

»Du weißt doch bestimmt, dass er auf ein staatliches College geht«, fügt sie hinzu.

»Deine Schwester geht auch auf ein staatliches College.«

»Meine Schwester ist peinlich.«

»Ich gehe wahrscheinlich auch auf ein staatliches College, Cassie.«

»Das stimmt nicht.« Da wendet sie sich mir zu, ihr Blick ist durchdringend.

»Und wenn doch?«, frage ich.

»Du gehst auf die Northeastern.«

Ich zupfe an der Nagelhaut meines Daumens herum, ziehe einen dünnen Streifen Haut ab. Darunter pulsiert Blut, rot und roh.

»Ich meine es ernst«, beharrt sie. »Du hast es dir verdient. Du hast dir deinen Platz dort verdient. Lass dir das von Wade nicht wegnehmen. Das ist deine Zukunft – dein ganzes verdammtes Leben.«

»Ich habe vielleicht keine Wahl.« Ich fühle mich hilflos, der Schmerz, den diese Realität auslöst, strömt in mich zurück. Ich umklammere das Geländer des Eiffelturms und wünschte, ich könnte für immer in Paris bleiben. Ich wünschte, Mom wäre nicht krank. Ich wünschte, alles wäre anders. »Es gibt nichts, was ich tun kann.«

»Es gibt immer etwas, das man tun kann.« Etwas Flackerndes, Dunkles huscht über ihr Gesicht, aber nur eine Sekunde lang, dann verzieht sich ihr Mund zu diesem breiten, üppigen Cassie-Lächeln, und sie greift nach meiner Hand. »Komm, Baby. Es ist unser letzter Abend in Paris. Lass uns einen Sidecar schlürfen, bevor wir mit Grandma Catherine abendessen gehen.«

Das ist die andere phänomenale Sache in Paris. Ich bin achtzehn, und obwohl Cassie es noch nicht ist, werden wir nie kontrolliert. Wir können trinken, wo und was wir wollen.

Nach unserer Rückkehr träume ich noch eine ganze Woche lang von Frankreich. Von dem Gebäck, dem Käse, dem Wein, der Kunst. Davon, mit Cassie lachend im Café an der Ecke zu sitzen, von der Leichtigkeit, an einem neuen Ort zu sein. An einem unkartierten Ort.

Ich bringe Mom eine Postkarte mit – ein Bild von der Seine mit dem Eiffelturm im Hintergrund –, aber sie erinnert sich nicht daran, wo ich gewesen bin, und scheint Paris nicht zu erkennen. Ihre Vergesslichkeit scheint ihr nicht mehr unangenehm zu sein wie damals, als ihr Kurzzeitgedächtnis anfing zu schwinden. Sie lächelt nur über die Postkarte und sagt, sie fände sie hübsch, dann tätschelt sie mir den Kopf wie ein Kind, das einen Hund streichelt. Daran erinnert sie mich jeden Tag mehr – an ein Kind.

Eines Nachmittags Ende des Monats komme ich von der Schule nach Hause und finde meine Mutter auf der Verandaschaukel, die Knie an die Brust gezogen, das Kinn darauf gestützt.

»Es ist kühl, Mom.« Ich reiche ihr eine Fleecedecke und wickle sie darin ein. Es hat geregnet, die Luft ist feucht und kalt. Der Frühling ist dieses Jahr ein Spielverderber.

Mom sieht zu mir auf, ihre karamellfarbenen Augen sind groß und unschuldig. Und in diesem Moment weiß ich es. Es trifft mich wie ein Schlag. Ich weiß es, bevor ihr die Worte über die Lippen kommen.

Sie blinzelt, und ihre Mundwinkel verziehen sich zu einem neugierigen Lächeln. »Wer bist du?«

Später an diesem Abend kommt Wade zu mir. Ich liege im Bett und blättere in der Mai-Ausgabe von Travel + Leisure, *die ich mir von dem Geld aus einer Rolle Münzen gekauft habe, die ich in Wades Truck gefunden habe. Ich lese diese Zeitschrift, seit Cassie und ich aus Paris zurück sind. Sie sagt, mich habe das Reisefieber gepackt.*

Wade setzt sich auf den Rand meiner Matratze, die unter seinem Gewicht quietscht und knarrt. Ich zucke zusammen, eine Gänsehaut läuft mir über den Rücken. »Raus hier.«

Er reibt sich die Schläfen und stößt einen langen Luftschwall aus. Atem, der nach eingelegten Zwiebeln und Budweiser riecht. »Wir müssen über deine Mutter sprechen.«

Ich denke an Mom, die am Ende des Flurs in ihrem Bett schläft und meinen Namen nicht kennt.

»Es wird immer schlimmer, Billie Jean.« Seine dunklen Augen sind fast schwarz, das Weiße um sie herum ist leicht blutunterlaufen.

»Ich weiß.« Ich kämpfe mit den Tränen. Ich will nicht, dass Wade mich weinen sieht.

»Es gibt ein Pflegeheim, das sie aufnehmen würde. Es ist nördlich von hier. Eine Stunde, zwanzig Minuten, wenn wenig Verkehr ist.«

»Nein.« Ich spüre, wie mir das Blut aus dem Gesicht weicht, kalte Panik erfüllt jede Zelle meines Körpers.

»Es ist eine Tragödie, Billie, aber wir können nicht einfach herumsitzen und zusehen, wie sie den letzten Rest Verstand verliert. Sie könnte sich verletzen. Sie braucht eine Vollzeitpflege.«

»Aber du hast doch gesagt ... du hast gesagt ... wir würden eine Pflegerin für sie einstellen.« Ich ersticke fast an meinen Worten, meine Augen füllen sich mit Tränen, ob ich will oder nicht. »Jemanden, der hier einzieht.«

Er lacht. Ein echtes, tiefes Lachen aus dem Bauch. »Du willst doch aufs College, oder?«

»Was?«

»Wir können uns keine Pflegekraft leisten. Die Kosten dafür sind astronomisch. Das kommt nicht in Frage.«

»Aber du hast doch gesagt ...«

»Es ist mir egal, was ich gesagt habe.«

»Wie viel würde es kosten?«

»Zu viel.«

»Sag mir eine Zahl.«

»Warum?«

»Sie ist meine Mutter, Wade. Sie ist siebenundvierzig. Du kannst sie nicht zusammen mit einem Haufen neunzigjähriger Windelträger in ein Pflegeheim stecken.«

»Ich kann machen, was ich will«, schnauzt er. »Es ist mein Geld.«

»Es ist ihr Geld.«

Er lacht erneut. »Sie ist meine Frau. Schon vergessen?«

Ich sage nichts. Heiße, dicke Tränen strömen mir übers Gesicht.

»Bitte schick sie nicht weg.« Ich kneife die Augen zusammen und stelle mir meine Mutter in einem Pflegeheim im Norden vor, umgeben vom süßlichen Geruch des Todes. Wie verängstigt sie in den Momenten wäre, in denen einzelne Erinnerungen wieder auftauchten. Wie sie darum kämpfen würde, sich zu erinnern, wie sie versuchen würde, an dem glitschigen Felsen ihres schrumpfenden Verstands hinaufzuklettern. Verwirrt. Verängstigt. Allein.

Wade streckt die Hand nach mir aus, die raue Oberfläche seines Zeigefingers wischt mir eine Träne von der Wange. Wie Sand auf der Haut.

»Bitte schick sie nicht weg«, hauche ich erneut. »Vergiss die Northeastern. Ich gehe auf ein staatliches College. Ich bleibe hier wohnen, und dann können wir uns eine Pflegekraft für Mom leisten. Bitte. Bitte.«

Wade schweigt ein paar Augenblicke lang. Dann kräuseln sich seine Lippen und bewegen sich auf mein Gesicht zu. »Das ist doch ein Anfang.« Er lässt seinen Finger über mein

Kinn gleiten, über meinen Hals, in die harte Grube über dem Schlüsselbein. Ich habe aufgehört zu atmen. Ich bin zu verängstigt, um mich zu rühren. Er beugt sich weiter vor. Sein fauliger Geruch kapert meine Atemwege. »Aber alles hat seinen Preis, Billie Jean.«

Seine Hand gleitet tiefer, schiebt sich in den V-Ausschnitt meines mit Schneeflocken bedruckten Pyjamaoberteils. Ich bin wie betäubt vor Angst, als er es aufknöpft und meine Brust umfasst. Er stöhnt.

»Warte.« Ich schrecke zurück. Plötzlich lichtet sich der Nebel meiner Panik – die Angst geht so weit zurück, dass ich rational denken kann, verhandeln. »Wenn ich das mache ... Bleibt Mom dann hier?«

Er nickt langsam. »Wir bleiben alle hier. Alle drei.« Er greift nach seinem Gürtel, und ich höre das Schnappen der Schnalle, das Ratschen des Reißverschlusses. »Keine Northeastern.«

»Okay. Aber es gibt eine Bedingung.«

»Ach ja? Und die wäre?« Dickbauchig und massig beugt er sich über mich, zieht amüsiert eine buschige Augenbraue hoch.

»Kein Sex. Kein Geschlechtsverkehr.«

»Geschlechtsverkehr.« Er gluckst, macht sich über mich lustig.

»Sonst gehe ich zur Polizei.«

»Wenn du zur Polizei gehst, steht dein Wort gegen meins. Außerdem bist du im März achtzehn geworden. Es ist legal.«

Ich schlucke, weil ich weiß, dass er auf irgendeine abgefuckt verkorkste Weise recht hat. Dass ich Mom nicht helfen kann, ohne ein Opfer zu bringen.

»Wir fangen langsam an«, knurrt er, sein Blick ist gierig, und er greift sich zwischen die Beine. »Zieh dich aus. Für den Moment will ich dich nur anschauen.«

 Billie

6. Oktober 2023
Sieben Tage zuvor

Bis auf mich ist der Friedhof leer. Der Himmel über mir ist von einem verwaschenen Grau, aus den aschfarbenen Wolken nieselt es leicht.

Ich bin froh, dass die Sonne nicht scheint. An dem Tag, an dem sie gestorben ist, hat sie das getan, strahlend, blendend hell und der Himmel so makellos blau, dass es mir wie Hohn vorkam.

Ich stülpe mir die Kapuze meiner Regenjacke über den Kopf und ziehe vor ihrem Grabstein die Knie an die Brust. *Lorraine Angela West.* Ich fahre mit den Fingern an den eingravierten Buchstaben des Namens meiner Mutter entlang. Ich kann nicht glauben, dass es heute schon sieben Jahre her ist.

Ich schließe die Augen und denke an sie. Glänzendes braunblondes Haar, so wie ich. Blasse, dermaßen glatte Haut, dass sie immer zehn Jahre jünger aussah. Die sanfte Art, mit der sie auf die Welt zuging, ihre leisen Töne, die Bereitschaft zu verzeihen. Manchmal wünschte ich, sie wäre stärker, kämpferischer gewesen, aber ich habe ihre treuherzige Seele geliebt.

Es gibt Momente, in denen ich immer noch nicht glauben kann, dass Mom nicht mehr da ist, dass sie die Welt so jung verlassen hat. Nach ihrem Tod habe ich mich einem Test unterzogen, um herauszufinden, ob ich ebenfalls die Genmutationen habe, die das Risiko einer frühzeitigen Alzheimer-Erkrankung erhöhen. Ich weiß noch, wie ich auf die Ergebnisse gewartet habe, wie groß die Angst war, die meinen Körper bis in die Fingerspitzen durchflutete. Aber als der Arzt mich anrief, hörte ich die Erleichterung in seiner Stimme. *Sie brauchen sich keine Sorgen zu machen, Billie.*

Ich öffne die Augen. Die Chrysanthemen, die ich mitgebracht habe, lehnen an dem silbernen Granitsockel. Mom hat Herbstblumen verabscheut. Wenigstens hatte der Laden sie in Weiß.

Sie ist auf einer Hügelkuppe begraben, unter einer hohen Eiche, deren Äste sich in so viele Richtungen ausbreiten, dass es aussieht, als würde sich der Baum strecken. Ich blicke über den Friedhof, dessen von Grabsteinen besprenkelte weite Rasenfläche weiter unten im Nebel verschwindet. Es hätte ihr hier gut gefallen.

Mein Handy vibriert in meiner Jackentasche. Ich ziehe es heraus und lese eine weitere Nachricht von Alex.

> Ich bin da, wenn du mich
> brauchst.

Ich erinnere mich an seine Worte heute Morgen, kurz bevor ich seine Wohnung verließ, um mit dem Uber zum Grand Central zu fahren. *Du musst nicht alles alleine überstehen, weißt du?*

Alex nutzt seinen freien Tag, um einige Dinge zu erledigen, aber er hat angeboten, alles zurückzustellen und mich zum Friedhof zu begleiten. Aber wie würde es sich anfühlen, wenn Alex hier wäre? Alex, der Mom nie kennengelernt hat, der sich nicht an den Gurkenduft ihrer Gesichtscreme erinnern kann oder daran, wie ihr beim Lachen immer Tränen in die Augen gestiegen sind. Cassie ist die Einzige, die jemals mit zum Grab gekommen ist und mir in diesen quälenden ersten Jahren die Hand gehalten hat, als es sich an Moms Todestag noch so anfühlte, als würde ich versuchen, ohne Sauerstoff zu leben.

Ich scrolle den Rest meiner Nachrichten durch. Jane hat sich gemeldet, Becca, Esme, und ich habe von meiner Tante Christine aus Vancouver gehört. Sogar Moms Mutter – meine sechsundneunzigjährige Großmutter – hat es geschafft, eine Sprachnachricht zu hinterlassen, dabei sieht sie so schlecht, dass sie kaum noch ihr Handy benutzen kann. Remy hat mir auch geschrieben – das tut er jedes Jahr, obwohl wir uns bereits getrennt hatten, als Mom gestorben ist.

Ich denke an dich, Bill, schreibt er.

Ich verschließe Remys Nachricht in meinem Herzen und bin dankbar, dass wir eine Möglichkeit gefunden haben, am Leben des jeweils anderen noch teilzuhaben, und sei es auch nur ganz am Rande. Unsere Liebesgeschichte war nicht umsonst.

Ich rufe wieder Alex' Nachricht auf. *Ich bin nicht allein,* möchte ich ihm sagen. Oder vielleicht bin ich es, aber es ist einfacher so.

Ich stehe auf und klopfe mir das Gras von der Rückseite meiner Jeans. Der Regen ist nun heftiger, prasselt gleichmäßig auf die feuchte Erde. Die Luft riecht frisch, duftet nach Moschus. Ich könnte noch herumspazieren – normalerweise tue ich das –, aber der Himmel bezieht sich mit dunkleren, dichteren Wolken. Ich öffne die Uber-App und bestelle mir einen Wagen zum Bahnhof. Ich kann genauso gut zurück in die Stadt fahren. Dann bin ich früher bei Alex, und wir können vor unserem Abendessen in der Gruppe noch Zeit miteinander verbringen.

Ich küsse Moms nassen Grabstein, flüstere, dass ich sie liebe, dass ich sie in mir trage. Mein Uber fährt vor – ein weißer Acura –, und als wir uns vom Friedhof entfernen, erlaube ich mir keinen Blick zurück.

Im Zug erhalte ich eine weitere Textbotschaft – eine aufmerksame Nachricht von meinem Cousin Dylan. Die einzige enge Freundin, von der ich nichts gehört habe, ist Cassie. Ich hasse es, dass ich mir dessen so deutlich bewusst bin, ebenso wie der Tatsache, dass sie sich letztes Jahr gemeldet hat. Dass sie ganz offensichtlich von mir fortstrebt, obwohl sie so tut, als wäre es nicht so, und dass ich nichts tun kann, um das zu verhindern. Ich schaue aus dem Fenster auf die vorüberfliegenden Bäume und Einkaufsstraßen. Cassie weiß besser als jeder andere, wie schmerzhaft dieser Tag für mich ist.

Mein Zug kommt erst um vier Uhr im Grand Central an, und nachdem ich bei mir zu Hause Wechselklamotten eingepackt habe und zu Alex gefahren bin, ist es halb sechs. Als ich durch die Tür komme, nimmt er mich einfach in den Arm, eine wortlose Liebkosung, die wenigstens einen kleinen Teil der Traurigkeit dieses Tages absorbiert.

»Mark hat einen Tisch bei Emily in Williamsburg reserviert. Ist es okay für dich, nach Brooklyn zu fahren?«

Ich nicke an seiner Brust.

»Ich habe so ein schlechtes Gewissen«, sagt er. »Wenn ich gewusst hätte, was für ein Tag heute ist, hätte ich diese Verabredung zum Abendessen nie getroffen.«

»Nein, nein. Ich freue mich darauf. Ich muss mich nur noch umziehen.«

»Wir haben erst um acht reserviert. Ich dachte, wir können mit dem L-Train rüberfahren und vorher noch etwas trinken gehen?« Alex' Augen werden weicher. »Ich möchte mehr über deine Mom erfahren.«

Ich blicke zu ihm auf. »Sie hätte dich gemocht.«

Er lächelt. »Möchtest du duschen? Ich hüpfe gleich rein.«

»Ich glaube, ich würde mich gern kurz hinlegen. War ein langer Tag.«

»Klar.« Er küsst mich auf die Stirn. »Mein Bett ist dein Bett.«

Während Alex duscht, kuschle ich mich in seine dicken Kissen und nehme mein Handy in die Hand. Mein Herz hüpft, als ich sehe, was da auf dem Display erscheint: eine Nachricht von Cassie. Endlich.

> Denke an dich und Lorraine. Wir
> werden sie immer vermissen.

Ich antworte sofort. Ich kann nicht anders. Von Cassie zu hören ist wie Medizin, die sofortige Erleichterung bringt und die Härten dieses Tages abpolstert. Sie ist der einzige Mensch in meinem Leben, der Mom kannte – sie *wirklich* kannte. Vorher.

> Danke, das bedeutet mir
> viel. Wie geht es dir? Hast
> du deine Meinung über
> deinen Geburtstag nächstes
> Wochenende geändert?

In dem Jahr, in dem Mom starb, wollte Cassie ihren Geburtstag nicht feiern, aber ich bestand darauf. Also fuhren wir mit der Subway nach Coney Island, tranken Wodka mit Fresca aus Trinkflaschen, aßen Hot Dogs von Nathan's und fuhren so oft mit der Cyclone-Achterbahn, dass wir beide am Ende an den Strand kotzten. Lachend und weinend zugleich.

Cassies Antwort kommt dreißig Sekunden später.

Nein, ich werde es dieses Jahr
einfach ruhig angehen lassen.
Essen bestellen und mit Grant
auf dem Sofa Succession
schauen!

Ich schicke ein Daumen-hoch-Emoji. Ich weiß nicht, ob ich
ihr das abnehme. Cassie feiert ihren Geburtstag *immer* – sogar letztes Jahr, als sie im ersten Trimester der Schwangerschaft war und unter Morgenübelkeit litt, hat sie zu einem
Abendessen bei Bobo eingeladen. Aber es gibt nicht mehr
dazu zu sagen. Unser Austausch ist in einer Sackgasse angelangt. Ich komme mir vor wie ein Idiot, weil ich das Thema
überhaupt noch einmal aufgebracht habe.

Zum ersten Mal an diesem Tag öffne ich Instagram und
schaue mir Cassies Storys an, während ich darauf warte, dass
Alex aus der Dusche kommt.

Da sitzt sie auf dem Rücksitz eines Taxis und trägt eine
übergroße Sonnenbrille, die trendy und teuer aussieht. Das
klobige Gestell ist von einem satten Olivgrün.

Wie üblich plappert sie in die Kamera, als würde sie mit
einer Freundin plaudern, und ich frage mich plötzlich, was
wohl der Taxifahrer denkt. Vielleicht nimmt er an, dass sie
über FaceTime telefoniert. Oder vielleicht bemerkt er es auch
gar nicht.

Cassie lässt sich über ihren Vormittag aus und schwärmt
von dem fabelhaften Brunch, den sie im Sadelle's bekommen
hat – »Wenn ihr im Sadelle's nicht den Bagel mit Lachs bestellt, was macht ihr dann da überhaupt?«. Sie schwärmt von
den fabelhaften Balmain-Stiefeln, die sie bei Intermix gefunden hat – »Diese dicken Gummisohlen werden wir auf jeden
Fall bei Cassidy Adler anbieten« – und von der fabelhaften
Mütze, die sie für Ella bei Bonpoint gekauft hat – »Sie wird

aussehen wie ein kleines Sahnetörtchen, Leute, ich kann nicht mehr«.

Fabelhaft, fabelhaft, fabelhaft.

Ich merke nicht einmal, dass Alex aus der Dusche gekommen ist, bis ich höre, wie die Schubladen der Kommode neben dem Bett aufgezogen werden.

Über meine Schulter wirft er einen Blick auf meinen Bildschirm. »Wer ist das?«

Sofort schließe ich Instagram und lege mein Handy mit dem Display nach unten auf die Bettdecke. »Niemand. Nur irgendwas Bescheuertes auf TikTok.«

»Ach so.«

Ich sehe zu, wie er sich Boxershorts überstreift, seine saubere Haut verströmt den frischen Duft von Irish Spring. Ich strecke die Hand nach ihm aus. »Komm her.«

Er setzt sich auf die Bettkante und beugt sich herunter, um mich zu küssen, eine feuchte Haarsträhne kitzelt meine Nase. Als er sich wieder aufrichtet, umspielt ein Grinsen seine Lippen. »Ich habe mir unter der Dusche etwas überlegt.«

»Ach ja?«

»Ich habe mir überlegt, wenn wir uns heute Abend zum Essen treffen, würde ich dich gerne als meine Freundin vorstellen.«

Die Luft in seinem Schlafzimmer scheint plötzlich stillzustehen. Es ist einer dieser Augenblicke, die vom Ton her perfekt sind, vollkommen natürlich, nichts daran ist kitschig oder gekünstelt.

Alex blinzelt auf mich herab, die grünen Flecken in seinen Augen leuchten wie kleine Smaragde. Seine Wangen sind leicht gerötet, und ich fühle mich so sehr von ihm angezogen, dass sich Hitze um meine Oberschenkel windet und ich den Drang verspüre, etwas untypisch Mädchenhaftes zu tun, wie zum Beispiel laut aufzukreischen.

»Was meinst du, Billie?«

Mein Lächeln reicht von einem Ohr zum anderen, als ich nicke und ihn an mich ziehe. Ich weiß, dass ich mit dem Herzen und nicht mit dem Kopf antworte und dass es danach kein Zurück mehr geben wird. In diesem Augenblick macht es mir nichts aus, nicht zu wissen, ob alles gut ausgeht oder nicht.

Cassie

13. Oktober 2023
Der Tag selbst

McKay reicht mir einen Tequila. Zwei Finger breit goldene Flüssigkeit in einem klaren Becher. Ich schnuppere am Rand und bin überzeugt, dass sie mich zum Würgen bringen wird. In sechs Stunden werde ich fünfunddreißig Jahre alt sein.

»Einen Doppelten für das Geburtstagskind«, ruft sie in lautem Singsang und hebt ihr Glas. Das erinnert mich an die zwanzigjährige McKay auf den Kappa-Sig-Partys. Wie sie sich im kurzen Kleid den Schnaps hinter die Binde gekippt hat und ihre Haut von den ständigen Familienurlauben in St. Barts permanent gebräunt war und wie die Burschenschaftler bei ihrem Anblick vor Gier gesabbert haben. Wie *ich* bei ihrem Anblick gesabbert habe; ich wollte so unbedingt zu ihrem engeren Freundeskreis gehören. Ich wünschte mir so sehr, die unsichtbare Barriere durchbrechen zu können, die das verhinderte.

Und jetzt seht uns an.

Der Tequila brennt die Speiseröhre hinunter, sauer und stechend, löst umgehend einen Rausch in meinem Kopf aus.

»Scheiße.« Ich lache. »Ich kann doch nicht schon betrunken sein, bevor die Leute kommen.«

»Du kannst machen, was du willst.« McKay lächelt. Ich bewundere sie für ihre unbekümmerte *Mir-doch-egal*-Einstellung zum Leben. »Und du hast gerade abgepumpt, also hast du für die Nacht ausgesorgt.« Sie lehnt am Küchentresen, ihr elfenbeinfarbenes Crêpe-Top ist verrutscht und gibt den Blick auf ein nicht vorhandenes Dekolleté frei. McKay hat eine flache Brust, es sei denn, sie ist schwanger – deswegen sieht sie in allen Klamotten phänomenal aus. Sie nuckelt an einer Limettenscheibe und wirft sie dann in die Spüle. »Hat Grant gesagt, wie viele Leute kommen?«

»Fünfzig, glaube ich.«

»Perfekt.« Sie blinzelt und legt den Kopf zur Seite. »Ich mag übrigens dein Kleid.«

Ich streiche über die schwarze Seide, die sich an meinen Körper schmiegt, ein Neuzugang im Laden. »Danke. Du weißt ja, ich habe eine Schwäche für hübsche Slip-Dresses.«

Im Wohnzimmer ist die behelfsmäßige Bar gut bestückt und einsatzbereit. Grant hat zwei Barkeeper und mehrere Kellner von unserem Lieblingscaterer in Gramercy angeheuert. Lourdes ist für Ella zuständig.

»Was darf ich Ihnen anbieten?«, fragt der Barkeeper.

Er ist süß – blondes Surferhaar, neckisches Lächeln –, die Sorte Mann, mit der ich nach Hause gegangen wäre, als ich in meinen Zwanzigern war.

»Zwei Wodka-Martinis. Grey Goose. Extra stark.« McKay stößt mich mit der Hüfte an.

»Geschüttelt?« Der nette Barkeeper zwinkert.

»Nicht gerührt.« McKay zwinkert zurück. Sie ist Tom bedingungslos ergeben, flirtet aber immer wie zu Studentinnenverbindungszeiten.

Wir schlendern hinaus auf die Terrasse, um unsere Martinis zu trinken, bevor die Gäste eintreffen. Die Sonne steht tief am Himmel, versteckt sich hinter den Wolkenkratzern in der

Ferne. Der Gramercy Park sieht aus wie ein Gemälde, selbst in dem schwachen Licht lodert das Laub, die Bäume sind in impressionistisches Gelb und Braunorange getaucht.

»Herbst.« McKay seufzt. »Ich weiß nicht, ob ich dafür schon bereit bin. Es bedeutet nur, dass der Winter vor der Tür steht.«

Ich stütze die Ellbogen auf das Geländer und genieße unsere unschlagbare Aussicht. »Winter bedeutet St. Barts, Mick.«

»*Stimmt.* Ihr kommt doch dieses Jahr zu Thanksgiving, oder?«

McKay und Grant haben als Kinder alle Ferien in der Villa ihres Großvaters in St. Barts verbracht. Als er starb, ging das Haus an Grants Vater Jamie, McKays Vater Everett und deren jüngere Schwester Cecilia. Die Familie verbringt die Winterferien immer noch auf der Insel, was bedeutet, dass McKay und ich uns an den meisten Thanksgivings und den meisten Weihnachtstagen sehen, außer, sie ist bei Toms Eltern. Seit ich Grant kenne, habe ich keinen Feiertag mehr mit meiner eigenen Familie verbracht.

»Das ist der Plan.« Ich nippe an meinem Martini und stelle mir das klare türkisfarbene Wasser und die weißen Strände mit ihrem butterweichen Sand vor. »Oh Gott, ich kann es kaum erwarten.«

Mein Telefon klingelt auf dem Teakholztisch vor dem Sofa. Ich balanciere meinen Martini auf dem Geländer und greife danach.

»Mist.«

McKay schaut mir über die Schulter und liest die Nachricht von Billie, die gerade auf dem Bildschirm erschienen ist.

Alles Gute zum (fast)
Geburtstag, Cass! Ich habe dich
lieb und hoffe, du hast morgen
einen entspannten Tag mit
Grant und Ella. Du hast es dir
verdient!

»Mein Gott. Kann sie dich nicht in Ruhe lassen?«

Ich kaue auf meiner Unterlippe, und in meinem Brustkorb macht sich Unmut breit.

»Billie hat einen komischen Fimmel, wenn es um meinen Geburtstag geht.« Ich schüttle den Kopf. »Als ob sie davon besessen wäre, nur weil wir das als Kinder mal waren. Es kommt mir vor, als müsste sie mir beweisen, dass mein Geburtstag ihr wichtiger ist als allen anderen, als würde das dann irgendwie bedeuten, dass wir immer noch beste Freundinnen sind.«

»Armselig.« McKay trinkt den letzten Schluck ihres Martinis und steckt sich die Olive in den Mund. »Wird sie ausflippen, weil du sie nicht eingeladen hast?«

Ich lache, und meine Frustration wird von einem plötzlichen Tequila-Wodka-induzierten Schwindelgefühl abgelöst, unter dessen Einfluss ich begreife: Es ist mir völlig egal.

»Das ist mir völlig egal!«, rufe ich, breite die Arme aus und verschütte meinen Drink. Ein paar Spritzer landen auf dem Boden der Terrasse und verfehlen nur knapp meine pinkfarbenen Jimmy-Choo-Pumps.

»Das ist mein Mädchen.« McKay schwenkt ihr leeres Glas und bedeutet mir damit, dass es Zeit ist, uns nachschenken zu lassen. »Ich hole mir noch einen, bevor an der Bar Gedränge ist. Gib mir dein Glas auch mit.«

Aus den Lautsprechern hallt ein Song von Van Morrison. Ich wiege mich zu dem vertrauten Beat, während ich darauf warte, dass McKay mit unseren Getränken zurückkommt. Die Sonne klebt jetzt am Horizont, magentarotes Licht wirbelt über den kobaltblauen Himmel. Ich fühle mich schwindelig und frei, betrunken und glücklich, und ich bin dankbar für diese Ungehemmtheit, die sich eine stillende Mutter so selten leisten kann. Und was noch besser ist, birchballer6 ist mir egal. Es ist mir egal, was damals passiert ist, ob es falsch war oder ob außer Billie jemand die Wahrheit kennt. Zum ersten Mal seit Wochen erreicht die Angst mich nicht.

Grant findet mich auf der Terrasse, wo ich zu »Days Like This« tanze.

When all the parts of the puzzle start to look like they fit
Then I must remember, there'll be days like this

»Unser Hochzeitssong.« Er zwinkert, und sein Grinsen hat etwas Anzügliches, das mir verrät, dass er mehr als nur einen Scotch getrunken hat. Alles an Grant wird lockerer, wenn er trinkt; er verwandelt sich wieder in den schelmischen Verbindungsstudenten aus meiner Fantasie, der mir im College begegnet wäre, wenn wir uns damals über den Weg gelaufen wären.

»Komm.« Er ergreift meine Hand und wirbelt mich herum, dann lässt er mich unter seinem Arm hindurchtauchen und legt mir die Hand auf den unteren Rücken, so wie er es bei unserem ersten Tanz getan hat. Ich werfe den Kopf in den Nacken und lache, verliere mich zur Abwechslung mal ganz im Moment. Grant ist ein großartiger Tänzer – selbstbewusst und spontan, aber immer beherrscht. Ich fühle mich nie mehr zu ihm hingezogen als beim Tanzen.

Er hebt mich hoch und dreht sich mit mir im Kreis, dann lässt er mich an seinem Körper hinuntergleiten, seine Hände streifen meine Hüften. Er sieht gut aus mit seinem gebügelten

Hemd und dem offenen Kragen, dem frisch rasierten Gesicht, dem vom Tanzen ein wenig zerzausten Haar.

»Dieses Kleid ist so sexy. Meine Frau ist so sexy.« Er umfasst meinen Hintern, drückt seine Lippen auf die empfindliche Stelle unterhalb meines Ohrs, und Gänsehaut läuft meinen Hals hinunter.

»Lass uns heute Nacht ficken«, flüstere ich in seinen Kragen.

Langsam breitet sich ein Grinsen auf seinem Gesicht aus. »Ich liebe dich.«

»Ich liebe dich auch.«

»Hey.« Er sieht zur Seite, und ich ahne, wie sich die Rädchen in seinem Kopf drehen, während er versucht, sich an den Grund zu erinnern, warum er mich suchen gekommen ist. »Lourdes ist gerade gegangen. Ich habe ihr den Lohn für die Woche bezahlt.«

Ich löse mich von ihm. »Warte, sie *ist gegangen*? Sie muss heute Nacht hierbleiben, wir brauchen sie.«

»Ich weiß.«

»Wo ist Ella?«

»Meine Mom gibt ihr drinnen ihr Fläschchen. Sie ist gerade gekommen.«

»Grant, du hast gesagt, du kümmerst dich um alles …«

»Ich habe es vergessen, okay?« Er reibt sich die Stirn. »Bei der Arbeit ist es die ganze Woche verrückt zugegangen, und ich habe vergessen, Lourdes vorher zu fragen, ob sie länger bleiben kann. Und sie kann nicht – eines ihrer Kinder hat eine Aufführung oder so etwas. Sie musste los.«

Ich greife nach Grants Handgelenk und zerre mir seine Uhr vors Gesicht. »Es ist noch nicht mal sieben. Ella geht erst in zwei Stunden schlafen. Wir haben ihre Schlafenszeit nach hinten verschoben, weißt du noch?«

»Ich weiß. Ich habe es vermasselt. Es tut mir leid, Cass.« Er sieht mir in die Augen, und ich sehe die Erschöpfung und den Stress, die sich in den tiefen Fältchen um seine Augenpartie verstecken. Es lohnt sich nicht, deswegen Streit anzufangen. Nicht heute Abend.

»Schon gut. Es war eine Menge los.« Ich werfe einen Blick in die Wohnung. Ein paar weitere Gäste sind eingetroffen. Ich sehe Ava und Ned, die sich mit Lisette unterhalten, meiner alten Kollegin von Intermix. Ich drehe mich wieder zu Grant um und schenke ihm ein anerkennendes Lächeln. »Und du hast das alles geplant.«

»Hör mal, ich mache mir keine Sorgen. Wir legen Ella mit ihrem Schnuller und dem Knisterspielzeug, das sie so gerne mag, in den Kinderwagen. Sie wird sich im Wohnzimmer wohlfühlen, vielleicht sogar auf der Terrasse. Es ist ein schöner Abend.«

Ich presse die Lippen aufeinander und versuche nachzudenken. »Drinnen könnte es ihr zu viel werden. Es kommen fünfzig Leute.«

Grant nickt. »Ich glaube, auf der Terrasse ist es am besten. Hier ist es ruhiger, es sind nicht so viele Leute da, und wir stellen die Außenlautsprecher leiser.«

Ich schaue mich auf der Terrasse um. Sie ist groß, führt um die Ecke des Gebäudes herum und erstreckt sich über die gesamte Länge unserer Wohnung. Und sie ist abgeschottet. Sie ist sicher. Das war ein wichtiges Kaufargument für die Wohnung.

Aus Van Morrison wird »22« von Taylor Swift, und ich lächle. Ich mag an der Schwelle zur Lebensmitte stehen, aber ich würde um kein Geld der Welt meine Zwanziger noch einmal erleben wollen.

»Okay.« Ich blinzle zu Grant auf. »Aber *du* musst hier draußen bleiben und einen Blick auf sie haben. Heute ist mein Geburtstag. Ich habe keinen Dienst.«

»Abgemacht. Du entspannst dich einfach und hast Spaß. Ich habe das hier im Griff. Bevor sie schlafen geht, gebe ich ihr die Milch, die du vorhin abgepumpt hast.« Er beugt sich herunter und küsst mich. Er schmeckt nach rauchigem Scotch.

»Und du holst mich, bevor du sie schlafen legst? Du weißt ja, dass ich ihr immer gute Nacht sagen muss.«

»Natürlich, Babe.«

»Okay.« Ich nehme mein Handy vom Tisch. »Wir machen ein Selfie vor diesem irrsinnigen Sonnenuntergang, und ich will kein Wort des Widerspruchs hören.«

Grant gluckst. »Ich habe vergessen, wie herrisch die betrunkene Cassie ist.«

Ich grinse. »Ich bin nicht betrunken.«

Er drückt seine Wange an meine, während ich mein Handy horizontal halte und den Arm vor uns ausstrecke.

»Lügnerin«, flüstert er und dreht dann, gerade als ich das Foto mache, den Kopf und gibt mir einen Kuss auf die Wange. Es ist ein perfektes Selfie – der zuckerwatteartige Himmel und dazu ein Augenblick der echten Liebe zwischen Mann und Frau.

Als Grant wieder hineingeht, poste ich das Bild in meiner Story. Ich denke nicht einmal darüber nach, was ich als Bildunterschrift schreiben soll, da fällt es mir schon ein.

Wenn die Sonne schon hinter der ersten Hälfte meiner Dreißiger untergehen muss, dann bin ich froh, dass sie dabei so aussieht. Lasset die Feierlichkeiten beginnen!

Billie

Cassie findet den Brief an die SUNY New Paltz auf meinem Schreibtisch. Derjenige, mit dem ich die Universität darüber in Kenntnis setze, dass ich ihr Studienplatzangebot annehme.

»Was zum Teufel?« Sie greift nach ihm und hält ihn mir vor die Nase.

Mein Inneres verkrampft sich. Ich habe mir noch nicht überlegt, was ich Cassie sagen soll.

»Billie?«, hakt sie nach. »Was ist mit der Northeastern?«

Ich zucke mit den Schultern. »Ich habe keine Wahl. New Paltz lässt mich umsonst studieren. Die Northeastern können wir uns nicht leisten.«

»Seit wann? Du kriegst auch dort ein Teilstipendium.«

»Es reicht nicht.«

»Aber deine Mom hat einen College-Fonds angespart.«

»Wie ich schon sagte, es reicht nicht.« Ich weiß, dass ich kurz angebunden bin, aber ich bin nicht in der Stimmung für diese Fragen.

»Warum bist du so schnippisch und komisch?« Cassie legt den Brief auf meinem Bett ab. »Was läuft hier?« Sie lässt mich nicht aus den Augen.

»Cassie! Hör einfach auf.«

»Womit soll ich aufhören?« Sie steht da, die Arme seitlich

ausgebreitet. Ich betrachte sie – ihr schlanker Körper sieht in den dunklen Jeans und dem gebügelten weißen T-Shirt perfekt aus, das lange, glänzende Haar fällt ihr über die Schultern. Sie benutzt das Glätteisen jetzt fast täglich. Sie und ihr Tiffany-Armband werden in Harvard voll ins Bild passen, keine Frage. Dann kann sie diese sechs grusligen Jahre an einer staatlichen Schule in Dutchess County vergessen, so tun, als hätte es sie nie gegeben. Wut kocht in mir hoch.

»Nicht alle haben eine reiche Großmutter, die ihnen einen Platz an einem Ivy-League-College kaufen kann«, fauche ich. »Nicht jeder bekommt so eine Zukunft geschenkt.« Ich beobachte, wie meine Worte bei ihr ankommen. Cassies Miene wirkt kurzzeitig verwundet, dann wird sie finster.

»Du kannst mich mal, Billie.« Sie schnappt sich ihren Kapuzenpulli von der Lehne meines Schreibtischstuhls und schwingt sich ihren Rucksack über die Schulter. Bevor sie aus meinem Schlafzimmer stürmt, dreht sie sich noch einmal um und sieht mich aus zusammengekniffenen Augen an. »Das hast du nicht nötig.«

Wir haben uns schon öfter gestritten, aber das waren bloß Zankereien, wie zum Beispiel, als sie sich meine True-Religion-Jeans ausgeliehen und am Knie zerrissen hat, oder als ich Maras saure Fruchtgummis aufgegessen habe und Cassie dafür den Ärger bekam.

Aber das hier fühlt sich ernst an. Die Gehässigkeit, die sich kurz zuvor noch befriedigend angefühlt hat, hinterlässt ein Loch in meinem Magen.

Im Mai schlägt das Wetter endlich um, der anhaltende Winter und seine Kälte werden von warmer Luft und blassen Sonnenstrahlen vertrieben. Cassie verbringt den letzten Monat unseres letzten Highschool-Jahrs damit, mir aus dem Weg zu gehen. Beim Mittagessen setzt sie sich zu Ashton und Maureen und deren Clique, und ich knabbere auf dem Parkplatz hinter der Cafeteria Ritz-Cracker. Ich habe keinen Appetit mehr, seitdem Wade und ich unser nächtliches Ritual begonnen haben, bei dem ich mich mit ihm im Keller treffen muss, nachdem Mom eingeschlafen ist.

Ich denke an die Opfer sexueller Gewalt auf der ganzen Welt und versuche, mir vor Augen zu halten, dass es auch schlimmer sein könnte. Die meiste Zeit berührt Wade sich nur selbst, während ich nackt auf der schmuddeligen Ledercouch liege. Wenn ich Glück habe, kneife ich die Augen zusammen, und er ist in unter zehn Minuten fertig. Wenn ich Pech habe, befiehlt er mir, sie offen zu halten und zuzusehen. Wenn ich wirklich Pech habe, legt er seine Hände auf mich und betastet Teile meines Körpers, die niemand zuvor berührt hat.

Wenn ich danach schlaflos und zitternd im Bett liege, sage ich mir, dass ich mir Hilfe holen werde. Dass ich keinen weiteren Tag damit warten werde. Ich schwöre mir, es meinem Vater oder Cassie oder meiner Tante oder einer Sozialarbeiterin in der Schule zu sagen, aber im Morgenlicht gerät meine Überzeugung ins Wanken. Ich denke an Mom, und ich kann es nicht tun. Selbst wenn sie mir glauben würden, ich bin volljährig. Für die Handlungen, auf die ich mich einlasse, trage ich die Verantwortung. Es ist nicht so, dass man Anzeige erstatten könnte. Wade wird nichts passieren, er wird lediglich erfahren, dass ich ihn verpfiffen habe. Er wird Mom ins Pflegeheim stecken, und alles wird umsonst gewesen sein.

Zwei Wochen vor meinem Highschool-Abschluss fängt Pflegerin Sandra bei uns an. Sie ist groß für eine Frau – beinahe eins achtzig, dem Aussehen nach –, hat krauses silbernes Haar und ein freundliches Lächeln. Mom scheint sie zu mögen. Aber anders als Wade versprochen hat, zieht sie nicht bei uns ein, und ich lege Protest ein.

»Sie ist vierzehn Stunden am Tag im Haus«, entgegnet er an diesem Abend im Keller. Er öffnet den Reißverschluss seiner Jeans, und sein fetter Bauch wabbelt über seinen Beinen. »Sieben bis neun, das ist der Standard für Vollzeitpflege. Sie könnte genauso gut hier wohnen.«

Ich sage nichts, aber ich kenne die Wahrheit. Wade will nachts niemanden hierhaben. Er braucht die ungestörte Finsternis in einem fast leeren Haus, um zu tun, was ihm gefällt, und er braucht mich ganz für sich allein.

Am letzten Montag auf der Highschool trifft Cassie mich beim Mittagessen draußen an. Ich sitze an die Backsteinfassade der Schule gelehnt da und nage an einem Müsliriegel, der nach Pappe schmeckt.

»Du siehst beschissen aus«, sagt sie. »Als hättest du seit einem Monat nicht mehr geschlafen.«

Etwas Krankes in mir bringt mich dazu, über die Wahrheit zu lachen. »Ja. Habe ich auch nicht.«

»Was?« Cassie verschränkt die Arme und sieht mich komisch an. Ich habe sie so vermisst. Ich schließe die Augen, und trotzdem bahnt sich eine Träne den Weg hinaus.

»Billie. Was ist los mit dir?« Sie macht einen Schritt auf mich zu.

Ich drücke meine Zeigefinger auf die inneren Augenwinkel, in denen Dutzende von schlaflosen Nächten brennen. »Es tut mir so leid, was ich zu dir wegen Harvard gesagt habe. Das war fies.«

Sie zuckt mit den Schultern. »Vielleicht hattest du recht. Vielleicht hat es deshalb einen Nerv getroffen.«

»Ich hatte nicht recht.«

»Billie.« Cassie seufzt, und als ihre großen blauen Augen meinen begegnen, sind sie randvoll mit Sorge. »Du würdest mir doch sagen, wenn etwas nicht stimmt, oder?«

Dann läutet es, der Klang schallt durch die offenen Fenster. Die Mittagspause ist vorbei.

Ich nicke und schlucke meine Tränen hinunter, stehe auf

und klopfe mir hinten den Kies von der Hose. Ich wende den Blick ab. Ich bringe es nicht über mich, sie anzusehen. »Ich muss jetzt zu Englisch. Wir bekommen unsere Abschlussarbeiten zurück. Ich … Ich vermisse dich, Cass. Es tut mir wirklich leid.«

»Ich vermisse dich auch.« *Ich spüre, wie mir ihr Blick folgt, als ich im Gebäude verschwinde.* »Bye, Baby«, *ruft sie mir hinterher.*

Als ich von der Schule nach Hause komme, finde ich Mom im Garten vor. Sie sitzt im Schneidersitz auf einer rot karierten Picknickdecke vor Sandra, die ihr die Haare flicht.

Mom sieht zu mir auf. »Hey.« *Sie blinzelt in die Sonne.* »Du bist hübsch. Wer bist du?«

Jedes Mal, wenn meine Mom mich nicht erkennt, wünsche ich mir, ich wäre tot. Ich spüre, dass Sandra mich ansieht, aber ich wende den Blick ab. Wenn ich das Mitleid in ihren Augen sehe, breche ich zusammen.

Nach dem Abendessen sage ich Wade, dass ich bei einer Freundin übernachte. Das ist natürlich eine Lüge, aber ich kann den Gedanken an eine weitere Session im Keller nicht ertragen. Ich brauche einen freien Abend. Der Plan ist, Moms Auto zu nehmen, mir irgendwo einen Parkplatz zu suchen und auf dem Rücksitz zu schlafen.

Wade trinkt von seinem Budweiser und stößt einen kleinen Rülpser aus. Als er vom Fernseher aufblickt, hat er Schaum auf den Lippen, sein Blick trifft meinen, seiner ist gierig. »Du bleibst hier.« *Seine Stimme ist rau, tief. Er streicht sich mit der Hand über den Kopf, das Deckenlicht spiegelt sich auf seiner kahlen Stelle.* »Komm mir nicht quer, Billie Jean.«

Zwei Stunden später sind wir im Keller, und Wade sagt mir, dass ich meine Sachen anlassen kann. Er setzt sich neben mich auf die Couch und beginnt mir übers Haar zu streicheln. Sein Atem riecht nach dem Thunfischauflauf, den Sandra zum Abendessen gemacht hat.

»Du bist ein liebes Mädchen, oder? Willst du was Nettes für mich machen?« Wade nimmt meine Hand und schiebt sie unter den Kordelzug seiner Jogginghose. Es ist das erste Mal, dass ich ihn berühren muss.

»Fass ihn an«, befiehlt er.

Ich greife nach unten, meine Finger schieben sich durch drahtiges Haar, gleiten über sein Fleisch, dann umschließe ich ihn. Er ist fest, aber gummiartig. Galle schießt mir in den Hals.

»Jetzt beweg die Hand auf und ab.«

Als ich es tue, stöhnt er. »Schneller«, fordert er keuchend.

Irgendwann greift Wade nach seinem Hosenbund und reißt sich die Hose ganz herunter. Sie fällt ihm auf die Knöchel, und sein Schwanz schnellt empor bis zu seinem Bauchnabel. »Jetzt geh auf die Knie und lutsch ihn.«

»Nein.« Unwillkürlich schießen mir Tränen in die Augen, kalte Panik breitet sich hinter meinen Rippen aus.

»Sei keine Zicke.« Er spreizt die Beine noch weiter, und ich sehe eine dunkle Linie von Haaren an seiner Ritze. Ich weiß, wenn ich ihn in den Mund nehme, werde ich mich davon nie mehr erholen.

»Willst du, dass ich Sandra morgen feuere? Mit deiner Mom nach Upstate fahre?« Er legt die Hände auf meine Schultern und drückt mich nach unten.

Ich schließe die Augen. Ich denke an Paris.

Als ich am nächsten Morgen zur Schule gehe, wartet Cassie unten an der Einfahrt auf mich. Sie steht neben dem Briefkasten, trägt eine abgeschnittene Jeans und hält eine Papiertüte von The Bagel Shoppe in der Hand.

»Ich dachte, du möchtest vielleicht frühstücken.« Sie hält mir die Tüte hin. Ein Waffenstillstand. Mit den Augen sucht sie meinen Blick.

Ich öffne den Mund, um zu sprechen, aber ich bekomme keinen Ton heraus. Nur Tränen, die plötzlich aus mir hervorbrechen und mir wie ein salziger Fluss übers Gesicht laufen.

»Es ist Wade, oder? Er hat etwas getan, oder?« Sie beißt die Zähne zusammen. »Billie! Du musst es mir sagen.«

Ich sage nichts, nicke bloß und lasse mich von Cassie auffangen. Ich schluchze am sicheren, vertrauten Herzschlag meiner besten Freundin.

Billie

13. Oktober 2023
Der Tag selbst

»Fühlst du dich anders?«, fragt Jane und zieht eine ihrer Augenbrauen hoch. Wir bringen uns wie oft am Freitagmorgen bei Cronuts und Cappuccino im Dominique Ansel auf den neuesten Stand. Ich habe sie seit zwei Wochen nicht mehr gesehen, was bei uns selten vorkommt, aber sie war mit dem Umzug beschäftigt, und ich habe mit Alex im siebten Himmel geschwebt. Die letzte Nacht war die erste, die wir getrennt verbracht haben, seit er mich gefragt hat, ob wir offiziell ein Paar sein wollen. Ich vermisse ihn schon jetzt.

»Anders?« Ich nehme einen Bissen von meinem Cronut – halb Croissant, halb Donut –, süß, buttrig und himmlisch auf meiner Zunge.

»Du weißt schon, als Teil eines Pärchens und so.«

Ich zucke mit den Schultern. »Es läuft gut, aber es ist ja noch ganz neu.«

»Es ist *aufregend*, Billie. Du darfst deswegen aufgeregt sein, weißt du?« Jane nippt an ihrem Kaffee.

»Ich bin aufgeregt. Aber ich will nichts überstürzen.« Ich starre in meinen Becher, in dem sich der Schaum im milchigen Espresso auflöst. Dann blicke ich auf und tippe mit dem Zeigefinger auf meinen Laptop. »Genug über mein Liebesleben. Können wir mal kurz über die Arbeit reden? Da ist etwas, das ich mit dir besprechen möchte.«

Jane verschränkt die Hände auf dem Tisch. »Was denn?«

Ich atme tief ein und bin plötzlich nervös. Was ich jetzt sagen will, geht mir schon eine ganze Weile durch den Kopf, aber ich habe es noch nie laut ausgesprochen – niemandem gegenüber –, bis ich es neulich Abend Alex erzählte. Er fand es genial.

»Billie?«, hakt Jane nach.

»Also.« Ich atme aus. »Wir buchen Luxusurlaube für die oberen Zehntausend.«

Sie nickt. »Das tun wir.«

»Und ich liebe meinen Job – nein, ich bin *besessen* von meinem Job. Du hast ein grandioses Unternehmen aufgebaut, Jane. Das hast du wirklich.«

»Warte.« Sie hebt die Handflächen. »Du willst doch nicht …«

»Ich kündige nicht, keine Sorge.«

»Mein Gott. Erschreck mich doch nicht so.«

»Aber ich habe eine Idee für dich.« Ich halte inne und sammle meine Gedanken. »Die meisten unserer Kunden sind stinkreich. Sie legen Wert auf unvergessliche, luxuriöse Erlebnisse und erstklassige Infrastruktur. Aber sie legen auch Wert auf Philanthropie und Altruismus. Ich habe mir also gedacht, wie wär es, wenn wir unsere Dienstleistungen um eine wohltätige Komponente erweitern würden?«

Jane schiebt das Kinn ein Stück nach vorne, sie hört zu.

»Wir bekommen zwischen zehn und fünfzehn Prozent Provision von den verschiedenen Anbietern – Hotels, Vermietungen, speziellen Reiseveranstaltern, was auch immer. Was, wenn wir – ich meine The Path als Unternehmen – fest zusagen würden, einen bestimmten Anteil unserer Provision für wohltätige Zwecke zu spenden? Wir könnten mit ausgewählten Wohltätigkeitsorganisationen rund um den Globus zusammenarbeiten und das Ganze lokal ausrichten. Wenn wir also zum Beispiel eine Safari in Tansania buchen, würde die Spende an eine tansanische Organisation gehen, die wir überprüft und ausgewählt haben.«

Jane mustert mich schweigend, ihre Augenbrauen ziehen sich enger zusammen. Ausnahmsweise kann ich ihren Ausdruck nicht deuten.

»Damit heben wir uns in der Branche auf eine Weise ab, die meiner Meinung nach mehr Aufmerksamkeit erregen und uns mehr Aufträge einbringen wird«, fahre ich fort. »Es macht uns zu den Toms oder den Bombas der Luxusreisen. Und es gibt Möglichkeiten, mit dem Konzept herumzuspielen und die Wirkung zu verstärken. Zum Beispiel könnten wir unseren Kunden die Option anbieten, denselben Betrag draufzulegen, den wir spenden. Reiche Leute lieben so was. Sie haben dann weniger Schuldgefühle, weil sie dreißigtausend für eine protzige Reise nach Neuseeland ausgeben, während der Großteil der Weltbevölkerung nicht über den eigenen Hinterhof hinauskommt.«

Jane nimmt einen weiteren Schluck von ihrem Cappuccino und sieht mich über den Rand des Bechers hinweg an. »Und du hättest dann auch weniger Schuldgefühle?«

»Natürlich. Ich liebe das, was ich tue, aber an manchen Tagen fühlt es sich oberflächlich an. Diesen Aspekt daran liebe ich nicht.«

»Mir geht es genauso.« Ein kleines Grinsen breitet sich langsam auf Janes Gesicht aus und geht in ein richtiges Lächeln über. Sie nickt, ihre Augen leuchten. »Die Idee gefällt mir super, Billie.«

Mein Herz wird leicht. »Das hatte ich gehofft.«

Sie zieht die Lippen nach innen und denkt nach. »Ich muss mir ein paar Zahlen ansehen und das alles mit Craig besprechen – du weißt schon, der Finanzberater, mit dem ich mich zweimal im Jahr treffe. Es würde eine neue Marketingstrategie erfordern, was keine Kleinigkeit ist, deswegen muss ich mir das von allen Seiten ansehen.« Jane greift über den Tisch, tätschelt meine Hand. »Aber du bist da an etwas dran. Das würde ich nicht sagen, wenn ich es nicht auch genauso meinen würde.« Sie wirft einen Blick auf ihre Uhr – eine Cartier, ein Geschenk von Sasha zum Jahrestag. »Verdammt. Ich muss los.«

»Lauf. Ich bleibe noch ein bisschen hier.«

Jane stopft ihren Laptop und ihr Portemonnaie in ihre Tasche. »Oh! Fast hätte ich es vergessen, Bill – *ich* muss etwas mit *dir* besprechen. Nichts, was mit der Arbeit zu tun hat.«

»Was ist?«

Sie seufzt. »Du weißt doch, dass Sasha und ich nachher nach Island fliegen? Deswegen muss ich auch nach Hause und packen.«

»*Heute?* Ich wusste, dass ihr bald fliegt, aber das kam schneller als gedacht.«

»Ich weiß. Und unsere verdammte Katzensitterin hat uns gerade versetzt. Ohne Angabe von Gründen. Wir haben nur eine Absage per Mail von *rover-dot-com* bekommen, und das war's.« Jane schnaubt und streicht sich eine rotblonde Locke hinters Ohr. Ihr Haar quillt ständig aus ihrem Pferdeschwanz. »Jedenfalls hat Sasha eine andere aufgetrieben, aber das neue Mädchen ist bis morgen nicht in der Stadt. Deswegen stehe ich hier vor dir und flehe dich an.« Sie presst die Handflächen aneinander und reißt die Augen auf wie die Verrückte, die sie ist.

Ich lache. »Willst du mich fragen, ob ich Willie Nelson füttern kann?«

»Nur heute Abend. Wir brechen um halb drei zum Flughafen auf. Ich werde seinen Futternapf noch mal auffüllen, aber da diese Tussi erst morgen um vier bei uns sein kann, könntest du heute Abend mal vorbeischauen und dafür sorgen, dass er genügend Futter und Wasser hat? Er ist eine Diva. Ich werde dich bis in alle Ewigkeit lieben.«

Ich winke ab. »Ich übernehme das. Macht euch keinen Stress.«

»Du *Lebensretterin*.« Jane steht auf und zieht ihre Lederjacke von der Stuhllehne. Sie holt einen kleinen goldenen Schlüssel aus der Tasche und legt ihn auf den Tisch. »Hier ist der Ersatzschlüssel. Ich schicke dir unsere neue Adresse, und *bitte* denk wegen des schlimmen Zustands der Wohnung nicht schlecht über uns. Ich habe noch keinen einzigen Karton ausgepackt, nur ein paar Klamotten. Es ist eine Katastrophe.«

»So, wie es sein sollte. Ihr seid ja auch erst vor ein paar Tagen eingezogen.«

Jane schwingt sich die Tasche über die Schulter und wirft mir eine Kusshand zu. »Ich vergöttere dich. Und ich liebe deine Idee. Ich verspreche, sobald ich zurück bin, mache ich einen Telefontermin mit Craig.«

»Habt die tollste Reise.« Ich werfe Küsse in die Luft. »Ich kann es kaum erwarten, die Fotos zu sehen.«

Nachdem Jane gegangen ist, klappe ich meinen Laptop auf und verbringe einige Zeit damit, meine E-Mails zu checken. Mir bleiben noch ein paar Stunden Zeit, bis ich mich am Grand Central mit Esme treffe. Wir hören heute früher auf zu arbeiten und fahren mit dem Zug nach Bronxville, um in der Vorstadt Becca zu besuchen, was wir nicht oft genug getan haben, seit sie dort hingezogen ist. Ich habe mich mit keiner der beiden getroffen, seit ich Alex kennengelernt habe.

Ich bestelle einen zweiten Cappuccino und antworte einem Kunden, der sich gemeldet hat, um sich nach Flitterwochen in Thailand zu erkundigen, dann einem anderen, der seinen Vater mit einer Reise nach Patagonien überraschen möchte. Die Zeit vergeht beinahe unbemerkt, so wie immer, wenn ich Muster-Reisepläne ausarbeite. Meine Gedanken verflüchtigen sich in fremde Länder, an exotische thailändische Strände und auf zerklüftete chilenische Bergketten, in buddhistische Tempel in Bangkok und auf argentinische Gletscher, die sich über Hunderte von Quadratmeilen erstrecken. Die Zusammenstellung einer Reise ist die perfekte Mischung aus Kreativität und Struktur – die ideale Aufgabe für ein Gehirn wie meines, das beides braucht.

Um Viertel vor eins bestelle ich ein Uber, das mich in die Stadtmitte bringen soll. Ich packe meinen Computer ein und werfe ein paar Dollarscheine auf den Tisch.

Als ich hinaus auf die Straße trete, steht die Sonne hoch und hell am Himmel. Der Bürgersteig schimmert, das Licht bricht sich in den glitzernden Katzensilberstückchen im Beton. Ich finde mein Uber am Ende des Häuserblocks und steige hinten ein. Da vibriert das Handy in meiner Tasche. Ich habe meine Nachrichten seit Stunden nicht mehr gecheckt und lese sie nun, während das Auto stadteinwärts rast.

Da ist eine neue Nachricht von Alex, der heute frei hat und mit Dave am Rockaway Beach surft. Er fragt, wann ich von Becca zurück bin – er hat Lust auf den Puten-Burger von Westville und will wissen, ob wir uns um neun dort treffen können, wenn es nicht mehr so voll ist. Wir lieben das Westville beide, aber sie nehmen keine Reservierungen an, und am Wochenende geht es zu wie im Irrenhaus.

Ich werde weder zu Westville noch zu dir jemals nein sagen, schreibe ich zurück. Ich stelle mir Alex in seinem schwarzen Neoprenanzug vor, das Haar feucht und zerzaust von den salzigen Wellen. Es ist verrückt, wie sehr ich ihn nach nur einer Nacht vermisse, wie lang sich die Zeit bis zu unserem Abendessen anfühlt.

Meine einzige andere Nachricht ist von Jane. Sie hat mir die Adresse ihrer neuen Wohnung geschickt einschließlich einer Anleitung, wo Willie Nelsons Trockenfutter zu finden ist.

Ich lese Janes Nachricht noch einmal durch und achte dabei wie von selbst auf die Adresse, um zu ermessen, wie weit sie von Cassie entfernt wohnt, jetzt, da sie ebenfalls nach Gramercy gezogen ist. Da erst kapiere ich, was genau ich da lese. Janes Adresse: 27 Gramercy Park South, 8A. Ein heißer, prickelnder Schock fährt mir in die Glieder. Mein ganzer Körper fühlt sich taub an.

27 Gramercy Park South ist Cassies Adresse. Und nicht nur das – Cassie wohnt in Wohnung 9A. Jane ist in Cassies Haus gezogen, und zwar in die Wohnung *direkt* unter Cassies Wohnung. Bei all den vielen Gebäuden und Wohnungen in New York musste es ausgerechnet die sein.

Ein Loch tut sich in meinem Magen auf. *Wie kann das sein?*

Ich rufe Jane an, aber sie geht nicht ans Telefon. Das Uber hält am Bordstein vor dem Grand Central, und ich steige benommen aus. Auf der Forty-second Street schieben sich Massen von Menschen an mir vorbei und rempeln mich auf ihrem eiligen Weg in die Bahnhofshalle an. Ein Mann wirft einen finsteren Blick über die Schulter zurück, weil ich mich nicht vom Fleck rühre. Viele New Yorker suchen nur nach Gründen, wütend zu sein.

Ich gehe hinein und treffe Esme, die am Uhrenturm wartet. Sie trägt einen cremefarbenen Trenchcoat, und ihr braunes Haar ist halb zurückgesteckt, so wie sie es fast immer trägt. Sie macht mit der Hand kleine Kreise, um mir zu bedeuten, ich solle mich beeilen. Der vertraute Anblick meiner alten Freundin ist tröstlich.

»Wir sind so spät dran!« Sie greift nach meinem Arm, und

wir rennen die Treppe hinunter zu unserem Gleis, schlüp-
fen durch die Schiebetüren in den Zug, als sie sich gerade zu
schließen beginnen. Wir finden eine freie Sitzreihe, lassen
uns auf das glänzende rote Leder plumpsen und schnappen
nach Luft.

Esme sieht mich immer noch keuchend mit großen Augen
an. »Wo bist du *geblieben? Wir* hätten fast den Zug verpasst.«

Esme ist im Großen und Ganzen immer noch dieselbe,
die sie war, als wir uns im College kennengelernt haben: eine
leicht neurotische Perfektionistin mit einem Herz aus Gold.

Ich lehne den Kopf an ihre Schulter. »Tut mir leid, Ez. Ko-
mischer Morgen.«

»Willst du darüber reden?«

»Eigentlich lieber nicht«, sage ich, weil ich nicht daran
denken möchte, dass Jane in Cassies Haus wohnt und ich
später hinfahren muss, um Willie Nelson zu füttern, und dass
Cassie morgen Geburtstag hat. »Erzähl mir von dir.«

Das tut Esme. Sie erzählt mir von John, einem privaten Vermögensberater, mit dem sie seit anderthalb Jahren
zusammen ist. Es ist Esmes längste Beziehung, seit ich sie
kenne, und sie ist überglücklich. Sie hat Grund zu der Annahme, dass er dabei ist, sich Ringe anzusehen. Esme will all
das haben, was Becca hat: das Haus in der Vorstadt, den pen-
delnden Ehemann, die zwei Komma fünf Kinder. Obwohl wir
beide die einzigen unverheirateten Frauen in unserem Um-
feld sind – möglicherweise in ganz Manhattan – , hat Esme
dieses Ziel nie aus den Augen verloren, und ich beneide sie
darum, wie sicher sie sich dessen ist. Ich kann mir kaum vorstellen, wie friedlich es sich anfühlen muss, wenn man genau
weiß, was man vom Leben will, auch wenn es keine Garantie
dafür gibt.

Beccas Haus in Bronxville ist aus weißem Backstein mit
schwarzen Fensterläden, die Tür ist in glänzendem Marine-

blau gestrichen und hat einen Messingklopfer. Das Viertel ist der Inbegriff eines Speckgürtels, die Häuser stehen dicht an dicht in einer ordentlichen Reihe mit Buchsbäumen und Blumenkästen davor. Ich spüre, wie Esme das Wasser im Munde zusammenläuft, als wir den gepflasterten Weg hinaufgehen und an der Tür klingeln. Der Messingklopfer ist nur Deko.

Becca kreischt auf und hüpft vor Freude, als sie uns erblickt. Wir drei sind schon seit unserer Zeit auf der Northeastern University befreundet, als wir alle demselben Flur im selben Studentenwohnheim zugewiesen wurden. Becca und Esme waren immer noch ein bisschen enger miteinander, weil ich so viel Zeit mit Cassie in Harvard verbrachte. Im Rückblick muss ich feststellen, dass Cassie mich in der Northeastern fast nie besucht hat. Ich war immer diejenige, die auf Abruf für sie da war.

Becca führt uns in ihr Haus, in dem objektiv Chaos herrscht, und das liebe ich an ihr – die Tatsache, dass sie nicht versucht, etwas unter Beweis zu stellen, indem sie für uns aufräumt. In der Küche stapelt sich das Geschirr, und auf einer der weißen Wände prangt ein blauer Handabdruck mit verschmierten Fingerspitzen. Sie erwischt mich dabei, wie ich ihn ansehe.

»Tja, wie sich herausgestellt hat, ist abwaschbare Farbe nicht abwaschbar, wenn dein Kind die *Wände* als Leinwand benutzt.«

Auf dem Weg ins Wohnzimmer, wo Becca eine Käseplatte und eine Schale mit Crackern angerichtet hat, stolpere ich über einen Plastikmüllwagen.

»Tut mir leid«, sagt sie. »Mehr habe ich zum Mittagessen nicht zustande gebracht.«

Beccas zweijähriger Sohn Milo kommt aus dem Spielzimmer gerannt und singt aus voller Kehle »Old MacDonald hat 'ne Farm«. Er trägt ein T-Shirt, auf dem in Druckbuchstaben ONE MAN BAND steht, und untenrum trägt er nichts.

»Oh mein Gott.« Becca rennt ihm hinterher. »Milo! Mommy hat gesagt, du *darfst* die Windel nicht ausziehen! *Kein* Pipi ohne Windel.« Sie wirft einen Blick über die Schulter. »Im Kühlschrank steht eine Flasche La Crema. Kann eine von euch die aufmachen? Ich bin gleich wieder da.«

Becca verschwindet nach oben. Als sie zurückkommt, ist Milo vollständig bekleidet, und Esme und ich haben unser erstes Glas Wein ausgetrunken. Becca setzt Milo im Spielzimmer vor den Fernseher und lässt sich neben Esme aufs Sofa fallen. Sie sieht erschöpft aus und hat dunkle Ringe unter den Augen. Ich reiche ihr ein randvolles Glas La Crema und sage ihr, dass sie wunderschön aussieht.

»Zwei sind ein Albtraum«, seufzt sie. Ich bin mir nicht ganz sicher, ob sie Milos Alter oder die Anzahl der Kinder meint, nicke aber verständnisvoll.

»Wo ist Frank?«, fragt Esme.

»Freitagnachmittags geht er golfen.«

»Jeden Freitagnachmittag?«

»Lass mich gar nicht erst davon anfangen.« Becca schüttelt den Kopf und schenkt uns allen Wein nach. »Erzählt mir von *euch*. Was gibt es Neues?«

Wir plaudern bis in den Nachmittag hinein und bringen uns in allen wichtigen Dingen auf den neuesten Stand. Esme erzählt von John und der Personalvermittlungsfirma, in der sie arbeitet, und von der bevorstehenden Hochzeit ihrer Schwester; ich erzähle ihnen von Alex und The Path und meiner Idee, das Unternehmen wohltätiger aufzuziehen. Cassie erwähne ich nicht, weil es zu viel Vorgeschichte erfordern würde, und außerdem, wenn ich jetzt davon anfange, muss ich bloß an Janes neue Wohnung denken und an die Angst, die meinen Körper durchströmt, wann immer mir durch den Kopf geht, dass ich dort später noch hinfahren muss.

Unser Gespräch fließt dahin, aber eine leichte Anspannung fällt mir doch auf – weniger nahtlose Übergänge als beim letzten Mal, als wir alle zusammen waren. Beccas Blick schweift immer wieder zum Spielzimmer und zum Babyfon, und als sie nach oben geht, um nach ihrem acht Monate alten Baby Mac zu sehen, sitzen Esme und ich schweigend da. Sie scrollt auf ihrem Telefon, ich schaue mich im Zimmer um und nehme die Einzelheiten dieses chaotischen, aber kultivierten Heims in mich auf. Ich bemerke eine Reihe von Stoffmustern auf der Fensterbank, kleine Quadrate mit verschiedenen geschmackvollen Drucken, und vielleicht liegt es am Wein, aber ich brauche einen Moment, um die Becca, die ich vor sechs Jahren kannte – die mit schwingendem Pferdeschwanz im Southside auf dem Tresen tanzte – mit der Frau in Einklang zu bringen, die die Möbel des Hauses, in dem sie mit ihrem Mann und ihren Kindern lebt, neu polstern lässt. Wie schnell sich alles verändert hat.

Plötzlich spüre ich einen Fremdkörper in der Nase. Ich blicke nach unten und stelle fest, dass es Milos Finger ist.

»Du hast Popel«, sagt er mit leiser, belegter Stimme.

»Milo!« Becca taucht mit Mac auf der Hüfte wieder auf und scheucht Milo von mir weg.

»Ist schon okay, Becks.« Ich lächle sie an, freue mich über den Anblick meiner lieben Freundin mit ihrem reizenden zweiten Baby. Mac ballt die kleine Hand zur Faust und reibt sich das Auge.

»Das ist *nicht* okay, Milo. Wir fassen nicht das Gesicht von anderen Menschen an, ohne zu fragen.« Becca schüttelt mit Nachdruck den Kopf, und ich muss lachen, als ich mir vorstelle, wie jemand *fragt*, ob er das Gesicht eines anderen Menschen anfassen darf.

Mac beginnt zu brabbeln, und Esme streckt die Arme aus. »Gib mir dieses hinreißende Baby.«

Sie schaukelt ihn auf ihrem Schoß, vergräbt ihre Nase an seinem Kopf und atmet tief ein, als würde sie an einer Kerze riechen. Dann greift sie nach ihrer Handtasche und zieht ein kleines, in Zellophan und ein hellblaues Band gewickeltes Päckchen heraus, das sie Becca überreicht.

»Wenn es zu klein ist, kannst du es umtauschen«, sagt sie. In mir steigt ein ungerechtfertigter Ärger gegenüber Esme auf, weil sie ein Geschenk mitgebracht hat und ich nicht. Jetzt stehe ich da wie ein Idiot.

Becca packt das Geschenk aus und freut sich über den kleinen, mit blauen Sternen übersäten Strampler. Mac fängt auf Esmes Schoß an zu quengeln.

»Ich muss ihn stillen.« Becca schiebt ihr Shirt nach unten, öffnet ihren BH und bringt eine melonengroße Brust zum Vorschein, die aussieht, als könnte sie eine ihrer Brüste aus der Zeit vor dem Baby auf einen Happs verschlucken. Milo fängt an, im Kreis um den Couchtisch zu rennen und nach Snacks zu jammern. Das ist unser Stichwort zu gehen, obwohl Becca eine zu gute Freundin ist, um uns hinauszuwerfen.

»Ihr könnt gerne bleiben!«, ruft sie, als wir aufstehen, die leeren Gläser abräumen und auf den Zugfahrplan verweisen. Sie legt Mac an die andere Brust und bietet an, uns zum Bahnhof zu fahren, aber man geht nur sieben Minuten, und wir sagen ihr, sie solle nicht albern sein.

Auf der Rückfahrt in die Stadt schläft Esme ein, die Wange an das Fenster gelehnt. Ich blicke an ihr vorbei auf die Vororte entlang der Bahnlinie, eine verschwommene Szenerie voller rostiger Schaukeln und Drahtzäune. Schließlich gestatte ich mir selbst, ein wenig die Augen zu schließen, den Nachmittag zu verdauen. Ich denke an den winzigen blauen

Handabdruck an Beccas Wand, an die Stoffmuster und das Babyfon, und stelle mir vor, Alex und ich würden ein Leben führen, das diese Dinge beinhaltet. Sofort fühlt es sich falsch an, sehr falsch. Ich bin erleichtert, als der Zug im Grand Central einfährt und Esme mit einem ausgiebigen Gähnen die Augen aufschlägt, während der Schaffner unsere Ankunft verkündet.

Esme und ich trennen uns auf der Lexington Avenue. Wir versprechen uns, nächste Woche etwas trinken zu gehen, aber der Plan ist fadenscheinig, die Tatsache, dass wir das Treffen wahrscheinlich verschieben werden, steht als unausgesprochene Wahrheit zwischen uns. So werden Freundschaften eben, wenn man über dreißig ist, denke ich, während ich in Richtung Süden laufe. Die gegenseitige Liebe ist noch da, aber das Bedürfnis, sich ständig zu sehen, lässt nach und wird von etwas anderem ersetzt – Partnerschaften, beispielsweise. Aber vielleicht werden wir auch einfach nur müde. Das lässt mich an Cassie denken, daran, wie anders es sich anfühlt, wenn es um sie geht. Becca und Esme waren nie meine Familie, nicht so wie Cassie. Und die Ironie ist, dass jetzt Becca und Esme diejenigen sind, die meine Anrufe annehmen, wenn ich sie wirklich brauche.

Es tut mir gut, mir die Beine zu vertreten, und am Ende laufe ich den ganzen Weg ins West Village. Ich habe Janes Schlüssel in meiner Wohnung gelassen und beschließe deswegen, mich erst zu duschen und umzuziehen, dann Willie Nelson zu füttern und danach Alex zum Abendessen zu treffen. Die gleichmäßige Bewegung meiner Beine lässt mich fast vergessen, wie viel Angst ich davor habe, zu Janes Haus zu gehen – zu Cassies Haus.

Es ist schon nach sechs, als ich in meinem Viertel ankomme, in den Straßen brummt bereits die Freitagabendenergie. Vor mir geht ein kleines Mädchen im karierten

Mantel an der Hand seiner Mutter, es hüpft, um Schritt zu halten, und seine blonden Zöpfe schaukeln. Aus irgendeinem Grund fällt mir bei diesem Anblick ein, was Cassie immer zum Thema Mutterinstinkt sagte, wenn ich meine Vermutung äußerte, dass dieser mir abgeht. Sie sagte, er würde sich schon noch einstellen, das geschähe wahrscheinlich wegen der Scheidung meiner Eltern und Moms Krankheit und dem Wade-Trauma verzögert, doch eines Tages wäre er einfach da und würde für immer von mir Besitz ergreifen, eine unerklärliche, ewige Bestimmung, die ich bis ins Mark spüren würde.

Aber ich bin fünfunddreißig Jahre alt. Ich habe gewartet. Und dieser Instinkt ist noch nicht da. Ich betrachte das Mädchen und seine Mutter, und mir geht das Herz auf, genau wie heute Nachmittag, als ich Becca und Mac sah. Aber mein Herz ist voller Freude für *sie,* nicht für mich. Ich habe Hochachtung fürs Muttersein. Ich respektiere es – du lieber Gott, ich respektiere es. Aber ich will es nicht für mich.

Mir kommen die Tränen, als ich die schwere Doppeltür zu meinem Wohnhaus aufdrücke, und ich wünsche mir zum hunderttausendsten Mal, mit meiner eigenen Mutter sprechen zu können. Wünsche mir, ich könnte mich auf ihren Schoß kauern und mir von ihr übers Haar streichen lassen, mich von ihrer Stimme beruhigen lassen, der Stimme, die immer Antworten bereithielt, die mir das Gefühl von Sicherheit gab aus keinem anderen Grund als dem, dass es die ihre war.

In meiner Wohnung lasse ich mich auf das ungemachte Bett fallen und weine einen neue Schwall Tränen, weil mich so vieles niederdrückt, was ich nicht verstehe.

Ich weiß nicht, warum ich nicht Mutter werden will.

Ich weiß nicht, warum es mich so stört, dass Jane unwissentlich in Cassies Haus gezogen ist.

Ich weiß nicht, warum ich nicht aufhören kann, daran zu denken, dass morgen Cassies Geburtstag ist. Ich weiß nicht, warum es mich so mitnimmt, dass das früher ein Tag war, der mir wichtig war und den ich gefeiert habe, aber jetzt nicht mehr, weil er es nicht sein kann, weil sie es nicht zulässt. Sie lässt nicht zu, dass sie mir wichtig ist, und ich weiß nicht, warum.

Ich atme tief ein und aus, greife nach der Wasserflasche auf meinem Nachttisch. Ich trinke einen Schluck und beruhige mich ein wenig. Ich schaffe das, sage ich mir. Ich kann zu Janes-Schrägstrich-Cassies Haus gehen und Janes Katze füttern. Es wird nur zehn Minuten dauern, danach nehme ich ein Taxi nach Chelsea und treffe mich mit Alex im Westville. Ich werde Cassie schon nicht im Aufzug begegnen – wie wahrscheinlich ist das schon? Und falls doch, erkläre ich ihr eben, warum ich da bin. Es ist ja nicht so, als würde ich sie stalken.

Ich schließe die Augen. Obwohl sich mein Leben so harmonisch anfühlt wie schon lange nicht mehr, wünsche ich mir bei so vielen Dingen doch, sie wären anders.

Cassie

13. Oktober 2023
Der Tag selbst

Um acht ist meine Geburtstagsparty in vollem Gange. Das muss ich Grant lassen – er hat alles phänomenal organisiert. Die Drinks sind stark, das Essen ist ein Hit, die Playlist eine ideale Mischung aus weichen Lieblingssongs und aufputschenden Krachern, und was am wichtigsten ist: Er hat die Gästeliste perfekt zusammengestellt. Alle, die mir wichtig sind, sind hier: unsere Freunde aus der Stadt, unsere Freunde aus den Hamptons, die Frauen aus meiner Müttergruppe im Y, alte Kolleginnen, mit denen ich noch in Kontakt bin, das kleine, aber schlagkräftige Team von Cassidy Adler sowie Grants aus grenzwertig alkoholsüchtigen, weißen, angelsächsischen Protestanten bestehende Großfamilie, die alles noch lustiger macht.

Ava, McKay und ich stehen kichernd in der Ecke und beobachten, wie meine Schwiegermutter Lillian mit dem süßen Barkeeper flirtet, der keinen Tag älter sein kann als fünfundzwanzig. Er schenkt ihr einen Bourbon ein, und wir verfolgen, wie sie darauf besteht, dass er sich selbst ebenfalls einen einschenkt. Sie stoßen an und kippen die Drinks hinunter. Lillian beginnt dramatisch zu schnaufen und hält sich am Arm des Barkeepers fest. McKay liegt vor Lachen am Boden.

»Tante Lillian ist total irre«, bringt sie zwischen den Lachsalven hervor. Dann fügt sie mit einem Schmollmund hinzu: »Ich bin so traurig, dass meine Eltern nicht hier sind.«

»Ich auch. Wo sind sie noch mal?«

»Auf einer Hochzeit im Sun Valley. Kennt ihr Henry, den Sohn der Larkins? Auf seiner.«

Ava hält ihr leeres Glas hoch. Sie spitzt die Lippen, was aussieht, als würde sie die Wangen einziehen. »Ich bin noch nicht mal ansatzweise betrunken genug. Noch eine Runde?«

Der Boden unter meinen zehn Zentimeter hohen Pumps beginnt zu schwanken. »Ich hatte schon zwei Martinis und einen Kurzen«, sage ich. »Ich steige besser auf Wein um.«

Aus den Lautsprechern dröhnt ein Song von Dua Lipa. An der Bar lässt Lillian mit erhobenen Armen ihre Hüften in einer Endlosschleife kreisen, und der arme Barkeeper zwingt sich zu einem amüsierten Lächeln.

»Bäh.« Ava schüttelt den Kopf. »Jemand muss ihn retten.«

Ich winke Ava und McKay, mir zu folgen. »Kommt mit. Der gute Wein ist in der Küche. Und mein Handy auch. Oh mein Gott, Leute, ich habe den ganzen Abend *keine* Fotos oder Videos gemacht.«

»Gott bewahre!« McKay schlägt die Hand vor den Mund, und wir alle lachen. Sie legt mir den Arm um die Schultern. »Nur Spaß, das weißt du ja. Du musst den Leuten geben, was sie wollen.«

In der Küche öffnen wir eine Flasche von dem teuren Cabernet. Wir finden eine Schachtel mit handgemachten Käsestangen, die Ava mit Lichtgeschwindigkeit hinunterschlingt. Ich weiß, sie wird sich dafür später geißeln, und wünschte, sie würde es nicht tun. Ich wünschte, sie wüsste, wie schön sie ist, auch wenn sie noch ein paar Babykilos übrig hat. Ich mache ein Selfie von uns dreien mit aneinandergeschmiegten Gesichtern. McKay spitzt die Lippen auf eine Art, die sie wie ein Victoria's-Secret-Model aussehen lässt. Ich fühle mich wieder wie auf dem College, nur dass McKay und ich diesmal beste Freundinnen sind.

Sie schlingt die Arme um meine Taille, und ich ahne, dass sie kurz davor ist, etwas Sentimentales zu sagen. »Ich habe so ein verdammtes Glück, dass du meine Cousine bist!«, kreischt sie. Ich lache und stürze meinen Wein hinunter. Wir sind alle drei sturzbetrunken.

Ich nehme mein Handy und mein Glas Rotwein und spaziere mitten ins Partygeschehen. Ich filme alles, was passiert: die Caterer, die die üppige Platte mit Aufschnitt neu befüllen, Ned und Tom, die zu einem Nicki-Minaj-Remix twerken und wie absolute Vollidioten aussehen, meine Müttergruppenfreundinnen Allegra und Kate, die sich auf der Terrasse eine Zigarette teilen.

»Sag mir, dass du das nicht gefilmt hast!«, ruft Kate mit ihrem bezaubernden britischen Akzent und drückt die Zigarette an dem steinernen Geländer aus. »Ich habe schon ewig nicht mehr geraucht. Das letzte Mal war noch vor Joss' Geburt!«

Ich lächle unschuldig und scrolle durch das neue Material auf meinem Handy. Ich poste alles auf Instagram.

»Du siehst cool aus, versprochen.« Ich werfe Kate betrunken eine Kusshand zu, stelle mich zu ihr und Allegra und füge mich nahtlos in ihr Gespräch über die Schlafregression mit vier Monaten ein. Wir stecken alle mittendrin und sind uns einig, dass es die Hölle ist.

Das Geplauder über das Schlafverhalten der Babys geht über in ein vertrauliches Gespräch über unser Sexleben nach der Geburt, das sich wiederum in eine Tirade über die Unfähigkeit unserer Ehemänner verwandelt, wenn es um einige Grundkompetenzen der Kinderbetreuung geht. Das ist die Sorte von Gespräch, die ich liebe, in der ich mich verliere – Unterhaltungen mit anderen Müttern, die es kapieren, die mich sehen, die meinen manchmal irrationalen Gefühlen mit Empathie begegnen und sie nicht einfach abtun.

Wir drei unterhalten uns so lange, dass ich mein Zeitgefühl verliere, und als ich auf mein Telefon schaue, sehe ich, dass es bereits Viertel nach neun ist. Oh Gott. Hat Grant Ella schlafen gelegt, ohne mir Bescheid zu sagen?

Ich entschuldige mich bei Allegra und Kate und suche die Terrasse nach Grant ab. Es ist voll hier draußen, voller als ich erwartet hatte, und ich brauche eine Minute, bis ich ihn entdecke. Schließlich mache ich den vertrauten Umriss seiner Schultern kurz vor der Biegung der Terrasse aus. Er steht mit dem Rücken zur Gebäudewand, hält ein Bier in der Hand und ist in eine Unterhaltung mit seinem jüngeren Bruder Reed vertieft, der aus Santa Barbara eingeflogen ist.

Reed bemerkt, dass ich näher komme, und grinst. Sein Gesicht ist beinahe ein Abklatsch von Grants Gesicht, bis auf die Augen, die so grasgrün sind wie die von Lillian. »Hi, Geburtstagskind«, sagt er. »Du siehst großartig aus. Nicht einen Tag älter als siebenundzwanzig.«

Geistesabwesend schenke ich Reed ein Lächeln und ziehe an Grants Arm. »Hey.« Ich senke die Stimme. »Hast du Ella schlafen gelegt?«

»Noch nicht.« Er blickt auf seine Uhr. »Mist. Ich habe die Zeit aus den Augen verloren.«

»Ernsthaft?« Eine Spur von Panik steigt in mir auf. »Wo ist sie? Der Kinderwagen steht nicht hier draußen.« Mein Herz rast plötzlich so sehr, dass ich es in meinen Ohren pochen höre.

»Entspann dich, Babe, sie ist gleich da drüben. Hier auf dieser Seite wurde es laut, und sie war gerade am Einschlafen, da habe ich den Kinderwagen um die Ecke geschoben.«

Erleichterung durchflutet mich wie ein Narkotikum.

»Ich gehe sie jetzt ins Bett bringen«, sagt Grant.

233

Ich schüttle den Kopf. »Ist schon gut. Ich will das machen.«

»Bist du sicher?« Er reibt sich übers Kinn. »Wir waren uns doch einig, dass du heute Abend keinen Dienst hast.«

Aber ich bin schon unterwegs, lehne Grants Angebot mit einem Winken ab; ich bin zu erleichtert, um mich zu ärgern. In meinem betrunkenen Dunst verzehrt mich ein einziger, klarer Wunsch. Ich will einfach nur bei meiner Tochter sein. Ich möchte ihren weichen, rundlichen Körper in meinen Armen halten, ihr noch eine Flasche geben und sie sicher in ihr Bettchen legen.

Ich biege um die Ecke, und da ist der hellblaue Stoff ihres Kinderwagens, im Halbdunkel gerade noch zu erkennen. Mein Herz hüpft, als ich auf Ella zugehe, mit den Händen in den Kinderwagen greife, bereit, sie hochzuheben.

Aber das Körbchen ist leer. Ella liegt nicht in ihrem Kinderwagen. Mein Körper versteinert.

»Grant!«, rufe ich außer mir. »*Grant!*«

Ich renne zurück um die Ecke und zerre Grant von Reed weg. »Wo zum Teufel ist Ella? Sie ist nicht in ihrem Kinderwagen.«

»Was?« Er dreht sich zu mir um. »Bist du dir sicher?«

»Natürlich bin ich mir sicher!« Angst hämmert in meiner Brust.

»Okay, dann ist sie wahrscheinlich drinnen. Ich wette, sie hat gejammert, und meine Mom oder sonst jemand hat sie geholt. Komm mit.«

Grant führt mich nach drinnen, wo wir den Raum nach Ella absuchen, nach jemandem, der unser Baby im Arm hält. Wir rufen beide ihren Namen, gehen mit großen Schritten durch die Wohnung, sehen in jedem Winkel nach, fragen jeden Gast.

»Lillian!« Ich finde meine Schwiegermutter im Bad, wo sie

ihr Make-up auffrischt. »Hast du Ella gesehen? Wir können sie nirgends finden.«

Lillian wendet sich vom Spiegel ab, ihr Mundwinkel ist mit pfirsichfarbenem Lippenstift verschmiert. »Ella? Nein, ich habe sie nicht gesehen …«

Bevor Lillian ihren Satz beendet hat, renne ich zurück auf die Terrasse, mein Magen krampft sich zusammen. Mir ist, als hätte mich jemand vom Gebäude gestoßen und der Sturz würde einfach nicht enden.

Als ich schreie, geschieht das instinktiv. Ein schrilles, animalisches Geheul bricht aus mir hervor, durchdringend und fremd schallt es durch die Nacht.

Die Zeit bleibt stehen. Vielleicht läuft sie auch schneller. Ich falle auf die Knie, Grant taucht neben mir auf, die Musik erstirbt.

»Wo kann sie sein?«, schreit er, nun ebenfalls in Panik. »Ich habe alle gefragt! Wo ist unsere Tochter?«

Ich kann nicht sprechen. Mein mütterlicher Instinkt sagt mir – gerade als Grant wieder hineinrennt, um weiterzusuchen –, dass er sie nicht finden wird. Sie ist entführt worden. Ich weiß es tief in meinen Eingeweiden, in meiner Seele.

McKay fällt neben mir auf die Knie und stellt mir hektisch Fragen. Sie tupft mein Gesicht mit ihrem Ärmel ab, und da merke ich, dass ich wohl weine.

Die Stimmen um mich herum werden immer lauter und hektischer. Ich höre eine Frau ankündigen, man werde die Polizei rufen. Ava, glaube ich.

»Cassie, du zitterst.« Es ist wieder McKay, ihre Hand liegt eiskalt in meinem Nacken, ein fremdes Objekt. »Wartet mal, wo ist Grant?«

»Er ist reingegangen«, krächze ich.

»Jemand muss ihn holen gehen. Jemand muss Grant holen!«

»Nein.« Wie ein heftiger Regenschauer ergießen sich die Tränen aus meinen Augen, und ich weiß, wen ich brauche. Vor meinem inneren Auge taucht ihr Gesicht auf, ihr sanfter, haselnussbrauner Blick, die Person, die mich besser kennt als jeder andere Mensch auf der Welt, ob ich es wahrhaben will oder nicht. Und die Einzige, die meine Angst verstehen wird, dass das Schlimmste, was ich je getan habe, mich nun einholt.

»Billie«, rufe ich jedem entgegen, der es hören kann. »Ich brauche Billie.«

Billie

Frühjahr 2006

Cassie und ich schwänzen die Schule und setzen uns mit unseren Bagels auf eine Bank im Stadtpark. Ich erzähle ihr alles und erspare ihr keine Details – über Wade, den Keller, die Absage an die Northeastern University, seine Drohungen.

Am Ende ist sie völlig aufgelöst. Wir sind es beide.

»Das muss aufhören.« Sie wischt sich das Gesicht ab. »Du musst zur Polizei gehen.«

»Das kann ich nicht, Cass. Rechtlich gesehen bin ich nicht minderjährig.«

»Das ist Bullshit. Er zerstört dein Leben, Billie. Überleg doch, was deine Mutter sagen würde, wenn sie davon wüsste. Wenn sie wüsste, dass er dich nicht auf deine Traum-Uni gehen lässt, dich zu Hause einsperrt und dich jede verdammte Nacht vergewaltigt ...« Cassie schüttelt den Kopf. »Sie würde ihn umbringen.«

»Ich weiß.« Ich schlucke den letzten Bissen von meinem Bagel hinunter. Das Geständnis hat mich hungrig gemacht, so heißhungrig wie seit Wochen nicht mehr. Ich knülle die Alufolie zusammen. »Aber wenn ich versuche, Wade in Schwierigkeiten zu bringen, wird er mir Mom wegnehmen. Dann lässt er sie in einem schäbigen Pflegeheim sterben.«

»Das wird er nicht, weil er dann in Schwierigkeiten steckt.«

»Nicht unbedingt.«

Sie seufzt, wendet sich mir zu, ihre Augen sind nass vor Entsetzen. »Es muss einen Ausweg geben.«

An diesem Abend gehe ich nicht nach Hause. Cassie lässt mich nicht. Sie bringt mich bei sich zu Hause in Sicherheit, wo uns ihre Mutter Teller mit warmen Spaghetti auf die Couch herüberreicht. Ich bedanke mich und falle sofort darüber her, weil ich schon wieder sterbe vor Hunger.

Mrs Barnwell räuspert sich. »Rektorin Mattis hat vorhin angerufen. Sie sagte, ihr Mädchen hättet heute beide die Probe für die Abschlussfeier versäumt.«

»Scheiße.« Cassie sieht mich an und zieht eine ihrer dunklen Augenbrauen hoch. »Unsere Talare. Das haben wir vergessen.«

»Wortwahl, Cass.« Mrs Barnwell seufzt und reibt sich über die Stirn. »Mädchen. Euch bleibt keine Woche mehr auf der Highschool. Am Samstag habt ihr Abschlussfeier. Versucht einfach, dieses Kapitel mit Anstand zu beenden, okay?« Sie dreht sich auf dem Absatz um und geht in Richtung Küche, dann blickt sie über die Schulter zurück. »Ich habe eure Talare für die Feier abgeholt. Sie hängen im Flurschrank im Eingangsbereich.«

Cassie verdreht die Augen, aber ich lächle. Ich mag Mrs Barnwell. Sie ist nicht halb so unausstehlich, wie Cassie sie darstellt.

Ich schlafe in Maras Zimmer, weil es leer steht und Cassie in ihrem Zimmer nur ein Einzelbett hat. Mara ist besessen von Prince, eine ganze Wand ist mit Postern und Erinnerungsstücken bedeckt. Ich lehne mich an ihre Kissen und mustere das Cover des Purple-Rain-Albums. Es ist Kult – Prince mit entrücktem Blick in seinem lila Trenchcoat und dem weißen Rüschenhemd.

Ich denke an Mara, die eine Stunde nördlich an der SUNY New Paltz ist, wo auch ich in ein paar Monaten sein werde. Vielleicht können wir Freundinnen werden. Cassie hat sich mit ihrer Schwester nie gut verstanden, aber vielleicht ist Mara genau wie ihre Mutter gar nicht so übel. Jemand, der Prince gut findet, muss cool sein. Vielleicht hat Mara ihre Gründe, sich bei Grandma Catherine nicht so einzuschleimen, wie Cassie es tut.

Plötzlich vibriert mein Handy – eine Textnachricht. Ich weiß, von wem sie ist, bevor ich auf den Bildschirm schaue.

Wo zum Teufel steckst du, Billie Jean?

Ich erschauere und schalte das Telefon aus, kuschele mich unter die Decke. Angst windet sich in meinem Inneren wie ein riesiger Wurm, der sich seinen Weg durch meine Eingeweide bahnt. Hierfür werde ich morgen bezahlen, das weiß ich. Er wird mich dafür bezahlen lassen. Ich wehre mich, solange ich kann, gegen den Schlaf und genieße die Wade-freie Sicherheit in Cassies Zuhause. Mir graut vor dem Morgenlicht.

»Ich habe eine Idee«, sagt Cassie am Morgen, als wir zur Schule gehen. »Was, wenn ich heute bei dir übernachte? Dann kann Wade nichts machen.«

»Hast du keine Angst davor, bei mir zu übernachten?«

»Ich habe keine Angst vor ihm, Billie. Ich habe Angst davor, dich mit ihm allein zu lassen.«

Ich sehe sie an, und Dankbarkeit flutet mein Herz. »Okay.« Ich nicke. »Aber ... nur heute Nacht? Und was passiert dann morgen?«

Sie kaut auf ihrer Unterlippe. »Lass uns einfach einen Tag nach dem anderen angehen. Wir lassen uns etwas einfallen.«

239

In der Schule herrscht eine unruhige, feierliche Stimmung. Die Prüfungen sind vorbei, die Lehrerinnen und Lehrer geben uns keine Hausaufgaben mehr auf, der Anfang der Sommerferien ist – buchstäblich – nur noch Stunden entfernt. Ich bin unterdessen verdammt nervös. In der Mittagspause rufe ich zu Hause an, und als Sandra ans Telefon geht, bin ich so erleichtert, dass ich weinen könnte. Dass Sandra da ist, bedeutet, dass Wade Mom nicht ins Pflegeheim gebracht hat.

»Tut mir leid, dass wir uns gestern Abend nicht gesehen haben«, sage ich zu ihr. »Ich habe bei einer Freundin übernachtet. Geht es Mom gut?«

»Ja«, antwortet Sandra in fröhlichem Singsang, und im Hintergrund höre ich den Fernseher. »Wir essen gerade Suppe und schauen uns Harry und Sally an.«

Trotz allem lächle ich. »Das ist einer ihrer Lieblingsfilme.«

Als ich nach dem Telefonat mit Sandra gerade ein Buch aus meinem Spind holen will, baut Ashton sich vor mir auf.

»Hey.« Sie kaut schmatzend Kaugummi und trägt einen knallblauen Eyeliner, mit dem sie aussieht wie Gwen Stefani auf dem Cover von Love. Angel. Music. Baby. Ich verstehe schon, warum Cassie findet, dass sie trashig ist.

»Hey.«

»Wie ich sehe, hast du deine beste Freundin zurückbekommen.«

»Ja.« Ich gebe meine Zahlenkombination ein und schließe das Schloss.

»Geht's dir gut?« Ashton verschränkt die Arme und pustet sich eine blond gebleichte Strähne aus der Stirn. »Du siehst wirklich … fertig aus. Und ich habe gehört, du musstest der Northeastern absagen.«

»Mir geht's gut, Ash.«

»Das ist echt mies. Aber hey, wenigstens sind wir dann zusammen in New Paltz.«

Ich lächle freudlos und sage nichts darauf.

Ashton mustert mich von oben bis unten. »Du musst vor Samstag etwas für dein Aussehen tun. Du siehst echt scheiße aus, und Abschlussfotos bleiben einem ein Leben lang.«

Cassie und ich kaufen nach der Schule an der Tankstelle Zigaretten. Als wir bei mir zu Hause ankommen, steht Wades Truck nicht in der Einfahrt. Ich seufze erleichtert auf.

»Komm«, sage ich ihr. »Wir können oben auf dem Witwensteig rauchen.«

Es ist ein warmer, windstiller Tag, nur ein paar Wölkchen betupfen den sattblauen Himmel. Vom Hausdach aus können wir Mom in der Hängematte zwischen den beiden Ahornbäumen im Garten sehen. Sandra schaukelt sie, und Moms Augen sind geschlossen, ihre Hände friedlich vor der Brust verschränkt.

»Sie sieht zufrieden aus«, bemerkt Cassie. Sie zieht zwei Parliament aus der Schachtel und zündet beide gleichzeitig an.

Ich hasse den Geruch von Zigaretten, aber ich brauche etwas, um mich einzulullen. Leider sind wir nicht alt genug, um Alkohol zu kaufen. Cassie gibt mir eine, und ich nehme einen tiefen Zug, spüre, wie der Rauch in meiner Kehle brennt und dann tief in meine Lunge dringt. Gleich darauf setzt die Wirkung des Nikotins ein und macht meinen Kopf ganz leicht und schwindelig.

»Stimmt.« Ich lehne mich an das Geländer und blicke auf Mom hinunter, die zwischen den Bäumen hin- und herschaukelt. Sie sieht aus wie ein kleines Mädchen.

»Scheiß auf Wade.« Cassie stößt einen langen Rauchschwaden aus, das Sonnenlicht tanzt über ihre ausgeprägten Wangenknochen. Sie sieht auf eine hintergründige Art schön aus, wie ein Hollywoodstar von früher.

»Müssen wir über Wade reden?«

»Wenigstens hattest du keinen richtigen Sex mit ihm.«

»Noch nicht.«

Cassie schüttelt den Kopf. »Billie. Das lasse ich nicht zu.«

»Was zum Teufel soll ich machen, wenn du weg bist?«

»Noch gehe ich nirgendwo hin.«

»Du ziehst in drei Monaten nach Boston. Das ist schon bald.«

Cassie sagt nichts. Ihr Blick begegnet meinem, schwer und trostlos. Sie zieht noch einmal an ihrer Zigarette, deren Spitze orange glüht.

Ich starre in den Himmel. Ein Flugzeug zieht durch das Blau und hinterlässt einen weißen Kondensstreifen. »Ich wünschte, wir könnten zurück nach Paris.«

Cassie lacht. »Gott. Ich auch.«

Wir bleiben stundenlang auf dem Dach, reden und rauchen Kette, bis mir so schwindelig ist, dass ich mich hinlegen muss. Cassie legt sich neben mich, die verwitterten Latten des Witwensteigs graben sich in unsere Schulterblätter. Es dämmert bereits, das letzte Licht verschwindet hinter den üppigen Bäumen.

»Es ist schon spät«, sage ich. »Hast du Hunger?«

»Eigentlich nicht. Zigaretten machen, dass ich keinen Appetit habe. Es ist so friedlich hier oben.«

»Stimmt.« Bewundernd betrachte ich den perfekten, fingernagelförmigen Mond, eine leuchtende Sichel am dunkelnden Himmel.

»Ich dachte, Witwensteige gäbe es nur auf Häusern, die am Meer stehen.«

»Der Hudson ist nah genug, dass man bei klarer Sicht den Fluss sehen kann. Mom dachte immer, dass das Haus deswegen einen hat.«

Cassie schweigt ein paar Herzschläge lang. »Du sprichst in der Vergangenheitsform von ihr.«

»Das wollte ich nicht.«

»Es muss so schwer sein. Dass sie ... weg ist und gleichzeitig doch nicht.«

Es fühlt sich an, als häuften sich auf meiner Brust Wackersteine. »Es ist Folter. Echte Folter.«

Cassie ist einen Moment lang still. Dann greift sie nach meiner Hand. »Du bist die allerbeste Tochter. Ich werde mich glücklich schätzen, wenn meine Kinder mich mal nur halb so sehr lieben, wie du Lorraine liebst. Weißt du das?«

Ich sage nichts. Ich weiß es nicht. Cassie redet ständig über ihre zukünftigen Kinder, als gäbe es sie schon. Bei mir ist das anders. Wenn ich an die Zukunft denke, gehe ich nicht automatisch von Kindern aus. Ich gehe gesichert von überhaupt nichts aus. Das habe ich nie getan.

»Billie«, sagt sie, ahnt, was ich denke. Ihre Stimme klingt erstickt, gepresst. »Du wirst hier rauskommen.«

Wie aufs Stichwort knarrt unter uns die Dachbodenleiter, auf den Sprossen sind schwere Tritte zu hören. Die Dachluke schwingt auf, und da ist er: verschwitzt, grinsend, mit einer Dose Budweiser in den fleischigen Händen. Cassie und ich rappeln uns auf die Füße.

»Seht mal, wer da ist.« Wade blickt auf die Zigarettenstummel und die fast leere Packung Parliaments hinunter. »Wisst ihr, Rauchen bringt einen um.«

»Genauso, wie wenn man sich den ganzen Tag den Arsch platt sitzt und so viel Bud Heavy trinkt, wie man wiegt.« Cassie verschränkt die Arme, ihr Blick ist eisig.

Wade lächelt schief. Er sieht mich an, eine seiner buschigen Augenbrauen wandert in Richtung seines spärlichen Haaransatzes. »Deine Freundin ist ganz schön frech. Hat ihre Mommy vergessen ihr beizubringen, dass man vor älteren Leuten Respekt haben muss?«

Cassie funkelt ihn an. »Hat deine Mommy vergessen dir beizubringen, dass man keine Schulmädchen vergewaltigt?«

Ich beobachtete, wie Wades Gesicht noch röter anläuft und die Ader an seiner Schläfe hervortritt. »Vorsicht mit diesem Wort.« Sein Blick bohrt sich in mich. »Es wird Zeit, dass deine Freundin geht, Billie Jean.«

»Ich gehe nirgendwohin.«

Wade dreht sich zu Cassie um und verzieht die Oberlippe. Er hält seine Bierdose so fest umklammert, dass sie einknickt. »Weißt du, was dein Problem ist? Du glaubst, du bist über das hier erhaben.« Er breitet die Arme aus und blickt von links nach rechts, scheint auf das gesamte Panorama um uns herum zu deuten, die verschlafenen Häuser von Red Hook, die sich bis zum Horizont erstrecken.

»Was?« Cassies Augen verengen sich.

»Du glaubst, du bist über diese Stadt erhaben. Über alle Menschen in ihr, einschließlich Billie. Das steht dir ins Gesicht geschrieben seit dem ersten Tag, an dem sie dich mit hergebracht hat. Ihre neue Freundin aus Greenwich, deren Daddy das gesamte Geld durchgebracht hat.«

»Das ist nicht ...«

»Aber du glaubst nur, du wärst über uns alle erhaben, genau das macht dich ja so unausstehlich. Du glaubst, du hättest einen Fluchtplan, dass du auf ein schickes College für reiche Mädchen gehen kannst und deine Jahre hier dann keine Rolle mehr spielen. Aber weißt du, was? Dieser Ort, diese beschissene Stadt, die du hinter dir lassen willst? Sie liegt dir jetzt verdammt noch mal im Blut, Cassie Barnwell. Sie macht dich aus. Ob du es überspielst oder nicht.«

Die Luft um uns herum scheint plötzlich stillzustehen, das pochende Blut in meinen Ohren übertönt ein paar zwitschernde Rotkehlchen. Ich sehe zwischen Wade und Cassie hin und her, in meinem Kopf dreht sich alles. Ich kämpfe darum zu verstehen, woher er so genau wusste, was er sagen musste, um sie zu treffen. Wade war immer brutal, das schon, aber nie scharfsichtig. Ich bin verblüfft. Mir war nicht mal bewusst, dass er Cassies Nachnamen kennt.

Aus dem Augenwinkel nehme ich wahr, wie Cassie den Arm sinken lässt und die Faust ballt. Sie geht einen Schritt auf ihn zu. »Fick dich. Du bist ein Vergewaltiger.« Ihre Stimme trieft vor Gehässigkeit. »Du gehörst in den Knast.«

Der Himmel ist jetzt indigoblau, nur noch eine Nuance entfernt von Schwarz. Unter uns leuchten die Lichter der benachbarten Häuser, aber hier auf dem Dach ist es dunkel, man kann kaum etwas erkennen. Ich sehe gerade noch, wie Wade den Rest seines Biers leert. Dann schmeißt er die Dose auf den Boden des Witwensteigs und zertritt sie mit dem Stiefelabsatz.

»Ich habe niemanden vergewaltigt«, faucht Wade. Er sieht mich an, das Weiße in seinen Augen leuchtet in der Dunkelheit. »Billie, deine Freundin muss jetzt gehen. Zwing mich nicht, es noch einmal zu sagen.«

Cassie schüttelt den Kopf. »Ich habe dir doch gesagt, ich gehe nirgendwohin.«

»Oh, doch.« Wade stapft auf sie zu und stolpert über irgendetwas – Cassies Rucksack, glaube ich. Sie weicht ihm aus, und er prallt gegen das Geländer, ganz in der Nähe der Stelle, an der die Pfosten durchgefault sind. Instinktiv öffne ich den Mund, um ihn zu warnen, er solle vorsichtig sein. Aber die Worte kommen nicht. Ich lasse zu, dass er bleibt, wo er ist, mit der Hälfte seines Gewichts auf das morsche Holz gestützt.

»Scheiße«, murmelt er und greift nach dem Eckpfosten des Geländers.

Es geschieht in Zeitlupe. Cassie schaut mich an, nur für einen Sekundenbruchteil, aber ich sehe die eisige Wut, die Entscheidung in ihren Augen. Wenn ich jetzt nach ihrem Handgelenk greife und sie einen winzigen Moment lang zurückhalte, hat Wade Zeit, sich hochzustemmen und sein Gleichgewicht wiederzuerlangen. Aber ich tue es nicht. Stattdessen beob-

achte ich, wie sie auf ihn zugeht. Ich kann spüren, wie die Ge-
schichte zwischen uns Gestalt annimmt, sich wie ein geheimer
Knoten zuzieht, als sie die Hände auf seine Brust legt, hoch
oben in Schulternähe, und ihn gegen die Stelle schubst, von der
auch sie weiß, dass das Holz dort verfault ist.

Ich sehe sein Gesicht nicht mehr, bevor er fällt, und darü-
ber bin ich froh – ich bin froh, dass ich dieses Bild nicht mit
mir herumtragen muss. Ich höre nur den schweren Aufprall
seines Körpers, als er neun Meter unter uns auf dem Boden
aufschlägt.

Billie

13. Oktober 2023
Der Tag selbst

Ich habe Alex seit sechsunddreißig Stunden nicht mehr gesehen, aber es kommt mir viel länger vor. Ich vermisse ihn schmerzlich, meine Haut vibriert förmlich vor Verlangen, ihn zu sehen, meinen Körper an seinen zu pressen, mit den Fingern durch das Haar in seinem Nacken zu fahren.

Als ich dusche und mir die Haare föhne, ist es schon nach sieben. Die Dämmerung verdunkelt das kleine Fenster in meinem Badezimmer. Ich tupfe mir gerade Concealer unter die Augen, als auf dem Waschbeckenrand mein Handy summt. Alex' Name auf dem Display lässt mein Herz leichter werden. Ich kann kaum glauben, wie sehr ich an ihm hänge.

> Hey, du. Wollen wir vor dem Westville noch etwas trinken gehen, gegen acht? Vielleicht im Fiddlesticks?

Das Verlangen läuft mir heiß die Wirbelsäule hinunter, füllt meinen Brustkorb aus. Ich will nichts lieber, als mit Alex in einer schwach beleuchteten Bar sitzen, einen starken Cocktail bestellen und spüren, wie seine Hand meinen Oberschenkel hinauffährt, während wir an unseren Drinks nippen.

Ich wünschte, ich könnte, schreibe ich zurück. Aber ich muss Janes Katze füttern (sie ist weggefahren) und bin schon spät dran. Wir sehen uns um 9 Uhr im Restaurant ☺.

Unter dem Textfeld mit Alex' Nachrichten befindet sich mein Austausch mit Cassie. Zuletzt habe ich ihr vor dreißig Minuten eine Nachricht geschickt, die ich mir unter der Dusche einfallen lassen habe.

> Alles Gute zum (fast)
> Geburtstag, Cass! Ich habe dich
> lieb und hoffe, du hast morgen
> einen entspannten Tag mit
> Grant und Ella. Du hast es dir
> verdient!

Wenn sie schnell antwortet, habe ich mir überlegt, kann ich Janes neue Wohnung erwähnen und dass ich auf dem Weg zum Abendessen vorbeikomme, um die Katze zu füttern. Vielleicht kann ich sie dann zum Geburtstag einmal kurz drücken. Trotz allem fühlt es sich eigenartig an, zu Cassies Wohnhaus zu fahren, ohne ihr Bescheid zu sagen.

Aber als ich mich eine halbe Stunde später angezogen habe und zur Tür hinausgehe, hat sie immer noch nicht geantwortet, und ich bereue es, die Nachricht überhaupt abgeschickt zu haben. Ich komme mir dumm vor und bin ängstlich, während ich mit der Subway nach Uptown fahre. Meine Nerven liegen blank, als 27 Gramercy Park South immer näher kommt.

Ich trage ein mitternachtsblaues Maxikleid und schwarze Ankle Boots, extra viel Wimperntusche und einen leicht schimmernden Lidschatten, den ich hinten in meinem Medizinschränkchen gefunden habe. Für mich ist das wirklich dick aufgetragen, aber es ist Freitagabend, und ich möchte für Alex gut aussehen.

Ich spüre, wie mich der Mann auf der anderen Seite des Gangs mustert. Er ist mindestens sechzig, und als er mir zuzwinkert, wende ich den Blick ab und krame das Handy aus meiner Clutch – der perlenbesetzten silbernen, die Cassie umsonst für mich geschossen hat, als sie noch bei Intermix gearbeitet hat, und die ich für besondere Anlässe schone. Aus irgendeinem Grund habe ich Empfang, und so öffne ich, ohne nachzudenken, Instagram. Ein rosa Kreis leuchtet um @ cassidyadler, und bevor mein Gehirn mitkommt, tippt mein Daumen bereits darauf. Tipp, tipp, tipp. Glotz, glotz, glotz. Etwas, das ich mir so sehr angewöhnt habe, dass ich gar nicht wüsste, wie ich damit aufhören soll, selbst wenn ich es versuchen wollte.

Wieder einmal bin ich dabei, Cassies Tag zu verfolgen. Da macht sie sich gerade ihren morgendlichen Smoothie, wobei ihr das Haar in spielerischer Perfektion wie ein zweiteiliger Vorhang über die Schultern fällt. Da trinkt sie mit Grant und Ella Kaffee bei Irving Farm und schaut dann im Laden vorbei, um »nach dem Rechten zu sehen«. Da steht sie in ihrem weißen Marmorbad und berichtet der Welt von einer Augencreme, die ihr Leben verändert hat. Da ist sie mit McKay und Ava zu sehen, Wange an Wange, die Lippen rot geschminkt, breit lächelnd, die Weingläser erhoben. Mir fällt im Hintergrund etwas auf – ein Strauß aus weißen, goldenen und rosaroten Luftballons.

Ich drücke meinen Daumen mitten auf den Bildschirm und halte das Bild fest. Mein Herz zieht sich zusammen und rutscht mir in den Magen. Ich weiß es einfach.

Ich sollte Instagram schließen, vergessen, was ich gesehen habe, aufhören, so erbärmlich und obsessiv zu sein. Die Subway wird langsamer und kommt an der Fourteenth Street zum Stehen. Ich merke kaum, wo wir sind, vergesse beinahe, dass das meine Haltestelle ist, dass ich aussteigen und in den L-Train umsteigen muss.

Ich schlüpfe durch die Türen, als sie sich gerade zu schließen beginnen, mein Blick klebt auf meinem Handy. Cassies nächste Story, die sie erst vor zehn Minuten gepostet hat, ist ein Video von einer anscheinend aufwendigen Cocktailparty bei ihr zu Hause. Da sind Caterer mit Krawatten und richten auf einer Käseplatte aus dunklem Holz Brie und Oliven an. Überall sind Menschen, die sich in der Wohnung drängen, trinken und reden, das Stimmengewirr konkurriert mit der Musik um Lautstärke. Ich erkenne ein paar adrette Männer mit Geheimratsecken von Cassies Dinnerparty wieder – sie tanzen und lachen über sich selbst. Im nächsten Slide sind zwei Frauen zu erkennen, die ich noch nie zuvor gesehen habe, beide sind dünn und elegant und teilen sich auf der Terrasse eine Zigarette, deren Rauch sich in den dunkler werdenden Himmel kräuselt.

Wenn es mich auch trifft wie ein Schlag, mich förmlich durchbohrt, stelle ich doch fest, dass ich nicht einmal überrascht bin. Es ist genau das, was ich erwartet habe.

Entgegen ihrer Ankündigung veranstaltet Cassie eine Geburtstagsparty.

In dieser Minute.

In ihrer Wohnung.

In ihrem Apartmenthaus.

Zu dem ich gerade unterwegs bin.

Ich kann mich nicht daran erinnern, in den L-Train umgestiegen zu sein, aber plötzlich rasen wir nach Osten, und bevor ich meine Gedanken verarbeiten kann, öffnen sich die Türen am Union Square. Ich folge einem dichten Schwarm von New Yorkern zwei lange Betontreppen hinauf, bis ein Schwall kalter Luft meine Lungen erreicht. Draußen sind die Straßen voll, wie es in diesem Teil der Stadt besonders am Wochenende immer der Fall ist. Ich ziehe mit zitternden Fingern mein Handy aus der Tasche. Ich will gerade googeln, *Wie lange überleben Katzen ohne Futter?*, da fällt mir ein, dass Willie Nelson auch Wasser braucht. Und ich kann Jane nicht hängen lassen. Ich kann kein egoistisches, unzuverlässiges Arschloch werden, nur weil Cassie das geworden ist.

Ich spüre, wie etwas Hartes und Helles durch mein Brustbein schießt, mich antreibt und meine Beine in Bewegung setzt. Ich laufe nach Norden. Während ich meine Schritte beschleunige, langsame Fußgänger umrunde, bei rot blinkenden Ampeln über Straßen flitze, gehen mir eine Vielzahl von Bildern durch den Kopf. Vor meinem inneren Auge sehe ich Cassies elfjähriges Gesicht im Schwimmbad an dem Tag, an dem wir uns zum ersten Mal begegnet sind, sehe die Fältchen auf ihrer Nasenspitze, als sie mich so selbstsicher, so anziehend anlächelte. Ich sehe uns beide, wie wir untergehakt durch die Flure der Red Hook High School gehen und die Köpfe zusammenstecken, so viele Jahre lang im wörtlichen Sinn miteinander verbunden. So viele gemeinsame Momente, triviale wie bedeutsame. Und dann der bedeutsamste Moment von allen. Cassie hoch oben auf dem Witwensteig des Hauses meiner Kindheit, die Hände gegen Wades Schultern gedrückt, die Kraft ihrer Entschlossenheit. Wie unsere Blicke sich trafen, während wir darauf warteten, dass sein Körper auf dem Boden aufschlug.

Ich biege rechts in die Nineteenth Street ein und erinnere mich an die Nachricht, die Cassie mir letzte Woche geschickt hat, als ich sie gefragt habe, ob sich ihre Geburtstagspläne geändert haben.

Nein, ich werde es dieses Jahr
einfach ruhig angehen lassen.
Essen bestellen und mit Grant
auf dem Sofa Succession
schauen!

Ich hasse sie. Es fühlt sich an, als würde in meinem Körper
Feuer lodern. Ein Feuer, das nicht atmen kann, das erstickt,
knackt, in mir faucht.

Ich biege links in die Irving Place ein. Ich bin jetzt schon
so nah, nur noch einen Häuserblock entfernt. Ehe ich mich
versehe, biege ich in die Twenty-first Street ein, und mein
Körper ist taub vor Schock und Wut; ich sehe den Eingang
zu Cassies Haus – *Janes* Haus –, und ein paar Schritte vor mir
geht ein Mann. Ich folge ihm hinein, er winkt dem Pförtner
zu und sagt, er wolle zu den Adlers. In der Lobby ist es warm,
es riecht nach sauberem Gummi und Parfüm, und der Mar-
morboden ist poliert. Die schwarze Täfelung an den Wänden
ist mit Goldbordüren verziert. Ich kann nicht fassen, dass
Jane in so einem Haus wohnt.

Der Pförtner nickt, er nimmt wohl an, dass wir zusammen
hier sind, denn er beachtet mich gar nicht, als ich dem Mann
in den Aufzug folge.

Die Tür schließt sich, und der Mann sieht mich erwartungsvoll an, seine Finger schweben über den nummerierten
Knöpfen. Er hat ein fliehendes Kinn und kurz geschnittenes,
graubraunes Haar, und ich kenne ihn von Cassies Dinnerparty. Es ist Evelyns Mann. Hank? Harry?

»Welche Etage?«, fragt er, was beweist, dass er sich nicht
an mich erinnert. Wenn er es täte, würde er annehmen, dass
ich ebenfalls zu den Adlers will.

»Acht.« Meine Stimme ist heiser, beinahe ein Flüstern.
»Danke.«

Der Aufzug ist klapprig und alt. Wackelnd erwacht er zum Leben und setzt sich nach oben in Bewegung. Hank oder Harry liest etwas auf seinem Telefon. Wir sagen beide kein Wort, als ich im achten Stock aussteige. Ich krame in meiner Clutch nach dem kleinen goldenen Schlüssel und schließe Janes Wohnungstür auf.

Jane hat nicht gelogen – Sasha und sie haben kaum etwas ausgepackt. Obwohl sich in Küche und Wohnzimmer die Kartons türmen, kann ich sofort erkennen, wie wunderschön die Räume sind. Sie haben hohe Decken und große Fenster und denselben eleganten Stuck wie Cassies Wohnung darüber. Aus dem Nichts taucht Willie Nelson auf und streicht in einer Acht um meine Beine, seine Wirbelsäule bildet einen Buckel. Er stößt ein lautes Schnurren aus.

»Hey, Kumpel.« Ich beuge mich zu ihm hinunter und kraule ihn hinter den Ohren. »Du hast bestimmt Hunger.«

Ich strenge mich an, mich auf meine Aufgabe zu konzentrieren und in der Speisekammer gemäß Janes Anweisungen das Katzenfutter zu finden. Ich löffle etwas davon in Willie Nelsons Futterschüssel und fülle dann seinen Wassernapf am Wasserhahn auf. Zuerst möchte er trinken, er schlabbert durstig.

Ich gehe durchs Wohnzimmer zum Fenster und lehne die Stirn an die Scheibe. Dieses Déjà-vu-Gefühl, das ich hier habe, ist unheimlich. Der Ausblick ist genau derselbe wie aus Cassics Wohnung natürlich. Ich sehe unter mir Autos über die Twentieth Street kriechen, die Fußgänger auf dem Bürgersteig sehen selbst im Dunkeln wie Ameisen aus. Auf der gegenüberliegenden Straßenseite leuchtet der von Laternen erhellte Gramercy Park. Ohne wirklich nachzudenken, gehe ich zu der Glastür zur Terrasse und öffne sie. Der Außenbereich ist nicht so perfekt ausgestattet wie der von Cassie – es gibt keine Teakholzmöbel, keine Buchsbäumchen in Töpfen.

Trotzdem ist es eine wunderschöne Terrasse. In Gebäuden, die wie dieses im Hochzeitskuchenstil erbaut wurden, gibt es nur in den oberen Etagen welche.

Ich bewundere die Steinmetzarbeiten, und da höre ich es. Wummernde Musik. Lautes, schrilles Lachen. Ein Chor von angeregten Gesprächen. Cassies Party, die direkt über mir stattfindet. Instagram lügt nicht.

Wut steigt aus meinem Bauch auf, zieht eine brennende Spur hoch in meine Brust, fast bis zum Hals. Die Frage hämmert in meinem Kopf, ein einziges Wort, das gegen meinen Schädel pocht.

Warum?

Warum sollte meine älteste und engste Freundin auf der Welt eine Geburtstagsparty feiern und mich nicht einladen? Warum sollte sie mich auf meine Frage hin über ihre Pläne belügen und das Ganze dann in den sozialen Medien posten, wo sie doch *weiß*, dass ich es dort sehen werde? Oder vielleicht ... vielleicht kommt ihr gar nicht in den Sinn, dass ich es sehen werde, weil es sie so wenig schert. Weil meine Existenz in dieser Stadt, auf diesem Planeten sie so wenig tangiert. Ich spüre, wie sich mein Kiefer spannt, als würde darin eine Schraube festgezogen. Jahrelang angestaute Wut brodelt in mir hoch. Es geht bei Weitem nicht nur um das hier.

Ich beuge mich über das Geländer von Janes Terrasse. Aus irgendeinem Grund muss ich an Wade denken. Ob es wehgetan hat, als er aufschlug? War er sofort tot oder lag er noch minutenlang da, und sein Hirn blutete auf den Plattenweg, und er litt und wusste, dass das Ende nah war? Wie kann man jemanden so sehr lieben, dass man für ihn tötet, und ihn dann vergessen? Wie kann es sein, dass ein menschliches Herz zu so etwas fähig ist?

Ein Windstoß bläst mir ins Gesicht und fegt pfeifend über die Terrasse. Als er abflaut, höre ich ein anderes Geräusch. Es klingt wie der Wind, aber schriller und sogar noch höher. Jemand weint. Nein, *schreit*. Es kommt von direkt über mir, von Cassies Terrasse, und es übertönt mit seiner markerschütternden Frequenz die Musik und das betrunkene Gelächter.

Ich weiß, was das für ein Geräusch ist. Ich bin zwar keine Mutter, aber ich weiß, das ist ein Baby. Es muss Ella sein. Wie kann es sein, dass niemand sie hört?

Ich öffne erneut Instagram und klicke sofort auf Cassies Avatar, und da sehe ich, dass sie neue Inhalte hochgeladen hat. Sie hat eine Reihe von Selfies mit den beiden rauchenden Frauen von der Terrasse gepostet, erst mit vor Lachen geöffneten Mündern, dann ernst, dann mit gespitzten Lippen, dann mit ihren leeren Martinigläsern anstoßend. Das letzte Bild ist erst zweiunddreißig Sekunden alt. Wie kann sie ihr eigenes Baby nicht schreien hören?

Ich gehe auf der Längsseite von Janes Terrasse auf und ab. Genau wie die von Cassie führt sie um die Ecke des Gebäudes. Sie ist groß. Möglicherweise sind die Gäste auf einer Seite versammelt – der Seite, die ich in Cassies Instagram-Storys sehe. Möglicherweise kann man Ella bei der Musik nicht hören.

Aber Ella *brüllt* jetzt. Es ist ein haarsträubendes, markerschütterndes Geräusch. Mein Herz klopft beklommen in meiner Brust. Ich werde fünf Minuten warten. Wenn fünf Minuten vergangen sind und Ella immer noch so außer sich ist, dann … *Was dann, Billie?* Ich schüttle den Kopf und presse die Unterarme auf das Geländer, die Lichter der Stadt funkeln um mich herum wie Juwelen. Ich muss mich zusammenreißen.

Ich halte immer noch meine Clutch umklammert, die plötzlich zu vibrieren beginnt. Mein Telefon. Ich ziehe es heraus und blicke auf den Bildschirm. Alex.

> Ich steige in die Subway. Bis
> gleich!

Ich schaue auf die Uhr. *20:40.* In zwanzig Minuten sind wir verabredet. Wenn ich jetzt nicht losgehe, komme ich zu spät.

Ellas Schreie sind durchdringend und unerträglich. Das Geräusch macht, dass ich mich zerbrechlich und entblößt fühle und plötzlich mit akuter Gewissheit spüre, dass ich zur falschen Zeit am falschen Ort bin. Dass ich einfach schnellstmöglich von hier verschwinden und das nicht zu meinem Problem machen sollte.

Aber irgendeine geheimnisvolle Kraft lähmt meine Füße und hält sie dort fest, wo sie stehen. Ich öffne erneut Instagram, nur um zu sehen, was los ist. Wieder umkreist ein rosa Ring Cassies Namen. Soll das ein Witz sein? Sie ist betrunken und postet unaufhörlich in den sozialen Medien, während ihr Baby nur wenige Meter entfernt hysterisch brüllt.

Ich gehe bis zum Ende der Terrasse, wo ich Ella am lautesten hören kann. Die Terrassen sind versetzt, aber sie muss sich beinahe direkt über mir befinden. Ich bemerke eine Feuerleiter, die am Gebäude befestigt und mir zuvor gar nicht aufgefallen ist. Ich greife danach, meine Hände schließen sich um das kalte Metall. Ohne nachzudenken, ziehe ich mich auf das Podest hoch, und schon stehe ich auf der ersten Sprosse der Leiter. Ich muss nur noch hinaufklettern.

Mein Handy vibriert erneut, und da erst merke ich, dass ich es immer noch in der Hand halte. Alex.

> Wann bist du ungefähr da?
> Kann es kaum erwarten, dich zu
> sehen.

8:51. Neun Minuten. Aber das Abendessen im Westville scheint jetzt nicht mehr wichtig.

Ella stößt einen gutturalen Schrei aus. Ich hole tief Luft, beuge mich vor und lege mein Handy und meine Clutch auf Janes Terrassenboden. Dann ziehe ich meine Ankle Boots aus und stelle sie dazu.

Irgendetwas übernimmt die Kontrolle. Etwas Ursprüngliches, Unaufhaltsames. Vielleicht ist es die endlich erwachte Wut, die abrupt reagiert und wie ein brennender Ast zurückschnellt. Vielleicht ist es ein Kampf um persönliche Gerechtigkeit, an die ich glaube, ohne sie wirklich in Worte kleiden zu können – ein Kampf, mit dem ich mir selbst oder vielleicht Cassie beweisen möchte, dass ich noch da bin, dass diese jahrzehntelange, heiliggehaltene Freundschaft mehr Bedeutung hat als das hier. Oder vielleicht mache ich mir auch nur ernsthaft Sorgen um Ella.

Wie auch immer, ich klettere, ich steige hinauf. Ich bewege mich schwungvoll, entschlossen und zielstrebig, meine bestrumpften Füße finden Halt auf den Sprossen der Feuerleiter, mein Kleid wird mir leicht gegen die Beine geweht. Ellas Schreie werden mit jeder Stufe lauter.

Und dann bin ich angekommen auf der Höhe von Cassies Terrasse. Ich sehe durch die Fenster drinnen Lichter, aber die Vorhänge sind zumindest auf dieser Seite der Wohnung zugezogen. Die Party ist in vollem Gange, die Musik von hier aus ohrenbetäubender, als ich gedacht hätte. Ein Song von Wilson Phillips dröhnt in voller Lautstärke, ein alter Lieblingssong von Cassie.

I know there's pain (I know there's pain)
Why do you lock yourself up in these chains?
(These chains)

Auf dieser Seite der Terrasse ist kein Mensch zu sehen. Der Kinderwagen steht nur ein paar Meter vom Geländer entfernt mit seinem blauen Verdeck, das ich schon tausendmal auf Instagram gesehen habe, auf den verschlungenen Wegen des Madison Square Park oder auf den ruhigen, von Hecken gesäumten Straßen von East Hampton. Ich stelle mich auf die Zehenspitzen und spähe hinein, und da ist Ellas kleiner Körper, der sich in dem Sportwagen windet. Ihr Hals muss schon ganz wund sein.

Niemand wird Zeuge der Ereignisse, die sich in den nächsten dreißig Sekunden abspielen: Ich springe über das Geländer der Terrasse und nehme Ella aus dem Kinderwagen. Auf meinem Arm wird sie gleich ruhiger. Ich halte Ella fest an meine Brust gedrückt, und wir beide verschwinden über die Feuerleiter, ich steige die Sprossen hinunter, bis ich auf Janes Terrasse wieder sicheren Boden unter den Füßen habe. Dort atme ich tief durch, schnappe mir meine Clutch, mein Handy und meine Stiefel und schlüpfe zurück in die Wohnung.

Ich blicke auf Ellas Gesicht hinab, ihr Mund nuckelt an nichts. Da bemerke ich den Schnuller, der mit einem Clip an ihrem Strampler befestigt ist, und stecke ihn ihr zwischen die Lippen. Sofort fallen ihr flatternd die Augen zu.

Die einzigen Möbelstücke in Janes Wohnzimmer sind eine L-förmige Couch und zwei Clubsessel. Ich öffne ein Fenster einen Spalt weit und lasse mich dann mit Ella auf einem Ende des Sofas nieder. Sie nuckelt noch an dem Schnuller, aber sie schläft – da bin ich mir fast sicher. Sie fühlt sich in meinen Armen warm an. Sie hat diesen unbeschreiblichen Babygeruch, der an süße, heiße Milch erinnert.

Willie Nelson springt neben uns aufs Sofa und rollt sich an meinem Oberschenkel zusammen. Er hat mich erschreckt, eine Sekunde lang hatte ich vergessen, warum er hier ist. Und dann kommt alles wieder zurück. Was ich in Janes Wohnung tue. Dass ich auf dem Weg zum Abendessen mit Alex die Katze füttere.

Alex.

Ich tippe auf mein Handydisplay, das mir verrät, dass es Viertel nach neun ist. Ich habe einen verpassten Anruf von ihm und mehrere neue Nachrichten.

> Ich bin da, habe uns einen Tisch ganz hinten gesichert.

> Alles okay?

> ???

Ich schlucke schwer.

Plötzlich höre ich durch das angelehnte Fenster jemanden schreien. Es ist Cassie, ich weiß es sofort. Die Musik erstirbt.

Ich stehe auf und gehe mit Ella im Arm zum Fenster. Eine volle Minute lang höre ich nur das. Cassies sich überschlagende Stimme, ihre animalischen Schreie im Stockwerk über mir. Ich kann nicht glauben, dass ich Ella laut fand – das war ein Klacks verglichen mit dem hier. Ich befürchte, Ella könnte davon aufwachen, aber irgendwie tut sie das nicht. Sie ist vermutlich erschöpft, weil sie so lange geschrien hat.

Jemand verkündet, man habe die Polizei gerufen. Ich trete noch näher ans Fenster und drücke mein Ohr an die Scheibe.

»Moment mal, wo ist Grant?« Es ist McKays verzweifelte Stimme. »Jemand muss ihn holen gehen! Jemand muss Grant holen!«

»Nein.« Das ist Cassie, die jetzt spricht, und ich stelle mir vor, wie in diesem Moment ihr Gesicht aussieht. Rot gefleckt, tränenverschmiert, mit Wimperntusche, die ihr ihr über die

Wangen läuft. »Billie«, sagt sie, und ich erstarre. »Ich brauche Billie.«

»*Billie? Wieso?*« Wieder McKay.

Bevor ich begriffen habe, was vor sich geht, vibriert auf dem Sofa mein Handy. Ich trete vom Fenster zurück und greife danach, schalte das Summen ab und starre auf den Namen, der auf dem Bildschirm aufleuchtet. *Cassie Barnwell.*

Mein Herz schwillt, eine Flut steigt in meiner Brust. Dieser Moment fühlt sich wie ein Wunder an, wie ein Sieg. In ihrem tiefsten Schmerz braucht Cassie *mich.*

Ich höre jemanden sagen, die Polizei wäre unterwegs. Ich blicke auf Ellas friedliches, schlafendes Gesicht hinab. Selbst mit geschlossenen Augen sieht sie Cassie ähnlich. Noch mehr, als ich es auf den Fotos erkennen konnte.

Die Polizei ist unterwegs. Als diese Information in meinem Hirn ankommt, schießt pure, ungefilterte Panik in meine Eingeweide. Ich betrachte Ella in meinen Armen, den dunklen Schwung der Wimpern auf der porzellanweißen Wange.

Die Polizei ist unterwegs, um ein vermisstes Baby zu suchen. Ein Baby, das *ich* mitgenommen habe.

Ich habe das Gefühl, langsam aus einer Trance, einem Klartraum zu erwachen. Was zum Teufel habe ich getan?

TEIL ZWEI

Billie

Frühling 2006

Der Schrei einer Frau hallt von unten herbei. Sandra.

»Oh mein Gott. Oh mein Gott.« Ich drehe mich zu Cassie um, aber sie sieht mich nicht an. Sie starrt geradeaus auf die zersplitterten Überreste des Geländers, dort, wo sie gerade Wade hindurchgestoßen hat.

»Was ist los, Cassie? Ist er tot?«

Sie reißt an meinem Arm und zieht mich zur offenen Luke. »Los.« Ihre Stimme klingt fest, aber drängend. »Wir müssen vom Dach runter. Jetzt.«

Wir nehmen unsere Rucksäcke und die Zigarettenschachtel und steigen die Dachbodenleiter hinunter ins Haus. Mein Herz hämmert vor Angst, und ich zwinge mich dazu, gleichmäßig zu atmen. Cassie wirkt, als wüsste sie, was sie tut. Sie scheint einen Plan zu haben.

Als wir wieder zurück in meinem Zimmer sind, dreht sie sich zu mir um, und da sehe ich sie: die Furcht, die in ihren Augen schwimmt. Sie hat auch Angst.

»Billie. Hör mir zu.« Sie packt meine Handgelenke. »Wir waren nicht auf dem Dach, okay?«

»Aber ...«

»Wir waren die ganze Zeit hier in deinem Zimmer. Wir haben gelernt.«

Die Tür ist angelehnt, und wir hören Sandras Stimme von unten. »Hallo, ist dort der Notruf? In dem Haus, in dem ich arbeite, ist ein Unfall passiert. River Road, gegenüber der Bischofskirche. Ein Mann – mein Arbeitgeber –, ich glaube, er ist vom Witwensteig gefallen. Dieser kleinen Plattform auf dem Hausdach. Ich glaube« – *Sandras Stimme bricht* – »ich glaube, er ist vielleicht tot.«

Mein Magen zieht sich zusammen.

»Hast du das gehört?«, *flüstert Cassie. Sie packt meine Handgelenke noch fester.* »Es war ein Unfall. Das ist es, was Sandra glaubt, und das werden wir auch der Polizei erzählen, wenn sie herkommt.«

»Aber Cass, was, wenn sie …«

»Billie.« *Ihr Blick wird ganz hart, und in der Art, wie sie mich ansieht, schwingt etwas mit – ein stummer Befehl, fast eine Drohung. Sie schluckt.* »Was ich da oben gerade getan habe … das habe ich für dich getan.«

»Ich weiß.«

»Du darfst es niemals irgendwem erzählen.«

»Mache ich auch nicht.

»Versprich es mir.«

»Ich verspreche es, Cassie.«

Wir gehen nach unten und treffen Sandra in der Küche an. Sie sitzt am runden Esstisch, die Schultern gebeugt, der Blick glasig.

»Wir haben jemanden schreien gehört«, *sagt Cassie.* »Alles in Ordnung?«

Sandra schaut zu uns auf, in ihren Augen schimmern Tränen. Aus ihrem Gesicht ist jede Farbe gewichen. Sie schüttelt den Kopf. »Wade ist gestürzt. Die Polizei ist auf dem Weg hierher.«

»Was? Heilige Scheiße.« Cassies Erschrecken wirkt so echt, wie es nur geht, und ich muss es ihr lassen – sie ist eine großartige Schauspielerin. »Wie geht es ... geht es ihm gut?«

»Ich weiß es nicht, Schätzchen.«

Mir geht auf, dass ich wohl etwas sagen sollte. Ich suche nach Worten und zwinge mich, sie auszusprechen, so überzeugend wie Cassie. »Oh mein Gott, Sandra. Wir waren ... wir waren in meinem Zimmer, und dann haben wir den Schrei gehört. Ich dachte, dir wäre etwas passiert. Wo ist Mom?«

»Deine Mom ist schon im Bett, Gott sei Dank.«

»Schläft sie?«

Sandra nickt. »Ich bin gerade aus ihrem Zimmer gekommen, als ich draußen das Geräusch gehört habe. Dieses schreckliche Geräusch, ein Rumsen, aber auch ein Knacken ...« Sie kneift die Augen zu, und ihre Hand fliegt zu ihrem Mund. »Ich bin aus der Haustür getreten, und da habe ich ihn auf den Schieferplatten gesehen. Geht nicht da raus, Mädchen. Bitte nicht.«

Ein Streifenwagen kommt ein paar Minuten später an, kurz darauf folgt ein Krankenwagen. Ein Polizist mittleren Alters mit einem roten Bart stellt sich vor, aber ich bin zu durcheinander, um mir den Namen zu merken. Cassie und ich hören zu, wie er Sandra befragt. Mit bebender Stimme wiederholt sie, was sie am Telefon gesagt hat.

Dann wendet sich der Polizist Cassie und mir zu. Sein Blick ist freundlich, um die Augen hat er Krähenfüße. Er fragt nach Wade, ob eine von uns mit ihm gesprochen hat, als wir aus der Schule kamen. Ob wir etwas Ungewöhnliches gehört oder gesehen haben.

Das ist mein Stichwort, und zum Glück habe ich keine Wortfindungsschwierigkeiten. Es ist fast, als wäre das mein

Moment. Als wäre es mein Schicksal, sie zu beschützen, ebenso unerschrocken, wie sie mich beschützt hat.

»Nein«, sage ich zum Polizisten. »Keine von uns hat Wade heute gesehen. Er geht manchmal hoch aufs Dach und trinkt dort. Das kommt oft vor.« Ich verstumme. Dann füge ich hinzu: »Cassie und ich haben in meinem Zimmer gelernt. Wir haben nicht gehört, dass er gefallen ist.«

Genau in diesem Moment kommt eine Rettungssanitäterin durch die Hintertür. Sie ist noch ganz jung – vielleicht Anfang dreißig –, und ihr Gesicht bleibt neutral, als sie die Arme vor der Brust verschränkt. Sie macht das vermutlich jeden Tag.

»Es tut mir so leid«, sagt sie und senkt die Stimme genau richtig, sodass sie mitfühlend klingt. »Er hat keinen Puls mehr. Er ist verstorben.«

Sandra gibt am Tisch ein leises Wimmern von sich. Ich zwinge mich dazu, erschrocken auszusehen, ich lasse den Kopf sinken, aber ich spüre genau, was wirklich zwischen Cassie und mir ist, die Gefühle, die uns überkommen.

Dankbarkeit. Erleichterung.

Wade ist tot. Er kommt nicht wieder.

Cassie

13. Oktober 2023
30 Minuten danach

Ich falle. Dieses Gefühl, wie sich mein Magen hebt und zusammenzieht, keinen Halt mehr hat. Wie mir flau wird. Der Fall, der folgt, nimmt kein Ende. Die Welt, wie ich sie kannte, gibt es nicht mehr.

Ich klammere mich an der Klobrille fest – kaltes Porzellan an meinen Fingern – und erbreche mich in die Schüssel. Rotwein, Tequila, Grey Goose, Wermut, braune Olivenstückchen in der Flüssigkeit. Heute Abend habe ich nicht viel gegessen.

Eine Hand hält meine Haare zusammen. Wem gehört sie? Grant? McKay?

»Hey.« Das ist McKays Stimme, aus weiter Ferne. »Setz dich auf. Hier. Spül dir den Mund aus.« Sie gibt mir ein hohes, sauberes Glas. Das Wasser sieht so verzerrt aus wie in einem Goldfischglas, und meine Hand will sich einfach nicht bewegen, hängt schwer an meiner Seite herab.

Ich schließe die Augen und sehe nur Ella. Ihre runden blauen Augen, ihre pummeligen Bäckchen, das zahnlose Lächeln, das mein Herz jedes Mal entflammt. Die flache Stelle an ihrem Hinterkopf, an der das hellbraune Haar spärlicher wächst. Wie ihr dickes kleines Händchen nach meinem Blusenkragen greift, wenn sie trinkt. Ella. Sie ist fort.

Ich will nicht in einer Welt ohne sie leben. Das werde ich nicht tun. Das lehne ich ab.

Ich kneife die Augen fester zu, und Tränen dringen hindurch, rinnen mein Gesicht hinunter und tropfen auf die Badezimmerfliesen. Ich muss an die letzten, grauenvollen Wehen bei ihrer Geburt denken, wie sich mein Körper anfühlte, als zerrisse er auf der Seite, auf der die Epiduralanästhesie nicht gewirkt hatte. Unerträgliche Qual, aber das ist nichts im Vergleich zu dem, was ich jetzt empfinde.

Mein Handy liegt auf dem Boden, und ich greife danach, versuche noch einmal, Billie anzurufen. Aber es klingelt und klingelt, bis die Mailbox anspringt. Wo ist sie nur?

McKays Stimme. »Warum rufst du ständig Billie an? Hier. Du musst dir den Mund ausspülen.«

Ich lasse zu, dass McKay mich hochzieht, und nehme das Glas, bewege Wasser im Mund hin und her und spucke es ins Waschbecken. Sie gibt mir ein Handtuch, und ich wische mir damit die Lippen ab. Ist mir egal, ob ich nach Kotze stinke. Mir ist alles egal, ich will nur meine Tochter finden.

Ich stolpere aus der Toilette.

Grant, Lillian und Reed sitzen alle mit versteinerter Miene auf dem Sofa im Wohnzimmer. Alle anderen scheinen schon gegangen zu sein, aber ich höre, dass in der Küche der Wasserhahn aufgedreht wird und dass dort jemand herumgeht.

Lillian schaut zu mir hoch. Ihre Augen sind rotgerändert. »Grant hat alle anderen rausgeworfen, aber ich habe den Caterern gesagt, sie sollen dableiben und alles sauber machen. Wir können sicher besser nachdenken, wenn die Wohnung pieksauber ist.«

Grants Gesicht ist rot, seine Augen sind nur noch Schlitze. »Herrgott noch mal, Mom.«

»Und ich habe dem Pförtner gesagt, er solle die Polizei gleich raufschicken. Die sind sicher bald da.«

McKay tätschelt mir den Arm. »Willst du dich ein bisschen hinlegen?«

Ich falle. Mein Körper wird immer schneller, dreht sich und rast durch die Luft. Es gibt nur ein Ende für das hier, aber das kommt nicht. Ich werde für immer fallen und auf den tödlichen Schlag warten.

Das hier ist ein Albtraum, da bin ich mir sicher. Ein höllischer, lebhafter Albtraum, der mich einfach nicht loslassen will. Ich blinzle, zwinge mich dazu, aufzuwachen, diesen schrecklichen Traum zu verlassen. Aber die Falle ist zugeschnappt. Grant und Lillian und Reed sitzen immer noch da und starren wie Zombies vor sich hin. McKays Hand liegt schon wieder auf meinem Arm; sie wiederholt ihre Frage. Ob ich mich hinlegen will?

»Nein.« Meine Stimme klingt, als hätte ich Kies in der Kehle, als gehörte sie zu einer Maschine, nicht zu einem Menschen. Ich schaffe es nicht, McKay anzusehen. Ich hasse sie dafür, dass sie weiß, dass ihre eigenen Kinder sicher in ihren Bettchen liegen, dass sie eine Mutter ist, die nicht ihr Baby verloren hat. McKay würde niemals tun, was ich getan habe. Sie wäre niemals so bescheuert, ihr Kind unbewacht auf einer Terrasse zu lassen, mitten auf einer Party mit fünfzig Gästen. Niemand würde so etwas tun. Ich bin verachtenswert. Ich verdiene das hier.

Kehren wir an den Ort des Verbrechens zurück?

Das Verbrechen. Mein Verbrechen. Und jetzt dieses Verbrechen, Ella, heute Nacht. Es gibt einen Grund dafür, dass ich diese ständige, quälende Angst hatte, seit ich vor einem Monat die DM bekommen habe, und nun kenne ich ihn. Die beiden Verbrechen sind miteinander verbunden – unmöglich, dass sie es nicht sind –, und es gibt niemandem, dem ich die Schuld daran geben kann, außer mir selbst.

Ich würde alles tun, um die Zeit zurückzudrehen und meine Fehler ungeschehen zu machen.

Ich will nicht hier sein, wenn Ella nicht da ist.

Ein Klingeln. Die Haustürklingel.

Grant stemmt sich vom Sofa hoch und schlurft in die Eingangshalle. Ich folge ihm. Er öffnet die Tür, vor der zwei Polizisten stehen. Einer sieht aus wie Mitte fünfzig, hat einen grauen Stoppelbart und einen Wanst. Seine Kollegin ist mindestens zwanzig Jahre jünger und trägt ihr kastanienfarbenes Haar kurz geschnitten. Ihr Blick ist streng.

»Grant Adler?« Die Stimme des Mannes ist klar und tief.

Grant nickt. Er reibt sich ein Auge und schaut über seine Schulter dorthin, wo ich mich verstecke. »Das hier ist meine Frau Cassie.«

»Ich bin Officer Scott.« Sein Blick fängt meinen auf, ganz kurz. »Und das hier ist Officer Gorski. Ich gehe davon aus, dass das Baby immer noch nicht wieder da ist?«

Grant nickt erneut und wirft einen Blick auf seine Uhr. »Schon fast vierzig Minuten jetzt.«

»Wollen wir uns vielleicht hinsetzen.« Officer Scott deutet in Richtung Wohnzimmer. »Ich würde Ihnen gern ein paar Fragen stellen.«

Die Polizisten setzen sich auf die Polstersessel am Kamin, und Grant und ich nehmen das Sofa. Lillian taucht auf, und ich höre, dass sie etwas von Zitronenwasser und Keksen sagt, um dann in der Küche zu verschwinden. McKay hockt sich in den freien Lehnsessel und zieht die Beine unter sich. Ich hatte fast vergessen, dass sie noch da ist. Wenn sie doch nur nach Hause gehen würde.

Ich kann nicht reden, ohne in Tränen auszubrechen, also

redet Grant. Er erzählt den Polizisten von der Party. Er erzählt in allen Details von Ellas Verschwinden und beschreibt das Aussehen unserer Tochter ganz genau, auch den pinkfarbenen Strampler, den sie getragen hat. Unsere winzig kleine, zauberhafte, wunderschöne Tochter. Es ist die reine Folter, wenn ich sie mir jetzt vorstelle, hilflos und verängstigt. Hat ein Fremder sie auf dem Arm? Fahren sie aus der Stadt hinaus, werden es mit jedem Atemzug mehr Meilen, die uns trennen? Ich kann sie nicht ertragen, diese Sekunden, die ohne sie vergehen. Jede von ihnen ist eine weitere Stufe in die Hölle.

Ich merke gar nicht, dass ich wieder weine, bis ich Grants Hand warm auf meinem bebenden Nacken spüre.

»Mr and Mrs Adler.« Officer Scott seufzt, aber nicht unfreundlich. »Haben Sie Grund zu der Annahme, dass einer Ihrer Partygäste Ihre Tochter mitgenommen haben könnte?«

»Nein«, sagt Grant voller Überzeugung.

Furcht überkommt mich. Ich denke an jemanden, der mehr weiß, der beobachtet. Ich habe einen Menschen getötet, und obwohl ich mich gezwungen habe, nicht darüber nachzudenken, obwohl ich tief in meinem Herzen weiß, dass er es verdient hat, ist es nun mal geschehen. Und jetzt muss ich den Preis dafür zahlen.

Ich muss mich beruhigen, meine Paranoia in den Griff bekommen. Denn die Wahrheit ist: Keiner von den Gästen auf meiner Party kannte mich damals. Keiner in meinem *Leben* kannte mich damals – abgesehen von meinen Eltern und Mara. Und Billie, die nicht ans Telefon geht.

Ich blicke auf. Ich muss mich jetzt auf die Polizisten vor mir konzentrieren. Auf die Menschen, die mir zu helfen versuchen.

»Mrs Adler?« Officer Scott sieht mich an. »Was ist mit

Ihnen? Fällt Ihnen jemand ein, der heute hier war und dafür verantwortlich sein könnte?«

Ich schüttle ganz leicht den Kopf und wispere: »Nein.«

Officer Scott runzelt die Stirn und notiert sich etwas. Eine Weile sagt er kein Wort. Dann nickt er, drückt auf den Knopf an seinem Kugelschreiber, um die Miene zurückzufahren, und steht auf. Officer Gorski – die noch kein Wort gesagt hat – folgt seinem Beispiel.

»Wir werden Ihre Wohnung durchsuchen«, sagt er.

Grant beugt sich vor und stützt die Unterarme auf die Knie. »Aber wir haben überall nachgeschaut.«

»Na ja, je mehr Augen, desto besser. Es ist nicht unüblich, dass kleine Kinder in ihrem eigenen Zuhause verloren gehen. Vielleicht ist sie unters Bett gekrabbelt oder in einen Schrank geklettert und dort eingeschlafen. Das passiert öfter, als man ...«

»Das ist lächerlich.« Ich räuspere die Tränen in meiner Kehle fort. »Ella ist kein Kleinkind, sie ist erst viereinhalb Monate alt. Sie kann weder gehen noch krabbeln, nicht einmal sitzen. Wir haben ihnen doch gesagt, sie lag in ihrem Kinderwagen ...«

»Cassie.« Grant legt mir die Hand aufs Bein. Tränen rinnen an meiner Nase entlang und tropfen von meinem Kinn.

»Mrs Adler.« Jetzt redet Officer Gorski, und ihre Stimme – hart, ein bisschen rau – nervt mich sofort. »Ich verspreche, dass wir schnell sein werden. Haben Sie vielleicht ein Foto von Ella für uns? Ein Foto auf Papier, wenn es geht. Wir brauchen eins für unseren Bericht.«

Ich bringe es nicht über mich, ins Kinderzimmer zu gehen, schon gar nicht, die Fotos von Ella durchzusehen, also tut McKay das. Die Polizisten durchsuchen unterdessen die Wohnung. Lillian hat einen Krug Wasser und einen Teller Kekse auf den Couchtisch gestellt. Ich betrachte das Glas, das

272

sie mir eingeschenkt hat, das Scheibchen Zitrone, das auf der Oberfläche schwimmt. Ich sehe zu, wie Reed einen Keks nimmt und ihn ganz in den Mund schiebt, und ich frage mich, wie er in einem solchen Augenblick überhaupt an Essen denken kann. Aber dann spüre ich, wie mein eigener Körper auf den Anblick des kalten Wassers reagiert, nehme die Trockenheit in meiner Kehle wahr, den physischen Durst. Es ist der reine Hohn, dass selbst angesichts einer derartig undenkbaren Verheerung der Körper immer noch seine Bedürfnisse anmeldet. Ich denke an Billie, und dann daran, wie es wohl war in dieser Nacht, in der Wade sie das erste Mal angerührt hatte. Wie lange brauchte sie, bis sie nach dem Grauen wieder Durst verspürte?

Ich greife nach dem Glas und stürze das eisige Wasser hinunter, eine Erleichterung, obwohl ich wünschte, es wäre keine. Obwohl ich wünschte, ich würde gar nichts fühlen.

Fünfundzwanzig Minuten später hat die Polizei ihre Durchsuchung abgeschlossen. Ella haben sie nicht gefunden, das wusste ich natürlich. Ich bin ihre Mutter. Wenn sie in dieser Wohnung wäre, wüsste ich es. Ich spüre, dass sie nicht hier ist.

McKay gibt Officer Gorski das Foto. Es ist das neueste, das ich habe abziehen lassen – ein Schnappschuss von Ella auf einer Decke in unserem Garten in East Hampton. Sie trägt einen blassrosa Strampler, und ihre Augen sehen vor dem Hintergrund der weißen Decke besonders blau aus. Ihr Mund ist zu einem leichten Lächeln verzogen. Es ist ein wunderschönes Foto, ein 12,5 x 17,8 Zentimeter großer Abzug, den ich in einem verzierten Silberrahmen auf ihre Kommode gestellt habe, neben ihren Wickeltisch.

Officer Scott gibt Grant seine Karte, aber sein Blick ist auf mich gerichtet. »Wir werden unseren Bericht einem Detective aus der Abteilung für Kapitalverbrechen übergeben, der dann eine Nachbarschaftsbefragung durchführen wird. Sie wissen schon, mit den direkten Nachbarn und den Leuten in der näheren Umgebung reden, für den Fall, dass jemand etwas Auffälliges bemerkt hat. Wir werden dann bald Kontakt zu Ihnen aufnehmen. Wenn in der Zwischenzeit irgendetwas passiert, haben Sie ja meine Nummer.«

Als sie gegangen sind, ist die Atmosphäre in der Wohnung drückend, es liegt etwas Unheimliches in der Luft. Etwas, das schlimmer ist als Angst. Es ist schon nach elf, als Lillian und Reed in Lillians Zweitwohnung in Central Park South zurückfahren, und halb zwölf, als wir es endlich schaffen, McKay davon zu überzeugen, nach Hause zu fahren. Immer wieder bietet sie an, im Gästezimmer zu übernachten. Ich verstehe nicht, wie sie darauf kommt, dass wir sie hierhaben wollen.

Ich steige ins Bett und ziehe mir nicht einmal das Kleid aus. Ich spüre die Leere in allem um mich herum – das bodenlose Nichts, das Ella in jeder einzelnen meiner Körperzellen hinterlassen hat – und schluchze in mein Kissen. Grant rollt sich um meinen Körper herum zusammen und hält mich fest, aber das fühlt sich wie ein Übergriff an, und ich bin froh, als er sich auf seine Seite der Matratze zurückzieht.

Ich schließe die Augen und sehe Ellas Gesicht. Ich höre ihr Brabbeln und Gurgeln. Ich rieche den warmen, milchigen Duft ihres Kopfes und habe das Gefühl, als wäre mein Herz mitten entzweigebrochen, ganz glatt. Die dunkelsten Gedanken steigen daraus hervor; ich sehe die Schlagzeilen mit Ella darin, sehe, wie Grant und ich ein warnendes Beispiel für andere Eltern werden.

Irgendwann öffne ich die Augen und taste auf meinem Nachttisch nach dem Handy, das irgendwie an seinem üblichen Ort liegt, an die Ladestation angeschlossen.

Da ist eine Textnachricht von Billie. Endlich.

> Tut mir leid, dass ich deine
> Anrufe nicht angenommen
> habe. Bin zu Hause, habe eine
> furchtbare Migräne, rufe später
> an. X

Ich schaue auf die Uhr auf dem Display. 00:07. Ich habe Geburtstag.

Billie

13. Oktober 2023
Zwei Stunden danach

Ella schläft tief in meinen Armen. Ihr leises, gleichmäßiges Atmen beruhigt mich, lindert die Panik, die droht, meine Brust zu sprengen.

In der Stadt ist es jetzt ruhiger. Es ist nicht wirklich *leise* – New York ist niemals still –, aber die Martinshörner und Sirenen heulen nun nicht mehr so häufig, und in den Nachbargebäuden sind weniger Fenster erhellt. Ich lasse das Fenster einen Spalt weit offen. Ich muss vorbereitet sein auf das, was kommt.

Ich werfe einen Blick auf mein Handy, auf meine Unterhaltung mit Alex. Ich habe ihm endlich geantwortet, eine halbe Stunde, nachdem wir uns im Westville treffen wollten.

Tut mir so leid. Ich habe
schlimme Migräne, und jeder
Blick auf das Handydisplay
tut weh. Ich bin eine Weile
eingenickt und gerade erst
wieder wach geworden. Muss
heute absagen. Tut mir echt
leid.

Alex, Gentleman, der er ist, hat kein Problem daraus gemacht, dass ich ihn versetzt habe. Er hat sogar angeboten, herzukommen und mir ein paar Schmerztabletten zu besorgen, aber ich habe darauf bestanden, allein in meinem dunklen Zimmer zu bleiben. Ich habe ihm versprochen, ihn morgen früh anzurufen.

Damit sind Ella und ich allein in Janes Wohnung. Von oben habe ich keinen Pieps gehört, aber ich nehme an, dass Cassie und Grant die Fenster und Terrassentüren geschlossen haben und sich drinnen aufhalten, wo sie voller Angst auf die nächste Hiobsbotschaft warten. Ich kann mir das Ausmaß von Cassies Schmerz gar nicht vorstellen. Ich bin ja keine Mutter.

Bye, Baby.

Aus irgendeinem Grund höre ich Cassie ständig diese Worte sagen. Vor siebzehn Jahren – dieser alte Spitzname aus der Highschool –, und doch kommt es mir vor, als wäre es gestern gewesen.

Sie hat mich wieder angerufen, gerade eben. Ich frage mich, ob sie wohl etwas ahnt, aber dann erinnere ich mich an die Verzweiflung in ihrer Stimme, vorhin auf der Terrasse: *Billie. Ich brauche Billie.*

Cassie braucht mich. So wie früher. Die Vorstellung wärmt meine Nerven, erfüllt mich mit Stolz.

Natürlich wollte ich nicht, dass sie weiter anruft, also habe ich eine Textnachricht geschickt, in der ich erklärte, dass ich mit Migräne im Bett läge und nicht reden könne. Dasselbe habe ich Alex erzählt. Es ist wichtig, dass meine Geschichte wasserdicht bleibt.

In Janes Wohnung ist es unheimlich still. Es ist, als näherte sich ein Unheil. Ich wünschte, ich könnte mal raus, aber ich sitze fest unter dem Gewicht des Babys. Unter dem Gewicht der Entscheidung, die zu dieser Situation geführt hat.

Ich schließe die Augen. Ich weiß nicht, wie viel Zeit vergeht. Es kann eigentlich nicht sein, dass ich weggenickt bin, aber ich fahre hoch, als Willie Nelson von der Couch springt und seine Pfoten über den Holzfußboden tapsen. Er beginnt erneut, in Achten um meine Beine zu schleichen; seine Schwanzspitze fährt über Ellas Wange. Sie regt sich, verzieht das Gesicht, ihr kleiner Mund spannt sich um den Schnuller. *Nein.*

Jetzt öffnet sie die Augen, sieht mein fremdes Gesicht, die fremde Umgebung, und ich habe keine Zeit, mich auf das vorzubereiten, was kommt. Die Geräusche beginnen langsam, erst sind es nur kleine Wimmerlaute, aber dann fällt der Schnuller heraus, und Ellas Schreie werden lauter, höher. Mein Herz schlägt schneller. Ich versuche, ihr den Schnuller wieder in den Mund zu stecken, aber sie will nicht. *Mist.*

Wenn ich eine Mutter wäre – wenn ich überhaupt irgendeine Art von Mutterinstinkt hätte –, dann hätte ich sofort verstanden, dass es von diesem Augenblick an kein Zurück gibt. Ich wäre bereit gewesen und hätte einen Plan B geschmiedet.

Vielleicht hat Ella Hunger. Füttert Cassie sie mitten in der Nacht? Keine Ahnung. Ich schaue auf mein Handy, das mir sagt, dass es schon nach ein Uhr morgens ist. Und plötzlich geht mir auf, dass Cassie jetzt Geburtstag hat. 14. Oktober.

Ich drücke Ella an die Brust und haste in die Küche. Ich schaue nach, ob Milch da ist – Babys trinken doch Milch, oder? Ich reiße die Kühlschranktür auf, aber darin steht nur eine Flasche Weißwein und ein Glas Oliven. *Herrgott noch mal, Jane.*

Ella schreit jetzt richtig, und ich kann das nicht, wirklich nicht. Es war ja nun nicht so, als hätte ich das Kind zu entführen versucht. Ich *habe* dieses Kind nicht entführt. Nichts von alldem hier hätte überhaupt passieren dürfen. Ich bin doch keine Verbrecherin.

Ich durchsuche den Rest der Wohnung, bis ich zum Schlafzimmer komme. Da gibt es eine große Matratze mit Kopfteil, aber ansonsten nur Kisten. Nur wenige davon sind geöffnet worden, und ich wühle mich hindurch, obwohl ich gar nicht recht weiß, was ich eigentlich suche. Eine Verkleidung vielleicht – eine Perücke, eine Mütze? Ich würde über mich selbst lachen, hielte ich nicht zitternd ein schreiendes Baby in den Armen.

Nichts in den geöffneten Kisten hilft mir weiter – in einer liegt Bettzeug, die andere ist voller Schuhe. Ich reiße die Tür des Schrankes auf, der fast leer ist, abgesehen von ein paar Kleidern und Bügeln. Dann fällt mir etwas auf dem obersten Regalbrett ins Auge. Ein Filzhut mit Krempe und einer kleinen Feder unterm Hutband. So etwas trägt man zum Apfelpflücken. Ich habe Jane noch nie mit so einem Hut gesehen. Vielleicht gehört er Sasha. Egal, das muss reichen.

Drei Minuten später bin ich schon zur Tür raus. Ella ist erstaunlicherweise ruhig. Ich habe es geschafft, ihr den Schnuller wieder zwischen die Lippen zu klemmen – und ich bete zu einem Gott, von dem ich nicht weiß, ob ich an ihn glaube, dass dieses Gebäude zu alt für eine Videoüberwachung ist. Ich schleiche auf Zehenspitzen durch den Flur, wobei ich Ella unter meiner Jacke fest an mich drücke – es ist die Kunstlederjacke, die ich in den ersten Herbsttagen bei H&M gekauft habe –, und konzentriere mich darauf, das Treppenhaus zu finden. Mein Herz hämmert jetzt so heftig, dass ich es in meinen Ohren hören kann. Schweiß rinnt mir den Nacken und den Rücken hinunter.

Am Ende des Flurs ist eine Tür, und ich drücke sie so sanft wie möglich auf. Es ist tatsächlich das Treppenhaus, und mein ganzer Körper wird von Erleichterung geflutet. Ich schaffe es.

Ella regt sich erneut, ihre Mundwinkel zucken, und ich habe keine Zeit mehr. Ich erreiche den Treppenabsatz des neunten Stocks und drücke die Tür mit der Hüfte auf. Sie knarrt in den Angeln, und ich zucke zusammen und erwarte, dass jemand aus Cassies Wohnung kommt und mich findet, schuldig, ein Reh im Licht der Scheinwerfer.

Aber die Luft ist rein. Trotzdem wird Ellas Wimmern immer lauter, und mir ist vor Angst ganz übel. Ich renne den Flur entlang. Mein ganzer Körper pulsiert unter einer so intensiven Panik, dass ich fürchte, in eine Million Teilchen zu zerspringen, wenn ich stehen bleibe. Vor der Wohnung 9A lege ich Ella auf den Boden. Das ist Cassies Wohnung. Wenn ich doch bloß eine Decke oder so etwas hätte, um sie einzuwickeln, aber die habe ich nicht, und das war es nun – ich kann nur noch weitermachen, von den surrealen, unbewussten Entscheidungen vorangetrieben, die ich als meine eigenen akzeptieren muss.

Ich renne zum Treppenhaus. Jetzt ist es mir egal, wie viel Lärm ich mache – ich muss einfach auf die Tatsache zählen, dass die meisten Bewohner von 27 Gramercy Park South tief schlafen, und so schnell wie irgend möglich aus diesem Gebäude verschwinden.

Ich renne die Treppe hinunter, als ginge es um mein Leben – was ja in gewisser Weise auch stimmt. Ich werde nicht langsamer, bis mich das Treppenhaus in die Lobby spuckt, wo der Portier – ein anderer als der, der vor ein paar Stunden hier war – hinter dem Eingangstresen sitzt. Der Filzhut thront sicher auf meinem Kopf, und ich habe mein Haar im Nacken zu einem festen Dutt gebunden, aber trotzdem – ich schaue stur geradeaus und gehe direkt auf die Eingangstür zu. Ich weiß nicht einmal genau, ob mich der Portier überhaupt bemerkt, aber dann höre ich seine Stimme in meinem Rücken. Ein starker irischer Akzent.

»Gute Nacht, Miss.«

Ich hebe die Hand, drehe mich aber nicht um. Erst als ich

sicher auf dem Bürgersteig angekommen bin, lasse ich den angehaltenen Atem wieder hinaus. Die Nachtluft hüllt mich in kühlen Trost. Die Stadt legt den Mantel der Anonymität um mich, und jetzt weiß ich es wieder: Das hier ist New York, und ich bin nur eine unter Millionen. Hier ist schon viel Schlimmeres passiert.

Billie

Herbst 2006

Meine Mitbewohnerin im Uni-Wohnheim ist ein Mädchen namens Becca. Sie kommt aus New Jersey und hat langes flachsblondes Haar. Sie ist so groß, dass sie sich nicht einmal irgendwo draufstellen muss, als sie einen Teppich an die Wand neben ihr Bett hängt. Er ist violett und türkis und nimmt die gesamte Wand ein; sie sagt, er sei von ihrer Mutter, die ihn schon zu Collegezeiten hatte.

Becca ist sorglos und beinahe fanatisch aufgeschlossen, daher ist es leicht, sich mit ihr anzufreunden. Im Flur wohnt noch ein Mädchen, das wir sofort nett finden. Esme hat ein Einzelzimmer, aber die meiste Zeit verbringt sie in unserem Zimmer. Ich bin mir nicht ganz sicher, glaube aber, dass das teilweise daran liegt, dass ich oft nicht da bin, besonders an den Wochenenden. Wenn Cassie anruft, komme ich.

Wenn der Verkehr es erlaubt, schaffe ich es mit dem Taxi von der Northeastern zur Harvard in acht Minuten. Aber das Taxifahren geht ganz schön ins Geld, deshalb nehme ich meist Moms altes Fahrrad mit den zehn Gängen, das ich mir aus der Garage stibitzt habe, bevor ich aufs College ging. Es ist rot und rostig, aber es funktioniert. Inzwischen genieße ich die Fahrten über den Charles River und ins Zentrum von Cambridge.

Cassie mag ihre Mitbewohnerin nicht, ein graumäusiges

282

Mädchen aus dem Mittleren Westen, das Flora heißt. Sie hat nichts zu bieten, behauptet Cassie. Sie mag eine Gruppe Mädchen vom Stockwerk über ihr lieber – sie sind alle sonnengebräunt und hübsch und stammen aus Orten wie Marblehead und Fairfield County. Daher gehen wir an den Freitag- und Samstagabenden, wenn ich zur Harvard komme, meist dorthin. Es kommt mir so vor, als liefe Cassie dieser Clique hinterher, und zugleich, als wäre die nicht sonderlich erpicht darauf, einen Platz für sie zu finden. Aber ich nehme an, das merkt sie, daher sage ich ihr lieber nicht, was sie ohnehin schon weiß.

Im Dezember gibt es eine Verbindungsparty, zu der alle besonders hässliche Pullis anziehen sollen, und wir glühen mit den coolen Mädchen von oben vor. McKay ist wunderschön und reich, hat langes blondes Haar und gebräunte Beine, die unter ihrem übergroßen Rentier-Pulli hervorschauen. Falls sie Shorts trägt, dann kann ich sie jedenfalls nicht sehen.

»Du solltest heute mit Harrison vögeln«, sagt sie zu Ava, die so dünn ist, dass sie aussieht, als könnte sie entzweibrechen, wenn ich sie anfasse. Ich habe sie noch nie etwas essen sehen, und sie trinkt nur Wodka mit zuckerfreier Limo.

»Mache ich vielleicht auch.« Ava lacht wild auf und kippt sich einen Kurzen rein. Sie gibt die riesige Henkelflasche Wodka an Cassie weiter. Die nimmt einen Schluck und verzieht das Gesicht. »Wen soll ich vögeln?«, fragt sie in den Raum.

Ich war oft genug mit Cassie in Harvard, um zu wissen, dass sie nur die »blaublütigen« Typen will. Die Reichen und Mächtigen aus Connecticut oder von der Nordküste, die Sommerhäuser auf Nantucket und einen reinen Stammbaum haben. Sie müssen einigermaßen aussehen, ja, aber die Herkunft ist weit wichtiger als das Äußere. Im Herbst hat Cassie mit einem Studenten namens Luke geschlafen, der aussah wie Joshua Jackson in den ersten Folgen von Dawson's Creek. Sie mochte ihn; sie sind ein paarmal in Cambridge in ein mexikanisches Restaurant essen gegangen. Als sie seinen Führerschein sah und merkte, dass er aus dem ländlichen Teil von Maine stammte, antwortete sie nicht mehr auf seine Textnachrichten.

»Das ist doch sinnlos«, sagte Cassie, als ich einwandte, dass sie ihren eigenen Pacey Witter hätte haben können, unseren absoluten TV-Schwarm aus der Mittelstufe. »Ich weiß, was ich im Leben will, Billie. Und das ist auf keinen Fall ein armer Junge aus irgendeinem Loch in Maine.«

Ich sagte darauf nichts, aber ihre Worte drangen mir in die Seele. Und sie erinnerten mich wieder einmal an Kyle.

»Hmm.« Ein Mädchen namens Adair denkt über Cassies Frage nach und schaut in den Spiegel über der Kommode, weil sie sich gerade die Lippen mit pinkfarbenem Lipgloss bemalt. »Da gibt es einen Studenten aus dem dritten Jahr. Der heißt Phil und ist im Lacrosse-Team, Single und hinreißend. Er ist mit Avas Bruder in Deerfield gewesen.«

Das lässt Cassie aufmerken. Ich ahne, wie sie bei der Erwähnung eines Elite-Internats innerlich zu sabbern beginnt. »Erzähl.«

Jemand gibt mir die Wodkaflasche; der Wodka ist eiskalt und zähflüssig, weil er aus dem Gefrierfach kommt. Ich trinke ein wenig und spüle mit Diet Dr Pepper aus der Dose nach. Wir alle sind auf bestem Weg, betrunken zu werden.

McKay dreht sich um, die Augen ganz schmal, und sieht Adair an. »Phil Anderson? Ich habe dir letztes Wochenende doch gesagt, dass ich ihn heiß finde.«

Adairs fröhliches Lächeln erstirbt. »Oh. Ach ja. Das habe ich völlig vergessen, Mick.«

Ich spüre, wie Cassie neben mir in sich zusammensinkt. Es ist ganz egal, dass McKay eine Fernbeziehung hat; in zwölf schnellen Worten hat sie Phil Anderson für tabu erklärt, er gehört ihr. Die Macht, die sie hat, ekelt mich einerseits an, und andererseits fasziniert sie mich.

McKay zuckt mit den Schultern, aber ihr Blick schießt immer noch Blitze, und die treffen Cassie. Er ruht einen kurzen Moment länger auf ihr, als nötig wäre – eine Drohung. Ich wünschte, Cassie würde sich eine neue Clique suchen.

Ich weiß nicht einmal, ob diese Hässliche-Pulli-Party überhaupt lustig ist. So geht es mir oft bei diesen Partys. Ich bin dann so betrunken von billigem Schnaps, dass die Grenze zwischen Bewusstheit und Umnachtung zu einem verzerrten Nebel verschwimmt. Die Erinnerung an diese Nächte ist immer unscharf: hämmernde Musik, verschwitzte Menschen, der saure Geruch von Fassbier, der an meinen Sohlen klebt. Ich stolpere in meinem Alkoholrausch durch das knarrende, wummernde Haus, bis Cassie beschließt, dass wir gehen.

In der Wohnheimküche wärmen wir Celeste-Pizzen in der Mikrowelle auf. Wir tragen sie in Cassies Zimmer und essen sie in betrunkenem Schweigen auf ihrem Bett wie zwei ausgehungerte Zombies.

Drei Meter weiter schläft Flora. Sie geht nie auf Partys. Obwohl sie kaum je etwas sagt, weiß ich, dass sie Cassie nicht mag und meine Besuche fürchtet. Ich kann es ihr nicht vorwerfen. Nach Mitternacht verwandeln wir uns in Geier.

Cassie und ich wischen uns die fettigen Hände an ihren Laken ab, werfen die leeren Pizzaschachteln auf den Boden. Wir legen uns unter die Decken ihres Bettes, zu erschöpft und besoffen, um uns Pyjamas anzuziehen oder die Zähne zu putzen. Es ist eklig, aber so laufen diese Nächte nun mal.

»Danke, dass du jedes Wochenende kommst«, sagt Cassie. Ihre Stimme klingt so nah – wir teilen uns ein Kissen –, aber der Schlaf zerrt an meinem Hirn, und sie fühlt sich ganz weit weg an.

»Meinst du, dass McKay mich hasst?«, fragt sie.

Ich will ihr sagen, dass das doch völlig egal ist. Dass McKay Gift ist. Aber ich tue, was ich immer getan habe. Ich versuche, sie aufzuheitern.

»Natürlich nicht«, murmle ich. »Sie war heute nur sauer auf Adair. Sie scheint dich echt zu mögen.«

»Glaubst du?«

»Sie lädt dich ständig zum Vorglühen nach oben ein.«

»Stimmt wohl.« Cassie schweigt lange. Dann sagt sie: »Aber trotzdem. Ich weiß nicht, was ich täte, wenn ich dich nicht hier in Boston hätte.«

Stille. Dann: »Du bist der Grund, aus dem ich hier bin, Cass.«

Wenn ich solche Kommentare mache, dann komme ich dem Thema Wade und dem letzten Frühling am nächsten. Wir sprechen nicht darüber, aber die Wahrheit steht trotzdem zwischen uns, fest, verbindend. Die Polizei hat unsere Aussage nie in Zweifel gezogen, dass sein Tod ein Unfall war. Ein morsches Geländer, ein betrunkener Mann, der in der Stadt dafür bekannt war, ein polternder Schluckspecht zu sein. Er hatte Familie in Albany; sie haben ihn dort beerdigt. Wie Mom jemanden wie Wade lieben konnte, habe ich nie verstanden. Und sie wird es nie erklären können.

Cassie kuschelt sich an mich und legt ihren Kopf auf dem Kissen zurecht. Wir passen kaum auf dieses schmale Bett, aber sie lässt mich nie auf dem Boden schlafen.

Benommene Stille senkt sich über uns. Der Schlaf ist schwer und willkommen, eine Strömung, die mich in selige Nichtexistenz zieht.

Cassie

14. Oktober 2023
Fünf Stunden danach

Ich knabbere an Ellas Füßchen herum, meine Zähne an ihrem prallen Fleisch. Es klingt lächerlich, aber dabei lacht sie immer so unkontrolliert, jedes Mal. Und Ellas Lachen ist das zauberhafteste Geräusch der Welt.

Der Raum um uns herum neigt sich, die Kanten verschwimmen, aber da ist Gras, ganz viel davon, und Ella trägt ihren hellrosa Strampler, genau wie auf dem Bild, das McKay Officer Gorski gegeben hat. Wildblumenstängel neigen sich unseren Gesichtern zu, als suchten sie nach Licht, als wären wir die Sonne.

Ella windet sich auf ihrem Rücken, weil sie so kichern muss, und es gibt nichts anderes als diesen hellen, seligen Moment, nur für uns beide. Aber plötzlich beißen meine Zähne fester zu – zu fest. Ich kann es spüren – aber nicht kontrollieren, und das Kichern verwandelt sich schnell in verängstigtes Heulen. Schrille, durchdringende Schreie, die mein Herz bis in den Hals klopfen lassen, und selbst als ich den metallischen Geschmack ihres Blutes schmecke, kann ich nicht aufhören, und bevor ich weiß, was da passiert, öffnet sich der Boden unter dem Gras, bebt ein wenig, um dann Ella hinabzuziehen; ihre pummeligen Zehen gleiten von meiner Zunge, und ich höre nur noch das Echo der Schreie meiner Tochter. Dann ist sie verschwunden.

Ich schrecke aus dem Traum auf, aber das Schreien hört nicht auf. Ich höre es selbst jetzt, obwohl ich genau weiß, dass ich wach bin. Es kommt mir unmöglich vor – sogar ein wenig soziopathisch –, dass mein Körper in dieser Situation überhaupt einschlafen konnte. Ich schiebe es auf den Alkohol.

Ich liege auf der Decke, immer noch im schwarzen Seidenkleid von der Party. Grant liegt neben mir, er schläft wie ein Stein, ein Anblick, der mich wütend macht. Wie kann es sein, dass er ebenfalls eingeschlafen ist? Was ist nur mit uns los?

Das Geräusch von Ellas Schreien hält an, ein Echo des Traums in meinen Ohren. Vielleicht ist es auch mein benommenes Hirn, das immer noch im Albtraum gefangen ist. Bei der Erinnerung daran, dass das hier meine neue Realität ist, in der es keine Ella mehr gibt, schwappt eine weitere Welle des Elends über mich. Mein Herz scheint abzusacken, immer tiefer, und schließlich aus meinem Körper zu fallen. Und an seiner Stelle bleibt nur Schmerz, zu schwer, um ihn zu ertragen. Wie soll ich weitermachen, wenn ich nicht weiß, wo mein Baby ist?

Ich tippe aufs Display des Handys, das aufleuchtet und mir sagt, dass es beinahe zwei Uhr morgens ist. Ich stehe auf und verlasse das Zimmer, um Ellas Schreie abzuschütteln. Vielleicht hilft es, wenn ich ein wenig herumlaufe.

Aber ich tappe den Flur entlang und komme zum Wohnzimmer, und das Weinen wird nur lauter. Es kommt aus der Eingangshalle. Es kommt von der Eingangstür unserer Wohnung. Vielleicht habe ich einen Wachtraum. Vielleicht bin ich auch einfach vollkommen irre geworden. Vielleicht steckt mein Hirn in einer Zeitschleife, hängt in der Vergangenheit fest und hört für immer Ellas Geist.

Oder vielleicht …

Ich renne zur Tür, reiße sie mit aller Kraft auf, und da ist sie. Meine Tochter.

Die Erleichterung, die jede meiner Zellen durchdringt, kommt mir eingebildet vor. Vielleicht ist es eine Art grausamer Scherz vom Universum, das die Realität verzerrt. Aber ich sehe sie. Das hier ist keine Illusion oder Erscheinung. Ella ist wirklich da. Sie liegt auf dem Boden, als hätte sie der Storch mitten in der Nacht hier abgelegt.

Alles, was jetzt passiert, passiert vollkommen unwillkürlich. Eine Sturzflut an Tränen ergießt sich aus meinen Augen, als ich meine Tochter vom Boden hebe, sie an meine Brust drücke, meine Nase auf ihren Kopf presse. In meinem ganzen Leben habe ich noch nie solche Euphorie gespürt.

Sie heult, das Gesicht verzogen und tomatenrot. Ich versperre und verriegele die Tür, dann setze ich mich auf die Couch und schiebe Kleid und BH hoch. Ella dockt wie ein Magnet an meiner Brust an, als hätte sie seit Tagen nicht getrunken, und meine Brüste sind angeschwollen und prickeln vor Milch. Ich habe sie schon so viele Stunden lang nicht mehr gestillt. In mir ist so viel Milch, und sie strömt aus mir heraus wie das Meer, das einen Fluss füllt, und sie vermengt sich mit den Tränen, die immer noch nicht versiegen wollen. Mein ganzer Körper bebt vor Erleichterung.

Erleichterung.

Erleichterung.

Erleichterung.

Ich rufe nach Grant. Er soll das ebenfalls fühlen.

Wir sitzen stundenlang mit Ella da, bis ein blasser orangefarbener Streifen die Dunkelheit zu vertreiben beginnt. Zartes Licht fällt in Streifen auf den Wohnzimmerboden. Keiner von uns schläft den Rest der Nacht. Wir können nur immer Ella anstarren, das sanfte Flattern ihrer geschlossenen Lider, ihr perfektes, friedliches Gesicht. Die Erleichterung, sie wiederzuhaben, wirkt wie eine starke Droge und drängt alle Fragen in den Hintergrund, mit denen ich mich noch nicht beschäftigen will.

Ella wacht um sieben auf, wieder hungrig, und ich stille sie. Grant geht in die Küche, um Kaffee zu machen. Ich höre, wie er die Bohnen mahlt, das saugende Geräusch des Kühlschrankes, der geöffnet und dann wieder geschlossen wird, das tiefe Brummen von Grants Stimme – offenbar ist er am Handy. Minuten später bringt er mir einen Becher mit dampfendem Kaffee, Vollmilch und Zucker, genau wie ich ihn mag.

Seine Lippen berühren meine Wange. »Happy Birthday, meine Schöne.« Er holt mein Handy aus seiner Tasche und legt es aufs Sofa. »Ich dachte, du willst das hier vielleicht sehen. Es wird gerade ganz groß.«

Ich schüttle den Kopf und schaue zu Ella hinunter. »Vielleicht später. Fürs Erste ist sie das Einzige, was ich ansehen will.«

Grant trinkt einen Schluck aus seinem eigenen Becher. »Ich habe Officer Scott angerufen und ihm die frohen Neuigkeiten erzählt. Er hat gesagt, dass er unseren Fall schon dem Detective übertragen hat, von dem er gestern geredet hatte. Jemandem, der sich mit Kidnapping-Fällen auskennt.«

Kidnapping. Das Wort ist wie ein Messer in meinem Bauch. Eine erschreckende Story, die man auf den hinteren Seiten des *People*-Magazine liest. Nicht etwas, was mir passiert.

Grant setzt sich neben uns. Er legt seine Hand auf Ellas Hinterkopf, während sie trinkt. »Er ist auf dem Weg hierher.«

»Der Detective?«

»Ja. Er will herausfinden, was mit Ella passiert ist, Cass. Wer sie entführt hat. Wer sie zurückgebracht hat.«

Ich schließe die Augen, Tränen rinnen durch die Wimpern hindurch. Ich weiß tief in meinem Inneren, dass ich nie wieder ohne Angst sein werde. Dass die Folter, fünf Stunden ohne Ella zu sein – ohne zu wissen, ob ich sie je wiedersehen werde –, mich für den Rest meines Lebens begleiten wird.

»Hey.« Grant streicht mir das Haar aus der Stirn. »Ella ist jetzt bei uns zu Hause und in Sicherheit, Schatz. Sie wird nie wieder irgendwohin verschwinden. Wir werden herausfinden, wer das getan hat. Und warum.«

Aus reiner Gewohnheit scrolle ich durch meine Nachrichten, während wir auf den Detective warten. Da sind viel zu viele Nachrichten – Textnachrichten, E-Mails, DMs. Ich hatte vergessen, dass ich ja Geburtstag habe, und das ist der Grund, warum auf meinem Handy noch mehr los ist als sonst. Normalerweise würde ich mich darum kümmern; normalerweise würde ich die vielen Posts und Erwähnungen und lieben Grüße meiner Follower genießen und eine herrliche halbe Stunde beim Morgenkaffee mit meinem Handy verbringen.

Aber heute bedeutet mir das Handy gar nichts. Es ist nur ein leeres Rechteck, Glas und Metall. Ich könnte es, ohne zu zögern, von der Terrasse werfen. Und vielleicht tue ich das auch. Ich schaue zu Ella hinunter, die gemütlich in ihrem Babynestchen neben mir auf dem Sofa liegt. Die Tatsache, dass sie wieder hier ist, kommt mir wie ein Wunder vor. Nichts anderes zählt. Nichts anderes wird je wieder zählen.

Ich stecke mein Handy zwischen zwei Kissen und schaue meine schlafende Tochter an. Den Schwung ihres winzigen Näschens. Das flaumige Haar an ihrer Schläfe. Wie ihre Mundwinkel immer wieder zucken, als lächelte sie über etwas in ihrem Traum.

»Cassie.« Grant legt mir die Hand auf den Rücken und erschreckt mich. »Das ist Detective Barringer.«

Ich schaue auf und sehe einen kleinen Mann mit schütterem staubblondem Haar und einem jungenhaften Gesicht. Ich habe gar nicht gehört, wie er hereingekommen ist.

Er lächelt mich angespannt an, setzt sich auf einen der Sessel und beugt sich vor, sodass er sich mit den Ellbogen auf den Beinen abstützt, die in marineblauen Hosen stecken. Grant bietet ihm einen Kaffee an, aber er schüttelt den Kopf.

»Nach einer Tasse habe ich schon mehr als genug«, sagt er, und da weiß ich schon, dass er völlig unfähig ist. Ich kann Leute nicht ausstehen, die ein solches Gewese um ihren Koffeinkonsum machen.

Grant versucht es noch einmal. »Wasser? Kräutertee?«

Detective Barringer wedelt mit der Hand in der Luft herum. »Ich brauche nichts. Setzen Sie sich doch, Mr Adler. Ich würde gern mit Ihnen und Ihrer Frau zusammen sprechen.«

Grant setzt sich ans andere Ende des Sofas. Die schlafende Ella liegt zwischen uns.

»Vielleicht sollte ich sie in ihr Bettchen legen«, sagt er.

Ich werfe ihm einen bösen Blick zu, er macht wohl Witze. Dieses Baby lasse ich nie mehr aus den Augen, und Grant ist schlau genug, dass er das weiß.

Detective Barringer räuspert sich. »Ich freue mich sehr, dass Ihre Tochter sicher zu Ihnen zurückgekommen ist. Das sehen wir gern. Also, die Kollegen, die Sie gestern Nacht besucht haben, haben mich über die Einzelheiten Ihres Falles ins Bild gesetzt. Aber könnten Sie mir noch einmal beschreiben, was in den letzten Stunden geschehen ist? Wie Sie Ella gefunden haben, in welchem Zustand sie war?«

Ich nicke. Zuerst ist es schwierig, die Worte herauszubekommen, aber dann erzähle ich ihm alles. Wie ich vom Geräusch von Ellas Schreien aufgewacht bin, wie ich sie mitten in der Nacht vor der Tür gefunden habe, wie ich sie ganz ausgezogen und jeden Quadratzentimeter ihres Körpers nach

Anzeichen von Verletzungen untersucht habe – die Achseln, die Zehenzwischenräume.

Als ich fertig bin, sitzt Detective Barringer eine Weile schweigend da. Ich greife nach meinem Kaffee und nehme zittrig einen Schluck von der lauwarmen Flüssigkeit. Und warte.

Endlich atmet er aus. Er sieht ein wenig gelangweilt aus. »Gibt es noch etwas, was ich wissen sollte, Ihrer Meinung nach?«

»Da gibt es eine Sache.« Grant reibt sich den Hals und wirft einen schnellen Blick in meine Richtung. »Cassie ... sie ist Influencerin. Sie hat eine Menge Follower auf Instagram. Wir haben das gestern zu erwähnen vergessen, aber das könnte vielleicht ... relevant sein.«

»Verstehe.« Detective Barringer nickt, als nähme er diese Information auf, obwohl ich bezweifle, dass er auch nur den Hauch einer Ahnung hat, wie Instagram funktioniert. »Wie viele Follower sind es denn?«

»Achtundvierzigtausend.« Meine Stimme ist belegt. »Mehr oder weniger.«

»Wow.« Seine blassen Brauen hüpfen, und ich schäme mich beinahe für ihn. Vielleicht schäme ich mich auch für mich selbst, als ich zusehe, wie dieser unfähige Kerl versucht, meine sogenannte Popularität anzuerkennen.

»Das sind wirklich viele Menschen«, fährt er fort. »Wussten sie alle von der Party?«

»Ich ... na ja, ich habe ein paar Storys gepostet. Sie wissen schon, Bilder und Videos und so – vom Anfang der Party. Also so gesehen, ja. Aber keiner meiner Follower weiß, wo wir wohnen. Natürlich nicht.«

Grant runzelt die Stirn. »Aber weißt du das genau, Cassie? Bist du sicher, dass sie das nicht herausfinden können?«

»Lassen Sie mich das überprüfen«, schlägt Barringer vor,

als wäre das nicht ohnehin seine Aufgabe. »Ich bin gerade dabei, die anderen Bewohner dieses Gebäudes zu befragen, aber ich hätte außerdem gern eine Liste der Personen, die auf Ihrer Party waren. Namen und Kontaktinformationen. Ich werde ein paar Befragungen durchführen, alle Sicherheitskameraaufnahmen zusammensuchen, aber eins muss ich jetzt bereits sagen: Ich mache das schon sehr lange. Und aus dem, was ich bisher gehört und gesehen habe, ergeben sich keine Hinweise auf eine Straftat. Vermutlich ist das alles ein Missverständnis.«

»Ein Missverständnis?« Ich stelle meinen Becher auf den Tisch, mit mehr Nachdruck, als ich beabsichtigt habe. Kaffee schwappt über den Rand und bildet eine kleine Pfütze. »Detective Barringer, jemand hat unsere Tochter *entführt*.«

»Und jemand hat sie wieder zurückgebracht.« Er schaut zwischen mir und Grant hin und her. »Ich werde herausfinden, was geschehen ist, und ich sage das nur, um Sie etwas zu beruhigen.«

»*Beruhigen?*« Wieder kommen mir die Tränen. Panik gärt wie Gift in meinem Magen.

Barringer blinzelt, und ich sehe die scharfen Linien um seine Augen herum, die einzige Stelle in seinem Gesicht, die darauf hinweist, dass er womöglich doch etwas älter ist als dreißig. Er wirkt genauso müde, wie ich mich fühle, und reicht Grant eine Visitenkarte – offenbar ist es sicherer, sich an den gefassten Ehemann als an die hysterische Ehefrau zu wenden. Er sagt, er werde sich bald wieder melden.

Ich bin froh, als er fort ist, dieser unfähige, gleichgültige, kindliche Mann, lasse mich aufs Sofa zurücksinken und schluchze. Grant verschwindet in die Küche. Als er zurückkommt, gibt er mir einen Teller mit Frühstück. Sauerteig-Toast mit der knusprigen Mandelbutter, die ich so gern mag, darauf etwas Honig. Aber ich schiebe den Teller weg – allein der Gedanke an Essen stößt mich ab.

»Cassie.« Grant seufzt. »Warum gehst du nicht duschen? Ziehst das Kleid von gestern Abend aus? Dein Make-up ist völlig verschmiert.«

Etwas summt auf dem Sofa – mein Handy. Es hat den ganzen Morgen über gesummt. Ich schiebe meine Hand zwischen die Kissen und fische es heraus, bereit, das blöde Ding auszuschalten und es für den Rest des Tages ganz hinten in einer Schublade einzuschließen. Für den Rest der Ewigkeit. Aber dann sehe ich ihren Namen.

Billie West.

Endlich ruft Billie zurück.

Billie

14. Oktober 2023
Am Tag danach

Ich wälze mich die ganze Nacht in meinem Bett herum. Ich weiß auch nicht, warum ich überhaupt versuche zu schlafen. Um sieben gebe ich das Unterfangen auf und werfe die Decke von mir. Meine Augen brennen vom Schlafmangel, aber so ist es nun mal. Es ist unmöglich, mein Gedankenkarussell anzuhalten.

Ich setze Wasser für die Cafetiere auf, trommele mit den Fingernägeln auf der Küchenarbeitsfläche herum und warte ungeduldig, bis es endlich kocht. Regentropfen sind am Küchenfenster zu sehen; der Morgen draußen ist grau und diesig.

Ich schließe die Augen und höre, wie Cassie schreit. Ich höre Ella schreien. Ich höre, wie der Kessel zu pfeifen beginnt, und ich fühle mich wie das Wasser darin: gurgelnd, erstickend. Ich halte das keine Sekunde länger aus. Ich schalte die Herdflamme aus und greife nach meinem Handy.

Jane geht beim zweiten Klingeln ran. Ihre Stimme klingt heiter.

»Billie! Sasha und ich wollen auf Islandponys durch den Schnee reiten.«

»Wow.«

»Du würdest es total lieben. Es ist wunderschön hier, und alle kümmern sich nur um ihre eigenen Angelegenheiten.«

»Mhm.«

Wir schweigen beide. Dann fragt sie: »Bill? Ist alles in Ordnung?«

»Verdammt, Jane.« Tränen steigen in mir auf und brennen in meinen Augen. »Ich muss dir was sagen.«

»Warte kurz.« Etwas raschelt, gefolgt von murmelnden Stimmen. »Okay. Ich bin jetzt draußen. Ich habe aber nur ein paar Minuten. Sasha und unser Guide warten auf mich.«

Ich atme tief durch. Irgendein unterbewusster Teil von mir weiß, dass ich das hier ohne Janes Hilfe nicht überstehen kann. Ohne dass Jane weiß, was gestern Nacht wirklich passiert ist.

Also erzähle ich es ihr. Ich erkläre die ganze Sache, von Anfang bis Ende – wie ich von der Party erfahren habe, wie ich in Janes Wohnung gegangen bin und Willie Nelson gefüttert habe, wie ich Ella auf der Terrasse über mir gehört und sie mitgenommen habe. Wie ich Ella wieder zurückgebracht habe.

Ich warte darauf, dass Jane etwas sagt. Ich fühle mich, als schwebte ich in der Luft, als hätte die Schwerkraft aufgehört zu existieren. Mein Herz hämmert so sehr, ich spüre es bis in den Mund hinein.

»Herrgott, Billie«, sagt sie endlich. Ihre Stimme ist brüchig. Darin liegt nichts mehr von der vorangegangenen Heiterkeit.

»Ich musste – ich musste es dir einfach erzählen. Sie haben Ella jetzt wieder, aber trotzdem. Was, wenn sie die Polizei einschalten? Dann befragen sie vielleicht die Nachbarn.«

Jane schnaubt. »Was, *wenn* sie die Polizei einschalten? Billie, glaubst du im Ernst, dass Cassie und Grant die Sache einfach auf sich beruhen lassen? Dass sie es zulassen, dass ihr kleines Baby *stundenlang* einfach verschwindet, ohne dass sie herausfinden wollen, was zum Teufel eigentlich passiert ist?«

»Ich weiß. Du hast ja recht. Ich habe nur überhaupt nicht geschlafen und noch nicht richtig darüber nachgedacht.«

»Was hast du dir dabei überhaupt *gedacht*, Billie?«

»Ich habe gar nicht gedacht, Jane! Ich bin einfach durchgedreht. Und war frustriert. Ich habe nur reagiert, ich war im Grunde nicht mal bei Bewusstsein ...«

»Du warst nicht bei Bewusstsein und hast trotzdem das Baby von jemand anderem genommen? Moment mal.«

Wieder Hintergrundgeräusche – als wieherte da irgendwo ein Pferd –, und dann höre ich, wie Jane zu Sasha sagt, dass sie gleich kommt. »Billie? Ich muss jetzt los.«

»Jane ...«

»Hör mal.« Sie klingt wieder entschlossen. »Ich weiß, dass Cassie eine schreckliche Ziege ist. Und ich weiß, dass ihr beide eine beschissene gemeinsame Geschichte habt. Und auch, wenn ich sie nicht verstehe, weil du mir nie wirklich erklärt hast, *warum* sie so beschissen ist, bist du ... du gehörst zu meiner Familie, Billie. Wenn irgendwer anruft und mich wegen letzter Nacht befragt, na ja ... du warst nicht in meiner Wohnung. Niemand war dort.«

Meine Lider schließen sich, ein paar Tränen rinnen meine Wangen hinunter. »Danke, Jane.«

»Jetzt muss ich aber wirklich los. Versuch ein bisschen zu schlafen. Du hast letzte Nacht sicher kein Auge zugetan.«

Ich fühle mich nach dem Gespräch mit Jane ein bisschen besser. Aber nur ein bisschen. Ich befolge ihren Rat und lasse den Kaffee stehen, um wieder ins Bett zu kriechen. Ich kuschele mich mit dem Handy in der Hand unter der Decke ein und öffne Instagram, wo ich wie ein darauf programmierter Roboter sofort zu Cassies Seite navigiere. Das passiert nicht einmal bewusst.

@cassieadler hat seit der letzten Nacht nichts Neues gepostet. Seit dem Terrassen-Selfie mit den beiden Zigaretten rauchenden Frauen, einem Schnappschuss, der die eklige Angewohnheit irgendwie schick wirken lässt, europäisch. Drei zum Anstoßen erhobene Martinigläser, freudige Gesichter.

Eine Welle der Erschöpfung erfasst mich; das Handy wird ganz schwer in meiner Hand, meine Lider schließen sich. Endlich beruhigen sich mein Hirn und mein Körper.

Ich weiß nicht, wie viel Zeit vergangen ist, als ich aufwache, aber es fühlt sich immer noch wie Morgen an. Angst steigt in mir auf, und ich taste nach meinem Handy, das irgendwo zwischen den Laken liegt. Auf dem Display steht, dass es beinahe elf Uhr ist. Ich kann das nicht länger hinauszögern; ich muss sie zurückrufen. Es wirkt vielleicht verdächtig, wenn ich es nicht tue.

Sie geht beinahe sofort ran.

»Billie? Herrgott noch mal. Ich habe dich angerufen.« Cassies Stimme klingt krächzend und panisch, schlimmer, als ich es erwartet habe.

»Tut mir leid. Ich … dieser Migräne-Nebel lichtet sich erst jetzt ein bisschen. Ich war seit gestern um sechs Uhr im Bett.«

»Billie, ich … hör mal, könntest du vielleicht herkommen? Es ist etwas passiert.«

Ich setze mich im Bett auf und reibe mir das Auge. Der Augenwinkel fühlt sich geschwollen und wund an, vielleicht bekomme ich ein Gerstenkorn. Ich habe mich gestern nicht abgeschminkt.

»Moment, Cass. Herzlichen Glückwunsch.«

»Scheiß auf meinen Geburtstag. Komm her.«

Ich atme tief durch. Ich muss jetzt ganz vorsichtig vorgehen. Ich weiß nicht, was sie weiß. »Cassie. Was ist los? Was ist passiert?«

»Jemand hat Ella entführt.«

Mein Herz hört auf zu schlagen. Darauf bin ich nicht vorbereitet. Ich *sollte* aber darauf vorbereitet sein. Aber ich darf jetzt nicht zusammenbrechen. Ich muss mich völlig normal verhalten, so tun, als wäre ich so geschockt, wie sie es erwartet.

»Was meinst du damit, jemand hat Ella entführt?« Ich lege so viel Erschrecken in meinen Tonfall, wie ich kann. »Sie ist weg?«

»Nein, sie ist jetzt wieder da.« Cassie beginnt zu weinen. Ich stelle mir vor, wie ihre mageren Schultern bei jedem Schluchzer beben. »Aber jemand hat sie gestern Nacht entführt, auf dieser Party in unserer Wohnung. Grant – er hat in letzter Minute diese Party ausgerichtet. Eine ganz kleine Sache.«

Ein Funken Wut brennt in meinem Brustkorb. Wir wissen beide, dass sie lügt – die Party, die Grant ihr ausgerichtet hat, war ganz bestimmt nichts »Kleines« –, doch ich darf auf keinen Fall etwas dazu sagen. Jetzt noch nicht.

»Aber dann hat sie jemand zurückgebracht, mitten in der Nacht, und sie direkt vor unsere Wohnungstür gelegt. Bill, ich hatte in meinem ganzen Leben noch nie solche Angst. Und die Sache ist, dass ich immer noch genauso viel Angst habe. Obwohl Ella direkt hier neben mir liegt und ruhig schläft. Ich habe so verdammt viel Angst, ich habe das Gefühl, den Verstand zu verlieren. Bitte komm. Da ist etwas, was ich … ich … ich brauche dich.«

Die Wut in meiner Brust wird milder und verwandelt sich in Zärtlichkeit. Diese drei Worte wieder. *Ich brauche dich.* Sie sind wie ein Zauber. Eine Zeitkapsel, die uns zurückbringt in die Zeit vor Grant und Ella und McKay und Ava, in die Zeit, in der es nur Cassie und mich gab – zwei beste Freundinnen, die einander brauchten, die einander unterstützten.

Ich reibe mir wieder das Auge, spüre die Mascara von letzter Nacht als Krümel an meinen Wimpern. Ich schwinge die Beine aus dem Bett und stelle die Füße auf den Boden, voller Überzeugung, voller Sinn und Zweck. Cassie braucht mich.

»Natürlich komme ich. Ich bin gleich da.«

Ich gehe unter die Dusche, als wir aufgelegt haben. Ich wasche mir die letzten vierzehn Stunden vom Körper, aus meinem Haar, und drehe das Wasser heißer, als ich es normalerweise gern habe.

Ich ziehe Jeans und einen gestreiften Pulli über, tupfe mir ein bisschen Creme unter die Augen. Da sind ein paar verpasste Textnachrichten von Alex, der fragt, wie ich mich fühle, ob ich etwas brauche. Ich habe Gewissensbisse, die ich in meinem Bauch spüre – ich hasse es, ihn anlügen zu müssen –, aber ich kann Alex nicht die Wahrheit sagen. Ich kann es einfach nicht.

Ich verfasse eine schnelle Nachricht.

Bin gerade erst aufgewacht. Ich
fühle mich viel besser, danke.
Ich weiß, dass ich gesagt habe,
ich würde dich anrufen, aber
Cassie hat einen Notfall, und
ich muss dorthin. Ella ist letzte
Nacht verschwunden, aber sie
haben sie wiedergefunden. Ich
verspreche, dass ich dich bald
anrufe und dir alles erzähle.

Ich fühle mich beklommen, doch ich tippe trotzdem auf Senden. Dann nehme ich meine Jacke und haste aus der Tür.

Billie

Herbst 2007

Ich sehe ihn nackt, bevor wir überhaupt miteinander gespro-
chen haben.

Becca, Esme und ich haben uns für Figurenzeichnen einge-
schrieben, um unsere Pflichtveranstaltungen in Kunst abzude-
cken. Wir hätten lieber die Einführung in die Keramik gehabt,
aber wir haben zu lange mit der Anmeldung gewartet, und als
wir uns dann endlich anmelden wollten, war der Keramikkurs
voll. Figurenzeichnen ist der einzige andere Kurs, der zu unse-
ren Stundenplänen passt.

Ich fürchte mich ein bisschen vor den nackten Modellen.
Der einzige Mann, den ich bisher nackt gesehen habe, ist Wade,
und wenn ich mich daran erinnere, steigt sofort die Säure aus
meinem Magen auf, erscheinen all die quälenden Bilder aus
dem Keller vor meinem inneren Auge. Ein alter Albtraum, der
sich in meinem Hirn festgebissen hat.

Das sage ich Becca und Esme natürlich nicht. Nur Cassie
weiß von Wade, und so soll es auch bleiben. Es ist bloß ein
Kunstkurs, *sage ich mir immer wieder.* Ich muss einfach lächeln und es durchstehen.

Das Atelier in Ryder Hall ist ein großer Raum mit hohen
Decken. Darin riecht es nach Ölfarbe und Kohlestiften. Der
Dielenboden knarrt, als das Modell in die Mitte des Raumes

geht, zu einem kleinen Podium, das als Bühne dient. Er zieht seinen Bademantel aus, lässt ihn neben seinem Stuhl zu Boden fallen.

Wir sind mindestens zwei Dutzend Teilnehmer in diesem Kurs; zwei Dutzend Staffeleien stehen um diesen nackten Fremden herum. Niemand kichert oder scherzt. Die Atmosphäre wirkt reif, respektvoll, künstlerisch. Die Professorin trägt einen langen grauen Zopf und besteht darauf, dass wir sie Wanda nennen. Sie dirigiert das Modell in die richtige Position. Er steht gerade da, den linken Arm in die Hüfte gestützt, das Kinn nach rechts gewandt.

Er ist groß gewachsen, langgliedrig wie eine Bohnenstange und hat wilde nussbraune Locken, die sein Gesicht umrahmen. Sein Körper ist ganz anders als Wades, und ich ertappe mich dabei, dass ich ihn wie eine Künstlerin mustere. Ich folge der Linie von seiner Schulter zu seinen Armen, während ich die Umrisse seines Körpers mit meinem Kohlestift einfange.

Zwanzig Minuten ziehen dahin, und der Mann zuckt mit keinem Muskel. Ich frage mich: Muss der nicht mal pinkeln? Ist er vielleicht müde? Was, wenn es ihn irgendwo ganz furchtbar juckt?

Als eine halbe Stunde vergangen ist, sagt Wanda zu ihm, dass er fünf Minuten Pause hat. Der Bann ist gebrochen; die Wachsfigur wird wieder zu einem Menschen. Er greift nach seinem Bademantel und bewegt seine Arme und Beine. Er setzt sich auf den Klappstuhl und dehnt den Nacken, um ihn zu entspannen. Er ist überall lang und schlank, selbst seine Finger und Zehen sind so.

Ich werfe einen Blick zu Esmes Staffelei. Ihre Schatten sind weich, gut verblendet, ihre Linien wirken ganz natürlich. Meine eigene Zeichnung sieht eher aus wie etwas aus dem Malbuch einer Viertklässlerin – eckige Umrisse und harte Striche, als hätte ich mich zu sehr bemüht. Wanda spaziert

durch die Reihen, die Hände hinter dem Rücken verschränkt,
und begutachtet unsere Arbeiten. Sie spricht mit uns über Pro-
portionen, über die Ausrichtung der Gliedmaßen.

Fünf Minuten später ist das Modell erneut nackt. Erstarrt.
In der zweiten Hälfte des Kurses ruht er auf dem Boden, ein
Bein angezogen, das Kinn auf die Faust gestützt.

Ich bin um seinetwillen erleichtert, als der Kurs vorbei ist.
Er nickt Wanda kurz zu, dann nimmt er seinen Bademantel
und geht zur Tür. Ich starre seine Hinterbacken an. Sie sind
fest und glatt, wackeln aber ein wenig – der einzige ein wenig
fleischige Teil von ihm. Im Atelier ist es warm, beinahe heiß.
Als ich meine Strickjacke ausziehe, glänzt meine Haut ver-
schwitzt.

Becca dreht sich mit einer hochgezogenen Braue zu mir.
»Billie. Hast du uns etwas zu sagen?«

Draußen vor Ryder Hall sehe ich ihn wieder; er sitzt am Boden
und lehnt sich an den Stamm eines dicht belaubten Ahorn-
baums, die langen Beine ausgestreckt, eins über das andere ge-
schlagen. Er liest ein Taschenbuch und isst ein Sandwich. Über
seiner Lippe klebt etwas Senf.

Ich sollte lieber nicht mit ihm reden. Rein rational verstehe
ich, dass ich damit eine unsichtbare Grenze überschreite. Aber
er hat etwas an sich. Ich fühle etwas, was mich schwindelig
macht nach diesen surrealen sechzig Minuten im lichtdurch-
fluteten Atelier. Einen Impuls, der mich zu diesem Baum
schiebt.

»Danke«, höre ich mich selbst sagen.

Er schaut zu mir hoch, schluckt seinen Bissen hinunter,
wischt sich den Senf aus dem Gesicht. »Kein Problem.« Seine
Stimme ist tief und ruhig, aber selbstsicher. Sie passt perfekt
zu ihm.

»Ist das eigentlich unangenehm?«

»Nackt vor Fremden zu posieren?« Seine sanften grauen Augen schauen mich direkt an.

Ich spüre, wie ich rot werde. »Dieselbe Pose so lange halten zu müssen. Ohne sich zu regen.«

Er zuckt mit den Schultern. »Für das Geld ist es das wert.«

Ich reibe mir die Arme unter der dünnen Strickjacke. »Gehst du auch auf diese Uni? Die Northeastern?«

Er schüttelt den Kopf. »Ich bin auf die Boston University gegangen. Ich bin Künstler, und Wanda ist mit meinem alten Tutor verheiratet. So habe ich den Job bekommen.«

Ich weiß nicht recht, was ich mit meinen Händen tun soll, also stecke ich sie in die Taschen meiner Jeans. Ich habe so viele Fragen. Aber mir geht auf, wie übergriffig ich bin. Unangemessen neugierig. Dieser stille, hart arbeitende Künstler will nur in Ruhe sein Sandwich essen.

»Ah. Na, dann viel Spaß mit deinem Buch. Entschuldige die Störung.« Ich winke unsicher, ehe ich mich umdrehe, um fortzugehen.

»Warte mal«, ruft er hinter mir, und etwas regt sich in den Tiefen meines Bauches. Ich drehe mich um. Er lächelt nicht, aber seine Augen blicken neugierig, beobachten mich.

»Tut mir leid«, sagt er und zerknüllt das Sandwichpapier. »Studenten aus Wandas Kurs reden normalerweise nicht mit mir.«

»Nein, ich verstehe schon, ich hätte nicht ...«

»Studierst du Kunst?«

Ich schüttle den Kopf. »Ich weiß noch nicht recht, ob ich Geschichte oder Wirtschaft studieren soll. Vielleicht auch beides. Aber ich brauche den Kunstkurs. Er ist Pflicht.«

Er nickt. Ein paar Locken sind ihm vor die Augen gefallen, und er streicht sie zurück.

»Ich bin nicht besonders gut«, füge ich hinzu.

»Du wirst schon besser werden.« Er deutet auf den Platz neben ihm, ein Fleckchen Erde zwischen den knorrigen Wurzeln, getüpfelt von dem Licht, das durch das Laub fällt. »Willst du dich hinsetzen?«

In zehn Minuten fängt ein Ostasienkunde-Seminar auf der anderen Seite des Campus an. In meinem ganzen ersten Jahr an der Northeastern habe ich noch keine einzige Lehrveranstaltung verpasst. Aber ich weiß mit einer absoluten Sicherheit, die mein Zögern überwiegt, dass ich an diesem Nachmittag mit diesem Mann hier unter diesem Ahornbaum bleiben muss. Dass das, was da gerade in mir geschieht, eine Magie hat, die ich nicht ignorieren darf.

Ich lege meinen Rucksack auf den Boden und setze mich neben ihn, ziehe meine Knie an die Brust. Ich atme den scharfen Geruch der welken Blätter und des Pastrami von seinem Sandwich ein.

Aus der Nähe sehe ich eine einzelne dunkle Sommersprosse auf der Seite seiner Nase. Wenn er lächelt, dann fühlt es sich wie etwas an, auf das ich gewartet, was ich mir verdient habe. Sein Blick gleitet über mein Gesicht.

»Ich heiße Remy«, sagt er.

Cassie

14. Oktober 2023
Der Tag danach

Ich öffne die Tür, und da steht sie, eins fünfundsechzig groß. Ihre Augen sind geweitet und klar wie Teiche von flüssigem Honig, dessen Farbe fast genau der ihrer Haare entspricht. Ich hatte diese Eigenschaft von Billies Augen fast vergessen – dass die Haselnussfarbe im richtigen Licht beinahe durchsichtig ist.

Sie umarmt mich wortlos. Es ist eine lange, schweigende Umarmung, die jede Erklärung überflüssig macht. Es ist eigentlich nicht so absurd, dass sie die Erste ist, die ich in einer Krise anrufe. Billie und ich verstehen das.

Ich atme den Duft ihres Haares ein, das feucht ist und nach Paul Mitchell riecht. Billie benutzt seit der Highschool das gleiche Zitronen-Salbei-Shampoo.

Ihre Finger graben sich in meine Schulterblätter, was bedeutet, dass die Umarmung jetzt zu Ende ist.

Ich wische mir die Tränen aus den Augen. »Danke, dass du gekommen bist.«

»Hör auf.« Billie schüttelt den Kopf. »Wo ist sie?«

Ich führe sie ins Wohnzimmer hinter der Küche, wo Ella in dem Babyhopser auf und nieder springt. Sie schlägt mit ihrem Händchen nach einer Reihe Plastikbäumchen.

Grant liegt auf dem Sofa, den Blick auf das Display seines

Handys geheftet. Plötzlich ärgere ich mich, und ich rufe ihn beim Namen. Er schreckt zusammen und setzt sich gerade hin.

»Hey, Billie.« Seine Stimme ist ganz kratzig. Er trägt Jogginghose und ein zerschlissenes New-York-Rangers-T-Shirt. Wir sehen beide sicher ganz schlimm aus.

»Es tut mir alles so leid für euch. Und ich freue mich so …« Billie steckt die Hände in die Gesäßtaschen ihrer Jeans, und ihr Blick gleitet zu Ella. »…, dass es ihr gut geht.«

Grant greift nach einem Glas Wasser auf dem Beistelltisch. Ich sehe zu, wie die Flüssigkeit in seinem Mund verschwindet.

»Du solltest dich hinlegen«, sage ich zu ihm. »Billie und ich halten hier die Stellung.

Er reibt sich die Augen und steht auf. »Soll ich euch erst ein paar Sandwiches machen?«

»Ich habe keinen Hunger.« Ich setze mich auf den Platz, von dem er gerade aufgestanden ist, auf die eine Seite des Zweisitzers, den wir erst kürzlich neu beziehen lassen haben. Ich denke an all die Stunden, die ich damit verbracht habe, auf Pinterest den richtigen Stoff zu finden, und mich nicht entscheiden konnte. Am Ende hat mir eine Designer-Freundin von McKay geholfen, und ich streiche mit den Fingerspitzen über den Stoff, den ich schließlich gekauft habe – Lisa Fine, winzige blaue Blümchen auf cremefarbenem Leinen. Wie unwichtig das jetzt ist.

»Du musst was essen, Cassie.« Grant runzelt die Stirn. »Billie, sag ihr, dass sie etwas essen muss.«

»Grant.« Ich werfe ihm einen strengen Blick zu, ein wortloser Befehl, aufzuhören. »Mir geht es gut.«

Als er ins Schlafzimmer geht, setzt sich Billie neben mich aufs Sofa und zieht die Beine unter sich. So sitzen wir ein paar Minuten lang da, ohne ein Wort zu sagen. Ella schafft es, einen roten Plastikknopf zu drücken, und »Die Räder vom Bus« erklingt krächzend aus den billigen Lautsprechern. Ihre kleinen Knie hüpfen auf und nieder; sie lächelt breit und zahnlos.

Ich merke gar nicht, dass ich schon wieder weine, bis Billie ein Kleenex von einem Beistelltisch nimmt und es mir gibt. In ihrem Blick liegt Mitleid und noch etwas anderes. Sie wirkt besorgt. Doch Mitgefühl war schon immer Billies starke Seite.

»Wir müssen nicht darüber sprechen, Cass«, sagt sie. »Aber wenn du willst, dann bin ich da.«

Ich nicke und drücke das Taschentuch an mein tropfendes Gesicht. »Ich habe nur solche Angst, Bill. Ich meine, *wer* sollte sie denn entführen wollen? Und sie dann einfach zurückbringen? Das muss doch irgendeine Drohung gewesen sein, oder? Eine Warnung? Wer auch immer das war, ich weiß, er ist noch nicht fertig mit uns. Ich weiß es einfach.« Ich verstumme und senke dann die Stimme: »Ich muss dir was sagen.«

»Was denn?«

Ich schlucke und atme dann zittrig ein. »Vor ungefähr einem Monat sind Grant und ich nach Red Hook gefahren, um mit meinen Eltern zu Abend zu essen. Und ich habe eine Story über den Hudson River gepostet – wirklich ein total ödes Bild vom Wasser, das war gar nichts, und ich habe es auch nicht getaggt. Aber ein anderer Account hat reagiert und geschrieben: ›Na, kehren wir etwa an den Ort des Verbrechens zurück?‹« Ich betrachte Billies Gesicht. »Der *Ort des Verbrechens*, Billie. Ist das nicht komisch?«

»Vielleicht ein bisschen.« Sie kraust die Nase.

»Was, wenn es jemand weiß? Die Sache mit Wade, meine ich. Was, wenn diese Sache mit Ella ... wenn das ... eine Art Vergeltung ist?«

Billie sagt lange kein Wort. Endlich seufzt sie. »Cassie.«

Sie beißt sich auf die Unterlippe und schiebt das Kinn ein wenig nach vorn, als suchte sie nach den richtigen Worten. »Wenn du meine ehrliche Meinung hören willst, dann kommt mir das ein bisschen weit hergeholt vor. Was, wenn das, was da passiert ist, nur ein Unfall war? Was, wenn jemand auf deiner Party einfach völlig betrunken aus Versehen etwas getan hat ...« Sie schüttelt den Kopf. »Ich glaube nur, wenn Ella wirklich jemand hätte entführen wollen ... dann hätte er sie behalten. Verstehst du?«

Ich schlucke den Kloß in meiner Kehle hinunter, einen zähen Klumpen aus Tränen und Schleim. »Du klingst genauso wie der Detective.«

»Wie wer?«

Ich erzähle ihr von Detective Barringer, wie er mich mit seinen gelangweilten, müden Augen ansah und murmelte: *Vermutlich ein Missverständnis.* Ich kann nicht glauben, dass er erst vor ein paar Stunden in unserer Wohnung war. Es kommt mir vor, als wäre bereits eine Ewigkeit vergangen, seit er aus der Tür ging und versprach, sich bald zu melden.

»Er ist Detective, Cassie. Er weiß, was er tut.«

Als ich ein finsteres Gesicht mache, wird Billies Blick weicher. Das feuchte Haar um ihr Gesicht herum ist getrocknet und lockt sich etwas. Sie hat ein paar winzige Sommersprossen auf dem Nasenrücken. »Hey.« Sie berührt meinen Arm. »Du weißt, dass ich auf deiner Seite bin.«

Ja, das weiß ich. Das ist der Grund dafür, dass mein Unterbewusstes sofort Kontakt zu Billie wollte, als Ella verschwand. So stelle ich es mir vor, wenn man sich in einem abstürzenden Flugzeug befindet, eine Sekunde vor dem Aufprall. Die Klarheit, die sich plötzlich einstellt, wenn sich der Rest der Welt in feinen, bedeutungslosen Staub auflöst. Was wichtig ist, wird herausgefiltert.

»Tut mir so leid, dass ich dich gestern nicht eingeladen

habe.« Ich schniefe und wische mir erneut die Nase ab. Ich fühle mich wie ein Kind, aber es ist nicht schwer, sich vor Billie verletzlich zu zeigen.

»Mach dir deswegen keine Sorgen.« Sie wirft einen Blick über meine Schulter zum Fenster. »Das Wetter ist jetzt so schön geworden. Sollen wir spazieren gehen? Vielleicht irgendwo etwas essen?«

Meine Kehle zieht sich zu. »Ich kann nicht. Ella …«

»Wir nehmen sie natürlich mit.«

»Billie, ich *kann* nicht.« Ich knibbele mit dem Zeigefingernagel den Lack von meinem Daumen. Winzige knallrote Stückchen fallen auf das Sofa. »Ich verlasse diese Wohnung nicht.«

»Okay. Tut mir leid.«

»Das ist nicht …«

»Cass, ich verstehe das schon. Wir verlassen die Wohnung einfach nicht.«

Wärme durchströmt mich. Ella beginnt in ihrem Activity Center unruhig zu werden und zieht die Brauen zusammen.

»Mist, wie viel Uhr ist es? Ich muss sie stillen.« Ich hebe Ella hoch und lege sie auf meinen Schoß. Sofort sucht ihr Mund meine Brust. Ich hebe mein T-Shirt und drücke sie an mich, fühle ihre Wärme, ihr Gewicht, die Bewegungen ihrer Lippen, ihre kleinen Händchen, die sich an mir festhalten. Aber der Frieden, der sonst beim Stillen über mich kommt, bleibt aus. Nichts kann die Furcht mildern, die unter meinen Rippen wie ein eiternder Tumor wuchert, der nur immer größer wird.

»Ich mache uns Kaffee, okay?« Billie steht auf und wischt sich die Hände an ihren Hosenbeinen ab.

Ich nicke. »Ella macht hiernach sicher ein Nickerchen.«

»Soll ich dann lieber keinen Kaffee machen? Vielleicht willst du dich auch hinlegen.«

»Nein.« Meine Antwort kommt schnell und entschlossen. »Ich werde ohnehin nicht schlafen können. Kaffee klingt gut. Es gibt auch Vollmilch im Kühlschrank.«

»Wir könnten einen Film schauen oder so?«, schlägt Billie vor. »*e-m@il für Dich?*«

Ich lächle. Die Nora-Ephron-Rom-Com war immer einer unser Lieblingsfilme. Ich muss an all die Freitagabende denken, an denen Billie und ich zusammen Filme geschaut haben, die Stahlschüssel der Küchenmaschine voller Popcorn zwischen uns, dazu zwei Gläser Ginger Ale. Die Erinnerung daran bedeutet Trost.

Wir sitzen mit unserem Kaffee auf dem Sofa und schauen zu, wie Meg Ryan neben einem Strauß Margeriten auf der Tastatur ihres Computers herumklappert, als es an der Tür klingelt. Ich zucke zusammen, schaue sofort zum Babyfon auf meinem Schoß, dessen Display ich schon während des ganzen Filmes immer wieder überprüft habe. Mein Gehirn weiß, dass das nicht logisch ist – dass die Türklingel nichts mit Ellas Nickerchen in ihrem Bettchen zu tun hat –, aber ich funktioniere nicht mehr rational. All meine Sinne sind in Alarmbereitschaft.

Der Kaffee schwappt über den Rand meines Bechers, karamellfarbene Flüssigkeit rinnt meine Finger hinunter. »Ich mach das schon«, sage ich und nehme das Babyfon mit. Auf dem körnigen schwarz-weißen Bild des Displays sehe ich Ella friedlich auf dem Rücken liegen und schlafen, und ihr Schlafsack hebt und senkt sich dabei.

Einatmen. Ausatmen. Einatmen. Ausatmen.

Ich nehme mir vor, dasselbe zu tun.

Billie hält den Film an und macht es sich auf dem Sofa gemütlich. Ihre Anwesenheit in der Wohnung ist wie ein Schutzschild; ich fühle mich sicher, behütet. Ich will, dass sie nie wieder geht.

Langsam und vorsichtig öffne ich die Tür. Es ist McKay. Sie hat eine kleine Jo-Malone-Tüte mit pinkfarbener Schleife in der Hand.

»Happy Birthday, Cass.« Sie lächelt, aber ihre Augen blicken besorgt. »Grant hat Tom eine Textnachricht geschickt.« Ihre Stimme bricht. »Ella – ist sie *wieder da?*«

Ich nicke und bin erneut kurz davor, in Tränen auszubrechen. Sie kommt herein, und ich verriegele die Tür.

»Ich bin ja so, *so* erleichtert, Cassie. Herr im Himmel …« McKay zögert, und ich weiß, was sie sagen wird, bevor sie die Frage stellt. »Ich habe dich ein Dutzend Mal angerufen. Warum hast du es mir nicht erzählt?«

Eigentlich will ich antworten: *Hier geht es nicht um dich, McKay. Du, ich oder was ich dir gesagt oder nicht gesagt habe, ist jetzt nicht das Thema.* Aber ich habe nicht die Kraft, es laut auszusprechen.

McKay scheint ihren Fehler bemerkt zu haben. »Sorry – vergiss es. Ist ja egal.« Sie streicht sich eine Haarsträhne aus dem Gesicht und entdeckt Billie, die mit ihrem Kaffee in der Tür zur Küche steht.

»*Billie?*« McKay lässt ihren Namen wie eine aufgebrachte Frage klingen.

Normalerweise würde ich jetzt vor Verlegenheit erstarren. Aber Normalität ist eine Sache der Vergangenheit.

Billie hebt die Hand. »Hallo.«

McKay wendet sich zu mir, ihr Blick fordert eine Erklärung. Ihre ganze Anwesenheit hier fühlt sich toxisch an, zumindest mit Billie im selben Raum, und ich wünschte, sie ginge einfach. Ich kann nicht mit beiden zusammen umgehen. Jetzt nicht.

»Wir schauen gerade einen Film.« Ich werfe einen Blick auf das Display des Babyfons, wo er auch hingehört.

Einige Sekunden lang sagt McKay nichts. Dann breitet

sich endlich ein Lächeln auf ihrem Gesicht aus, als hätte sie beschlossen, die anomale Situation zu übergehen.

»Super.« Ihre Zähne sind breit und glänzen, die Schneidezähne wirken scharf. Selbst in Leggings und einem übergroßen Shirt sieht sie gepflegt und perfekt aus.

Ich dagegen muss mir noch das Make-up von gestern Nacht aus dem Gesicht wischen. »Hast du Hunger, Cassie? Worauf hast du Lust?«

Ich schüttle den Kopf. Wenn die Leute doch endlich damit aufhören würden, mich zwangsernähren zu wollen. Ich hatte noch nie in meinem Leben weniger Appetit.

»Du bist immerhin das Geburtstagskind.« McKays Grinsekatzen-Mimik bleibt auf ihrem Gesicht kleben. Sie wedelt mit der Jo-Malone-Tüte vor meinem Gesicht herum. Es ist eine Kerze, natürlich – English Pear and Freesia ist unser Lieblingsduft –, und ich kann kaum glauben, dass ich jetzt so tun muss, als wäre mir eine beschissene Kerze irgendwie wichtig. Die Tränen kommen, bevor ich etwas dagegen tun kann.

»Hey.« McKay legt die Hand auf meinen Rücken und reibt ihn in kleinen Kreisen. »Tut mir leid, es ist doch nur ein blödes Geschenk. Ich habe es schon vor ein paar Tagen gekauft.«

Ich benutze den Ärmel meines Sweatshirts, um mir das Gesicht abzuwischen. »Schon gut.«

»Können wir reden? Komm, wir setzen uns, und du erzählst alles von Anfang an. Grants Textnachricht war so vage. Erzähl mir, was passiert ist.«

»Mick ...« Meine Kehle fühlt sich furchtbar eng an, als hätte jemand Watte hineingestopft.

McKay nimmt meine Hand und führt mich ins Wohnzimmer, wo wir uns aufs Sofa setzen. Sie stützt das Kinn in die Hand und blinzelt erwartungsvoll, als wären wir zwei Studentinnen, die sich ihre pikantesten Geheimnisse anvertrauen.

»Cassie.« Billie hat sich auf den Sessel gesetzt, die Beine übereinandergeschlagen. »Wenn du willst, dass ich es erkläre, dann mache ich es.«

Ich nicke dankbar und höre nur halb zu, als Billie die Einzelheiten von Ellas Wiederauftauchen erzählt. Ich kann McKays Blick nicht sehen, aber ich nehme an, dass sie die Augen verwirrt verengt hat, während sie zu verstehen versucht, was zum Teufel Billie hier eigentlich macht. Wenn ich sie wäre, würde ich mich das vielleicht auch fragen.

Als Billie fertig ist, wendet sich McKay zu mir um. Ihr Mund ist offen stehen geblieben. »*Verdammt*, Cassie. Gott sei Dank ist sie unversehrt wieder da. Das ist alles, was zählt.«

Es ist nicht alles, was zählt – *wer hat sie entführt und warum, wer hat sie entführt und warum* –, aber ich habe nicht genügend Kraft, McKay zu widersprechen. Stattdessen nehme ich die Fernbedienung und setze Meg Ryan wieder in Bewegung.

McKay nimmt mir die Fernbedienung aus der Hand und drückt wieder auf Pause. »Cass. Der Regen hat sich verzogen, es ist wunderschön draußen. Und du hast *Geburtstag*.«

»Ist mir egal, Mick.«

Sie seufzt. »Wir können doch nicht an deinem Geburtstag drinnen hocken und mittelmäßige Rom-Coms gucken.«

»Mittelmäßig?« Billie zieht eine Braue hoch, und ich muss grinsen.

McKay ignoriert sie und tippt auf ihrem Handy herum. »Ah! Boucherie hat einen Tisch für drei in zwanzig Minuten. Ich reserviere, okay?«

»McKay.« Ich werfe ihr einen flehenden Blick zu. »Ich kann jetzt nicht ins Restaurant gehen. Ich muss zu Hause bleiben. Mit Ella.«

»Okay. Dann gehen wir eben, wenn sie aufwacht. Du brauchst einen Old Fashioned und einen Cheeseburger, Punkt. Geht auf mich.«

»*McKay!*« Mir reißt der Geduldsfaden, ein Gummiband, das zu sehr gespannt wurde. »Ich verlasse verdammt noch mal nicht diese Wohnung.«

Ich sehe, wie sie schrumpft, wie ihr Rückgrat auf dem Sofa immer krummer wird.

Billie steht auf, das Handy in der Hand. Zum ersten Mal seit ihrer Ankunft in dieser Wohnung fällt mir auf, wie erschöpft sie aussieht. Ihre Augen sind rot gerändert.

»Ich muss mal schnell wo anrufen«, sagt sie. »Bin gleich wieder da.«

Als Billie fort ist, nimmt McKay erneut die Fernbedienung in die Hand. Keine von uns beiden sagt ein Wort. Dann dreht sie sich endlich zu mir um. »Es tut mir leid. Ich weiß, dass du gerade durch die Hölle gegangen bist. Ich weiß eigentlich gar nicht, was ich sagen oder tun soll und was besser nicht.«

Ich weiß, dass sie eigentlich am liebsten fragen würde, was Billie hier macht – ich *sehe*, dass ihr die Frage auf der Zunge liegt –, aber sie hält den Mund.

»Soll ich gehen?«

Das soll sie, aber ich schüttle den Kopf. Wenn ich McKay sage, dass sie gehen soll, dann schaffe ich bloß noch mehr Konflikte in meinem Leben, mehr Drama, als ich vertrage.

»Ich brauche nur einen stillen Nachmittag. Es muss einfach etwas Zeit vergehen. Aber bleib doch noch.« Mein Magen zieht sich vor neuer Angst zusammen. Ich kann mir keine Realität vorstellen, in der ich mich nicht so fühle. Mir nicht vorkomme, als wäre ich in einer Höhle der Sorge gefangen, in der der Wasserspiegel höher und höher steigt, bis keine Luft mehr darin ist. Mein eigener Schmerz erstickt mich.

McKay nickt, setzt sich auf den Zweisitzer und drückt auf die Fernbedienung. Tom Hanks betritt einen Coffeeshop und wirft Meg einen flirtenden Blick zu. Ich nehme das Babyfon. Meine verschwitzten Finger hinterlassen Schmierflecken auf dem Display. Ich sehe zu, wie meine Tochter langsam und regelmäßig atmet, und Paranoia überkommt mich. Mich verfolgt die brennende Frage – der unüberwindbare *Drang zu wissen* –, wessen Hände vor sechzehn Stunden mein Baby berührt haben. Wer sie mir direkt unter der Nase weggenommen hat.

Billie

14. Oktober 2023
Der Tag danach

Ich sitze an die Wand von Cassies Wohnung gelehnt im Hausflur und drücke das Handy ans Ohr. Nachdem ich Alex' Anrufen den ganzen Tag ausgewichen bin, habe ich ihn endlich zurückgerufen. Ich bin gerade damit fertig, ihm alles zu erklären.

Na ja, nicht alles. Nur die Version, die er kennen soll. Entführtes Baby. Vermisstes Baby. Wieder zurückgebrachtes Baby. Verängstigte Eltern.

Den Teil, in dem ich vorkomme, habe ich ausgelassen.

»Heilige Scheiße, Billie. Cassie muss ja vollkommen durchgedreht sein.«

»Ist sie auch.« Ich werfe einen Blick nach rechts und streiche über den Teppich direkt vor Cassies und Grants Eingangstür. Die Stelle, auf die ich gestern Nacht Ella gelegt habe wie ein irrer Storch.

»Verdammt.« Alex seufzt am anderen Ende der Leitung. »Das ist hart.«

»Ich weiß. Ich würde dich so gern sehen, aber ... ich glaube, ich muss noch eine Weile bei ihr bleiben.« Ich verstumme. Dann füge ich hinzu: »Ich weiß, dass es verwirrend ist ... dass ich hier bei Cassie bin, nach allem, was ich dir über sie erzählt habe. Über uns ...«

Alex schweigt einen Moment. Dann sagt er: »Deine Freundin braucht dich jetzt. Ich verurteile dich nicht dafür, wenn du so denkst.«

Ich denke darüber nach. Wenn Alex mich verurteilen würde, würde mir das überhaupt etwas ausmachen? Trotz der Umstände unserer Wiedervereinigung vermittelt mir das Gefühl, von Cassie *gebraucht* zu werden, den beinahe schwindelerregenden Eindruck, dass das Universum wieder zurechtgerückt wurde. Es ist Jahre her, seit wir beide auf dem Sofa saßen und einen Film geschaut haben. Keine Hintergedanken, keine Vollbremsung. Ich hätte nicht gedacht, dass das noch einmal passieren würde.

»Und dieser Detective. Glauben sie, dass er gut ist?«

Ich beiße mir auf die Innenseite meiner Unterlippe, ganz fest. Manchmal vergesse ich, dass Alex auch Polizist ist. Natürlich stellt er solche Fragen.

»Ähm, ich glaube, Cassie mag ihn.« Ich strecke meine Beine in den Flur aus, spüre, wie sich meine Wadenmuskeln lockern und das Blut wieder fließt. Ich hasse es, Alex anzulügen, aber zuzugeben, dass Cassie Detective Barringer für einen unfähigen Volltrottel hält – ihre Worte –, wäre fast eine Einladung an ihn, sich selbst um die Sache zu kümmern.

»Das ist schön zu hören. Ich kann mir vorstellen, dass so ein Fall für viele Detectives eine echte Last wäre.«

Ich spitze die Ohren. »Eine Last?«

»Na ja, ein Ärgernis.« Alex schweigt eine Sekunde, dann sagt er: »Das ist eigentlich auch nicht das richtige Wort. Ich meine nur, dass der Fall sozusagen schon geklärt ist. Es wird niemand mehr vermisst. Das Baby ist zurück, gesund und munter, ohne Lösegeldforderung oder andere Hinweise auf ein Verbrechen. Viele Polizisten finden daher sicher …«

Ich beende seinen Satz. »Dass es wichtigere Fälle gibt als diesen.«

»Ich fürchte, einige Polizisten würden das so sehen, ja.«

»Also, es ist nett, dass du dir Sorgen machst. Aber Cassie scheint bei diesem Barringer in guten Händen zu sein.«

»Schön.« Ein Augenblick vergeht. »Wie geht es deinem Kopf?«

Ich brauche eine Weile, bis ich kapiere, was er meint. »Oh. Meine Migräne ist weg, Gott sei Dank. Die letzte Nacht war wirklich die Hölle. Dieser Schmerz ist kein Scherz.«

»Verdammt. Ich wusste gar nicht, dass du unter Migräne leidest. Tut mir wirklich leid.«

»Ich habe das auch nicht so oft. Es war vielleicht das dritte Mal in meinem Leben oder so.« Ich kann selbst kaum glauben, wie leicht mir die Lügen über die Lippen kommen. Als bestünde ich aus ihnen. »Ich glaube, ich muss jetzt mal zurück zu Cassie, Alex. Aber ich vermisse dich.«

»Ich dich auch.« Seine Stimme ist tief, rau, und ich spüre durchs Telefon, wie ehrlich wir es beide meinen. Wenn wir in diesem Moment zusammen wären, würden wir uns umeinanderschlingen wie sich paarende Löwen, ganz high von unseren Pheromonen.

»Kommst du später vorbei?«

Ich schlucke. »Ich will ja. Ich … ich weiß nur noch nicht, wann. Ich schaue jetzt mal nach Cassie und sehe, wie lange sie mich noch braucht.«

»Ist gut.«

»Sei nicht böse.«

»Ich bin nicht böse. Ich gehe dann wohl ein Bier trinken mit meinem Bruder. Schick mir eine Nachricht, wenn du Zeit hast.«

Aus irgendeinem Grund glaube ich, dass er noch *Ich liebe dich* hinzufügen wird, obwohl wir uns diesen Satz noch nicht gesagt haben. Nicht einmal im Ansatz.

Als Alex und ich das Gespräch beendet haben, rappele ich

mich vom Fußboden auf und muss erneut klingeln, um reinzukommen, weil Cassie die Wohnung wieder verriegelt hat. Ich kann ja wirklich nichts gegen ihre Paranoia sagen.

Sie begrüßt mich mit Ella auf dem Arm. Die Augen des Babys sind nach dem Nickerchen ganz klar. Cassies Gesicht hat wieder mehr Farbe; sie wirkt erleichtert, dass sie Ella in Fleisch und Blut bei sich hat, statt sie nur auf dem Babyfon zu sehen. Jetzt erkenne ich klarer denn je, wie sehr Cassie in ihrer Mutterrolle aufgeht. Ich respektiere sie dafür, dass sie heute nicht auf ihr Handy geschaut hat. Endlich ist etwas so wichtig, dass es sie aus ihrer seichten Welt der Selbstdarstellung holt.

Grant taucht hinter Cassie auf und nimmt ihr Ella aus den Armen. Beunruhigenderweise beginnt er zu weinen. Darauf bin ich nicht vorbereitet. Der arrogante, sardonische Grant von den stets kontrollierten Adlers aus New England bricht in Gegenwart dreier Frauen in Tränen aus, und das ohne einen Hauch von Befangenheit. Er drückt sein nasses Gesicht an Ellas. Plötzlich ist er ein Mensch geworden.

»Mein kleines Mädchen.« Er schluckt einen Schluchzer hinunter, und McKay rennt los, um ein Kleenex zu besorgen.

Jetzt weint Cassie ebenfalls. Wir drei stehen im Wohnzimmer, und Ehemann und Ehefrau bedecken ihr Kind mit salzigen Küssen. Ich habe mich noch nie so sehr wie ein Eindringling gefühlt. Vielleicht ist das hier mein Stichwort zu gehen.

»Cass«, sage ich leise. »Ich gehe dann wohl lieber.«

»Nein!« Ihre Reaktion erfolgt prompt und ist eindeutig. Ich bin völlig überrascht davon, aber die Überraschung verwandelt sich schnell in dieses warme, weiche Gefühl: wie kleine Funken, die in meiner Brust knistern.

Cassie blinzelt, ihre Wimpern sind ganz feucht. »Du kannst doch noch bleiben, oder?«

Grant scheint Cassies plötzliches Interesse an meiner Anwesenheit nicht seltsam zu finden. Er hat die Augen geschlossen, die Nase an Ellas Kopf gedrückt und wiegt sie hin und her. Sie greift in sein Haar.

»Ich kann bleiben«, sage ich zu Cassie. Es ist die einzig mögliche Antwort, und sie kommt mir leicht über die Lippen.

Wir müssen uns gemeinsam sehr anstrengen, aber endlich schaffen wir es, Cassie davon zu überzeugen, duschen zu gehen. Sie kommt sauber und in einem rosafarbenen Jogginganzug zurück – eines von diesen trendigen Sets, die ich niemals tragen könnte –, und ihr feuchtes Haar fällt ihr perfekt gescheitelt weit über die Brust. Sie sieht wieder wunderschön aus und gesünder als vorher; nicht mehr wie die weibliche Version von Heath Ledger in *The Dark Knight*.

»Wollen wir Thai-Essen bestellen, weil du Geburtstag hast?«, schlägt Grant vor, das Baby auf den Hüften. »Von diesem Restaurant, das auch liefert.«

Geistesabwesend streckt Cassie die Hand nach Ella aus und streichelt das pralle Bäckchen ihrer Tochter. »Klar. Meinetwegen.«

Grant greift in seine Gesäßtasche und holt Cassies Handy heraus. Ich erkenne die Schutzhülle, lavendelfarben mit schwarzen Initialen: CBA. Cassidy Barnwell Adler.

»Ich will wirklich nicht auf mein Handy schauen, Grant.« Cassie knuddelt Ella und bedeckt ihr Gesichtchen mit zarten Küssen.

»Aber das Ding explodiert fast.«

»Das sind alles bloß Geburtstagsgrüße. Ist mir egal.«

Trotz der besonderen Umstände bin ich überrascht. Die Cassie, die ich in den letzten drei Jahren auf dem Display meines Handys verfolgt habe, hat keine acht Stunden durchgehalten, ohne die banalsten Momente ihres Alltags zu filmen.

Ihre Follower denken bestimmt, dass sie tot ist. Ich werfe einen verstohlenen Blick auf McKay, die ebenso überrascht wirkt.

»Deine Mom hat zweimal angerufen«, hakt Grant nach. »Willst du ihr nicht sagen, was passiert ist?«

Cassie macht ein finsteres Gesicht. »Oh Gott, nein. Meine Mom war gestern Nacht nicht mal hier. Glaubst du wirklich, ich will, dass sie *damit* etwas zu tun hat? Sie würde nur panisch hierherkommen und allen im Weg herumstehen.«

Ich werde plötzlich ganz traurig. *Es gibt Schlimmeres als eine Mutter, die da ist, die sich kümmert, die an deinem Leben teilhaben möchte*, will ich Cassie entgegenschleudern. Ich habe Mrs Barnwell immer gemocht. Ich habe sie zwar schon seit Jahren nicht mehr gesehen, aber sie hat mich immer wie eine dritte Tochter behandelt. Sie ruft mich nach wie vor an meinem Geburtstag an.

»Falls wir herausfinden, wer Ella geraubt hat, dann erzähle ich es vielleicht meiner Familie. Aber bis dahin ist das einfach zu viel Stress«, beharrt Cassie.

»*Falls*, Cassie?« Grant sieht sie mit hartem Blick an. »Wir *werden* herausfinden, wer Ella geraubt hat. Jetzt haben wir einen Detective auf den Fall angesetzt. Es ist nur eine Frage der Zeit, bis wir die Antworten haben, die wir brauchen.«

Mein Magen zieht sich heftig zusammen. Ich entschuldige mich, um auf die Toilette zu gehen. Ich brauche eine Minute. Im Badezimmer halte ich mich am Rand des Porzellanwaschbeckens fest und schmecke Magensäure in der Kehle.

Was, wenn Grant recht hat – was, wenn es nur eine Frage der Zeit ist? Was, wenn es doch Sicherheitskameras in den Fluren des Wohnhauses gibt? Was, wenn Detective Barringer diese Aufnahmen in die Hände bekommt?

Was, wenn, was, wenn, was, wenn.

Ich übergebe mich ins Waschbecken. Es kommt nur Kaffee und Galle – ich habe heute noch nichts gegessen. Hinterher spüle ich mir den Mund aus und spritze mir Wasser ins Gesicht. Ich tupfe mir das Kinn mit einem von Cassies an den Rändern verzierten und mit Monogrammen versehenen Gästehandtüchern ab. Wie der Rest der Wohnung ist auch das Badezimmer luxuriös und einfach perfekt. Ich bewundere die selbst gestaltete Tapete, ein jadegrün-blaues Muster, das aussieht wie auf den Kopf gestellte Lotusblüten. Ein goldener Bambusspiegel hängt über dem Waschbecken, und neben einer Flasche mit flüssiger Handseife von Acqua di Parma steht eine einzelne weiße Rose in einer kleinen Glasvase.

Als ich wieder aus dem Badezimmer komme, steht McKay mit vor der Brust verschränkten Armen ein paar Meter entfernt.

Ich schrecke zurück und versuche ein Lächeln. »Möchtest du auch auf die Toilette?«

Ihr Mund ist zu einer strengen Linie zusammengepresst, ihre klaren, karibikblauen Augen blicken misstrauisch. »Klingt, als hättest du dich übergeben. Ich wollte nur nachsehen, ob es dir gut geht.«

Ich spüre, wie das Blut aus meinem Gesicht entweicht. »Mir geht's gut«, bringe ich hervor. »Aber danke.«

Sie macht die Augen ganz schmal, und ich kann ihre Gedanken praktisch lesen: *Du solltest nicht hier sein. Warum bist du* überhaupt *hier? Was will sie von dir?*

Mein Magen grummelt laut, und McKay grinst und wirft ihre blonden Locken nach hinten. »Wir haben alle Hunger, oder? Grant hat gerade etwas zu essen bestellt. Es kommt bestimmt bald.«

Irgendwie ist es schon nach vier, als Grant endlich Shrimp Pad Thai in Schüsseln füllt. Ella macht ihr Nachmittagsnickerchen, und Cassie ist ganz unruhig, wie eine Süchtige, und stellt ständig das Babyfon um, als könnte ein anderer Winkel ihr Kind besser schützen.

Wir essen im Wohnzimmer. Das Nachmittagslicht dringt durch die Bambusjalousien. Grant fragt Cassie, was sie gern schauen möchte, und als sie nicht antwortet, schaltet er *Mare of Easttown* ein, eine Krimiserie. McKay sieht Grant an und macht mit der Hand eine Halsabschneide-Bewegung, als wollte sie sagen: *Was zum Teufel reitet dich, dass du eine Serie über eine ermordete Tochter und entführte Kinder einschaltest*, und das ist womöglich das erste Mal, dass ich mit ihr einer Meinung bin. Grant begreift seinen Fehler und schaltet *Lass es, Larry!* ein. Cassie ist immer noch mit dem Babyfon beschäftigt, die Schüssel mit den öligen Nudeln unberührt auf dem Schoß. Larry David beleidigt eine schwangere Frau, die im Fitnessstudio auf dem Laufband trainiert, und ich kann nicht anders, ich muss lachen.

Ich weiß nicht, wie viele Folgen wir schon geschaut haben, als McKay aufsteht und sich reckt. Die Bewegung legt einen Streifen ihres Bauches frei, der fest und glatt ist wie Cassies, trotz ihrer Schwangerschaften.

»Tom bombardiert mich mit Textnachrichten«, stöhnt sie. »Ich glaube, er dreht durch. Ein Tag allein mit zwei Kindern und ohne Nanny. Ich wette, er hat *Encanto* auf Dauerschleife gestellt. Jedenfalls muss ich mich wohl mal zu Hause sehen lassen.«

Ich widerstehe der Versuchung, eine bissige Bemerkung über Toms Fähigkeiten als Vater zu machen – oder den Mangel daran, wenn er die Disney-Plus-Maschinerie dafür braucht.

»Schon okay.« Cassie stellt das Display des Babyfons heller und schaut nicht einmal auf.

»Sicher? Im Ernst, ich kann auch bleiben. Oder ich fahre nur kurz nach Hause, um die Kinder ins Bett zu bringen, und bin in ein paar Stunden wieder da.«

Endlich hebt Cassie den Kopf. Sie stellt die unberührte Schüssel auf den Beistelltisch.

»Mach dir darum keine Sorgen. Geh zu deinen Kindern. Ich bin sowieso total kaputt.«

McKay wirkt unzufrieden mit dieser Reaktion – sogar ein wenig verletzt –, und ich verstehe das besser als jeder andere Mensch auf der Welt. Ich weiß nur zu gut, wie es sich anfühlt, von Cassie gebraucht zu werden – und dann plötzlich nicht mehr.

Aber McKay schafft es, sich gleichmütig zu geben. Sie sagt Cassie, dass sie am nächsten Morgen wiederkommen und Scones von *Ralph's* mitbringen werde. Als sie weg ist, ändert sich Cassies Haltung, beinahe, als wäre sie erleichtert. Sie nimmt ihre Schüssel, wickelt Nudeln um ihre Gabel und isst einen kleinen Bissen.

»Tut mir leid, aber das schmeckt wie Gummi.« Cassie schluckt, ihre Augen füllen sich mit Tränen. »Ich habe überhaupt keinen Hunger.«

»Ach komm schon, Süße. Versuch noch ein bisschen mehr zu essen.« Grant steht auf und stellt meine leere Schüssel auf seine, dann geht er damit in die Küche. Wir hören das Geräusch eines laufenden Wasserhahns und das Klirren von Steingutgeschirr im Spülbecken.

»Hey.« Ich nehme Cassie die Schüssel ab und stelle sie wieder auf den Beistelltisch. »Mach dir keine Sorgen ums Essen. Wenn du keinen Hunger hast, dann hast du eben keinen Hunger.«

»Gott, ich bin so ein Wrack.« Sie schnieft und reibt sich

ein Auge mit dem Ärmel ihres Sweatshirts. »Danke, du bist die Einzige hier, die mich versteht.«

So unsinnig diese Behauptung auch ist – ich verstehe natürlich nicht; ich bin keine Mutter, schon gar nicht eine, deren Kind entführt wurde –, ich weiß dennoch, was sie sagen will. Auf eine unausgesprochene Art verstehe ich es. Anders als Grant, anders als McKay, weiß ich, was Trauma bedeutet. Trauma zieht einem die Haut vom Leib, sodass man der Welt völlig ungeschützt ausgeliefert ist.

Mein Handy vibriert an meinem Schenkel – eine Textnachricht von Alex.

Hey, du. Wie läuft es bei dir?

Als ich vom Display aufblicke, merke ich, dass Cassie mich beobachtet. In ihrem rosafarbenen Jogginganzug ähnelt sie einem Mochi. »Du gehst aber noch nicht, oder?« Sie betastet ihr Haar, das jetzt ganz trocken und schnurgerade herabfällt, weil sie irgendeinen Conditioner benutzt hat. Ich vermisse ihre Locken.

»Ich muss nicht gehen.« Ich halte mein Handy hoch. »Alex hat nur gefragt, wie es mir geht.«

»Billie.« Cassies Augen sind jetzt ganz groß, beinahe wild. Sie beugt sich vor und greift nach mir, wobei ihre Nägel sich in meine Jeans graben. »Bitte. Bitte geh nicht. Du kannst in meinem Gästezimmer bleiben. Okay? *Bitte.*« Ihre Stimme klingt gequält, verzweifelt.

Das alles ist vollkommen schräg. Ich kann die Ironie schmecken, ich schwimme in ihr.

Ich werfe einen Blick auf Alex' Textnachricht auf meinem Handy. Ich verliebe mich in ihn – sonderbarerweise spüre ich ausgerechnet in diesem Augenblick, dass es so ist. Aber das ist nichts im Vergleich zu dem Wissen, dass Cassie mich hierhaben will – *mich*, nicht McKay. Mir wird angenehm warm, als hätte ich mich gerade nach einem kalten Tag draußen im Schnee in eine dampfend heiße Badewanne gesetzt.

»Natürlich bleibe ich, Cassie«, sage ich zu ihr. »Ich bleibe, solange du mich brauchst.«

Billie

Herbst 2007

Als Remy und ich zum ersten Mal Sex haben, kommt es uner-
wartet. Er nimmt mich zur Eröffnungsparty der Fotoausstel-
lung seines Freundes Antoine in Beacon Hill mit. Die Fotos
sind Sammlungen sich wiederholender Objekte, die unsere
Perzeption der Dimensionen herausfordern sollen, erklärt
Remy. Ich trinke lauwarmen Pinot Grigio und sehe mir die
Schwarz-Weiß-Aufnahme von etwas an, von dem er behauptet,
es sei eine Luftaufnahme von hunderten Plastikstrohhalmen.

»Gefällt es dir?«, fragt Remy. Er trägt ein weißes Leinen-
hemd, die meisten Knöpfe sind offen, dazu abgeschnittene
Hosen und mit Farbklecksen beschmierte Birkenstocks. Es ist
November.

»Ich weiß nicht recht«, antworte ich ehrlich.

Das Handy in meiner Tasche summt, und als Remy zum
nächsten Foto geht, hole ich es heraus. Eine ganze Serie von
Textnachrichten, alle von Cassie.

> Wo bist du?? Ich dachte, du
> kommst heute Abend.

> Bitte sag mir nicht, dass du mit
> diesem Nacktmodell verabredet

bist, das aussieht wie die
Reinkarnation von Jesus.

Weil du nämlich wirklich einen
viel Besseren finden könntest …

Ich schaue zu Remy hinüber, der mit einer älteren Frau in einem Jeansoverall und Combat-Boots plaudert.

Ich habe keine Ahnung, was falsch daran ist, auszusehen wie Jesus, aber Cassie würde mir das sicher liebend gern erklären. Jedenfalls weiß ich gar nicht, ob das hier überhaupt ein Date ist. Remy und ich haben uns hier getroffen, und er hat mich den ganzen Abend noch nicht angefasst. Immer, wenn wir uns sehen, könnte das Treffen auch platonisch gemeint sein – die Ausstellung eines Freundes, ein mittäglicher Spaziergang am Charles entlang, eine neue Ausstellung in einer angeblich coolen Galerie. Außerdem hat Remy mich noch nie geküsst. Er hat noch nicht mal meine Hand gehalten.

Das hier ist kein Date, *tippe ich zurück.* Aber ich bin in Beacon Hill. Ich schaffe es heute Abend nicht zurück nach Harvard. Morgen werde ich da sein!

»Hey.« Remy taucht neben mir auf, und ich stecke mein Handy zurück in meine Hosentasche. Er beugt sich zu mir, und ich rieche den Wein in seinem Atem, die Nelkenzigaretten, die er raucht. Seine Wimpern sind lang und dunkler als sein Haar.

»Die anderen gehen alle in eine Bar ein paar Häuser weiter, aber ich weiß nicht recht, ob ich Lust dazu habe.«

Ich nicke und schlucke meine Enttäuschung hinunter. Ich bin noch nicht bereit, mich von ihm zu trennen. Bin ich nie.
»Ja, ich sollte dann auch gehen …«

»Wie wäre es denn mit einem Drink bei mir zu Hause? Ist nicht weit weg.«

Remys Wohnung in Back Bay ist hübscher, als ich erwartet hatte. Ich hatte mir unordentliche Regale, einen leeren Kühlschrank, eine Matratze auf dem Boden vorgestellt. Aber die Einzimmerwohnung wirkt kultiviert, mit gerahmten Bildern, einem Bett aus Kiefernholz und elfenbeinfarbenen Vorhängen an den hohen Fenstern. In der Küche steht eine Schüssel mit frischem Obst, die Bar ist gut bestückt. In einem kleinen, abgetrennten Erker steht eine Staffelei, gleich daneben sind seine Ölfarben ordentlich auf dem Fenstersims aufgereiht. Ein paar leere Leinwände lehnen an der Wand.

Remy mixt uns Campari-Sodas, und kaum habe ich einen Schluck genommen, da streichen seine Finger schon über meinen Unterarm. Meine Haut brennt unter seiner Berührung. Sein Gesicht kommt näher; er ist so hochgewachsen, dass er sich hinunterbeugen muss, um mich zu küssen. Als seine Lippen meine berühren, spüre ich, wie mein ganzer Körper erbebt.

»Ist das okay?« Seine Stimme ist leise, er klingt nervös.

Ich nicke. Ich habe letztes Jahr ein paarmal in betrunkenem Zustand mit Typen herumgemacht, aber so etwas war nicht dabei. Noch nie.

»Warum nicht?« Das ist ein tapferer Versuch, neckisch und kokett zu klingen. So macht es Cassie immer mit den Jungs.

Remy zögert. »Ich habe das Gefühl, du willst nicht, dass ich dich berühre. Ich will das schon die ganze Zeit, aber du wirkst irgendwie angespannt ...«

Ich schüttle den Kopf, genervt von mir selbst, dass ich es offenbar nicht hinkriege. Ich will nicht so wirken; ich will nicht angespannt sein. Nicht bei Remy. Remy ist nicht Wade. Niemand ist Wade. Wade ist tot.

Ich denke an Remys Körper, an das nackte Wesen, das ich in diesem Herbst schon so oft in Wandas Malkurs gesehen habe. Seine langen, sehnigen Muskeln, das kleine Nest aus dunklem Haar, das von seinem Bauchnabel aus nach unten verläuft.

Sein Anblick im Kurs ist nicht sexuell, kein bisschen, und vielleicht ist es das, was es mir erlaubt hat, es so weit kommen zu lassen. Vielleicht hat mich Remys Verletzlichkeit angezogen, die ich schon in der ersten Minute wahrgenommen habe; oder die Art, wie er eine asexuelle Linse über meine Ängste gelegt hat, ohne sich überhaupt darum zu bemühen. Sein Körper ist einfach nur ein Körper. Meiner auch.

Langsam öffne ich die Knöpfe meiner Bluse. Ich greife nach seiner Hand und lege seine warmen Finger auf meine Brust, spüre, wie sie unter den Stoff meines BHs gleiten, über meine Brustwarze.

»Billie«, sagt er. »Du zitterst ja.«

Ich schließe die Augen und ringe meine Panik nieder.

»Mir geht es gut«, sage ich, als er mir die Bluse auszieht. »Das hier ist mein erstes Mal.«

»Wirklich?«

»Ja. Aber ich will dich.«

Wenigstens stimmt das alles.

Cassie hat immer darauf bestanden, dass ich demjenigen, mit dem ich irgendwann Sex habe, nicht sage, dass ich noch Jungfrau bin. Sie sagt, das könnte ihn verschrecken. Dass es zu viel Druck aufbaut.

Aber Remy hat keine Angst. Stattdessen nickt er leicht und führt mich zum Bett. Der Schein einer Straßenlaterne dringt durch das Fenster über seinem Nachttisch, erleuchtet die Laken, die weich sind und zart nach Nelken riechen.

Er legt mich hin, zieht mir die restlichen Kleider aus, dann seine eigenen.

»Du bist wunderschön«, flüstert er. Sein Mund öffnet meinen, als er in mich eindringt, ein kleiner Schmerz durchzuckt mich, gemeinsam mit der Erleichterung, dass es vorbei ist, dass jemand anders Zugang zu diesen Teilen von mir hat. Dass meine eigene Scham mich nicht brandmarkt.

Dass Remy eine Schönheit in mir sieht, die ich nicht erkennen kann.

Hinterher hält er mich fest. Unsere Haut summt und ist heiß, und noch mehr als Glück, mehr als Euphorie umfängt mich ein Gefühl der Sicherheit. Ein Gefühl der Akzeptanz, vielleicht sogar der Vergebung.

Cassie

15. Oktober 2023
Zwei Tage danach

Ich stille Ella gerade in ihrem Zimmer, als Billie hereinkommt, die Augen noch ganz verschlafen. Vollends unerwartet überkommt mich die Erinnerung – grausam, unerbittlich –, und ich denke zurück an all die Morgen, an denen wir in derselben Wohnung aufgewacht sind. Übernachtungen in der Highschool, bei denen Billie auf der Luftmatratze in meinem Kinderzimmer schlief, die gelben Jersey-Laken um die Beine geschlungen. Dann, im College, wo wir uns zusammen auf das kleine Bett in meinem Wohnheimzimmer in Cambridge zwängten, durstig und verkatert, aber zufrieden, zusammen zu sein. Und anfangs in New York, in diesem Schuhkarton von einer Wohnung, den wir uns im East Village teilten. Wie wir uns vor der Arbeit auf die verschlissene Couch hockten und Kaffee aus dem Perkolator tranken, in dem Gefühl, dass unsere 37 Quadratmeter große Wohnung allein aus dem Grund ein Palast war, weil wir darin lebten.

Ich bin versucht, diese Zeiten zu vermissen, aber das tue ich nicht. Das kann ich nicht. Es ist nicht möglich, sich wirklich nach einer Zeit in meinem Leben vor Ella zu sehnen.

Billie lässt sich neben dem Heimtrainer auf die Knie sinken. Sie trägt meinen Pyjama – einen alten grauen von Eberjey – und den weißen, flauschigen Bademantel, der sonst im

Gästebadezimmer am Haken hängt. »Wie hast du geschlafen?«, fragt sie und gähnt.

»Gar nicht.« Ich schaue auf Ella hinunter und rücke sie an meiner Brust zurecht. »Vielleicht eine Stunde.«

Billie seufzt. »Ich auch.«

Ich schaue überrascht hoch. »Wirklich?«

Sie nickt und zieht ihr Haar aus dem Kragen des Morgenmantels. Ihre Wangen färben sich ein wenig. »Ja – ich meine, es war so viel los. Bei dir. Ich habe mein Gedankenkarussell einfach nicht anhalten können.«

»Ich auch nicht.« Ich betrachte ihr Gesicht, das jugendliche Aussehen, das es nach all der Zeit immer noch hat. Ich weiß, ohne sie fragen zu müssen, dass sie niemals Botox oder Filler ausprobiert hat – das würde Billie nicht tun. Die Zeit war einfach gut zu ihr.

»Ich bin so froh, dass du da bist.« Ich lächle sie verhalten an und meine jedes Wort ehrlich.

Ella hat sich von meiner ausgesaugten Brust gelöst, ist zufrieden und blinzelt mit ihren großen blauen Augen zu mir herauf. Ich halte sie fest, um meinen Oxytocin-Speicher, dieses finstere, bodenlose Loch in meinem Bauch, wieder aufzufüllen.

Wer hat sie entführt? Wer hat sie wiedergebracht? Warum?

»Ich auch.« Billie lächelt ebenfalls und steht auf. »Wie wäre es mit etwas Koffein?«

Wir sind beim zweiten Becher, als Grant in Boxershorts und sonst nichts in die Küche trottet. Das verwuschelte Haar steht ihm an einer Stelle fast senkrecht vom Kopf ab. Er scheint vergessen zu haben, dass Billie hier übernachtet hat.

»Oh. Hallo.« Seine Stimme ist belegt, als wäre er aus tiefem Schlaf erwacht. Ich habe die halbe Nacht zugehört, wie er geschnarcht hat, und mich die ganze Zeit gewundert: Wie kann Grant so tief und fest schlafen? Wie kann er die Panik und die Angst so sehr unterdrücken, dass sein Hirn abschaltet? Selbst Billie schafft das nicht.

»Schatz.« Er gibt mir einen nassen Morgenkuss – die Sorte, die ich damals, als wir gerade erst zusammengekommen waren, so sehr mochte. Jetzt hätte ich es lieber, wenn er sich zuerst die Zähne putzen würde, bevor er sich mir nähert.

Grant wendet sich nun Ella in ihrer Babywippe zu, und ich nutze die Gelegenheit, mir seine Spucke aus dem Gesicht zu wischen, in der Hoffnung, dass Billie es nicht sieht.

»Wie hast du denn geschlafen?«, fragt Billie ihn.

Grant öffnet den Schrank, in dem wir die Becher aufbewahren. »Wie tot, um ehrlich zu sein.« Ich ärgere mich über seine Wortwahl. »Und ich habe das auch echt gebraucht«, fügt er hinzu und schenkt sich Kaffee ein. Grant trinkt ihn schwarz, ohne Zucker, und manchmal frage ich mich, ob er ihn wirklich so mag oder ob er damit irgendetwas zu beweisen versucht. Ich mustere seinen nackten Bauch, die haarige kleine Wampe, die über das Bündchen seiner Boxershorts quillt. Wenn er doch nur ein T-Shirt angezogen hätte. Seit der Hochzeit hat er ganz schön zugelegt.

Plötzlich klingelt es an der Tür, ein schrilles Scheppern, bei dem ich zusammenzucke.

Ich werfe einen Blick auf mein Handy auf dem Küchentresen und ignoriere die vielen Nachrichten, hauptsächlich von Instagram. Es ist 9:08 Uhr.

Ich schlurfe zur Tür und bete, dass es nicht McKay ist. Ich kann sie nicht ertragen, jetzt nicht. Ich kann mich nicht zu dem Lächeln zwingen, von dem ich weiß, dass sie es sehen will, als wäre all das, was passiert ist, nur ein böser Traum, der bald schon vergessen ist. Sie hat es nicht laut ausgesprochen, aber ich weiß es – sie will, dass wieder Normalität einkehrt.

Als ich die Tür öffne, steht da jedoch nicht McKay. Aber

der Anblick von Detective Barringer erleichtert mich auch nicht gerade. Er hat die Hände in die Taschen gesteckt; sein Mund ist ein farbloser Spalt in seinem Gesicht. Er sieht nicht so aus, als hätte er gute Nachrichten.

Ich ziehe meinen Bademantel fester um mich, um meine Brust zu bedecken – ich trage keinen BH, nicht einmal mein Stilloberteil.

»Guten Morgen, Mrs Adler. Ihr Portier hat mich zu Ihnen nach oben geschickt.«

»Sie können mich Cassie nennen.«

»Okay, Cassie.« Es liegt eine Art listiger Humor in seinem Tonfall, der mir nicht gefällt. Nichts hier ist lustig. »Kann ich hereinkommen? Ich habe ein paar Informationen, die Sie und Ihr Ehemann sicher hören wollen.«

Ich führe Detective Barringer ins Wohnzimmer. Billie holt ihm einen Becher Kaffee – offenbar hatte er seine tägliche Dosis noch nicht –, und Grant läuft los, um sich anzuziehen. Ich hebe Ella aus der Babywippe, setze sie auf meinen Schoß und gebe ihr Sophie, die Giraffe, und sie kaut zahnlos, aber glücklich auf ihr herum.

Detective Barringer nippt an seinem Kaffee. Er trinkt ihn schwarz, wie Grant. Wie offenbar alle Männer, als wäre es eine Art Machtsymbol, den bitteren Geschmack zu bewältigen. »Zahnt sie?«, fragt er und deutet auf Sophie, die Giraffe.

»Mein Sohn hatte auch so eine.«

»Wir glauben, dass sie unten das erste Zähnchen bekommt.« Ich verstumme. Dann frage ich: »Wie alt ist Ihr Sohn denn?«

»Sechs. Erste Klasse.«

Grant ist zurückgekommen. Er trägt Jeans und einen marineblauen Pulli und setzt sich aufs andere Ende des Sofas. Ich frage mich, ob er wohl dasselbe denkt wie ich – dass ein Mann mit einem sechsjährigen Sohn auf keinen Fall erfahren genug sein kann, um diesen Job zu erledigen. Detective Barringer sieht jünger als ich aus. Ich frage mich, ob er wohl noch mit der Mutter des Kindes zusammen ist oder ob sie nur irgendein Mädchen ist, das er zufällig geschwängert hat und das das Kind behalten wollte, sodass er sich jetzt mit ihr ein Sorgerecht teilt, das er nie wollte.

»Also, was gibt es Neues, Detective?« Grant beugt sich vor, die Unterarme auf die Schenkel gestützt.

Barringer räuspert sich. »Ich konnte mir die Aufnahmen der Sicherheitskameras ansehen.«

Ich wappne mich. *Kameras.*

»Die schlechte Nachricht zuerst. Das Material, das wir haben, ist minimal. Im Aufzug, im Treppenhaus oder in den Wohnungsfluren gibt es keine Kameras – wie so oft in alten Gebäuden –, unglücklicherweise haben wir also keine Aufnahmen davon, wie Ella zurück vor Ihre Tür gelegt wurde.«

Grant fährt sich mit der Hand durch das zerzauste Haar. »Und wie ist es mit den guten Nachrichten?«

Barringers Mundwinkel heben sich einen Hauch. »Die vorhandenen Aufnahmen vom Inneren des Gebäudes – in der Lobby ist eine Kamera installiert –, zeigen keine verdächtigen Aktivitäten. Das ist schon mal gut.«

Ich schüttle den Kopf. »Aber woher wissen Sie, was eine verdächtige Aktivität ist und was nicht? Darauf sieht man sicher nur Leute, die kommen und gehen. Sie sehen daran doch nicht, ob die Leute etwas Verdächtiges tun oder nicht.«

Barringer hebt die Hand; ich spüre praktisch die Herablassung, die aus seinen Poren dringt. »Cassie. Jetzt kommen die *wirklich* guten Nachrichten. Es gibt da eine weit oben angebrachte Kamera, auf der anderen Straßenseite, und die hat zufällig Aktivitäten auf der Feuerleiter des Gebäudes aufgezeichnet.«

Billie gibt neben mir einen erstickten Aufschrei von sich.

»Sorry«, sagt sie. »Ich bin nur – wow. Jemand ist die Feuerleiter hinaufgestiegen? Das ist ja gruselig.«

Barringer nickt. »Die Aufnahmen von Freitagabend zeigen ein paar Kinder – Jungs im Teenager-Alter, wie es aussieht –, die kurz nach acht auf der Feuerleiter herumgelungert haben. Eine Stunde, bevor Ella verschwand.«

Meine Zellen frieren ein, jedes Atom in mir spannt sich an. »Sie ... Sie haben diese Kinder auf den Aufnahmen gesehen? Sie sind hinauf zu unserer Terrasse geklettert?« Meine Stimme zittert, bricht, sie ist kaum noch zu hören. »Sie ... sie haben sie mitgenommen?«

Barringer faltet die Hände im Schoß. »Der Aufnahmewinkel der Kamera reicht nur bis zum dritten oder vierten Stock des Gebäudes. Aber für eine Hypothese genügt es.«

»*Hypothese?*« Jetzt wallt Zorn in mir auf und drängt die Angst zurück.

»Ja, das bedeutet, dass wir ...«

»Ich weiß, was das Wort bedeutet.«

Barringer seufzt. »Cassie. Ich habe die Aufnahmen mehrerer Wochen durchgesehen. Es gibt keine *einzige* andere Aktivität auf der Feuerleiter. Keine einzige, in all den Wochen. Das sagt uns doch etwas.«

Ich werfe Grant einen Blick zu. Er kaut auf seinem Daumen herum, der Blick ist glasig und abwesend. Er denkt nach.

Jetzt schaue ich wieder Barringer an. »Und das ist es nun? Was ist mit den Aufnahmen in der Eingangshalle? Sieht man darauf dieselben Kinder später in der Nacht? Wenn sie Ella von der Terrasse gestohlen und sie dann später im Flur vor unsere Tür gelegt haben, dann haben sie doch hinterher sicher das Gebäude verlassen.«

Barringer zögert. »Nein«, antwortet er vorsichtig. »Wie ich schon gesagt habe, es gab keine verdächtigen Aktivitäten, die die Kamera in der Eingangshalle aufgenommen hätte.

Niemand, der den Kindern von der Feuertreppe ähnlich gesehen hätte. Aber das Überwachungssystem ist schon etwas älter. Die Qualität ist nicht die beste.«

»Das klingt für mich wie eine ziemlich bescheuerte Theorie.«

Ella beginnt auf meinem Schoß zu wimmern. Manchmal vergesse ich, wie sehr sie von meiner Energie abhängt, wie symbiotisch unsere Beziehung ist. Wir müssen uns darauf verlassen, dass es der jeweils anderen gut geht.

Grant drückt seine Zeigefinger an die Schläfen, er ist aufgewühlt. »Cassie, komm schon. Hör Detective Barringer einfach zu. Er weiß, was er tut.«

»Ich höre ja zu, Grant ...«

»Ich glaube, was Cassie zu verstehen versucht – was wir *alle* zu verstehen versuchen, Detective –, ist, ob das, was Sie über diese Jungs auf der Feuertreppe sagen, nur eine Mutmaßung ist, zumal es keine ... Beweise gibt?«

Es ist Billie, die diese Frage stellt, und das überrascht mich. Ich hatte beinahe vergessen, dass sie hier ist.

Detective Barringer neigt den Kopf zur Seite. »Entschuldigung. Wer sind Sie?«

»Das ist Billie«, sage ich, bevor sie die Frage selbst beantworten kann. »Meine ... älteste Freundin. Sie ist über Nacht hiergeblieben.«

Barringers Blick bleibt auf Billie geheftet. »Waren Sie am Freitag auf der Party?« Auf die Frage folgt lastendes Schweigen. Der Augenblick ist zu surreal, um peinlich zu sein. Dennoch kann ich ihr das nicht antun, ich kann nicht hier sitzen und zusehen, wie sie sich windet, nicht, nachdem sie sich für mich so ins Zeug gelegt hat. Ich öffne den Mund, um etwas zu sagen, aber sie kommt mir zuvor.

»Ich konnte am Freitag nicht«, sagt sie ruhig. »Ich hatte eine furchtbare Migräne.«

»Verstehe.« Barringer nickt mitfühlend. »Meine Frau hat auch manchmal Migräne. Das ist qualvoll.«

Also ist er verheiratet.

»Ja, ein Spaß ist das nicht.«

Ich werfe Billie einen schnellen Blick zu, um wortlos meine Dankbarkeit zu zeigen.

Barringer fährt fort. »Um Ihre Frage zu beantworten, Billie, ja. Das hier ist *fast* vollständig eine Mutmaßung. Die letzten vierundzwanzig Stunden habe ich damit verbracht, Sicherheitsaufnahmen anzuschauen, die Gäste zu befragen, die auf der Party waren ...«

»Das haben Sie getan?« Ich runzle die Stirn. »Ich wusste nicht, dass Sie mit unseren Gästen sprechen.«

»Ich glaube, dass ich gestern erwähnt habe, dass ich zu jeder Person Kontakt aufnehmen werde, die Freitagnacht hier war. Grant hat mir die Gästeliste geschickt.«

Grant seufzt. »Du hast das ganze Wochenende über nicht auf dein Handy geschaut, Cassie. Viele Leute haben uns Textnachrichten geschickt, wollten wissen, wie es uns geht, und haben gesagt, dass man mit ihnen gesprochen hat.«

»Jedenfalls.« Barringer trinkt seinen Kaffeebecher aus, und beim Schlucken bewegt sich sein Adamsapfel. »Ich habe noch nicht mit jedem gesprochen, dazu brauche ich noch ein paar Tage. Aber von den rund zwanzig Paaren, mit denen ich schon reden konnte, na ja – keiner von ihnen hat irgendetwas Auffälliges bemerkt. Niemand hat Grund zu glauben, dass einer der anderen Gäste der Party Ella entführt hat.«

Ich schüttle den Kopf und kämpfe gegen die Tränen an. »Das ist doch vollkommen sinnlos. Warum sollten irgendwelche dahergelaufenen Jungs mir mein Baby wegnehmen? Und es dann zurückbringen?«

»Das war vielleicht eine Art Unfall. Möglicherweise war Alkohol im Spiel. Womöglich Drogen.«

Vielleicht. Möglicherweise. Womöglich.

»Hören Sie.« Barringer stellt den leeren Becher auf den Tisch und steht auf, wobei er sich die Hosenbeine glatt streicht. »Ich werde diese Woche mit dem Rest der Gäste reden. Wenn irgendetwas dabei herauskommt, rufe ich sofort an. Und umgekehrt. Sie haben meine Nummer.« Sein Blick gleitet von Grant zu mir. Seine Augen sind geschwollen und leicht gerötet. Womöglich hat er gestern Nacht auch nicht geschlafen. »Ich hoffe jedenfalls, dass Sie diese Information doch ein wenig beruhigt. Es ist absolut plausibel, dass diese Kinder für die Sache verantwortlich sind. Sie haben dort herumgelungert, betrunken oder high, und dann sind die Dinge außer Kontrolle geraten. Ich kann Ihnen die Aufnahmen zeigen, wenn Ihnen das hilft. Denken Sie darüber nach.«

Als Detective Barringer fort ist, wendet sich Grant mir zu. Er wirkt verärgert. »Weißt du, Cassie, es würde nicht schaden, wenn du ein bisschen freundlicher zu diesem Typen wärst. Er ist *Polizist.* Er hilft uns.«

Ich sehe ihn böse an. »Er hat ganz eindeutig alles als ›Unfall‹ abgeschrieben, Grant.« Ich male dabei mit den Fingern Gänsefüßchen in die Luft. »Du hast ihn ja gehört. Er hat gesagt, dass seine Theorie über diese Jungs ›fast nur‹ eine Mutmaßung ist. Und willst du wissen, warum? Er ist müde und faul, und wir haben unser Baby ja zurückbekommen, also ist es ja sowieso egal. Dieser Fall ist für ihn nur ein Witz, für die ganze Abteilung vermutlich.«

Grant schweigt einen Moment. »Es ist Sonntagmorgen, Cassie«, sagt er dann. »Er hat ganz eindeutig das ganze Wochenende gearbeitet – hast du gesehen, wie erschöpft er wirkt?«

Darauf erwidere ich nichts. Dagegen kann ich nichts einwenden.

Grant hakt nach, und ich merke, wie sich die Rädchen in

seinem Hirn drehen, als wollte er sich selbst von der Richtigkeit dessen überzeugen, was er mir sagt. »Er hätte nicht hier auftauchen müssen. Es hätte gereicht, wenn er einfach angerufen hätte. Und überdies hätte er auch bis Montag warten können, um Kontakt zu uns aufzunehmen. Du hast ihn gehört – er hat ein Kind und eine Ehefrau. Wenn er das hier für keinen ernsten Fall hielte, wäre er bei ihnen zu Hause geblieben.«

Grants Handy beginnt zu vibrieren, und er holt es aus seiner Gesäßtasche. »Das ist die Kinderärztin. Ich muss da rangehen.«

»Die Kinderärztin?« Mir wird ganz flau. »Warum ruft sie an?«

»Weil ich ihr gestern eine Textnachricht geschickt habe, um zu fragen, ob sie Ella am Montag untersuchen kann.« Grant steht auf, er ist ungeduldig. »Ich hielt das für eine gute Idee nach dem, was passiert ist. Es gibt zwar keine Anzeichen für körperliche Gewalt, aber trotzdem.«

»Stimmt, aber warum hast du nicht …«

»Ich habe dich auch ins Adressfeld gesetzt, Cassie. Was du wüsstest, wenn du auf dein Handy geschaut hättest.« Grant streicht über das Display, um den Anruf anzunehmen. Er scheint aufzuleben, als er die Ärztin begrüßt und in den anderen Teil der Wohnung geht.

Ella wird langsam unruhig. Ich schaukele sie auf den Knien in dem Bestreben, ihr erstes Nickerchen so lange hinauszuzögern wie möglich. Um diese furchtbaren zwei Stunden aufzuschieben, in denen sie nicht in Reichweite ist.

Ich werfe Billie einen Blick zu. Sie sitzt im Schneidersitz auf dem Sofa und wirkt ein wenig verstört.

»Grant kann so ein Arsch sein«, murmle ich abwesend.

Billie hebt den Blick. »Ich weiß.« Sie zögert. »Ich meine, tut mir leid. Er verarbeitet alles vermutlich auf seine Weise.«

»Ist wohl so.«

Ihr Handy auf dem Beistelltisch vibriert. Sie beugt sich hinüber, um aufs Display zu schauen. Ihr Gesichtsausdruck ist undurchdringlich.

»Alles okay?«

Billie nickt. »Wieder Alex. Ich rufe ihn wohl lieber mal an.«

Alex. In den vierundzwanzig Stunden, die Billie in meiner Wohnung war, habe ich ihren Freund völlig vergessen.

»Verdammt, Bill, ich bin so mies. Du hast ihn vermutlich das ganze Wochenende vertröstet, um hier bei mir sein zu können.«

Sie schüttelt den Kopf. »Cass, im Ernst? Das hier ist so viel wichtiger.«

»Und ich habe dich noch nicht einmal gefragt, wie es mit ihm läuft.«

»Na ja, zu sagen, dass du etwas anderes zu tun hattest, ist wohl eine Untertreibung. Aber es läuft ... gut. Wirklich gut.« Ein bescheidenes Lächeln breitet sich auf Billies Gesicht aus, ihre Wangen röten sich.

»Oh mein Gott. Du *liebst* ihn!« Ich lache leise auf.

»Ich weiß nicht ...«

»Doch, tust du. Das sehe ich. Das ist doch toll. Du hast seit Remy keinen Mann mehr geliebt.« Ich verstumme. Dann sage ich: »Hol ihn doch hierher.«

»Hierher?«

»Warum nicht? Ella macht gleich ihr Vormittagsnickerchen, und ich könnte ein bisschen Ablenkung gebrauchen. Wir könnten Brunch bestellen oder so. Außerdem bin ich mir sicher, dass du ihn vermisst.«

Einer ihrer Mundwinkel kräuselt sich. »Ich habe ihn seit Donnerstag nicht mehr gesehen. Es kommt mir wie eine Ewigkeit vor.«

»Weil das am Anfang einer Beziehung auch eine Ewigkeit *ist.*« Ich lehne den Kopf zurück aufs Kissen und denke an die erste Zeit mit Grant. Wie es in meinem Magen kribbelte, als ich darauf wartete, dass er nach der Arbeit zu mir kommt, wie ich mich perfekt geschminkt und sorgsam meine Unterwäsche ausgesucht hatte, weil ich mich so auf seine Ankunft freute – auf die Dinge, die wir tun würden, sobald wir uns wieder anfassen konnten.

»Gott, ich vermisse das Gefühl.« Ich wollte die Worte nicht laut aussprechen, aber jetzt sind sie raus. Ein Eingeständnis.

Ich blinzle und senkte das Kinn, um Billie anzusehen. »Sag Alex, er soll herkommen.«

Sie lächelt. »Ja. Ich schreibe ihm.«

Billie

15. Oktober 2023
Zwei Tage danach

Alex kommt um die Abendessenszeit zu Cassie und Grant. Ich hatte ihn schon früher eingeladen, gleich als Cassie es mir erlaubt hatte, aber er hatte eine Verabredung mit Dave zum Surfen, also haben wir daraus ein Abendessen statt eines Brunchs gemacht. Alex kommt mit einer Tüte Essen von Novitá herein, ein zögerliches Lächeln im Gesicht. Ich merke, dass er sich wie ein Eindringling fühlt, so wie ich vor gar nicht langer Zeit. Aber Cassie begrüßt ihn herzlich, und sie lächelt breit und ehrlich.

»Wie lieb, dass du etwas zu essen mitbringst.« Sie trägt Leggings und ein altes, schief geknöpftes Flanellhemd, kein Make-up, und sie hat sich das Haar locker am Hinterkopf zusammengebunden. Sie sieht ganz anders aus als die Cassie, die Alex im September kennengelernt hatte, und ich bin dankbar, dass er jetzt auch diese Seite von ihr sieht. Vielleicht versteht er es dann besser.

Cassie packt in der Küche das Essen aus, und Alex zieht mich an sich. Er hat nach dem Surfen geduscht, aber ich rieche immer noch das Meerwasser auf seiner Haut und in seinem Haar.

»Oh, Mann, ich habe dich so vermisst«, flüstert er. Hinter meinem Ohr. Dort, wo sein Atem mich streift, bildet sich eine Gänsehaut.

Cassie holt vier Teller aus dem Schrank und stellt sie etwas heftig auf die Küchenarbeitsfläche, sodass sie laut klappern. »Bedient euch. Wir können einfach auf dem Sofa essen, okay? Ich habe keine Kraft, den Tisch zu decken.« Sie geht zum Kühlschrank und holt eine Flasche Rosé heraus, die schon geöffnet ist. Ihre Bewegungen sind hektisch, fast manisch. »Wenn ihr lieber Roten wollt, dann kümmert sich Grant darum. Er ist ziemlich etepetete, was Wein angeht.«

Grant runzelt die Stirn, sagt aber nichts und schaufelt Carbonara und Pesto-Gnocchi auf seinen Teller. Cassie tut sich selbst eine erbsengroße Portion Gnocchi und Ziegenkäsesalat auf, und ich weiß, dass sie beides nicht anrühren wird. An diesem Wochenende hat sie, soweit ich weiß, nur ein paar Vollkorncracker zu sich genommen.

Wir essen im Wohnzimmer. Das letzte Dämmerlicht dringt durch die Jalousien, die Cassie immer noch nicht öffnen will. Mir fällt auf, dass ich diese Wohnung seit fast sechsunddreißig Stunden nicht mehr verlassen und kaum die Sonne gesehen habe. Aber es war nicht klaustrophobisch für mich. Im Gegenteil, abgesehen davon, dass ich Alex vermisst habe und Detective Barringers Anwesenheit mich nervös gemacht hat, war die Zeit für mich seltsam friedvoll.

»Das ist köstlich«, bemerkt Grant mit vollem Mund. Die Carbonara verschwindet ratzfatz von seinem Teller. »Danke, Alex.«

Cassie schenkt sich noch mehr Rosé ein und trinkt ihn wie Wasser nach einer anstrengenden Cardio-Einheit. Ihre Stimmung, die früher am Tag optimistischer schien, ist wieder zu trostloser Verzweiflung geworden. Sie hat das Babyfon auf dem Schoß, die Lautstärke auf Maximum gestellt. Ella ist vor einer halben Stunde hingelegt worden.

»Es ist wirklich nett, dass ich kommen durfte.« Alex regt

sich neben mir auf dem Zweisitzer. »Unter diesen Umständen.«

Cassie lächelt verloren. »Ich halte deine Freundin als Geisel. Da ist das ja wohl das Mindeste.«

»Es tut mir alles so leid.« Alex' Stimme ist weich, und ich spüre sie wieder, diese reine Güte, die ich so oft fühle, wenn ich bei ihm bin. Es ist nichts Verdrehtes oder Zweideutiges in seiner Psyche, anders als bei mir. »Wie kommt ihr denn damit zurecht?«

»Es geht schon.« Grant schluckt noch einen Bissen Pasta hinunter. »Der Detective, der an unserem Fall arbeitet, ist heute Morgen mit Neuigkeiten gekommen, die unsere Nerven ein wenig beruhigt haben.«

Cassie verschluckt sich an ihrem Wein. »Das gilt vielleicht für dich«, keucht sie und dreht sich zu Alex um. »Dieser Typ, der ist total unfähig.« Sie erzählt von den Einzelheiten der Ermittlungen, wobei sie ein wenig lallt, und von den Teenagern, von denen er glaubt, dass sie für die Entführung verantwortlich sind.

»Aber dafür hat er überhaupt keine Beweise«, sagt sie und schenkt sich noch mehr Rosé ein. Die blassrote Flüssigkeit fließt durch den Flaschenhals und schwappt in ihr Glas. »Das ist doch alles nur Spekulation. Es ist ihm völlig *egal*, wer Ella mitgenommen hat oder warum, weil wir sie wiederhaben. Und trotzdem *tut er so*, als gäbe er sich ungeheure Mühe, obwohl die Sache erst zwei Tage her ist und er praktisch behauptet, der Fall sei abgeschlossen.«

Alex schweigt eine Weile, die Lippen nachdenklich geschürzt. »Ich hatte mir schon Sorgen gemacht, dass so etwas passieren könnte«, sagt er schließlich. »Das habe ich Billie auch gesagt.«

Cassie zieht die Brauen zusammen. »Wovon redest du?«

»Ich meine nur, dass ich nicht vollkommen überrascht davon bin. Wenn es kein Vermisstenfall mehr ist, na ja, dann haben manche Detectives das Gefühl, sie müssten die Sache hinter sich lassen. Um sich um Mordfälle und Einbrüche zu kümmern. Um ... dringendere Fälle.«

»Aber das hier *ist* dringend!« Cassies Augen füllen sich mit Tränen, ihre Stimme klingt schon beinahe hysterisch. »Jemand hat unser Baby genommen, und wir wissen nicht, wer, und vielleicht kommen sie wieder, und das ist *verdammt noch mal sehr wichtig!*«

»Hey, hey.« Alex hebt eine Hand. »Ich verstehe dich ja, okay? Ich bin auf eurer Seite. Ich sage nur, was ich aus meiner eigenen Erfahrung mit manchen Leuten bei der Polizei weiß.«

Cassie blinzelt und neigt den Kopf zur Seite. Sie mustert Alex mit offenem Mund. Plötzlich beginnt sie zu lachen. Es ist ein echtes, ungeschöntes, unbeherrschtes Lachen, das mich ganz nervös macht.

»Oh mein Gott.« Sie schlägt die Hand vor den Mund, Tränen rinnen ihr die Wange hinunter, und sie kichert unkontrolliert. »Du bist ja Polizist. Tut mir so leid, ich hatte das ganz vergessen. Schatz ...« Sie pikt Grant mit dem Finger in die Schulter. »Er ist *Polizist.*«

Grant reibt sich betreten das Kinn, dann zeigt er auf Cassies unberührten Teller auf dem Beistelltisch. »Schatz. Warum isst du nicht etwas?«

Cassie ignoriert ihn und konzentriert sich wieder auf Alex. »Moment, also kennst du ihn? Detective Barringer? Blonde Haare? Klein und mit einem Babyface? Sieht ein bisschen aus wie eine hässliche Version von Matt Damon?«

Ich muss wider Willen lachen.

»Eigentlich nicht«, erwidert Alex leicht amüsiert. »Aber wir sind in unterschiedlichen Abteilungen, daher ist das keine Überraschung. Das New York Police Department ist riesig.«

Cassie nickt und wischt sich die Wangen ab. Die Haut unter ihren Augen ist fleckig und dunkel. »Tut mir leid. Du hältst mich vermutlich für völlig durchgeknallt. Es ist nur ... ich dachte einfach, die Polizei könnte mehr tun. Ich habe schon zu Grant gesagt, dass ich glaube, wir sollten einen Privatdetektiv anheuern.«

Mein Herz setzt einen Schlag aus, ich kann kaum atmen.

»Ich habe viele Follower auf Social Media«, fährt Cassie fort. »Fast fünfzigtausend. Und ich fürchte, es könnte einer von ihnen sein. Irgendein verrückter Mensch, der mich hasst. Ich bekomme ständig Nachrichten von Trollen, wisst ihr.« Sie hält inne. Dann sagt sie: »Wir haben das gegenüber *Detective* Barringer ebenfalls erwähnt, aber das scheint ihn nicht zu interessieren. Ich sage ja, der ist völlig unfähig.«

Alex verschränkt die Hände im Schoß und lässt seine Daumen kreisen. »Ich verstehe, aber wisst ihr, möglicherweise hat dieser Barringer auch recht, Cassie. Wenn die Aufnahmen aus einigen Wochen nie jemanden zeigen, der die Feuerleiter hinaufklettert, abgesehen von *einer* Nacht – und zwar der Nacht, in der Ella verschwand –, na ja, dann ist das vielleicht doch kein Zufall.«

Ich atme die Luft aus, die ich angehalten habe. Vielleicht bin ich in diesem Moment Alex noch viel dankbarer, als ich es je war.

Cassie trinkt noch mehr Wein. »Stimmt. *Vielleicht* ist es kein Zufall.« Sie stellt das Glas ab. Ihre Augen sind voller Tränen, ihr Blick starr. »Aber das hier ist mein Baby. *Vielleicht* reicht nicht. Wir brauchen einen Privatdetektiv.«

Alex nickt. »Verstehe.« Alle schweigen ein paar Augenblicke, das einzige Geräusch im Raum ist das statische Knistern des Babyfons. »Hey.« Er setzt sich auf die äußerste Kante des Sofas. »Bevor ihr einen Privatdetektiv engagiert, soll ich nicht vorher einen Blick in die Akte werfen?«

Ich erstarre. Jede Zelle in meinem Körper ist in Alarmbereitschaft.

»Oh mein Gott.« Cassies Stimme ist tränenerstickt, ihre Stimme klingt rau und belegt. »Das würdest du tun?«

»Natürlich.« Alex nimmt sein Weinglas. »Ich kann nicht versprechen, dass ich zu einem anderen Ergebnis komme als dem, was man euch bereits präsentiert hat. Aber Barringer – na ja, ihr habt recht. Es ist möglich, dass er in Eile war, dass er etwas übersehen hat. Was ich jedenfalls versprechen kann, ist, dass ich sehr genau vorgehen werde.«

Mir schlägt das Herz bis in den Hals.

Grant nickt anerkennend. »Das ist sehr nett von dir.«

»Ach gar nicht.« Alex führt sein Glas zu den Lippen. »Ich werde Barringer morgen anrufen, damit er mich ins Bild setzt.«

Draußen auf der Straße ringe ich nach Sauerstoff, als wäre ich gerade aus einer fensterlosen Zelle und nicht aus einem luxuriösen Penthouse entlassen worden. Alex und ich sind nach dem Abendessen gegangen. Grant hatte darauf bestanden, dass wir den Rest des Abends zu zweit verbringen sollen, trotz Cassies flehender Blicke.

Ruf mich morgen früh an, hatte sie geflüstert, als sich die Tür hinter uns schloss. Die Verzweiflung in ihrem Gesicht erfüllte mich mit einer völlig schrägen Mischung aus Schuldgefühlen und Stolz. Ich bin der Grund für ihr Leiden. Ich habe das hier getan. Aber wenn ich es nicht getan hätte, wäre ich nur ein vergessener Adressbucheintrag in Cassies Handy, wie vor gerade zwei Tagen. Eine Freundin von früher, die es nicht wert ist, sie zu einer Party einzuladen oder auch nur auf ihre Textnachrichten zu antworten.

»Wie geht es dir, Billie?« Alex greift nach meiner Hand und geht mit mir die Straße hinunter, die still im Licht der Straßenlaternen liegt. »Du siehst ein bisschen blass aus.«

»Ja. Ein wirklich verrücktes Wochenende.« Ich verschränke meine Finger mit seinen. »Ich habe dich vermisst.«

»Ich dich auch. Es ist schon irre, wie sehr.« An der Kreuzung Nineteenth/Ecke Park dreht er sich zu mir um. Seine
Augen schimmern grün im Laternenschein. »Wir müssen
nicht darüber sprechen, wenn du nicht willst.«

Ich bringe ein kleines Lächeln zustande, dankbar für sein
Angebot. Mein Magen ist voller Pasta und Wein und eiskalter
Angst. »Das wäre schön. Fürs Erste jedenfalls.«

Er nickt, schaut mir in die Augen, und in seinem Blick liegt
so viel Mitgefühl, dass ich mich wie eine Schlange fühle.

»Billie«, fängt er an. Ein Bus fährt an uns vorbei, mein
Pferdeschwanz wird vom plötzlichen Luftzug in Bewegung
gesetzt. »Ihr habt vielleicht eine etwas seltsame Freundschaft,
aber ich merke, wie wichtig dir Cassie ist. Und ich will, dass
du weißt, dass ich ernst meine, was ich ihr gesagt habe. Ich
werde alles tun, was in meiner Macht steht, um herauszufinden, wer ihr Baby geraubt hat.« Er verstummt und sieht mich
unverwandt an, während er mir etwas verspricht, was ich
kaum weniger wollen könnte. »Du hast mein Wort.«

Billie

Dezember 2009

Letztes Studienjahr. McKay Adler lädt sieben Mädchen aus ihrem Jahrgang ein, mit ihr Silvester in St. Barts in der Villa ihrer Familie zu verbringen. Cassie gehört nicht dazu.

Ich merke, dass Cassie geweint hat, als sie mich anruft, um mir ihr Herz auszuschütten. Es reicht mir, dass sie ständig so besessen von McKay und ihrer Clique ist, aber es ist sinnlos, ihr das zu sagen. Seit mehr als drei Jahren versucht Cassie, es irgendwie in ihren inneren Kreis zu schaffen. Manchmal wollen sie sie dabeihaben. Aber meistens bleibt sie am Rand von der großen Sache, die sie da offenbar haben, und umkreist sie wie eine lästige Mücke. Ich ertrage es kaum, das mitansehen zu müssen.

»Ehrlich, scheiß auf McKay.« Cassies Stimme ist heiser und bebt ein wenig. »Jay sagt, wir können Silvester auf die Ranch seiner Eltern in Aspen.«

Jay Crowley ist Cassies Freund. Er hat Wirtschaft in Harvard studiert wie alle Typen, für die sie sich interessiert. Sie gehen schon acht Monate miteinander aus, und das ist Cassies längste Beziehung seit Kyle Briggs in der Highschool.

»Klingt doch toll«, sage ich. »Wer braucht schon St. Barts? Ihr habt bestimmt eine Menge Spaß.«

»Nein, Billie. Ich habe gesagt, wir. Remy und du auch.«

Das muss ich erst einmal verdauen. »*Jay will, dass Remy und ich mit nach Aspen kommen?*«

»*Ja. Er hat gesagt, je mehr Leute, desto lustiger wird es.*«

Ich bin erstaunt. In den beiden Jahren, die ich schon mit Remy zusammen bin, hat Cassie noch nie vorgeschlagen, dass wir zusammen verreisen. Eigentlich ist ihr Remys Existenz ziemlich egal.

»*Ich weiß nicht, Cass.*« *Ich setze mich auf die Kante meines Bettes. In diesem Jahr habe ich im Wohnheim ein Einzelzimmer, obwohl ich die meisten Nächte bei Remy in Back Bay verbringe.* »*Ich habe Becca und Esme gesagt, dass ich nach New York fahre.*«

Cassie schnaubt. »*Was ist denn in New York los?*«

»*Esmes Schwester schmeißt eine Party. Remy und ich wollten in der Wohnung seiner Tante in Queens bleiben.*«

»*Billie. Wie kannst du überhaupt in Erwägung ziehen, eine Einladung nach Aspen zugunsten eines miesen Lochs in Queens abzusagen?*«

Ein langer Moment des Schweigens vergeht. Ich lasse mich zurück in die Kissen sinken. »*Ich kann mir einen Flug nach Aspen nicht leisten. Ich fürchte, Remy auch nicht.*«

Ich stelle mir vor, wie Cassie die Augen verdreht, weil ihr wieder einfällt, dass mein Freund ein armer Künstler ist. Das ist das Letzte, was sie sich für mich wünscht.

»*Das ist so eine alberne Ausrede, Billie.*«

»*Ist es nicht.*«

Sie atmet genervt durch. »*Wenn wir stattdessen nach Denver fliegen, wird es ganz billig. Ich miete ein Auto, und damit fahren wir dann alle nach Aspen.*«

Es ist unmöglich, gegen Cassie anzuargumentieren, wenn sie sich etwas in den Kopf gesetzt hat, außerdem ist die Einladung wirklich reizvoll. Ich fahre nicht Ski, aber vor einem gemütlichen Kamin zu sitzen und Rotwein mit Cassie, Jay und Remy zu trinken und dabei auf schneebedeckte Gipfel zu schauen klingt himmlisch.

Remy wehrt sich, genau, wie ich es mir gedacht habe. Er fährt auch nicht Ski, und er hasst es, wenn ich mich in das hineinziehen lasse, was er »Cassies angeberischen Mist« nennt.

»Du kennst Jay doch kaum«, erwidere ich dann. »Wie kannst du da sagen, dass er angeberisch ist?«

»Weil alles, was Cassie mag, angeberisch ist.« Remys Blick gleitet über mein Gesicht. »Abgesehen von dir.« Er seufzt, frustriert und gleichzeitig zärtlich. »Wenn du wirklich willst, Billie, dann gehen wir eben mit, und ich sage meiner Tante wegen New York ab.«

Ich kaufe unsere Flugtickets. Ich bekomme monatlich Geld von Mom – na ja, von einem Konto, das sie für mich eingerichtet hat, als das Haus verkauft wurde. Es ist nicht viel – der größte Teil des Geldes ist beiseitegelegt worden, um Sandras Gehalt und Moms neue Wohnung in Poughkeepsie zu bezahlen. Aber es ist Geld, mit dem ich ganz besonders vorsichtig umgegangen bin, damit ich Ausgaben für besondere Gelegenheiten wie diese rechtfertigen kann.

Sinnloserweise wünschte ich, ich könnte Mom anrufen und ihr danken. Dass ich ihr von meinen Silvesterplänen und von Remy erzählen könnte, davon, wie sehr ich ihn liebe. Das würde sie glücklich machen, das weiß ich. Aber es ist Jahre her, seit Mom sich an meine Stimme, an meinen Namen erinnert hat, und in der Zweizimmerwohnung anzurufen, in der sie jetzt lebt, ist müßig. Sandra würde rangehen, und an den meisten Tagen ertrage ich ihre Heiterkeit nicht.

Weihnachten verbringe ich mit Cassie in Red Hook wie jedes Jahr, seit Mom nach Poughkeepsie gezogen ist. Wie üblich ist Cassie übellaunig, weil sie bei ihrer Familie ist. Im Haus der

Barnwells ist alles festlich geschmückt; es riecht nach warmem Zucker, und Bing-Cosby-Songs erklingen aus den Lautsprechern im Wohnzimmer, aber Cassie kann nichts davon genießen. Sie verdreht die Augen, wenn ihre Mom uns kuschelige Socken und Geschenkgutscheine für Aéropostale schenkt.

»Wie kommt meine Mutter darauf, dass ich in so einem schäbigen Laden einkaufen würde?«, fragt mich Cassie, als wir die Geschenke ausgepackt haben. Wir sind allein in ihrem Zimmer und machen uns fürs Abendessen fertig. Sie trägt schwarze Hosen und eine elfenbeinfarbene Seidenbluse mit Pailletten am Kragen, dazu Schuhe mit kleinem Absatz. So ein Outfit würden auch McKay und die anderen Harvard-Mädchen tragen – konservativ und einen Hauch stylisch. Adrett mit Sex-Appeal. Es ist natürlich völlig übertrieben. Ich bezweifle, dass Mara überhaupt ihre Jogginghose ausziehen wird.

»Ich finde Aéropostale gar nicht schäbig«, sage ich, vor allem, um Mrs Barnwell zu verteidigen.

»Dann kannst du meinen Geschenkgutschein auch haben.« Cassie wirft mir den Gutschein aufs Bett und seufzt. »Weihnachtsgeschenke ohne meine Großmutter sind scheiße.«

Grandma Catherine ist Anfang des Jahres gestorben. Sie hatte im Schlaf einen Schlaganfall und ist nicht mehr aufgewacht, was eigentlich wie ein schöner Tod klingt, wenn es so etwas gibt. Sie hat Cassie nichts hinterlassen, abgesehen vom Rest ihres Collegegeldes. Cassie meint, dass das aus Versehen geschehen ist. Wenn Grandma Catherine gewusst hätte, dass sie stirbt, hätte sie ihr Testament aktualisiert.

Im Spiegel über der Kommode malt sich Cassie ihre Lippen mit farblosem Lipgloss an. Ihr Blick fängt meinen auf. »Tut mir leid«, murmelt sie. »Ich wollte nicht so verzogen klingen.«

Ich zucke mit den Schultern. Wir wissen beide, dass es ihr völlig egal ist, ob sie verzogen klingt, jedenfalls in meiner Gesellschaft.

»Hat Remy dir denn was Schönes geschenkt?«, fragt sie.

»Einen Schal. Und Tickets für ein Spiel der Bruins. Wir gehen mit seinen Eltern und Geschwistern im Januar dorthin.«

Cassie schnaubt. »Du magst Hockey doch gar nicht.«

»Seine Familie liebt die Bruins. Sie gehen jeden Winter zu den Spielen, und er wollte mich gern mitnehmen.« Ich beiße mir auf die Innenseite der Wange. Ich bin ein bisschen verärgert.

»Ach ja. Ich hatte vergessen, dass er eine große Familie in Boston hat.«

»Ja.« Ein Augenblick vergeht. »Was hat dir Jay geschenkt?«

Cassie schraubt ihr Lipgloss zu und lächelt mich mit glänzenden Lippen an. »Ich weiß es noch nicht. Das finde ich bestimmt heraus, wenn wir in Aspen sind. Jay ist schon da.«

Cassie hat denselben Flug wie Remy und ich gebucht, und wir drei kommen ein paar Tage nach Weihnachten in Denver an.

»Bist du nervös, Jays Eltern kennenzulernen?«, frage ich Cassie auf der Fahrt in die Berge. Der Independence-Pass ist im Winter geschlossen, also kurven wir durch die tiefen, majestätischen Schluchten im Verlauf der Interstate 70. Der Himmel ist bedeckt, Wattewölkchen schweben über uns.

»Ein bisschen.« Sie hat den Blick auf die Straße gerichtet und steuert den Mietwagen durch eine scharfe Kurve. »Zumal die Crowleys stinkreich sind.« Ich sehe im Profil, dass sie lächelt, und sie stellt die Musik lauter. Aus irgendeinem Grund hören wir Cher.

Ich werfe einen Blick über die Schulter und bin froh, dass Remy auf dem Rücksitz eingeschlafen ist und unser Gespräch nicht mit anhören kann. Wir sind gestern Nacht lange bei einer Galerie-Eröffnung gewesen, die dann zu einem Zug durch die Bars in der Gegend wurde, und er ist heute ein Zombie. Ich schaue ihn mir einen Moment lang an, wie er mit offenem Mund ans Fenster gelehnt schläft, und spüre Wärme und Zuneigung beim Anblick seiner Wimpern, die sanft flattern. Remy und ich kommen fast nie aus Boston heraus, und es ist aufregend, mit ihm woandershin zu fahren. Ich öffne mein Fenster ein wenig, kalte Luft kommt herein und mit ihr der Geruch von Nadelhölzern und frischem Schnee.

»Woher weißt du, dass die Crowleys stinkreich sind?«, frage ich Cassie.

»Hast du nicht Dumm und Dümmer gesehen? Nur sehr reiche Leute besitzen Ferienhäuser in Aspen.« Sie schweigt. Dann setzt sie hinzu: »Außerdem merke ich das bei Jay einfach. Er spielt Golf. Er fährt Ski. Seine Mom heißt Tinsley, okay?« Sie lacht.

Wieder bin ich froh, dass Remy schläft.

Es stellt sich heraus, dass das Haus der Crowleys gar nicht in Aspen ist, sondern in einer kleinen Stadt namens Carbondale, ungefähr dreißig Meilen nordwestlich des Skigebiets. Das erfahren wir, als Cassie Jay unterwegs anruft, um die genaue Adresse zu erfragen.

»Es ist eine Ranch. Da ist es wohl verständlich, dass sie nicht in der Stadt liegt.« Sie zuckt mit den Schultern, aber ich höre, dass sie nervös ist.

Als wir in die Einfahrt der Crowleys fahren, dämmert es bereits. Jay sitzt auf der Treppe vor der Haustür, die Unterarme auf die Knie gestützt. Das, was Cassie gesagt hat, stimmt: Er sieht wirklich aus wie ein Junge mit Geld. Ein gut aussehendes, symmetrisches Gesicht. Eine Patagonia-Jacke. Eine dieser schicken Wollmützen mit Ohrenklappen und Troddeln auf dem Kopf. Seine Wangen sind ganz rot vom Warten in der Kälte – ein Kavaliersakt, der mich nicht überrascht. Jay ist ganz verrückt nach Cassie.

Cassie stellt das Auto ab und runzelt die Stirn. Ich weiß sofort, worin das Problem liegt. Das Grundstück ist so gar nicht, was sie erwartet hat. Als Jay sagte, dass seine Eltern eine Ranch in Aspen besitzen, meinte er keine glamouröse Ansammlung von Gebäuden mit Pferden und Schneemobilen und mehreren hundert Hektar teurem Bergland, wie wir uns das vorgestellt hatten. Er meinte das hier: ein einstöckiges Ranch-Haus in einer Schottersackgasse voller ebensolcher Häuser. Selbst im Dämmerlicht sehe ich, dass das Haus klein und unauffällig ist. Die Außenverkleidung ist billig, die Farbe blättert ab.

Ich sehe, wie sich Cassies Gesicht anspannt; eine Ader pulsiert an ihrem Hals. Jay steht da und winkt, kommt zum Auto. Sein Lächeln ist breit, und er öffnet Cassies Autotür und zieht sie in seine Arme. Er wirkt so ehrlich glücklich, und er tut mir in diesem Augenblick furchtbar leid. Ich weiß, was kommt. Ich sehe, was er noch nicht sehen kann.

Das Innere des Hauses ist so schlicht wie das Äußere. Eine in die Jahre gekommene Küche, kleine Fenster, ein düster eingerichtetes Wohnzimmer mit einer niedrigen, grob verputzten Decke und einem Flickenteppich. Ich beobachte Cassie, die sich entsetzt umschaut. Ich beobachte Jay, der sich zu schämen beginnt, weil er ihr Missfallen spürt. Remy gähnt und drückt meine Schulter. Er merkt gar nichts von alldem.

»Es ist nicht viel.« Jay zuckt betreten mit den Schultern. »Nur ein schlichtes Haus in den Bergen. Mein Großvater hat es für einen Apfel und ein Ei in den Siebzigern gekauft.«

Nach einer gefühlten Ewigkeit erwidert Cassie: »Ich dachte, du hättest gesagt, dass das Haus in Aspen steht.« Ihr Mund ist eine harte Linie. »Wir befinden uns eine Stunde Autofahrt von Aspen entfernt.«

Jay fummelt nervös an seinen Händen herum. »Eigentlich ist das hier Carbondale. Vierzig Minuten nach Aspen, wenn der Verkehr es erlaubt. Ich zeige es euch morgen.« Er lächelt angespannt und schaut in Richtung Küche. »Ihr müsst ja von der Reise völlig fertig sein. Wie wär's mit einem Drink?«

»Wo sind denn deine Eltern?«, fragt Cassie, ohne auf ihn einzugehen. Ich spüre die Herausforderung in ihrer Stimme, das Bedürfnis, Jay und sich selbst etwas zu beweisen.

»Sie sind zurück nach Chicago geflogen. Sie wollen dich unbedingt kennenlernen, Cass, aber sie wussten, dass ihr zu dritt kommt. Und hier ist natürlich nicht ... allzu viel Platz. Sie wollten uns nicht im Weg sein.«

Ich räuspere mich, um die Anspannung zu lösen, und verkünde, dass ich wahnsinnig gern duschen würde. Jay, der dankbar für die Unterbrechung zu sein scheint, zeigt Remy und mir unser Zimmer am Ende des Flurs. Wir werfen uns aufs Doppelbett, und ich vergrabe mein Gesicht an seiner Brust, erleichtert, dass wir allein sind.

»Vielleicht war das hier ein Fehler«, sage ich zu ihm.

Remy lacht. »Und ich wollte schon sagen, dass es schön ist, mal wieder in den Bergen zu sein.«

Ich atme den warmen, nelkenartigen Duft seiner Haut ein. »Ich wusste gar nicht, dass du schon früher in den Bergen warst.«

Er nickt und spielt mit meinem Haar. »Meine Eltern haben ein paar Sommer lang ein Haus in der Nähe von Burlington gemietet, als ich noch klein war. Nicht gerade die Rockies, aber wunderschön dort.«

Ich schließe die Augen und stelle mir Remy als Kind vor. Klein, aber schon schlaksig, mit wirren Locken und demselben wilden Lachen wie jetzt.

»Ich wette, du warst ein sehr süßer kleiner Junge.«

»Oh, der allerniedlichste.«

Ich lächle an seiner Brust. »Niedlicher als ich?«

»Hmmm ... nein, das ist natürlich nicht möglich.« Wir

schweigen. *Dann sagt er: »Wir würden ziemlich süße Babys machen, Billie.«*

In meiner Brust steigt unerwartet Panik auf, die sich langsam in eine Art Angst verwandelt. Ich sage nichts, und dann hören Remys Finger auf, mit meinen Strähnen zu spielen. Sein Atem wird schwer und gleichmäßig, ich höre dem Pochen seines Herzens in der sich hebenden und senkenden Brust zu. Er schläft. Ein paar Minuten später schlafe ich ebenfalls.

Als ich aufwache, ist es dunkel, und jemand rüttelt mich an der Schulter. Ich blinzle, meine Lider sind ganz schwer. Langsam gewöhnen sich meine Augen an die Dunkelheit, und mir fällt wieder ein, wo wir sind.

»Billie.«

Cassie steht neben dem Bett, der Umriss ihres Körpers ist kaum zu erkennen. »Wir müssen los«, sagt sie.

»Jetzt? Wie viel Uhr ist es denn?«

»Spät. Jay und ich haben gestritten. Wir haben Schluss gemacht. Wir können hier nicht bleiben.«

Neben mir beginnt Remy sich zu regen.

»Cass.« Ich reibe mir die Stirn. »Sag bitte, dass es nicht wegen des Hauses ist. Es ist doch nur eine Skihütte.«

»Jay hat mich angelogen, Billie. Er hat gesagt, das Haus seiner Eltern befände sich in Aspen, und das stimmt gar nicht. Nicht einmal annähernd.«

Ich stöhne. »Vielleicht wollte er dich nur beeindrucken.«

»Und es ist keine Skihütte. Schlimmer noch: Jay kann gar nicht Ski fahren.« Cassie schaltet eine Lampe ein, und grelles gelbes Licht blendet mich. »Er sagt, seine Familie käme im Winter hierher, um in den Wäldern Schneeschuh zu wandern. Im Ernst, was ist das für ein Scheiß?«

Ich setze mich auf und schwinge die Beine über die Bett-

kante. *Ich fühle mich schmuddelig, und mir ist heiß; ich trage noch immer die Kleider von der Reise. Ich bin versucht, Cassie daran zu erinnern, dass ich ebenfalls nicht Ski fahren kann. Remy auch nicht. Aber ich habe das Gefühl, dass das sinnlos ist.*

»Wohin sollen wir denn mitten in der Nacht?«

Cassie atmet zittrig durch, und ich sehe sie genau an. Ihre Augen sind gerötet, die Haut fleckig, die Haare lang und zerzaust. Gebrochen, und dennoch so unbestreitbar schön.

Die Matratze knarrt, weil Remy von seiner Bettseite aufsteht. Er reibt sich die Augen und sieht Cassie gar nicht an, sondern geht gleich ins Badezimmer. Auf der anderen Seite des Fensters beleuchten Lichter im Garten dicke Schneeflocken, die vom Himmel auf die Erde trudeln.

»Wir können uns ein Hotel suchen«, sagt Cassie. »Ich habe die Notfall-Kreditkarte meiner Eltern dabei.«

»Die sollst du aber nicht verwenden«, erinnere ich sie.

»Ich kann hier nicht bleiben, Billie.« Ihre Stimme klingt plötzlich ganz panisch, tränenerstickt. »Das hier ist doch alles ganz falsch. Wie konnte ich das alles nur so missverstehen?«

Ich zucke mit den Schultern, ich bin schon geschlagen. Ich weiß bereits, wie ich es schon seit so vielen Jahren weiß, dass ich ihr überallhin folge, wohin sie gehen zu müssen glaubt.

Wir laden unsere Taschen in den Kofferraum des Mietwagens, und Cassie tritt zu mir. Schneeflocken wirbeln vor ihrem Gesicht, der frische Pulverschnee knirscht unter ihren Stiefeln. Remy steht ein paar Schritte entfernt und schließt die Haustür der Crowleys hinter sich.

»Du hast so ein Glück.« Cassies Atem bildet in der eiskalten Luft Wölkchen, und sie schaut zwischen Remy und mir hin und her.

Ich weiß nicht recht, was sie meint, oder vielleicht frage ich mich auch, ob das, was sie offenbar meint, wirklich wahr sein kann. Dass sie ihre eigenen Dämonen erkennt, dass sie es leid ist, nach jemandem zu suchen, den sie nie finden wird. Oder zu versuchen, jemand zu werden, der sie womöglich nie sein wird.

Bei dem Gedanken flackert unwillkürlich Hoffnung in meinem Herzen auf. Ich tue so, als sähe ich die Tränen in ihrem Gesicht nicht, als sie uns in die dunkle, eisige Nacht fährt.

Cassie

»Also, Ihre Tochter ist kerngesund.« Dr. Marconi berührt Ellas Kopf und wirft Grant und mir einen aufmunternden Blick zu.

Diese Art von Plattitüden hasse ich, jetzt erst recht, und ich will schon etwas sagen, als Grant der Kinderärztin für ihre Zeit dankt und sie verschwindet. Jeder Arzt in der ganzen Stadt ist ständig in Eile, muss ständig irgendwohin, wo etwas Dringenderes oder Wichtigeres auf ihn wartet als dort, wo er gerade ist.

Grant dreht sich zu mir um, sein Gesicht ist ganz weich vor Erleichterung. »Das ist doch toll, oder?«

Ich zucke mit den Schultern, schließe Ellas Fleecejäckchen und binde ihr pinkfarbenes Mützchen über den Ohren fest. Es ist ein kühler Morgen. »Keine Hinweise auf ein Verbrechen.« Ich wiederhole, was Dr. Marconi gesagt hat, was Detective Barringer gesagt hat, als könnte die Wahrheit, die in dieser Feststellung liegt, irgendwie das Trauma tilgen, das wie Gift in meinen Adern kreist.

Wir holen uns bei *Ralph's* auf dem Weg nach Hause einen Kaffee. Ich rühre Milch und zwei Tütchen Zucker in meinen, Grant trinkt seinen wie üblich schwarz. Ella kuschelt sich in ihrer Trage an seine Brust. Eine ältere Frau mit kurzem grauem Bob sagt uns, was wir für eine wunderbare Familie seien. Sie nimmt eins von Ellas Füßchen und drückt es, und ich bin nicht bereit für so etwas, nicht bereit für das, was die Berührung meines Babys durch eine Fremde bei mir auslöst.

»Nehmen Sie die Hände von meinem Kind«, fahre ich sie an. Grant wird ganz bleich.

Die Frau reagiert so gereizt, als hätte ich ihr gerade eine Ohrfeige gegeben, was ich vielleicht auch hätte tun sollen. Sie rauscht ohne ein weiteres Wort aus dem *Ralph's*. Ein paar Kunden starren in meine Richtung, sie wirken beunruhigt, scheinen mich zu verurteilen.

»Herrgott noch mal, Cassie!«, brüllt Grant, als wir wieder auf der Straße sind. Die Vormittagssonne scheint schon warm auf uns herab. »So kannst du nicht mit den Leuten reden. Die Frau war bestimmt achtzig.«

»Es ist nicht in Ordnung, anderer Leute Babys anzufassen. Das sollte sie wissen.«

»Das war nur eine liebe alte Dame. Sie hat vermutlich selbst Enkel.«

»Du weißt nicht, *wer* sie war, Grant!« Ich stürme ein paar Schritte vor und spüre selbst, wie ich die Fassung verliere, bin aber nicht in der Lage, den heranrollenden psychotischen Anfall aufzuhalten.

Zurück in unserer Wohnung schrecke ich zusammen, als ich in die Küche komme und Lourdes über den Ausguss gebeugt stehen sehe, die Arme bis zu den Ellbogen in Seifenlauge.

»Oh mein Gott, Lourdes, Sie haben mich erschreckt. Meine Hand fliegt zu meinem Schlüsselbein, mein Herz rast. »Ich ... ich habe ganz vergessen, dass heute Montag ist.«

Sie lächelt strahlend, dreht den Wasserhahn zu und trocknet sich die Hände mit einem Geschirrtuch ab. »Morgen! Wie war die Party?«

Die Tränen schnüren mir die Kehle zu, und mein Hals fühlt sich an wie ein Rohr kurz vorm Platzen, aber ich will nicht weinen. Es ist alles zu viel, als dass ich es jemandem erzählen könnte, der in der Nacht nicht dabei war. Grant tritt hinter mich, holt Ella aus der Trage. Lourdes streckt begeistert die Hände nach ihr aus; sie vergöttert Ella, sie ist fantastisch mit ihr, aber das reicht nicht mehr.

Ich will schreien, ich will mich in nichts auflösen, als Lourdes Ella nimmt und mit ihr ins Kinderzimmer geht, um ihre Windel zu wechseln.

»Ich werde heute so viel wie möglich von zu Hause aus arbeiten, aber um zwei habe ich ein Meeting in der Stadt ...« Grant hält inne, als er mein Gesicht sieht. »Cassie. Was ist los?«

»Ich hatte ganz vergessen, dass sie kommt.« Mein Gesicht brennt vor Scham, vor Angst, vor Hilflosigkeit. »Du nicht?«

Grant stellt seinen Pappbecher auf die Arbeitsfläche. »Nein. Ich habe ihr eine Textnachricht geschickt, damit sie weiß, dass wir mit Ella beim Arzt sind und gegen zehn zurückkommen.«

Ich kneife die Augen zu, aber die Tränen quellen trotzdem heraus. »Ich glaube, ich kann das nicht, Grant.«

»*Was*, Cassie?«

Ich schüttle den Kopf. »Ich will niemanden im Haus haben.«

»Aber das ist nur Lourdes. Ich muss arbeiten. *Du* musst arbeiten.«

»Ich *kann* nicht arbeiten, Grant. Jetzt nicht.« Meine Stimme klingt ganz quiekend, ganz angespannt.

Er lässt die Arme fallen. »Hör mal, ich weiß nicht, was ich noch sagen soll. Ich verstehe, dass du Angst hast, aber Cass ... du musst wirklich versuchen, dich zusammenzureißen. Ella ist in Sicherheit. Da waren einfach ein paar betrunkene Kinder, die die Feuertreppe hinaufgeklettert sind ...«

»Du glaubst im Ernst, dass es das ist, was passiert ist?«

»Du nicht?«

»Ich *weiß* es doch nicht, Grant!« Die Tränen laufen meine Wangen und meinen Hals hinunter. »Ich weiß es wirklich nicht. Was, wenn Lourdes ...«

»Oh mein Gott, du glaubst doch nicht im Ernst, dass das, was passiert ist, irgendwas mit *Lourdes* zu tun hat!« Grant seufzt genervt und kneift sich in den Nasenrücken, sodass ich mir vollkommen idiotisch vorkomme und unsichtbar dazu. »Cassie, wenn du heute nicht arbeiten willst, dann geh dich duschen. Leg dich hin. Nimm dir ein bisschen Zeit für dich selbst. Wenn du dir um Ella Sorgen machst, dann sag Lourdes einfach, sie soll nicht mit ihr rausgehen. Und um Himmels willen, ich hätte nie gedacht, dass ich dich mal dazu überreden muss, aber schau auf dein verdammtes Handy.«

Mein Handy hängt am Ladegerät auf dem Nachttisch; ich erinnere mich nicht, es dort hingelegt zu haben, vielleicht hat Grant es getan. Ich weiß, dass es mir nicht hilft, wenn ich all die E-Mails und Textnachrichten ignoriere, dass ich keine Wahl habe und zumindest einen kleinen Blick darauf werfen muss. Mein Handy, das früher die größte Dopaminquelle für mich war, abgesehen von Ella, fühlt sich in meiner Hand jetzt völlig bedeutungslos an, ein irrelevantes Objekt, das ich auch in den Müll werfen und vergessen könnte.

Ich habe einhundertundfünfzehn Textnachrichten, dreiunddreißig verpasste Anrufe, siebenundachtzig DMs auf Instagram und so viele DM-Anfragen, dass auf der App rechts oben nur noch »99+« steht. Ich scrolle durch die Textnachrichten, durch die Namen enger Freunde, an die ich seit Tagen keinen Gedanken mehr verschwendet habe: Ava, Evelyn, Allegra, Kate, Lisette. Da sind Geburtstagswünsche von meinen Eltern und sogar von Mara.

Mein E-Mail-Postfach sieht nicht so schrecklich aus. Es sind hauptsächlich Junk-Mails vom Wochenende. Aber jetzt ist Montag, also finde ich da noch einen Haufen aktuellere Nachrichten von Violet und Wendy, die in mir neue Angst auslösen. Als könnte ich jetzt über Cassidy Adler nachdenken. Genau in diesem Augenblick erscheint eine neue Nachricht von Violet auf dem Display:

> Hast du meine E-Mail zum
> Thema Johanna Ortiz
> gesehen? Und geht es dir gut?
> Du bist auf Insta irgendwie
> verschwunden …

Und dann eine Textnachricht von McKay:

> Ich hole bei Sweetgreen was
> zum Mittagessen. Caesar Salad
> mit Grünkohl für dich?

Auf meiner Stirn prickelt der Schweiß. Ich kann das nicht. Ich komme nicht mit dem Leben zurecht – jetzt noch nicht. Ohne nachzudenken, verfasse ich eine Nachricht an Billie. Ich weiß einfach ganz sicher, dass sie die Einzige ist, die mir hilft, ohne Fragen zu stellen. Ich schicke ihr die Kontaktdaten von Violet und Wendy in den Läden in SoHo und East Hampton und bitte sie, ihnen zu sagen, dass ich einen Notfall in der Familie hatte, dass jetzt alles okay ist, aber ich ein paar freie Tage brauche. Dass ich mich melde, sobald ich wieder kann.

Doch in der Zwischenzeit sollen sie alles an meiner Stelle entscheiden.

Ich navigiere zu Instagram hinüber, wo mir mein Feed die wichtigsten Neuigkeiten zeigt. Ein Mädchen, das ich in Harvard flüchtig kannte, hat ihr zweites Baby bekommen. Eine Workout-Influencerin, die in Malibu wohnt und der ich folge, hat gerade ihre Schwangerschaft verkündet, ein Junge, der im März kommen soll. Grants jüngere Cousine Sophie ist verlobt. Sie hat ihre manikürte Hand flach auf die Brust ihres Verlobten gelegt, und am Ringfinger glitzert ein riesiger Diamant im Smaragd-Schliff.

Normalerweise würde ich bei so etwas ausflippen. Ich würde eine Reihe von Ausrufezeichen und Herz-Emojis tippen, um meine Unterstützung zu signalisieren, in der unterbewussten Hoffnung, dass Sophies Freundinnen meinen Kommentar sehen, meinen Namen erkennen und sie fragen, woher sie mich kennt. *Das ist die Frau meines Cousins,* erklärt Sophie dann, insgeheim ganz stolz. *Sie kommt auch zur Hochzeit.* So stelle ich mir das normalerweise vor.

Ich tippe rechts oben auf das Display, um zu meinen DMs zu gelangen. Ich werde sie nicht alle lesen – es sind einfach zu viele –, aber ich überfliege die Namen. Die meisten älteren Nachrichten von Freitag und Samstag sind Reaktionen auf meine Storys von der Party. Freunde und Fremde wünschen mir alles Gute zum Geburtstag. Die neueren DMs sind hauptsächlich von Leuten, die ich nicht kenne, von Followern, die glauben, es sei in Ordnung, Dinge zu schreiben wie: Wo bist du??? Du hast das ganze Wochenende nichts gepostet! Komm zurück zu uns!

Erst jetzt wird mir klar, wie gruselig das alles ist. Wie wenig all das eigentlich bedeutet, die Anerkennung durch diese Fremden. Gesichtslose User-Namen, die mich um meine Kleidung beneiden, die finden, dass meine Tochter niedlich ist, die wissen wollen, welche Seren ich benutze, um Sonnenschäden und die ersten Fältchen zu behandeln. Aber all diese anscheinend folgenlosen Interaktionen haben sich zu etwas Wertvollem akkumuliert, achtundvierzigtausend Follower, die mich definieren, die mir eine Art Macht gegeben haben, die loszulassen ich mir nicht hätte vorstellen können.

Bis jetzt.

Ich scrolle weiter durch meine DMs. Ich weiß, nach welcher Nachricht ich suche; ich weiß, dass ich nur wieder einen Panikanfall bekommen werde, wenn ich sie noch einmal lese, aber das ist so, als googelte man nach Krankheitssymptomen: Ich kann nicht anders, ich muss mich selbst so richtig in Angst und Schrecken versetzen.

Birchballer6: Kehren wir an den
Ort des Verbrechens zurück?

Genau in diesem Moment erscheint eine Antwort von Billie ganz oben auf dem Display: Erledigt! Wie geht es dir heute?

Ich lege mein Handy zurück auf den Nachttisch und rutsche auf der Decke zur Bettkante. Die Tür unseres Schlafzimmers ist angelehnt, und ich merke plötzlich, wie ruhig es in der Wohnung ist. Es ist so still, dass ich meinen eigenen Herzschlag hören kann, das gleichmäßige Pochen meines Pulses.

Panik kommt in mir auf. Ich rase aus dem Zimmer, alle meine Sinne sind hellwach, ich renne durch die Wohnung und suche nach Spuren von ihnen. Ich finde Grant in seinem Büro, wie er auf seinen riesigen Bildschirm schaut, auf dem Tabellen und Grafiken zu sehen sind, die ich nicht verstehe.

»Hast du Ella und Lourdes gesehen?« Ich keuche, ich bin völlig außer Atem. »Sie sind weder in der Küche, noch im

Wohnzimmer oder im Kinderzimmer!« Tränen rinnen mir die Wangen hinunter – plötzlich, unkontrolliert.

Grant dreht sich auf seinem Stuhl zu mir um, die Beine gekreuzt. »Hast du Lourdes gesagt, sie solle in der Wohnung bleiben? Wenn nicht, dann machen sie vielleicht einen Spaziergang.«

»Das habe ich nicht, aber … sonst sagt sie doch immer Bescheid, wenn sie losgehen.« Die Angst durchzuckt mich, und ich fühle mich wieder wie Freitagnacht, erinnere mich an den schrecklichen Anblick von Ellas leerem Kinderwagen.

Grant reicht mir eine Schachtel Kleenex von seinem Schreibtisch. Er bläst die Wangen auf und wirkt ein wenig genervt. »Ich bin mir sicher, dass alles in Ordnung ist, Cass. Ruf doch Lourdes einfach an, wenn du dir Sorgen machst.«

»Natürlich mache ich mir Sorgen!« Ich drücke ein Taschentuch auf mein Gesicht und spüre, wie es von den Tränen ganz nass wird. »Mein Handy ist im Schlafzimmer.«

Grant nimmt sein eigenes Handy und tippt auf das Display, um den Anruf bei Lourdes auf Lautsprecher zu stellen. Es klingelt ein paarmal, dann geht der Anruf auf die Mailbox.

Ich habe das Gefühl zu schweben, als befände ich mich nicht mehr in meinem eigenen Körper, als bestünde ich nur noch aus Angst. Wie konnte ich so dumm sein, Ella bei einer Fremden zu lassen, keine drei Tage, nachdem sie entführt wurde? Ich kehre zurück in meinen Körper, in meine Stimme, und sage es laut zu Grant.

»Lourdes ist keine Fremde, Cassie. Sie ist schon seit Monaten bei uns. Sie vergöttert Ella.«

Ich schüttle den Kopf. »Wir müssen die Polizei anrufen.«

Grant beißt die Zähne zusammen und steht auf. Ein Muskel zuckt an seinem Hals. Er geht dicht an mir vorbei in den Flur und stößt mir dabei unabsichtlich die Kleenex-Schachtel aus der Hand.

Ich folge ihm durch den Flur, an der Toilette und der Küche und Ellas Kinderzimmer und ihrem Badezimmer vorbei. Er schaut in jeden Raum hinein. Als er unser Schlafzimmer am Ende des Flurs erreicht, dreht er sich um und geht zurück Richtung Eingangshalle. Er bleibt vor dem Wohnzimmer stehen, sein Blick fällt auf die Fenster. Nein, nicht auf die Fenster. Auf die Terrassentüren. Die Jalousien sind noch immer geschlossen, wie ich sie hinterlassen hatte, aber eine der Türen steht einen Spalt weit offen. Grant ist vor mir dort, reißt sie auf, und Sonne fällt in breiten, goldenen Strahlen in die Wohnung.

Und da liegt Ella, brabbelt glücklich in ihrer Babywippe, und Lourdes schaukelt sie. Beide lächeln völlig gelöst.

Ich renne zu meiner Tochter, hocke mich neben sie und bedecke ihr Gesicht mit Küssen. Wenn Lourdes bemerkt, dass ich geweint habe, dann kommentiert sie es nicht.

»Es ist so ein schöner Tag!« Lourdes streckt die Hand hoch zum wolkenlosen blauen Himmel. »Das kleine Baby braucht frische Luft.«

Aber die Terrasse – warum auf der *Terrasse?* Und ausgerechnet heute. Ich wende den Kopf und sehe Grant hinter mir stehen. Er starrt mich stirnrunzelnd an, die Hände in die Taschen gesteckt. Sein Blick ist ein stummer Befehl: *Reiß dich zusammen, Cassie.*

»Super Idee, Lourdes.« Grants Miene wird weicher, er lächelt freundlich. »Genießen Sie die Sonne. Ich muss zurück zur Arbeit.«

Ich bleibe neben Ella hocken, ihre winzige Faust umklammert meinen Zeigefinger. Langsam beruhigt sich mein pochendes Herz. Normalerweise bin ich stolz darauf, eine entspannte Arbeitgeberin zu sein, das Gegenteil einer Helikopter-Mom. Ich lasse Lourdes frei entscheiden, wohin sie mit Ella gehen will – in den Park, zum Spielplatz, zu Lunchdates mit anderen Nannys und ihren Schützlingen. Es ist ein System, das es mir erlaubt, meinen Job in der stillen Wohnung zu machen, in dem Wissen, dass meine Tochter in Sicherheit ist.

Nur dass ich das jetzt nicht mehr weiß. Jetzt ist sie nicht mehr wirklich in Sicherheit, es sei denn, sie ist bei mir.

Ich höre, dass Grant von innen meinen Namen ruft. Zögernd stehe ich auf. Meinen Finger aus Ellas Griff zu lösen treibt mir schon wieder die Tränen in die Augen.

Grant steht mit McKay in der Eingangshalle. Sie sieht entspannt und gepflegt aus, ihr Haar ergießt sich in perfekten Lockenstab-Wellen über ihre Schultern. Sie lächelt mich breit an. An ihrem Arm hängt eine Papiertüte von Sweetgreen.

»McKay sagt, dass ihr beide Lunch zusammen esst«, erklärt Grant ungeduldig. »Ich muss jetzt aber wirklich zurück an die Arbeit.«

Mist. Ich habe ganz vergessen, dass McKay mit dem Essen kommen wollte. Jetzt, da ich darüber nachdenke, fällt mir auf, dass sie nicht einmal *gefragt* hat, ob sie kommen kann, ob ich überhaupt Zeit zum Mittagessen habe. Wie kann sie so dreist sein, einfach meine Zeit zu beanspruchen?

»Du hast auf meine Textnachricht nicht geantwortet«, sagt sie jetzt, zieht ihre Chanel-Ballerinas aus und geht in die Küche. »Also habe ich dir deinen üblichen Caesar Salad mit Grünkohl besorgt. Die Bestellung einer echten Tussi.« Sie wirft mir einen Blick zu und lacht, damit ich mitlache, aber der Witz zündet bei mir nicht.

»Warte.« Sie hält beim Auspacken inne. »Lass uns das im Park essen. Es ist wahnsinnig schön draußen. Indianersommer.«

Mein Magen zieht sich zusammen und grummelt. »So einen Ausdruck darf man nicht mehr benutzen. Und ich würde lieber zu Hause essen.«

McKay schaut auf und mustert mein Gesicht. »Oh, Cass. Du bist immer noch total durcheinander, oder?«

Hinter meinem Brustbein gärt die Frustration. »McKay, natürlich bin ich durcheinander. Was hast du denn erwartet?«

Sie seufzt, nimmt den Plastikdeckel meines Salats ab, dann den ihres eigenen. Sie öffnet die Besteckschublade und gibt mir eine Gabel.

»Grant hat mir gerade von den guten Nachrichten von diesem Detective erzählt.« Sie setzt sich auf einen Hocker und beginnt zu essen. McKay sehe ich nur dann wirklich essen, wenn es sich um Salat handelt. Selbst wenn darin dicke Stücke Feta und ölige Croutons sind und nur ganz wenig Blattsalat. Es ist ziemlich blödsinnig.

Ich setze mich auf den Hocker neben sie und stochere mit meiner Gabel in den dunklen Blättern herum. Den Caesar Salad mit Grünkohl hat auch Billie immer bei Sweetgreen bestellt. Als wir noch arme Zwanzigjährige waren und in der East Eleventh Street wohnten, brachte sie manchmal einen von diesen Salaten mit nach Hause, und wir teilten ihn uns dann. Oft gaben wir noch ein paar hartgekochte Eier dazu, damit er besser sättigte.

»Dass es gute Nachrichten sind, würde ich jetzt nicht unbedingt behaupten«, sage ich zu McKay.

»Warum nicht? Offenbar haben sie das Rätsel doch gelöst. Ich meine, das klingt doch überzeugend, oder?« Sie schiebt sich eine Gabel Rucola in den Schlund. So, wie sie kaut, erinnert sie mich an ein Nutztier, eine Kuh auf der Weide, die Gras rupft. Ich schaue zu, wie sie den Bissen schluckt. »Ein paar betrunkene Kinder, die Blödsinn gemacht haben. Vielleicht war es eine Mutprobe, das Baby zu klauen. Dann haben sie gemerkt, dass das ein ganz dummer Fehler war.« McKay zuckt mit den Schultern. »Klingt plausibel.«

Ich schüttle den Kopf. »Für mich nicht. Derjenige, der sie zurückgebracht hat … der wusste, in welcher Wohnung wir wohnen. Ein paar betrunkene Teenager, die dumm genug sind, ein fremdes Baby zu klauen, wären nicht schlau genug, herauszufinden, welche Terrasse zu Wohnung 9A gehört.«

McKay hört auf zu kauen und schluckt. Sie sieht mich aufmerksam an, wie sie es immer tut, wenn ich etwas sage, was sie überrascht.

»Vielleicht war es einer deiner Follower. Irgendein psychopathischer Troll oder ein Hater aus dem Internet.«

»Ja. Das befürchte ich auch.« Angst breitet sich in meiner Magengrube aus, wenn ich darüber nachdenke, wie viel ich auf Social Media geteilt habe, dass ich Tausenden von wildfremden Menschen Zugang zu meiner Welt gegeben habe.

McKay wendet sich wieder ihrem Essen zu. »Na ja, egal, was passiert ist, hier kommen die guten Nachrichten: Wenn der- oder diejenige Ella *wirklich* hätte kidnappen wollen, dann hätten sie es auch durchgezogen.«

Ich widerstehe dem Drang zu schreien. »Warum sagen das immer alle?«

»Weil es stimmt, Cass.«

»Nicht unbedingt.« Ich kralle meine Nägel in den Specksteintresen, bis mir der Schmerz in die Fingerknöchel schießt. »Wenn es *wirklich* ein Follower war, dann war es geplant, nicht zufällig. Vielleicht hat dieser Mensch versucht, mich zu verarschen, und das hier war erst der Anfang. Und wenn das der Fall ist, dann ist es nur eine Frage der Zeit, bis er wiederkommt und mehr will.« Als ich diese Sätze ausgesprochen habe, begreife ich kristallklar: *Das* ist der wahre Grund, aus dem ich solche Angst habe. Deswegen kann ich weder schlafen noch essen und nichts anderes tun, als meine Tochter anzustarren und darauf zu achten, dass sie weiteratmet.

McKay kratzt das letzte bisschen Ziegenkäse aus ihrer Schüssel. »Meine Güte, ich war echt am Verhungern.« Sie lässt die Gabel auf den Tresen fallen und mustert meinen unberührten Salat. »Du musst was essen, Cassie.«

»Ich *muss* überhaupt nichts«, fahre ich sie an und erschrecke dabei selbst. So rede ich eigentlich nie mit McKay. »Entschuldige, ich bin einfach … ich habe einfach keinen Hunger.«

Sie sagt nichts, sondern geht zum Kühlschrank und holt zwei Dosen Wasser mit Zitronengeschmack aus dem Türfach. Eine davon hält sie mir entgegen. »Durst?«

»Danke.« Ich lege die Hand um die eiskalte Dose.

McKay lehnt sich gegen die Kücheninsel und nimmt einen kleinen Schluck Wasser. »Also«, sagt sie und wischt sich den Mund mit dem Handrücken ab. »Willst du mir jetzt erzählen, was Billie hier neulich gemacht hat?«

Ich zucke mit den Schultern. Ich weiß, dass es mir peinlich sein muss, dass ich mich wie eine Heuchlerin fühlen sollte – das sind die emotionalen Knöpfe, die McKay zu drücken versucht –, aber so ist es nicht. Stattdessen verteidige ich den Teil meines Herzens, der Billie gerade braucht, aus Gründen, die ich weder erklären noch wirklich verstehen kann.

»Ich mache gerade eine Menge durch«, bringe ich heraus und knabbere an einem Parmesanstückchen. Es schmeckt furchtbar, wie ein Klumpen Salz, und ich werfe den Rest zurück in das Grünkohlbett.

»Ja, aber *Billie?*« Sie lässt nicht locker. »Du willst doch nicht einmal, dass sie hier ist, wenn die Umstände ganz normal sind.«

Ich sage nichts und versuche, die peinliche Wahrheit zu verarbeiten. Das hier ist die Kehrseite meiner Nähe zu McKay: Sie weiß, wie sie mir unter die Haut gehen kann, und sie hat keinerlei Probleme, das auch zu tun.

»Hör mal, ich sage das nicht gern, aber jemand muss es tun.« Sie hält kurz inne. Dann setzt sie hinzu: »Ist es vielleicht möglich, dass Billie etwas mit Ellas Verschwinden zu tun haben könnte?«

Ich runzle die Stirn. »McKay. Hör einfach auf.«

»Ich meine es ernst, Cassie. Ihr beide habt diese komische, einseitige Freundschaft, sie ist eindeutig von dir besessen, sie könnte sauer sein, dass ...«

»McKay!« Mein Puls hämmert in meiner Kehle. »Du kennst Billie nicht, okay? Was du da sagst, entbehrt jeder Grundlage, und ... und ... es ist *beleidigend*. Billie würde nicht in einer Million Jahren Ella entführen.«

McKay verdreht die Augen, lässt das Thema aber ruhen. »Ich bin für dich da, Cassie. Wie wir alle.« Sie lächelt sanft, und es wirkt falsch, als müsste sie ein Kind trösten. »Ava macht sich furchtbare Sorgen – sie sagt, sie ruft dich ständig an oder schickt dir Textnachrichten, doch du reagierst nicht. Du schaust wohl nicht auf dein Handy, was?«

»Ich kann mein Handy gerade nicht ertragen.«

»Na ja, eine Pause von Social Media hat noch niemandem geschadet. Aber bei *dir* ist es etwas anderes. Ich meine, du musst eine Marke aufrechterhalten. Deine Follower werden sich fragen, wo zum Teufel ihre furchtlose Anführerin hin ist.« McKay nimmt noch einen Schluck aus der Dose. »Jedenfalls, da du ja nun hinterm Mond gelebt hast, muss ich dir wohl Adairs vollkommen irre Neuigkeiten erzählen ...«

McKay ist jetzt im Tratschmodus und erzählt das Neueste von Adair, die jetzt in Charleston wohnt und zu der ich fast keinen Kontakt mehr habe, an der ich lediglich Interesse heuchele, weil McKay ihr offenbar immer noch eine Menge davon entgegenbringt. McKay fuchtelt wild mit den Händen und erzählt, dass Adair, die Mutter von zweijährigen Zwillingen, gerade erst entdeckt hat, dass sie mit weiteren Zwillingen schwanger ist. »Das sind dann vier Kinder unter zwei!«, kreischt sie. »Kannst du dir das vorstellen?«

Anschließend erzählt McKay eine Anekdote über Juliettes Vorschullehrerin, die der Klasse offenbar eine völlig unangemessene Geschichte über Sex vorgelesen hat und jetzt den Kindern nur noch Lektüre anbieten darf, die von der Direktorin vorher genehmigt wurde. McKay redet schnell, springt von Geschichte zu Geschichte, sodass mir beim Zuhören ein wenig schwindelig wird. Ich fühle mich ein bisschen betäubt und höre die Worte aus ihrem Mund kaum. Aber ich nicke regelmäßig, schaffe es meist, an den richtigen Stellen zu brummen, bis sie schließlich einen Blick auf ihre Uhr wirft und verkündet, sie müsse jetzt nach Hause.

»Ich habe ganz vergessen, dass Hadley mit den Tapetenmustern kommt.« Sie seufzt, als wäre es eine schlimme Belastung, dass ihre Innenarchitektin kommt. »Habe ich dir eigentlich erzählt, dass wir Finns Zimmer renovieren? Alles, was ich während der Schwangerschaft ausgesucht habe, finde ich jetzt furchtbar.« Sie lacht. Es ist ein hohles Gegacker, mit dem ich nichts anfangen kann.

Als sie weg ist, sehe ich, dass Lourdes in Grants Büro staubsaugt. Er muss wohl zu seinem Meeting gegangen sein.

»Das kleine Mädchen ist heute sehr glücklich«, sagt Lourdes in singendem Tonfall, als sie den Dyson ausgestellt hat. »Sie hat vor ihrem Nickerchen 230 Milliliter getrunken.«

Ich nicke, die Erwähnung von Milch bringt mir meine volle Brust zu Bewusstsein. Normalerweise stille ich Ella, wenn ich zu Hause bin, aber Lourdes hat vermutlich angenommen, dass ich mit McKay zu tun habe. Ich muss abpumpen.

»*Gracias*, Lourdes.« Ich starre auf den Orientteppich, auf die dicken rotgoldenen Fäden unter meinen Fußsohlen.

Wenn ich hochschaue und ihren warmherzigen, heiteren Blick sehe, verliere ich die Fassung, fürchte ich.

»Alles in Ordnung, Mrs Adler?«

Ich zwinge mich, sie anzusehen. Lourdes' dunkle Augen mustern mich voller Sorge.

»Um ehrlich zu sein, Lourdes ...« Meine Brust wird ganz eng vor Scham, aber ich weiß, dass ich es tun muss. »Wir sind für diese Woche durch. Ich ... ich bezahle Sie natürlich, aber Sie sollten heute früher gehen. Nehmen Sie den Rest der Woche frei.«

Ihre Lippen öffnen sich, sie ist verwirrt, doch ich habe nicht die Kraft, ihr das zu erklären. Lourdes' schlechtes Englisch ist einer der Gründe, aus denen Grant und ich sie eingestellt haben – sie spricht hauptsächlich Spanisch mit Ella, was wir immer als Bonus angesehen haben. Vielleicht würde unsere Tochter so zweisprachig aufwachsen und mehr als *Gracias* sagen können, mehr als ihre Eltern.

»Ich schreibe Ihnen«, sage ich zu Lourdes und begleite sie zur Haustür. Sie hat die Stirn gerunzelt, aus Unsicherheit oder auch aus Sorge. Ich habe Gewissensbisse, weil ich schon weiß, was ich in meiner nächsten Textnachricht schreiben werde, aber darüber kann ich jetzt nicht nachdenken. In manchen Augenblicken kann man nur einfach weitermachen und nicht rechts und links schauen, nicht auf die Schäden schauen, die man anrichtet.

Als Lourdes fort ist, verriegele ich die Tür und gehe zurück in Ellas Zimmer, genieße die Stille in der Wohnung. Ich schiebe die Kinderzimmertür auf, gerade genug, um hineinzuschlüpfen. Als ich über die Kante des Kinderbettchens spähe, entspannt sich mein ganzer Körper bei ihrem Anblick: geschlossene Augen über runden, rosigen Wangen, Lippen, die am Schnuller nuckeln. Sie ist wie ein zarter, saftiger Pfirsich.

Ich rolle mich auf dem weichen Teppich neben dem Bettchen zusammen. Meine Lider sind schwer vor Erschöpfung. Die Geräusche hier sind friedlich, wie ein Regenschauer. Meine Tochter ist hier. Ihr Geruch, ihr Körper. Es ist warm hier. Zum ersten Mal seit drei Tagen gebe ich mich einem tiefen, traumlosen Schlaf hin, in dem ich frei bin.

Billie

»Was für eine Woche.«

Alex schenkt mehr Wein in mein Plastikglas und stützt sich dann wieder auf seine Unterarme. Sonnenstrahlen dringen durch das Laub der Eiche und malen schimmernde goldene Flecken auf die rot karierte Picknickdecke. Die herbstlichen Gerüche der Stadt ziehen durch den Washington Square Park: trockenes Laub, frische Luft, würziges Fleisch vom Halal-Imbisswagen an der University Place.

Es ist Freitagnachmittag, und Alex und ich sind beide früh von der Arbeit gekommen, um Wein und Käse in der untergehenden Sonne zu genießen. Ich nehme einen großen Schluck Malbec und hoffe, dass der Alkohol nach der am wenigsten produktiven Arbeitswoche, die ich seit Jahren hatte, die Gewissensbisse abmildert, die mich quälen. Ich kuschele mich an Alex' Brust, spüre die weiche Baumwolle seines Hemds, den starken Schlag seines Herzens.

»Ich bin so glücklich«, sagt er und spielt mit meinen Haaren. »Du machst mich so glücklich, Billie.«

Ich möchte am liebsten die Worte sagen, die ich wirklich fühle: *Du machst mich auch so glücklich, Alex. Vielleicht sogar zu glücklich. Denkst du darüber auch manchmal nach – über den Preis des Glücklichseins?* Aber ich bin wie gelähmt. Das

Wissen, dass er sich um Cassies Fall kümmert, ist wie eine unsichtbare Barriere zwischen uns, die nur ich spüren kann, die mich dazu zwingt, meine Deckung aufrechtzuerhalten.

»Ich wollte dir übrigens noch erzählen«, fährt er fort, setzt sich auf und greift nach dem Käseteller, sodass mein Kopf auf seinen Schoß rutscht. »Ich hatte gestern einen seltsamen Anruf von Barringer.«

Es ist fast, als könnte er meine Gedanken lesen. Ich schaue zu, wie er krümeligen Boursin auf einen Cracker schaufelt und sich alles in den Mund schiebt.

Ich setze mich ebenfalls auf und rücke meine Sonnenbrille zurecht. »Wieso seltsam?« Ich zwinge mich, gleichmütig zu klingen. Ich habe es bisher immerhin geschafft, ihn nicht nach dem Fall zu fragen. Das Letzte, was ich mir leisten kann, ist, übermäßig neugierig zu wirken.

»Einfach merkwürdig. Er hat mich endlich zurückgerufen, um mich über den Fall ins Bild zu setzen. Vermutlich hat er inzwischen mit allen Gästen der Party gesprochen, und es ist nichts Interessantes oder Verdächtiges dabei herausgekommen.« Alex greift nach einem weiteren Cracker.

»Ah.« Ich trinke erleichtert meinen Wein. »Also bleibt er bei der Hypothese mit den betrunkenen Jungs?«

»Scheint so. Aber das war nicht das Seltsame daran.« Alex verstummt und blinzelt in die Sonne. »Er hat gesagt, er habe einen Anruf von Cassies Freundin McKay bekommen. Kennst du sie? Sie war eine der Frauen auf der Party, oder?«

Ich nicke. »Cassie und sie stehen einander recht nah. Sie ist Grants Cousine.«

»Ach so. Also ...« Alex wendet sich mir zu und reibt sich das Kinn. »Sie hat Barringer jedenfalls von dir erzählt.«

Ich erstarre.

»Von mir?«

»Das hier ist natürlich vollkommen inoffiziell.« Die warmen Linien um Alex' Augen herum werden weicher, sein Blick wird intensiver. »Aber McKay hat Barringer gesagt, dass der einzige Mensch, den sie kennt und der ein Motiv dafür hätte, Ella zu entführen ... du wärst.«

Eine Mischung aus Wut und Angst brodelt in meiner Brust. »Das ist doch lächerlich. Warum sagt sie so etwas?«

»Ich nehme an, weil Cassie dich nicht zu der Party eingeladen hat.« Alex schwenkt den Wein in seinem Glas. »Ich weiß natürlich, dass das lächerlich ist. Ich habe ihm gesagt, dass du in der Nacht mit Migräne im Bett gelegen hast, dass du mir – und Jane – abgesagt hast, weil es dir so schlecht ging.«

»Jane?«

»Ja.« Alex sieht mich unverwandt an. »Du solltest doch ihre Katze füttern.«

»*Oh*. Ach ja.«

»Und Jane hat dein Alibi vor Barringer und mir bestätigt, also musst du dir wirklich keine Sorgen machen.«

Mein Herz wird zu Stein. »Du hast mit Jane gesprochen?«

»Ich musste, Billie. Ich wollte alle unbegründeten Vorwürfe im Keim ersticken.« Er schenkt erst sich nach, dann mir. »Ich wusste gar nicht, dass sie ins selbe Gebäude wie Cassie gezogen war. Das ist wirklich ein ziemlich irrer Zufall.«

Ich fühle mich wie gelähmt, klebe auf der Picknick-Decke fest. Als fürchtete ich, meine Synapsen würden den Dienst verweigern, sollte ich aufspringen und weglaufen wollen.

Alex fährt sich mit der Hand durchs Haar und lacht, und dann spüre ich sie: die Gewissheit, dass er mich überhaupt nicht verdächtigt. Dass er sich wirklich darüber wundert, dass Jane und Cassie dieselbe Adresse teilen, genau wie ich.

»Das ist *wirklich* irre, oder?« Ich ziehe eine Braue hoch und lächle. Ich muss auf seiner Schiene mitfahren. »Ich dachte, ich hätte dir das schon erzählt.«

Ein paar Mädchen auf Rollerblades flitzen vorbei, Pferdeschwänze flattern unter ihren Helmen. Ich denke an die Zeiten, als Cassie und ich auf der Straße Rollerblades gefahren sind, daran, wie ich einmal auf einem Hügel das Gleichgewicht verlor und über den Asphalt rutschte, sodass ich hinterher eine riesige Schürfwunde auf dem Schenkel hatte. Ich erinnere mich, wie sehr es wehtat, als sie mir in die Badewanne half, um die Wunde zu waschen, wie ich so irre schrie, dass wir beide zu lachen anfingen, obwohl mir gleichzeitig vor Schmerzen die Tränen über das Gesicht liefen.

»Aber da ist noch etwas«, sagt Alex jetzt und bricht sich noch ein Stückchen Boursin ab. »Barringer hat erwähnt, dass du ihm gesagt hättest, du wärst nicht auf der Party gewesen, weil du eine Migräne gehabt hättest. Er war ein bisschen verwirrt, als er von McKay erfuhr, dass du gar nicht eingeladen warst.« Alex schluckt seinen Bissen hinunter, den Blick auf mein Gesicht gerichtet. »Und er hat mich direkt gefragt, also ... habe ich es ihm gesagt. Nicht, dass ich denke, irgendetwas von dem, was McKay sagt, wäre irgendwie glaubwürdig, aber ich habe ihm gesagt, dass ich nicht glaube, dass du eingeladen warst. Denn das warst du nicht, oder? Sonst hätten wir doch sicher geplant dort hinzugehen?« Seine Mundwinkel heben sich. »Es sei denn, du hast noch einen anderen Freund, von dem ich nichts weiß. Den du statt meiner mitgenommen hättest.«

Ich schaue in mein Rotweinglas. Ein paar Pollen treiben in der Neige. Ich bin ein bisschen beschwipst, aber ich muss auf seine Frage antworten, und es muss fest und überzeugend klingen. Ich muss vertrauenswürdig, sicher, klar sein. Ich suche im Weinnebel nach der richtigen Antwort und sage mir, dass Alex ja auf meiner Seite ist.

Ich atme tief durch. »Nein, ich war nicht eingeladen. Ich habe das mit der Migräne gesagt, weil Cassie neben uns gesessen hat, als der Detective gefragt hat.« Ich schließe die Augen hinter meiner Sonnenbrille und erinnere mich daran, wie Cassie mich Barringer vorgestellt hat. *Das ist Billie. Meine ... älteste Freundin. Sie ist über Nacht hiergeblieben.* »Ich habe gespürt, dass es ihr unangenehm war, dass sie mich nicht eingeladen hatte, zumal sie Barringer den Eindruck vermittelt hat, wir stünden uns nah.«

Alex nickt. »Okay. Das ist verständlich.« Er zögert. »Irgendwie trotzdem unhöflich, dass sie dich nicht eingeladen hat. Oder? Denn offenbar war es ja keine ganz kleine Party.«

Zuerst sind seine Worte Salz in meiner Wunde. Dann fällt mir ein: Jetzt ist alles ganz anders. Cassie braucht mich wieder. Das Salz schmerzt nicht mehr.

»Du weißt ja, dass unsere Beziehung ziemlich kompliziert ist«, fange ich an.

»Ja. Ich versuche immer noch zu verstehen, was genau das eigentlich bedeutet.« Alex tippt auf meine Schläfe. »Würdest du mir vielleicht erzählen, was da oben vor sich geht? Du warst schon die ganze Woche so komisch.«

»Ich ... na ja, mir tut Cassie einfach so furchtbar leid.« Ich zucke mit den Schultern, um die Unterhaltung in eine andere Richtung zu lenken, in der Hoffnung, dass er es nicht merkt. »Was sie da durchmacht, ist furchtbar. Und ich versuche, für sie da zu sein, aber ... ihre Verfassung hat Auswirkungen auf mich, weißt du?« Die Sonne versteckt sich hinter einer dicken Wolke und lässt uns im kühlen Schatten zurück.

»Du *bist* für sie da, Billie. Du bist jeden Tag nach der Arbeit zu ihr gegangen.«

Weil sie mich braucht, denke ich und kann das Gefühl des Triumphes nicht unterdrücken. Alex hat recht. Die letzte Woche habe ich damit verbracht, zwischen meiner, seiner und Cassies Wohnung zu pendeln. Und obwohl die Arbeit darunter leidet, habe ich ein Gefühl der Sinnhaftigkeit, das ich nicht mehr hatte, seit Cassie Grant kennengelernt hatte.

385

Das Gefühl, unserer Freundschaft verpflichtet zu sein, das mich erfüllt wie nichts sonst.

»Na ja, heute war ich nicht da«, erinnere ich Alex und greife nach seiner Hand. Wir verschränken unsere Finger, und ich streiche kreisförmig mit dem Daumen über seine Handfläche. »Also, was willst du als Nächstes in diesem Fall unternehmen? Wie willst du Cassie weiter helfen?« Ich sollte das nicht fragen, aber der Wein hat mich aufgelockert, mich enthemmt. Ich bin noch nicht bereit, das Thema fallen zu lassen.

»Ich weiß gar nicht, ob ich ihr überhaupt geholfen habe.« Alex streckt seine Beine auf der Decke lang aus. »Ich muss mir dieses ganze Instagram-Zeug noch ansehen – Cassie hat mir eine Liste von Hatern geschickt, also Followern, die ihr im Laufe der Jahre gemeine Nachrichten geschickt haben. Und ich muss mir noch das Material der Sicherheitskameras ansehen.«

Ich werde ganz steif. »Das Zeug, das sich Barringer schon angesehen hat?«

»Ein zweites Augenpaar schadet nie.« Er seufzt. »Viel mehr kann ich nicht tun, aber ich habe Cassie und Grant versprochen, dass ich mich bemühe.« Er nimmt die Rotweinflasche und späht hinein. »Es wird ein bisschen kalt. Wollen wir noch irgendwo einen Drink nehmen? Vielleicht schon zu Abend essen?«

Ich nicke, und er beugt sich vor, um mich zu küssen. Seine Zunge gleitet über meine Zähne. Ich genieße seinen Geschmack, salzig mit einem Hauch Kirsche vom Wein.

Am nächsten Morgen will ich Alex' Wohnung verlassen, als er mir einen silbernen Schlüssel in die Hand drückt.

Ich schaue zu ihm auf und warte auf eine Erklärung. Er

streicht mir eine lose Strähne hinters Ohr. »Ich dachte, es wäre vielleicht bequemer für dich, wenn du den Schlüssel hast. Damit du nicht nebenan in der Bodega warten musst, wenn ich bei der Arbeit aufgehalten werde.« Er zuckt mit den Schultern, als wüssten wir nicht beide, dass das nur ein einziges Mal passiert ist. »Mach dir nicht zu viele Gedanken deswegen, Bill.« Seine Lippen berühren meine. Wenn er so redet, klingt es sehr intim. Als kennte er mich wirklich. Als verstünde er mich.

Der Rückweg von Alex' Wohnung ist kalt, der Himmel ist eine blasse weiße Masse über mir, ein paar Regentropfen fallen auf mich herunter. Ich kaufe mir einen zweiten Kaffee bei Starbucks, den ich im Bett trinke, mit dem Laptop auf dem Schoß unter die Bettdecke gekuschelt. Der Wind heult um meine schlecht isolierten Fenster. Es ist Samstagmorgen, aber ich habe so viele E-Mails zu beantworten, dass mir beim Anblick der schieren Menge ganz schwindelig wird, und ein paar meiner Kunden wirken zu Recht genervt. Normalerweise bin ich stolz darauf, immer sofort zu reagieren.

Ich trinke meinen Latte und mache mich daran, einem besonders wütenden Kunden zu antworten, der gerade in Anguilla im Urlaub ist. Er ist ein wohlhabender Business Angel und heißt Emerson. Er staucht mich zusammen, weil sein Zimmer im Malliouhana – das eigentlich einen Blick aufs Meer hätte haben sollen, wie er behauptet – auf den Garten hinausgeht. Eine wahre Tragödie. Ich rufe das Hotel an, und nach anderthalb Stunden haben wir das Problem endlich gelöst.

Das ist der beschissene Teil meines Jobs – es reichen Leuten wie Emerson recht machen zu müssen, die immer irgendeinen Grund finden, um wütend zu sein, selbst, wenn sie gerade in einem Fünf-Sterne-Resort mitten im Paradies Urlaub machen. Ich denke an den Vorschlag, den ich Jane unterbreitet habe, daran, dass The Path ein gemeinnütziges Unternehmen werden könnte. Dann würde ich mich sicher besser fühlen, den Emersons der Welt zu Diensten zu sein. Ich nehme mir vor, darüber noch einmal mit Jane zu sprechen, wenn sie am Montag aus Island zurück ist.

Die nächsten Stunden verbringe ich in einem Nebel aus E-Mails und Tabellen und Anrufen bei Spitzenresorts. Mein Kaffee wird langsam kalt, und ich bin so beschäftigt, dass ich mir nicht einmal etwas zu essen mache. Endlich hole ich mir eine Packung Zimtreiscracker ins Bett – etwas, womit ich in Alex' Wohnung auf keinen Fall durchkomme –, esse mechanisch einen nach dem anderen und verteile Krümel auf Laken und Decke.

Um zwei Uhr ist meine Mailbox wieder einigermaßen überschaubar, und zur Belohnung schaue ich aufs Handy. Da ist eine Textnachricht von Alex, der fragt, wo wir uns heute zum Abendessen treffen wollen, ehe wir zum Comedy Cellar gehen. Wir haben Tickets für die Show um halb zehn Uhr.

Minetta Tavern?, antworte ich. Ich vergesse immer, ob man da reservieren muss oder nicht.

Die einzige andere Nachricht ist von Cassie, ein Spotify-Link zu einem Alanis-Morissette-Album, das wir in der Highschool sehr gemocht haben. Habe das hier den ganzen Morgen gehört! Ich glaube, Ella mag es genauso wie wir früher.

Mir wird ganz warm im Bauch, und ich schicke ein paar Herz-Emojis zurück.

Als Nächstes öffne ich Instagram, das mich mit einem öden Feed begrüßt: die aktuellen Highlights von Leuten, die mir nicht wichtig sind. Esmes Schwester hatte eine Junggesellinnenparty in einer Weinbar in Brooklyn; eine alte Kollegin ist nach Irland gereist und hat zehn identische Fotos der Cliffs of Moher geteilt.

Instinktiv kneife ich die Augen zusammen und suche oben auf dem Display nach ihrem Avatar – langes braunes Haar, weißes, trägerloses Maxikleid –, aber natürlich ist er nicht zu sehen. Sie hat seit einer ganzen Woche nichts gepostet. Der Account ist verstummt, und mir fällt auf, wie trist Instagram ohne @cassidyadler geworden ist, was einer gewissen Ironie nicht entbehrt. Die Quelle von so vielen Intrigen, so viel Angst und Frustration – verschwunden. Ich lehne mich an die weichen Kissen, schließe die Augen und frage mich, warum ich das alles vermisse.

Billie

2010 – 2011

Nach dem Abschluss ziehen Cassie und ich nach New York. Darüber müssen wir gar nicht diskutieren; wir wollten schon nach dem College in Manhattan leben, seit wir in der siebten Klasse Die Waffen der Frau *geschaut hatten. Wir stellen uns vor, wir wären beide junge Melanie Griffiths – ohne die Dauerwelle –, die in Aufzügen Wolkenkratzer hinauffahren und die Arbeitswelt im Sturm erobern, während im Hintergrund Carly Simons »Let the River Run« dröhnt.*

Cassie nutzt ihren Abschluss in Englisch, um sich einen Job als Redaktionsassistentin bei der Elle *zu sichern. Es ist eine heißbegehrte Stelle, bei der sie trotzdem nur ein Minimalgehalt bekommt. Zusammen können wir uns bloß eine 37-Quadratmeter-Wohnung in der East Eleventh Street in Alphabet City leisten. Wir schaffen es, uns hineinzuquetschen, indem wir die zwei Einzelbetten an die hintere Wand schieben, von deren Fenstern aus man das Gebäude neben unserem sehen kann – ein Panorama aus Ziegelsteinen. In der winzigen Küche gibt es einen Mini-Kühlschrank und eine Kochplatte, und dann ist da noch ein Badezimmer, das so klein ist, dass die Dusche über der Toilette hängt.*

Aber die Wohnung ist unsere. Wir haben es bis nach New York geschafft.

Alle anderen hier scheinen eine Menge Geld zu haben. Becca und Esme wohnen in einem schicken, frisch sanierten Gebäude im Financial District mit Fitnessstudio und einem Waschtrockner in der Wohnung. Aber sie bekommen Unterstützung von ihren Eltern, die wissen, dass es so gut wie unmöglich ist, in Manhattan mit einem Berufseinsteigergehalt zu überleben. Cassie und ich sitzen da in einem ganz anderen Boot. Ich bekomme immer noch Geld von Mom, aber das reicht kaum für einmal Einkaufen.

Arm zu sein und aufs Geld achten zu müssen stört mich nicht. Ich glaube, dass es nur vorübergehend ist, als gehörten Billigwein und die U-Bahn als obligatorisches Fortbewegungsmittel zum Erwachsenwerden. Finanzielle Sicherheit ist etwas, was später kommt.

An den besten Abenden gehen Cassie und ich mit einer Flasche Wein auf das Dach unseres Gebäudes und schauen uns den Sonnenuntergang an. Eigentlich ist es nicht erlaubt, dort oben zu sitzen, aber uns scheint niemand zu bemerken. Wir blicken dann auf die urbane Weite hinaus, die orangefarbene Sonne geht hinter den Wolkenkratzern unter und badet die Stadt in Gold. Wir reden über alles und nichts, es sind Gespräche, die ohne Struktur und Begrenzungen in die Dunkelheit fließen. In der Zukunft lauert die Schwere des echten Erwachsenenlebens, die wir noch nicht tragen müssen. Es ist eine kostbare Zwischenzeit, und wir spüren die bittersüße Tatsache, dass es nicht immer so sein wird. Dass es nicht immer so sein kann.

Remy und ich haben fürs Erste eine Fernbeziehung. Er will im Sommer nach New York ziehen, wenn sein Mietvertrag in Back Bay ausläuft.

An einem Freitag im April kommt er aus Boston, und am

nächsten Morgen nehmen wir den Zug nach Poughkeepsie, um Mom zu besuchen. Sie kennt Remy noch nicht, und obwohl es sinnlos ist, ihn ihr vorzustellen, möchte ich es trotzdem tun. Ich habe so viel Zeit mit Remys Familie in Winchester verbracht, dass das nur gerecht ist. Außerdem weiß niemand, wie viel Zeit Mom noch hat.

Remy und ich verlassen die Wohnung, um zum Grand Central zu fahren. Cassie schminkt sich im Badezimmer. McKay veranstaltet einen Geburtstagsbrunch – Alkohol am Tag im Frying Pan –, und Cassie hat eine Einladung dazu bekommen. Sie ist deswegen schon die ganze Woche aufgedreht.

»Viel Spaß«, rufe ich auf dem Weg hinaus.

»Danke«, murmelt sie, ohne den Blick vom Spiegel zu wenden, und bestäubt ihr Gesicht mit Bronzer. Cassie wird immer missmutig, wenn Remy bei uns übernachtet, was ich verstehen kann. Unsere Wohnung ist einfach zu klein für Gäste. Deswegen kommt Remy nur selten. Meistens besuche ich ihn in Boston.

Im Zug trinke ich einen Iced Latte und verschlinge die neueste Ausgabe von Condé Nast Traveler, während Remy ein Nickerchen hält. Ich schwöre, dieser Mann könnte auch mitten in einem Erdbeben schlafen.

Moms Wohnung befindet sich in Fußnähe zum Bahnhof. Sandra öffnet die Eingangstür, als wir kommen. Sie sieht immer gleich aus; haargenau so wie vor sechs Jahren. Plötzlich überkommt mich eine Welle der Zuneigung zu dieser Frau, die so einen großen Teil ihres Lebens Mom widmet und die ganze Zeit bei ihr geblieben ist. Als sie mich umarmt, kämpfe ich mit den Tränen.

Mom ist draußen auf der Terrasse, von wo aus man den Fluss sehen kann. Sie sitzt vor einem kleinen Terrarium, in das

sie hineinspäht. Als sie unsere Schritte hört, schaut sie hoch.
Ein kindliches Grinsen breitet sich auf ihrem Gesicht aus.

»Hallo.« Sie tippt gegen das Glas des Terrariums. »Das ist
mein Frosch Frank. Willst du ihn kennenlernen?«

Es ist nur eine Stippvisite, anders geht es nicht. Mom hat
nicht mehr genügend Kraft für Besucher, und es tut immer
noch weh, sie so zu sehen. Die Zeit hat den Schmerz darüber,
dass ich für den Menschen, den ich auf der Welt am meisten
liebe, zu einer Fremden geworden bin, nicht lindern können.

Remy schlägt vor, einen Drink oder ein spätes Mittagessen
in Poughkeepsie einzunehmen, aber ich will einfach nur zu-
rück in die Stadt. Im Zug hält er meine Hand und sieht mich
dabei an. Ich spüre seine Sorge, eine Mischung aus Erschre-
cken und Mitleid.

»Sie ist wunderschön, Billie.« Seine Stimme klingt schwer,
als laste etwas auf ihr. »Du siehst genauso aus wie sie.«

Ich versuche zu lächeln, aber meine Mundwinkel wollen
sich einfach nicht heben. »Das ist nicht Mom.«

»Ich weiß.« Er drückt meine Hand. »Aber trotzdem. Danke,
dass ich sie kennenlernen durfte.«

»Natürlich. Ich wollte das gern.«

Ein paar Minuten lang sitzen wir still da. Der Zug rast
Richtung Süden.

»Das wird sicher nie einfacher«, sagt Remy nach einer
Weile. »Sie so zu sehen.«

Ich lehne den Kopf an seine Schulter. »Ich glaube, was ich
daran am schlimmsten finde, ist, dass sie den Menschen nie
kennenlernt, der ich geworden bin. Sie kann nicht stolz auf
mich sein. Und sie wird auch die Menschen nicht kennenler-
nen, die alles in meinem Leben sind. So wie du.«

»Ja.« Er verstummt. Dann sagt er: »Oder deine zukünftigen
Kinder. Unsere Kinder.«

Ich erstarre. Wieder ist da diese Angst in meiner Brust, wie damals in Carbondale vor zwei Jahren, in der Nacht, in der Remy sagte, wir würden sicher ziemlich süße Babys machen. Aber diesmal ist die Angst noch stärker.

»Rem.« Unwillkürlich weiche ich ein Stück zurück; das ist eine instinktive Reaktion, der plötzliche Impuls, meinen Körper für mich zu behalten. »Wir sind wohl noch ein bisschen zu jung, um über Kinder zu reden. Ich bin erst dreiundzwanzig.«

»Ja, und ich siebenundzwanzig.«

Die Panik breitet sich aus, kreist jetzt durch meine Adern. »Und?«

»Und ich will damit nicht sagen, dass wir jetzt schon bereit sind, Eltern zu werden, oder auch demnächst. Aber das wird definitiv in der Zukunft passieren, selbst wenn es noch ein Weilchen dauert.«

»Was meinst du mit ›definitiv‹?«

Remy fährt sich mit der Hand durch seine Locken und zieht die Brauen zusammen. »Ich ziehe in zwei Monaten nach New York. Ich habe mein Leben in Boston, meine Familie wohnt dort, und ich lasse das alles zurück, für dich.«

Ich habe einen Kloß in der Kehle, und mir stockt der Atem. Ich merke erst, dass ich weine, als mir die Tränen vom Gesicht tropfen und ich Salz schmecke.

»Remy ...« Meine Stimme bricht, und obwohl es falsch ist, weiß ich, dass ich diesen Augenblick zu meinem Vorteil nutzen kann. Ich kann mir ein bisschen Zeit erkaufen. »Ich liebe dich, und ich zähle die Tage, bis wir endlich in derselben Stadt leben. Aber können wir ... das Thema jetzt einfach lassen?« Ich wische mir das Gesicht mit dem Ärmel ab. »Es war wirklich ein harter Tag.«

Der Blick seiner grauen Augen wird ganz weich, und einen Augenblick lang fühle ich mich fast schuldig.

»Natürlich.« Er schlingt einen Arm um mich und zieht

mich an sich. »Tut mir leid, Bill, ich liebe dich auch. Schließ einfach die Augen. Wir müssen nicht reden.«

In der Schwärze hinter meinen Lidern sehe ich Mom auf der Terrasse in Poughkeepsie. Wie sie Remy und mich kaum angesehen hatte, wie ihr Blick beinahe desinteressiert über uns hinwegglitt, bis sie sich wieder Frank dem Frosch zuwandte.

Und dann – vielleicht wegen des Themas, das Remy gerade angeschnitten hatte – fällt mir etwas ganz anderes ein. Ich weiß nicht mehr, wann ich das letzte Mal meine Periode hatte.

Cassie

21. Oktober 2023
Acht Tage danach

Ein Schrei entringt sich mir. Die Frau ist vor mir, dunkle Haare, ihr enges, tailliertes Kleid zwingt sie, langsam zu gehen, ihre Schritte sind klein und etwas schlurfend. Die Sonne scheint auf der nächsten Kreuzung hinunter auf die Straße und beleuchtet den schäbigen Stoff ihres engen Kleides. Sie ist langsam, aber ich bin noch langsamer, ich wate durch Wasser und kämpfe darum, Schritt zu halten, sie einzuholen. Ich heule. Ich sehe das mollige Beinchen meiner Tochter an der Seite der Frau, Ellas perfektes kleines Gesichtchen, das mich ansieht, die Stirn gerunzelt, die Lippen geöffnet, als wollte sie schreien oder etwas sagen, wenn sie nur könnte.

Mama.

Mama, Mama, Mama, Mama, Mama, Mama, Mama.

Sie biegen um eine Ecke. Als ich ebenfalls dort ankomme, sind sie schon einen halben Block weiter. Die Luft ist kalt und riecht kalkig, als würde es bald regnen. Ich hole langsam auf, weil ich immer noch renne, gegen den peitschenden Wind, der sich anfühlt wie Melasse, die in meine Glieder dringt. Weil ich noch nicht aufgebe, weil ich niemals aufgeben werde. Solange ich lebe, werde ich Mutter sein, das ist meine Bestimmung.

Ich schaue nach Ella, kann sie aber nicht mehr auf der Hüfte der Frau sehen. Kalte Panik packt mich. Wo ist sie?

Dann sehe ich es.

Der Kinderwagen.

Die Frau schiebt jetzt den Kinderwagen; die Straße ist voller Leute, doch ich sehe das hellblaue Verdeck, die Räder, die ein paar Meter vor mir über den unebenen Bürgersteig holpern. Ich muss schneller sein. Mutiger.

Die Muskeln in meinen Beinen brennen, aber ich mache weiter, schlängele mich durch eine Gruppe Kinder in Schuluniformen. Ich strecke die Hand aus, meine Finger sind wie Tentakel, und ich kralle sie in ihre Haare, reiße ihren Kopf zurück.

Sie schreit vor Schmerz auf, ihr Griff löst sich vom Kinderwagen, ihr langer Schwanenhals dreht sich. Ihr Blick – wild, flüssiges Blau – fängt meinen auf.

Meine Augen.

Maras Augen.

Aber dann verändert sich Maras Gesicht. Die Nase wird größer, die Augen schrumpfen zu kleinen schwarzen Perlen. Schweiß glänzt auf ihrer aufgedunsenen Haut, die Poren sind groß. Das ist nicht mehr Mara.

Es ist Wade.

Du weißt, dass du mich umgebracht hast, oder? Er ist amüsiert, sein fleischiges Kinn bebt vor Lachen.

Du hast mich umgebracht.

Die Stimme hallt wider, aber sie gehört ihm nicht mehr. Es ist jetzt die Stimme von jemandem, den ich liebe – klar, gedämpft, ein wenig kehlig. Die Stimme gehört Billie.

Du hast mich umgebracht, singt sie, singt er.

Ich schaue in genau dem Augenblick nach unten, in dem seine Finger den Griff des Kinderwagens loslassen, und der Wagen rollt nach vorn, weil ein eisiger Windstoß ihn erfasst. Das Blut schießt wieder in meine Beine. Bewusstheit, Energie. Ich renne dem Kinderwagen hinterher, erwische ihn noch, bevor er einen kleinen Hang hinunterrollt.

Voller Vorfreude beuge ich mich über den Kinderwagen, will sie hochnehmen, ihre Haut riechen, wieder vollständig werden.

Aber sie ist nicht da. Der Kinderwagen ist leer. Ella ist fort.

Bye, baby, ruft eine Stimme, die Wade gehört, dann Mara, dann Billie.

Diesmal reißt mich das Geräusch meines eigenen Heulens aus dem Schlaf. Schweiß rinnt mir die Stirn hinunter, die Lücke zwischen meinen beiden Brüsten ist ganz nass. Ich werfe einen Blick nach links, völlig erschöpft von diesem Albtraum, der jetzt schon zum fünften Mal wiedergekommen ist. Aber Grants Bettseite ist leer, die Decke liegt glatt da, wo sein schlafender Körper sein sollte, und dann fällt mir wieder ein: Er hat heute im Gästezimmer geschlafen. Er wollte endlich einmal durchschlafen und nicht wieder von den durchdringenden Schreien seiner Frau geweckt werden. Ich bin mit meiner Angst allein.

Ich nehme das Babyfon und gehe in die Küche, wo Grant *The Times* liest und einen grünen Smoothie trinkt. Er trägt seine Sportsachen mit den neonfarbenen Schuhen. Das macht er manchmal – er tut an den Wochenenden so, als lebte er gesund. Als wäre er die Sorte Mann, die gern joggt und flüssigen Spinat trinkt. Und kein überarbeiteter Investor mit hohem Blutdruck, der abends Scotch kippt und an den meisten Tagen am Halal-Imbiss in der Stadt isst.

»Du bist früh wach«, sage ich. Das Morgenlicht fällt in breiten Streifen durch die Küchenfenster auf die Holzdielen.

»Ich treffe mich um acht mit Tom zum Joggen.« Grant schaut nicht von der Zeitung auf.

»Beeindruckend.« Ich zögere. Dann sage ich: »Ich hatte schon wieder einen Albtraum …«

»Cassie.« Grant sagt es schroff und hält eine Hand hoch. Als er mich endlich ansieht, ist sein Blick eiskalt. »Ich habe Lourdes eine Nachricht geschickt.«

Ich atme tief durch und wappne mich. »Okay.«

»Ich habe sie gefragt, ob sie am Montag früh kommen kann. Ich habe um acht Uhr schon ein Meeting, und ich weiß, dass du dann immer CorePower Yoga mit McKay und Ava machst.«

»Ich kann das auch absagen ...«

»Und weißt du, was sie gesagt hat?« Grant macht die Augen ganz schmal, sein Kiefer ist angespannt. »Sie hat mich informiert, dass sie nicht mehr für uns arbeitet.«

Darauf sage ich nichts. Letzte Woche habe ich Lourdes die Textnachricht geschickt.

»Was zum Teufel, Cassie? Du hast mir gesagt, du würdest ihr ein paar Tage freigeben, damit du dich wieder ein bisschen sammeln kannst. Du hast mir nicht gesagt, dass du unsere Nanny *gefeuert* hast.«

So, wie Grant das Wort benutzt, schäme ich mich. Ich muss an die Textnachricht denken, die ich sorgsam verfasst hatte. Ich hatte sogar Google Translate benutzt, um Lourdes zu erklären, dass wir sie infolge der aktuellen Ereignisse nicht mehr brauchten. Ich betonte, dass es nicht ihre Schuld sei, dass ich weniger arbeiten wolle und daher keine Vollzeitbetreuung für Ella mehr benötigen würde.

»Das ist vollkommener Irrsinn«, fährt mich Grant an. »Du bist wirklich total durchgeknallt, oder?«

Hinter meinen Augenhöhlen bildet sich ein Kopfschmerz, der pocht und drückt. Ich brauche dringend einen Kaffee nach dieser beschissenen Nacht.

»Du hast es wirklich zu weit getrieben«, sagt Grant, und ich wünschte, er hielte endlich den Mund.

Das Babyfon in meiner Hand gibt ein leises Knistern von sich. Ich zucke zusammen und werfe einen Blick aufs Display, um nachzusehen, ob Ella noch schläft. Noch atmet. Überhaupt noch da ist.

»Ich wollte es dir sagen«, seufze ich. »Du musst mir kein schlechtes Gewissen einreden, Grant. Ich fühle mich schrecklich, aber ich habe Lourdes zu meinem eigenen Wohl gehen lassen …«

»Genau das ist das Problem, Cassie.« Grant steht auf und schlägt mit der flachen Hand auf die Arbeitsfläche. »Du denkst ausschließlich an dich selbst, aber was ist mit mir? Was ist mit Ella? Du bist viel zu sehr mit dir selbst beschäftigt und begreifst nicht, dass sie Lourdes auch lieb hat, dass es gut für unsere Familie ist, Hilfe zu haben. Das kannst du nicht allein entscheiden. Und die arme Frau einfach so in die Arbeitslosigkeit zu stürzen …«

»Ich gebe ihr zwei Monatsgehälter, damit sie sich einen neuen Job suchen kann!«

»Oh, vielen Dank auch, dass du mein Geld auf diese Weise verschwendest.«

»*Dein* Geld?« Zorn durchzuckt mich. Meine Augen brennen vor Erschöpfung.

»Okay, unser Geld. Aber es wäre nicht unseres, wenn ich nicht wäre, oder, Cass?« Grants Worte klingen schneidend. Sie triefen vor Hohn.

»Leck mich«, spucke ich ihm entgegen. »Steh bloß nicht da und tu so, als hättest du irgendetwas dazu getan, dir deinen Treuhandfonds zu verdienen. Du hast doch nur das Glück, reich geboren worden zu sein.«

Grants Blick wird hart; an seinem Hals pulsiert eine Ader. »Langsam mache ich mir wirklich, *wirklich* Sorgen um dich«, sagt er, aber seine Stimme klingt nur herablassend, nicht besorgt. »Du musst mit jemandem reden. Ich rufe am Montag Toms Therapeuten an. Er hatte letztes Jahr auch eine Krise, nachdem sein Dad starb.«

»Wenn du glaubst, dass ich zu Toms Therapeuten gehe, dann irrst du dich aber gewaltig.«

Grant schüttelt den Kopf und nimmt sein Handy, das neben der Zeitung liegt. »Ich verschwinde.«

»Es ist noch nicht einmal sieben. Du hast gesagt, Tom und du trefft euch um acht.«

»Dann gehe ich eben einmal um den Block. Ich kann das hier nicht ertragen. Ich kann dich nicht einmal ansehen.« Er wendet sich ab und stürmt aus der Küche, bevor ich reagieren kann.

»Warte!«, rufe ich ihm hinterher. »Kannst du nicht wenigstens Kaffee machen, bevor du gehst? Mein Kopf bringt mich um.«

»Nein«, bellt er. Seine Stimme wird leiser, weil er sich entfernt. »Du kannst dir deinen eigenen beschissenen Kaffee machen, Cassie.«

Ich höre das Klimpern seiner Schlüssel und dann das Knallen der Tür.

Ich schließe die Augen und gebe mich dem Schmerz hin, der sich um mein zerbrechliches Herz windet. In einem sind wir uns immerhin einig. Ich kann es hier gerade auch nicht ertragen.

Billie

21. Oktober 2023
Acht Tage danach

Ich komme gerade aus der Dusche, als es klingelt – ein durchdringendes, unangenehm lautes Geräusch, bei dem ich jedes Mal zusammenzucke.

Ich drücke auf den grauen Knopf neben der Gegensprechanlage. »Wer ist da?«

»Ich bin's, Cassie. Und Ella!«

Ich werfe einen Blick auf die Zeitanzeige der Gegensprechanlage – es ist kurz nach drei. Ich drücke auf den Summer und lasse die Tür angelehnt, um mir Leggings und einen Pulli anzuziehen. Ich kämme mir noch das Haar, als Cassie in meinem Schlafzimmer auftaucht. Ella liegt in ihrer Trage an ihrer Brust.

»Hey.« Ich lächle sie erstaunt an, vollkommen überrascht davon, dass Cassie in meiner Wohnung steht. Es ist das erste Mal, dass sie einen Fuß in sie gesetzt hat. »Ich wusste gar nicht, dass du meine Adresse kennst.«

»Weihnachtskartenliste.« Sie wirkt ein wenig zerknirscht und hat die Hände in die Hüften gestemmt. Irgendetwas an ihrer Körpersprache wirkt merkwürdig. »Ich hätte dich schon längst in deiner neuen Wohnung besuchen sollen.«

»Na ja, jetzt ist sie ja gar nicht mehr so neu ...«

»Stimmt.« Sie schaut sich um. Meine Einrichtung besteht hauptsächlich aus einem Mix aus Secondhand-Möbeln von Facebook-Marketplace; außerdem ist da noch ein billiger, cremefarbener Teppich von Wayfair. Nichts in meinem Schlafzimmer ist besonders schön, abgesehen von der Walnuss-Kommode, einer Antiquität aus unserem Haus in Red Hook. Sie stand früher in Moms Büro. Sie gehört zu den wenigen Möbelstücken, die ich behalten wollte, als das Haus verkauft wurde.

Cassie streicht mit der Hand über die glänzende Holzoberfläche. »Ich erinnere mich an diese Kommode.« Sie greift nach einem kleinen Silberrahmen mit einem Bild von Mom und mir, vor Ewigkeiten aufgenommen. Ich bin darauf sicher nicht älter als fünf Jahre und liege an sie geschmiegt in der Hängematte im Garten. Moms Arm ruht auf meiner Brust. Mein Lächeln wirkt verschlafen und zufrieden, aber ihrs ist – wie üblich – breit und strahlend, und man sieht ihre Lachfältchen. Beim Anschauen des Fotos kann ich beinahe ihre Gurkengesichtscreme riechen, spüren, wie es ist, an ihrem weichen Hals zu liegen.

»Wenn ich an dich und deine Mom denke, hoffe ich immer, dass ich so etwas auch mit Ella haben werde. Ich hoffe, dass sie mich genauso lieb haben wird wie du Lorraine, meine ich.« Cassie stellt den Bilderrahmen zurück.

Ella. Einen Augenblick lang hatte ich sie ganz vergessen. Ich werfe einen Blick in die Trage, auf die prallen Bäckchen des Babys, die großen Augen, die so sehr Cassies Augen ähneln. Sie sehen mich an, und ich habe das komische Gefühl, dass sie sich an mein Gesicht erinnert. Und wieso auch nicht? Wir haben immerhin beinahe fünf Stunden allein zusammen verbracht.

»Also!« Ich schüttle das bedrückende Gefühl ab und werfe den Kamm auf das ungemachte Bett. Mein Haar tropft noch, und ich gehe an Cassie vorbei in das winzige Wohnzimmer.

Ihr Gramercy-Appartement könnte diese kleine Wohnung problemlos schlucken. »Warst du gerade in der Nähe?«

»Eigentlich nicht.« Sie folgt mir und lehnt sich gegen die Rücklehne meines Sofas. »Wie schnell kannst du deine Sachen packen?«

»Hä?«

Cassies Augen funkeln, ihr Mund verzieht sich zu einem etwas schiefen Lächeln, das so bizarr wirkt, dass ich sie am liebsten fragen würde, ob sie etwas genommen hat. Wir hatten früher im College einmal LSD probiert, aber Cassie fand ihren Trip so furchtbar, dass sie danach nie wieder etwas nahm, obwohl McKay und ihre Clique im letzten Studienjahr ihre Kokain-Phase hatten.

»Ich habe uns eine Suite im Mayflower Inn gebucht. Mit Ella natürlich.« Sie tippt mit dem Schuh – einem beigefarbenen, teuer aussehenden Sneaker – auf die Dielen. »Ich muss verdammt noch mal aus der Stadt raus.«

»Heute?« Ich starre Cassie an. Sie trägt Jeans und einen weiten weißen Pulli, der an der Taille durch den Riemen der Trage zusammengeschnürt ist. Ich sehe selbst durch ihre weiten Kleider hindurch, wie viel dünner sie seit letzter Woche geworden ist.

»Ja! Ein Mädchenwochenende, so wie früher. Vielleicht auch noch Sonntagnacht, okay? Der Fahrer wartet schon unten.« Sie rückt ihre Trage zurecht, und Ellas Füßchen schlagen in ihren Socken gegen Cassies Hüften.

»Du ... du willst, dass ich mitkomme?«

»*Ja*. Du wirst das Mayflower lieben, Bill. Sie haben ein tolles Restaurant, ein Spa ...«

»Cass, ich habe Pläne für heute Abend.« Ich schlinge die Arme um meinen Oberkörper, weil mir plötzlich kalt ist. »Alex und ich haben schon vor Wochen Tickets für den Comedy Cellar gekauft.«

Sie sieht verletzt aus, als wären meine Worte ein Schlag in die Magengrube. »Bitte, Billie.« Ihre Stimme, die vor wenigen Sekunden noch manisch begeistert klang, ist jetzt kaum noch ein Flüstern. »Ich brauche das. Ich brauche ein bisschen Zeit ohne Grant, mit Ella und mit dir …«

»Vor zehn Tagen hast du nicht mal mehr mit mir geredet!«, platze ich heraus, ohne es zu wollen.

Einen langen Moment schweigen wir beide. Dann sagt sie leise: »Das stimmt nicht.« Doch es hilft nichts; die Dinge, von denen wir beide wissen, über die wir aber nicht reden wollen, stehen zwischen uns wie eine morsche Mauer, zerbrechlich und leicht niederzureißen. Um dann so zu tun, als hätte es sie nie gegeben.

Ich seufze und werfe einen Blick aus dem Fenster, an dem die Regentropfen hinabrinnen. Ich habe keine Kraft, gegen meine eigene Loyalität, meine eigene Zuneigung anzugehen. Ich drehe mich wieder zu ihr um, und wir sehen uns direkt an. Wir wissen beide, was ich sagen werde, bevor ich es ausspreche.

»Ich packe«, sage ich zu ihr, geschlagen, aber seltsamerweise auch irgendwie beschwingt. Ich kann mich nicht erinnern, wann Cassie und ich das letzte Mal unter uns waren – ohne Grant, ohne McKay. Das hier ist ein Geschenk.

Ich schicke Alex vom West Side Highway aus eine Textnachricht. Cassie-Notfall, schreibe ich. Wir fahren zum Mayflower Inn in Connecticut, nur für ein, zwei Nächte. Es tut mir so leid, dass wir den Comedy Cellar verpassen. Ich mache es wieder gut, ich schwör's.

Der Verkehr kriecht zähflüssig aus der Stadt hinaus, aber als wir an Yonkers vorbei sind und auf dem Cross County Parkway fahren, fließt es wieder. Dieses Auto, in dem wir sitzen, ist kein Uber, sondern ein schwarzer Mercedes-SUV, der neu riecht. In den Seitenfächern der geräumigen Rücksitze stecken Lifesaver-Minzbonbons und Mineralwasserflaschen. Cassie scheint eine beinahe schon vertraute Beziehung zu dem Fahrer zu haben, einem Mann mittleren Alters namens Malcolm, der einen schottischen Akzent hat, und ich habe das Gefühl, dass die Adlers ihn oft engagieren.

Malcolm sagt nicht viel, und ich nehme an, dass Cassie genau das an ihm gefällt. Ella ist in ihrer Babyschale eingeschlafen, und Cassie schaut zu mir, über ihre schlafende Tochter hinweg.

»Danke.« Es klingt ehrlich. »Ich wäre gestorben, wenn ich nicht aus der Wohnung geflohen wäre. Und in der Stadt fühle ich mich einfach nirgends sicher.«

Ich nicke. »Ist denn mit Grant alles okay?«

Sie schüttelt den Kopf. »Nicht wirklich. Er ist außer sich, seit ich Lourdes habe gehen lassen.«

»Du hast Lourdes gehen lassen? Gefeuert?«

»Ich musste, Billie. Ich vertraue gerade einfach niemandem mehr. Ich meine, ich vertraue Grant, ich vertraue dir ... und obwohl ich dachte, dass ich genauso Lourdes vertraue, na ja ... aber um sie geht es auch gar nicht.« Cassie senkt den Blick und wischt sich Tränen aus dem Gesicht. »Ich weiß, dass ich ein schrecklicher Mensch bin. Ich weiß es. Aber ich kann Ella bei niemandem lassen, jetzt nicht. Vielleicht nie mehr.«

»Cassie.« Mein Herz zieht sich zusammen, als mich ein kompliziertes Geflecht aus Schuldgefühlen überkommt.

»Ich habe ihr zwei Monatsgehälter gegeben. Ich habe ihr ein fantastisches Arbeitszeugnis versprochen. Eine gute Nanny zu finden ist in dieser Stadt, als würde man auf eine Goldader stoßen. Lourdes wird in einer Sekunde einen neuen Job haben.« Sie kaut auf ihrer Unterlippe herum. »Grant versteht es einfach nicht.«

Ich greife nach ihrer Hand. »Du bist kein schrecklicher Mensch.« Ich drücke ihre Hand, zwinge sie dazu, den Blick zu heben, mich anzusehen. »Das bist du nicht, Cassie.«

Der Nieselregen hat aufgehört, als wir das Mayflower Inn erreichen. Eine kurze Google-Recherche auf dem Handy ergibt, dass es sich dabei um einen »exquisiten Rückzugsort auf dem Land« handelt, »eingebettet in wunderschön gestaltete Gärten und Wälder«. Ich kenne das Mayflower natürlich, aber dienstlich musste ich noch nie dorthin. Da es ein paar Stunden von Manhattan entfernt liegt, ist die Anlage kein Reiseziel für die meisten Kunden von The Path.

Das Äußere des Resorts ist in Weiß mit hellen Holzschindeln gehalten. Das Gebäude ist beeindruckend und liegt mitten in sanften Hügeln und zu dieser Jahreszeit wunderbar gefärbten Laubbäumen.

Cassie dankt Malcolm für die Fahrt und sagt, dass sie sich melden wird, wenn wir wieder zurück in die Stadt wollen, spätestens Montag. Ich öffne den Mund, um ihr zu sagen, dass ich eigentlich schon morgen zurückfahren muss – Jane landet am Montag, und wir haben am Nachmittag einen Zoom-Call mit einem Hotel in Big Sur –, aber ich bringe die Worte einfach nicht heraus. Stattdessen folge ich Cassie und Ella und den Pagen in die Lobby des Mayflower, die ich sofort wiedererkenne.

»Oh«, sage ich laut, aber an niemanden gerichtet.

Cassie wirft mir einen Blick zu. Sie trägt Ella auf der Hüfte. »Was?«

Ich schaue mich in dem Raum um, der mir so vertraut ist. Die Wände sind mit dieser auffälligen Tapete beklebt: blassblau mit weißen, fedrigen Ranken darauf, die sich hinauf zu den hohen Decken schlängeln. Ein knalliger anatolischer Teppich bedeckt den Boden.

»Ich habe diese Lobby bestimmt schon tausendmal auf Instagram gesehen. Gehört es nicht dazu, diese Tapete zu posten, wenn man hier absteigt?«

»Weißt du überhaupt, wie man eine Instagram-Story macht, Billie?« Cassie lächelt. Sie hat meinen Scherz verstanden.

»Ja! Ich poste, wenn ich auf Dienstreisen bin. Nur nicht von meinem privaten Instagram-Account aus – sondern vom Account von The Path.«

Cassie zuckt mit den Schultern. »Na ja, *ich* werde ganz sicher nichts posten. Vielleicht mache ich das auch nie wieder.«

Eine Viertelstunde später sind wir in unsere Suite gezogen, die riesig und luxuriös und genauso Instagram-geeignet ist wie die Lobby. Cassie stillt Ella auf dem Sofa im Wohnzimmer, als hätte es nie eine Zeit gegeben, in der sie es komisch gefunden hätte, in meiner Gegenwart halb nackt zu sein. Ich blättere durch die Speisekarte des Room-Service – wir haben beschlossen, uns das Restaurant für morgen aufzusparen, wenn wir nicht mehr so müde sind – und lese die Angebote laut vor.

»Bestell dir, was du willst«, sagt sie. »Dieses Wochenende geht auf mich.«

Wir entscheiden uns für schicke Cheeseburger mit Trüffel-Pommes und eine Flasche Pinot noir, der teurer ist als alles, was ich wählen würde. Das Essen kommt, und ich sehe zu, wie Cassie isst – wirklich isst –, vermutlich zum ersten Mal, seit Ella verschwunden war.

»Das ist verdammt köstlich«, sagt sie mit vollem Mund. Sie wischt sich etwas Fettiges aus den Mundwinkeln. »Sorry.« Sie schluckt und schaut zu Ella hinunter, die an ein paar Kissen gelehnt auf dem Boden sitzt und zahnlos auf ihrer Gummigiraffe herumkaut. »Ich sollte vor dem Baby nicht fluchen. Ich meckere deswegen ständig Grant an, und dann mache ich das auch.«

»Es ist sicher ziemlich schwierig, immer darauf aufzupassen.« Ich beiße von einem Trüffelpommesstäbchen ab, das praktisch in meinem Mund schmilzt. »Aber ich freue mich, dass du isst. Du brauchst die Kalorien.«

»Ich weiß.« Cassie nickt. Sie trägt ein schwarzes Stilloberteil. Man sieht die Rippen auf ihrer Brust sehnig hervortreten. Ihre Arme wirken wie zwei lange Zweige. »Ich bin zum ersten Mal wirklich hungrig seit … vorher.«

»Du musstest wohl wirklich dringend aus New York raus.«

Es ist schon halb neun, als wir mit dem Essen fertig sind, und Cassie geht, um Ella schlafen zu legen und zu duschen. Ich gieße mir ein Glas Wein ein und mache es mir auf dem Sofa gemütlich. Ich nutze die Zeit, um mich bei Alex zu melden. Aber er reagiert nicht, als ich anrufe, und ich merke, dass er auch nicht auf meine Textnachricht von vorhin reagiert hat. Ich schreibe noch eine Nachricht. Wie ist es denn so? Es tut mir wirklich furchtbar leid … ruf mich an, wenn du kannst.

Ich lege das Handy auf die Armlehne und öffne das Taschenbuch, das ich mitgebracht habe – einen alten Lisa-Jewell-Roman, den ich schon seit Jahren lesen wollte.

Er zieht mich sofort in die Geschichte, und ich bin schon auf Seite vierzig, als Cassie wiederkommt. Sie trägt einen hellblauen Pyjama, ihr langes Haar ist noch feucht von der Dusche. Sie bürstet sich die Enden. »Gutes Buch?«

Ich falte ein Eselsohr in die Seite und schließe es. »Du weißt doch, dass ich Psychothriller liebe.«

Cassie greift nach dem Pinot noir und schenkt sich ein. Tiefrote Flüssigkeit steigt bis zum Rand. »Ich glaube, ich war noch nie so satt. Aber jetzt ist es Zeit zu trinken.«

Ihr Handy, das mit dem Display nach oben auf dem Beistelltisch liegt, beginnt zu vibrieren. Grants Gesicht füllt das Display aus.

»Gehst du da ran?«

Cassie lacht kurz und freudlos auf, dann trinkt sie das halbe Glas in einem Zug aus. »Scheiß auf Grant«, murmelt sie. Ihre Wangen sind schon ganz rosig vom Alkohol. »Der ist ein Arsch. Findest du nicht auch, dass ich einen Arsch geheiratet habe?«

Ich sage nichts. Wir wissen beide, dass ich diese Frage nicht ehrlich beantworten kann.

»Ich weiß, dass er mich für schwach hält und glaubt, ich käme hiermit nicht zurecht.« Sie trinkt noch mehr Wein. Ihr Glas ist leer. »Ich weiß, dass er genau wie dieser Detective denkt, dass es diese Jungs waren, aber weißt du, was?« Cassie nimmt die Flasche und schenkt sich ein zweites Glas ein, diesmal noch voller. Ihr Blick trifft meinen. Wildheit, aber auch Gewissheit liegen darin, und beides zusammen dringt direkt in meine Seele. »Ich *weiß*, dass es nicht diese Kinder waren. Ich spüre es einfach bis ins Mark meiner Knochen.«

Einen kurzen, absurden Moment lang bin ich überzeugt, dass sie mich durchschaut hat. Dass das der Grund ist, aus dem sie mich hierhergebracht hat, ins Nirgendwo in Connecticut, um mich zu konfrontieren und – womöglich – auch umzubringen? Aber dann erinnere ich mich daran, dass wir uns hier in einem Luxus-Resort befinden, und die Vorstellung, dass Cassie mich umbringt und meine blutige Leiche auf eine Ottomane mit Schumacher-Polsterung legt, ist so absurd, dass es schon lustig ist.

Als ich angefangen habe zu lachen, kann ich nicht mehr aufhören, und Cassie sieht mich einen Augenblick lang prüfend an. Aber dann lacht sie mit. Wir liegen beide auf dem Boden und wiehern vor Lachen, und plötzlich habe ich ein Déjà-vu, das mich innehalten lässt: So waren wir früher. Zwei beste Freundinnen, die über irgendeinen unverständlichen Witz lachen, sich gegenseitig anstecken, unerbittlich, bis unsere Bauchmuskeln schmerzen.

Ich muss daran denken, wie Cassie einmal so furchtbar lachen musste, dass sie aus Versehen auf den Boden des Schlafzimmers ihrer Eltern pinkelte, und wie wir dann losziehen und Teppichshampoo kaufen mussten. Wie wir, als ihre Mutter später nach dem Fleck fragte, dem Hund die Schuld zuschoben. Ich erzähle Cassie davon, und das gibt uns den Rest. Sie prustet den Wein zurück in ihr Glas und wedelt mit der Hand vor ihrem Gesicht herum, dann beugt sie sich lachend vor.

Als wir endlich aufhören, schenkt Cassie den Rest der Flasche in unsere Gläser, aber es sind nur noch wenige Tropfen.

Sie zieht eine Braue hoch. »Noch eine Flasche?«

Ich bin plötzlich völlig erschöpft und fühle mich ganz schwer, als wäre ich gegen eine Wand gelaufen. »Ich weiß nicht, ob ich noch mehr trinken kann.«

Cassie stöhnt. »Du hast recht. Ich bin schon völlig betrunken. Wann sind wir eigentlich solche Weicheier geworden? Früher konnten wir uns ungefähr fünf Flaschen Billigplörre teilen und bis zum Morgengrauen weitermachen.«

Wir putzen uns die Zähne und klettern ins breite Doppelbett. Die Laken sind butterweich und gleichzeitig ganz frisch, sie fühlen sich himmlisch auf der Haut an. Cassie schaltet den Fernseher an, und *Dirty Dancing* läuft.

»Oh mein Gott«, ruft sie aus. »Was für ein Zufall!«

Wir stellen die Lautstärke leise; Ella schläft in ihrem Transportkörbchen am anderen Ende des Zimmers.

Irgendwann dreht sich Cassie zu mir um und stützt sich auf die Kissen. »Danke, dass du mitgekommen bist«, sagt sie leise. »Ich habe das wirklich gebraucht.«

Ich betrachte ihr Gesicht im schwachen Licht des Fernsehers, sehe die Qual darin, die vorher nicht da war. Wie eingefallen ihre Augen und ihre Wangen wirken, wie blass ihre Haut ist. Sie wird immer wunderschön sein, aber das hier ist nicht mehr die Cassie, die ich kenne. Es ist fast, als wäre ein Licht in ihr erloschen.

Plötzlich wünschte ich, dass ich es ihr sagen könnte. Einfach die Wahrheit ausspucken, sie vor den psychischen Schäden bewahren, die sie womöglich davontragen wird. Aber was soll ich sagen? *Ich war's, Cassie? Ella hat geheult, und niemand hat auf sie geachtet, und ich war sauer, weil du mich nicht eingeladen hast, weil du mir das Gefühl gegeben hast, nur Dreck zu sein, wie immer. Also habe ich sie aus einem Impuls heraus genommen, und dann habe ich meinen blöden Fehler erkannt und sie zurückgebracht. Tut mir leid.*

Und dann was? Cassie und Grant würden mich verklagen. Warum auch nicht? Ich könnte ins Gefängnis kommen. Aber auf jeden Fall würde unsere Freundschaft – diese Nähe – sofort vorbei sein. Cassie würde nie wieder ein Wort mit mir wechseln.

»Ich mache mir immer noch wegen dieses Instagram-Kommentars Sorgen«, sagt sie. »*Kehren wir an den Ort des Verbrechens zurück?*‹ Ich habe mir solche Mühe gegeben herauszufinden, wer birchballer6 ist, aber der Account ist privat, und wir haben keine gemeinsamen Follower. Das ist also eine Sackgasse.«

Ich nicke. »Sieht Alex sich das an? Er hat gesagt, du habest ihm eine Liste von Followern geschickt, die dir Angst eingejagt haben.«

»Auf keinen Fall. Ich weiß, dass du sagen wirst, dass es weit hergeholt ist, aber ich glaube wirklich, dass diese DM etwas mit Wade zu tun hat. Ich habe niemandem davon erzählt. Ich *kann* es niemandem erzählen.« Sie blinzelt. »Außer dir.«

»Warte mal.« Ich halte inne und versuche, trotz des Weinnebels nachzudenken. »Hast du gesagt birchballer6?«

»Ja. Warum?«

Ich setze mich im Bett auf. »Das hast du mir bisher nicht

erzählt. Cassie, birchballer6 ist Owen Birch aus Red Hook. Er war in unserem Jahrgang.«

Sie runzelt die Stirn. »Woher weißt du das?«

»Weil er der Basketball-Captain war. Ich fand ihn mal süß.«

»Aber du folgst ihm nicht, oder? Sonst hätte ich ja gesehen, dass wir einen gemeinsamen Follower haben.«

Meine Wangen werden ganz heiß. Ich habe die Neigung, heimlich auf Social Media herumzuspionieren. »Nein, tue ich nicht. Ich habe ihn nur mal getaggt gesehen. Auf irgendwelchen Bildern, die Ashton gepostet hat, vermutlich.«

Cassie legt die Hand auf die Brust. »Oh mein Gott. Also war es niemand, der mich verarschen will? Niemand, der Wade kannte?«

»Nein. Nur Owen, der gemerkt hat, dass Red Hooks größte Influencerin zurück ist. Ganz bestimmt hat er nur das mit ›Ort des Verbrechens‹ gemeint.«

»Du hast ja keine Ahnung, wie erleichtert ich bin.« Sie lacht, dann zuckt sie zusammen. »Was für ein bescheuerter Accountname. Vermutlich fährt er noch immer auf dem Basketball-Captain-Ticket.«

Ich zucke mit den Schultern. »Er ist verheiratet und hat Kinder.«

»Du musst es ja wissen.« Lange sagt sie nichts. Dann: »Manchmal kann ich kaum glauben, was ich Wade angetan habe. Dass ich ein Mensch bin, der zu … so was in der Lage ist.«

»Cass. Das war nicht so einfach.«

Ihre Augen schließen sich, dann öffnen sie sich wieder flatternd, und sie sieht mich an. »Rotweingeständnis?«

Ich lehne den Kopf ans Kissen. »Okay.«

Cassie schluckt. »Ein großer Teil von mir wollte immer vergessen, dass es überhaupt geschehen ist. Nicht nur Wade, sondern alles – meine Zeit in Red Hook, dieses ganze frühere Leben. Und ich glaube, als ich Grant kennenlernte, als er mich in seine Welt zog und mir die Gelegenheit zu einem Neuanfang gab, die Chance, alldem zu entfliehen ...« Sie hält inne. Ihre Augen glänzen. »Ich glaube, da war es für mich irgendwie leichter, dich ebenfalls wegzustoßen.«

Es ist wie ein Schlag in den Magen, aber ich weiß nicht recht, ob ich verletzt bin oder nur erschrocken, dass Cassie plötzlich so ehrlich ist.

»Weil du der einzige Mensch bist, der mich schon damals kannte, Billie. Und du bist die Einzige, die weiß, was ich auf jenem Dach getan habe.«

Ich atme langsam aus. »Ich weiß nicht, was ich dazu sagen soll.«

»Es tut mir so leid. Ehrlich.«

Cassies Blick verharrt auf mir, darin liegt schwer ihre Abbitte. Ich merke, dass sie es ernst meint.

»Danke«, sage ich schließlich. »Dass du das zugegeben hast. Dass du ... zugibst, dass wir einander nicht mehr nah waren. Es ist das erste Mal, dass eine von uns das ausgesprochen hat.«

Sie nickt, und etwas in der Atmosphäre um uns herum hat sich verändert; der heiße Brei, um den wir die ganze Zeit herumgeschlichen sind, ist aufgegessen. Ich genieße die Erleichterung, die Ehrlichkeit.

»Ich habe das Gefühl, ich werde die Nacht, in der Ella entführt wurde, niemals vergessen«, sagt Cassie und kaut auf ihrer Unterlippe. »Denkst du ... denkst du manchmal noch an Wade?«

Ich bin einen Augenblick lang ganz still. Ich denke an das Trauma, das er in mir hinterlassen hat, und daran, dass so lange nichts dagegen half. Dann kamen Remy und die heilende Kraft der Zeit.

»Manchmal«, antworte ich ehrlich. »Aber wenn ich an ihn denke, denke ich hauptsächlich an dich. Was du für mich getan hast. So will ich mich an die Geschichte erinnern.«

Cassie blinzelt. Ihre Nase ist nur wenige Zentimeter von meiner entfernt. »Funktioniert es? Tut es dann weniger weh?« Sie verstummt. Dann sagt sie: »Wenn man die Geschichte so hinbiegt, wie man will?«

Eine alte, ungebetene Erinnerung an Wade kommt mir in den Sinn. Der muffige Geruch des Kellers. Das Geräusch, wenn er seinen Gürtel öffnete, wenn er die Hose hinunterfallen ließ. Die kalte Angst in meinem Körper. Das ist das Problem mit Traumata. Man kann seine Einstellung dazu verändern, die Zeit kann sie verblassen lassen, doch sie verschwinden nie ganz.

Aber die Beklommenheit in Cassies Blick lässt mich nicken. Ich will diejenige sein, die ihr etwas Gutes erzählt. »Es hilft«, sage ich. »Es hilft so gut, wie es möglich ist.«

Im Fernsehen trifft Patrick Swayze Jennifer Grey im Tanzsaal und nimmt ihre Hand. *Niemand stellt Baby in die Ecke*, sagt er und zieht sie hoch. Es ist das Ende des Films und die allerbeste Szene, aber meine Lider senken sich, als wären kleine Gewichte daran befestigt, und ich lasse sie zuklappen. Dabei höre ich, dass Cassie etwas davon sagt, man müsse die verlorene Zeit nachholen, dass das, was uns nicht bricht, uns nur stärker macht.

»Du bist meine beste Freundin, Baby«, flüstert sie, und das ist das Letzte, was ich höre, bevor ich einschlafe.

Messingfarbenes Licht fällt am nächsten Morgen durch die Vorhänge, und ich ahne mit geschlossenen Augen ein warmes Rot. Ich öffne sie, zuerst weiß ich nicht, wo ich bin, aber dann fällt es mir wieder ein.

Cassie ist im Wohnzimmer. Ella sitzt auf ihrem Schoß, und sie schauen sich zusammen ein Papp-Bilderbuch an.

»Hey.« Cassie schaut hoch, als sie mich hereinkommen hört. Sie sieht ausgeruht aus, ihre Augen leuchten ein wenig mehr als gestern. Ella lächelt mich zahnlos an. »Oh, was für ein breites Lächeln! Du hast deine Tante Billie lieb, oder?« Cassie strahlt und streichelt ihrer Tochter die Wange.

Mein Magen zieht sich unangenehm zusammen.

»Wie hast du geschlafen, Billie? Ich habe Kaffee und Croissants bestellt.« Cassie deutet auf den runden Esstisch, auf dem ein Frühstückstablett steht. Der Duft von aromatischem Kaffee dringt mir in die Nase.

»Ich habe toll geschlafen.« Ich schenke mir eine Tasse mit Milch und Zucker ein, dann genieße ich die ersten Schlucke. »Und du? Wann ist Ella denn aufgewacht?«

»Sieben. Pünktlich wie immer.« Cassie küsst Ella auf den Hinterkopf, wo ihr hellbraunes Haar weich und flaumig ist. »Oh. Da braucht wohl jemand eine frische Windel.«

Ich sehe zu, wie Cassie voller Energie vom Sofa springt. »Hier.« Sie drückt mir das Baby in die Arme. »Halt sie mal kurz.«

Ich stelle meine Tasse ab und setze sie mir auf den Schoß. Ihr warmes Gewicht in meinen Armen ist erschreckend vertraut, eine Erinnerung aus einem Wachtraum. Sie greift nach meinen kleinen Ohrringen, zieht daran und kichert, als ich zusammenzucke.

»Sie lacht in letzter Zeit so viel«, sagt Cassie, durchwühlt ihr Gepäck und holt viel mehr Sachen heraus, als man für einmal Windeln wechseln braucht. »Danke.« Sie nimmt mir Ella ab und legt sie auf die wasserfeste Unterlage. Ich atme erleichtert auf und greife nach meiner Kaffeetasse.

Cassie öffnet Ellas Strampler und wechselt so vorsichtig, so aufmerksam ihre Windel. Sie wischt und cremt, küsst ihr das Bäuchlein und singt. Sie zieht sie für den Tag an: winzige pinkfarbene Hose, weißer Strickcardigan mit aufgestickten Röschen. Ihre Füßchen steckt sie in kleine Fleecestiefelchen. Alles, was Cassie für Ella tut, ist voller Liebe und Zärtlichkeit. Ich sage ihr, dass sie eine großartige Mutter ist, und meine es ehrlich.

»Du wirst auch eine großartige Mom«, sagt sie, dann stockt sie. Sie lächelt freundlich und sieht mir in die Augen. »Falls du das irgendwann möchtest.«

Nach dem Frühstück machen wir einen langen Spaziergang über die Anlage. Cassie trägt Ella in der Trage vor der Brust und sieht ein wenig aus wie ein Mama-Känguruh. Der Tag ist wunderschön, nur ganz wenige feine Wölkchen hängen am azurblauen Himmel. Die Bäume um uns herum glühen in Gold, Orange und Rot, als stünden sie in Flammen. Die Landschaft sieht aus wie auf einem Gemälde, und ich hole mein Handy heraus und mache ein paar Fotos. Eines davon schicke ich Alex. Das Verhältnis zwischen blauen und grauen Textblasen in unserem Chat ist beunruhigend. Er hat bisher weder angerufen noch eine Nachricht geschickt.

Als Cassie Ella für ihr Nachmittagsnickerchen hingelegt hat, will sie unbedingt, dass ich im Spa eine Kosmetikbehandlung mache. Ich lehne ab, aber sie sagt, dass sie mir schon einen Termin gemacht hat und dass sie bezahlt. Das bedeutet in Wirklichkeit, dass Grant bezahlt – ich habe seinen Namen auf der Kreditkarte gesehen, die sie an der Rezeption abgegeben hat, als wir eingecheckt haben –, aber damit kann ich leben. Es gibt Schlimmeres, als Grant Adlers Geld dafür auszugeben, meine Poren zu verfeinern.

Ich hatte seit Jahren keine Kosmetikbehandlung mehr, und die Kosmetikerin ist gnadenlos. Sie weicht meine Haut in heißem Dampf auf, pikt dann mit ihren Fingernägeln hinein, und etwas, das aussieht wie ein winziger Bohrer, trägt meine oberste Hautschicht ab. Sie reibt meine Wangen und meine Brust mit einem Zeug ab, das sich anfühlt wie Sandpapier. Mit einem schweren deutschen Akzent belehrt sie mich, was ich alles bei der Behandlung meiner Haut falsch gemacht habe.

»Sie leuchten geradezu«, verkündet sie am Ende und hält mir einen Spiegel vor. Mein Gesicht ist rot wie ein Hummer und ganz glitschig vor lauter Fett, aber ich nicke dankbar und frage, ob ich die Kreditkarte, die für die Bezahlung benutzt wurde, auch noch mit dem Trinkgeld belasten kann.

»Du leuchtest ja geradezu!«, greift Cassie ihre Worte auf, als ich wieder oben bin.

»Wirklich? Ich finde, ich sehe aus, als käme ich gerade von einem Grillrost.«

»Oh, das ist in ein paar Stunden weg.« Cassie kommt näher und inspiziert mein Gesicht. »Das hat sie toll gemacht.«

Cassie hat als Nächste ihren Termin, was bedeutet, dass ich bei Ella bleibe.

»Bist du sicher, dass du sie hierlassen willst?«, frage ich und bereue meine Frage sofort. »Ich meine nur ... ich will nicht, dass du unter Stress gerätst.«

Cassie sieht mich mit einem merkwürdigen Blick an, dann zuckt sie mit den Schultern. »Du bist doch da. Du gehst ja nicht weg. Ella schläft bestimmt sowieso die ganze Zeit. Wenn sie aufwacht, steht eine Flasche im Minikühlschrank. Ich stelle mein Handy auf laut. Ruf einfach an, wenn du mich brauchst.«

Ich sitze voller Angst auf dem Sofa und warte darauf, dass Cassie zurückkommt. Ich zähle die Minuten. Die Tür zum Schlafzimmer ist angelehnt, man hört das statische Rauschen des White-Noise-Geräts. Cassie hat gesagt, dass das

Gerät das Geräusch des mütterlichen Herzschlags in der Gebärmutter nachahmt. Das beruhigt das Baby. *Wusch-wusch-wusch.*

Ich fummele an den Paspeln der Kissen herum. Ist es möglich, dass ich mir selbst nicht zutraue, allein mit Ella zu bleiben? Muss ich fürchten, dass irgendetwas in mir brechen könnte wie ein vermoderter Zweig und dann eine schwelende Wut hochkocht, die mich blindlings noch einmal auf eine unbewusste Suche nach einer Gerechtigkeit schickt, die es nicht gibt? Ist diese Angst unbegründet?

Ich schaue mir noch einmal die Textnachrichten an. Immer noch nichts – *nichts* – von Alex. Mein Herz schrumpft zu einer kleinen, harten Masse zusammen. Ob er vielleicht fertig ist mit mir? Ich versuche anzurufen, aber mein Anruf wird direkt auf die Mailbox umgeleitet. Ich rufe wieder an und hinterlasse diesmal eine Nachricht, in der ich mit zittriger Stimme Unsinn fasele. Ich sage, dass es mir unglaublich leidtut, dass ich ihn vermisse, dass ich einfach keine Ahnung davon habe, wie man eine Beziehung führt.

Cassie ist eine Dreiviertelstunde später wieder da. Ihre Haut ist taufrisch und rosig, nicht so schlimm rot wie meine. Ella schläft immer noch, und ich bin ungeheuer erleichtert. Cassie geht nicht einmal ins Schlafzimmer, um nach ihr zu schauen; so sehr vertraut sie mir.

Keine von uns hat wirklich etwas zu Mittag gegessen, also entscheiden wir uns für ein frühes Abendessen im Hotelrestaurant. Dort ist es licht und luftig mit hellen Dielen und viel Grünzeug, die Wände sind mit Gartenmotiven bemalt. Das Restaurant hat um halb sechs geöffnet; wir sind die ersten Gäste.

»Ganz ehrlich, Grant und ich machen das dauernd«, sagt Cassie, als wir Platz genommen haben. Ella trägt einen süßen gelben Pulli und sitzt auf ihrem Schoß. »Wir essen um halb sechs und sind um acht im Pyjama. Early Bird Special!« Sie lacht und schaukelt das Baby auf den Knien. »Gott, das war wirklich so ein schöner Tag. Wenn wir doch nur nicht schon morgen wieder zurückmüssten.« Ihr Blick fängt meinen auf. »Hey. Was ist los?«

Ich schüttle den Kopf und rutsche auf die Kante meines Rattanstuhls. »Nichts.«

»Billie. Sag's mir.«

Ich seufze. »Ich glaube, Alex ist richtig sauer auf mich.« Ich erzähle ihr alles über die unbeantworteten Textnachrichten und dass ich nichts mehr von ihm gehört habe, seit ich unsere Samstagspläne abgesagt habe.

»Na ja«, sagt Cassie, als ich fertig bin. »Wenn er sauer ist, dann ist es meine Schuld. Ich habe dich gekidnappt.«

Ich zucke bei ihrer Wortwahl zusammen.

»Nächstes Mal kommt Alex einfach mit!« Sie trinkt von ihrer Ingwer-Margarita. »Genau, wie wäre es, wenn wir fünf einfach ein paar Tage nach St. Barts fahren? Vielleicht nächstes Wochenende?«

»Ist das dein Ernst?«

»Ja, mein vollkommener Ernst.« Sie drückt eine Zitronenscheibe in ihren Drink. »Jetzt, da ich hier bin, habe ich erst begriffen, wie gut es ist, mal rauszukommen. Die Stadt macht mich im Moment fertig.«

Ich male mir die Szene aus. Alex, ich, Grant, Cassie und Ella, wie wir auf einer breiten weißen Terrasse über dem türkisfarbenen Meer entspannen. Ich habe schon von der Villa der Adlers in St. Barts gehört und massenweise Bilder davon auf Instagram gesehen. Als Cassie anfing, mit Grant auszugehen, dachte ich, es wäre nur eine Frage der Zeit, bis sie mich zu einer ihrer Wochenendreisen zur Insel im Privatjet von Grants Vater einladen würde. Aber dann änderte sich alles so schnell, und mit jedem Monat, der verging, wurde eine Einladung immer unwahrscheinlicher, bis ich sicher wusste, dass sie nie kommen würde.

»Das wäre unglaublich.« Ich spüre, wie sich meine Mundwinkel heben, ich kann meine Begeisterung nicht verbergen. »Wenn Alex frei bekommt. Und *falls* er beschließt, mir zu verzeihen.«

»Natürlich tut er das.« Cassie nickt zuversichtlich. »Sprich einfach mit ihm. Erkläre ihm, was für eine Katastrophe deine beste Freundin ist. Ich verspreche, dass wir gleich morgen früh wieder zurück in die Stadt fahren. Ich schreibe Malcolm heute Abend noch eine Textnachricht.«

Deine beste Freundin. Es verfehlt nie seine Wirkung, wenn Cassie das sagt.

Ein Lächeln gleitet über ihr Gesicht. »Du weißt doch, wie sehr ich möchte, dass es zwischen Alex und dir klappt.« Ihre Worte hallen in mir wider, und ich ahne den Rest dessen, was sie sagen will, aber nicht ausspricht: *Ich hoffe, es klappt nicht nur bei dir, sondern auch bei mir. Ich brauche Alex auch. Er muss mir sagen, wer in der Nacht des 13. Oktober meine Tochter entführt hat.*

Cassie hält ihr Versprechen. Wir sind am nächsten Morgen um acht Uhr wieder auf dem Weg mit To-go-Kaffeebechern in den Händen. Malcolm und sein schwarzer Mercedes sind sofort zur Stelle gewesen. Ella ist schon auf dem Sitz zwischen uns eingeschlafen, als wir auf die Route 7 einbiegen. Ihre Lider flattern sanft, sie träumt.

Ich trinke meinen Kaffee und schaue aus dem Fenster. Ein ländliches Panorama rast vorbei. Das Laub wird immer heller, je weiter wir nach Süden kommen. In ein paar Wochen werden die meisten dieser Bäume kahl sein – die karge Landschaft, die dem Winter vorangeht. Ich knabbere an einem

Blaubeer-Muffin – hausgebacken, ein Gruß vom Resort beim Check-out – und gebe mir Mühe, nicht an das zu denken, was mir bevorsteht.

»Halt mich auf dem Laufenden, ja? Es gibt nichts, was ein kleiner Sexmarathon nicht wiedergutmachen kann. Und erwähne auch St. Barts.« Sie zögert und blinzelt in die Sonne. »Und sagst du mir auch Bescheid ... wenn er etwas zum Fall sagt, meine ich ...«

»Natürlich, Cass.« Ich zwinge mich zu einem beruhigenden Lächeln. Jetzt geht mir die Ironie der ganzen Situation so richtig auf: In der Sekunde, in der sie endlich aufgehört hat, mir etwas vorzuspielen, habe ich damit begonnen.

Unter diesen Umständen fühlt es sich komisch an, Alex' Schlüssel zum ersten Mal zu benutzen. Ich gehe in seine Wohnung und finde ihn in der Küche, wo er gerade Rührei zubereitet. Er sieht weder überrascht noch froh aus, mich zu sehen.

»Hi.« Ich stelle meine Tasche auf den Boden und bin plötzlich nervös. »Wie war denn dein Wochenende?«

Alex sagt nichts. Er streut etwas geriebenen Käse auf die Eier und dreht die Temperatur runter.

»Alex. Komm schon.«

»Hör auf.« Er dreht sich um und hält den Pfannenwender vor sich, und ein wenig Ei tropft auf den Boden. »Spazier nicht einfach so hier rein und frag mich, wie mein Wochenende war, als wäre alles ganz normal.«

»Ich sage ja gar nicht, dass alles normal ist ...«

»Mein Wochenende war wirklich *scheiße*, Billie.« Er wirft den schmutzigen Pfannenheber auf die Arbeitsfläche und fährt sich mit der Hand durch sein goldbraunes Haar.

Ich stecke die Hände in die Gesäßtaschen meiner Jeans. »Tut mir echt leid.«

»Ich meine, was zum Teufel? Du hast mich am Samstag nicht mal angerufen, um mir zu erklären, was dir dazwischengekommen ist. Du hast mir einfach nur eine Textnachricht geschrieben und ganz beiläufig unsere Pläne abgesagt. Pläne, auf die ich mich gefreut hatte, Tickets, die ich schon vor Wochen für uns gekauft hatte. Es tut dir leid, dass du den Comedy Cellar ›verpasst‹ hast? Als würde ich einfach ohne dich gehen, ist ja kein Problem.«

»Ich dachte, du gehst vielleicht mit jemand anderem! Mit deinem Bruder oder deinem Freund Simon? Ihr liebt doch alle diese Comedy Shows.« Ich kneife die Augen zu, weil ich im tiefsten Inneren weiß, dass ich die Sache völlig falsch angegangen bin.

»So läuft das nicht, Billie.« Alex verschränkt die Arme vor seiner breiten Brust. Sein Mund ist eine einzige scharfe Linie. »Beziehungen laufen so nicht.«

»Ich habe dir doch in meiner Nachricht geschrieben, dass ich nicht so gut darin bin, Beziehungen zu führen, das bin ich wirklich ...«

»Und was dann?« Alex wirft die Hände in die Luft. Ich sehe den Puls an seinem Hals: Die Ader hüpft wild unter der Haut.

Das war's, begreife ich. *So endet es. So habe ich es mit dem einzigen Mann seit Jahren vermasselt, an dem mir etwas liegt.*

»Und was dann?«, wiederholt er wütend. »Dann bin ich einfach am Arsch, weil meine Freundin ›nicht gut darin ist, Beziehungen zu führen‹? Und jetzt ist es zu spät, weil ich schon in sie verliebt bin, also muss ich damit einfach klarkommen?«

Die Luft im Raum steht still, das einzige Geräusch ist das leise Brutzeln der Eier in heißer Butter. Jedes Wort, das ich zu meiner Verteidigung sagen wollte, habe ich plötzlich vergessen. Es ist alles verpufft und völlig unwichtig geworden. Ein kleines Fünkchen Hoffnung regt sich in mir.

»Was hast du da gerade gesagt?«

Alex' Lippen sind geöffnet, seine Augen sind riesig und blicken wütend, werden aber weich, als ich ihn ansehe. Seine Schultern sacken ab. »Du hast mich gehört. Ich liebe dich.«

Tränen rinnen mir die Wangen hinab, ein salziger Fluss, gespeist von so vielen widerstreitenden Gefühlen, angesammelt in den letzten achtundvierzig Stunden – den letzten zehn Jahren –, dass ich nicht mehr weiß, um was oder wen ich weine.

Aber das Einzige, was ich sicher weiß, findet doch seinen Weg durch meine Stimmbänder und in den Raum zwischen uns. Ich sage Alex die unwiderrufliche Wahrheit: dass ich ihn auch liebe.

Billie

2013 – 2015

»Das ist das Ende einer Ära!« Cassie lässt den Korken knallen, und Champagner spritzt über das mit Dachpappe belegte Dach.

Wir haben nicht an Gläser gedacht – und außerdem sind die meisten unserer Sachen schon eingepackt. Also trinken wir direkt aus der Flasche. Von der Kohlensäure blähen sich unsere Wangen auf.

Es ist drei Jahre her, seit Cassie und ich in unseren Schuhkarton in Alphabet City gezogen sind, und jetzt ist es an der Zeit, getrennte Wege zu gehen.

Die Entscheidung war nicht strittig; es ist einfach an der Zeit. Cassie hat ihre Jobs und die Branche gewechselt, und mit ihrem neuen Gehalt bei Intermix kann sie sich eine eigene Wohnung leisten, eine Einzimmerwohnung in der Lower East Side. Remy ist inzwischen zwei Jahre in New York, und wir wollen unbedingt zusammenwohnen. Ich werde in seine Zweizimmerwohnung in Harlem ziehen.

»Ich hätte nie gedacht, dass ich das je sagen würde, aber ich werde diese Wohnung vermissen.« Cassie gibt mir die Flasche. Sie trägt ein himmelblaues Neckholder-Kleid, das zu ihrer Augenfarbe passt, und trendige Ledersandalen mit dünnen Riemchen, die sie um ihre Fußgelenke gewickelt hat. Ihre Kleider und Accessoires sind hübscher geworden, seit sie ihren neuen Job angefangen hat. Für Cassie war Mode immer vor *allem ein Statussymbol, aber jetzt, mit einem Rabatt für jeden Kauf bei Intermix, hat ihre Garderobe ein ganz neues Level erreicht.*

Ich lächle wehmütig; Erinnerungen kommen auf, als wir zum letzten Mal vom Dach unseres Wohnhauses zuschauen, wie die Sonne untergeht. »Wir hatten eine tolle Zeit hier.«

»Stimmt. Aber ich muss schon sagen, dass ich es nicht vermissen werde, in der Toilette zu duschen.«

»Gott, ich auch nicht.«

Wir lachen.

Cassie nimmt noch einen tiefen Zug. »Ich kann gar nicht glauben, dass wir schon drei Jahre in der Stadt wohnen.«

»Ja. Die Zeit vergeht im Flug.«

»Ich habe das Gefühl, dass ich noch gar nichts erlebt habe.«

»Das stimmt nicht. Du findest gerade heraus, wie deine Karriere aussehen soll. Du weißt, dass du in der Modeindustrie arbeiten willst. Du hast diese großartige Stelle bei Intermix.«

»Stimmt wohl.« Sie schiebt das Kinn vor und schaut über die Stadt. »Ich meinte aber mein Liebesleben. Ich bin bereit, jemanden kennenzulernen.«

»Du weißt doch, dass du jeden haben kannst, den du willst«, sage ich zu ihr.

Sie zieht eine Braue hoch, aber wir wissen beide, dass es stimmt. Cassie ist einfach wählerisch. Sie geht auf Dates – auf viele Dates –, aber niemand ist je gut genug. Die unausgesprochene Wahrheit zwischen uns lautet, dass sie einen Mann mit Geld will. Mit altem Geld. Mit der Art Reichtum, den ihr Vater hatte, bevor er ihn verlor. Bevor Grandma Catherine die Barnwells aus der Familie ausschloss.

Ganz objektiv verstehe ich, dass dieser Wunsch Cassie oberflächlich erscheinen lässt. Er macht sie zu einer Goldgräberin. Aber das ist schon so lange so, dass ich Probleme damit habe, diese Eigenschaft als etwas anderes als einen Teil von Cassie zu sehen. Meiner besten Freundin. Und ist das nicht eine Bedingung, um jemanden gernzuhaben – nachsichtig mit seinen schlimmsten Eigenschaften zu sein? Den Drang zu unterdrücken, den anderen ändern zu wollen, bis alles, was ihn besonders macht, verschwindet? Es kommt einer echten Akzeptanz gleich, aber der Prozess ist schmerzhaft. Es ist eher ein Opfer.

Remys Wohnung in Harlem ist nur 83 Quadratmeter groß, kommt mir aber wie ein Palast vor im Vergleich zum Schuhkarton. Aus drei hohen Fenstern sieht man auf die West 119th Street hinaus, und die Wohnung ist vom Nachmittagslicht durchflutet. Das Schlafzimmer ist groß, sodass auch eine geräumige Kommode und ein breites Bett hineinpassen. Und obwohl die Wohnung weit draußen ist – eine Dreiviertelstunde mit der U-Bahn zu Cassie in der Delancey Street, eine halbe Stunde zu meinem Büro in NoMad –, ist es das wegen der billigen Miete und der großen Räume wert.

Das Leben mit Remy in unserem Harlemer Liebesnest ist schön. Er arbeitet dreißig Stunden die Woche in einer Galerie in der Nähe, und den Rest der Zeit malt er in einem kleinen Atelier, das er von seinem Chef angemietet hat. Remys Bilder sind vielschichtig und abstrakt und beginnen, in der Stadt berühmt zu werden. Eine Sammlung seiner Werke wird in einer wichtigen Galerie in Chelsea ausgestellt; eine Social-Media-Influencerin hat eines seiner Landschaftsbilder gekauft und darüber gepostet. Es hat Jahre gedauert, aber jetzt macht sich Remy endlich einen Namen, viel erfolgreicher als in Boston. Ich bin unendlich stolz.

Im Jahr 2015 haben wir schon zwei Jahre zusammen gewohnt. Unsere Miete wird erhöht, und er schlägt vor, dass wir uns nach einer größeren Wohnung umsehen.

»Wir verdienen ja jetzt beide etwas«, argumentiert er. »Wir könnten in eine Gegend mit mehr Charme umziehen. Vielleicht nach Brooklyn. Und vielleicht ein Zimmer mehr mieten.«

»Eine Dreizimmerwohnung?« Wir sitzen in unserem Lieblings-Tapas-Restaurant in West Harlem und trinken Sangria. »Das ist doch übertrieben, Rem. Ich werde bei Expedia immer noch viel zu schlecht bezahlt.«

Er zuckt mit den Schultern, dann lässt er sie sacken. »Wenn wir es uns leisten können, wäre das doch schön.«

»Was willst du überhaupt mit einem weiteren Zimmer anfangen? Soll das dann dein Atelier werden?«

»Weiß ich noch nicht. Vielleicht.« Er hält inne und trommelt mit den Fingern auf dem Kiefernholztisch herum. »Oder, weißt du, vielleicht wird es ja auch ein Kinderzimmer. Eines Tages in nicht allzu ferner Zukunft.« Er lächelt.

Ich greife nach meiner Sangria, trinke das Glas aus und fülle es dann bis zum Rand.

Remy ist einunddreißig. Ich weiß auch nicht, wie das passieren konnte, vor allem so schnell – wie er von einem Studenten Ende zwanzig zu einem echten Erwachsenen geworden ist, zu einem Mann in den Dreißigern, der darüber nachdenkt, Vater zu werden. Wir sind jetzt fast sieben Jahre zusammen, und seine Andeutungen, heiraten und Kinder haben zu wollen, kommen immer öfter. Die Zeit wird knapp.

Ich versuche, lässig zu grinsen. »Du denkst aber ganz schön oft an Babys.«

»Du nicht?«

Ich trinke mehr Sangria. Wenn das Zeug doch nur stärker wäre, wenn es reiner Alkohol statt dieser ganzen süßen, ausgelaugten Früchte wäre. »Nein. Ich bin erst siebenundzwanzig.«

»Meine Mom hat mich mit fünfundzwanzig bekommen.«

»Wie schön für sie.«

»Billie.« Remy verschränkt die Arme vor der Brust und sieht mich prüfend an. »Was ist hier los?«

Der Alkohol liegt schwer in meinem Magen und vernebelt mir den Kopf. »Nichts.« Ich konzentriere mich aufs Atmen. »Ich ... ich glaube, ich habe einfach nicht gewusst, dass du so traditionelle Ansichten hast.« Kaum dass ich die Worte ausgesprochen habe, weiß ich, dass sie wahr sind. Das hatte ich von Remy wirklich nicht erwartet. Vielleicht war es genau das, was mich vor all den Jahren angezogen hatte.

Er runzelt die Stirn. »Ist man traditionell, wenn man irgendwann eine Familie will? Eine Familie mit der Frau, die man liebt?«

Magensäure brennt in meiner Kehle. Ich fürchte, ich muss mich übergeben.

»Gibt es da was, was du mir nicht sagst, Billie?« Remy beugt sich vor; sein Blick ist jetzt ernster, als ich ihn je gesehen habe.

Ich fühle mich wie unter Wasser. Die Geräusche im Restaurant – klapperndes Besteck, lebhafte Unterhaltung, dazu Flamenco-Musik – werden immer leiser. Ich denke an all die Dinge, von denen ich Remy noch nichts erzählt habe. Allen voran Wade, aber das ist ein Geheimnis, das ich mit ins Grab nehmen werde. Und dann die Schwangerschaft. Das Baby, das hätte sein können.

Ich schlucke den Kloß in meinem Hals hinunter. Irgendein unterbewusster Teil von mir versteht, dass ich jetzt am Ende des Weges angekommen bin. Dass ich ihn nicht länger gehen kann. Vielleicht spüre ich tief in meinem Inneren, was jetzt gleich passieren wird. Vielleicht sage ich es Remy, weil ich ihn so sehr liebe. Weil ich weiß, dass es leichter für ihn wird, wenn er mich hassen kann.

Meine Augen brennen. Ich räuspere mich. Jetzt höre ich die Geräusche wieder.

»Vor drei Jahren, kurz bevor du in die Stadt gezogen bist,

habe ich abtreiben lassen.« Alles Weitere erzähle ich praktisch
auf Autopilot. Wie Cassie mich ins Krankenhaus fuhr, wie sie
mir sagten, dass ich schon in der elften Woche sei. Wie sie meine
Hand hielt, während sie das taten, wovon ich zutiefst überzeugt
war, dass es das Richtige war, und wie ich hinterher unglaublich
erleichtert war. Ich erzähle, dass ich ihm nichts davon gesagt
hätte, weil ich zu viel Angst hatte, dass es uns zerbrechen würde,
dass er mich so ansehen würde, wie er mich jetzt ansieht.

Ich weine auf meinen Teller mit Knoblauch-Shrimps, meine
Schultern beben. Remy schweigt, greift nach seinem Portemon-
naie und holt Geld heraus, das er auf den Tisch wirft. Ich folge
ihm aus dem Restaurant in den hellen Oktobertag.

Als wir am Ende des Blocks angelangt sind, dreht er sich zu
mir um. Sein Gesicht – das ich immer so wunderbar fand – ist
vor Schmerz und Qual verzerrt.

»Ich frage dich jetzt etwas, und ganz egal, was du tust, bitte
lüg mich nicht an.« Er blinzelt ins Sonnenlicht. Seine Augen
sind ganz feucht. Ein Taxi rast vorbei und hupt ein paar un-
achtsame Fußgänger an. »Willst du überhaupt jemals Kinder
haben, Billie?«

Ich blinzle. Diesen Teil der Geschichte habe ich noch nicht
erzählt: dass Cassie mit mir in die Klinik fuhr und mir sagte,
ich könnte später ja immer noch schwanger werden. Wenn die
Zeit dafür reif wäre. Besser für ein Baby. Wenn ich nicht mehr
so jung wäre. Und bereit dazu. Ich habe sie nicht korrigiert.

Aber jetzt, in einem erfrischend klaren Augenblick, der sich
gegen die Sangria und all den Mist durchsetzt, den ich mein
ganzes Leben zu hören bekommen habe – eines Tages willst
du es schon, wart's nur ab, es gibt keine vollkommenere Liebe,
du wirst schon sehen *–, sage ich Remy die Wahrheit, gestehe,*
was ich schon immer in meinem tiefsten Inneren wusste.

»Nein.« Ich schüttle den Kopf. »Ich will keine Mutter sein.«

Wie man so schön sagt: Ein Unglück kommt selten allein. Eine Woche später packe ich meine Sachen in der Wohnung, als mein Telefon klingelt. Remy ist nicht da; er wohnt bei seiner Tante in Queens, seit wir uns getrennt haben. Morgen ziehe ich in eine WG in Chinatown, in eine Wohnung oben im vierten Stock mit Mitbewohnern, die sich über Kleinanzeigen kennengelernt haben. Das ist nicht ideal, aber das Einzige, was ich mit meinem Budget so kurzfristig finden konnte. Immerhin wohne ich dann wieder näher bei Cassie.

Ich werfe ein paar T-Shirts in einen Umzugskarton, greife nach meinem Handy und swipe über das Display, um den Anruf von einer unbekannten Nummer anzunehmen.

»Hallo?«

»Billie? Hier ist Sandra.«

Sie klingt ungewöhnlich ernst. Ich weiß sofort Bescheid.

»Ich rufe aus dem Krankenhaus an«, sagt sie, und ihre Stimme bricht. »Es tut mir so leid, Billie. Deine Mom ist tot.«

Cassie

25. Oktober 2023
12 Tage danach

Ich treffe Wendy und Violet zum Lunch im Palma in der Cornelia Street. Sie begrüßen mich mit identischem, vorsichtigem Lächeln, in dem Mitgefühl und Angst zugleich zum Ausdruck kommen. Inzwischen bin ich schon fast zwei Wochen nicht mehr auf Social Media unterwegs, und genauso lange habe ich keinen im Voraus geplanten Content mehr hochgeladen. Ich habe mich kaum bei meinen Geschäftsführerinnen gemeldet, und selbst in meinem verdrehten Zustand weiß ich, dass das nicht fair ist.

Unser Tisch steht ganz vorn im Restaurant, direkt an den Sprossenfenstern, durch die man auf das hübsche West-Village-Viertel schauen kann. Ich habe natürlich Ella mitgenommen, parke den Kinderwagen neben meinem Stuhl und rücke das Verdeck zurecht, damit sie nicht von der Sonne geblendet wird.

»Tut mir leid, dass ich zu spät komme!« Ich lächle angespannt. »Der Verkehr auf der Seventh war ein Albtraum.«

»Kein Problem. Schön, dich zu sehen.« Violet fummelt an ihrer Serviette herum und wirft einen Blick auf Ella im Kinderwagen. »Lourdes hat heute frei?«

Ich bin durstig, nehme einen tiefen Schluck Wasser und zerbeiße ein Stück Eis. »Lourdes arbeitet nicht mehr für uns.«

Wendy hebt eine dünne, aufgemalte Braue. Sie hat ihre Brauen in den Neunzigern zu stark gezupft, und jetzt muss sie mit den Folgen leben. »Was meinst du, sie arbeitet nicht mehr für euch?«

Ich atme tief durch. Eine offene Flasche Rosé steht in einem Marmorkühler auf dem Tisch, und ich gieße mir ein Glas ein, dankbar für den Alkohol zur Mittagszeit. Violet kann manchmal ein bisschen sehr abstinent sein, aber Wendy würde auch zum Frühstück Wein trinken, wenn sie könnte.

»Du siehst dünn aus, Cassie.« Wendy blinzelt, ihre Wimpern sind ganz stachelig von der dicken Schicht Mascara darauf. »Als hättest du nicht gegessen.«

»Tut mir so leid, Leute.« Ich kippe mir das Glas hinein und schließe die Augen, als der Rosé meine Kehle hinabrinnt und auf dem Latte landet, den ich im Taxi getrunken habe. »Tut mir leid, dass ich mich nicht gemeldet habe. Mir geht es gerade nicht so gut.«

»Natürlich nicht«, sagt Violet, und ihre Stimme trieft vor Mitgefühl. »Du bist durch die Hölle gegangen.«

»Genau das ist das Problem.« Ich halte den Stiel meines Glases ganz fest. »Ich bin immer noch in der Hölle. Ich bin noch nicht durch.«

Es stimmt. Trotz der Erleichterung angesichts der Erkenntnis, dass birchballer6 keine Bedrohung ist, lebe ich immer noch in Angst und Schrecken.

Ein schlaksiger, gut aussehender Kellner kommt an den Tisch, und wir bestellen Salate und die schwarzen Trüffel-Fettuccine zum Teilen. Als er verschwunden ist, erzähle ich Wendy und Violet alles, was passiert ist, seit Ella verschwand. Ich erzähle von dem Detective, den Albträumen, der herzzerreißenden Entscheidung, Lourdes zu kündigen, und von der ständigen, grenzenlosen Angst, dass derjenige, der meine

Tochter entführte, einen Grund hat, dass er etwas will, dass es nur eine Frage der Zeit ist, bis er wiederkommt, um sie erneut zu holen.

»Hört mal.« Ich schlucke, und in meinem Magen vibriert es. »Cassidy Adler bedeutet mir alles, das wisst ihr. Aber ich muss jetzt einfach bei Ella bleiben. Ich kann mich nicht auf die Arbeit konzentrieren. Ich brauche … ein paar Wochen, vielleicht einen Monat, zwei …« Ich massiere meine Schläfen und wünschte, ich hätte mich besser auf diese Unterhaltung vorbereitet. »Ist es zu viel verlangt, euch beide zu bitten, für mich einzuspringen, während ich weg bin? Ich bin mir sicher, dass ihr die Bestellungen für Frühling und Sommer gut erledigen werdet, ihr könntet das Instagram-Konto übernehmen und alle Entscheidungen treffen, wie ihr wollt. Ich bezahle natürlich mehr. Und, Wendy, ich weiß, dass wir bis nächstes Jahr warten wollten, um einen Verkäufer für den Laden in East Hampton einzustellen, aber du sollst das jetzt tun, dann hast du dort mehr Hilfe …« Meine Stimme bricht, und die Augen füllen sich mit Tränen. »Es tut mir so furchtbar leid«, füge ich jämmerlich hinzu.

»Cassie.« Violet greift über den Tisch und berührt meinen Arm. Ihre Finger sind weich und kühl, die Nägel in einem tiefen Pflaumenton lackiert, der zu ihrem Namen passt. »Du musst dich dafür nicht entschuldigen.«

Wendy nickt zustimmend. Im Mittagslicht, das durch das Fenster neben unserem Tisch fällt, sieht ihr kinnlanges, blond gefärbtes Haar beinahe weiß aus, und die feinen Risse in ihrer Foundation sind deutlich erkennbar. »Du kannst auf uns zählen. Wir wissen, wie schlimm es gewesen sein muss. Wir werden fürs Unternehmen tun, was getan werden muss, während du dir die Zeit nimmst, um … alles wieder auf die Reihe zu bekommen.« Sie wirft Violet einen schnellen Blick zu, und plötzlich wird mir klar, dass die beiden darüber bereits ge-

434

sprochen haben, dass sie schon erwartet hatten, dass ich so eine Bombe fallen lasse.

Ella beginnt sich in ihrem Wagen zu regen. Ich stecke ihr den Schnuller zurück in den Mund und gebe ihr ein Spielzeug aus der Windeltasche – die kleine Knisterrassel, die sie so mag.

Violet nimmt ein winziges Schlückchen Wein. »Cassie. Ich muss das jetzt fragen.« Sie streicht sich eine seidige Locke hinters Ohr. »Hast du mal über eine Therapie nachgedacht?«

Ich denke an meinen Krach mit Grant vor ein paar Tagen, als er dasselbe Thema angesprochen hatte und drohte, »Toms Therapeuten« anzurufen. Ich habe überhaupt keine Probleme mit einer Therapie, aber ich nehme keine Befehle von meinem Ehemann an, und ganz sicher gehe ich nicht zu Toms Psychofritzen – der höchstwahrscheinlich irgendein uralter Republikaner in der Upper East Side ist, den Tom nur deswegen akzeptiert, weil er in Yale studiert hat und ausschließlich Privatpatienten annimmt.

»Ja«, sage ich zu Violet und schlucke mühsam eine Gabel Fettuccine herunter. »Ich glaube, ich brauche wohl einen Therapeuten.«

»Wer nicht?« Wendy schenkt uns nach und leert die Flasche. »Ich gehe jede Woche zu meiner, seit ich Christopher dabei erwischt habe, wie er auf ein Bild von Judi Dench in *Skyfall* wichst.«

Ich lache laut auf, als ich mir die Szene vorstelle, verschlucke mich fast an meinem Rosé und erschrecke damit Ella. »Oh mein *Gott*, Wendy.«

Violets Schultern zucken – sie kann sich auch nicht zurückhalten.

Auch wenn es nur für einen kurzen Moment ist – mir ist ganz warm ums Herz. Weil ich diese Frauen habe, die sich um mich und um mein Unternehmen sorgen. Weil ich wieder lachen kann.

McKay will mich nach dem Lunch im Park treffen. Sie sagt, sie habe »Neuigkeiten«. Kurz frage ich mich, ob sie vielleicht schon wieder schwanger ist, aber das kommt mir doch unwahrscheinlich vor. Finn ist nur sechs Wochen älter als Ella, und außerdem hat McKay mir ins Gesicht gelacht, als ich sie das letzte Mal fragte, ob sie ein drittes Kind wolle, und gesagt, dass Tom ernsthaft über eine Vasektomie nachdenke.

Wir treffen uns wie üblich im Madison Square Park, am südwestlichen Eingang neben dem Burgerimbiss Shake Shack. Es ist jetzt Ende Oktober – in weniger als einer Woche ist es schon November –, und obwohl die Sonne hoch am kobaltblauen Himmel steht, ist die Luft kalt. Ich entdecke McKay auf einer Bank neben einer hohen Kastanie, die schon fast ihr ganzes Laub abgeworfen hat. Sie lächelt und winkt uns herbei.

»Hey.« Ich lasse mich neben sie fallen, lasse die Bremse am Kinderwagen einrasten und stecke Ellas Kaschmirdecke fest. Zum Glück ist sie eingeschlafen. »Wo sind denn die Kinder?«

»Heute bei Mariana.« McKay reibt sich die Hände. »Es ist wirklich kühl, oder?« Sie trägt einen weißen Kunstpelzmantel und schwarze Ohrenwärmer. Obwohl sie in Neuengland geboren und aufgewachsen ist, ist sie eine richtige Dramaqueen, wenn die Temperatur unter zehn Grad fällt.

Ich habe McKay fast eine ganze Woche nicht gesehen, zum letzten Mal, bevor Billie und ich zum Mayflower Inn gefahren sind. Davon weiß sie nichts, sie weiß auch nicht, dass wir kommendes Wochenende nach St. Barts fliegen, und ich werde ihr ganz sicher von keinem dieser beiden Ausflüge mit Billie erzählen.

»Ich hätte dich auch anrufen können, aber ich wollte dein Gesicht sehen.« McKay dreht sich zu mir um und setzt die Sonnenbrille ab. »Ich habe von der Sache mit Lourdes gehört. Geht es dir gut?«

Ich zucke mit den Schultern. Ich will weder über Lourdes noch über Grant reden, also erzähle ich vom Lunch mit Wendy und Violet und von meiner Entscheidung, eine Weile nicht zu arbeiten. Ich erwähne, dass ich erwäge, eine Therapie zu beginnen.

Sie nickt aufmunternd. »Weißt du, Tom hat da einen Therapeuten an der Hand …«

»Klar.« Ich schaue auf meine Hände und reiße ein Stückchen lose Haut von meinem Daumen. Eine eklige Angewohnheit. »Ich würde lieber zu einer Frau gehen, glaube ich.«

»Hör mal, Cass.« McKay überkreuzt die Beine und stellt sie dann wieder nebeneinander. »Ich muss mit dir reden.«

Ich wappne mich für eine weitere Vorlesung zum Thema »Komm endlich raus aus dieser depressiven Phase« und »Leb endlich dein Leben weiter«, als McKay etwas sagt, was mich überrascht.

»Ich habe mich gestern mit Detective Barringer auf einen Kaffee getroffen.«

Ein älteres Paar spaziert Hand in Hand an unserer Bank vorbei. Der Mann zeigt auf etwas oben in der Kastanie – vielleicht auf einen Vogel –, und seine Frau lächelt, sodass sich ihr Gesicht in Fältchen legt. Sie sind sicher schon in ihren Siebzigern – oder Anfang achtzig –, und ich frage mich flüchtig, ob Grant und ich wohl eines Tages so sein werden. Alt und glücklich. Irgendwie habe ich Schwierigkeiten, mir das vorzustellen.

»Ich hatte so ein komisches Gefühl, also wollte ich mit ihm reden«, sagt McKay gerade, und ich kehre zurück in die Gegenwart.

»Ein komisches Gefühl?«

»Ja.« Sie verstummt. Dann erklärt sie: »Was Billie angeht.«

»Ach, hör doch auf, McKay.« Ich bin wirklich frustriert. »Du musst das endlich loslassen. Sie ist meine älteste Freundin. Sie würde niemals mein Kind kidnappen!«

»Na ja, der Detective hat etwas über deine älteste Freundin gesagt. Etwas, was er höchst seltsam fand.« McKay redet plötzlich abgehackt, ihr Tonfall ist leicht höhnisch. »Und ich will dir nur helfen, Cassie. Aber wenn du es nicht hören willst, dann werde ich Billies Namen nie wieder erwähnen.«

Ich schließe einen Moment lang die Augen und sehe das gedämpfte Rot, dass die Sonne durch meine Lider treibt. Dann öffne ich sie wieder. »Natürlich musst du mir alles sagen, was wichtig sein könnte.«

McKay presst die Lippen zusammen und sieht mich prüfend an. »Barringer fand es merkwürdig, dass Billie, als er sie zum ersten Mal in deiner Wohnung traf – als sie sagte, sie sei nicht zu deiner Party gekommen, weil sie Migräne habe –, also dass Billie da nicht erwähnt hatte, dass sie an jenem Abend die Katze ihrer Chefin füttern sollte.«

Ich spüre, wie ich die Brauen verwirrt zusammenziehe. »Was?«

»Ihre Chefin, eine Frau namens Jane, wohnt in deinem Wohnhaus.«

»Ich kenne Jane. Sie ist Billies Chefin und eine ihrer engsten Freundinnen.« Ich schüttle den Kopf. »Und sie wohnt ganz klar nicht in unserem Haus.«

»Tut sie aber doch. Offenbar ist sie erst vor ein paar Wochen eingezogen.«

Ich schweige und denke darüber nach, was zum Teufel McKay damit sagen will. »Woher weißt du das?«

»Weil Barringer mit Billies Freund gesprochen hat. Alex – du weißt schon, der Polizist. Offenbar hat er angeboten, sich den Fall selbst noch einmal anzuschauen.«

»Ja, das hat er angeboten. Er hilft uns.«

»Jedenfalls, als Barringer Alex anrief, um ihm von den bisherigen Ermittlungsergebnissen zu erzählen, benutzte er die Gelegenheit, um sich Billies Alibi bestätigen zu lassen. Denn Barringer wusste offenbar, dass Billie und Alex ein Paar sind.«

»Ich weiß. Grant und ich haben nie versucht, das vor ihm zu verbergen. Niemand hat das verborgen.«

»Genau. Also hat Barringer Alex von Billies Alibi erzählt, und der hat es bestätigt. Er sagte, sie habe auch das Abendessen mit ihm abgesagt, weil sie Migräne hatte.«

»Na *und*, McKay?« Ich werfe die Hände in die Luft, weil ich inzwischen genervt bin. »Wenn ihr Alibi stimmt, was hat die ganze Geschichte dann mit Billies Chefin zu tun ...?«

»Dazu komme ich noch, Cassie, du musst mir nur zuhören.« McKay saugt den Atem an, und ihr Blick wird ganz streng und ernst. »Alex hat Barringer *außerdem* erzählt, dass Billie an jenem Abend auch nicht die Katze ihrer Chefin füttern konnte, aus demselben Grund, der Migräne. Und Barringer fragte nach dem Namen ihrer Chefin − du weißt schon, um das Alibi bis zum Schluss nachzuverfolgen, wie es das Protokoll verlangt. Also sagte ihm Alex: Jane Falkenberg. Das ist jetzt nicht gerade ein besonders verbreiteter Nachname, daher fiel es Barringer nicht schwer, eins und eins zusammenzuzählen. Er hatte bereits alle im Gebäude überprüft − um Alibis zu bekommen, um zu erfahren, ob jemand etwas gesehen oder gehört hatte.« McKay hält inne, um sicherzugehen, dass ich noch zuhöre. »Barringer sagt, dass seit Anfang des Monats Jane Falkenberg und ihre Frau die Besitzer und Bewohner von 8A sind, der Wohnung direkt unter deiner. Sie waren außer Landes und im Urlaub in der Nacht, in der Ella gekidnappt wurde. Aber Barringer hat Kontakt zu Jane aufgenommen, die bestätigt hat, was Alex ihm gesagt hatte: dass Billie am Abend des 13. Oktober in die Wohnung 27 Gramercy Park kommen sollte, um die Katze zu füttern.«

Mein Blut ist plötzlich eiskalt, und ich fühle mich unbehaglich. Ich reibe meine Arme durch den Stoff des dünnen Trenchcoats hindurch und wünschte, ich hätte etwas Wärmeres angezogen. »Na ja – und, hat sie es getan? Ist Billie gekommen und hat in jener Nacht die Katze gefüttert?«

McKay zögert. »Offenbar nicht. Jane hat Billies Migräne-Alibi ebenfalls bestätigt.«

»Und?«, frage ich, obwohl ich es bereits weiß.

»Und das ist *sonderbar*, Cassie!« McKays Stimme klingt drängend, aufgeregt. »Wach verdammt noch mal auf. Es ist wirklich verdammt schräg, dass Billie dir von alldem gar nichts erzählt hat. Dass sie nie auch nur *erwähnt* hat, dass ihre Chefin in dein Wohnhaus gezogen ist! Zumal du mir gerade eben noch gesagt hast, die beiden wären enge Freundinnen.«

Ich sage nichts. Dagegen kann ich ausnahmsweise nichts einwenden.

»Ich weiß auch nicht, Cassie.« Sie pflückt einen Fussel von ihrem flauschigen Mantel. »Das wirkt irgendwie … Billie verbirgt vielleicht etwas.«

Ich drücke die Handflächen aneinander und denke nach. »Wenn Barringer das auch merkwürdig findet, warum geht er dem nicht nach?«

»Weil Billies Alibi bestätigt worden ist. Zwei Mal. Was soll er noch tun?« McKay zuckt mit den Schultern. »Ich musste es dir sagen, Cass. Ich finde wirklich, dass du mit ihr reden solltest.«

Ich sage McKay nicht, dass Billie, Alex, Ella, Grant und ich in achtundvierzig Stunden auf dem Weg nach Teterboro sein werden, wo der Privatjet von Grants Vater wartet, um uns alle für ein langes Wochenende in der Villa nach St. Barts zu fliegen.

Ich denke an Billies so vertrautes Gesicht – an die großen haselnussbraunen Augen, die Art, wie ihr Mund sich öffnet, wenn sie lächelt. Dieses Gesicht war immer ein Zuhause für mich, auch als ich das nicht wollte. Auch als ich meine Loyalität aus meinem Gefühlsleben verdrängt hatte, weil ich unbedingt so weit wie möglich von all den Dingen wegwollte, an die mich unsere Freundschaft ständig erinnerte. Aber ihres war das erste Gesicht, das ich sah, als Ella verschwunden war, sie ist der Mensch, nach dem sich mein Herz in meiner tiefsten, verletzlichsten Trauer sehnte. Billie kann auf keinen Fall etwas mit Ellas Verschwinden zu tun gehabt haben. Allein der Gedanke kommt mir grotesk und unmöglich vor.

Und doch, als ich den Kinderwagen nach Hause schiebe, hallen McKays Worte in meinem Kopf wider. Und mein Blut ist vor Angst ganz kalt.

Billie

26. Oktober 2023
13 Tage danach

Um wiedergutzumachen, dass ich den Abend mit Alex im Comedy Cellar verpasst habe, kaufe ich für uns Last-Minute-Tickets für die Zac Brown Band im Madison Square Garden. Er denkt, dass wir nur um die Ecke von meiner Wohnung essen gehen, aber ich überrasche ihn, als er durch die Tür kommt, und wedele mit dem Handy und der geöffneten Ticketmaster-App vor seinem Gesicht herum.

»Im Ernst?« Alex schlingt die Arme um meine Taille und hebt mich hoch, um mich im Kreis herumzuwirbeln. Er ist seit dem College geradezu besessen von der Zac Brown Band.

»Ich liebe dich«, sagt er. »Ich liebe dich, ich liebe dich.«

»Ich liebe *dich*«, betone ich. In meiner Brust blubbert etwas Warmes.

Seit Alex vor ein paar Tagen die L-Bombe fallen ließ – wenn auch mitten im Streit –, müssen wir die Worte ständig wiederholen. Ich liebe ihn wirklich. Und ihm das so sagen zu können, in dem Wissen, dass das Gefühl erwidert wird, bedeutet mir alles. Ich war seit Jahren nicht mehr so zufrieden. Und jetzt, da Cassie wieder in meinem Leben ist, kommt mir die Welt nahezu perfekt vor.

Nachts habe ich Gewissensbisse, die mich wachhalten, aber wenn es eines gibt, was ich über Gewissensbisse weiß, dann ist es, dass sie mit der Zeit verblassen. Schon jetzt kommt es mir vor, als ginge es Cassie besser. In ein paar Wochen denkt sie nicht mehr daran. Sie wird glauben, dass das, was geschehen ist, ein schrecklicher Fehler war, und sich Detective Barringers Theorie anschließen – nur ein Haufen dummer Jungs, die auf der Feuerleiter Blödsinn gemacht haben. Und was Alex angeht – er wird garantiert nichts finden, was Barringer nicht gefunden hat. Er wird sich alle Mühe geben, aber letztlich wird auch er Cassie dasselbe sagen, und sie wird es akzeptieren müssen.

Zumindest zwinge ich mich selbst dazu, das zu glauben. So kann ich weitermachen.

Alex lässt sich auf mein Bett fallen, und ich ziehe mich an.

»Im Ernst, ich kann das wirklich gebrauchen. Es war ein ziemlich harter Tag im sechsundzwanzigsten Revier. Bewaffneter Raubüberfall bei der Columbia, ein Passant in kritischem Zustand.«

»Gott. Das ist ja furchtbar.« Manchmal vergesse ich, wie hart Alex' Job sein kann, wie traumatisch die Vorfälle, mit denen er täglich zu tun hat. Und trotzdem bleibt er so fröhlich, so bodenständig. Ich weiß nicht, ob ich das könnte.

Ich ziehe helle Jeans mit hohem Bund an, dazu eine elfenbeinfarbene Bauernbluse von Free People. Mein Haar ist noch feucht vom Duschen, aber ich lasse es einfach an der Luft trocknen.

»Gibt es denn irgendwelche neuen Entwicklungen in Cassies Fall?«, frage ich, schaue in den Spiegel über meiner Kommode und tupfe Concealer unter meine Augen. Es ist schon einige Tage her, seit ich das gefragt habe, und ich muss es einfach tun. Außerdem wäre es auch komisch, wenn ich mich *nicht* nach den aktuellen Entwicklungen im Fall meiner besten Freundin erkundigte.

Alex schlingt die Arme um seinen Oberkörper. Ich liebe

es, ihn so auf meinem Bett zu sehen, wie er mit seinen starken Beinen die gesamte Länge der Matratze einnimmt.

»Um ehrlich zu sein, gibt es da nichts Neues.« Er kaut auf seiner Unterlippe herum. »Ich habe alles an Sicherheitskamera-Aufnahmen gesichtet, was es gab, und finde einfach nichts Auffälliges.«

Ich nicke und male dunkelbraunen Kajal um meine Augen, ganz wenig, damit es nicht zu kräftig wird. Ich sehe aus wie ein Waschbär, wenn ich es übertreibe.

»Und ich habe zu jedem von Cassies Liste Kontakt aufgenommen – du weißt schon, die Leute, von denen sie Hassnachrichten auf Social Media bekommen hat. Nur ganz wenige von denen wohnen in der Stadt. Aber die hatten alle ein Alibi, und ich habe jedes davon überprüft.« Alex seufzt. Ich merke, dass ihn meine Frage aufgeregt hat. Er klingt frustriert, hoffnungslos.

»Hey.« Ich werfe ihm im Spiegel einen Blick zu, und er sieht mich an. »Danke, dass du dir solche Mühe gegeben hast. Im Ernst, du bist wirklich großartig. Aber wenn es nun mal keine neuen Hinweise gibt, dann darf man die Sache auch ruhen lassen. Barringer könnte mit diesen Jungs ja richtigliegen, und das wissen auch alle.«

»Cassie nicht.« Alex runzelt die Stirn.

»Hör mal.« Ich setze mich auf die Bettkante und schiebe meine Finger unter sein Karohemd, am Kragen, wo die ersten zwei Knöpfe geöffnet sind. Sein Brusthaar ist hellbraun und etwas dicker. »Cassie und Barringer verstehen sich nicht so gut. Sie vertraut ihm einfach nicht. Aber *du* – also, auf dich wird sie hören. Das weiß ich. Und ihr beide werdet am Wochenende viel Zeit zusammen auf St. Barts verbringen.«

Alex schweigt. Dann reibt er sich den Nacken und sagt: »Es ist ziemlich irre, dass wir spontan mit einem Privatjet nach St. Barts fliegen.«

Ich nicke. Das ist wirklich verrückt. Nach so vielen Jahren voller leerer Versprechungen war ich mir nicht ganz sicher, ob Cassie ihre Einladung wirklich wahr machen würde, aber gleich an dem Tag, nachdem wir vom Mayflower zurückkamen, rief sie an und sagte, sie habe mit Grant gesprochen und alles sei schon in die Wege geleitet. Das Flugzeug ihres Schwiegervaters würde am Freitagmorgen auf uns in Teterboro warten. Morgen. Ich bin oft unterwegs, und ich kann mich nicht erinnern, wann ich mich das letzte Mal so sehr auf eine Reise gefreut habe.

Ich sehe Alex an. »Du willst doch mitfahren, oder? Es wird sicher toll.«

Er zuckt mit den Schultern. »Wird es sicher. Es ist nur …« Er zögert, sein Blick gleitet über mein Gesicht, als müsste er überlegen, ob er wirklich sagen kann, was er denkt. »Ein Privatflugzeug? Eine Villa auf St. Barts? Ich meine, die Adlers sind wirklich *stink*reich, oder? Ich weiß nicht. Ich kann nicht so tun, als wäre mir die Vorstellung, ein ganzes Wochenende auf ihrem Territorium zu verbringen, nicht ein bisschen unangenehm. Und ehrlich, ich dachte immer, diese ganze Gesellschaft wäre dir auch ein bisschen unangenehm.«

Mein Magen zieht sich zusammen, als ich an das Abendessen in Cassies Wohnung denke. Wie fehl am Platz wir uns gefühlt haben, Alex und ich; wie uns dieses Gefühl verbunden hat, obwohl keiner es ausgesprochen hat.

»Das ist nicht so einfach«, sage ich zu ihm nach einer längeren Pause. »Und Cassie ist ja auch nicht so aufgewachsen.«

»Das sagst du immer.« Er klingt nicht überzeugt.

»Alex.« Ich sehe ihm direkt in die Augen. »Ich weiß, dass die Adlers einen Riesenhaufen Geld haben, und ich verstehe, dass das alles ein bisschen viel ist, aber … du hast doch schon deine Schicht getauscht. Lass uns einfach fahren und Spaß haben und nicht zu viel darüber nachdenken.« Ich lege meine

Hände auf seine Brust. »Bitte. Cassie und ich sind endlich wieder vertraut miteinander. Es würde mir wirklich viel bedeuten.«

Alex nickt langsam und atmet dabei aus. »Okay. Du hast wohl recht – wir sollten es einfach genießen.« Seine Mundwinkel verziehen sich zu einem Lächeln. »Und wir wären zum ersten Mal zusammen weg.« Er zieht mich an sich, um mich zu küssen. Seine Lippen sind warm und weich, und mein Körper will mehr.

»Ich liebe dich«, flüstert er.

In diesem Augenblick weiß ich, wie ich es im Grunde schon vorher gewusst habe, dass ich es ihm sagen muss. Dass ich in den sauren Apfel beißen und die Worte laut aussprechen muss: *Ich liebe dich, und vielleicht greife ich der Sache vor, aber du solltest wissen, bevor sich unsere Beziehung weiterentwickelt, dass ich keine Kinder will. Ich will nicht Mutter sein.*

Und womöglich ist das für ihn das K.-o.-Kriterium, was verständlich wäre. Aber vielleicht – *ganz vielleicht* – auch nicht. Jedenfalls sind wir danach beide frei.

Er lässt seine Hände zum Bündchen meiner Jeans gleiten, sein Mund küsst mich. Er riecht wie immer nach Old Spice.

»Später.« Ich ziehe mich zurück, zause ihm das Haar, mein Körper ist ganz schwach geworden von seinem Kuss. »Es ist schon fast sieben, die Türen sind seit halb sieben geöffnet.«

Er schaut zu, wie ich meine Füße in ein Paar Wildleder-Stiefeletten stecke. »Du siehst heiß aus.« Er neigt den Kopf zur Seite. »Dieses Outfit ist sehr ... passend für ein Country-Konzert.«

Ich werfe ihm seine Jacke zu. »Danke. Ich habe mir Mühe gegeben.«

»Aber ich habe doch das Gefühl, dass da etwas fehlt.« Er geht zu meinem Schrank und beginnt, ihn zu durchsuchen.

Ich werfe einen Blick auf mein Handy. »Wenn wir jetzt nicht gehen, verpassen wir den Eröffnungssong.«

»Ah!« Er nimmt etwas aus einem Fach ganz hinten in meinem Schrank, und bevor ich reagieren kann, drückt er mir schon Janes Filzhut auf den Kopf.

»Perfekt.« Er lächelt, und ein kleines Grübchen erscheint auf einer Wange. »Jetzt siehst du wie ein echtes Cowgirl aus.«

Ich schrecke zusammen und berühre die breite Krempe. Ich hatte diesen Hut schon fast vergessen, den ich mir in Janes Wohnung genommen und während dieser schrecklichen Minuten getragen hatte, als ich das Treppenhaus hinaufgerannt war und Ella zurückgebracht hatte. Die Erinnerung, die Ironie dessen, dass Alex jetzt ausgerechnet diesen Hut gefunden hat, reicht aus, um mich ganz blass werden zu lassen. Ich wollte das Ding doch loswerden.

»Das ist kein Cowboyhut, weißt du.«

Alex zuckt mit den Schultern. »Nah dran. Du siehst toll aus.«

Ich will nichts mehr, als mir diesen Hut vom Kopf zu reißen und ihn in den Müllschlucker zu werfen, diese Erinnerung an die schlimmste Nacht meines Lebens, die ich nie wieder sehen will, aber ich weiß, dass das nicht zur Debatte steht. Wenn ich die Aufmerksamkeit auf die Tatsache lenke, dass ich diesen Hut nicht tragen will, erinnert sich Alex daran. Er wird diesen Informationsschnipsel irgendwo in seinem Polizisten-Unterbewussten abspeichern, und das kann ich nicht brauchen. Ich kann nicht riskieren, dass sich das irgendwie aufbläht.

»Bist du sicher, dass es dir gut geht? Du bist richtig blass.«

»Ja, ich bin nur – mir ist ein bisschen schwindelig. Ich glaube, ich habe Hunger.« Ich stecke die Arme in die steifen, billigen Ärmel meiner Kunstlederjacke. »Vielleicht könnten wir auf dem Weg dorthin ein Stück Pizza kaufen?«

Der Verkehr zum Madison Square Garden ist ein einziger Albtraum, wir haben keine Zeit, uns etwas zu essen zu kaufen. Alex holt ein paar Biere auf dem Weg zu unseren Plätzen, und wir schaffen es gerade eben in die Arena, als die Geige den Anfang von »Knee Deep« anstimmt.

Alex grinst und wippt mit dem Kopf im Takt, und ich liebe das an ihm, diese Mischung aus sich anscheinend widersprechenden Charakterzügen und Hobbys, die es unmöglich macht, ihn in eine Schublade zu stecken. Ein Polizist aus Long Island, der surft, politische Thriller liest und Country-Musik liebt. Ein Rätsel, vielleicht, aber meins.

Die Zac Brown Band spielt ihre Hits, Songs, die ich seit Jahren nicht mehr gehört habe. Alex schlingt seine Arme um mich, und wir wiegen uns zum eindringlichen Text von »Colder Weather«, einer langsamen Ballade, die mich an das College und Boston und Remy erinnert. Die Menge wird wild, als die Band »Chicken Fried« als Zugabe spielt, und tausende Handys leuchten im Publikum.

Nach zwei Bier auf leeren Magen bin ich beschwipst. Alex und ich verlassen den Park und bewegen uns im lärmenden Meer der Konzertbesucher die Rolltreppen hinunter wie Rinder in einer Herde.

»Ich habe solchen *Hunger!*«, jaule ich, als wir auf der Straße sind. Es ist kühl, die Lichter des Empire State Building schimmern nur wenige Blocks entfernt, und die goldene Spitze durchschneidet den tintenblauen Himmel.

»Na komm.« Alex verschränkt seine Finger mit meinen. »Einer meiner Lieblings-Pizzaläden in der ganzen Stadt ist direkt um die Ecke.«

Vor Pizza Suprema hat sich bereits eine lange Schlange gebildet, aber Alex verspricht, dass sich das Warten lohnt. Der Duft nach frischem Teig und süßer Tomatensoße lässt mir das Wasser im Mund zusammenlaufen. Als wir endlich an der Kasse sind, ordere ich zwei Stücke Pizza mit Pilzen und Zwiebeln, und Alex nimmt Salami. Ich lehne mich gegen den Tresen und sehe zu, wie der Mann unsere Bestellung in den Ofen schiebt, um sie aufzuwärmen, und mein Magen knurrt.

»Billie?«

Jemand ruft von hinten meinen Namen, eine erschreckend vertraute Stimme, die ich aber nicht sofort einordnen kann. Ich drehe mich um, und dann – natürlich, *natürlich* kenne ich diese Stimme – sehe ich, dass es Jane ist. Sie und Sasha sitzen in einer Nische, ein paar fettige Pappteller vor sich, die alle leer sind, abgesehen von den Randstücken, die Jane nicht gegessen hat.

»Jane!« Aus irgendeinem Grund zieht sich mein Magen zusammen. Vielleicht liegt es daran, dass ich weiß, dass sie mit Alex und Detective Barringer telefoniert hat, vielleicht aber auch daran, dass ich sie zum ersten Mal in Fleisch und Blut sehe, seit ich zugegeben habe, was wirklich in der Nacht des 13. Oktober passiert ist – unser privates Geheimnis, und wir wissen beide, dass sie der einzige Mensch auf der Welt außer mir ist, der die Wahrheit kennt.

»Was machst du denn hier?« Ich verlagere mein Gewicht auf eine Hüfte. »Bist du – wart ihr bei der Zac Brown Band?«

»Jawohl!« Sasha lächelt. »Ich bin ein Riesen-Countryfan. Was auch erklärt, warum ich eine Katze habe, die Willie Nelson heißt. Und warum ich Jane an einem Samstag zum Ausgehen gezwungen habe.«

»Alex ist auch ein Fan.« Ich greife nach seinem Arm und stelle sie einander vor. *Alex, das sind Jane und Sasha. Jane und Sasha, das ist Alex.*

»Irre, dass wir uns erst jetzt kennenlernen.« Jane spricht mit Alex, aber ihr Blick liegt noch immer auf meinem Gesicht, die Augen verengt, der Kopf leicht zur Seite geneigt, als müsste sie überlegen. Etwas zwischen uns fühlt sich komisch an. Jane und ich sind nicht die Sorte Freundinnen, die sich nach einem Konzert zufällig treffen. Wir sind die Sorte Freundinnen, die zwar *wissen*, wann die andere zu einem Konzert geht, sich aber nicht einfach so über den Weg laufen. Unsere Leben sind beinahe intim miteinander verschlungen, und unsere Textnachrichten stehen immer ganz oben auf dem Display. Zumindest war es so bis vor ein paar Wochen. Bis Cassie mit großem Getöse zurück in meinen Orbit kam.

Ich nicke. »Ja, oder? Fandet ihr die Zugabe auch so toll ...?«

»Ist das mein Hut?« Jane zeigt direkt auf meinen Kopf. Sie sieht mich seltsam an und runzelt dabei leicht die Stirn, aber dann werden ihre Augen ganz groß. »Das *ist* mein Hut!«

Mein Herz schlägt mir bis zum Hals, und dann setzt es einen Schlag aus. Ich bin so hungrig und beschwipst, so abgelenkt von den seltsamen Umständen dieses Zusammentreffens, dass ich völlig vergessen hatte, dass ich Janes blöden Hut trage.

»Weiß ich nicht.« Ich spüre, wie mein Gesicht knallrot wird. »Ich glaube nicht.«

»Ich bin mir fast sicher, dass es meiner ist.« Jane steht auf und nimmt mir den Hut vom Kopf. »Ich habe genau so einen gekauft, als Sasha und ich letzten Sommer in Jackson Hole waren. Hier, diese kleine schwarz-weiße Feder im Hutband und so.«

»Hast du nicht deine Initialen auf die Innenseite prägen lassen?«

»Oh ja, *allerdings!*« Jane dreht ihn um und streicht mit dem Zeigefinger über drei Goldfolienbuchstaben am Schweißband. *JEF*. Jane Elizabeth Falkenberg. Die Buchstaben sind klein, aber gut erkennbar. Natürlich habe ich das in dem ganzen Chaos nicht bemerkt.

Jane pikt mich in die Schulter. »Du kleine Diebin. Ich habe nach diesem Hut *gesucht*. Wann hast du ihn dir ausgeliehen?«

450

Ich würde am liebsten im Erdboden versinken. Einfach nicht mehr existieren. Ich versuche ein unschuldiges Lachen, das aber mehr wie ein Keuchen klingt. »Ehrlich, ich erinnere mich gar nicht mehr. Ich habe ganz vergessen, dass es deiner ist.«

»Na ja, ich nehme ihn jedenfalls jetzt mit.« Jane setzt sich zurück in ihre Nische und stülpt sich den Hut auf. Sie runzelt wieder die Stirn. »Das ist so seltsam, ich hätte schwören können, dass ich ihn extra beiseitegelegt hatte, um ihn mit nach Island zu nehmen. Ich habe ihn nicht mit den anderen Sachen in die Kisten gepackt – ich hätte *schwören* können, dass ich ihn auch im Umzugslaster getragen habe, damit ich ihn später nicht in den Umzugskisten suchen muss.«

Mein Mund ist knochentrocken. Ich starre Jane an, um sie kraft meiner Gedanken dazu zu bringen, ihr Gesicht einen halben Zentimeter zu bewegen und mir in die Augen zu sehen. Als sie es tut, mache ich eine winzige, kaum sichtbare Kopfbewegung und bete, dass die Nachricht ankommt und verstanden wird. Dass sie mir den Rücken freihält oder zumindest das Thema fallenlässt.

»Warte.« Sasha klopft aufgeregt auf der Linoleumtischplatte herum, offenbar ist ihr gerade etwas eingefallen. »Ich habe diesen Hut tatsächlich in unserer neuen Wohnung gesehen, Janie. Ich erinnere mich daran, weil es praktisch das einzige Kleidungsstück im Schrank war. Bestimmt wolltest du ihn im Flugzeug tragen, und dann hast du ihn einfach vergessen, weil wir es so eilig hatten.«

Janes und mein Blick treffen sich, und da spiegelt sich die Erkenntnis in ihren Augen, aber es ist schon zu spät. Ich spüre, wie Alex zwischen uns dreien hin- und hersieht, wie sein Hirn daran arbeitet, die Dinge zu verbinden.

Und dann stellt Sasha – die unschuldige Sasha, die nichts von den Folgen ihrer absichtslosen Detektivarbeit ahnt – die finale Frage, die Frage, nach der die Welt, die ich kenne, vollkommen auf den Kopf gestellt sein wird.

»Aber Billie hat doch …« Sie sieht mich an und schürzt in ehrlicher Neugier die Lippen, als wären wir alle nur Freunde, die irgendein lustiges Rätsel lösen wollen. »Du hast doch Willie Nelson gar nicht gefüttert, oder? Wie hast du dann Janes Hut aus unserer neuen Wohnung holen können, als wir nicht da waren?«

Ich will Alex nicht ansehen, aber ich habe keine Wahl. Als ich es schließlich tue, als ich seine Augen sehe – überrascht, erschreckt, alles verstehend –, weiß ich tief in meinem Inneren, dass von nun an nichts mehr so ist wie zuvor.

Der Mann hinter dem Tresen ruft meinen Namen und gibt mir einen Pappteller, der unten ganz warm ist. Geschmolzener Käse gleitet von den Rändern, meine Finger fassen in orangefarbenes Fett. Noch vor wenigen Augenblicken hätte ich für diese Pizza morden können. Aber jetzt ist mein Appetit vollkommen ausgelöscht.

Billie

Sommer 2020

Gerade, als ich glaube, dass es niemals mehr passieren wird, passiert es doch: Cassie lernt jemanden kennen. Jemanden, der endlich gut genug ist.

In der Sekunde, in der ich seinen Namen höre, weiß ich, warum. Grant Worthington Adler. Das ist nicht nur eine Ansammlung von Konsonanten, die so sehr nach Ostküsten-Adel klingen, dass sie unwiderstehlich sind für den Teil von Cassies Herz, der so sehr nach blauem Blut dürstet. Nein, es ist weit mehr als das. Er ist ein Adler. McKays Cousin ersten Grades.

Cassie ist euphorisch.

Sie gehen schon einen Monat lang miteinander aus, als sie beschließt, dass es an der Zeit ist, uns einander vorzustellen. Es ist ein schwüler Augustabend, und einer von Grants Freunden feiert seinen Geburtstag, Drinks im Wren.

KOMM DOCH BITTE, schreibt Cassie. Sie schreibt es in Großbuchstaben, und daher weiß ich, dass sie es ernst meint.

Ich schreibe zurück, dass ich gerade mit der Arbeit fertig bin und mit meiner neuen Chefin Jane zur Happy Hour will. Cassie antwortet in Sekunden.

BRING JANE MIT!

Es ist meine zweite Woche bei The Path, einer Luxus-Reiseagentur, die Jane gegründet hat, nachdem sie Mince verlassen hatte, eine größere Agentur in Midtown, wo ich auch kurz gearbeitet habe. Wir fanden es dort beide grauenvoll, und als Jane Mince verließ, um ihr eigenes Unternehmen zu gründen, war ich ihre erste Angestellte. Und obwohl The Path erst die dritte Arbeitsstelle in den acht Jahren nach meinem Collegeabschluss ist, fühlt sie sich bereits jetzt richtig an. Endlich kann ich selbst Reisepläne für die Kunden erstellen. Endlich habe ich wirklich die Möglichkeit zu reisen, mir Unterkünfte und Reiseziele auf der ganzen Welt anzusehen. Ich bin nicht länger nur ein Rädchen in der Maschinerie eines großen Unternehmens. Dank Jane habe ich vielleicht sogar meinen Traumjob gefunden.

Jane hat nichts dagegen, mit mir zu der Party im Wren zu gehen, und wir treffen uns in der Astor Place, um von dort aus zusammen hinzugehen.

»Wenn es doof ist, können wir uns ja was anderes suchen«, verspreche ich, als wir die Bowery entlanggehen. Wir kommen an einem Tabakladen vorbei, und ich atme den unverkennbaren Geruch von Nelken ein, von würzig-süßer Vanille, und mein Herz setzt einen Schlag aus. Dieser Duft ist für mich jedes Mal wie eine Begegnung mit Remys Geist.

»Alles okay?« Jane sieht mich komisch an.

Ich denke an meinen neuen Job bei The Path, an meine Freundschaft mit Jane, die sich so schnell entwickelt hat, ich denke daran, dass sie sich eigentlich nicht wie meine Chefin benimmt, sondern wie eine verwandte Seele, die ich schon mein ganzes Leben lang kenne. Ich denke daran, dass Cassie endlich begeistert von einem Mann ist, den ich in wenigen Augenblicken kennenlernen werde. Ich schüttle die aufkeimende Wehmut wegen der Vergangenheit ab und konzentriere mich auf all die Dinge, die mich im Hier und Heute glücklich machen.

»Ja.« Ich nicke. »Komm. Es ist gleich hier um die Ecke.«

Als wir das Wren betreten, sehe ich als Erstes McKay. Ihr glän-
zendes blondes Haar fließt in Kaskaden ihren gebräunten Rü-
cken hinunter wie in einer Fernsehwerbung. Sie trägt ein rotes
Seidentop und weiße Shorts, und an ihren mageren Handge-
lenken klimpern verschiedene Goldarmbänder. Sie hat gehei-
ratet, glaube ich, und als ich einen Blick auf ihre linke Hand
werfe, bestätigt sich meine Vermutung. Ein Goldring steckt zu-
sammen mit einem Ring mit drei Diamanten an ihrem Finger
und verkündet es der Welt. McKays Arme sind um jemandes
Hals geschlungen – es ist eine weitere Frau – , und als sie sich
ein wenig von ihr löst, sehe ich, dass es Cassie ist.

Es fühlt sich an wie ein Schlag in die Magengrube, denn ich
weiß einfach, dass sich irgendwas verändert hat; die Atmo-
sphäre ist fremd. Cassie lächelt aufgedreht und übertrieben
strahlend, als ihr McKay etwas ins Ohr flüstert, und einen sur-
realen Augenblick lang habe ich das Gefühl, als flüsterte mir
selbst jemand etwas ins Ohr. Winzige Härchen stellen sich in
meinem Nacken auf.

»Sehe nur ich das so, oder sind wir gerade mitten in eine
Harvard-Studentenparty geraten?« Jane schaut sich um, die
meisten sind jung und attraktiv und schick angezogen und be-
trunken. Jemand kippt seinen Drink auf meinen Fuß. Die Flüs-
sigkeit benetzt meine Zehen und die Lederriemchen meiner
Sandalen. Macklemore dröhnt aus den Lautsprechern. Jane
macht sich auf den Weg zur Bar und verspricht, mit Tequila
zurückzukommen.

Ich gehe weiter, um Cassie zu begrüßen, die immer noch
an McKay klebt. Sie lachen, sie umarmen sich. So habe ich
McKay noch nie erlebt – so aufmerksam Cassie gegenüber. Die
Intimität zwischen ihnen wirkt ziemlich befremdend auf mich.

»Hi.«

Die Musik ist so laut, dass ich mich wiederholen muss.
»HI!«

Ich tippe Cassie auf die Schulter, und sie dreht sich um. Ihre Wangen sind gerötet; sie trägt schweres Augen-Make-up und Diamant-Ohrstecker, die ich noch nie gesehen habe. Dazu ein verführerisches schwarzes Minikleid, das ihre körperlichen Vorzüge betont.

»Oh mein Gott, hiii.« Sie löst sich von McKay und schlingt stattdessen die Arme um mich. »Ich bin ja so froh, dass du gekommen bist.« Ihre Stimme klingt ganz hoch und quietschig. Cassie ist betrunken. »Du kennst doch noch McKay.«

Ich widerstehe dem Drang zu sagen und wie und zwinge mich dazu zu winken. »Natürlich.«

»Und Ava und Adair und die Clique vom College. Sie sind alle hier. Es ist der Geburtstag von Avas Verlobtem. Er ist mit Grant auf die Business School gegangen. So klein ist die Welt.«

»Oh. Verstehe. Lustig!« Ich verziehe meinen Mund zu einem Lächeln. »Schöne Ohrstecker.«

Cassie strahlt. »Ein Geschenk von Grant.«

»Wow.« Wir schweigen beide. Dann frage ich: »Und wo ist er? Ich will ihn unbedingt kennenlernen.«

McKay verschränkt die Arme vor der Brust und wirft Cassie ein listiges Grinsen zu. »Ja, wo ist mein Cousin, der dir in inniger Liebe verbunden ist?«

Ich ärgere mich über das Wort Liebe und darüber, wie McKay es benutzt. Ich bin angespannt und fühle mich gereizt und kribbelig zugleich, so als stünde ich am Rand eines großen Kreises, in den ich nicht hineinkann. Ich recke den Hals in Richtung Bar und suche nach Jane. Tequila hilft sicher.

Endlich sehe ich sie, rotblondes Haar am Ende der Theke. Sie hat zwei Drinks in der Hand und ist nicht allein. Sie redet mit jemandem, einem Typen, den ich sofort wiedererkenne, weil Cassie mir schon tausend Fotos gezeigt hat. Es ist Grant. Und ehe ich mich versehe, beugt Grant sich zu Jane, kommt ihrem Gesicht so nah, dass sich ihre Nasen berühren. Noch einen Zentimeter, und sie würden sich küssen. Ich erstarre.

Aber Cassie und McKay reden wieder angeregt miteinander und merken nichts. Ich räuspere mich und deute in Richtung Bar. »Jane hat meinen Drink. Ich komme gleich wieder.«

Als ich es endlich durch die Menge zum anderen Ende des Raums geschafft habe, ist Jane wieder allein.

»Doppelter Tequila mit Soda und Lime.« Sie reicht mir mein Glas, und ich nehme einen tiefen Schluck.

»Danke.«

»Ich muss vielleicht gleich hier raus«, sagt Jane trocken. »Ich habe gerade den schmierigsten alten Kunden von allen getroffen.«

»Hä?«

»Dieser widerliche reiche Junge, der Kunde bei Mince war, bevor ich gegangen bin, um The Path zu gründen. Er hat uns mal beauftragt, für ihn und seine Verlobte eine Reise zu planen, und dabei hat er mich schamlos um meine Nummer angebaggert.« Jane runzelt die Stirn. »Und er hat mich jetzt gerade wieder angemacht. Dabei weiß er, dass ich in einer Beziehung bin. Perversling.«

»Warte mal.« Mir wird ganz flau. »Grant hat dich angebaggert? Grant war dein Kunde?«

»Du kennst Grant Adler? Der Typ, der mir da gerade feucht in den Nacken geatmet hat?«

»Jane.« Ich schuttle den Kopf. Ich habe das Gefühl, gleich ohnmächtig zu werden. »Grant ist Cassies Freund.«

»Das kann doch wohl nicht sein.«

»Doch, wirklich.«

»Sicher? Der Typ da drüben in dem hellrosa Hemd?« Jane schaut zum anderen Ende der Theke, wo Grant jetzt bei Cassie steht. Er legt ihr den Arm um die Schultern und küsst sie auf die Schläfe.

»Egal, ich glaube dir.« Jane verzieht angeekelt das Gesicht und lässt das Eis in ihrem Glas klimpern.

»Was ist passiert? Damals, als er dein Kunde war, meine ich.« Ich betrachte sie. Ihre großen Rehaugen leuchten im dämmrigen Licht der Bar. Sie trägt kein Make-up – das tut sie offenbar nie –, aber etwas an ihrer lässigen Art, ihrer gleichmütigen Ausstrahlung ist unendlich sexy. Ich bin mir sicher, dass Jane ständig angebaggert wird.

»Er wollte seine Verlobte mit einem Trip nach Mallorca überraschen, gleich nach der Verlobung«, fängt sie an. »Wir hatten ein Meeting zum Lunch, um zusammen den Reiseplan durchzugehen. Er bestellte ständig mehr Wein und flirtete ganz offen mit mir. Er fragte, ob er mich mal anrufen könne, damit wir zusammen ausgehen. Es war so … so unangenehm. Als ich ihm sagte, dass ich eine Freundin habe – und ihn daran erinnerte, dass er verlobt war –, da ist er erst richtig abgegangen. Er meinte, wir könnten ja alle zusammen abhängen.«

»Jetzt machst du aber Witze.«

»Schön wär's.«

»Ich hatte ja keine Ahnung, dass er vor Cassie schon verlobt war. Wann war das denn?«

»Vor zwei Jahren?« Jetzt schaut sie etwas säuerlich drein. »Mensch, das tut mir jetzt leid. Ich weiß, dass Cassie deine beste Freundin ist. Aber dieser Typ ist ganz klar keine gute Neuigkeit. Besser, sie findet es gleich heraus.«

»Meinst du, ich sollte es ihr sagen?«

Jane sieht mich an, als hätte ich zwei Köpfe. »Ich glaube, du musst es ihr sagen. Würdest du das nicht auch wissen wollen?«

»Ich glaub schon.« Ich kaue auf meinem Daumennagel herum und sehe zu, wie Cassie am anderen Ende der Theke einen Shot hinunterkippt. Grant hebt sie hoch und wirbelt sie herum, und sie lacht so heftig, dass ihre Augen ganz feucht werden. Ich weiß nicht, ob ich sie jemals so glücklich gesehen habe.

Am nächsten Morgen kaufe ich Iced Coffee und Sandwiches mit Eiern, Schinken und Käse. Ich will Cassie im Park am East River treffen, aber als ich ihr eine Textnachricht schicke, in der ich ihr sage, dass ich vor dem Haus stehe, antwortet sie, sie sei zu verkatert, um das Sonnenlicht zu sehen.

Komm rauf, *schreibt sie.* Grant ist gerade weg.

Cassie wohnt immer noch in derselben Wohnung in der Delancey Street, einer Einzimmerwohnung im ersten Stock, die Fenster gehen nach Osten hinaus. Bei ihr ist es immer makellos und riecht nach den Diptyque-Kerzen mit dem Schwarze-Johannisbeeren-Duft, für die sie einen Haufen Geld hinblättert.

»Meine Retterin«, *sagt sie, als ich ihr die Tüte mit dem Frühstück gebe.* »Mir ist so schlecht, dass ich am liebsten sterben würde.«

»Lange Nacht?« *Wir lassen uns auf ihr Sofa fallen. Die Jalousien sind noch zu, und die Wohnung ist wie eine schattige Höhle. Die Klimaanlage am Fenster summt.*

Cassie zieht ihre langen Beine unter sich und trinkt ihren Iced Coffee. Sie trägt einen seidig aussehenden grünen Pyjama, der neu sein muss. »Viel zu lang. Aber das war ein Riesenspaß, oder? Hattet Jane und du Spaß?«

»Ja«, *lüge ich.* »Heute Morgen war ich auch noch sehr müde.«

»Aber du hast Grant kennengelernt?« *Cassie unterdrückt ein Lächeln.* »Im Ernst, ich war so betrunken, dass ich mich gar nicht mehr richtig daran erinnere, ob ich euch vorgestellt habe.«

»Ich – ja, ich habe ihn kennengelernt. Ganz kurz, bevor Jane und ich gegangen sind.«

»Und? Was denkst du? Ich weiß, dass es irre früh ist, das zu sagen, Bill, aber ich glaube wirklich, dass er der Richtige ist. Grant ist der Mann, auf den ich die ganze Zeit gewartet habe.«

Sie wickelt ihr Frühstückssandwich aus und beißt hinein. Ge-
schmolzener Cheddar bleibt an ihrer Oberlippe hängen. »Er
hat mich übers Labor-Day-Wochenende in die Hamptons ein-
geladen. Um seine Eltern kennenzulernen. Sie haben ein Haus
direkt am Hook Pond. Es soll wohl riesig sein.«

»Wow.« Es kribbelt nervös in meiner Magengrube.

»Und? Du hast meine Frage noch nicht beantwortet. Wie
findest du Grant, Billie?«

»Ich – na ja, ich fand ihn nett.«

»Nett?« Cassie wischt sich den Mund mit einer Papierser-
viette ab. »Das kannst du aber besser.«

Janes Worte hallen noch in meinem Kopf wider. Sie wollen
einfach nicht weichen, und ich weiß, dass sie recht hat. Was
wäre ich für eine Freundin, wenn ich Cassie nicht die Wahr-
heit sagen würde?

Ich stelle meinen Iced Coffee auf den Beistelltisch und
stütze meine Hände auf die Schenkel, damit sie nicht so zit-
tern. »Ähm, ich weiß nicht, wie ich das sagen soll ...« Ich ver-
stumme und atme tief durch. Dann sage ich: »Grant hat Jane
angebaggert.«

Cassie schnaubt. »Was?«

»Letzte Nacht, aber auch schon vor ein paar Jahren, wie es
aussieht.« Ich starre in meinen Schoß.

»Wie es aussieht?«

Ich schaue blinzelnd hoch. »Grant war Janes Kunde bei
Mince. Er – wusstest du, dass er schon mal verlobt war?«

Sie sieht mich finster an. »Ja, natürlich. Er war ungefähr
drei Monate lang verlobt, dann hat er Schluss gemacht, weil
er merkte, dass sie nicht die Richtige war. Sie hatten noch nicht
einmal mit den Hochzeitsplanungen begonnen. Was hat das
mit Jane zu tun?«

»Nichts! Ich meine, er hatte offenbar eine Reise nach Mal-
lorca mit seiner Verlobten geplant – mit seiner Ex-Verlobten –

und deswegen mit Jane zusammengearbeitet. Und er hat sie dabei angebaggert. Und gestern Nacht hat er wieder mit ihr geflirtet.«

Cassies Augen werden ganz schmal. »*Ich soll also glauben, dass Grant deine lesbische Chefin angebaggert hat?«*

»*Was tut es zur Sache, ob sie lesbisch ist oder nicht? Es ist passiert, und es tut mir leid. Ich dachte nur, du solltest das wissen. Ich würde es wissen wollen, wenn ...«*

»*Du kannst dich einfach nicht für mich freuen, oder?«* *Cassie steht auf.*

»*Was? Natürlich kann ich das. Ich* will*, dass du glücklich bist; deswegen sage ich dir das ja.«*

»*Das ist so ein Riesenhaufen Scheiße, Billie. McKay hat völlig recht, was dich angeht.«*

Ich erstarre. »*McKay? Was meinst du?«*

»*Du bist besessen von mir, Billie. Du willst die Einzige sein, die mich liebt, und du willst auch nicht, dass ich irgendwen anders liebe.«*

Ich spüre, wie mir die Gesichtszüge entgleisen. »*Machst du Witze?«*

»*Nein.«* *Cassie verschränkt die Arme vor der Brust und wirft mir einen mörderischen Blick zu.* »*Ich sehe es jetzt klarer denn je. Und es ist jämmerlich.«*

In meiner Magengrube brennt es, und die Hitze steigt in meine Kehle. »*Willst du wissen, was jämmerlich ist? Beide Augen vor Grants Charakter zu verschließen, bloß weil du end-lich einen Typen mit einem Treuhandfonds gefunden hast.«*

Sie lacht gehässig und verächtlich zugleich. »*Wow. Du bist ja so eifersüchtig, und das ist so traurig.«*

»*Du bist eine Goldgräberin.«* *Ich schlucke. Das Blut häm-mert in meinen Ohren.* »*Das warst du schon immer.«*

Cassie geht zur Tür und reißt sie auf. »*Verschwinde ver-dammt noch mal aus meiner Wohnung, Billie.«*

Ich sage nichts. Meine Knie zittern, als ich aufstehe, und ich suche hektisch nach einem Weg, zurückzurudern, die Sache wieder ins Lot zu bringen. »Cassie.«

»Raus.« *Ihr Blick ist eisig.* »Jetzt.«

Ich bleibe einen Moment in der Tür stehen und bete, dass sie es sich noch einmal anders überlegt. Aber Cassies Blick ist unerbittlich, und ich weiß, dass ich diese Sache nicht mehr stoppen kann. Meine Reue übersteigt meine Wut; sie sammelt sich in meiner Magengrube, und ich gehe die Treppe hinunter und trete hinaus in die Hitze der Stadt, allein.

Cassie

26. Oktober 2023
13 Tage danach

Grant schaut zu, wie ich Badesachen und Baumwollkleidchen in meinen Koffer werfe, dazu einige Paare flache Sandalen. Früher habe ich für St. Barts so umsichtig gepackt – mir Outfits für jeden Tag und jede Nacht zusammengestellt, natürlich auch für alles dazwischen –, aber jetzt, da ich Instagram nicht mehr benutze, ist es nicht mehr wichtig, was ich trage. Ich bin nicht mehr der Star meiner eigenen Show – nur eine erschöpfte Mom, die es bequem haben will. Wenn ich ein gehäkeltes Top von Ulla Johnson anziehe und dazu eine Prada-Tasche am Strand trage, aber niemand sieht es – keine Fotobeweise, die ich mit der Welt teilen könnte –, ist es dann überhaupt wahr? Ich habe begriffen, dass die Antwort darauf nein lautet. Es ist nicht wahr.

»Freust du dich schon aufs Wochenende?« Grant sitzt auf der Chaiselongue in der Ecke unseres Schlafzimmers und tippt auf seinem Handy herum. Wir fliegen morgen los, aber er wird erst in der allerletzten Sekunde mit dem Packen beginnen. Es ist sinnlos, ihn anzutreiben. Sechzehn Monate Ehe haben mir das klargemacht.

»Ich *habe* mich gefreut.« Ich sitze im Schneidersitz auf dem Boden und schaue zu meinem Ehemann hoch. Seit unserem Streit wegen Lourdes war es zwischen uns schwierig und angespannt, aber es gibt so vieles, was ich ihm nicht gesagt habe, und ich habe es satt, alles mit mir selbst ausmachen zu müssen. Ich brauche einen Verbündeten. Ich dachte, das wäre Billie, aber jetzt weiß ich es nicht mehr so genau.

»Ich habe gestern McKay getroffen. Sie hat mir was Komisches erzählt.« Ich fummele am Reißverschluss meines Koffers herum und warte darauf, dass Grant nachfragt. Als er es tut, erzähle ich ihm, was McKay über Jane gesagt hat: dass sie in unserem Haus wohnt und dass Billie Janes Katze füttern sollte in der Nacht, in der Ella verschwand.

»Ich weiß nicht mehr, wem ich trauen soll, Grant.« Die Tränen kommen ganz plötzlich, es ist, als hätte sich eine Schleuse geöffnet. »Ich dachte, ich könnte Billie vertrauen. Ich habe das *immer* geglaubt, selbst in den letzten Jahren, als wir einander nicht mehr so nah waren, weil sich etwas zwischen uns verändert hatte. Es war meine Schuld, dass es sich verändert hatte, das gebe ich zu – aber trotzdem, Billies Loyalität habe ich nie in Frage gestellt. Ist das naiv?«

Grant setzt sich neben mich auf den Boden und wischt mir die Tränen mit den Daumen ab. Sein Blick trifft meinen – dieses tiefe Blaugrau, wie das Meer bei Sturm.

»Nein«, sagt er nach einer längeren Pause. »Aber die Menschen entpuppen sich manchmal als etwas anderes, wenn sie älter werden. Selbst die engsten Freunde. Loyalitäten können sich verschieben. Deine haben es auch getan.«

Die Wahrheit, die in Grants Worten liegt, setzt sich wie eine schwere Last in meiner Brust fest. Und in diesem Moment weiß ich, dass ich wenigstens eins richtig gemacht habe: Ich habe einen Mann geheiratet, der keine Angst davor hat, mich herauszufordern, mir einen Spiegel vors Gesicht zu halten und mich dazu zu bringen, hineinzusehen. Die Verletzlichkeit brennt, sie ist wie eine offene Wunde, aber mein Unterbewusstes sagt mir, dass ich dieses Gefühl zulassen muss.

»Also glaubst du, dass McKay die Wahrheit sagt?«, frage ich ihn. »Glaubst du, dass Billie lügt? Wir fliegen morgen nach St. Barts. Wie sollen wir das ganze Wochenende mit ihr verbringen, wenn wir glauben, dass sie etwas vor uns verbirgt?«

Grant überlegt einen Moment lang. »Ich finde, wir sollten Barringer anrufen«, sagt er. »Nachfragen, ob er McKays Geschichte bestätigen kann. Dann wissen wir es.«

Aber irgendwie fühlt es sich falsch an, sich jetzt an Barringer zu wenden. Ich schüttle den Kopf. »Ich habe es so satt, dass es so ist, wie es ist. Diese Geheimnistuerei auf allen Seiten. Ich frage Billie einfach direkt. Sie wird mich nicht anlügen – nicht, wenn ich ihr in die Augen schaue und die Wahrheit wissen will.«

Wenn Grant das widersprüchlich findet, dann sagt er es nicht. Stattdessen massiert er meinen Nacken und fragt mich, wann ich das tun will.

Ich schaue zu unseren Schlafzimmerfenstern hinüber. Es ist schon seit Stunden dunkel, zu spät, um Billie noch zu treffen, und am Telefon will ich nicht mit ihr reden. Ich will ihr Gesicht sehen, die Linien und Konturen ihrer spontanen Reaktion, die mir die Wahrheit sagen werden.

»Morgen früh«, sage ich und ziehe die Knie an die Brust. »Wir treffen uns um zehn am Flughafen. Du und ich können ein bisschen früher hingehen und Ella ins Flugzeug bringen. Wenn Billie und Alex auftauchen, sage ich ihr, dass wir reden müssen.«

Grant nickt. »Okay.«

Ich schlucke. »Ich habe Angst.«

»Ich auch.«

»Du auch?«

»Ja, Cass. Ich habe die letzten beiden Wochen ständig Angst gehabt.« Er blinzelt. »Nur weil ich das nicht immer zeige, heißt das nicht, dass ich nicht auch Angst habe.«

Aus dem Babyfon auf dem Nachttisch hört man knisternd, dass Ella sich rührt. Ich schrecke zusammen – ich kann nichts dagegen tun –, und Grant greift nach dem Display und dreht es in meine Richtung. Es geht ihr gut, sie schläft in ihrem Schlafsack am Ende des Bettchens und beruhigt sich schon wieder. Aber Grant kennt mich, er weiß, was ich brauche.

»Na komm.« Er nimmt meine Hand und führt mich den Flur hinunter. Wir bleiben vor dem Kinderzimmer stehen. Grant schubst die Tür sanft auf, und wir gehen auf Zehenspitzen hinein.

Unsere Tochter schläft, ruhig und friedlich. Grant lässt meine Hand nicht los, und wir betrachten sie im Dämmerlicht, beobachten gebannt, wie sich ihre winzige Brust beim Atmen sanft hebt und senkt. Unsere perfekte, magische Kreation. Grant drückt meine Hand. Zum ersten Mal seit langer Zeit habe ich wieder das Gefühl, dass wir im selben Team spielen.

Billie

27. Oktober 2023
14 Tage danach

Mein Uber rast durch den Lincoln Tunnel zum Teterboro Airport. Ich versuche erneut, Alex anzurufen – mein vierter Versuch an diesem Morgen –, doch er geht nicht ran. Ich weiß zwar nicht, warum ich überhaupt überrascht bin. Trotzdem fühle ich mich wieder elend.

Ich lehne mich gegen das steife Lederpolster und schließe die Augen, der Schrecken all dessen, was gestern Abend geschehen ist, drängt sich erneut in mein Bewusstsein. Es ist, als erinnerte ich mich an einen Albtraum. Alex und ich, wie wir einander auf der Eighth Avenue gegenüberstanden, die Straße voller Fußgänger aus dem Madison Square Garden, unsere vergessene Pizza.

Hast du mich angelogen?, hatte er gefragt. *Warst du in jener Nacht in Janes Wohnung? Hast du den Hut daher? Du hast unser Abendessen nicht abgesagt, weil du Migräne hattest, oder?*

In diesem Augenblick lichtete sich der Nebel aus billigem Bud Light und aufkommender Panik, und ich überlegte, welche Lügen ich ihm noch erzählen konnte. Wie ich die Geschichte weiterspinnen konnte. Aber war das nicht zwecklos? Selbst wenn Alex kein Polizist gewesen wäre – kein Mensch, der darauf trainiert war, irgendwann die Wahrheit herauszufinden –, worin lag der Sinn, jemanden weiterhin anzulügen, den man liebte?

Wenn ich gestand, konnte ich ins Gefängnis kommen. Ich konnte meinen Job verlieren; ganz sicher würde ich Cassie verlieren. Aber nichts davon kam mir noch wichtig vor, nicht, wenn es bedeutete, dass ich für den Rest meines Lebens von meiner eigenen Unehrlichkeit aufgefressen werden würde, ständig voller Angst über die Schulter schauen musste, ununterbrochen voller Scham und Furcht darauf wartete, dass die Wahrheit mich einholte.

Also erzählte ich es Alex. Ich gestand alles. Und als ich fertig war, sah ich, wie seine Augen ganz kalt wurden. Er sagte mir, ich solle ihn nie wieder anrufen. Dann drehte er sich um und ging fort, verschwand in der kalten, vor Menschen wimmelnden Nacht.

Und jetzt? Ich habe keinen Plan. Ich weiß nicht, warum ich mich noch auf dem Weg zum Flughafen befinde, aber Cassie erwartet mich um zehn, und irgendetwas in meinem Unterbewusstsein drängt mich hin.

Das Uber erreicht das Ende des Tunnels, das Auto taucht wieder ins helle Tageslicht. Ich schaue durchs Fenster zum wolkenlosen, heiteren Himmel hinauf; in einer langen Reihe fliegen Vögel über uns. Wir sind nicht mehr weit von Teterboro entfernt; ich hole ein Taschentuch aus meiner Tasche, wische mir die Mascarareste unter den Augen weg und tupfe etwas Concealer auf die Haut. Ich weiß, dass ich trotzdem furchtbar aussehe. Ich habe kein Auge zugetan.

Mein Handy summt auf dem Sitz neben mir, und ich stürze mich drauf in der Hoffnung, dass es Alex ist. Aber es ist nur wieder eine Textnachricht von Jane, die mich bittet, sie anzurufen. Sie hat seit letzter Nacht ein paarmal angerufen, seit sie mit angesehen hatte, wie ich Alex auf der Straße hinterherlief nach dem quälenden Gespräch vor Pizza Suprema.

Aber ich kann jetzt nicht mit Jane reden. Ich kann es einfach nicht.

Das Herz schlägt mir bis zum Hals, als das Uber vor dem Flughafen anhält. Die quälende Übelkeit in meinem Bauch wird von Sekunde zu Sekunde unerträglicher. Es ist möglich, dass Alex Cassie angerufen und ihr alles erzählt hat. Es ist mehr als möglich. Es ist sein verdammter Job, das zu tun.

Der Fahrer holt mein Gepäck aus dem Kofferraum und wünscht mir einen guten Flug. Ich schaffe es, ihm leise und mit schwacher Stimme zu danken.

Die Sonne blendet meine Augen, als ich mich vor dem Terminal umschaue und nach Cassie suche. Ich kann mich nicht erinnern, wo wir uns treffen sollen, und will schon ihre Nachrichten durchforsten, als ich ihre vertraute Schulterlinie entdecke. Sie sitzt allein und vornübergebeugt auf einer Holzbank neben der automatischen Tür.

Ich schiebe meinen Koffer zu der Bank und hebe grüßend die Hand – es ist ein schlaffes, jämmerliches Winken, das sich ganz falsch anfühlt. Ich spüre, wie sie mein blasses, geschwollenes Gesicht anstarrt, und wünschte so sehr, ich hätte meine Sonnenbrille aufgesetzt, die irgendwo ganz tief unten in meiner Tasche liegt.

»Hey«, sagt sie. »Wo ist denn Alex?«

Ich schüttle den Kopf. »Er kommt nicht mit.«

Cassie wirkt ehrlich überrascht, was ich nicht erwartet hatte. Vielleicht hat er sie doch nicht angerufen.

»Er hat irgendetwas bei der Arbeit zu erledigen«, füge ich hastig hinzu. »Es tut ihm sehr leid, dass er nicht da sein kann.«

Cassie sagt nichts. Sie trägt ihre dunkle Katzenaugen-Sonnenbrille, schwarze Leggings und eine Sherpa-Jacke. Ihr langes, seidiges Haar fällt offen über ihre Schultern.

»Wo sind denn Ella und Grant?«

»Sie warten schon im Flugzeug.« Cassie redet ganz untypisch knapp, und da spüre ich es, es liegt so deutlich wahrnehmbar in der Luft wie der Geruch von Rauch. Etwas ist nicht in Ordnung.

»Ich muss mit dir reden, Billie.«

Ich atme so flach, ich kann kaum die Lunge füllen. »Okay.« Ich setze mich auf die Bank neben sie. Meine Beine zittern; ich bete, dass sie das nicht bemerkt. »Was ist los?«

»Ich hatte gehofft, dass du mir das sagst.« Sie bewegt ihre Schultern etwas zur Seite, sodass ich gezwungen bin, mich ebenfalls ein Stück weit zu drehen, dann schiebt sie sich die Sonnenbrille ins Haar. Ihre Augen sind groß, klar, blau wie immer. »Ich werde dich das nur einmal fragen, und egal, was du darauf erwiderst, ich werde dir glauben.« Sie hält inne, und das Schweigen scheint eine Ewigkeit zu dauern. Dann räuspert sie sich. »Ich habe das Gerücht gehört, dass Jane – deine Chefin – in unser Haus gezogen ist. Und ich habe gehört, dass du in der Nacht, in der Ella verschwand, ihre Katze hättest füttern sollen. Stimmt das?«

Es hämmert in meinen Schläfen, die Geräusche um mich herum verstummen. Ich fühle mich zu betäubt, um zu weinen, aber als ich die Augen schließe, kommen heiße Tränen heraus. Ich lasse sie laufen und wünsche mir, dass alles ganz anders wäre – dass ich zwei Wochen zurück in die Vergangenheit reisen und alles noch einmal machen könnte, aber dieses Mal richtig. Und wie sähe das dann aus?

Ich stelle mir vor, wie ich mir Cassies Instagram-Storys in der U-Bahn anschaue und den Schmerz darüber hinunterschlucke, dass ich nicht zu ihrer großen, glamourösen Geburtstagsparty eingeladen wurde. Ich tue, was Jane und Alex und so viele andere mir gesagt haben: Ich beschließe, sie zu vergessen, mein eigenes wildes und wertvolles Leben weiterzuleben. Dann gehe ich hoch erhobenen Hauptes ins Haus 27

Gramercy Park South und füttere Willie Nelson, und wenn ich Ella auf der Terrasse oben weinen höre, betrachte ich es als das Problem von jemand anderem. Ich verlasse die Wohnung, so schnell es geht, und komme rechtzeitig im Westville an, um den Mann, den ich liebe, zum Abendessen zu treffen.

Aber so ist es nicht gewesen. Und jetzt muss ich mit den Konsequenzen leben. Ich muss für meine Fehler geradestehen.

Ich wische mir mit dem Handrücken die Tränen aus dem Gesicht. »Ja, das stimmt alles.« Ich blinzle, hebe den Blick, um Cassie anzusehen. »Das war ich.«

»Hey, was zum Teufel, warum hast du mir das von Jane nicht erzählt ...«

»Nein, Cassie. *Ich* war es. Ich habe Ella entführt.«

Die Welt bleibt stehen. Cassie sagt einen unendlichen Moment lang gar nichts. Die Sekunden vergehen, quälend. Endlich schüttelt sie den Kopf, den Blick starr auf mich gerichtet. »Das ist nicht wahr.«

Ich nicke. Ich muss das jetzt durchziehen. »Doch, ist es. Jane ist in dein Wohnhaus gezogen. Das hatte ich erst an dem Morgen herausgefunden, und da hatte ich schon zugesagt, ihre Katze zu füttern. Und dann habe ich auf Instagram gesehen, dass du deinen Geburtstag feierst – und zwar groß –, und ich war so verletzt, dass du mich deswegen angelogen hast, dass du mich nicht eingeladen hast. *Verletzt* ist nicht das richtige Wort, Cassie. Es hat mich zerrissen. Du wolltest mich nicht mehr in deinem Leben haben, seit Jahren nicht mehr, jedenfalls nicht wirklich. Seit du mit Grant zusammen bist. Vielleicht auch schon davor. Du hast mich einfach ausgeschlossen. Bis jetzt. Jetzt hast du aus irgendeinem verdrehten Grund beschlossen, dass du mich wieder brauchst.« Ich verstumme und spüre unerwartet Zorn aufwallen, der mit den Schuldgefühlen kämpft. »Und es ist nicht so, dass ich mit der *Absicht* in dein Haus gekommen wäre, Ella mitzunehmen. Ich war unten bei Jane, auf der Terrasse direkt unter deiner, und sie hat geweint. Geheult. Es ging die ganze Zeit so weiter, und keiner hat auf sie geachtet, und du hast immer nur deine beschissenen Instagram-Storys hochgeladen, und deine Tochter hat sich gequält, und in einem Anfall von Wut und Traurigkeit bin ich die Feuerleiter hinaufgeklettert und habe sie genommen, nur um sie zu beruhigen, ehrlich, und ich habe gar nicht darüber nachgedacht. Und das ist das Irrste, Idiotischste, Rücksichtsloseste, was ich je getan habe, und ich bereue es jede Sekunde an jedem Tag, aber das ist die Wahrheit, und du verdienst es, sie zu erfahren. Ich hätte es dir viel eher sagen sollen, es tut mir leid, dass ich es nicht getan habe. Aber ich habe dich vermisst, und dich in diesen letzten zwei Wochen wieder in meinem Leben zu haben – trotz der Umstände –, war für mich … alles. Es tut mir so verdammt leid, Cass. Du weißt ja nicht, wie sehr.«

Cassies Gesichtsausdruck ist undurchdringlich. Sie sieht mich nicht mehr an; sie starrt einfach geradeaus ins Nichts, die Augen glasig, wie in Trance. Und dann plötzlich öffnet sich ihr Mund ganz weit, sie kneift die Augen zu. Sie beugt sich vor, vergräbt ihr Gesicht in den Händen, und zuerst denke ich, dass sie in Tränen ausbricht. Aber dann merke ich, dass sie lacht. Sie heult vor Lachen. Ich sitze erstarrt da, höre zu, sehe zu, wie ihre Schultern zucken, ihr ganzer Körper bebt.

Endlich lehnt sich Cassie zurück und hört auf zu lachen. Sie wendet sich mir zu, die Augen zu Schlitzen verengt. »Du Arschloch, Billie.« Ihr Mund verzieht sich vor Ekel. »All die Zeit … die *ganze* Zeit dachte ich, irgendein Psychopath lauert in der Stadt und ist hinter mir her, will mich in die Irre führen, wartet nur darauf, zurückzukommen und mir Ella für immer wegzunehmen.« Sie schüttelt den Kopf, ihre Stimme wird jetzt schriller, giftig. »Ich konnte nicht mehr arbeiten. Ich konnte nicht mehr schlafen. Ich konnte nicht mehr essen. Und die ganze Zeit warst das bloß ... *du*. Und alles nur, weil ich dich nicht zu einer blöden Geburtstagsparty eingeladen habe. Du jämmerliches, durchgeknalltes Gör.«

Cassie steht auf, jetzt quellen ihr die Tränen aus den Augen. Sie schiebt ihre Sonnenbrille wieder auf die Nase, damit ich sie nicht sehen kann.

Ich denke an die letzten beiden Wochen, an die Zeit, die Cassie und ich zusammen verbracht hatten. Wie wir unter eine Decke gekuschelt zusammen *e-m@il für Dich* schauten; wie wir Rotwein tranken und bis spät in die Nacht redeten, so wie früher; wie wir Buttercroissants in unserer Suite im Mayflower Inn aßen; wie wir auf dem Weg nach Hause laut Alanis Morissette hörten. Wie ich plötzlich wieder an ihrem Alltag teilnehmen durfte, nachdem ich so lange in der Dunkelheit sein musste; wie mühelos wir uns einander wieder genähert hatten. Und ich denke an Wade; ich denke immer an Wade. Wie Cassie ihre Hände auf seine Schultern legte, die Wut in ihren Augen, als sie ihn gegen das morsche Geländer stieß.

Und dann, wie aus dem Nichts, erinnere ich mich an etwas. Aus einem winzigen, vergessenen Winkel meines Unterbewussten kommen Wades Worte an Cassie zurück, nur Sekunden, bevor sie ihn stieß. Ich höre die Bosheit in seiner Stimme, als wäre es gestern gewesen.

Du glaubst nur, du wärst über uns alle erhaben, genau das macht dich ja so unausstehlich. Du glaubst, du hättest einen Fluchtplan, dass ... deine Jahre hier dann keine Rolle mehr spielen. Aber weißt du, was? Dieser Ort, diese beschissene Stadt, die du hinter dir lassen willst? Sie liegt dir jetzt verdammt noch mal im Blut, Cassie Barnwell. Sie macht dich aus. Ob du es überspielst oder nicht.

Und plötzlich begreife ich die tragische Ironie der Sache.

Cassie hat Wade nicht für mich hinuntergestoßen. Cassie hat Wade für Cassie gestoßen.

»Du weißt, dass es das jetzt war, Billie.« Sie wischt sich die Tränen aus dem Gesicht, und ich komme zurück in die Gegenwart, in diesen grauenvollen Moment. »Du fährst natürlich nicht mit nach St. Barts.«

»Ich weiß.« Ich stehe ebenfalls auf.

Cassies Gesicht ist nur Zentimeter von meinem entfernt, so nah, dass ich den säuerlichen Kaffee in ihrem Atem riechen kann und auch das Pfefferminz, das sie gelutscht hat, um den Geruch zu übertünchen. »Hier ist die Grenze überschritten. Das hier beendet die Freundschaft. Anders geht es nicht.«

Ich nicke. All meine Sinne sind wie tot, als wären sie woanders, aber ich weiß, dass diese Betäubung nicht andauern wird. Wenn sie später nachlässt, wird der Schmerz kommen. Und obwohl ich annehme, dass das unerträglich sein wird – der Verlust von Cassie wird ein tiefes schwarzes Loch der Trauer in mir hinterlassen –, fragt sich ein kleiner Teil von mir, ob es womöglich doch nicht so sehr wehtun wird. Vielleicht hatten die Leute recht. Vielleicht brauche ich sie doch nicht mehr.

»Tut mir so leid«, wiederhole ich sinnloserweise. »Wirst du … wirst du mich anzeigen?«

Cassie sieht mich finster an. »Soll ich das etwa nicht tun? Du hast mein Baby gekidnappt.«

Furchtbares Schweigen breitet sich zwischen uns aus. Als ich den Mund öffne, um etwas zu sagen, geht sie bereits, und ihr dunkles Haar leuchtet in der Sonne. Ihre schmale Gestalt verschwindet durch die Tür des Terminals, und dann ist sie fort.

Ich warte ein wenig, dann rufe ich ein Uber, das mich zurück in die Stadt bringen soll. Ich setze mich auf die Bank und schaue zu, wie die Flugzeuge abheben, überlege, in welchem wohl Cassie sitzt. Ein kleiner weißer Jet steigt in den klaren kobaltblauen Himmel auf, und es ist zwar nur ein Gefühl, aber ich bin mir fast sicher, dass das ihrer ist. Seine Räder werden eingefahren, und er fliegt in Richtung Süden zum Horizont, fort von mir.

Billie

2022

»*Also denkst du nicht einmal daran, ein Date mitzubringen?*«
*Jane betrachtet Cassies und Grants Hochzeitseinladung. El-
fenbeinfarben, so dick wie Sperrholz. Die schwere Karte schreit
nach Reichtum.* »*Denn hier steht Billie West und Gast.*«

Ich zucke mit den Schultern. »*Wen sollte ich denn mitnehmen?*«

*Hin und wieder gehe ich auf Dates, aber seit Remy hatte ich
keine ernste Beziehung. Nicht einmal ansatzweise.*

*Jane trinkt ihren Eistee. Es ist der erste wirklich warme Tag
im Frühling, und wir sitzen ohne Jacken auf der Terrasse des
Café Standard. Die Sonne fühlt sich an wie der Himmel auf
Erden, ihre Strahlen tauen unsere Gesichter nach dem langen Winter wieder auf. Wir haben uns eigentlich getroffen, um
über eine Dienstreise zu reden – eine Reise nach Bali in der
nächsten Woche –, aber unsere Unterhaltung ist vom Thema
abgekommen, weil ich Jane gezeigt habe, was mit der Post gekommen ist.*

»*Ich glaube, es wäre einfach gut für dich, dort nicht allein
zu sein*«, *setzt sie nach.* »*Eine schicke Hochzeit von reichen
Leuten in einem Golfclub in East Hampton ist keine Veranstaltung, auf der du dich solo gut fühlen wirst.*«

Ich verdrehe die Augen. »*Das wird schon, Mom.*«

»Ich will ja nur ein bisschen auf dich aufpassen, Lehrling.«
Jane seufzt. »Das ist alles meine Schuld, oder?«

Ich trinke den Rest meines Latte aus. »Hör auf. Sag das nicht.«

»Aber es stimmt. Teilweise.«

»Nein, Jane. Cassie ist ein ganz anderer Mensch, seit sie mit Grant zusammen ist.«

»Aber seit du sie zur Rede gestellt hast, ist es zwischen euch anders.«

Ich schüttle den Kopf. »Ich habe Cassie nicht zur Rede gestellt. Ich habe ihr nur die Wahrheit über Grant gesagt. Und die wollte sie nicht hören.«

Nach diesem Streit haben wir wochenlang nicht mehr miteinander geredet. Als wir uns endlich beim Dumpling-Essen im Vanessa's vertrugen, sagte Cassie, es sei falsch gewesen, mich jämmerlich zu nennen, und ich entschuldigte mich dafür, sie eine Goldgräberin genannt zu haben. Aber ich schwor, dass ich nicht gelogen und das, was Jane mir gesagt hatte, richtig wiedergegeben hätte. Cassie zuckte nur mit den Schultern und richtete den Blick auf unseren gemeinsamen Teller Sesam-Pancakes.

»Grant hat gar nicht abgestritten, dass er damals ein wenig mit Jane geflirtet hat, als er noch ihr Kunde war«, sagte sie. »Es war falsch – er war ja damals mit jemand anderem zusammen –, aber das Mädchen war nicht ich, Billie. Ich weiß, dass Grant mir das niemals antun würde. Wenn man den richtigen Partner findet, ändert man sich.«

Ich war verstummt und hatte überlegt, ob das wohl stimmte.

»Und an jenem Abend im Wren …« Cassie blickte seufzend auf, um mich anzusehen. »Grant war völlig betrunken. Er liebt die ganze Welt, wenn er betrunken ist, er kommt einem immer sehr nah, wenn man mit ihm spricht, und ganz ehrlich, er erinnert sich nicht einmal mehr daran, Jane in der Bar gesehen zu haben. Vielleicht sah es für dich so aus wie Flirten, aber das war es nicht.« Sie hielt kurz inne und wirkte völlig überzeugt. »In unserem Alter hat jeder eine ganze Liste mit Fehlern in der Vergangenheit vorzuweisen. Aber Grant liebt mich, Billie. Wir sind erwachsen, und wir schauen jetzt nur noch nach vorn.«

»Bill.« Janes Stimme reißt mich zurück in die Gegenwart. Sie drückt eine Scheibe Zitrone in ihren Tee und schwenkt die Flüssigkeit in der Tasse herum. »Die Hochzeit ist erst in ein paar Monaten, oder? Vielleicht fragt dich Cassie ja noch, ob du ihre Trauzeugin werden willst.«

Ich trage eine Sonnenbrille, daher kann Jane nicht sehen, dass ich meine Augen schließe. Wieder erinnere ich mich: Cassie auf dem Boden unserer alten Wohnung in Alphabet City, Pizzakrümel auf dem T-Shirt. Es ist jetzt neun Jahre her, aber ich höre ihre Stimme, als wäre es erst vor Sekunden geschehen. Du wirst meine Trauzeugin, okay? Wann immer ich auf dieser verrückten Welt jemanden finde, der mich haben will. Du machst es, ja?

Ich öffne die Augen wieder und stelle fest, dass Jane mich anstarrt und darauf wartet, dass ich etwas sage.

»Vielleicht«, sage ich, obwohl wir beide wissen, dass das nicht stimmt.

Ich rufe Cassie auf dem Weg vom Café Standard nach Hause an, aber sie geht nicht ran. Früher ging sie immer ran, aber in den letzten Monaten konnte ich von Glück sagen, wenn ich mal mit ihr reden durfte. Mit meiner besten Freundin auf der ganzen Welt.

Es ist mein zweiter Monat in der neuen Wohnung in der Christopher Street. The Path geht es gut, und seit mir Jane letztes Jahr eine ordentliche Gehaltserhöhung gegeben hat, kann ich es mir endlich leisten, allein zu wohnen, dazu noch in einer der charmantesten Gegenden der Stadt. Ich kann mich immer noch nicht recht daran gewöhnen, an dieses Gefühl, die drei Stockwerke hinaufzugehen, die Tür zu öffnen und zu wissen, dass ich die ganze Wohnung für mich alleine habe.

Ich fülle mir am Wasserhahn ein Glas und lasse mich aufs Sofa sinken. Ich drehe und wende Cassies Hochzeitseinladung in den Händen, streiche mit den Fingern über die erhabenen, geprägten Buchstaben.

MR UND MRS ERIC BARNWELL ERBITTEN DIE
EHRE IHRER ANWESENHEIT BEI DER FEIER
ZUR EHESCHLIESSUNG IHRER TOCHTER.

Ich kann die Ironie kaum ertragen. Cassie hat den größten Teil ihres Lebens damit verbracht, ihre Eltern zu meiden, und jetzt gebietet es die Etikette, dass sie zugegen sein müssen. Aber soweit ich die Barnwells kenne, bezahlen sie ganz sicher nicht für diese Hochzeitsfeier, selbst wenn es nach dieser Einladung so wirkt.

Ich hole mein Handy aus der Tasche und scrolle durch Instagram. Ich verliere mich in der hirnlosen, süchtig machenden Tätigkeit, mich von den Highlight-Reels anderer Leute dazu bewegen zu lassen, etwas zu empfinden.

Cassie hat eine Story gepostet, ein Video von ihr selbst, wie sie Sport macht. Der Clip ist bearbeitet worden und läuft schneller ab, als normal wäre. Ihr Workout sieht aus wie eine Pilates-Sequenz, aber so genau kann man es nicht sagen, weil alles dermaßen schnell geht. Cassie liegt auf einer Matte, gekleidet in ein Set aus Leggings mit passendem Top, und ihre schmalen Hüften stoßen mit Lichtgeschwindigkeit in die Luft.

Cassie macht auf Instagram etwas Seltsames, was ich nicht verstehe. Es begann letztes Jahr, kurz nachdem Grant ihr einen Heiratsantrag gemacht und sie ihren Job bei Intermix gekün-

digt hatte, um ihren eigenen Laden aufzumachen. Cassidy's Closet, so hat sie ihn genannt und ihren ganzen Auftritt so verändert, dass er die Online-Boutique widerspiegelt, die sie aufbaut. Ende des Sommers soll ein echter Laden in SoHo öffnen. Vor ein paar Monaten gestand mir Cassie bei ein paar starken Margaritas, dass Grant die Sache finanziert. Er hatte sogar eine hochkarätige PR-Managerin engagiert, die dafür sorgte, dass Cassidy's Closet in der Vogue *erwähnt wurde, und vorschlug, Cassie sollte den Namen des Ladens in etwas Konventionelleres ändern.* »Cassidy Adler« *soll hochwertiger klingen, besser mit ihrer Marke im Einklang sein, was auch immer das heißen soll, also werden sie ihn nach der Hochzeit umbenennen, wenn sie offiziell Adler mit Nachnamen heißt. Ich weiß nicht, warum sie betrunken sein musste, um mir das alles zu erzählen, aber sie hat in letzter Zeit sonst nichts so Persönliches mehr mit mir geteilt.*

Das Pilates-Video auf dem Handy endet, und Cassies Gesicht erscheint auf dem Display. Sie hat sich das Haar zu einem Knoten auf dem Kopf zusammengebunden. Ich sehe, dass sie verschwitzt ist, aber ihre Haut sieht trotzdem makellos aus. Vielleicht benutzt sie einen Filter.

»Melissa Wood macht mich jedes Mal völlig fertig«, keucht sie. »Aber ich werde in acht Wochen heiraten, Leute. Wenn nicht jetzt, wann dann, oder?« Sie grinst. »Außerdem sehe ich ein paar Fragen zu diesem Set, das ich trage, ich werde es also im nächsten Slide verlinken. Es ist von Alo und butterweich und wird in wunderschönen Farben angeboten. Wie wunderbar ist bitte schön dieses Violett?«

Ich klicke auf Cassies Profil – @cassidyscloset, das bald @cassidyadler heißen wird. Sie sammelt schnell Follower – sie ist jetzt schon bei elftausend. Ich habe das Gefühl, dass sie wirklich Influencerin werden will, was mich immer wieder aufs Neue verwirrt. Ich nehme mir vor, sie zu fragen, was da eigentlich los ist, wenn ich das nächste Mal die Gelegenheit dazu habe. In letzter Zeit ist sie total durchgeknallt wegen ihrer Hochzeitsplanung.

Cassie und Grant heiraten am Feiertagswochenende zum 4. Juli. Becca sagt, das sei schon regelrecht fies.

»Dann sind die Hotels teurer – alles ist dann teurer –, und es ist einfach komplett blöd, wenn man ein ganzes langes Wochenende wegen einer Hochzeit drangeben muss.« Becca trinkt aus ihrer Wasserflasche. »Tut mir leid, ich bin in letzter Zeit hormonell durch den Wind. Aber es geht mir nun mal richtig auf die Nerven, wenn die Leute an Feiertagen heiraten.«

Es ist Juni, und Becca und ich gehen die Park Avenue entlang. Sie ist gerade mit ihrem zweiten Baby schwanger, und obwohl sie letztes Jahr nach Bronxville gezogen ist, ist sie immer noch ihrem Geburtshilfearzt in der Upper East Side treu. Ich gebe mir Mühe, sie jedes Mal zu treffen, wenn sie zu einem ihrer Arzttermine in die Stadt kommt – das ist ein Teil meines privaten Schwurs, es bei Becca besser zu machen. Bei Esme auch. Ich habe das Gefühl, dass ich mir das schon vornehme, seit ich sie kenne, weil ich Cassie immer an die erste Stelle gesetzt hatte. Trotz allem sind Becca und Esme erstaunlicherweise immer noch für mich da. Das ist eine Loyalität, von der ich nicht weiß, ob ich sie verdiene.

Ich schlinge die Arme um Becca, direkt vor dem Grand Central. »Auf Wiedersehen. Ich hoffe, das mit der Übelkeit geht bald weg ...«

»Oh, das wird es nicht tun. Mit Milo war mir bis in die vierzehnte Woche hinein ständig kotzübel. Dieses hier lässt mich mindestens noch einen weiteren Monat leiden.«

Ich lächle sie tröstend an. »Das geht vorbei wie im Flug, Becks.«

»Ja. Viel Spaß auf der Hochzeit, ja?« Sie sieht mich sanft an. »Ich weiß, dass Cassie ... abgelenkt war. In ihrer eigenen Welt. Aber ich bin mir trotzdem sicher, dass es ein wunderbares Wochenende wird. Versuch, es zu genießen.«

Ich nicke, und in meiner Kehle sammeln sich die Tränen. Ich umarme Becca noch einmal. Ich zwinge mich, nicht zu weinen, bis sie durch die Drehtür des Bahnhofs hindurchgegangen ist und ich sicher allein auf der Straße bin.

Am Tag der Hochzeit ist es heiß, um die dreißig Grad, aber vom Meer weht eine Brise, die die Hitze ein wenig lindert. Ich trage ein lavendelfarbenes Kleid – Seide, von Esme geliehen – und dazu eine kleine goldene Clutch, die meiner Mom gehörte. Ich föhne mein Haar und massiere einen Glättungsbalsam in die Spitzen, sodass es länger aussieht als sonst.

In der Kirche schlüpfe ich in eine Bankreihe und versuche, nicht darüber nachzudenken, wie seltsam es ist, dass ich hier kaum jemanden kenne. Ich sehe die Barnwells ganz vorn, Mara sitzt neben ihrer Mutter, aber abgesehen von Cassidys Familie und ein paar Mädchen aus Harvard erkenne ich fast niemanden.

Ein Streicherquartett beginnt zu spielen; Instrumentalversionen von »Wild Horses« und »Here Comes the Sun« erfüllen das Kirchenschiff. In diesen Augenblicken vor der Zeremonie ist mir richtig übel; ich weiß, was kommt, auch wenn ich die ganze Zeit so getan hatte, als hoffte ich, falschzuliegen. Ich denke an all die Wochen und Monate, die ich damit verbracht habe, darauf zu warten, dass Cassie irgendetwas dazu sagt, welche Rolle ich bei ihrer Hochzeit haben soll, dass sie mich bittet, etwas zu lesen oder einen Toast auszubringen, oder mir erklärt, dass sie auf die Trauzeugin doch lieber verzichten will.

Aber natürlich hat sie nichts gesagt, und jetzt ist es zu spät.

Und plötzlich sehe ich das, worauf ich trotz allem nicht vor-
bereitet bin: McKay, die in einem blassgrünen Kleid in Rich-
tung Altar geht, das Haar hochgesteckt, ein stolzes Lächeln im
Gesicht. Sie trägt einen cremefarbenen Pfingstrosenstrauß. Sie
muss es sein – auf jeden Fall –, und zum ersten Mal, seit ich
mich hier hingesetzt habe, kommt mir die Idee, dass ich einen
Blick in das Programm werfen könnte, das man mir auf dem
Weg in die Kirche gegeben hat. Die Trauzeugen sind auf der
zweiten Seite aufgelistet. Es sind nur zwei Namen.

Trauzeuge: Reed Adler
Trauzeugin: McKay Adler Morris

Bevor ich Zeit habe, darüber nachzudenken, wie es dazu kom-
men konnte, dass ich nur einer von zweihundert gewöhnlichen
Gästen auf ihrer Hochzeit bin, nur ein weiteres Augenpaar,
das der Zeremonie beiwohnt, aber keinen Zugang zu den in-
timen Details hat, zu all der Aufregung und dem Stress und
der Vorfreude auf diesen Moment, beginnt der Kanon in D-
Dur zu spielen. Alle stehen auf, als die zarten, gläsernen Noten
der Violine durch die Kirche schweben. Schon in der Mittel-
stufe wusste Cassie, dass sie zu der Melodie von Pachelbel zum
Altar gehen will.

Ich recke den Hals, und da ist sie, eingehakt bei ihrem Va-
ter. Das Kleid ist perfekt, genau das schlichte und doch hoch-
elegante Gewand in frischem Weiß, das ich mir immer für sie
vorgestellt hatte, und einen flüchtigen Moment lang macht
mich das glücklich – die Tatsache, dass sie dieses zeitlose Mo-
dell gewählt hat und nicht irgendeine trendige, übertriebene
Kreation, die hier einfach völlig fehl am Platz gewesen wäre.

Tränen treten mir in die Augen, gleichzeitig kommt Wut in
mir hoch. Cassie erreicht den Altar, wo Grant mit einem Lä-

cheln wartet, die Hände hinter dem Rücken verschränkt. Ich beobachte McKay – die schreckliche McKay, die sich nie auch nur einen Dreck um Cassie scherte, bis Grant auf sie aufmerksam wurde –, wie sie Cassies Schleier richtet und ihren Rock aufschüttelt. Der Anblick ist zu viel für mich. Ich hätte das sein sollen. Wie kann es sein, dass ich das nicht bin?

Ein älterer Mann zu meiner Linken reicht mir ein Stofftaschentuch, und ich merke, dass ich weine. Aber das ist in Ordnung, es ist angemessen, auf Hochzeiten zu weinen, ich tue nichts Falsches. Er sieht ja nicht die Verletztheit und die Wut in meiner Brust, die immer größer werden wie etwas Gummiartiges und Übles, das sich bläht, ausdehnt, kurz vor der Explosion steht.

Die Wahrheit, die ich so viele Jahre nicht sehen wollte, zwingt mich jetzt dazu, ihr direkt in die Augen zu blicken.

Cassie gehört mir nicht. Sie hat nie jemandem gehört, nur sich selbst.

Cassie

Ich fahre mit den Füßen durch den weichen Puderzucker-sand. Die Luft ist warm, das Geräusch der Wellen, die sanft gegen das Ufer plätschern, ist wie ein Balsam, das meine Wut schmelzen lässt. Ich öffne ein Auge und sehe, wie Grant Ella übers flache Wasser hält. Ihre kleinen Füßchen streifen die Wasseroberfläche. Sie kichert. Sie liebt es.

Ich weiß nicht, wie spät es ist, aber die Sonne steht schon ganz niedrig am Himmel, und das Licht hat eine magische Qualität. Es badet alles, was es berührt, in Gold. *Das Filet-stück des Tages*, so nennt McKay es.

McKay. Die loyale, scharfsinnige McKay. Jetzt sehe ich, wie falsch es war, an ihr zu zweifeln. Wie verzerrt ich alles wahrgenommen habe in diesen letzten beiden Wochen, wie sehr meine Prioritäten aus dem Lot geraten sind. Billie war vielleicht die Freundin, die meine Jugend geformt hat, aber McKay ist diejenige, die zukünftig an meiner Seite sein wird.

Grant kommt mit Ella auf dem Arm aus dem Wasser. Sein Körper tropft, er lächelt breit. Bei ihrem Anblick schwebe ich auf einer Wolke der Liebe. Der zehrenden, seligen Liebe, die alles in mir – all den Schmerz, die Angst, die Zerbrochen-heit – an einen Ort der Freude trägt.

Wir gehen zurück zum Haus, wo wir von der Terrasse aus

der Sonne beim Untergehen zusehen können, beobachten, wie sie hinter den roten Flammenbäumen und dem türkisfarbenen Infinity-Pool ins Meer sinkt. Es gibt keinen Zweifel: St. Barts ist mein Wohlfühlort.

Grant beginnt, das Abendessen in der Küche zuzubereiten, während ich Ella bade. Ich ziehe ihr eine neue Windel und einen Strampler an und stille sie auf dem Bett. Ein warmes Lüftchen dringt durch die offenen Fenster, die weißen Vorhänge blähen sich. Ellas Körper ist warm und sauber, und sie saugt an meiner Brust. Ich hoffe, dass ich mir das ewig bewahren kann, auch weit über die Zeit der physischen Notwendigkeit hinaus – die Erinnerung an die Verbindung unserer Körper. Manchmal kommt mir all diese Zärtlichkeit so flüchtig vor, dass ich am liebsten heulen würde.

Ich lege sie wieder in ihr Körbchen im Schlafzimmer, ganz nahe bei den Vorhängen, und schalte den White-Noise-Apparat ein. Dann suche ich Grant und finde ihn auf der Veranda in einem der Liegestühle, von denen aus man über das Meer schauen kann. Die Sonne ist verschwunden; über dem Horizont liegen orange- und magentafarbene Streifen. Der laue Wind streicht samtweich über meine Haut.

»Hier.« Grant reicht mir einen Rumpunsch – sein Spezialrezept – mit einem Mount-Gay-Floater. Ich setze mich in den Liegestuhl neben ihm und nehme einen Schluck. Die Mischung aus dem starken Schnaps und den süßen Säften schmeckt himmlisch.

»Das Essen steht auf dem Herd«, sagt er. »Ich habe Linguine mit Pesto gemacht.«

»Du bist ein Engel. Ich bin am Verhungern.«

»Ich dachte, wir könnten zuerst diesen Drink nehmen. Und den Himmel bewundern.«

»Mm. Es ist so wunderbar hier. Ich wünschte, wir könnten einen ganzen Monat bleiben.«

»Cass.« Grant dreht sich zu mir und fährt sich mit der Hand durchs Haar. »Du hast das Babyfon gar nicht mit rausgebracht.«

»Stimmt.« Ich trinke mehr von dem Cocktail und spüre schon den leichten Rausch. Meine Glieder werden ganz warm und weich. »Wir hören sie sowieso. Sie ist gleich hinter dem Fenster.«

»Ja, aber Cass ...« Grant grinst. Und ich merke, dass er mich nur auf etwas hinweisen und mir keine Vorwürfe machen will.

»Ich weiß.« Ich grinse ebenfalls. »Ich habe keine Angst mehr.«

Und das stimmt – ich habe keine Angst mehr. Seit Billie vor anderthalb Tagen gestanden hat, was wirklich geschehen ist – was sie in jener Nacht getan hat –, ist meine Angst verflogen. Denn niemand verfolgt mich. Niemand sucht nach Ella und wartet auf den richtigen Moment, um sie wieder zu entführen. Wir sind in Sicherheit. Wir waren die ganze Zeit in Sicherheit.

»Ich kann es immer noch nicht glauben.« Grant schüttelt den Kopf. »Die beschissene Billie.«

»Sprich ihren Namen nicht aus.« Ich schließe die Augen und trinke, der süße Rum gleitet meine Kehle hinab. »Sie wird uns diesen Augenblick nicht stehlen.«

»Wir sollten aber darüber sprechen, Cassie. Wenn du bereit bist.«

»Was gibt es da zu besprechen?«

»Wir könnten sie zum Beispiel anzeigen. Gestern war ich zu durcheinander, aber am Montag rufe ich als Erstes Detective Barringer an. Und den Anwalt.«

Ich öffne die Augen. Die bunten Farben sind vom Himmel verschwunden, doch das Meer glitzert noch immer im Halbdunkel, die Wellen schimmern golden. »Ich will aber keine Strafanzeige stellen, Grant. Warum sollte ich?«

Er lacht trocken. »Äh, Gerechtigkeit?«

Gerechtigkeit. Ich denke über das Wort nach.

Es gibt zahllose Situationen, in denen der Kampf um Gerechtigkeit eine Methode ist, Wut in etwas Nützliches zu verwandeln. Doch wenn ich an Billie denke, denke ich auch immer an Wade, an das, was er ihr im Keller angetan hat. Ich denke an Lorraine, eine Mutter, die ihre eigene Tochter nicht mehr erkannte. Und ich denke an mich selbst, wie ich Billie behandelt habe, worauf ich nicht stolz bin – an all meine Fehler, die ich mir erst jetzt eingestehen kann, nach dem Schock und mit dem Rum in meinem Blut. Ich habe sie aus meinem Leben ausgeschlossen, als es nicht mehr so leicht war, ihre Freundin zu sein.

Ich weiß, dass ich nie wieder mit Billie reden werde – die Vorstellung, wie sie Ella aus ihrem Kinderwagen stiehlt, verbietet es –, aber ich weiß auch, dass es niemandem hilft, wenn ich Anzeige erstatte.

Ich erkläre es Grant, so gut ich kann, und lasse den Teil mit Wade dabei aus. Und plötzlich geht mir auf, dass mit Billie auch das, was damals im Jahr 2006 auf jenem Dach passierte, aus meinem Leben verschwindet. Niemand sonst weiß, was ich tat, und niemand wird es je wissen. Es ist ein Geheimnis, das Billie und ich mit ins Grab nehmen werden.

Ich wappne mich gegen Grants Widerspruch, dagegen, dass er darauf beharrt, juristische Schritte einzuleiten. Aber erstaunlicherweise tut er es nicht. Stattdessen trinkt er seinen Drink aus, steigt auf meine Liege und kuschelt sich an mich. Ich trage noch meinen Bikini unter dem Kleid, und er schiebt das Unterteil sanft hinunter, wobei er eine Spur weicher Küsse auf meinem Nacken hinterlässt. Er dringt von hinten in mich ein, die Hände auf meine Hüften gelegt, und unsere Körper fallen in einen vertrauten Rhythmus, und es fühlt sich so gut an, dass ich mich gar nicht bemühe, nicht so zu stöhnen, als käme ich zum ersten Mal.

Hinterher, als wir eng umschlungen daliegen und unser Puls sich langsam wieder beruhigt, lache ich laut auf. Ich kann nicht anders. Wir beide, betrunken von einem Rumpunsch, haben Sex auf der Veranda wie ein Teenagerpärchen. Über uns wölbt sich der tintenschwarze Himmel mit den hellen Sternen.

Grant küsst mich leidenschaftlich und hält mich in diesem postkoitalen Moment fest, genau wie früher, als wir gerade erst zusammengekommen waren, bevor es immer etwas gab, wohin wir gerade davoneilen mussten. Dusche, Handy, Arbeit, Baby. Mein Magen knurrt, und dann erinnern wir uns an die Pasta.

Grant verteilt die Linguine auf zwei Schüsseln, die wir drinnen auf dem großen weißen Sofa vor dem Fernseher essen. Es ist mir egal, was wir schauen, daher schaltet Grant eine Dokusendung über Sekten ein, von der sein Kollege behauptet hatte, dass sie sehr spannend sei. Nach einer halben Stunde ist Grant in einer Ecke des Sofas eingeschlafen, den Kopf mit offenem Mund in den Nacken gelegt. Ich nehme ihm die leere Schüssel ab und wasche unser Geschirr im Spülbecken ab. Die übrig gebliebene Pasta fülle ich in Tupperware-Behälter. Dann mixe ich mir noch einen Rumpunsch – meine sind nie so gut wie Grants, aber ich gebe mir Mühe – und wandere beschwipst durch das Haus.

Grant und ich waren noch nie allein hier – immer mit seinen Eltern oder McKay oder anderen Verwandten der Adlers –, und ich bewundere die Ausstattung. Es gibt hier viel brasilianisches Hartholz, Kalkstein-Badezimmer und weiße, luftige Möbel. Die Villa liegt am Hang, sodass man aus fast jedem Fenster das Meer sehen kann. Das reinste Paradies.

Schließlich komme ich wieder zur Hauptterrasse, wo es dunkel und friedlich ist. Das Meer schimmert im sanften gelblichen Mondlicht. Mein Handy liegt auf der Liege, wo ich es gelassen hatte, und ich setze mich an den Rand des Infinity-Pools, die Füße im Wasser. Eine sanfte Brise trägt Salzgeruch vermengt mit süßem Blumenduft herbei und umschmeichelt zart meine Haut.

Ohne darüber nachzudenken, öffne ich Instagram. Es ist surreal, wieder auf der App zu sein – es ist schon über zwei Wochen her, dass ich etwas gepostet oder überhaupt einen Blick in meinen Feed geworfen habe. Ich überprüfe meine Zahlen und bin erleichtert, dass meine Followerzahl in meiner Abwesenheit nicht niedriger geworden ist. Im Gegenteil, ich liege jetzt bei neunundvierzigtausend.

Sie sind treu, meine Follower. Sie verdienen es, mehr von mir zu sehen.

Ich tippe auf meinen Avatar links oben auf dem Display und überprüfe mein Spiegelbild in der Kamera. Die Beleuchtung ist schlecht, mein Haar ist ein bisschen wirr von der Luftfeuchtigkeit, aber ich sehe gut aus. Mein Gesicht hat ein wenig Farbe bekommen, was meine Augen heller strahlen lässt. Ich tippe unten auf den Button, um ein Video aufzunehmen.

»Leute … ich bin zurück. Es tut mir ja *so* leid, dass ich einfach abgetaucht bin, wirklich. Eines Tages werde ich euch alles erzählen, doch fürs Erste müsst ihr nur wissen, dass ich einen familiären Notfall hatte. Aber jetzt ist alles wieder okay, das versichere ich euch. Wir sind dieses Wochenende kurz nach St. Barts geflogen, ganz spontan, und hier ist es himmlisch … Grant schläft schon, doch ich sitze noch auf der Terrasse, trinke etwas, schaue mir den Vollmond an, und mein Gott, ich könnte hier wirklich für immer bleiben. *Aber* wir fliegen schon am Montag zurück nach New York, und ich verspreche euch, es wird eine Menge Updates geben. Wir müssen die letzten beiden Wochen nachholen. In der Zwischenzeit wünsche ich euch einen wunderbaren Samstagabend, und ich schaue morgen noch einmal vorbei. Ich habe Ella übrigens einen zuckersüßen Badeanzug von Maisonette gekauft – ihr kleines Buddha-Bäuchlein ist zum Niederknien –, und ich hüpfe dann morgen mal wieder hier auf die Terrasse und zeige ihn euch. Okay. Das wär's. Schlaft schön, ihr Lieben!«

Ich schaue mir das Video noch nicht einmal an, sondern poste es sofort. Unmittelbar darauf strömen Reaktionen von Fremden in meine Mailbox.

OMG, Gott sei Dank bist du
zurück, Queen

Wo zum … warst du!!! Hab dich
vermisst! Brauche sofort mehr
content!

Du siehst soooo schön und
braun aus

Liebe das Kleid, Details bitte!

Halleluja, konnte es schon
kaum noch erwarten, dass du
zurückkommst!!

Aber das sind keine Fremden, rufe ich mir ins Gedächtnis. Es sind *Follower*. Neunundvierzigtausend Menschen, die meine Auftritte genießen, die mich beobachten, die da sind, damit ich mich jeden Moment an jedem Tag darüber freuen kann.

In der Ferne grollt plötzlich ein Donner, und ich blicke

491

auf. Gewitterwolken haben sich am Horizont zusammengeballt, ihre Bäuche sind geschwollen und schwarz. Ich bin überrascht, denn ich erinnere mich nicht daran, dass Regen vorausgesagt worden wäre. Doch dann vibriert mein Handy wieder, und gleich noch einmal; schneller denn je kommen Reaktionen auf meine Story herein. Ich vergesse das Gewitter, lese jede einzelne, den Blick auf das Display geheftet, und das Herz tanzt in meiner Brust.

Billie

17. *November 2023*
35 Tage danach

Regentropfen rinnen am Fenster des Autos hinunter, in dem Jane und ich vom Flughafen nach Hause fahren. Wir kommen gerade von unseren vier Tagen in Kuba zurück, einer Reise, auf die wir uns schon seit Ewigkeiten gefreut hatten.

Ich möchte gern, dass zwischen Jane und mir alles wieder normal ist, aber irgendetwas fühlt sich anders an. Vermutlich wird das noch eine Weile so bleiben. Unsere Zeit in Kuba war so vollgepackt mit Meetings und Besichtigungen und anderen Aktivitäten, dass wir kaum Gelegenheit hatten, ein persönliches Wort miteinander zu wechseln. Ich habe in letzter Zeit nicht viel geschlafen, und meine Augen brennen vor Erschöpfung, aber ich räuspere mich.

»Jane.« Ich schaue sie über den Mittelsitz hinweg an. »Alles gut zwischen uns?«

Sie tippt etwas auf ihrem Handy. Als sie fertig ist, schaut sie zu mir hoch. »Ja, Billie. Alles gut mit uns.«

Seit der Nacht, in der ich Ella nahm, sind fünf Wochen vergangen; drei seit dem Tag, an dem ich Cassie in Teterboro die Wahrheit gesagt habe. Und in den letzten einundzwanzig Tagen habe ich auf die Folgen gewartet. Darauf, dass Cassies Anwalt anruft und mir sagt, was Grant und sie mir genau vorwerfen; dass Alex – oder jemand in seiner Abteilung – mich zu einer Befragung oder einem Verhör vorlädt. Aber niemand hat sich gemeldet. Wenn da nicht diese schrecklichen Schuldgefühle und die würgende Angst wären – und die Tatsache, dass sowohl Alex als auch Cassie vollständig aus meinem Leben verschwunden sind –, dann wäre es beinahe so, als wäre das alles in jener Nacht am 13. Oktober nie passiert.

Das Auto wird im dichten Verkehr auf dem verstopften Long Island Expressway langsamer, und ich sage zu Jane, was ich ihr in den letzten drei Wochen immer wieder gesagt habe: »Wenn irgendwer dich kontaktiert, wenn irgendwer versucht, dich in die Sache mit hineinzuziehen … ich nehme alles auf mich. Ich sage, dass du nicht zu Hause warst, dass ich mit deinem Schlüssel in die Wohnung gekommen bin. Das weißt du, oder?«

Jane seufzt. Ihre Augen sind rotgerändert, und sie sieht so müde aus, wie ich mich fühle. »Billie, wie ich schon gesagt habe, darum können wir uns kümmern, wenn es so weit ist, okay?«

»Aber ich will nicht, dass du …«

»*Billie.*« Jane sieht jetzt ganz streng aus, ihr Mund ist nur noch eine dünne Linie. Sie wirft ihr Handy in ihre Tasche und beugt sich zu mir. »Du musst an dich selbst denken, okay? Du hast einen riesigen Fehler gemacht, aber ich stehe hinter dir. Und ich musste die ganzen letzten Wochen mitansehen, wie du dich deswegen quälst, und das will ich nicht mehr.«

»Was willst du damit sagen?«

Sie sieht mich an. »Du musst mit Alex reden.«

Alex. Das Bild seines Gesichts tritt vor mein inneres Auge und von dort aus direkt in mein Herz. Ich beiße mir so fest auf die Lippe, dass ich Blut schmecke, und zwinge den Schmerz über seinen Verlust auf diese Weise, sich dorthin zu bewegen. Ich schüttle den Kopf. »Er will nichts mehr von mir hören. Das hat er klargestellt. Und nach all dem, was ich ihm zugemutet habe, ist es das Mindeste, wenigstens sein Bedürfnis nach Abstand zu respektieren. Das verdient er.«

»Aber du verdienst es zu wissen, ob und wie er mit dem Fall weitermachen will. Denn jetzt ... lebst du nur in Angst. Ich sehe es in deinem Gesicht und daran, dass deine Schultern immer hochgezogen sind, dass du seit Wochen kaum je gelächelt hast. Ich weiß, dass du nicht schläfst. Und ich weiß, dass du ihn immer noch sehr liebst.«

Ein paar Herzschläge lang sage ich nichts. Ich schaue aus dem Fenster in den prasselnden Regen, in das verschwommene Grau von Long Island City, während wir langsam auf den Midtown Tunnel zukriechen. »Ich habe alles vermasselt, Jane.«

»Vielleicht.« Sie streicht sich eine lose Haarsträhne hinters Ohr und atmet ein. »Aber eine weise Freundin hat mir mal gesagt, dass man nicht vermasseln kann, was für einen bestimmt ist.«

Ich schließe die Augen. Eine einzelne Träne gleitet hindurch und rinnt meine Wange hinunter.

»Du verdienst es, mit ihm zu reden«, wiederholt sie.

»Warum verdiene ich irgendetwas, Jane?«

Der Verkehr lichtet sich etwas, als wir in den Tunnel fahren. Endlich geht es voran.

Jane schüttelt den Kopf, sie wirkt frustriert. »Wenn du das nicht weißt, dann versuch doch wenigstens zu verstehen, dass hier nicht nur dein Wohlergehen auf dem Spiel steht. Sondern auch meins. Und Sashas.«

»Ich *weiß*. Deswegen frage ich immer wieder, um sicherzugehen, dass du weißt, dass ich dich nicht reinreiße, wenn ...«

»Hör auf.« Jane hält eine Hand hoch. »Hör auf, dir das immer wieder vorzustellen. Ich will, dass du mit Alex sprichst. Und wenn du es nicht für dich selbst tust, dann verlange ich, dass du es für mich machst.« Ihr Blick ist fest und unerschütterlich.

»Okay«, flüstere ich geschlagen.

Janes Mundwinkel heben sich, wenn auch nur einen Hauch. Sie sieht nach vorn zum Fahrer. »Entschuldigen Sie bitte«, ruft sie ihm zu. »Meine Freundin muss ihre Zieladresse ändern.«

Eine Viertelstunde später, als das Auto vor Alex' Wohnhaus in der West Twenty-fourth Street hält, berührt Jane meine Schulter. »Warte«, sagt sie. »Ich wollte dir noch sagen, dass sich Craig gemeldet hat.«

»Der Berater?«

Jane nickt. »Wir haben letzte Woche miteinander telefoniert, und er hat mir heute Morgen eine Mail geschickt. Er liebt deine Idee, in das Portfolio von The Path ein wohltätiges Element aufzunehmen, genau wie ich. Und er glaubt, dass wir das finanziell stemmen können. Er hat praktisch das wiederholt, was du gesagt hast: dass uns ein philanthropisches Business-Modell einen Wiedererkennungswert in der Branche verschafft. Er findet, wir sollten es tun.«

Das hatte ich nicht erwartet. »Ehrlich?«

»Ja. Er will sich mit uns treffen – mit uns beiden. Anfang des Jahres. Um alles detailliert auszuarbeiten und darüber zu reden, wie wir es anfangen.«

»Wow. Das ist …«

»Das ist unglaublich, Billie. Ich bin stolz auf dich.«

Vielleicht sind es all die Gefühle aus den letzten Wochen, die jetzt geballt aus mir herauskommen, denn meine Augen füllen sich schon wieder mit Tränen.

»Hey.« Jane schlingt die Arme um meinen Hals und zieht mich fest an sich. »Ich bin für dich da. Egal, was mit Alex ist, was mit diesem Fall ist … es wird alles gut.«

Ich habe immer noch Alex' Schlüssel, aber den zu benutzen steht natürlich außer Diskussion. Das Auto fährt weg, und ich lungere volle zehn Minuten lang vor dem Gebäude herum, bis ich genügend Mut aufgebracht habe, mich vor die Eingangstür zu stellen. Der Regen hat nachgelassen, doch der jetzt immer dunkler werdende Himmel ist bedeckt, die Luft kühl und feucht. Ich setze mich auf die Treppe und schaue zu, wie die Fußgänger mit gesenkten Köpfen vorbeihasten. Keiner von ihnen bemerkt mich, alle eilen nur ihrem jeweiligen Ziel entgegen.

Als ich mich endlich dazu durchgerungen habe, aufzustehen und auf die Klingel zu drücken, reagiert niemand. Ich warte ein paar Minuten und versuche es dann erneut. Nichts. Es ist fast fünf Uhr; ich hatte gedacht, er müsste zu Hause sein – freitags hat er immer frei –, aber das ist wohl doch nicht so. Vielleicht ist er mit seinen Kollegen etwas trinken gegangen. Oder er hat ein Date. Alles ist möglich. Immerhin kann ich jetzt Jane sagen, dass ich es versucht habe.

Ich bin schon fast einen halben Block entfernt und will mir gerade ein Uber rufen, als ich meinen Namen höre.

»Billie?«

Das ist Alex' Stimme, da gibt es keinen Zweifel. Ich drehe mich zu ihm um, und in meinem Magen regen sich schmerzhaft Angst und Sehnsucht. Er trägt seinen marineblauen Mantel, das Haar ist zerzaust und länger, als ich es von vor ein paar Wochen in Erinnerung habe. Er fährt sich mit der Hand hindurch, und alles, was ich mir wünsche, ist, zu ihm zu laufen, mich ihm in die Arme zu werfen und so zu tun, als hätte es die letzten fünf Wochen nicht gegeben.

»Was machst du in meiner Straße, Billie?«

Ich werfe einen Blick auf den Koffer zu meinen Füßen, auf den ich meine schwere Arbeitstasche geklemmt habe. Ich versuche, nicht daran zu denken, wie schrecklich ich vermutlich aussehe – vollkommen übernächtigt, ungewaschen, verschwitzt vom Flug. »Ich ... ich komme gerade vom Flughafen zurück. Ich musste dienstlich nach Kuba.«

Alex sieht mich verwirrt an.

»Ich habe geklingelt, du hast nicht reagiert. Ich dachte, du wärst nicht zu Hause.«

Er steckt die Hände in die Taschen. »Ich komme gerade vom Revier.«

»Oh. Ich dachte, freitags hättest du frei.«

»Ich hatte ein Meeting mit meinem Vorgesetzten. Ich soll eine gewisse Zeit im Rauschgiftdezernat arbeiten.«

»Du meinst, um Detective zu werden?«

»Ich arbeite daran. Was willst du, Billie?«

Ich schlucke den Kloß in meiner Kehle hinunter. »Ich dachte, wir könnten vielleicht reden.«

Er schweigt, und es kommt mir ewig vor. Endlich seufzt er. »Aber nicht bei mir zu Hause. Wir können in Richtung Fluss gehen.«

Alex besteht darauf, meine Arbeitstasche zu tragen, und ich ziehe meinen Koffer über den West Side Highway. Wir reden kein Wort miteinander, bis wir den Weg am Fluss erreichen. Der Hudson River liegt schwarz und glänzend in der Abenddämmerung da. Ich muss an all die Morgen denken, an denen wir hier zusammen gejoggt sind, an denen mir das Herz bis in den Hals schlug und ich mir alle Mühe geben musste, mit Alex Schritt zu halten. Wie wir immer wieder anhielten, um zu Atem zu kommen, uns verschwitzt anlächelten, den salzigen Geruch vom Fluss wahrnahmen.

Jetzt stellt Alex meine Tasche auf das Pflaster zu unseren Füßen. Er lehnt sich an die Brüstung und schaut hinaus auf den Fluss. Mich sieht er nicht an.

»Es tut mir alles so leid«, sage ich. Die Entschuldigung

kommt mir selbst ziemlich jämmerlich vor und sinnlos dazu. »Ich habe dich so sehr vermisst. Ich weiß, dass du mir nicht vergeben kannst. Das ist klar. Und das verstehe ich auch.«

Alex sagt nichts, dreht sich aber zu mir um. Er sieht mir direkt in die Augen, und ich spüre, wie mir heiß wird.

»Ich muss dich etwas fragen. Nicht für mich, sondern für Jane.«

Alex nickt. Ein Windstoß kräuselt die Wasseroberfläche, die Kälte beißt in meine Ohren und Wangen. Es ist heute Nacht furchtbar hier draußen.

»Kannst du mir vielleicht sagen, wie du ... weitermachen willst? Was diesen Fall angeht, meine ich. Ich habe von niemandem etwas gehört. Von dir nicht, von Cassie nicht, auch nicht von irgendwelchen Detectives. Jane macht sich Sorgen, nach allem, was sie mit mir durchgemacht hat ...« Ich reibe mir die Schläfen und versuche, mich zu konzentrieren. »Was geschehen ist, war ganz allein meine Schuld. Jane hat absolut nichts damit zu tun.«

Alex schaut wieder hinaus auf den Hudson. Am gegenüberliegenden Ufer glitzern die Lichter von Hoboken. »Und was ist mit dir, Billie?«

»Mit mir?«

»Du hast gesagt, Jane macht sich Sorgen, aber was ist mit dir? Machst du dir Sorgen?«

Ich schließe einen Augenblick lang die Augen. »Ganz ehrlich? Inzwischen fühle ich mich ein bisschen wie betäubt. Ich habe wochenlang darüber nachgedacht und bereut, was ich getan habe, und ich wünsche mir mehr als alles andere auf der Welt, dass ich es wieder rückgängig machen könnte ... aber das ist ja jetzt sinnlos, oder? Es ist passiert. Ich *habe* es getan. Und ich habe dich deswegen verloren, ich habe Cassie verloren. Ich versuche nur, nicht auch noch Jane zu verlieren.« Meine Augen füllen sich mit Tränen. »Habe ich Angst davor, ins Gefängnis zu müssen? Natürlich. Furchtbare Angst. Ich bin ein Wrack, Alex. Aber ich hänge auch seit Wochen in der Luft, und ich will es einfach wissen.«

Sein Gesicht wird etwas weicher, und er sieht mir direkt in die Augen. »Weißt du, an jenem Abend, als wir nach dem Konzert Jane in diesem Pizzaimbiss über den Weg gelaufen sind, als sie dich auf den Hut angesprochen hat … danach habe ich dich draußen auf der Straße gefragt, ob du mich angelogen hast.«

»Ich weiß.«

»Aber die Wahrheit ist, Billie, dass ich wusste, dass du gelogen hattest. Ich wusste es sofort, als Jane ihren Hut auf deinem Kopf erkannte. Denn das Einzige, was ich auf den Aufnahmen der Sicherheitskameras gesehen, das Einzige, was mir wirklich einen Grund zum Nachdenken gegeben hatte, war eine Gestalt – vermutlich eine Frau –, die Cassies Haus um halb zwei Uhr morgens verließ. Und sie trug einen Hut, der ganz genauso aussah wie der, den du zum Konzert der Zac Brown Band getragen hast.«

Darüber muss ich nachdenken. Was will er damit sagen? »Also … also hast du mich verdächtigt, nachdem du die Aufnahmen der Sicherheitskameras gesichtet hattest?«

»Nein, ich hatte keine Ahnung, dass *du* das warst. Ich fand es nur seltsam, dass jemand in einem Gebäude einen so großen Hut trägt, dazu noch um diese Zeit. Und der Zeitpunkt der Aufnahme deckte sich mit dem, an dem jemand Ella zurück vor die Tür der Adlers gelegt haben musste. Aber aufgrund dieser Aufnahmen konnte ich keine Ermittlungen in Gang setzen. Das Gesicht und die Haare dieser Gestalt waren absolut nicht zu erkennen.« Er hält inne. »Jetzt verstehe ich, dass das einen Grund hatte.«

Wieder packt mich die Reue, doch plötzlich habe ich es so satt, wieder Gewissensbisse wegen dieser bedauerlichen fünf Stunden meines Lebens zu spüren. Und so verwandeln sie sich langsam in Zorn. »Warum sagst du mir das, Alex?«

Das Lächeln, das seine Mundwinkel umspielt, habe ich nicht erwartet. Seine Augen leuchten wieder. »Ich habe dich gefragt, weil ich sehen wollte, ob du mir die Wahrheit sagst. Und das hast du getan.«

»Du hast mich auf die Probe gestellt?«

»Vermutlich. Ich glaube, ein Teil von mir wollte wissen, ob es mir überhaupt möglich ist, dir zu vergeben. Dir wieder zu vertrauen.«

Ein winziger Hoffnungsfunken glimmt in mir auf.

Alex reibt sich den Nacken. »Ich verstehe einfach nicht, warum du mir das nicht gleich gesagt hast. Ich meine, du hast den ganzen Karren absolut episch in den Dreck gefahren, aber es ist doch niemals alles nur schwarz und weiß, oder? Wir waren noch nicht lange zusammen. Ich arbeite bei der Polizei. Du hast das Gesetz gebrochen.«

Ich nicke. »Meine Freundin hat dich dazu gebracht, dir den Fall anzusehen.«

»Ja. Es war wirklich schwierig.«

»Egal. Ich hätte es dir sagen müssen. Und Cassie auch.«

»Das hättest du.« Er seufzt schwer. »Ich habe in den letzten Wochen oft darüber nachgedacht, dich anzurufen. Aber ... es ist einfach so kompliziert, weißt du? Ich brauche noch etwas Zeit.«

Ich halte mich am eiskalten Metall der Brüstung fest und widerstehe dem Drang, die Hände nach ihm auszustrecken, die Arme um seinen warmen, so gut riechenden Hals zu schlingen. »Das verstehe ich. Wirklich.«

»Ich habe aber Cassie angerufen. Das musste ich.«

All meine Zellen erstarren, und ich wappne mich für das Schlimmste. Für den Preis, den man unausweichlich zahlen muss, wenn man die Polizei und eine Familie wie die Adlers provoziert.

Alex fährt fort: »Ich war wirklich erleichtert, dass du ihr ebenfalls die Wahrheit gesagt hast. Sie wird keine Anzeige erstatten.«

Einen Moment lang weiß ich nicht genau, ob ich ihn richtig verstanden habe. »Was?«

»Die Adlers werden keine Anzeige erstatten, Billie.« Alex lächelt, und ich frage mich, wie es sein kann, dass er sich für mich freut. »Sie sagen, dass das, was geschehen ist, nur ein Missverständnis war. Du kannst die Sache abschließen und wieder nach vorn sehen.«

Ich schüttle den Kopf. »Aber wie ... aber warum ...?«

»Ich kenne Cassie nicht so gut wie du.« Er schaut mir in die Augen. »Eure Beziehung ist wirklich völlig verdreht. Doch sie hat mir gesagt, ich solle dir ausrichten, dass ihr jetzt quitt seid.«

Ich muss an Wade denken, an seinen Sturz vom Dach, wie sein Schädel aufprallte, wie ich all die Jahre die Polizei angelogen hatte. Ich erinnere mich an den Keller, an das, was er mir antat, an Cassie, die all das miterlebt hatte. An die Zuneigung zwischen zwei besten Freundinnen, die stirbt, aber nicht verschwindet. Irgendwo im Universum geistert noch die Seele dieser Zuneigung herum.

»Vielleicht ist das ihre Art, die Verantwortung für die Dinge zu übernehmen, die euch in diese Krise geführt haben«, fügt Alex hinzu. »Für das, was sie mit Worten nie ausdrücken konnte.«

Ich nicke.

»Aber sie will, dass du nie wieder Kontakt zu ihr aufnimmst.« Sein Lächeln wird schwächer.

»Das tue ich auch nicht«, sage ich, viel zu erleichtert, als dass ich mir die ganze Reichweite dieses Satzes klarmachen könnte. Die Auswirkungen eines Lebens ohne Cassie, in dem es nur noch die Erinnerung an sie gibt. Und doch, in irgendeinem Winkel meines Bewusstseins, weiß ich, dass ich auch ohne sie zurechtkommen werde. »So ist es das Beste«, sage ich zu Alex und bin selbst überrascht, dass ich das ehrlich meine.

»Ich glaube das auch.«

»Und wir?« Ich greife nach seiner Hand, bevor ich es mir anders überlegen kann. Seine Finger sind warm, trotz der Kälte. »Ich liebe dich. Ich will nicht, dass das hier vorbei ist, bevor es überhaupt richtig angefangen hat.«

Der Klang der Worte, die aus meinem Mund kommen, erschreckt mich selbst. Ich spüre sie ganz deutlich; ich wollte sie gar nicht aussprechen.

Alex schluckt. Ich sehe, wie sein Adamsapfel auf und nieder hüpft. »Ich liebe dich auch«, sagt er, und die Worte sind ein Lichtstrahl, der mein Innerstes erhellt. »Und ich glaube nicht ... ich glaube nicht, dass es vollkommen unmöglich ist, dir zu vergeben.«

In diesem Moment spüre ich es. Das hier ist der Moment. Ich muss es sagen. Jetzt oder nie.

»Ich will keine Kinder.«

Vier Wörter. Sie hängen zwischen uns. Unwiderruflich. Wahr.

Alex starrt mich verwirrt an.

»Tut mir leid, ich weiß, das kam aus dem Nichts. Aber ich sage es dir jetzt. Wenn du wirklich glaubst, dass es möglich ist, mir zu vergeben, ist es das Schönste, was ich je gehört habe, aber du musst dann wissen, dass ich nie Mutter werden will. Ich will es einfach nicht. Ich habe so lange geglaubt, der Grund dafür sei die Scheidung meiner Eltern oder die Trauer um meine Mom, die ich so früh verloren habe. Aber ich habe jetzt jahrelang darüber nachgedacht und verstanden, dass es nicht so einfach ist. Ich wusste einfach immer tief in meinem Inneren, dass ich keine Kinder will. Eine Partnerschaft, ja. Aber keine Mutterschaft. Und ich kenne mich inzwischen gut genug, um sicher zu sein, dass sich das nicht mehr ändern wird.«

Alex schweigt. Er schaut auf die glatte Wasseroberfläche, in der sich das Mondlicht silbrig spiegelt. Als er mich wieder ansieht, ist sein Blick ganz sanft.

»Diese Beziehung, von der du mir erzählt hast. Von der du gesagt hast, du habest sie vermasselt, weil du nicht sein konntest, was er sich gewünscht hat.« Er verstummt. Dann sagt er: »Das hast du gemeint, oder?«

Ich nicke langsam. »Er wollte Kinder. Ich konnte mich nicht darauf einlassen.«

Alex' Schweigen lastet schwer, aber ich ertrage es und kämpfe gegen den Schmerz in meiner Magengrube an.

»Ich wünschte, ich könnte meine Einstellung dazu für jemanden ändern, den ich liebe, aber das geht nicht. Und ich bin mir sicher, dass du jetzt an einem Punkt deines Lebens stehst, an dem du dir eine Beziehung mit Zukunft aufbauen willst, und ich verstehe wirklich …«

»Billie.« Unsere Hände sind noch immer verschränkt, und er drückt meine Finger. Kommt näher. Ich rieche das Aftershave an seinem Hals. »Ich brauche keine Kinder, um glücklich zu sein«, sagt er dann.

Die Worte erschüttern mich geradezu. Es fühlt sich an wie ein schwindelerregender, surrealer Traum. »Im Ernst?«

Alex zuckt mit den Schultern. »Ich will auch eine Partnerschaft. Wenn ich mit einer Frau zusammen wäre, die unbedingt Kinder will, dann würde ich das mitmachen. Aber es ist für mich auch in Ordnung, keine zu haben.«

»Also … also findest du es nicht komisch, dass ich so fühle?«

»Komisch? Billie, die Welt ist viel größer und besteht nicht nur aus den jungen Moms im West Village und in Gramercy Park. Ich kenne dich, ich war mit dir zusammen. Ich habe mitbekommen, was du siehst. Du beobachtest die Kinderwagen und die Babys in ihren winzigen Stramplern und denkst die ganze Zeit, du solltest dich nach einem Baby sehnen, oder? Aber es gibt so viele Menschen, die aus eigener Entscheidung keine Kinder wollen. Und sie haben so viele Gründe dafür. Ich würde niemals voraussetzen, dass du – oder jede andere Frau – Mutter werden willst.«

Ich betrachte Alex' Gesicht und bin überwältigt von den Gefühlen, die seine Reaktion in mir auslöst. Ich bin so gerührt, dass ich kaum sprechen kann.

»Hör mal.« Er zieht seine Hand aus meinen Fingern und reibt sich das Kinn. »Du und ich müssen noch eine Menge zusammen bewältigen, und ich weiß nicht …«

»Ich weiß.« Ich schüttle den Kopf. »Tut mir leid. Vielleicht hätte ich das nicht sagen sollen. Ich hatte keine Hintergedanken. Ich dachte nur …«

»Nein, Billie. Ich bin froh, dass du es mir gesagt hast.« Seine Augen mit den grünen Flecken darin leuchten ein wenig auf. Seine Mundwinkel zucken ein bisschen. »Was machst du jetzt noch?«

»Jetzt?« Ich seufze. »Nichts. Ich gehe nach Hause, dusche und entspanne mich und hoffe, vielleicht irgendwann einschlafen zu können.«

»Aber du musst doch essen, oder?«

Ich neige den Kopf zur Seite und kann ein Lächeln nicht unterdrücken. »Das stimmt.«

»An der Ecke Twenty-second und Tenth gibt es einen Diner. Sie sind berühmt für ihre Pommes. Und sie haben richtig große Essnischen für Leute mit Gepäck.«

Wieder weht es kalt vom Fluss herauf in unsere Gesichter,

doch mir ist jetzt warm, und es fühlt sich an, als sprudelte etwas in meiner Brust. »Berühmte Pommes, was?«

»Absolute Weltklasse.«

»Warte.« Ich bücke mich und durchsuche das Innenfach meiner Arbeitstasche, bis ich gefunden habe, wonach ich suche. »Hier.« Ich gebe Alex den silbernen Schlüssel, den er mir vor einem Monat überlassen hatte. »Den sollte ich lieber nicht haben. Nicht ... jetzt.«

Alex nickt, in seinem Gesicht lese ich eine Mischung aus Enttäuschung und Akzeptanz und Hoffnung. Denn genau an dieser Stelle befinden wir uns.

Er hängt sich meine Tasche über die Schulter, und wir gehen nach Osten, und ich spüre die Nähe unserer Hände und die Möglichkeit, dass er nach meiner greift. Wir überqueren den West Side Highway, und er wagt es tatsächlich, sie zu nehmen und die Distanz zwischen uns zu überbrücken. Es ist kalt, aber die Stadt leuchtet hell, und wir gehen auf das zu, was als Nächstes kommt. Der Fluss hinter uns liegt in der Dunkelheit und wird bald zu einer Erinnerung.

Danksagung

Allison Hunter, ich habe dir Anfang 2022 die erste Hälfte dieses Romans geschickt, weil ich nicht wusste, ob er etwas taugt, und deine Begeisterung hat mir die Energie und die Zuversicht gegeben, ihn fertig zu schreiben. Du bist ein Schatz, eine wunderbare Freundin und die Agentin meiner Träume.

Sarah Cantin, ich bin mir sicher, dass es keine Lektorin gibt, die freundlicher, schlauer, cooler oder besser in ihrem Job ist. Eine der besten Entscheidungen meines Lebens war es, dir 2010 und dann wieder 2015 eine E-Mail zu schicken. Danke, dass du an dieses Buch glaubst und deine Magie hast wirken lassen, um es zum Glänzen zu bringen. Ich schätze dich und Allison und unsere Dreiecks-Zuneigung über alle Maßen.

Ich danke dem wunderbaren Team von St. Martin's Press dafür, dass ihr diesen Roman von Anfang an mit so viel Leidenschaft und Begeisterung unterstützt habt. Besonders dankbar bin ich Katie Bassel, Lisa Senz, Marissa Sangiacomo, Jennifer Enderlin, Drue VanDuker, Olga Grlic, Kejana Ayala, Brant Janeway, Tom Thompson, Kim Ludlam, Alexandra Hoopes, Sara Ensey, Carla Benton, Lizz Blaise, Michael Clark, Kiffin Steurer, Kerry Nordling, Anne Marie Tallberg, Gisela Ramos und Ally Demeter.

Danke, Natalie Edwards, dass du die frühe Fassung so aufmerksam gelesen und Anmerkungen dazu gemacht hast, die alles verbessert haben. Ich bin auch dir dankbar, Allison Malecha, und allen anderen bei Trellis.

An Jason Rickman, Addison Duffy, Maialie Fitzpatrick und das Team von UTA: einen enormen Dank dafür, dass ihr auf meiner Seite seid, und natürlich für eure harte Arbeit, die ihr um meinetwillen geleistet habt.

Ich danke den Teams bei Belletrist, Rebelle Media, Refinery29, Hulu, 20th Television, 51 Entertainment und Fifth Season dafür, dass ihr meine Arbeit vertretet und helft, dass meine Bücher so viele Leser erreichen. Besonders dankbar bin ich Karah Preiss, Emma Roberts, Matt Matruski, Meaghan Oppenheimer, Shannon Gibson, Laura Lewis, Stephanie Noonan, Sam Schlaifer, Lauren Thorpe, Adelis Riveiro und dem extrem talentierten Cast und der Crew hinter *Tell Me Lies* bei Hulu. Ich muss mich immer noch kneifen, um mich davon zu überzeugen, dass es alles wahr ist.

Danke an Kate Hodgson und alle bei *GMA*.

Joycie Hunter und Amelia Russo – ihr bleibt immer meine ersten Leserinnen: Danke euch beiden für euer intelligentes Feedback und eure Unterstützung. Ich mag euch sehr.

Avery Carpenter Forrey, ich habe dir für eine Menge zu danken – zum Beispiel für die hilfreichen Anmerkungen zu diesem Roman –, aber vor allem dafür, dass du mein Schriftstellerfreund bist, der überdies auch ein echter Freund ist. Deine positive Einstellung und deine Wärme sind ansteckend. Ich habe unglaubliches Glück, gemeinsam mit dir diese Reise unternehmen zu können.

Colleen McKeegan, ich bin sehr dankbar für unsere Freundschaft (unsere schriftstellerische und die andere). Danke für dein Feedback, das mich beim Schreiben auf Kurs hält. In meinem Leben haben genau zwei Suburban Scriveners gefehlt, bis Avery und du gekommen seid.

Jamie Cheney, ich danke dir sehr für deine durchdachten, verständlichen Antworten auf die vielen Fragen zum Hudson Valley. Wenn irgendetwas über Red Hook auf diesen Seiten falsch klingen sollte, ist es ganz allein meine Schuld.

Ben Wallace, dein Feedback zu den Themen Polizei- und Ermittlungsarbeit war von unschätzbarem Wert; danke, dass du mir so großzügig deine Zeit geschenkt hast.

Mom und Ellie, wie sehr ich eure Meinungen zu allem schätze, grenzt womöglich schon daran, nicht ganz normal zu sein, und dieses Buch ist da keine Ausnahme. Danke, dass ihr meine besten Freundinnen seid, und danke für eure brillanten Anmerkungen, die diese Seiten sehr verbessert haben.

Danke an all die unabhängigen Buchhandlungen, besonders an die wunderbaren Frauen bei Elm Street Books, Barrett Bookstore und Athena Books.

Danke an all meine Leser:innen. Ich habe das schon einmal gesagt, aber es bleibt wahr: Nur ihr seid es, die es mir erlauben, weiterzuschreiben.

An Silvana Valverde: einen Riesendank dafür, dass du dich so gut um meine Kinder gekümmert hast, wenn ich mich in meine Schreibhöhle zurückziehen musste. Ich hätte keinen einzigen Satz ohne dich zustande gebracht.

An meine Eltern und Geschwister: Ein Dankeschön reicht nicht aus, aber ich sage es trotzdem. Ihr wisst schon.

Rob, danke, dass du es noch ein weiteres Buch lang mit mir ausgehalten hast, mein Schatz. Es ist nicht leicht, mit einer Schriftstellerin verheiratet zu sein! Ich habe viel Zeit mit mir in meinem Kopf verbracht, aber wenn ich die Augen öffne und dich sehe, fühle ich mich zu Hause.

Jamesy, ich verliebe mich hundertmal am Tag in dich. Was für ein Geschenk ist es, dir beim Aufwachsen zuzusehen. Lila, es stimmt, was ich in meiner Widmung geschrieben habe:

Wir haben dieses Buch zusammen geschrieben. Du warst die ganze Zeit dabei, bist größer geworden und hast dir deinen Weg in die Welt gesucht, und *Was uns zusammenhält* hat das Gleiche getan. Danke dafür. Meine Liebe und Dankbarkeit für dich und James sind grenzenlos.